아기는 악당을 키운다

Babies raise villains

리샤 장편소설

5

아기는 악당을 키운다 5

초판 1쇄 발행 2022년 7월 29일
초판 1쇄 발행 2022년 8월 30일

지은이 리샤
발행인 오광백
편집 편집부
표지 내지디자인 디자인그룹 헌드레드
내지 편집 오정인
제작 조하늬

펴낸 곳 (주)삼양출판사 · 피오렛
주소 서울시 강북구 도봉로 173
대표 전화 02-980-2112 **팩스** / 02-983-0660
편집부 전화 02-980-2116 **팩스** / 02-983-8201
블로그 blog.naver.com/dan_gul
출판등록 1999년 3월 11일 제9-00046호

ISBN 979-11-283-7179-0 (04810) / 979-11-283-7174-5 (세트)

+ 이 도서의 국립중앙도서관 출판시도서목록(CIP)은 서지정보유통지원시스템홈페이지(http://seoji.nl.go.kr)와 국가자료공동목록시스템(http://www.nl.go.kr/kolisnet)에서 이용하실 수 있습니다.

아기는
악당을
키운다
Babies raise villains
5
리샤 장편소설

Contents

Chapter 25.

엄밀히 따지면 엄마가 직접 내게 연명구를 준 건 아니었다.

엄마가 돌아가신 '그 사건'. 그 사건 때 엄마는 나를 출산 중이었다. 그래서 그녀의 짐을 레아가 보관했는데, 그 속에 연명구가 있었다고 한다.

'그런데 어떻게 엄마가 그리모아르의 가보를 가지고 있었지?'

내가 이해할 수 없다는 듯 미간을 찌푸리자 그가 말했다.

"듀블레드 공작 부인이 왜 네게 연명구를 남긴 것이냐."

"……."

"대답해!"

나는 굳은 표정으로 그를 바라봤다.

"방금 하신 질문, 이상하지 않나요?"

"……뭐?"

"저는 엄마라고 했지, 듀블레드 공작 부인이 연명구를 가지고 있었다고 한 적 없어요. 친모일 수도 있는데 어째서 듀블레드 공작 부인이 연명구를 남겼다고 생각했죠?"

"……네가 고아라는 것을 모르는 사람이 있더냐."

"친모가 저를 버리며 물건을 남겼을 수도 있잖아요. 현명하신 공작님이 그걸 모르시겠어요?"

"……."

아빠와 만나기 전 엄마는 거의 평생을 신전에서 살았다. 그리모아르와 접촉할 일은 전혀 없었다. 그런데 어떻게 그리모아르 공작은 엄마가 연명구를 가지고 있었을 거라고 생각하는 걸까?

흠칫한 그가 내게서 손을 떼려고 했지만, 나는 재빨리 그를 붙들었다.

"무슨 의미예요? 어째서 듀블레드 공작 부인이라면 그리모아르의 가보를 가졌을 수도 있다고 생각하시는 거지요?"

이번에 입을 다문 것은 그리모아르 공작이었다. 그는 내 손을 떼어 내곤 말했다.

"네 말마따나 연명구의 힘이라면 아버님을 납치하지 않았음을 증명할 수 있다. 연명구를 가져와라. 모레 자정, 세톤 거리 아름드리나무 앞에서 만나도록 하지."

그 말을 끝으로 그는 떠났고, 나는 돌아가는 그의 뒷모습을 빤히 바라보고 있었다.

세리아의 집무실과 연결된 쪽방에서 의장이 모습을 드러냈다.

"아가씨."

"연명구 말이야. 엄마의 것이 확실하지?"

"그렇다고 들었습니다."

“자세하게 얘기해 줘.”

“일전에 공작님께서 말씀해 주시기론 아가씨의 외조모가 공작 부인께 준 처음이자 마지막 선물이라고 했습니다.”

“외할머니가 엄마에게?”

의장이 고개를 끄덕였다.

“신전으로 팔려 가기 직전에 말없이 공작 부인의 짐에 넣어 줬다고 합니다.”

“외할머니가 그리모아르와 관계 있을 가능성은?”

“전혀 없습니다. 아가씨의 외조부모는 평생 부족 마을에서 살던 분들이십니다. 그들이 어떻게 그리모아르와 관계가 있겠습니까?”

나는 턱을 쥔 채로 인상을 찌푸렸다.

“아니, 아무래도 이상해. 더 정확하게 알아볼 필요가 있겠어.”

“예?”

“굶주림을 참지 못하고 자식을 판 사람들이야. 그런 귀한 마도구가 있다면 왜 자식을 팔았겠어? 연명구를 파는 쪽이 훨씬 이득이었을 텐데.”

“그것이 연명구라는 것을 몰랐던 게 아닐까요?”

“가치를 몰랐다면 더 쉽게 팔았겠지.”

“……그렇겠군요. 예, 확실히 그렇습니다.”

외조모는 어떻게 연명구를 가지고 있었던 걸까? 자식마저 팔아 치운 매몰찬 사람이 어째서 연명구는 팔지 못하고 엄마에게 준 것이고?

“엄마의 고향 사람 중 살아남은 사람이 있나 찾아봐. 외조부모에 관해 알아야겠어.”

“예.”

의장이 즉시 암조(듀블레드의 정보 기관)를 호출했다.

*　　*　　*

연명구. 그것은 신의 유물을 이용해 그리모아르의 초대 가주가 제작한 초고도의 마도구였다.

초대 그리모아르는 연명구를 세 단체와 은밀히 나누어 가졌다.

1. 마탑의 시작인 〈그리모아르〉.

2. 신성의 대표인 〈네리아드 신전〉.

3. 성(聖)과 마(魔)의 중립인 〈황실〉.

그러나 그리모아르 소유의 연명구는 카림 집권기에 이르러 사라진다. 선대 그리모아르 공작, 그러니까 카림이 리세트의 모친에게 연명구를 내어 준 것이다.

카림과 연인일 당시 리세트의 모친은 극도로 불안한 상태였다.

셰이먼 부족 마을에서 필사적으로 도망쳐 꿈에 그리던 '바깥'으로 나왔지만, '바깥'은 그녀의 상상과는 거리가 멀었다. 바깥의 사람들은 셰이먼 부족 마을에서만 자라 사회를 모르는 리세트의 모친을 우습게 여겼다.

사회에 녹아들기 위해선 바깥의 사람들이 만든 질서를 지켜야 했는데, 리세트의 모친에게 그들의 질서란 몸에 맞지 않는 옷과 같았다. 그녀는 사회에서 도태되었고, 유일하게 자신을 받아 준 카림에게마저 버려질까 불안에 떨었다.

상태는 점점 심각해지다가 카림이 가문에 결혼을 강요받고 있다는 것을 안 뒤로 정점을 찍었다. 하루에도 몇 번씩 검날을 제 목에 대며 소란을 피웠다.

"당신도 날 버릴 거지? 그렇지?"

"린포드!"

"마을로 돌아가려던 나를 붙잡은 건 당신이었잖아! 왜 나를 버리려고 하는 거야? 어째서 이 세상엔 내 자리가 없지?"

"아니래도. 제발 그 검 내려놔."

어느 때는 소리치며 분노하다가 울며 애원하기도 하고, 또 어느 때는 사내를 끌어안은 채 사랑을 속삭이다가 뺨을 내리치며 배신자라 힐난했다.

"말뿐인 사랑은 믿지 못해. 당신이 날 버리지 않을 거란 증거가 필요해."

카림은 두 손에 얼굴을 묻고 섧게 우는 리세트의 모친에게 연명구를 내주었다.

"린포드, 잘 들어. 이건 대대로 그리모아르의 장손에게 전해지는 가보야. 해서 가문의 명예이고, 내 숨이 붙어 있는 한 너를 사랑하겠다는 증거다. 네가 보관하고 있다가 우리 아이가 태어나면 물려줘."

"……."

"지금 네게 청혼한 거야, 린포드."

카림 그리모아르는 연명구를 내주던 순간을 여전히 생생하게 기억했다. 일그러진 눈, 엉망으로 젖은 뺨에 깊게 파인 보조개. 허리를 끌어안은 손은 잘게 떨렸고, 사랑을 속삭이는 목소리는 확신에 차 있었다.

하지만 며칠 후, 리세트의 모친은 제도를 떠나 부족 마을로 돌아간다.

[우리 사랑의 증거를 네 자식에게 물려주겠다고 약속할게.]

쪽지 한 장을 남기고서.

부친으로부터 들은 이야기를 떠올린 니콜라이 그리모아르가 눈을 지그시 감았다.

"멍청한 작자."

그러자 조사 보고 중이던 부관이 흠칫, 그를 쳐다봤다.

"예?"

"……."

"……어르신을 이르십니까?"

부관이 조심스럽게 말하자, 그리모아르의 표정이 서늘해졌다.

가보인 연명구를 연인에게 주질 않나, 사생아를 만들고 다니질 않나. 부친은 평생 온갖 사고를 다 치고 다니더니 기어이 납치까지 당했다.

신경질적으로 머리칼을 쓸어 넘긴 그리모아르가 말했다.

"그 녀석의 뒷조사는."

"첫 번째 운명의 아이는 콴테움. 국영 보육원에 있다가 민간 보육원으로 옮겨졌습니다. 국영과 민간의 기록을 모두 뒤지고, 민간 보육원에 사람을 보내 알아봤으나 연명구를 가지고 있었다는 이야기는 없습니다."

역시 리세트가 가지고 있었던 게 분명하다. 그녀가 모친으로부터 연명구를 받았고, 그녀의 사후 듀블레드에서 보관하고 있었던 게 틀림없다.

'한데 어째서 운명의 아이가 연명구를 사용할 수 있다는 것인가.'

"세리아! 연명구라도 가져와! 연명구로 이 말이 거짓일 시 폭사 하겠다는 맹세라도 해야겠으니!"

그 녀석은 마치 자신이 연명구를 사용할 수 있다는 듯 말했지만, 그건 불가능한 일이었다.

신전과 황실에선 연명구를 발동하기 위해선 특별한 술식이 필요하다고 알고 있지만, 그건 제작자인 초대 그리모아르 가주의 거짓말이었다.

연명구는 '그리모아르의 피를 이은 자'만이 사용할 수 있는 마도구였다. 듀블레드 삼 형제가 연명구를 사용한다면 가능하다. 그들은 리세트의 자식이니.

'한데 그 녀석이 어떻게 연명구를 사용할 수 있다는 말인가. ……블러핑이었나.'

니콜라이 그리모아르가 고민하던 중, 부관이 조심스럽게 말했다.

"각하, 명하신 듀블레드의 동태 조사 말입니다만."

"그래."

"세계 유일의 장거리 이동진 제작처입니다. 이동진으로 움직인다면 뒤를 잡을 수 있는 방법이 없습니다."

"마탑에서 솜씨 좋은 녀석들을 데려가라. 듀블레드 저택 근경에 상주시키고 결계를 만들어. 결계에 파동이 생긴다면 이동진을 쓰고 있는 것일 테지."

"저들이 우리가 뒤를 쫓고 있다는 것을 눈치채지 않겠습니까? 그렇게 전면전은 불가피할 겁니다."

"……."

"어르신께서 아신다면 극심히 반대하실 텐데요."

그리모아르와 듀블레드가 맞붙을 기회는 많았다.

그리모아르는 리세트의 죽음을 '테오도르를 압박하기 위해 듀블레드의 선대가 벌인 일'이라고 알고 있었다. 때문에 카림은 딸을 죽인 듀블레드의 선대와 딸을 지키지 못한 테오도르에게 깊은 원한이 있었다.

그러나 그리모아르는 듀블레드에 손을 대지 못했다. 오직 리세트가 남긴 듀블레드 삼 형제 때문이었다. 삼 형제는 딸을 죽인 듀블레드 선대의 핏줄이었으나, 동시에 그리모아르의 핏줄이기도 했기 때문이었다.

가볍게 턱 끝을 문지른 그리모아르 공작은 서늘한 목소리로 말했다.

"그리모아르의 상징인 노인네가 사라졌다. 앞뒤 가릴 처지인가?"

"……송구합니다."

"가문 내에 신성력을 가진 자를 찾아라. 분가든, 인명록에 이름조차 올리지 못한 먼 친척이든 티끌만 한 신성력이라도 가졌다면 찾아서 데려와."

"예? 어째서……."

그리모아르 공작이 호프 상단에서 가져온 블루 스피넬을 말아 쥐었다.

"등 뒤가 거슬려. 마치 무언가에 농락당하는 것처럼."

지그시 눈을 감은 그리모아르 공작이 목을 주물렀다. 손 틈새로 얼핏 점이 보였다. 누군가와 매우 닮은 미묘한 무늬였다.

* * *

이틀 후 오후.

나는 온실에 앉아 손님을 기다렸다. 어젯밤 암조가 세이먼 부족 마을 출신의 남성을 찾았다는 소식을 전해 왔다. 나는 즉시 그와 약속을 잡았고, 곧 그가 도착한다.

"거슬려, 거슬려."

내가 팔짱을 낀 채로 중얼거리자, 나를 만나기 위해 저택에 와 있던 트리곤이 눈을 끔뻑였다.

"예?"

"연명구 일 말이야. 자꾸만 뭐가 거슬려. 농락당하는 기분이야."

"앞으로 삼십 분이면 셰이먼 부족 마을 출신의 사내가 도착하지 않습니까. 내막을 알면 해결될 일이니 진득하게 기다리십시오."

"으으, 답답해……."

나는 엎드린 채로 테이블에 뺨을 문댔다.

"그런데 말입니다, 아가씨."

"응."

"연명구 일은 차치하고, 그리모아르는 어찌하실 겁니까? 만약 그들이 신전과 손을 잡으면요?"

"못 잡게 해야지."

"어떻게요?"

"그게 문제인데……."

그때였다.

"아가씨!"

암조의 수장인 뒤보스 자작이 온실에 뛰어 들어왔다.

"무슨 일이야?"

"그리모아르 선대의 위치를 잡은 것 같습니다."

"뭐라고? 어디야!"

"칼로시우선입니다. 그리모아르 선대와 비슷한 인상착의의 사내가 승선했다고 합니다."

"칼로시우선이라면 듀블레드의 무역선이잖아?"

'설마……!'
나는 벌떡 몸을 일으켰다.
"이간책이었어."
"예?"
트리곤이 그게 무슨 뜻이냐는 듯 물어서 나는 소리쳤다.
"신전이 그리모아르와 듀블레드를 이간하기 위해 카림 그리모아르를 납치한 거야! 그 안에서 그리모아르의 선대가 죽는다면 누구나 듀블레드를 의심할 것 아냐!"
그리모아르의 화살이 우리를 향할 테고, 신전은 그리모아르 소유의 마탑과 결탁할 것이다. 그렇다면 듀블레드와 신전의 전쟁엔 승산이 없다.
"당장 출항을 중지시키라고 연락해!"
"……."
"뒤보스 자작, 뭐 하고 있…… 설마."
"예, 아가씨. 저녁 비 소식을 피해 이미 출항했습니다."
나는 서둘러 외투와 장거리 이동진을 잡았다.
"당장 칼로시우선의 좌표를 확인해. 내가 간다!"
뒤보스 자작이 서둘러 뛰쳐나갔고, 나는 에트왈을 쥐었다.
'준비됐지?'

[그래, 아가야.]
[흥, 당연하지.]
[예, 주군.]
[와 씨, 개쩔어.]

그리모아르 할아버지, 구해 줄 테니 같은 편 먹자고요.

* * *

듀블레드 명의의 항만에 연락하여 칼로시우선의 좌표를 확인했다.

다행히 아직 제국의 해역을 벗어나지 않았다.

칼로시우선은 마법 강국 서벨티움으로 향하는데, 서벨티움은 자국 해역에 강력한 결계를 깔아 놔서 장거리 이동진으로 통과할 수 없었다.

"선장과 연락은?"

"서벨티움 해역과 인접해 있어 통신석이 불통입니다. 결계 안으로 들어간 후, 서벨티움의 허가를 받아야 통신할 수 있을 겁니다."

"서벨티움의 허가를 받으려면 시간이 오래 걸리겠지……."

"예, 문제는 결계 안으로 들어가면 좌표마저 확인할 수 없다는 겁니다. 그 또한 서벨티움에서 확인을 해 줘야 합니다."

시간이 없다는 말이었다.

나는 고개를 끄덕이고서 장거리 이동진을 들었다. 뒤보스 자작과 트리곤이 급히 말했다.

"홀로 가실 겁니까?"

"배가 이동 중이라 정확한 좌표가 시시각각 바뀔 거야. 잘못 이동하면 바다에 빠질지도 모르니 내가 먼저 가서 배를 멈추고 정확한 좌표를 보낼게. 그 후에 이리를 투입해."

"하지만 바다에 빠질지 모르는 건 아가씨도 마찬가지가 아닙니까."

"나는 마법사잖아. 이리처럼 무력 특화형인 오러만을 쓰는 게 아니니까 바다에서라도 보조 마법을 쓸 수 있어. 아, 그리고……."

나는 뒤보스 자작에게 지시한 뒤, 칼로시우선이 있다는 곳으로 이동했다. 번쩍, 빛이 온몸을 감싸고 다시 눈을 뜨자…….

"으아악!"

수면 위로 이동해 버려서 순식간에 바다에 빠져 버렸다. 나는 혼비백산하여 허겁지겁 물장구쳤다.

"깜빡했, 어푸! 나 수영 못, 어푸!"

그때, 푸르의 목소리가 들려왔다.

[집중해, 결계를 펼쳐서 중력을 비틀어!]

'아차.'

나는 얼른 집중하여 힘의 흐름을 가다듬었다. 곧 발밑에서부터 동그란 원이 생겼고, 수면 위로 떠 오를 수 있었다.

'결계다…….'

물에 빠질 줄은 예상했지만, 막상 진짜로 빠지니 패닉이 와서 결계 사용이 늦었다. 나는 물에 젖은 드레스를 쭉, 짜며 주변을 둘러봤다.

'망망대해란 이런 뜻이었구나.'

눈에 보이는 건 전혀 없다. 세상에 혼자 남은 기분이었다.

[배는 안 보입니다, 주군!]

철수가 과하게 흥분한 목소리로 말했다.

'얘는 쓸모없는데 이쯤에서 버릴까.'

나는 한숨을 내쉬며 배의 이동 방향을 떠올렸다.

'그러니까 칼로시우선의 속도가…… 그리고 좌표의 이동 방향은 이렇게 되니까…….'

끙끙거리며 고민하고 있는데, 또 한 번 철수의 목소리가 들려왔다.

[40킬로미터 앞으로 이동해 보죠.]

"어?"

[40킬로미터 앞이요.]

나는 눈을 깜빡이다가 설마 하는 마음으로 다시 이동했다. 그런데…….

'배다!'

눈앞에 듀블레드의 문양이 새겨진 무역선이 보였다. 칼로시우선이 분명하다. 나는 얼떨떨한 표정으로 배를 쳐다보며 물었다.

'철수, 너 이런 걸 어떻게 알았어?'

[이럴 때 써먹으라고 시험 문제를 그렇게 내셨군요, 선생님…….]

그가 중, 고등학생 내내 쌍욕을 해서 죄송하다며 아련한 목소리로 중얼거렸다. 무슨 의미인지는 모르겠지만, 그 시험 문제 덕분에 위치를 알 수 있었다.

나는 또 한 장의 장거리 이동진을 찢어서 배의 갑판으로 이동했다. 쿵! 뛰어내리듯 서자 배 안의 사람들이 나를 바라봤다. 물론 절대로 선원처럼 보이지 않는 자들이었다.

나는 아무렇지 않게 쪽지에 좌표를 적고 마법으로 쪽지를 새 형상으로 만들었다. 그리고 위치 추적용 마도구를 붙여 하늘에 띄웠다.

통신이 가능한 범위로 저 쪽지가 날아가면 듀블레드의 마법사들이 낚아채 이곳으로 올 것이다.

"누구냐, 넌."

괴한들이 물었다. 나는 대답하지 않고 '장거리 이동진이었던 것'의 흔적을 바라보며 손을 떨었다.

"장거리 이동진이 얼마나 하는지 알아……?"

"뭐라고?"

"안 쓰고 팔았으면 건물 하나를 더 샀을 텐데, 이 안타까운 마음을 이해할 수 있어……?"

"대체 무슨 헛소리를…… 잠깐, 이 계집—"

나를 보고 눈을 흡뜨던 사내들이 검을 움켜쥐고 달려들었다. 나는 일시에 결계를 세웠고, 결계에 부딪친 사내들이 쾅! 굉음과 함께 날아갔다.

그들 뒤로 제압당한 선원들이 보였다. 중앙엔 괴한에게 붙들린 로브 사내가 있었는데, 로브 소매 사이로 얼핏 보이는 손으로 보아 분명 노인이었다.

'카림 그리모아르.'

그리모아르 선대 공작이 틀림없다.

"빌어먹을! 공격해라!"

그를 붙잡고 있던 괴한이 소리치자, 곳곳에서 검을 쥔 자들이 튀어나왔다. 그들은 아무렇지 않게 내 결계로 뛰어들었다.

'미친 거야?'

나는 굳은 표정으로 주변을 둘러봤다.

[전기 파리채에 구워진 모기 같군요…….]

결계의 파동에도 아랑곳하지 않고 뛰어들다니, 목숨이 아깝지 않은 것인가. 그렇게 생각하던 나는 흠칫했다.

"정말로 목숨이 아깝지 않은 거야……."

[아가야, 그게 무슨 뜻이냐.]

"처음부터 선원, 선대 그리모아르 공작과 함께 죽을 생각이었던 거야."

내 말에 괴한의 우두머리인 듯한 덩치 큰 자가 다가왔다.

"모든 것이 신의 뜻이다."

그의 눈은 무언가에 홀린 것처럼 흐렸다.

신전은 광신도들을 이용해 이번 사건을 꾸민 것이 틀림없다. 그들이 사주했다는 티끌만 한 증거조차 바다에 수장시키기 위해서.

그때였다.

쾅! 밑에서 폭음이 들려오고 배가 크게 흔들렸다. 선원들은 비명을 내질렀다.

'침몰시키려고 폭발시킨 거야!'

내가 중심을 잡지 못하고 휘청, 넘어지자 기어이 누군가 내 결계 안으로 뛰어들었다.

콰지지직—!

날카로운 파열음과 함께 결계에 부딪친 사람이 흉측한 화상을 입고 쓰러졌다. 그리고…….

'뚫렸다!'

괴한의 우두머리가 내게 달려들었다. 그가 나를 향해 검을 내질렀다. 나는 재빨리 그의 팔목을 잡고 고개를 젖혀 피했다. 아슬아슬하게 검이

빗겨 나가며 에트왈의 줄이 툭, 끊어졌다.
또 한 번 배 밑에서 폭음이 들렸다. 배가 다시 크게 흔들리며 에트왈이 갑판을 타고 쭉 미끄러졌다.
"안 돼!"
내 에트왈!

[아가야!]

굴러가던 에트왈이 다행히 갑판 턱에 걸렸다. 한 번이라도 더 배가 흔들리면 떨어질지도 모른다. 얼른 집어 오고 싶었으나, 사내의 검을 피하려 온 힘을 다해서 그의 팔목을 붙들고 있었기에 움직일 수 없었다.
"그만해! 거짓 신 때문에 죽는 건 바보 같은 짓이야!"
"우리의 신은 거짓이 아냐. 신께 영혼을 바치면 그분께서 내 가족을 구원해 주신다고 했다. 아들의 병이 나을 거라고 했단 말이다!"
'왜 지원 부대가 오지 않는 거야.'
듀블레드의 최정예 마법사들이라면 분명 좌표를 확인했을 텐데, 어째서.
권속의 통로나 에트왈과 접촉하지 않는 한 현신시킬 수 없었다.
'멀리 떨어지지 않은 지금이라면 이능은 쓸 수 있어. 유령 군대를 소환할까. 하지만 소환 중 진동에 에트왈이 떨어지기라도 하면……!'
그럼 푸르의 이능을 쓰면…… 아냐, 그의 이능은 우천. 폭풍을 불러냈다간 더 위험해질 것이다. 세기의 군사와 철수는 이 상황에선 도움이 되지 않는다.
나는 괴한을 향해 소리쳤다.
"그게 사실이라면 병이 든 신관은 없겠지! 넌 속고 있어!"

"추기경께선 악마가 내게 그리 속삭일 거라고도 말씀하셨지."
"정신 차려. 제 목숨을 구하기 위해 아버지가 죽었다면 당신 아들은 평생 죄책감에 휩싸여 살아야 할 거야!"
그의 손이 움찔했다. 나는 그 틈을 놓치지 않고 이샤크에게 과외받은 걷어차기 솜씨를 발휘했다. 괴한이 컥! 소리를 내며 떨어지고 난 허겁지겁 에트왈을 향해 뛰었다.
괴한이 내 옷깃을 붙들었다. 목이 졸린 나는 컥! 소리를 내며 멈춰 섰다.
에트왈이 점점 갑판 아래로 빠져나가고 있었다.
'이렇게 되면 하는 수 없다.'
"그레모리!"
나는 품에 소지하고 있던 그레모리의 통로를 꺼내며 소리쳤다.
일시에 세상이 어둠에 휩싸였다. 이윽고 내 품에서 빛이 일었는데, 빛은 어느새 아름다운 여성의 형상이 되었다. 빛이 가시고 나타난 건 아름다운 적발의 곱슬머리를 가진 여성형 악마, 그레모리였다.
"도와줘요!"
"아이야, 신들의 계약은 준엄하다. 운명의 수레바퀴 속의 존재는 악마의 소원을 들어주어야 우리의 도움을 받을 수 있지. 그렇지 않다면 너는……."
그녀는 몹시 안타까운 눈으로 나를 응시했고, 나는 소리쳤다.
"계약해요!"
"……."
"운명의 아이로서가 아니라 르블레인 리세트 듀블레드가 그레모리와 계약하겠어요!"
순간, 그레모리의 머리끝이 나뭇가지의 형태로 변했다. 저 특이한 모양의 가지는 엘자 나무의 것이었다. 나뭇가지가 순식간에 뻗어져 나와 나를 붙든 사내의 가슴을 꿰뚫었다.

"컥……!"

단말마와 함께 사내의 손에서 힘이 빠졌다. 나는 그의 손을 단숨에 떨쳐 내고 에트왈을 향해 달려갔다. 그리고 갑판에 아슬아슬 매달려 있던 에트왈을 잡아챘다.

쿵, 쿵, 심장 소리가 들려온다.

'에트왈이 사라졌다면…….'

생각만 해도 끔찍한 일이었다. 사색이 된 내가 두 손으로 에트왈을 잡고 있을 때, 등 뒤에선 전투가 한창이었다. 괴한들은 그레모리를 향해 달려들었고, 그레모리는 나뭇가지로 그들을 엮었다.

그때, 괴한 중 한 사람이 나를 향해 달려들었는데 몸에 힘이 빠진 나는 도망치지 못했다. 나는 눈을 꽉 감았다.

'죽는다……!'

말도 안 돼. 이런 게 어디 있어. 악마와 계약까지 했는데 죽는다니!

'그리모아르, 두고 보자. 회귀하면 절대로 가만히 두지 않겠…… 응?'

시간이 아무리 지나도 격통이 느껴지지 않았다. 슬그머니 눈을 떴을 땐.

"괜찮으냐."

익숙한 목소리의 사내가 내 앞을 가로막고 있었다.

이 목소리…….

"그리모아르 공작님?"

"괜찮으냐."

"예? 아, 괜찮아요."

그러자 그가 내게 달려들었던 사내의 목을 한 손으로 잡아 들어 올리며 말했다.

"감히 내 핏줄에게 손을 댔으니 팔 한, 두 짝으로 끝나진 않을 것이다."

핏줄? 이건 또 무슨 소리야.

나는 놀란 얼굴로 그리모아르 공작을 쳐다봤다.

"공작님이 여긴 어떻게 아시…… 피하세요!"

묻던 도중 괴한으로부터 화살이 날아와서 나는 꽥 소리쳤다. 그리모아르 공작은 가볍게 몸을 비틀어 화살을 피했다.

"설명은 나중에."

그렇게 말한 후 그는 상대를 특정하듯 활을 든 괴한을 바라봤는데, 이윽고 괴한의 발밑에 시동인이 생겼다. 시동인에서 빛이 뿜어져 나오고, 그것은 이내 괴물의 주둥이와 같은 형태로 변화하여 괴한을 집어삼켰다.

우드드득.

무언가 부서지는 소리에 나는 흠칫, 어깨를 좁혔다. 그러던 찰나, 갑판 상공에서 익숙한 균열이 느껴졌다. 장거리 이동진의 파동이었다.

또 한 번의 눈 부신 빛이 퍼지고, 검은 로브를 입은 자들이 허공에서 뛰어내렸다. 설명하지 않았어도 나는 저들을 알 것만 같았다.

'그리모아르의 안개.'

듀블레드의 이리, 신전의 성기사단과 어깨를 나란히 하는 그리모아르의 자랑, 마도부대 안개. 한 명, 한 명이 마탑주에 필적한다는 흑마법의 대가들이 이곳에 도착한 것이다.

그들은 순식간에 괴한들을 에워싸고 시동어를 읊었다. 시동어가 이어지면 이어질수록 가슴이 답답해졌다. 폐가 꽉 옥죄여진 듯 숨이 가쁘다.

삐이익—!

머릿속에 날카로운 이명이 가로질렀다. 시야가 좁아진다. 그건 마치 공포와 불안이 칼날로 형태화하여 내장이며 뇌를 온통 베어 내는 것만 같은 기분이었다.

'그만!'

그만해. 그만……!

그때, 그리모아르 공작이 한 손으로 내 눈을 덮었다. 거짓말처럼 고통이 가셨다.

"힘에 예민한 아이다."

그의 말에 마도사들이 외던 시동어가 미묘하게 변했고, 더는 고통이 찾아오는 일이 없었다. 흐려졌던 시야가 다시 또렷해지고서야 괴한들의 모습이 보였다.

새파랗게 튀어나온 핏줄은 금세라도 터질 듯하고, 흰자위가 온통 새카매졌다. 코와 입에선 덩어리진 선혈이 뚝, 뚝, 떨어지고 있었다.

온몸에 소름이 돋는다. 피가 차게 식는 것만 같아서 나는 옷깃을 꽉 말아 쥐었다.

두려움을 느끼는 것은 나뿐만이 아닌 모양이었다. 괴한들에게서 풀려난 선원들은 새파랗게 질렸다. 더러는 실금할 정도로 공포에 휩싸였다.

"괴, 괴물…… 괴물들……."

그랬다.

그리모아르 공작을 비롯해 저 안개들은 정말이지 괴물 같았다. 훈련된 자들 수십을 단숨에 제압한 힘은 물론이거니와 컨트롤이 소름 끼치도록 완벽했다.

내가 괴한에게 공격당할 적에 마음껏 마법을 쓰지 못한 건, 저 서벨티움의 결계 때문이다.

마법 강국 서벨티움의 해역을 감싼 결계는 세계 제일이란 수식어가 붙는다. 놀라우리만큼 견고하고 섬세했으며, 무엇보다 서벨티움은 독자적인 연구를 거듭하여 결계 인근에서 시전한 마법이 무엇인가까지 알 수 있었다.

즉, 내가 서벨티움을 코앞에 두고 공격 마법을 시전하면 선전포고나 다름없다는 소리다.

'그렇게 되면 국가 간의 문제지.'

독립에 차질이 생길 뿐만 아니라, 신전과 전쟁도 하기 전에 막대한 피해를 입을 터였다.

그런데 그리모아르의 안개들은 이토록 강력한 마법을 쓰면서, 한정된 구역에서 마나가 조금도 빠져나가지 못하도록 완벽히 컨트롤했다.

심지어 그리모아르 공작 본인은 시동인조차 띄우지 않고 물 흐르듯 자연스럽게 이치를 비틀었다.

이제야 의장의 말이 이해된다.

> "대체 아가씨는 간이 얼마나 큰 겁니까? 그리모아르는 마탑을 소유한 가문입니다. 가문 중엔 마탑주를 지낸 사람이 수없이 많고, 그리모아르 공작 본인은 현재 대륙에서 가장 굉장한 마법사란 말입니다."

'나 진짜로 간이 배 밖에 나왔었구나!'

순식간에 정리된 배를 보고 나는 입을 떡 벌렸다.

* * *

안개들이 그리모아르의 선대를 부축했다.

마법 파훼에 특화된 자들이 선대를 살폈고, 얼마 지나지 않아 흐려졌던 선대의 눈에 빛이 돌아왔다.

그를 지켜보던 그리모아르 공작이 말했다.

"이게 무슨 망신입니까."

선대는 손바닥으로 이마를 짚으며 말했다.

"빌어먹을 크리스티앙."

"크리스티앙? 교황이 직접 나선 것입니까."

"그래."

그리모아르 공작이 헛웃음을 터뜨렸다.

"해서 속절없이 당하셨습니까. 역대 최강의 마탑주라는 칭호가 아깝군요."

"마냥 당한 것은 아냐. 확실히 타격은 입혔지."

"자랑이십니다."

나는 숨을 크게 들이켰다.

신전이 궁지에 몰린 상황에서도 교황이 조용하던 것은 그리모아르 선대와의 전투로 타격을 입었기 때문이었나 보다.

하지만 그보다 더 놀라운 건 백발이 성성한 저 노인이 교황과 1대1로 붙고도 다친 곳은 없다는 것이었다.

'엄청나네.'

그리모아르 공작의 뒤에서 힐끔힐끔 선대를 쳐다보자, 선대가 내게 턱짓했다.

"운명의 아이가 여긴 무슨 일로 온 것이지?"

"아, 여긴 저희 배인 칼로시우선이에요. 어르신께서 탑승하셨다는 이야기를 듣고 아무래도 수상해서 확인하려고 왔어요."

"운명의 아이는 이동진을 통해서 왔을 테고. 니콜라이, 네 녀석은?"

"저도 이동진을 통해서 왔습니다."

"듀블레드가 유통한 물건을 사들였다고?"

선대의 물음에 그리모아르 공작이 나를 흘끗 쳐다보곤 말했다.

"듀블레드 공작이 내어 줬습니다. 좌표를 알려 준 것도 그입니다."

"……그가 어째서."

"자식들의 외조부를 죽일 수 없기 때문이겠죠."

선대의 얼굴이 굳어졌다. 당황한 건 나도 마찬가지였다.

그가 이런 말을 할 가능성은 딱 하나뿐이다. 엄마가, 그러니까 리세트 듀블레드가 그리모아르 선대의 딸일 경우에.

인생 4회차의 경험치가 증거 없이 선불리 믿어선 안 된다고 경고하는데, 자꾸만 묘한 생각이 든다.

그리모아르 공작의 말이 사실일지도 모른다는 근거 없는 믿음. 그리고 내 앞에…… 외조부가 있을지도 모른다는 생각이.

선대가 싸늘한 눈으로 그리모아르 공작을 쳐다봤다.

"이 녀석, 원수에게 알려 줄 이야기는 없노라 내 그리……."

"아버지의 손녀를 찾기 위해 어쩔 수 없었습니다."

"손녀라고."

"듀블레드 공작에게 확인을 마쳤습니다. 르블레인은 초대 가주의 기록에 있는 '서약의 핏줄'입니다."

"……뭐라고?"

그리모아르 공작이 천천히 나를 끌어당겼다. 선대 앞에 나를 세운 그가 천천히 내 머리칼을 걷어 냈다. 아빠와 오빠들이 매일같이 놀리던 묘한 모양의 점이 드러났다.

선대는 떨리는 손으로 내 목을 짚었다. 그러자 따끔, 통증과 함께 묘한 부유감이 느껴지며 점이 문신처럼 기이한 형태로 변해 갔다. 그리모아르 공작가의 문양인 초승달의 무늬로.

선대는 얼굴을 온통 일그러뜨렸다.

한 세기 가까이 세상을 호령해 온 거인이 마치 길을 찾은 미아와 같이 연약해 보였다. 선대는 눈물 고인 눈으로 정신없이 나를 바라봤고, 그리모아르 공작은 짓씹듯 말했다.

"누님의 딸입니다, 아버지."

주변이 고요해졌다. 우리 세 사람의 사이엔 바람 소리만이 맴돌았다.

선대는 말했다.

"그래, 어째서 몰랐을꼬."

"……."

"초상화에서 본 그 아이의 눈과 이토록 닮았는데."

"……."

선대가 나를 향해 손을 뻗었다. 잘게 떨리는 손끝이 내게 닿았다.

그때였다.

삐이이익—!!

이명이 또 한 번 머리를 가로지르고 아찔한 두통이 찾아왔다. 머릿속에 그레모리의 절박한 목소리가 들려왔다.

[아이야, 나와의 계약에 따라 넌 지금 신성력을 쓸 수 없…… 서약의 인을 해제…… 아이야!]

그녀의 목소리가 일그러졌다.

의식이 멀어지는 사이, 우스운 생각을 한 것 같다.

'이래서 함부로 계약하면 안 된다니까, 빌어먹을'

—같은 생각이었다.

*　　*　　*

르블레인은 즉시 그리모아르 저택으로 옮겨졌다. 소식을 들은 듀블레드 공작과 요한, 앙리가 서둘러 그리모아르저를 찾아왔다. 혼절한 르블레인을 본 앙리가 물었다.

"어떻게 된 겁니까."

"마나의 분출구가 막혔다."

그리모아르 공작의 말에 앙리가 인상을 찌푸렸다.

"그럼 이제 신성력을 사용할 수 없는 평범한 인간이 되었단 말입니까?"

"아니, 말 그대로 분출구가 막혔을 뿐이다. 악마의 힘인 듯하다."

"악마의 힘이라고요?"

"칼로시우선 안에서 악마와 계약하는 것을 본 자가 있다더군. '그레모리'라 불렀다고 들었다."

권속이 있는데 그레모리와 계약을 했다니.

'권속을 사용할 수 없을 정도로 긴박한 상황이었다는 건가.'

"왜……."

"앙리."

"매번 이렇게 돼. 언제나 르블레인만이 고난 속에 놓이고, 우리가 할 수 있는 일은 없다고. 이 애가, 어머니가 무슨 죄가 있기에……!"

드물게 분을 참지 못하는 동생을 본 요한의 눈빛이 흐려졌다. 요한은 앙리의 어깨를 쥔 채로 그리모아르 공작을 바라봤다.

"아버지로부터 대강의 이야기는 들었습니다. 우리가…… 어머니가 그리모아르의 핏줄이었다는 것 또한."

"……."

"자세히 설명해 주십시오. 왜 어머니를 버리셨는지, 아버지께 말씀하신 '서약의 핏줄'이란 게 무엇인지를."

그리모아르 공작이 흘끗 선대를 쳐다봤다. 선대는 기절한 르블레인의 손을 붙든 채로 정신없이 아이를 바라보고 있었다.

그리모아르 공작이 말했다.

"내가 설명하지. 앉아라."

듀블레드 공작과 요한, 앙리가 침대 가까이에 있는 의자에 자리하자 그리모아르 공작이 상황을 설명하기 시작했다.

선대는 리세트가 죽을 때까지도 그녀의 존재를 몰랐다는 것, 리세트가 연명구를 가지고 있는 이유, 이 모든 사실을 알리지 않은 까닭.

리세트와 그리모아르의 관계에 대한 모든 것을 설명한 후, 그리모아르 공작이 한숨을 내쉬었다.

"처음엔 알릴까도 싶었지만, 원망이 더 깊었어. 너희는 리세트를 잃은 상처를 공유한 사람들인 동시에, 리세트를 죽인 듀블레드 선대의 핏줄이기도 하였으니까."

"……."

"무엇보다 테오도르 자네가 리세트와 결혼한 이유는 셰이먼의 피를 이용하기 위해서라고 생각했네."

"……."

"그도 그럴 것이 결혼 생활 내내 그녀를 밖으로 보인 적이 없지 않나. 마치 감금하듯이. ……그리 오해한 우리를 원망하나?"

"이해하겠네. 리세트를 위해."

테오도르가 고저 없이 대답했다. 그리모아르 공작은 허탈한 실소를 흘렸다. 숨을 가다듬은 그가 다시 이야기를 이어갔다.

"그리모아르 초대 가주는 악마를 불러냈었네. 그의 도움으로 연명구를 만들었고, 이 가문의 기틀을 다졌지."

"어떤 악마였나."

"미래를 보는 힘을 가진 악마."

요한과 앙리가 흠칫, 시선을 교환했다. 요한이 제 부친에게 말했다.

"르블레인의 말로는 쿠헬름 부족과의 전투 당시, 자수정의 악마가 미래를 보여 줬다고 했습니다."

"……그리모아르의 초대가 소환한 악마가 자수정의 악마일 가능성이 있다?"

"정황상 말이죠."

그리모아르 공작이 다시 입을 열었다.

"초대의 기록에 따르면 악마는 사라지기 직전에 한 가지 예언을 남겼다더군. 그리모아르의 핏줄에 그와 서약할 아이가 태어날 것이라."

"……."

"하여 서약의 인을 가지고 태어나는 아이에게 이것을 남긴다고."

그리모아르 공작이 품에서 무언가를 꺼냈다.

눈부실 정도로 짙은 에메랄드.

순간, 르블레인이 발작하듯 몸을 비틀었다.

구우웅─!

강력한 진동이 바닥을 울렸다. 그리모아르 공작이 보석을 쥐었다.

"첫 번째 기둥이자 시작의 악마, 바알."

르블레인의 체스판에 가장 강력한 핀이 세워졌다.

*　　*　　*

꿈을 꾸었다.

고대의 신 세르가와 선각자이던 시절의 네리아드가 나오는 꿈이었다.

청년의 모습인 네리아드는 세르가에게 날카롭게 소리쳤다.

[굶주리고 병든 인간이 수두룩하지만, 권력을 잡은 자들은 창고를 잠그고 그 어떤 것도 가여운 이들에게 나누지 않습니다. 신께선 어이하여 두고만 보십니까.]

[지켜보아야 하기에.]

[인간을 아우르는 것이 신의 역할이 아닙니까! 있는 자들에게서 곡식을 빼앗아 굶주린 자에게 나누어 줘야 합니다. 아이들이 굶고 있어요. 죽어 가는 자식을 보며 눈물짓는 것 외에 아무것도 하지 못하는 부모가 있습니다.]

[내가 곡식을 빼앗아 주면 그 후엔 어찌 되는 것이냐?]

[예?]

[하면 또 이러한 순간이 올 적이면 내게 기대려 할 것이다. 종국에 인간은 신이 만든 운명을 단지 순응하기만 하겠지.]

[그래서 죽어 가는 가여운 인간들을 지켜만 보시겠다고요? 궤변, 궤변!]

네리아드가 세르가에게 달려들었다. 얼굴이 보이지 않는 선각자들이 서둘러 그를 뜯어말렸지만, 네리아드는 목에 핏대를 세우고 소리쳤다.

[역시 당신은 아무것도 하지 않으려는 거야. 내가 죽어 가는 르블레인을 하염없이 바라보기만 할 때처럼!]

[…….]

[그게 얼마나 영혼을 좀먹는 일인지 당신은 모르겠지. 인간은 당신의 유희거리일 뿐이니까!]

세르가 곁에 있던 선각자들이 네리아드를 다그쳤다.

[불손하다!]
[그만두십시오, 네리아드 님!]

선각자들 사이에서 익숙한 얼굴이 보였다.
곤란한 표정의 부네, 어찌할 바를 모르고 네리아드와 세르가를 번갈아 보는 푸르, 얼굴을 굳히고 있는 파이몬.
선각자 몇이 네리아드를 제압하여 끌어냈다. 끌려가는 와중에도 그의 고함은 멈출 줄을 몰랐다.

[이럴 거면 왜 인간을 창조했어! 당신의 외로움을 떨쳐 낼 도구일 뿐인 인간에게 왜 감정을 준 거야!]
[…….]
[비열한 세르가, 당신을 증오해!]

세르가 신은 창밖을 향해 고개를 돌렸다.
끌려 나온 네리아드는 선각자들에 의해 떠밀렸다. 널브러지듯 주저앉은 네리아드가 손으로 눈가를 덮었다.
한참을 고개 숙이고 있던 그는 힘없이 몸을 일으켰다. 터덜터덜 걸어 신전 아래의 통나무집에 도착하자, 집 앞에서 누군가가 정신없이 뛰어다니고 있었다.

[뭐 하고 있어, 르블레인.]

[요크 아주머니 댁에 장작을 가져다주려고 쌓아 놨어. 밥은 먹었어?]

고대의 '나'는 해맑게 웃으며 네리아드를 바라봤다. 네리아드는 깡마른 '나'를 지그시 바라보았다.

한겨울에도 얇은 옷, 홀쭉한 볼살. 도무지 제 나이로는 보이지 않을 만큼 말랐다.

[너야말로 밥은 챙겨 먹는 거야? 내가 없을 때도 잘 챙겨 먹으라고 했잖아.]

[나는 잘 챙겨 먹지!]

꼬르륵.

눈치 없는 배가 울자 '나'는 어색하게 웃었다. 네리아드가 분을 참듯 눈을 꽉 감았다.

[사람들이 제단에 바친 음식은 다 어쩌고 식사도 안 해. 또 사람들에게 나눠 준 거야?]

[그게…….]

[내가 사는 이유는 오직 너 하나인데, 왜…… 어째서…….]

그의 목소리가 젖어 들어서 '나'는 어찌할 바를 모르고 동동거렸다.

[그런 게 아니라 다른 때에는 챙겨 먹는데, 두 끼나 먹는데……!]

[……]

네리아드가 몸을 돌렸다. 힘없이 집에서 멀어지는 그를 보며 '나'는 애타게 소리쳤다.

[오빠, 어디 가. 오빠!]

강가에 이른 네리아드는 털썩 주저앉았다. 버석하게 마른 손으로 흐려진 눈을 덮고, 소리 없이 눈물지었다.

그때, 누군가가 그의 어깨를 잡았다. 물결치는 탐스러운 적발을 가진 아름다운 외모의 여성이었다.

'그레모리.'

그제야 나는 깨달았다.

'나는 지금 꿈을 보고 있는 게 아니구나. 이건 그레모리의 기억이야.'

그레모리가 고저 없는 목소리로 그를 불렀다.

[네리아드.]

[……인간의 고통은 언제까지 이어지는 거냐.]

[……]

[인세에서 고통이 사라진다면 내 동생이 저 먹을 것도 없이, 가진 것을 모두 나눠 주진 않을 거다.]

그는 울었다. 얼굴을 엉망으로 일그러뜨린 채로.

[세르가가 아닌 내 손을 잡아 다오.]

[…….]

[내 동생이 행복해질 수 있는 세상을 함께 만들어 주겠노라 약속해 줘, 그레모리.]

[…….]

[도와줘.]

네리아드와 시선을 맞춘 그레모리가 고저 없는 목소리로 대답했다.

[그래.]

그레모리는 인간을 마음 깊이 아꼈기에 치유라는 '지혜'를 얻게 되었다.

그녀는 네리아드와 동년배의 여인으로, 두 사람은 절친한 지기였다. 네리아드가 세르가 신과 전쟁을 벌이기 전부터 그를 따라 병든 인간들을 구원하기 위해 각지를 다녔다.

그리고 전쟁이 터졌을 땐…….

[그레모리, 이 배신자! 어째서 네가 세르가 신을 배반하고, 신을 참칭하는 네리아드를 따르는 것이냐!]

……네리아드의 수족이 되었다. 너무나도 인간을 사랑했기에.

* * *

"헉!"

꿈에서 깨어난 나는 옷깃을 잡은 채로 헐떡였다.
주변을 둘러보자 익숙한 벽이 보인다.
'내 방……'
칼로시우선에서 돌아온 모양이었다.
나는 이마에서 배어 나온 식은땀을 손등으로 훔치곤, 숨을 몰아쉬었다.
"괜찮니, 아이야."
그레모리의 목소리였다.
나는 깜짝 놀라 옆을 바라봤다. 인간체로 현신한 그녀가 나를 바라보고 있었다. 표정 없는 얼굴에서 아드리안이 엿보인다.
"그레모리 님께서 제게 꿈을 보여 주신 거죠?"
"대답할 수 없다."
"네리아드 휘하의 악마라 세르가 신의 운명의 아이인 제게 대답할 수 없는 것이겠죠."
아무것도 말할 수 없기에, 고대의 기억을 보여 준 것이다.
나는 한숨을 내쉬었다.
'네리아드 휘하의 악마라면 내 멋대로 권속화하지 못하겠구나.'
그걸 알려 주고 싶어서. 권속화하겠다고 하다 잘못될 수도 있을 테니까.
"그레모리 님은 아무도 죽이지 않았나요?"
"인간을 말이냐."
"네. 그러니까 고대를 기억하는 거잖아요."
"영리한 아이."
나는 한숨을 내쉬었다.
"제가 쓰러진 이유는 뭔가요?"

"네가 나와 계약했기에. 악마와 인간이 계약할 시, 악마는 대개 인간의 수명이나 영혼을 받는다. 하지만 내 아들의 짝이자, 절친한 친우였던 자의 인생이던 네게서 수명과 영혼을 빼앗을 순 없었지."

"그래서 신성력을 대신 받으신 거예요?"

"그래."

"어떻게 하면 이 계약이 끝나죠?"

"나를 돌려보내 준다면."

"소원을 들어주면 되나요?"

그레모리가 고개를 끄덕였다.

나는 물었다.

"그레모리 님의 소원이 뭔가요?"

"……내 친구를 설득해 다오."

나는 흠칫 미간을 좁혔다. 그레모리의 친구라면 네리아드일 것이다.

"네리아드를 만나라고요? 그건 불가능한 일이에요. 세르가 신께서 말씀하셨어요. 네리아드는 육체를 잃고 오랜 시간 동안 떠도느라 이지를 잃어서 원념만이 남았다고요."

"이지를 가진 그와 만날 수 있는 기회가 있다면?"

"……네?"

"육체가 없기에 이지를 잃었다면 육체를 주면 될 일."

"신의 혼을 받아 낼 만한 그릇, 아니, 육체가 있다고요?"

그레모리가 천천히 내게 다가왔다. 그녀는 내 뺨을 가볍게 잡고는 다정한 목소리로 말했다.

"너는 어째서 인간이 악마의 소환법을 알고 있는지 아느냐?"

"……소환법?"

"발루아가에 글라샬라볼라스의 소환인이 있던 것, 노델리가가 이반의 기록을 가지고 있던 것, 그리고 샤틀레 후작가가 나의 소환인을 알고 있던 것."

나는 흠칫했다.

"그걸 어떻게 알고 계세요?"

"내가 한때 이 제국의 황후였다는 것을 잊어선 안 되지. 나는 네 생각보다 더 많은 것을 알고 있단다."

"……어째서 발루아나 노델리, 샤틀레가 소환인을 알고 있었던 건데요?"

"나는 말할 수 없다. 하지만 영리한 너라면 추측할 수 있어."

그렇게 말한 그녀가 마치 힌트를 주듯 말했다.

"나는 아이를 낳을 수 있지. 내가 아드리안의 모친이야."

"……!"

나는 핫, 숨을 들이켰다.

"악마도 자식을 낳을 수 있다! 악마의 핏줄인 자들이 조상의 소환인을 가지고 있었던 거예요."

"정말이지 영리해."

그렇게 말한 그녀가 빙그레 미소 지었고, 나는 눈을 동그랗게 뜨며 물었다.

"그런데 이상해요. 아드리안은 엄청난 힘을 가졌잖아요. 그건 그레모리 님의 아들이기 때문일 텐데, 왜 다른 가문 사람들은 그런 힘을 가지고 있지 않은 거예요?"

"여성체의 악마는 나뿐이기에."

"설마……."

아마도 남성체 악마는 인간으로 현신하여 여성과 결합하여 아이를 낳을 것이다. 하지만 여성체인 그레모리는 직접 아이를 낳는다. 전해지는 힘의 양이 다를 수밖에 없는 것이다.

"하여 여성체로 현신할 수 있는 악마는 드물지. 여성으로 둔갑하여 아이를 낳는다면 더더욱 힘을 전달할 수 없고."

"악마가 제 아이를 낳은 이를 위해 소환인을 남겨 두는 건가요?"

"그래."

"그럼 네리아드의 피를 이은 자도 있다는 건가요?"

"대답해 줄 수 없어."

"그레모리 님께서 네리아드 휘하의 악마이기에 말이지요……."

"……."

내가 시무룩 고개를 숙이자 그녀가 말했다.

"다만 질문할 순 있지."

"……네?"

"고대에서부터 지금까지, 길고 긴 시간을 넘어 다시 생을 얻은 네가 리세트의 자식으로 태어난 이유는 무엇일까."

"……."

"영리한 너라면 답을 찾을 수 있을 것이다."

그때, 그레모리의 모습이 투명해졌다.

"여기까지인가."

중얼거린 그녀는 처연히 미소 지었다.

내가 "그레모리 님!" 소리쳤으나, 어떻게 할 새도 없이 사라져 버렸다.

그레모리가 사라지자마자, 벌컥 문이 열리고 가족과 테일러가 들어왔다. 내가 외치는 소리를 들은 모양이었다. 가장 먼저 달려온 이샤크가 나를 붙잡았다.

"꼬맹아."

그가 괜찮으냐고 물으려던 찰나, 테일러가 우리 사이로 파고들었다.

"괜찮은지는 의사가 살필 테니 물러나 있어."

테일러가 나를 살피는 내내 가족들은 왁자지껄했다.

"막내야, 괜찮은 거야?"

"르블레인, 그레모리를 만났니?"

"칼로시우선에서 무슨 일이 있었던 거야. 자세히 좀 얘기해 봐, 꼬맹아."

"정신없게 하지 말고 하나씩 물어라. 달리아는 가서 물을 떠 오고."

그러는 동안에도 나는 멍하니 생각을 정리했다.

악마의 핏줄, 소환진을 가진 가문, 그리고 네리아드.

그러던 찰나, 열린 문으로 누군가가 보였다.

'그리모아르의 선대.'

그리고 그 옆엔 그리모아르 공작이 함께였다. 잠시 머뭇거리던 선대가 조심스럽게 문 안으로 들어왔다.

"……괜찮으냐."

"……."

내게 다가온 그가 천천히 어깨 위로 손을 올렸다. 그를 이렇게 가까이에서 본 건 처음이었다.

> "듀블레드 공작에게 확인을 마쳤습니다. 르블레인은 초대 가주의 기록에 있는 '서약의 핏줄'입니다."
>
> "그래, 어째서 몰랐을꼬. 초상화에서 본 그 아이의 눈과 이토록 닮았는데."

칼로시우선에서 그리모아르 공작과 그가 나눈 대화로 말미암아 나는 내 추측이 사실임을 느꼈다.

그러니까 그가 나의…….

"할아버지예요?"

내가 묻자 그는 마른침을 삼켰다.

"우리 할아버지가 맞아요?"

"……그래."

"……."

"그래, 르블레인."

"……."

테일러가 조용히 물러났고, 가족들이 흐려진 눈으로 나와 그리모아르의 선대를 바라봤다.

"어째서 우리를 찾아오지 않았어요?"

"……."

"우리가 리세트의 자식이라는 걸 알고 계셨던 것 같은데."

내 손을 아주 조심스럽게 잡은 그는 어떠한 말도 없었다. 면목이 없다는 듯이, 죄인이라도 되듯이. 그와 오빠들 사이엔 어색한 기류가 감돌고 있었다. 그의 떨리는 손을 물끄러미 바라보던 난 말했다.

"요한 오라버니는 잠을 잘 자지 못해요. 오라버니가 한 시간을 더 자면, 동생들이 그 시간만큼 고생할 거라고 생각하거든요. 바보 같지만, 바보인 게 아니라 책임감이 강한 거예요."

선대는 요한을 바라봤고, 요한은 흠칫했다.

"막내야."

나는 요한의 말에 대답하지 않고, 할아버지를 쳐다봤다.

"앙리는 협박이 특기, 탈세가 취미예요. 듀블레드의 선대 때문에 노인을 무서워했었어요. 이샤크는 난폭해 보이지만 사실은 가장 정이 많은 사람이고요."

앙리와 이샤크도 움찔했다.
나는 눈썹을 늘어뜨리고 웃었다.
"그리고 아빠는요. 엄마를 많이 사랑했어요. 아주아주 많이."
"……."
"제가 이런 것을 알려 주는 이유는요. 오빠들이 제게 소중하기 때문이에요."
"……."
"오빠들이 마음 놓고 사랑할 수 있는 사람이 하나라도 더 있었으면 좋겠어서."
"……르블레인."
나는 할아버지의 가슴을 툭, 쳤다.
"할아버지를 용서하겠다는 게 아니라…… 그런 게 아니고! 오빠들이 나한테 소중해서!"
새하얀 얼굴로 소리치는 나를 그리모아르의 선대가 끌어안았다.
"미안해. 미안하다."
"왜 이제야 왔어요! 나한테, 오빠들한테 할아버지가 얼마나 필요했는데!"
"그래, 내가 죄인이야. 내가 너희 아버지를 오해해서 너희에게 못 할 짓을 했어."
"아빠는 좋은 사람이에요."
"그래."
헝클어진 내 머리칼을 쓸어 넘겨 준 할아버지는 희미하게 웃었다.

"너희 엄마?"
"네. 엄마는 어떤 사람이었어요?"

"우는 법을 모르는 사람. 괴로울 때면 울지 않고 웃었거든."

그리모아르의 선대를 미워할 수가 없었다. 엄마와 닮은 면이 보일 때마다 가슴이 사무쳐서.

나는 입술을 꽉 깨물었고, 할아버지는 커다란 손으로 내 뺨을 쓰다듬었다.

"맹세하마. 내 남은 생을 모두 너희 남매에게 주겠다고."

"……."

"내가 살아 있는 한 너희 앞을 가로막는 모든 것들은 살아남지 못하리라."

그렇게 그는 몇 번이고 맹세했다.

앙리와 이샤크는 어쩔 수 없다는 듯 허탈하게 말했다.

"할아버지라고 불러 주도록 할까? 꼬맹이가 마음 놓고 사랑할 수 있는 사람이 한 명이라도 더 있길 바라니까."

"좋을 대로."

요한이 희미하게 미소 지었다.

할아버지가 다정한 눈길로 나를 바라봤는데…….

'어?'

그의 얼굴 위로 고대에서 본 금발의 여성이 겹쳐졌다.

"고대에서부터 지금까지, 길고 긴 시간을 넘어 다시 생을 얻은 네가 리세트의 자식으로 태어난 이유는 무엇일까."

'내가 엄마의 딸로, 그리모아르의 핏줄로 태어난 이유가 설마……!'

나는 얼른 할아버지의 소매를 잡았다.

"그리모아르 가문에 소환인이 있나요?"
"소환인?"
"악마의 소환인 말이에요."
할아버지와 그리모아르 공작이 시선을 교환했다. 그리모아르 공작이 고개를 저었다.
"소환인 같은 건 없어. 다만, 초대 가주가 남긴 보석이 있지. 듀블레드 공작에게 듣자 하니 너는 그것을 '통로'라고 부른다더군."
그가 품에서 어린아이 주먹 크기의 에메랄드를 꺼냈다.
쿵-!!
그것을 보자마자 가슴에 기이한 격통이 느껴졌다.
"르블레인!"
요한과 앙리가 얼른 내게로 달려왔다.
"왜 그래?"
"괜찮은 거야?"
한눈에 알 수 있었다. 저것을 통로로 가진 악마가 엄청난 힘을 가졌을 거란 사실을.
'에메랄드. 에메랄드를 통로로 가진 악마가 누구였지?'
기억을 더듬던 나는 입을 틀어막았다.
"바알……."
그리모아르 공작이 말했다.
"그래, 예언의 악마의 힘으로 가문을 세운 초대 가주는 가문에 서약의 아이가 태어날 것이고, 이것을 아이에게 전해 주라 당부했다."
"초대 가주의 기록을 보여 주세요!"
"뭐?"
"가주의 기록이요! 제가 봐야겠어요!"

어쩌면 네리아드의 피를 이은 자를 찾을 수 있을지도 모른다.

* * *

그리모아르의 서고에서 초대 가주의 기록을 찾아온 공작은 마뜩잖은 듯 중얼거렸다.

"가문의 내비 문서를 유출하다니. 그것도 듀블레드에."

나와 함께 가주의 기록을 살피던 할아버지는 대수롭지 않게 말했다.

"성가시게 서 있지 말고 가든가, 돕든가 하나만 해라."

"그리모아르 가주였던 분께서 책임감이 너무 없으십니다. 사생아를 보았을 때부터 알아봤지만요."

그가 투덜거리던 찰나, 나는 그리모아르 초대 가주의 일기장을 들고 소리쳤다.

"해석해 주세요. 여기요, 여기. 이 글자가 악마 맞지요?"

그리모아르 공작을 노려보고 있던 할아버지는 단숨에 헤벌쭉해져선 내가 짚은 곳을 보았다.

그리모아르의 모든 내비 문서는 가주들에게만 전해지는 암어로 적혀 있어서 할아버지와 공작의 도움이 필수였다.

할아버지는 "오냐, 오냐." 하며 칭얼거리는 손녀를 보듯 흐뭇한 표정으로 일기를 읽어 줬다.

[비가 억수같이 내리는 날이면 3년 전 떠난 악마가 생각난다.

개국 이전, 적군의 화살에 죽어 가던 내 앞에 나타난 황금빛의 머리칼을 가진 사내. 그는 신묘한 약으로 나를 살리고, 생전 처음 보는 특별한 힘으로 2,000킬로미터가 넘게 떨어진 진지로

귀환시켰다.

그렇게 살아난 나는 예언의 악마의 도움으로 적군을 궤멸시킬 수 있었다. 어쩌면 이 땅에 제국이 설 수 있었던 것은 모두 예언의 악마 덕일 것이다.]

'소환하지 않았는데 나타났다는 거야?'

나는 깜짝 놀라 입을 틀어막았다.

할아버지는 계속해서 일기를 읽어 줬다.

[악마는 드물게 자신의 이야기를 할 때가 있었다.

그는 여행자라고 했다. 서약의 아이를 찾아, 이 전쟁을 끝맺기 위하여 영겁의 시간을 여행 중이노라고.

당시엔 개국 전쟁의 이야기라 생각했지만, 그러나 지금 와 생각하면 그건 또 다른 전쟁의 이야기가 아니었을까.]

'전쟁…… 설마 세르가 신과 네리아드 신의 전쟁을 말하는 건가?'

[악마는 서약의 아이가 나의 피를 타고 태어날 것이라 예언하며, 내게 '비밀'을 알려 주었다. 언젠가 태어날 서약의 후손을 위해 기록을 남긴다.]

"비밀? 비밀이라고?"

내가 말하자, 그리모아르 공작과 할아버지가 의아한 목소리로 말했다.

"악마의 기록이 있다는 이야긴 들은 적이 없지 않습니까?"

"그래. 시간이 지나며 소실된 것인가?"

"그럴 리가요. 초대의 기록은 엄중하게 보관되어 있었습니다. 쪽지 한 장, 취미 자료까지 모두 남아 있지 않습니까."

'취미 자료?'

나는 그리모아르 공작을 붙잡았다.

"취미라니요?"

"고대부터 현대어, 자국어, 타국어. 모든 언어의 표기 문자를 모았지. 알파벳 말이다. 해례를 따로 남기지 않아서 해석할 순 없지만."

"봐도 돼요?"

그리모아르 공작이 내게 곰팡이 냄새가 나는 몇 권의 책을 가져다줬다. 제국어부터 칼튼리아어 등 세상에 존재하는 모든 문자를 다 모아 둔 책이었다.

"이건 또 뭐야."

빼꼼 얼굴을 들이민 이샤크가 어떤 페이지를 보고 킬킬거렸다.

"이런 언어는 본 적 없는데. 원주민 언어인가? 이건 인간이 팔다리를 펼치고 있는 것처럼 생겼고, 이건 모자를 쓴 것처럼 생겼네."

"치읓과 히읗."

"뭐?"

"……철수 세계의 언어야."

"네 권속 말이야? 미나와 같은 세계에 살았다던?"

"그래, 분명해. 이건 철수가 가르쳐 준 한글이라고!"

재작년에 그에게 재미로 배웠었는데, 한글은 배우기 쉬운 언어였다. 1년 만에 언어를 배울 수 있을 만큼.

나는 한글 표기 문자 밑에 적힌 문장을 더듬더듬 읽었다.

"신, 의 피를, 찾고, 있어?"

……뭐?

이게 대체 뭐야. 어떻게 예언의 악마가 마치 내게 말하듯이 이런 글을 써 놓은 거야.

딱딱하게 굳은 가족들이 나를 바라보았다.

"그게 끝인 거야? 응?"

"……아니."

나는 떨리는 손으로 다음 문장을 짚었다.

[네가 찾는 사람은…….]

나는 헛웃음을 터뜨렸다.

*　*　*

며칠 후, 듀블레드 지하 옥사.

철창 안에서 쓰러진 미나를 힐끗 쳐다본 경비병이 늘어지게 하품했다.

"지겹구먼. 이봐, 앤더슨. 저 여자는 오늘도 일어날 모양이 아닌데 적당히 하고 술이나 한잔하러 가지."

"쓸데없는 소리. 저래 봬도 운명의 아이가 아닌가. 틈을 봐서 탈옥이라도 하면 어찌하려고. 탈옥이라도 했다간 자네나 내 목이 잘리는 것으론 끝나지 않을 걸세."

미나를 힐끗거리던 경비병은 헹, 하고 콧방귀를 뀌었다.

"듀블레드에서 매일같이 마나를 보충해 주지 않으면 금세라도 숨이 끊어질 산송장이 뭘 할 수 있으려고."

상대가 보채자 한사코 거절하던 경비병이 졌다는 듯 말했다.

"가긴 한다만 오늘은 내기 체스는 하지 않을 거야."

"저번 날 제법 돈을 뜯기지 않았어? 이번에 보충해야지!"

"보충은 무슨. 이번에도 판돈이 털리면 아내가 날 내쫓을 걸세."

경비병이 껄껄 웃으며 자리를 떠났다. 발소리가 사라지기 무섭게 미나의 속눈썹이 파르르 떨리며 천천히 눈꺼풀이 열렸다.

다른 날보다 몸 상태가 좋다. 어떻게 된 일인가 하여 몸을 더듬자, 목에 걸린 것이 보였다.

'에트왈……!'

은색의 에트왈.

지난번 아미를 소환했을 때, 자신이 가진 에트왈이 가짜였다는 것을 알았다. 제단에서 보여 주기용으로 하던 아미 소환 의식에 쓴 후에, 레지날드가 가짜 에트왈을 조사해 보겠다며 가져갔었는데 어떻게 된 일일까.

'설마 진짜 에트왈인가?'

그러고 보니 지난번에 묘한 대화를 들었던 것 같다.

"에트왈을 정말로…… 괜찮겠습니까?"

"아가씨의 명…… 어쩔 수 없지 않나. 인질이 죽으면 신전을 압박할 방법이 없…… 살려는 둬야지."

꿈이라고 생각했는데, 이제 보니 의식이 몽롱한 와중에 실제로 들은 이야기일 수도 있겠다.

'몸 상태가 이 정도로 좋아진 걸 보면 이건 진짜야.'

미나는 얼른 주변을 살폈다. 경비병과 전투까지 할 상태는 아니지만, 철창 정도는 열 수 있다.

'아무도 없는 지금이 기회야.'

미나는 재빨리 마법으로 철창의 잠금쇠를 파괴했다.

챙―!!

날카로운 소음에 심장이 벌렁거린다.

미나는 문이 열리자마자 뛰쳐나갔다. 다행히 잠금쇠를 파괴하는 소리를 들은 자는 없는지 추격자는 없었다.

듀블레드저는 익숙했다. 이전 삶에서 삼 형제를 따라 자주 오던 곳이었기 때문이다.

"여기야. 비밀 통로."

"비밀 통로?"

"나만 아는 곳이야. 아마 형들도 모를걸? 가주들의 탈출구인 것 같더라고. 워낙 더러운 짓만 하고 살았으니."

"그런 걸 알려 줘도 돼?"

"이제 신전 눈치 보지 말고 우리가 필요하면 어느 때라도 오란 말이야. 또 혼자서 질질 짜지 말고."

'고마워, 이샤크.'

이전 삶의 기억을 떠올린 그녀는 지하를 내달렸다.

'분명 이 근처야.'

기묘한 모양의 횃대 세 개가 줄을 이룬 벽을 더듬자 손끝에 무언가 걸렸다. 누르자 쿠구구구, 작은 소리와 함께 벽이 열리더니 성인 한 사람이 겨우 빠져나갈 수 있는 구멍이 나타났다.

미나는 서둘러 구멍 안을 기어갔다. 등에 난 식은땀으로 옷이 온통 축축하다.

개구멍을 빠져나가자 낯익은 하천이 보인다. 듀블레드저 뒤편에 있는 레드거스산과 이어진 하천이었다. 막 일어나려고 하는데 인기척 소리가 들려왔다.

저벅, 저벅. 낮은 발소리였다.

심장이 입 밖으로 튀어 나갈 듯 거세게 뛰었다. 어떻게든 마법을 쓰기 위해 시동인을 띄우려 애썼으나, 옥사의 잠금쇠를 파괴한 것만으로도 쓸 수 있는 마나는 모두 쓴 모양인지 도무지 발현하지 않는다.

'제발. 제발……!'

이대로 잡힐 순 없었다.

억울해서, 너무나 억울해서.

'그곳'에 있을 적에 그리도 바랐던 꿈의 세계로 드디어 오게 되었다.

아버지가 자신을 알아보았다. 피붙이 같던 소중한 이들에게 진심을 전하지 못했다. 삼 형제와 자신이 얼마나 절친한 사이였는지 알려 주지 못했다.

서로를 제 살처럼 아끼던 그 시절을 저 홀로 알고 있었다는 것을 말해 주지 못했다. 그리고 그를……. 황궁에서 사무치는 외로움을 견디고 있을 그를 구원해 주지 못했다.

누군가의 손이 미나의 어깨를 잡았다. 미나가 굳은 얼굴로 고개를 돌리자 보인 건…….

"아기님."

"……추기경?"

검은 로브를 입고 있으나 저 얼굴은 언젠가 보았던 추기경이었다. 미나가 비틀비틀 일어나 서자 추기경의 호위인 듯한 성기사들이 얼른 그녀를 부축했다.

"괜찮습니까."

"네. 그런데……."

주변을 둘러본 그녀가 추기경에게 물었다.

"어떻게 오신 거예요? 게다가 이렇게 많은 성기사들까지 이끌고……."

"듀블레드를 칠 기회를 노리고 있었습니다."

"듀블레드를 친다고요?"

"교황께서 명하신 일이 있었는데, 수포로 돌아갔습니다. 더는 물러날 곳이 없기에 전면전을 계획하고 있지요. 상대의 병력을 살피러 왔는데, 수색병으로부터 이곳에 기묘한 문이 열렸다는 이야기를 듣고 온 겁니다."

"아……."

"정말 다행입니다. 가시죠."

"네."

부축받으며 걷던 미나가 에트왈을 꾹 말아 쥐었다.

* * *

신전.

"아기님!"

미나가 돌아왔다는 소식을 들은 추기경들이 헐레벌떡 그녀를 찾아왔다. 피골이 상접한 그녀를 보고서 추기경들은 하나같이 분통을 터뜨렸다.

"찢어 죽일 놈들! 아기님, 얼마나 고초가 심하셨습니까."

"저는 괜찮아요. 다들 걱정 많으셨죠? 레지날드 님께서도 저 때문에 고생하셨을 테고……."

레지날드의 이야기가 나오자 추기경들이 숙연해졌다.

"여러분의 표정이 어째서…… 혹시 레지날드 님께 무슨 일이 생겼나요?"

"……."

"말씀해 주세요!"

"그는 처형되었습니다."

"……뭐라고요?"

"오늘 오전의 일이었지요. 7가문 모의전에서 요한 듀블레드에게 금술을 사주한 일과 첫 번째 납치 미수 사건, 그리고 은밀히 금술사 길드를 만든 일까지 모두 탄로 나……."

미나가 입을 틀어막았다.

추기경들은 한숨을 삼켰다.

"그의 죄가 크긴 하지만, 추기경을 이토록 빠르게 처결한 일은 없었습니다. 듀블레드의 입김이 강하게 작용한 것이겠지요. 신의 종을 죽음에 이르게 하였으니 듀블레드는 천벌을 피하지 못할 것입니다."

미나가 입술을 꽉 깨물었다.

'르블레인……!'

그 애는 얼마나 더 삼 형제에게 죄를 엎을 셈인 걸까.

새파란 얼굴로 숨을 몰아쉬던 미나가 말했다.

"다른 분들의 말이 맞아요. 우리는 이제 물러날 곳이 없습니다."

"그렇다면……."

"계획대로 하죠. 오늘에라도 당장 그 애를 치는 거예요."

"하지만 아기님, 첫 번째의 힘은 상상을 초월합니다. 네크로맨시의 이능을 가진 악마 하나만으로도 대군에 필적하는 힘을 가졌잖습니까."

추기경들은 곤란한 표정으로 말을 이었다.

"첫 번째에게 어떤 악마가 더 있는지 알 수 없는 한 쉽게 움직일 수 없습니다."

"아뇨, 이젠 두려워할 필요 없어요."

미나가 옷깃 안에 숨겨 놓은 에트왈을 꺼냈다.

"저도 이제 악마를 소환할 수 있으니까요."

"……!"

"……!"

추기경들이 소리 없는 비명을 내질렀다.

'에트왈을 되찾아 왔어?'

우습게만 여겼던 두 번째에게 그런 추진력이 있었나. 그것도 다 죽어가는 와중에 듀블레드의 강력한 결계를 뚫고 에트왈을 찾아오다니.

추기경 중 하나가 그녀의 손을 덥석 잡았다.

"교황께서 보관 중인 통로의 악마를 권속으로 만드십시오."

"……교황 성하께서 악마의 통로를 보관하고 계신가요?"

"신전이 운명의 아이를 기다린 지 천 년. 우리가 수집한 통로가 저 듀블레드만 못하겠습니까?"

"네?"

"구시온, 바딘, 푸르손과 모락스, 나베리우스 그리고…… 아가레스."

"아가레스?"

추기경이 히죽 웃었다.

"예. 악마를 소멸시킬 수 있는 유일한 악마. 72기둥 중, 가장 강력한 공격력을 지닌 최강의 창이지요."

그러던 찰나, 미나를 데려온 추기경이 말했다.

"민심이 신전을 떠났습니다. 황궁의 허가 없는 전쟁은 역모나 다름없고 말입니다. 듀블레드에 입적된 첫 번째를 빠르고 안전하게 제거할 수 있는 방법은 하나뿐이지요."

"어떻게 말이에요?"

"악신 봉인 의식."

"……."

"의식에서 악신이 봉인된다면 첫 번째의 역할은 운명의 아이가 아니라 제물이었다는 게 밝혀질 터. 제물을 제물로 쓰는 것에 그 누가 이의를 제기하겠습니까?"

"……하지만 오늘은 일식이 아니에요."

"일식이 일어나는 날 악신을 봉인할 수 있다는 건 우리만이 아는 일이잖습니까. 요는 이것입니다. 황궁과 백성들 눈에 '악신 봉인 의식'으로 보이는 것."

"그렇지만 그 애가 없으면 악신을 봉인할 수 없잖아요."

"첫 번째를 잡아 제물로 악신 봉인 의식을 보여 주고 죽인 척하는 것입니다. 그사이 바꿔치기하여 감정도, 이성도 없는 인형으로 만들어 놓고서 추후 진짜 의식을 거행한다면?"

추기경들이 탄성을 터뜨렸다.

"과연……!"

"빠르게 처리하셔야 합니다. 듀블레드에서 방비하기 전에!"

하의 천을 비틀어 쥔 미나가 고개를 끄덕였다.

반격의 신호탄은 울렸다.

'이제 네 차례야, 르블레인.'

네가 내게서 빼앗은 모든 것들을 돌려받아야겠어.

*　*　*

듀블레드저.

내가 누군가와 대화를 나누고 있던 찰나, 이샤크가 문을 박차고 들어왔다.

"꼬맹아!"

"잠깐만, 처리할 일이 있어서. 일이 있으면 나중에 얘기해."

"대체 뭐길래…… 집시?"

이샤크는 돈이 든 자루를 쥔 집시들을 보고, 인상을 찌푸렸다.

"유랑 민족의 힘을 빌려서 네리아드의 핏줄을 찾으려고? 그럴 때가 아냐!"

"뭐길래 그래."

"미나가 탈출했어."

"탈출?"

이샤크가 "그래!" 소리치며 길길이 날뛰었다.

"탈출한 지 벌써 몇 시간이 지났다고!"

이샤크의 말이 끝나기 무섭게 앙리가 뒤이어 들어왔다.

"어떻게 된 거야."

"경비에 공백이 있었고, 미나가 탈출한 걸 알고서도 우리에게 알리지 않았어."

"뭐라고?"

"빌어먹을! 그 몸으로 제대로 탈출할 수 없을 테니 필시 주변에 있을 줄 알았단다!"

"대체 그 몸으로 어떻게……."

나는 고저 없는 목소리로 말했다.

"오전에 내가 에트왈을 줬어."

"뭐?"

"숨이 끊어지기 직전이어서."

"꼬맹아, 그건……!"

"인질을 죽일 순 없잖아."

"그럼 알렸어야지. 에트왈을 줬으니 감시를 강화하라고!"

"듀블레드령의 총집사장이 신전의 세작이었어. 이 저택에도 누가 신전의 끄나풀인지 모르는 상황에서 에트왈이 미나 손에 있는 걸 알릴 순 없었어."

"그럼 나라도 감시하고 있었을 것 아냐. 네리아드 핏줄을 찾는 것 때문이야? 거기에 몰두해서 평소답지 않게 군 거야? 그래? 네가 대체 왜 이런 실수를……!"

이샤크가 소리치자 앙리가 그를 한쪽 팔로 가로막았다.

"이미 벌어진 일은 어쩔 수 없어. 수습이 먼저다."

"……."

"교황청에 사람을 심어 뒀다. 연락해 볼 테니 너는 수색을 지휘해라. 영지엔 1급 방어령을 내리고."

앙리와 이샤크가 서둘러 나섰다. 듀블레드의 사람들은 미나의 탈출이 실패했길 바랐으나, 아무리 뒤져도 그녀를 찾을 순 없었다.

새벽에 앙리의 사람으로부터 연락이 왔다. 미나가 교황청에 되돌아왔다는 이야기였다. 이로써 미나의 탈출이 확정되었다.

우리 가족은 둘러앉아 앞으로의 일을 상의했다.

"가장 먼저 르블레인을 노려 올 겁니다. 르블레인의 거취는 어찌하시겠습니까."

앙리의 말에 고민하던 아빠가 입을 열었다.

"르브는 제도에 둔다."

이샤크가 인상을 찌푸렸다.

"신전의 앞마당인 제도에 둔다고요?"

"황궁이 있는 제도 안에선 아무리 신전이라도 해도 대군을 일으킬 순 없어. 차라리 먼 영지보단 안전하다."

이샤크가 조용해지자 요한이 입을 열었다.

"하면 영지는 어찌하시겠습니까. 영지민들을 인질로 잡아 르블레인을 요구할 수도 있습니다."

"요한, 네가 영지를 지켜라."

"큰형은 제도에 두시죠. 아버지를 도울 일이 많지 않겠습니까."

이샤크의 말에 나는 흠칫했다.

"안 돼!"

"무력 충돌이라면 내가 나아. 큰형은 저래 봬도 약골이라……."

"안 돼. 영지엔 요한 오라버니가 갈 거야."

"그래, 이샤크. 내가 간다."

이샤크는 검집을 쥐고 일어났다.

"탈출해서라도 내가 가. 영지군 훈련을 지휘한 것도, 이때껏 통솔해 온 것도 난데 형은 가 봤자 어리바리하기나 하지."

나와 요한이 소리쳤다.

"안 된다면 안 돼!"

"안 된다니까!"

이샤크는 기가 막힌다는 듯 이를 갈았다.

"꼬맹아, 그렇게 나를 못 믿겠어?"

"못 믿는다는 게 아니라……."

"내가 네게 얼마나 실망스러운 오빠였던 거야?"

"……."

"네가 날 큰형이나 작은형보다 믿지 못한다는 걸 알고 있어. 만회할 수 있는 기회를 주라."

그가 희미하게 웃으며 내 머리를 헝클어뜨렸다.

"제발."

간절하게 덧붙이며.

내가 이러지도 저러지도 못하고 들썩이자, 요한과 앙리가 시선을 교환했다.

"확실하게 할 수 있겠지?"

"멍청하게 굴지 말고 안 되겠다 싶으면 도망쳐. 듀블레드는 명예를 지키지 않는다, 영지민과 가족을 지키지."

요한과 앙리가 순서대로 말하자 이샤크는 씩 웃으며 이동진을 찢었다. 그가 사라진 후 나는 한숨을 푹 내쉬었다.

그러는 동안 앙리가 턱 끝을 매만지며 중얼거렸다.

"머리 쓸 수 있는 사람이 필요한데. 뒤보스 자작은 암조를 지휘해야 해서 안 되고, 고모는 대귀족들을 단속시켜야 하잖아."

그러자 아빠가 말했다.

"누아노크를 보내도록 하지."

"……의장을요?"

"그래. 핵심이 될 수 있을 만큼 신뢰하는 자이니까."

우리 남매는 깜짝 놀라 아빠를 쳐다봤다.

의장이 내게 충성 맹세를 하고 10년이 넘는 시간이 지났다.

그동안 아빠는 의장에게 많이 누그러졌으나, 단 한 번도 그에게 영지 전권을 주진 않았다. 유소년기 때부터 이어진 의장과의 전쟁은 아빠의 기억 속에서 완전히 잊히지 않았던 것이다.

'정말로 많은 게 바뀌었네.'

첫 번째 삶에서 누아노크 자작은 아빠의 손에 의해 산 채로 묻힌다. 그런 아빠와 의장이 완벽하게 손을 잡는 날이 오다니.

내가 헤헤 웃자 아빠가 무슨 일이냐는 듯 날 쳐다봤다.

"감회가 새로워서요."

그는 빙그레 웃었다.

'이샤크가 잘해 줘야 하는데…….'

*　　*　　*

며칠 후.

'잘하긴 개뿔!'

피가 홍건한 차림으로 돌아온 이샤크를 보고 아연실색했다.

"도망쳐 온 거야?"

"듀블레드답게."

"……그래, 살아왔으니 됐지."

내가 고개를 절레절레 젓고 있던 찰나, 이샤크가 드물게 진지한 표정으로 내 어깨를 잡았다.

"의장이 잡혀갔다."

"……뭐?"

나는 대번에 굳어져서 말했다.

"정확히 상황을 설명해."

"삼십 분 만에 성문이 뚫렸고, 의장이 잡혀갔다."

"……."

"스스로를 탓하는 건 결코 좋은 버릇이 아닙니다."

"풍랑에 휩쓸렸어도 무너지지 않은 기특한 자신을 칭찬하지 못할망정 왜 힐난하십니까?"

"아가씨."

의장의 미소가 떠올랐다. 온몸의 피가 식는 기분이었다.

이샤크가 말했다.

"의장을 잡아간 놈이 말했다더군. '미나 님의 심정을 이해해 보라'고. 또……."

"또 뭔데."

"……."

"이샤크!"

"마지막 기회를 줄 테니 너 홀로 제단으로 오라고 했다."

나는 즉시 협탁을 뒤져 이동진을 꺼냈다. 뒤에서 이샤크가 희게 질린 얼굴로 나를 쫓아왔다.

"꼬맹아, 진정해. 이성적으로 생각해. 이럴 때야말로……."

"저들은 날 어떻게 하지 못해. 추기경들이 지금 미나를 택한 건, 내가 적이기 때문이지 나를 가짜라고 생각하기 때문이 아니야. 미나와 나 중에 누가 진짜인지 모르는 상황에서 어떻게 날 죽일 수 있겠어."

"이렇게 보낼 순 없어."

"날 믿어."

"……."

"내가 이샤크를 믿었듯이 이샤크도 날 믿어."

이샤크의 손에서 스르륵 힘이 빠졌다. 이동진을 찢자 눈부신 빛이 나를 감쌌다. 저택에서 마지막으로 본 것은 내 방에 막 들어오던 아빠와 요한, 앙리였다.

다시 눈을 떴을 땐 제단이었다. 그 빌어먹을 제단이었다.

주변은 온통 고요했다. 제단 위엔 첫 번째 삶에서 즐겨 입던 교복이란 것을 입고 있는 미나가 보였다. 내가 살려 달라고 애원했던 그 제단에서, 나를 죽인 자가 또 한 번 나를 내려다보고 있는 것이다.

“고맙다는 인사를 할게.”

미나가 고저 없는 목소리로 말을 이었다.

“내게 에트왈을 돌려준 것.”

“……악마를 소환했니? 아미는 어쩌고?”

“내 권속이 돼 주었지. 추기경들은 반대했지만, 아드리안의 소중한 이를 소멸시킬 수도 없는 노릇이잖아.”

“소멸? 악마를 소멸시킬 수 있다고?”

“그런 힘을 가진 악마가 있거든.”

소멸의 이능을 가진 악마라면 딱 하나다.

‘……아가레스의 통로가 신전에 있었어?’

칫, 혀를 찬 나는 말했다.

“축하해. 드디어 나와 같은 선상에 선 것. 그리고 하나 정정하자면 아미는 권속이 되어 준 게 아냐. 네가 강제로 권속이 되게 한 거지.”

“뭐가 됐든 좋아. 르블레인, 이전 삶에서 자매였던 네게 기회를 줄게.”

“기회?”

“모든 것을 되돌려 놓을 기회.”

미나가 뚜벅뚜벅 단상에 다가갔다.

“아버지를 돌려줘. 내 형제들과 연인 또한.”

“헛소리도 그 정도면 재능이야.”

“……네가 나를 이길 수 있었던 건 내게 에트왈이 없었기 때문이야. 하지만 지금은 다르지.”

“그래서?”

“나는 삼 형제가 상처받는 모습은 보고 싶지 않아. 그들이 피 흘리는 모습은 더더욱. 너와 내가 합의하면 이 전쟁은 끝낼 수 있어."

"아, 그래서 내게 또 죽어 달라?"

미나가 나를 똑바로 쳐다봤다.

"그게 네 역할이야, 르블레인."

"……네 역할은 구원자고 말이지?"

"아버지를 돌려준다면 누아노크 의장은 무사할 거야. 그리고 네가 죽어 준다면 더 이상의 공격은 없어."

단상까지 세 걸음. 두 걸음.

'한 걸음만 더.'

그녀가 막 단상에 다가갔을 때였다.

쾅—!!

제단을 향해 무언가 날아왔다.

"꺄악!"

놀란 미나가 황급히 날아온 것들을 바라봤다. 그건 바위였다. 정확히 말하면 투척기에서 날아온 바위. 바위는 쉴 새 없이 날아왔다.

쾅—! 쾅! 쾅—!

미나가 서둘러 에트왈을 잡았다.

"도와…… 어?"

미나는 당황한 표정으로 에트왈을 흔들었다.

"뭐야, 대체……."

"힘 뺄 것 없어. 아무리 해도 안 되니까."

"무슨……."

"너 신성력을 쓰지 못한다고."

"그럴 리가 없어!"

없긴 왜 없어.

그렇게 생각하던 때에 누군가 소리쳤다.

"모, 모험자, 명을 수, 수행했다!"

"모험자."

"아몬드 많이."

"많이!"

투척기 앞에서 손을 흔들고 있는 자들. 님프들이다. 즉, 이 바위는 님프의 산에서 가져온 것들. 님프들은 이 바위를 모두 수원화하여 마나의 사용을 저지시킨 것이다.

권속을 소환하기 위해선 신성력 사용이 필수. 아무리 뛰어난 권속을 가지고 있다 하더라도 신성력을 사용할 수 없으면 절대 불러낼 수 없다.

당황한 미나가 주변을 둘러보았다. 입술을 꽉 깨문 그녀는 소리쳤다.

"성기사단!"

제단을 둘러싼 벽에서 활을 든 자들이 나타났다. 미나의 입꼬리가 삐뚜름하게 올라가려던 찰나, 활을 든 성기사들이 도미노처럼 툭, 툭, 쓰러졌다. 그리고 나타난 것은.

"명을 수행했습니다, 아가씨."

자카리를 비롯한 듀블레드의 이리들. 성벽을 빼곡하게 채운 이리들을 본 미나는 경악했다.

"너 설마……!"

나는 미나에게 다가갔다. 내가 한 걸음, 한 걸음 거리를 좁힐 때마다 그 애는 뒷걸음질 쳤다. 미나가 제단에 가로막혀 걸음을 멈췄을 때, 나는 손끝으로 미나의 어깨를 꾹 누르며 말했다.

"전세 역전."

"……!"

"미나야, 바보도 두 번은 쉽게 안 당하는데 넌 두 번도 쉽게 당하더라."

"설마."
"내가 풀어 준 거야, 너."
"이, 이……!"
"역전의 용사 행세는 즐거웠니?"
때마침 통신석이 울렸다.

[진짜 트리곤이 있는 위치를 확보했습니다, 아가씨.]

의장의 목소리였다. 이게 무슨 소리냐면 미나가 풀려난 것부터 지금까지 전부 내 계획이었다는 말이다.
"이샤크는 아무것도 모르고 있었어."
"네가 살던 나라에 이런 속담이 있다며. 적을 속이려면 아군부터 속여라."
"하지만 날 구하러 온 건 추기경이었어."
"그 추기경 이름 아니?"
"……스테파노."
'에퓰린의 친부란다.'
나는 미나의 손목을 잡고 하늘을 향해 치켜들었다. 우리의 목에 걸린 금색과 은색의 에트왈이 찰캉, 쇳소리를 내며 흔들렸다.
'와라, 네리아드.'
네 피를 이은 엄마의 몸에!

* * *

정미나는 태어나자마자 양친을 여의었으나, 아이가 없는 친척에게 입양되어 유복하게 자랐다. 양부모는 나쁜 부모가 아니었다. 오히려 남들 시선으로 보기엔 넘치게 좋은 부모였을 것이다.

고가의 노른자 땅을 깔고 앉은 아름다운 전원주택, 도우미 아주머니가 정성으로 가꾼 정원, 양모가 만든 수제 간식까지.

한 달에 한 번은 꼭 미나의 체험 학습 명목으로 여행을 떠났다. 미나의 하굣길엔 꼭 양모의 차가 기다리고 있었고, 별다른 일정이 없다면 학원 순행을 함께했다.

양부모의 밑에서 자라며 미나는 결핍이란 것을 몰랐다.

주변 사람들에게도 사랑받는 아이였다. 선생님은 이따금 미나를 몰래 불러 문제집이나 간식 같은 것을 쥐여 줬고, 친구들 사이에선 언제나 중심이었다.

지금 와 돌이켜 보면 어렸을 땐 마냥 행복했던 것 같기도 하다.

미나의 불행은 초등학교 시절 반장 선거 때 시작되었다. 학교에서 내내 붙어 다니던 절친한 친구가 있었는데, 어느 날부터 그 애가 미나를 피하기 시작했다.

부모님에게 듣자 하니 가세가 기울어 의기소침해진 것이라고 했다.

미나는 방과 후에 친구를 불러 놓고 따끔하게 말했다.

"집안 형편 때문에 속상한 건 알지만, 그렇다고 해서 친구를 피하는 건 옳지 않은 일이야."

"……."

"다시 사이좋게 지내자. 나는 네 형편이 어떻든 간에 네 친구니까."

"……."

"내일부터 다시 점심도 같이 먹고, 응?"

"……싫어."

"그러니까! 네 형편 같은 건 신경 쓰지 않아도 된다니까!"

"나는 그냥 너랑 있는 게 싫은 거야……."

"……어?"

바지춤을 꽉 말아 쥔 그 애는 그렁그렁한 눈으로 미나를 쏘아봤다.

"너는 맨날 너 하고 싶은 대로 하잖아……."

"……."

"축구나 피구 같은 거 하기 싫은데…… 씨, 나는 게임하고 싶은데 맨날 너랑 놀러 가야 하고, 안 놀면 혼내고……."

"너 음흉하구나."

"뭐?"

"그럼 그때 싫다고 하지, 속으론 날 싫어하면서 친구인 척하며 옆에 있던 거잖아. 어쩌면 이렇게 못됐니?"

"……."

"그치만 용서해 줄게. 사람은 실수를 하면서 성장하는 거라고 했어. 그러니까 우리 이제 다시 ─"

"다른 애들도 다 그래."

"뭐?"

"다른 애들도 속으로 다 그래. 선생님도!"

그 애가 꽥 소리쳤다.

"너랑 싸우면 너희 엄마가 다른 엄마들 힘들게 하니까 그래.

정민이가 그러는데 선생님이 널 예뻐하는 건 돈을 받았기 때문이래!"

"거짓말하지 마!"

뒤엉켜 싸우게 되는 건 한순간이었다. 선생님이 달려온 후에야 두 사람은 떨어졌다. 그리고 그 애만 혼이 났다.

그때부터 의심이 들었다.

'내 세계는 진짜일까?'

양부모님이 만든 거짓 세계가 아니었을까?

추측이 사실이라는 것을 안 것은 미나의 양부가 감옥에 들어가게 된 후였다. 뉴스에 대문짝만하게 나온 양부의 얼굴 아래엔 횡령이란 자막이 붙었다.

상냥한 세계는 어그러졌다. 대궐 같은 집은 허름한 빌라로 바뀌고, 선생님이나 친구들의 친절도 더는 없었다.

양모는 술병을 끌어안고 살게 되었다. 집에 돌아올 때면 늘 지독한 술 냄새가 났다. 거나하게 취한 양모는 미나의 얼굴을 잡고 술주정했다.

"예쁜 내 새끼. 아유, 우리 미나, 나를 쏙 빼닮았네."

미나는 그녀의 팔을 거칠게 뿌리치며 고함을 내질렀다.

"피 한 방울 안 섞였는데 내가 왜 당신 새끼야!"

양모는 넘어진 채 아무런 말도 하지 못하고 멍하니 미나를 바라보았다.

지긋지긋했다. 너무나, 너무나도.

가방을 내던지고 집을 뛰쳐나왔다. 한참을 정처 없이 떠돌았다. 갈 데가 없었다.

'여긴 내 세계가 아니야.'

내가 원하는 세계는, 진짜 나의 세계는 다른 곳에 있어.

강둑에 쪼그려 앉아 한참을 울다가 까무룩 잠이 들었다. 그리고 꿈에서…….

"또 울지. 또. 이 울보를 어떻게 해야 하나."

"힘들면 쉬어도 돼."

"미나야."

"미나."

그리고.

"네게 내 이름을 주마. 앞으로 그 어떤 불행과 고난도 네 일상을 범람하지 못하리라. 미나 아미티에."

진짜 세계가 있다는 것을 알게 되었다.

가슴 벅차도록 따뜻하고, 상냥한 진짜 나의 세계.

.

.

"꺄아아악—!!"

온몸이 조각날 것처럼 고통스러웠다. 시야가 온통 새빨개지고, 눈앞의 르블레인이 일그러진다. 르블레인 또한 고통스러운 표정으로 옷깃을 비틀었다.

"아악!"

삐이익—

이명이 두 사람의 머릿속을 가로질렀다. 세상에 고요가 찾아왔다.

*　　*　　*

눈을 떴을 땐 빛의 세계였다. 주변을 둘러보자 바닥에 무너져 있던 여자아이가 부스스 몸을 일으키는 것이 보였다.

"여기가……."

미나와 몹시 닮은 어린아이. 나는 황급히 내 몸을 내려다봤다.

'나도 어려졌어.'

머리를 쓸어 넘기며 밭은 숨을 내뱉던 미나가 나를 발견했다.

"너, 설마…… 르블레인?"

"가만있어."

나는 다시 한번 주변을 살폈다.

'그곳이다.'

수원 사건 후, 쓰러졌을 적에 세르가와 네리아드를 만났던 그 빛의 공간. 이곳에서 세르가는 허름한 로브를 뒤집어쓰고 있었고, 네리아드는 얼굴이 보이지 않았다.

"신의 공간……."

미나가 점거한 엄마의 육체에 네리아드의 혼을 뒤집어씌울 수 있었던 것이 아니었다.

'네리아드의 피를 이은 육체가 신의 공간으로 향하는 통로였던 거야.'

내가 일전에 이 공간에 왔던 건 꿈이 아니었던 것이다. 엄마의 피를 이은 나 또한 네리아드의 후손. 그렇기 때문에 내 육체를 매개로 신의 공간에 왔던 것이다.

미나가 인상을 찌푸렸다.

"그게 무슨 소리야. 날 대체 어디로 데려온 거야!"

"정신 사나우니까 입 닫아."

"너……."

나를 매섭게 쏘아보던 미나는 이를 악물었다.

"언제까지 나를 방해할 생각이니."

"생각 정리 중이니까 제발 성가시게 하지 말고 가만히 있어."

"너를 이해해 보려고 했어."

"나를 이해해 보려고 한 게 악신 소환 의식을 다시 하려고 한 거야? 헛소리 좀 하지 마."

"세계를 위해서였어."

고개 숙인 채로 한숨을 푹 내쉰 나는 미나를 노려봤다.

"그랬던 적도 있겠지. 하지만 지금은 아니잖아. 넌 오직 너를 위해 소환 의식을 하려고 했어. 그건 세계를 위한 일이 아니라, 날 살해하려고 한 거야."

"그렇게 날 나쁜 애로 몰고 가면 마음이 좀 편하니."

"제발 대충 미쳐 줄 수 없어? 그렇게까지 돌아 버리면 대화가 안 되잖아."

"르블레인!"

"왜!!"

내가 미나보다 더 큰 소리로 고함을 내지르자 그녀는 흠칫했다.

나는 손을 휘휘 젓고, 주머니를 살폈다.

'통신석, 통신석이…….'

그때였다.

쾅!

마력의 응축원이 내 볼을 스치고 날아갔다. 시전자는 미나였다. 뺨을 타고 선혈이 주르륵 흘러내린다.

“이제 결심했어. 네게 더는 아무것도 빼앗기지 않겠다고. 네가 악으로 물들게 한 내 소중한 사람들을 되찾아 올 거야. 무슨 짓을 해서든지.”

손끝으로 피를 매만진 나는 천천히 미나를 쳐다봤다.

“……네가 먼저 시작했다?”

“뭐?”

나는 단숨에 미나에게 달려들었다. 그 애가 “꺄악!” 비명을 내지르며 내 아래에 깔렸다.

“비켜!”

“비키랬다고 비키면 그게 싸움이냐?”

그리고 짝!

내게 얻어맞은 미나가 눈을 파르르 떨었다.

“너…… 너……!”

“뒷골목에서 개싸움만 10년을 한 나야!”

“이……!”

나는 버둥거리는 미나의 팔을 결계로 제압했다.

‘마법을 쓸 수 있을 줄 알았다.’

그레모리와의 계약으로 분출구가 막혀 있어서 약간 걱정하긴 했지만, 나보다 몸 상태가 끔찍한 미나가 저 정도의 응축원을 날린 것을 보고 추측했다.

이 공간에서는 신성력을 제한 없이 쓸 수 있을지도 모른다. 신성력이야 교황급이라는 미나가 더 많겠지만, 신성력을 제한 없이 사용할 수 있는 공간이라면 컨트롤이 뛰어난 내가 우위였다.

미나가 무릎으로 내 등을 찍었다.

“가만두지 않을 거야!”

“이게 진짜……!”

그때였다.

“아이야.”

사내들의 목소리가 들려왔다.

허름한 로브를 뒤집어쓴 세르가가 동쪽에서 우리를 쳐다보고 있었다.

세르가가 허공을 젓자 순식간에 나의 몸이 붕 떠올랐고, 그런 내게 세르가가 다가왔다. 눈을 동그랗게 뜨자 세르가가 희미하게 웃으며 붉어진 내 뺨을 쓰다듬었다.

“예나 지금이나 정말이지 힘이 넘치는 혼이로구나, 넌.”

“쟤가 먼저 때렸어요!”

내가 이르듯 씨근거리자, 세르가가 나를 품에 안은 채로 미나를 쳐다봤다. 미나는 떨리는 눈으로 세르가를 바라봤다.

“당신은…….”

순식간에 미나의 몸이 반대 방향을 향해 날아갔다.

“다른 세계의 신이 빚은 피조물아.”

“…….”

“또 한 번 내 아이에게 손을 댄다면 경고로 끝나지 않을 것이다.”

“……당신, 네리아드 신이 아니군요. 설마 악신인가요?”

그때였다.

“세르가.”

소름 끼치도록 낮은 목소리가 이 공간을 울렸다. 모여든 어둠이 곧 사람의 형상이 되고, 몹시 익숙한 얼굴의 사내가 나타났다.

"네리아드."

내가 중얼거리자 미나의 표정이 환해졌다.

그녀가 네리아드를 향해 달려가던 찰나, 네리아드는 그녀를 스쳐 지나가며 우리에게 다가왔다.

"이리 와라, 르블레인."

미나가 자신을 스쳐 지나간 네리아드를 믿을 수 없다는 표정으로 바라봤다.

네리아드는 나를 향해 손을 뻗었다.

"어서."

나는 보란 듯이 세르가에게 바짝 달라붙었다.

"르블레인!"

"싫어!"

네리아드와 나의 사이에 휘잉, 바람이 부는 듯했다.

너만 소리칠 줄 아냐. 나도 한 목소리 한다 이거야.

솔직히 말해서 엄청나게 무서웠다.

최강의 선각자, 이제 신이라 불리는 네리아드는 그야말로 힘의 응집체였다. 공포가 현실화된 것 같은 네리아드의 앞에 선 것만으로도 손발이 달달 떨린다.

네리아드의 흰자위가 새카맣게 변하며 동공이 피를 응축한 듯 새빨개졌다. 폐가 꽉 옥죄어지듯 답답해졌다. 관자놀이에 핏줄이 불거지던 찰나였다.

"르블레인."

세르가의 다정한 목소리가 들려오자 거짓말처럼 고통이 가신다.

네리아드의 입매가 비틀렸다.

"힘이 돌아오고 있다고 해서 나의 우위에 있는 것 같은가, 세르가. 내 앞의 너는 풍랑 앞 촛불과 같다."

"네리아드."

세르가는 나를 고쳐 안으며 힐끗, 그를 바라보았다.

"너는 여전히 사막에 쓰러진 목동이로구나."

네리아드의 미간이 일그러졌다.

"뭐라?"

"두려움을 분노로 숨기는 것이 여물지 않은 시절부터 지금까지 조금도 달라지지 않았어."

"세르가!"

쾅—!

네리아드가 소리치기 무섭게 칼날 같은 바람이 휘몰아쳤다. 미나가 꺄악! 비명을 지르며 무너졌다. 바람에 살결이 베인 듯 옷에 피가 비친다.

나는 눈을 꽉 감았다. 그런데 아무리 시간이 지나도 고통이 느껴지지 않았다. 세르가로부터 시작된 온화한 공기가 결계가 되어 나를 지켜 주고 있었다.

나는 깜짝 놀라 그를 바라봤다.

"세르가 님, 힘이……."

그전에 봤던 세르가는 네리아드에게 저항할 수 없을 정도로 약했다. 나를 보호하기는커녕, 금세라도 사라질 듯 연약했던 그가 어떻게 이런 힘이 생긴 걸까.

세르가는 빙그레 웃었다.

"되찾은 것이지. 모두 네 덕이란다."

"네?"

"신의 힘은 피조물의 믿음으로부터 말미암는 것. 네가 네리아드의 신도들에게 의심을 품게 만들어 나를 따르는 자들이 생겨났기에 너를 지킬 수 있게 되었다."

네리아드의 입매가 비틀렸다.

"한 줌에 불과한 믿음으로 내게 대항할 수 있다고 믿느냐. 세르가, 넌 내게 있어 우스울 만큼 연약한 먹잇감일 뿐이야."

세르가를 한껏 비웃은 그는 우리를 향해 다가왔다.

"우스울 만큼 연약한데 왜 헐레벌떡 나타났지?"

내가 그렇게 말하자 세르가와 네리아드, 미나가 동시에 날 쳐다봤다. 나는 세르가의 품에서 폴짝 뛰어내려 네리아드를 쳐다봤다.

"당신은 신의 힘을 가로채 이지를 잃었다고 했는데, 왜 나의 이번 삶에선 멀쩡하게 대화할 수 있는 거야?"

"……."

"가로챈 신의 힘을 감당하지 못하고 점점 이지를 잃어 갔는데, 내가 이번 삶에서 너무 잘했지? 그치? 사람들의 믿음을 잃어 가서 신의 힘이 사라지고 있는 거지? 그래서 이성이 생긴 거 아냐?"

"……."

"이성이 생겨서 무서운 거지? 두렵지? 그치!"

"르블레인!"

에뮬린에게 전수받은 스킬, 일명 '지옥의 주둥이'를 유감없이 발휘하자 네리아드의 얼굴이 험악하게 구겨졌다. 네리아드는 화를 눌러 참듯 꽉 눈을 감았다.

"너를 위해 안배한 세상이다. 더는 세르가에게 속지 말고 내 곁으로 돌아와라. 네 유일한 가족인 내게로."

"저희 가족은 위그젠트라 제국 제도에 있는데요?"

"말꼬리 잡는 버릇은 도무지 고쳐지지 않는구나."

"누가 보면 저를 키우신 줄?"

내가 빈정거리자, 등 뒤에서 픽 실소가 흘러나왔다. 세르가였다. 내게 다가온 그가 다시 한번 날 안아 들었다. 내 뺨을 다정하게 매만진 그는 말했다.

"참으로 강인한 영혼이지 않으냐, 네리아드."

"세르가."

"월등히 강한 자를 앞에 두고도 결코 기죽는 법이 없지. 변화를 두려워하지 않고, 넘어질지언정 고통을 발판 삼아 성장한다."

세르가가 내게 이마를 맞대고 속삭였다.

"너는 내게 인간을 포기하지 않도록 만들어."

그가 닿은 곳부터 따스한 온기가 퍼진다. 내 이마에 푸른 빛의 문양이 떠오르고, 몸이 점점 부유했다.

"가라, 소중한 아이야. 네 그림자 안에서 함께하겠노라."

'세르가 님…….'

동시에 네리아드가 미나를 향해 손을 펼쳤다. 미나의 이마에 붉은빛의 문양이 떠오르고 검은 안개가 그녀를 감쌌다.

"네리아 ─!"

그녀는 무언가 할 말이 있는 사람처럼 소리쳤으나, 나보다 먼저 이 공간에서 사라졌다.

점점 눈이 감긴다. 의식이 멀어지는 동시에 네리아드의 목소리가 들려왔다.

[너를 위한 세상을 결코 잃지 않을 것이다. 기다리마, 르블레인. 목자의 세상에서.]

*　　*　　*

헉!

나는 튕기듯 일어나 가슴을 붙들었다. 가슴이 터질 듯 뛴다. 주변을 둘러보자 제단이었다. 미나 또한 옷깃을 움켜쥔 채 헐떡이고 있었다.

"아가씨!"

"아기님!"

신전과 듀블레드가 양쪽에서 달려왔다.

계단을 박차고 단숨에 도약해 온 자카리가 나를 끌어안고 멀찍이 뒤로 물러났다. 미나는 성기사 조나단에게 안겨 있었다.

자카리가 조나단을 견제하며 물었다.

"괜찮으십니까."

"어떻게 된 거야? 내가 얼마나 의식을 잃고 있었어?"

"수 초에 불과하다."

수 초에 불과하다고?

'지난번에 신의 공간에 갔었을 적엔 꽤 오래 기절하고 있었는데.'

어떻게 된 건가 고민하고 있던 찰나, 조나단의 고함이 들려왔다.

"아기님!"

미나의 한쪽 얼굴이 일그러져서 오물처럼 뚝, 뚝, 흘러내리고 있었다.

그제야 감이 왔다.

'그렇구나. 미나를 매개로 신의 공간에 다녀와서 내겐 이상이 없는 거야.'

일전엔 세르가가 나를 신의 공간으로 불러들인 것이지만, 이번엔 내가 미나를 제물 삼아 신의 공간을 억지로 열고 들어간 것이다. 그래서 신의 공간으로 들어간 페널티를 미나 혼자서 받고 있는 것이고.

조나단이 서둘러 미나를 둘러업고 소리쳤다.

"퇴각한다!"

미나의 상태가 저 지경이 되어선 결코 전투를 벌일 수 없었을 것이다.

듀블레드의 기사들이 도망치는 성기사들을 쫓으려 하던 찰나, 내가 소리쳤다.

"쫓지 마! 우리는 바로 의장 쪽 진영으로 합류한다!"

여기서 성기사들과 맞붙는 건 소모전에 불과했다. 의장을 찾고, 진짜 트리곤을 찾는 것이 우선이었다.

자카리는 다른 기사에게 나를 맡기고, 제단 쪽 병력을 이끌고 의장에게 신호를 받았던 곳으로 이동했다.

나는 듀블레드저로 돌아갔다. 고모는 사색이 되어 돌아온 나를 부축했다.

"르블레인."

"영지는요? 영지는 어떻게 되었어요?"

"황군이 투입되어 신전의 병력이 도망쳤다. 아드리안 황자가 시간에 맞춰 황제를 설득한 모양이야."

"다행이네요……."

나는 고개를 끄덕이고서 억지로 몸을 움직였다.

"어딜 가는 거니. 넌 쉬어야 해."

나는 고모의 말을 들은 체 만 체하며 저택 내의 병동으로 향했다.

'서둘러야 해. 어서, 어서!'

허겁지겁 병실로 뛰어 들어가자 죽은 듯 잠들어 있는 레아가 보였다. 나는 얼른 그레모리의 통로를 꺼냈다.

"소원을 들어줬어요. 이제 이능을 빌려주세요."

창문 앞 커튼이 휘날리고, 반쯤 투명한 그레모리가 나타났다. 나를 쫓아 들어온 고모가 점점 희미해지는 그레모리를 정신없이 바라보았다.

"……폐하."

[…….]

"폐하, 저는, 전……."

고모는 차마 말을 잇지 못하고 고개를 수그렸다.

[바보처럼 상냥한 나의 기사님.]

"……."

[보고 싶었어.]

고모가 천천히 고개를 들자 그레모리의 입가에 다정한 호선이 그려졌다.

"……나도 그래, 엘자."

그레모리가 완전히 사라지고 희뿌연 빛무리가 바닥에 가라앉았다. 바닥에 무너진 고모는 "엘자……." 한 마디만을 고장 난 인형처럼 거듭 중얼거렸다.

멍하니 고모를 바라보는 중에 누군가 나의 손을 잡았다. 너무나 익숙한 온기. 나는 고개도 돌리지 못한 채로 눈물을 참았다.

"왜 이렇게…… 야위신 거예요."

"……."

"다친 곳은?"
"……."
"제가 제대로 지켰나요?"
나는 입술을 꽉 깨물었다. 기어이 뺨을 타고 눈물이 흘러내렸다.
아, 이토록 바보 같은 너를 어떻게 해야 하는 걸까. 사경을 헤매고도 내 걱정뿐인 나의 너에게 나는 어떤 것을 보답할 수 있을까.
"……레아."
"네."
"레아."
"그래요."
쓰러지듯 무릎 꿇은 나는 그녀의 손등에 이마를 맞댄 채로 서럽게 울었다. 아무렇지 않게, 밝게 생활하기 위해 노력했으나 그녀가 없는 세계는 지옥과 같았다. 어린애처럼 엉엉 우는 나를 본 레아가 다정하게 미소 지었다.
"너는 언제나 나를 지켜 줬어. 태어난 이래로 줄곧."
나는 레아의 뺨을 쓰다듬으며 억지로 웃었다.
"쪼글쪼글한 갓난쟁이인 나를 필사적으로 지켜 주고, 겁에 질린 어린애를 사랑으로 다독여 주고."
"……아가씨?"
"너는 엄마와의 약속을 지켰어, 레아."
"……."
"나야, 레아. 네가 지킨 엄마의 딸."
레아의 동공이 가늘게 흔들렸다. 고모 또한 주저앉은 채로 나를 정신없이 바라봤다.
"내가 아기새야."

어딘가에서 챙강, 하는 소리가 들려왔다. 반쯤 흐려져 있던 레아의 눈에 빛이 돌아왔다. 레아의 얼굴이 엉망으로 일그러졌다.

나는 그녀를 끌어안으며 맹세했다. 이제 그 누구에게도 내가 세상에서 제일 강인한 어머니의 자식이라는 것을 숨기지 않으리라.

듀블레드의 딸이 돌아왔다는 것을 온 세상에 알릴 시간이었다.

*　　　*　　　*

의장이 무사히 돌아왔다.

"아가씨."

그는 무언가를 부축하고 있었다. 내가 의장을 쳐다보자 그가 고개를 끄덕였다.

'데려왔구나.'

"트리곤, 맞습니까?"

내 말에 그것은 고개를 들었다. 저택의 고용인 몇이 입을 틀어막았다. 팔다리와 외눈, 입이 있다는 것을 제외하면 도무지 사람의 꼴로는 보이지 않는다.

녹아내린 피부를 대신해 뭉쳐진 오물 같은 것이 덕지덕지 붙어 있다. 반쯤 튀어나온 눈알엔 혈관이 비치고, 곳곳이 흉측하게 벌어졌으며 입안엔 기괴하리만큼 날카로운 이빨이 삐뚜름하게 나 있다.

그에게서 나는 악취가 코를 찌른다. 거기다 숨을 내쉴 때마다 쇠를 긁는 듯한 기분 나쁜 소리가 났다.

실로 끔찍한 꼴이었다.

때마침 이제껏 나를 도와온 가짜 트리곤이 뛰어 들어왔다.

"사실입니까?! 트리곤을 확보했다는 것이 진정…… 너."

그는 괴물같이 변한 친구를 발견하고 차마 말을 잇지 못했다. 땅에 뿌리 박힌 듯 굳어 있던 그가 천천히 진짜 트리곤에게 다가갔다.

가짜 트리곤, 그러니까 웨일이 이를 악물었다.

"꼴 좋구나. 대단하셔, 정말이지."

"……."

"아버지껜, 아라곤 님껜 뭐라 말씀드릴 테냐. 저 잘난 줄 알고 금술을 행하다 이 꼴이 되었다고 할 테냐."

"……."

"대답해! 이 못난 새—"

웨일이 주먹을 치켜들었을 때였다.

"……일."

이때까지 한마디도 하지 않던 트리곤이 입을 열었다.

"웨……일."

"……."

"웨일…… 웨일."

말을 갓 배운 아이처럼, 아니, 모든 언어를 잊어 단 하나의 단어만을 기억하는 노인처럼 트리곤은 오직 한 사람의 이름만을 반복했다.

웨일의 손이 스스륵, 풀리었다. 트리곤에게 걸쳐진 로브만을 가까스로 부여잡았다.

"이게 무슨 꼴이야…… 이게……."

고개 숙인 웨일의 턱 아래로 눈물이 뚝, 뚝, 떨어졌다.

"네가 어찌 이리되었어……."

누구 하나 웨일에게 말을 붙일 수 없었다. 그를 위로할 말이 없었기에. 나는 서럽게 우는 그를 가만히 지켜보았고, 저택엔 무거운 침묵이 가라앉았다.

한참 후에야 나는 입을 열었다.

"트리곤, 아라곤의 아들."

"……."

"그 어떤 이유가 있었든 간에 당신은 내 사람들의 죽음에 일조하고, 신전이 어머니의 시체를 유린하게 만들었어요."

"……."

"그럼에도 불구하고 내가 당신을 구해 오도록 한 데엔 여러 가지 이유가 있지만, 가장 큰 이유는 웨일입니다. 그가 당신을 대신해 내게 용서를 빌었기 때문에."

"……."

"사죄하기 위해 인생을 내게 바친 웨일 앤더미가 애처로워서."

트리곤이 주저앉았다. 누군가 걸쳐 주었음이 분명한 로브가 스르륵 떨어졌다. 그는 땅에 머리를 조아렸다. 웨일 또한 흐려진 표정으로 고개를 다시 푹 수그렸다.

"미, 미, 안…… 미안합…… 미안……."

"이깟 말 몇 마디가 아니라 인생으로 사죄하세요. 그러려면—"

"……."

"—회복부터 하세요."

트리곤과 웨일이 떨리는 눈으로 나를 바라봤다. 나는 어쩔 수 없다는 듯 어깨를 으쓱하고서 웃었다.

"베로니카와 테일러 삼촌에게 데려가. 필요하다면 그리모아르의 도움을 받고. 외할아버지가 도와주실 거야."

웨일이 덥석 무릎을 꿇었다.

"감사합니다, 아가씨. 감사합니다……."

"감사하긴. 이게 다 나 좋자고 하는 일인데."

"……예?"

나는 씩 웃고 허리를 굽혀 웨일과 눈을 마주쳤다.

"트리곤이 회복되는 즉시, 아라곤 님과 베로니카, 그리고 그리모아르와 함께 금술의 페널티를 최소화할 방법을 모색해."

"무슨…… 전쟁에 금술을 사용하기라도 하시려고요? '기억 왜곡'이 전쟁에 무슨 도움이 되겠습니까."

"안 되긴 왜 안 돼. 잘만 쓰면 그만한 보물이 없는데."

나는 팔짱을 끼고서 창밖에 보이는 신전의 첨탑으로 고개를 돌렸다.

"우리는 본격적으로 네리아드의 힘을 약화시킬 거다."

"신의 힘을 약화시킨다니요. 가능한 일입니까?"

"가능하더라고. 사람들의 믿음을 빼앗으면."

"……?"

"난 말이야. 악신의 아이답게 기왕이면 아주 악랄하고 간단한 방법으로 사람들의 믿음을 빼앗을 거야."

나는 양 주먹으로 입가를 가리고서 킬킬, 사악하게 웃었다.

* * *

나는 가족들, 그리고 내 정체를 아는 사람들과 원탁에 둘러앉았다. 삐딱하게 고개를 꼰 이샤크가 나를 쳐다봤다.

"그래서 뭐가 어떻게 된 건데?"

"응?"

"의장의 납치, 미나의 탈출 말이야."

"아아, 그야 당연히 내 계획이었지."

"미나를 놓친 것부터 말이냐?"

"응. 배우로 집시들을 섭외해서 일을 꾸몄지. 미나가 우리 쪽이 방심하고 있다고 알게 하려고. 집시를 섭외한 건 우리 병사 중엔 영 연기를 쓸 만하게 하는 사람이 없었기 때문이야."

"……의장은?"

그건 이렇게 된 거다.

신전에서 의장을 납치하자마자 베로니카가 제작한 추적용 마도구가 발동했고, 이리들로 하여금 의장을 쫓도록 했다. 그 말을 들은 이샤크가 허, 실소를 흘렸다.

"의장은 신전의 본진이나 마찬가지인 교황청에 구금당해 있었어. 이리만으로 교황청을 뚫게 했다고?"

"확실하게 뚫을 수 있는 사람들을 보냈으니까."

'아빠와 요한, 앙리, 거기에 그리모아르 공작이 의장 구출 작전 책임자였다 이 말이야.'

성기사들의 대부분은 제단에 있는 미나를 지원하고 있었고, 교황은 할아버지와의 전투에서 타격을 입어 나서지 못했다.

'거기에 에뮬린의 친부인 스테파노를 이용해 추기경들 사이에 미리 내분을 만들어 놨지.'

아무리 강력한 힘을 가진 추기경들이라도 와해되면 잔챙이나 마찬가지. 그런 잔챙이들이 아빠와 요한, 앙리, 그리모아르 공작을 당해 낼 수 있을 리가 없지 않은가?

내 설명을 들은 이샤크는 입을 떡 벌렸다.

"그걸 내게만 말하지 않았다고?"

"아니, 저쪽을 속일 만한 사람이 필요했으니까……. 필사적으로 싸워야 속았을 것 아냐."

"이게……!"

이샤크가 맹렬하게 나를 노려봐서 나는 슬쩍, 아빠의 뒤에 숨었다.

앙리가 픽 웃으며 말했다.

"그래서 이제 어떻게 할 생각이야? 우리와 신전이 전면전을 벌였으니 황궁에서도 나설 텐데."

"내가 책임질 생각."

"책임?"

"내일, 이 전투를 만든 책임자로 직접 황궁에 갈 생각이야. 아빠는 황제가 공개 심문을 하도록 만들어 주세요."

가족들의 표정이 일시에 굳어졌다.

"그건 안 돼. 잘못했다간 평생 황궁에 매이거나, 최악의 경우 사형이야."

"그래, 르블레인. 공개 심문에선 추기경 3인과 대귀족 3인, 황족 3인의 표결로 죄가 결정된다고. 추기경이 표결에 들어가는 이상, 우리가 불리해."

"누구나 그렇게 생각하겠지?"

"당연하지!"

"투명성이 의심되는 공개 심문에는 이제껏 어떻게 해 왔지?"

"그야 마경을 통해 제국 각지에 중계되도록…… 설마 너!"

이샤크가 벌떡 일어났다. 나는 고개를 끄덕였다.

"그 자리에서 내가 아빠와 엄마의 친딸이라는 걸 밝힐 거야."

결심했거든. 세상 사람 모두에게 듀블레드의 친딸이 돌아왔음을 알리겠다고.

그 후, 우리는 나의 심문을 공개 심문으로 만들기 위해 분주히 뛰어다녔다. 이 일에 탁월한 재능을 발휘한 건 역시 앙리였다.

"공께서 신진 귀족들의 구심점이라는 것을 압니다."

"공자가 귀족들을 겁박하고 다니는 것은 내 알고 있지. 하지만 나는 쉽지 않을 것이네. 내 당파는 신의로 뭉쳐 있고, 나는 반백 년간 오기 하나로 살아온 사람이야. 내가 공자에게 쉬이 당할……."

"아드님께서 최근 재미난 놀이에 빠지셨더군요."

"……뭐?"

"'경마에 푹 빠졌다'라. 한데, 재능은 없는 모양입니다. 나흘 동안 30만 프랑이라……. 공의 영지는 심각한 가뭄으로 수원도 사들이지 못할 지경인데 아드님은 이만한 돈을 어디서 구하셨을까요?"

"……."

"어떻게, 제가 본격적으로 털어 볼까요?"

"……내가 무엇을 어쩌면 되겠는가."

듀블레드 선대의 치부책과 그간 암조를 통해 꾸준히 모아 놨던 귀족들의 약점, 거기에 뇌물까지 이용하며 귀족들을 들쑤신 것이다. 이렇게 앙리가 신진 귀족들의 구심점에게까지 공개 심문을 요구하게 했다.

그리고 요한은—

"부탁드립니다, 셰비네 양."

"세상에, 각하! 제게 고개를 숙이지 마세요. 저희 고독한 은빛 친위대는 처음부터 각하를 위해 일할 준비가 되어 있었답니다."

친위대를 이용, 그 부모를 휘둘렀다.

이샤크의 경우엔—

"하하, 이거 실망일세. 나는 쉬이 포섭할 수 있으리라 여겼나? 앙리 듀블레드가 올 줄 알았건만, 다혈질인 막내 공자를 보내다니."

"내가 형들만큼 머리를 못 쓰는 대신 몸을 좀 쓰지."

"으응?"

"죽도록 패는 게 특기인데 말이야. 어디부터 부러뜨려줄까?"

……뭐, 그랬다.

결국, 귀족들은 두 손 두 발을 다 들었다.

이렇게 귀족들이 공개 심문을 요구하게 만든 나는 수일 후, 스스로 황궁을 찾아갔다. 황족들이 기가 막힌 얼굴로 나를 쳐다봤고, 난 산뜻하게 외쳤다.

"제가 신전과 듀블레드가 전투를 빚게 만든 원흉이니 잡아가십시오, 폐하!"

황제가 뒷목을 잡았다.

* * *

미나는 이불 속에서 한껏 웅크리고 있었다.

교황이 제물을 통해 몸을 낫게 해 주었어도 마음의 상처만은 회복하지 못했다.

'내가 아니라 르블레인에게 가셨어.'

신의 공간에서 르블레인을 바라보던 네리아드의 시선을 잊을 수 없었다.

'어째서?'

내가 그의 아이잖아. 내가 귀한 영혼이라 불러오신 거잖아. 그럼 내가 특별해야 하는 거 아냐?

'진짜 운명의 아이가 내가 아니었던…… 아냐!'

미나가 입을 틀어막았다.

그럴 리 없다. 그럴 리는…….

하지만 계속해서 불안해진다. 삼 형제가, 아드리안이, 거기에 네리아드까지 자신을 오해하고 있어서.

그녀가 이불을 끌어 내렸다.

"만나자."

그들을 만나서 르블레인이 자신과의 기억을 이용하여 그들을 빼앗았음을 알려 주자.

그녀가 막 침대를 나섰을 때였다.

"아기님!"

신관이 헐레벌떡 미나를 찾아왔다. 신관이 흥분이 역력한 얼굴로 소리쳤다.

"르블레인 듀블레드가 황궁 옥사에 구금되었습니다."

"황궁? 어째서?"

"황궁에 스스로 찾아가 신전과 듀블레드 전투의 배후라 토설했고, 듀블레드에선 귀족들을 압박하여 그녀의 심문을 공개로 돌렸다고 합니다."

"공개 심문……. 어째서죠?"

"공개 심문의 투명성이 의심될 땐 마경을 통해 전국 각지에 심문이 송출됩니다. 필시 그것을 노린 것일 테죠."

"……심문에서 백성들에게 공개할 일이 있다?"

"그렇습니다."

미나가 손톱을 물었다.

'또 무슨 일을 벌이려고.'

르블레인은 방심할 수 없는 사람이었다.

'대체 무엇을 공개하려…… 설마.'

미나의 표정이 딱딱하게 굳어졌다.

"내가 듀블레드 공작 부인의 육체에 빙의되었다는 거예요……."

"예?"

"그것밖에 없잖아요. 백성들에게 공개해 저를 뒤흔들 수 있는 것은!"

"하지만 미나 님이 목적이라고 단정할 수는 없습니다. 증거를 대기 어렵지 않습니까?"

신관이 미간을 좁히며 말을 이었다.

"그 몸이 리세트 듀블레드의 육체임을 밝히려면 리세트의 핏줄과 힘이 섞이는 것을 증명해야 합니다."

"……."

"하지만 리세트의 핏줄이라곤 듀블레드 삼 형제가 전부. 그들은 모두 마력을 사용합니다. 신성력을 가진 그 육체와 힘이 섞일 수 없다는 뜻입니다."

"아뇨. 남은 핏줄이 있어요."

"……예?"

"레지날드 님이 내게 알려 줬어요. 그리모아르 선대가 리세트 듀블레드의 친부라고요."

"……!"

"그리모아르 가문에 신성력을 가진 자가 있다면 알아낼 수 있겠죠. 그게 르블레인이 공개 심문을 원하는 이유임이 분명해요."

미나가 입안의 여린 살을 꽉 깨물었다.

"그 애의 삶의 목표는 나를 망치는 것이니까."

"하면……."

"공개 심문을 중지시켜야 해요!"

"불가합니다. 이미 국무 회의 의결권이 있는 귀족 40인의 청원이 있었고, 황제의 허가가 떨어졌습니다."

"그런……."

"한데, 듀블레드에서 그리모아르 공작이 리세트 듀블레드의 친부라는 것을 알고 있습니까?"

"모르겠어요. 하지만 그리모아르에서는 리세트 듀블레드가 친자라는 걸 알고 있으니 안심할 순 없어요."

"하면 미나 님께서 잠시 피해 계시지요. 재판에 참여하지 않으신다면 어차피 증명할 수 없는 일입니다."

"그러면 나를 의심하는 사람이 생길 게 아녜요!"

미나가 버럭 소리치자 신관이 놀란 얼굴로 그녀를 쳐다봤다. 미나는 흠칫, 어깨를 좁혔다.

"미안해요. 화를 내려던 건 아니었어요. 더는 르블레인의 수작에 휘둘리고 싶지 않아서……. 이 이상 사람들의 의심 섞인 시선을 받는 건 못 견디겠어요."

"……."

까득, 손톱을 물어뜯던 미나가 이내 눈을 가느다랗게 떴다.

"그리모아르에서 신성력을 가진 자들을 잠시 우리가 데리고 있는다면요?"

"그리모아르 방계를 납치하시겠다고요?"

미나가 발작적으로 소리쳤다.

"납치가 아니라 잠시 데리고 있는 거예요!"

"……."

"잠시, 그저 잠시……. 전 르블레인과 똑같은 사람이 아니니까요."

미나를 빤히 바라보던 신관은 이내 허리를 굽혔다.

"추기경들께 미나 님의 뜻을 알리겠습니다."

"……교황 성하께선 아직 회복하지 못하셨나요?"

"건강에 이상은 없으십니다."

"그런데 어째서 아직 저를 위해 아무런 일도 하지 않는…… 아니에요."

"……."

마른침을 삼킨 미나가 간절한 표정으로 신관을 쳐다봤다.

"제가 성하를 믿고 있다고 전해 주세요."

"예."

*　*　*

황궁 옥사.

황제는 철창 안에서도 아무렇지 않아 보이는 나를 보며 한숨을 푹 내쉬었다.

"정말이지 너란 아이는……."

"심려를 끼쳤습니다, 폐하. 송구한 마음뿐이에요."

황제의 시선이 철창 안에서 뒹굴고 있는 식사의 흔적에 닿았다. 나는 시선을 데구루루 돌리며 바나나 껍질을 슥, 등 뒤로 가렸다. 그러곤 어색하게 웃었다.

"심문은 어떻게 진행되겠습니까?"

"네 녀석이 원하는 대로 공개 심문이다. 듀블레드에서 그리도 부단히 움직이더니 결국 해냈더구나."

내가 고개를 수그려 예를 표하자 황제는 한숨을 내쉬며 등을 돌렸고, 멀어지고 있는 그에게 소리쳤다.

"옥체는 괜찮으신 거죠?"

옥사가 어두워 안색까지는 보이지 않지만, 그가 평소보다 훨씬 야위었다는 것만은 알 수 있었다.

"고민이 가실 날이 없어 그렇지. 최근 짐의 가장 큰 고민은 너와 듀블레드이고."

"송구합니다."

"짐이 줄 수 있는 도움은 여기까지다."

나는 그의 등을 빤히 바라보았다. 그가 낮은 목소리로 말했다.

"황제이기에 중심에 있으나, 참전은 할 수 없다."

"압니다, 폐하."

"다만, '나'는 너를 믿겠다."

"……."

"너는 승리로써 신의에 보답하라."

"예."

나는 다시 한번 고개를 수그렸고, 황제는 걸음을 옮겼다.

그가 떠난 옥사 안에선 손바닥만 한 쪽창을 통해 빛이 스며들었다.

그렇게 나흘.

공개 심문의 날이 되었다.

* * *

심문 시작을 10분가량 앞두고, 철창이 열렸다. 황궁의 병사가 나를 데리러 왔는데 주변을 둘러본 그가 말했다.

"누아노크 님의 사람입니다."

의장이 궁에 숨겨 둔 듀블레드의 세작인 모양이었다.

"심문장 상황을 전달 드리겠습니다."

참관인은 총 9명으로 명단은 이러했다.

〈추기경 3인〉
블라시오, 리달란테, 스테파노.
〈황족 3인〉
황태후, 아드리안 황자, 안드레 황자.
〈귀족 3인〉
마르슈 공작, 그리모아르 공작, 아미티에 공작.

'아미티에 공작은 때를 맞춰서 잘 풀어 준 모양이네.'

공개 심문에선 투명성의 상징인 아미티에 공작을 부를 거라고 생각했다. 그가 나타나지 않으면 필시 수상하게 여기는 사람들도 있을 테고.

백성의 사랑을 한 몸에 받는 아미티에 공작이 사라지면, 그의 행방불명에 관심이 쏠려 공개 심문이 흐지부지될 수 있었다.

그래서 난 세실리아 황비에게 공개 심문 전에 아미티에 공작을 풀어 주라고 명했다.

아미티에 공작이라면 내게 납치되었다는 것을 말하지 않을 거라는 믿음이 있었다. 미나와 관련되지 않는다면 그는 나를 생각해 줄 사람이었으니까. 그게 비록 위선이라 할지라도.

'내가 얻을 수 있는 확실한 표는 셋인가.'

에뮬린의 친부인 '스테파노 추기경'.

외삼촌인 '그리모아르 공작'.

그리고 '아드리안'.

황태후는 갈대 같은 사람이고, 아미티에 공작이 미나를 놓고서 내 편을 들어 줄지는 미지수. 블라시오 추기경은 내 친화파라고 해도 네리아드교의 사람이니 안심할 수 없다.

'표결에선 내가 질 가능성이 크다.'

그렇게 되면 전범으로 낙인찍혀 사형되거나, 신전의 교화 시설로 옮겨질 터.

'결국 방법은 공개 심문에서 내 정체를 드러내는 목적을 이루고, 재판 자체를 흐지부지하게 만드는 수밖에 없어.'

나는 고개를 끄덕이고 말했다.

"가자."

옥사를 나서자 황군과 궁정 마법사들이 나를 인도하기 위해 왔다. 나는 그들 사이에 있는 웨일(가짜 트리곤)과 시선을 마주쳤다. 웨일이 남들 모르게 고개를 끄덕였고, 나는 눈을 지그시 감았다.

나는 황궁, 궁정 마법사들에게 둘러싸여 심문장으로 향했다. 심문장을 둘러싼 거대한 계단엔 귀족들과 궁인으로 빼곡했다.

"르블레인 리세트 듀블레드는 심문석에 착석하라."

심문장을 맡은 건 1황자 안드레였다.

나는 황군에게 이끌려 의자에 착석했고, 본격적인 심문이 시작되었다. 안드레는 심드렁한 표정으로 양피지를 들추며 물었다.

"그대가 신전과 듀블레드의 마찰을 빚은 장본인임이 틀림없는가."

"그렇습니다, 전하."

고개를 끄덕인 그는 이어서 서류를 읽었다.

"직접 황궁을 찾아와 그를 직접 밝혔다고?"

안드레 황자는 팔짱을 끼곤 등받이에 몸을 깊게 기대고 중얼거렸다. 그러고 "원흉이 자수를 했는데 어째서 심문을 요청했지?" 하고 중얼거렸다.

나는 침착하게 심문장을 둘러봤다. 불안한 표정으로 나를 바라보는 미나와 눈이 마주쳤다. 천천히 자리에서 일어난 나는 고개를 조아렸다.

"전하, 저는 거짓말을 했습니다."
"하?"
"황실을 우롱했습니다."
"……."
"거짓 토설로 여러분의 소중한 시간을 낭비하게 만들었습니다."
"……."
안드레 황자가 못마땅한 표정으로 소리쳤다.
"대체 무슨 뜻인가!"
"저는 이 전투의 원흉이 아닙니다."
심문장이 크게 술렁였다.
나는 다시 고개를 들었다. 참관인석에서 아드리안과 시선이 마주쳤다. 그는 내게서 한시도 시선을 떼지 않고 있었다.
'이상한 일이지.'
난 희미하게 웃었다.
'사실은 엄청나게 불안하고, 두려운데 너를 보면 용기가 나.'
난 공중에 뜬 송출용 마도구를 바라보며 말했다.
"듀블레드와 신전의 전쟁은 금번의 전투가 최초의 일이 아닙니다."
"뭐라고?"
"무슨……."
추기경들과 미나의 표정이 얼어붙었고, 참관인들, 그리고 좌석에 자리한 귀족들이 웅성거렸다.
"듀블레드는 17년 전에 신전과 최초의 전쟁을 치렀고, 그로 인해 듀블레드 공작 부인을 잃어야 했으며 그녀가 임신 중이던 아이가 실종되었습니다."
"……!"

심문장이 터질 듯이 소란스러워졌고, 미나가 중얼거렸다.

"넷째? 넷째라고?"

그녀가 혼란스러운 듯 중얼거렸다. 다른 이들의 반응도 별반 다르지 않았다.

안드레 황자가 미간을 좁히며 물었다.

"신전이 모종의 이유로 듀블레드를 쳤고, 그 과정에서 듀블레드 공작 부인이 죽었다는 그 말. 책임질 수 있는가."

"아닙니다."

"책임도 질 수 없는 말을……!"

"책임을 지지 못하겠다는 게 아니라 인과가 틀렸다는 거예요!"

나는 소리쳤다.

"신전은 애초에 공작 부인과 넷째를 노리고 쳐들어왔어요!"

"증좌는!"

"접니다. 제가 증좌예요."

"대체 무슨 헛소리를……."

나는 치맛자락을 꽉 틀어쥐었다. 그리고 피를 토하듯 소리쳤다.

"나니까!"

눈물을 참을 수 없었다. 죽어 가던 엄마가 떠올라서, 엄마를 그리며 죽지 못해 살아가던 아빠가 가여워서.

"내가 듀블레드의 넷째니까!"

사람들은 미나와 나를 번갈아 보았고, 9인의 참관인 또한 굳은 얼굴이었다.

그때,

"거짓말—!"

좌중 속에서 비명 같은 고함이 터져 나왔다. 사람들의 시선이 일시에 좌석에서 벌떡 몸을 일으킨 미나에게로 향했다. 새파란 얼굴로 입가를 가린 그녀가 소리쳤다.

"거짓말이에요. 그럴 리가 없어……."

미나는 비틀비틀 좌석을 걸어 나와 심문장 끄트머리에 섰다. 그녀는 충혈된 눈으로 나를 쏘아보았다.

"공작 부인의 죽음까지 전쟁의 수단으로 이용하는 거야? 파렴치해, 르블레인."

"……."

"요한의, 앙리와 이샤크의 심정을 조금이라도 생각한다면 어떻게 그런 거짓말을 할 수 있어!"

심문장은 터질 듯 시끄러워졌다. 혼란스러운 가운데 몇몇이 미나에게 동조했다.

"신전이 대관절 무슨 이유로 듀블레드 공작 부인과 넷째를 죽인단 말인가?"

"넷째가 아직 살아 있다는 게 확실하지도 않잖소."

"공작 부인은 듀블레드 선대와 당대 공작의 권력 쟁투에 휘말려 사망했다면서!"

점점 의심의 시선이 짙어졌다. 심문장은 비난의 목소리, 의심의 시선으로 혼란스러웠다.

아드리안이 안드레 황자에게 말했다.

"두고 보실 겁니까."

"……뭐?"

"심문을 이어갈 수가 없잖습니까. 심문을 방해하는 자는 내보내십시오."

안드레는 아드리안을 마뜩잖은 눈으로 쏘아보았다. 팔짱을 낀 그가 칫, 혀를 차곤 경비병들에게 눈짓했다. 경비병들이 미나를 붙들었다. 그녀는 거칠게 경비병들을 뿌리치고 소리쳤다.

"들어 주세요, 전하. 저는 압니다. 저 애의 말이 거짓말이라는 걸 증명할 수 있어요!"

인상을 찌푸리던 안드레 황자가 멈칫했다. 경비병들이 다시 미나를 붙들려고 하자, 안드레 황자가 손을 들어 올렸다.

"잠깐."

그가 눈을 가늘게 뜨며 말했다.

"거짓임을 증명할 수 있다는 것이 사실이냐?"

미나가 재빨리 고개를 끄덕였다.

"조금만 찾아보셔도 17년 전 1월에 선대의 병사들에게 기습당한 듀블레드가 긴급령을 내린 기록이 있을 겁니다."

안드레가 마법사를 쳐다봤다. 마법사가 손날로 허공을 긋자 거대한 책이 소환되었고, 그는 곧 듀블레드 긴급령의 기록을 찾아냈다. 마법사가 "맞습니다." 말하자 안드레가 고개를 끄덕였고, 미나는 말을 이어갔다.

"하지만 당시 공작성은 선대의 공격으로 초토화되었고, 듀블레드 공작 부인은 긴급령을 내린 당일에 사망했지요. 르블레인은 2월 29일 생입니다. 죽은 자가 어떻게 아이를 낳나요?"

안드레와 심문 참관인 몇이 고개를 끄덕였다.

나는 침착하게 말했다.

"저는 2월 29일생이 아닙니다."

참관인들과 좌중이 또 한 번 굳어졌다. 그도 그럴 것이 이건 내가 운명의 아이임을 스스로 부정한 것이나 마찬가지였기 때문이었다.

'신전이 가짜를 만들어 냈다는 것을 고발한 것과 같고.'

안드레는 굳은 얼굴로 참관인석의 추기경들과 미나의 뒤에 선 신전의 사람들, 그리고 제 외조부인 마르슈 공작을 쳐다봤다.

안드레의 외가인 마르슈는 신전과 깊은 관계가 있었다. 신전이 무너지면 마르슈 또한 타격을 받는다. 그 말인즉, 자신 또한 위험해질 수 있다는 뜻이었다.

안드레 황자가 소리쳤다.

"본건과 관계없는 이야기로 심문장이 어지러운바, 오늘의 심문은 이만—"

신전과 상의할 시간을 가질 셈인지 그가 빠르게 말했다. 바로 그때였다.

"그 말에 거짓이 없다고 맹세할 수 있나."

아드리안이 안드레의 말을 가로챘다. 내가 애써 준비한 심문이 끝나지 않도록 도와주려는 것이 틀림없었다. 나는 희미하게 웃으며 그를 바라봤다.

"그렇습니다. 신과 듀블레드의 문장 앞에 맹세합니다."

안드레가 소리쳤다.

"심문은 이만 종료—!"

"영애의 출생은 본건과 깊이 연관되어 있습니다. 심문을 계속하십시오."

"아드리안—!"

"듀블레드 영애는 발언을 계속하라!"

안드레와 아드리안이 날카롭게 대립했다. 두 사람이 서로를 노려보던 와중에 안드레가 입매를 비틀었다.

"제국의 뿌리인 신전이 송두리째 흔들릴 것이다."

"흔들릴 뿌리라면 뽑아내고 새롭게 기초를 다져야지."

"책임질 수 있어?"

안드레 황자가 입매를 비틀었다.

"저 여자는 만인 앞에서 국교의 부정을 발고했다. 저 여자의 말이 거짓일 시 황실의 위엄이 바닥에 곤두박질칠 터. 이 모든 일을 네가 책임질 수 있나?"

"……그래."

아드리안은 나를 바라봤다.

"모든 책임은 내가 진다."

"어떻게."

"마지막 루에르그로서."

황실의 성인 '루에르그'를 건다는 말은 황자 위를 내려놓겠다는 말과 다름없었다.

안드레에겐 나쁠 게 없는 제안. 신전이 무너져 타격을 입더라도 아드리안을 밀어낼 수 있다면 황위는 그의 것이었다. 안드레가 비죽 입꼬리를 올리며 팔짱을 끼었다.

아드리안은 말했다.

"영애는 진술을 계속하라."

나는 뜨거워진 눈을 손바닥으로 문질렀다. 아드리안이 모든 것을 걸고 만들어 준 기회를 날릴 수 없다.

"제가 보육원 출신이라는 것은, 여기 있는 모든 분께서 아실 겁니다. 고아의 생일, 생시는 정확하지 않습니다. 서류가 올라간 날이 생일이 되지요. 조금만 알아보셔도 제 말이 사실이라는 것을 아실 겁니다."

안드레 황자는 미간을 좁혔다.

"그것만으로 네가 듀블레드의 넷째다?"

"물론 증거는 그뿐만이 아닙니다. 듀블레드의 방계인 카틀레아 윌스턴이 증인입니다."

"방계?"
"그녀는 듀블레드에서 희소한 신성력을 타고난 자. 제 힘과 그녀의 힘이 섞인다면 제가 듀블레드의 핏줄임을 증명할 수 있습니다."
듀블레드령에서 미리 데려와 두었던 카틀레아 윌스턴이 심문장으로 들어왔다. 카틀레아가 유유히 심문장으로 걸어오자, 미나가 숨을 크게 들이켰다. 신관이 사제복을 입고 있는 카틀레아를 쏘아보았다.
"분가인 윌스턴이 본가에 쫓겨나 떠돌 때 너를 거둔 것이 누군지 알 것이다."
그를 힐끗 쳐다본 카틀레아가 실소를 흘렸다.
"가문 내에서야 적이지만 밖에서 어디 그렇습니까?"
"뭐라?"
안드레가 궁정 마법사를 불렀고, 나는 궁정 마법사 3인 앞에서 카틀레아와 신성력을 섞었다.
구우우우웅—
거대한 물그릇 안에 성수가 일렁이고, 나와 카틀레아의 힘이 뒤섞여 들었다. 궁정 마법사 3인이 모두 고개를 끄덕였다.
"……!"
"말도 안 돼!"
심문장엔 전과 다른 파란이 일었다.
나는 물그릇에서 손을 거둔 카틀레아를 바라봤다.
"와 줘서 고마워."
"납치라도 할 기세이기에."
일을 마치고 나서던 그녀가 멈칫, 나를 돌아봤다.
"8년 전에 말이에요."
"……뭐?"

"정화된 땅을 내려 준 덕분에 어머니의 병을 치료할 수 있었어요."

"……."

"그뿐이에요."

그녀는 미나를 지나치며 말했다.

"듀블레드로서의 자긍심. 영지민 모두에게 있어. 하필이면 나도 그 땅의 백성이고."

신관들이 이를 악물었다. 참관인석의 추기경 리달란테가 소리쳤다.

"카틀레아 윌스턴은 듀블레드의 백성이오! 수작을 부리기에 충분한 환경이지! 이것만으로 듀블레드 영애의 말을 신뢰할 순 없소!"

나 또한 지지 않고 말했다.

"증거는 그뿐만이 아닙니다."

"뭐, 뭐?!"

나는 목에 걸고 있던 마도구를 잡았다.

"허락하신다면 공개하겠습니다."

아드리안이 고개를 끄덕였고, 나는 마도구에 힘을 불어넣었다. 허공에 톱니바퀴가 맞물려 돌아가는 소리가 들리고, 영상 하나가 떠올랐다.

옥사에 갇혀 있는 미나. 초췌한 얼굴의 그녀가 나를 쏘아보다가 소리쳤다.

[나쁜 계집애. 이 못된…… 끔찍한 계집애! 네가 싫어!]

[나도 그래. 너를 증오해, 이 위선자.]

[그래! 난 위선자야! 네가 죽길 바랐어. 그래서 신전이 시키는 대로 다 했어! 하지만 이건 다 너 때문이야! 너 같은 나쁜 계집애를 없애기 위해서……!]

미나의 얼굴이 딱딱하게 굳어졌다. 추기경과 신관들도 마찬가지였다.

'그럼 내가 이 비장의 영상을 폐기할 줄 알았어?'

나는 말했다.

"저는 신의 문장을 발현한 2월 29일생. 운명의 아이의 조건을 모두 충족한 사람입니다."

좌중이 시끄러운 가운데, 난 차분히 말을 이었다.

"그런데 신전은 왜 저를 죽이려고 했을까요? 미나는 어째서 저를 죽이려고 했고요?"

미나가 발작하듯 소리쳤다.

"네가 모든 것을 빼앗았기 때문이잖아!"

"내가? 무엇을?"

"네가 사람들을 속이고…… 속여서 내 소중한 사람들을……."

"내가 무엇을 속였는데! 진짜 운명의 아이가 아니라는 것?"

"그건……."

"운명의 아이가 되었을 때의 나는 고작 네 살이었어. 가고 싶지 않다는 나를 데려와 운명의 아이로 만든 건 신전이야! 여기서 내 죄가 있어?"

"……."

"죄가 없지만 죽였어야 했겠지. 그래야 가짜를 운명의 아이로 만들었다는 것을 덮을 수 있었을 테니까!"

사람들의 시선이 추기경들과 신관, 그리고 미나에게 향했다.

나는 품에서 시계를 꺼내 확인했다.

'앞으로 5분.'

마지막 피날레가 남았다.

어쩔 줄 모르고 치맛자락을 비틀어 쥐던 미나가 좌중 속에 있는 오빠들을 쳐다봤다. 그녀는 간절한 표정으로 요한과 앙리, 이샤크를 쳐다봤다.

"저 애에게 속았구나. 그래서 나를 매정하게 밀어냈던 거야."

울먹이며 그들에게 다가간 미나가 말했다.

"알아. 나 다 알아. 사실은 셋 모두 다정한 사람이라는 거. 넷째가 돌아왔다고 생각하면 뭐든 들어주고 싶었겠지."

"……."

"……."

"……."

미나의 뺨을 타고 굵은 눈물이 흘러내렸다.

'3분.'

"그런데 아냐. 요한, 앙리, 이샤크……. 날 봐. 내가 미나야. 내가 너희들이 목숨처럼 아끼던 미나라고……."

'2분.'

"내가 진짜 동생 같다고 했잖아. 우리는 우리만 있으면 아무것도 필요 없었잖아. 내가 너희의 병든 마음을 치유해 줬잖아."

'1분.'

"날 사랑한다고 했잖아……."

무너진 미나가 두 손으로 얼굴을 감쌌다.

이샤크가 말했다.

"언제까지 저 미친 소리를 듣고 있어야 해?"

앙리가 실소를 흘렸다.

"미치려면 곱게 미치시지."

요한이 미나를 지그시 쳐다봤다.

그때였다.

크륵, 크르륵.

허공에서 기분 나쁜 소리가 들려오기 시작했다.

"이게 무슨 소리요?"

웅성이던 사람들이 허공을 바라보기 무섭게 비명이 터져 나왔다.

꺄아아악—!

"모, 몬스터?!"

몬스터가 상공에 나타났다.

온몸을 감싼 검은 깃털, 오돌토돌한 기분 나쁜 발과 혈관이 비치는 끔찍하고도 날카로운 발톱. 평범한 비행형 몬스터 같으나 얼굴은 사람의 것이었다. 몬스터의 얼굴을 알아본 사람들이 경악했다.

"추기경 베네딕트!"

누군가 외치기 무섭게 좌중 속에 있던 앙리와 이샤크, 요한이 시동인을 띄웠다. 시동인과 이어진 빛의 사슬이 상공을 향해 뻗어나가며 몬스터의 육체를 칭칭 휘감았다.

쾅—!

굉음과 함께 바닥에 추락한 몬스터가 벌레처럼 꿈틀거렸다. 나는 베네딕트의 머리채를 쥐고 그의 머리를 치켜들었다.

17년 전, 엄마에 의해 불탄 얼굴이 세상에 드러났다. 추악하게 일그러진 피부를 본 사람들이 기겁하여 비명을 내질렀다.

"17년 전 추기경 바울과 성기사단장이었던 베네딕트가 듀블레드 습격 사건의 수괴입니다."

"……!"

심문에 참관 중이던 추기경들이 사색이 되고, 미나 곁의 신관들은 당황하여 어찌할 바를 몰랐다. 9인의 참관인 중 하나인 리달란테가 고함을 내질렀다.
"거짓…… 거짓이오!"
"하면 대답하십시오. 바울 추기경은 어디에 있습니까. 그는 왜 죽은 것입니까!"
"바, 바울 추기경은 사도들에게서 교황 성하를 지키기 위해……."
"그의 시체는 어디에 있습니까!"
"그, 그건……."
"베네딕트 추기경은 어찌하여 신전의 성수가 되었습니까?"
"베네딕트 추기경은 성수화 실험의 첫 번째 피실험자로 수, 숭고한……."
신전 측에서 어물거리고 있는 틈에 나는 시계를 확인했다. 시침이 정각을 가리켰다.
'지금이다.'
황급히 출입문을 돌아보자, 세실리아와 트리의 손에 이끌려 들어오는 에뮬린이 보였다. 에뮬린의 친부인 추기경 스테파노의 시선이 가늘게 흔들렸다.
나는 스스로 황궁에 오기 전, 스테파노를 만났던 일을 떠올렸다.

"또 무슨 일로 저를 찾아오셨습니까. 아기님, 이만하면 그 애의 친구인 당신에게 충분한 도움이 되었다고 생각합니다."
"세 번을 죽고 네 번째를 살고 있습니다."
"뭐라고요?"
"세 번 회귀했고, 모든 기억을 가지고 있어요. 미나가 기억하고 있는 '전생'은 제 첫 번째 삶의 이야기예요."
"……어째서 이런 이야기를 제게 하시는 겁니까? 현 상황에서 추기경인 제게 그 일을 밝히시는 게 얼마나 위험한 일인지 모르실 만큼 아둔하진 않으실 텐데요."

"저는 제 마지막 기회를 당신에게 걸기로 했어요."

"……."

"에뮬린의 친부인 당신에게."

그의 눈은 꼭 지금과 같이 흔들리고 있었다. 나는 그에게 모든 것을 말해 주었다.

첫 번째 삶은 아미티에 공작 영애로 살았고, 두 번째 삶은 발루아 공작 영애로 살았으며, 마지막 삶에서 거지 패가 되었을 적에 그의 딸을 만났다는 것을.

"에뮬린과 저는 절친한 친구였고, 그래서 알고 있어요. 그 애에게 아버지가 어떤 의미였는지."

"……."

"이번 삶에서 당신이 빼앗은 에뮬린의 아버지를, 그 애의 동경을 돌려주세요."

"……."

"이번 기회로."

내가 가진 모든 증거는 기실, 사람들의 믿음을 살 수 있는 것들이 아니다.

듀블레드령에서 찾은 증거는 조작하기 용이하다. 혹자는 듀블레드가 신전과의 이권 싸움에서 승리하기 위해 나를 자식으로 둔갑시키려 했고, 그 과정에서 상황을 조작했다고 생각할 것이다.

그랬기에 내겐 '신전의 증언'이 필요했다. 그리하여 난 마지막의 마지막, 돌이킬 수 없는 이 순간에 도박을 걸기로 했다.

'영악한 나답지 않지만, 그렇지만…….'

우리 엄마와 아빠에게 받았던 애정을 근거 삼아 '아버지'인 스테파노를 믿어 보기로 한 것이다.

"베네딕트 추기경의 성수화는 17년 전 사건과 연관이 있습니다."

추기경 스테파노였다.

'해냈어.'

나는 숨을 크게 들이켰고, 에뮬린의 눈이 커졌다.

자리에서 일어난 그가 에뮬린을 보며 쓰게 웃곤 주변을 둘러봤다.

"17년 전, 베네딕트는 '어떤 폭발'에 휘말려 큰 상처를 입고 돌아왔고, 바울 추기경이 사망하였습니다."

신전 측의 사람들이 비명을 지르듯 소리쳤다.

"스테파노 님ㅡ!"

"더는!"

주먹을 움켜쥔 스테파노가 고성을 내질렀다. 주변이 일시에 고요해졌다. 스테파노는 밭은 숨을 내뱉으며 일그러진 얼굴로 신전 측의 사람들을 쳐다봤다.

"더는 사람을 기만하지 마십시오."

"이, 이……! 저자가 미쳤소!"

추기경 리달란테가 비난했으나, 스테파노는 말을 멈추지 않았다.

"두 분이 휘말린 것은 신성력의 폭발이었습니다. 추기경 베네딕트는 오랜 시간 회복하기 위해 의사를 수소문하고, 듀블레드의 테일러 님의 진료를 받았으나, 신성력으로 입은 상처는 회복할 수 없었습니다."

사람들이 웅성거리기 시작했고, 나는 좌중 속에 있는 가족들에게 고개를 끄덕였다. 이샤크가 재빨리 뛰어나와 참관인석에 테일러의 진료 일지를 건넸다. 일지를 확인한 안드레 황자의 표정이 굳어졌다.

스테파노가 다시 말을 시작했다.

"상처뿐만이 아니라 마나를 운용할 수 있는 단전에도 영향이 가기 시작한 터라 베네딕트 추기경은 성수화하여 육체를 재구성하는 수밖에 없었습니다. 그 증거로 신전이 '숭고한 희생'이라 부르는 실험 참여를 한 추기경은 베네딕트 추기경 외엔 전무합니다."

에뮬린이 입술을 꽉 깨물었다. 충혈된 눈에 눈물이 고였다. 이번 고발이 스테파노에게 어떤 의미인지 그녀는 잘 알고 있었다. 자식을 버릴 정도로 소중하던 명예를 스스로 시궁창에 내팽개친 것이다.

한 손으로 얼굴을 감싼 채 주저앉은 에뮬린을 트리가 부축했다.

"네게 들었던 대로의 분이시다, 에뮬린."

"우리 아버진 엄청나게 멋진 분이라고. 세상에서 제일 훌륭한 의인이란 말이야!"

아버지를 찾고 기뻐하던 에뮬린의 말을 기억한다. 트리는 미소 지었고, 에뮬린은 그 옛날 어린애처럼 온 얼굴을 일그러뜨리고 울었다.

나는 소리쳤다.

"그만큼 강대한 폭발을 만들 수 있는 사람이 어째서 세상에 드러나지 않았습니까!"

"그만! 신성한 심문장을 더는 어지럽히지 마시오!"

추기경 리달란테가 발작하듯 소리쳤으나, 나는 끊임없이 소리쳤다.

"신전이 숨겨 키웠기에! '시작과 끝의 태가 되리라'라는 신탁을 받은 세이먼 부족의 어린 여자애를 사들여 온갖 끔찍한 실험을 자행하고, 빛

한점 들지 않는 신전의 지하에서 성장하게 했기에!"

"전하, 무엇하십니까! 심문을 중지하십시오!"

"하지만 끝내 어머니는 탈출하였고, 내 아버지와 만나 나를 낳았습니다. 2월 29일생이 아니므로 운명의 아이가 아닌 내가 악마를 소환하는 이유가 그것입니다!"

심문장이 터질 듯 웅성거렸다.

"악마? 악마라고?"

나는 피를 토하듯이 외쳤다.

"이 세상에 천사는 존재하지 않아. 정의로운 신 따윈 없어!"

"르블레인 듀블레드!"

"미나가 소환한 것도 악마인 아미야. 아미의 이능인 둔갑으로 아슬란, 아니, 악마 그레모리로 둔갑시켰어! 우리 모두 신전과 미나에 의해 속고 있었어!"

"그만……!!"

미나가 비명을 내질렀다. 주인의 흥분에 동화된 미나의 에트왈이 날카롭게 빛나며 진동했다. 미나의 흰자위가 새카맣게 변했다. 신의 공간에서의 네리아드처럼.

"그만, 그만해……. 그만!"

미나가 양손으로 머리를 쥔 채로 연신 비명을 질렀다.

'에트왈을 컨트롤할 수 없는 것이다.'

마경을 통해 상황을 본 사람들의 믿음이 빠르게 소진하고 있다는 증거였다. 미나를 보호하던 네리아드의 힘이 약해지고 있었다. 미나의 권속들이 주인의 의지와 관계없이 날뛰었다.

콰—!

콰과과과광—!!

거대한 심문장을 여섯 개의 빛의 기둥이 감싸고, 빛의 기둥 앞에 여섯 악마들이 인세에 강림했다. 여섯의 악마들이 땅에 내려앉고, 가장 먼저 붉은 머리칼의 사내가 심문장 가운데의 나를 향해 걸어왔다.

비명이 난무한 가운데, 기이하게도 남자의 구둣발 소리가 내 귓속을 파고들었다.

[그릇된 신의 아이야.]

나는 에트왈을 쥔 채로 한발 물러났다. 하지만 물러날 곳은 없었다. 반대편에서 짐승의 가죽을 걸친 근육질의 노인 또한 나를 향해 걸어오고 있었기에.

그때.

우드득.

둔탁한 소리와 함께 미나의 목이 뒤로 꺾이며 상공에 떠올랐다. 심문장을 감싼 빛의 기둥들이 일시에 미나의 몸을 꿰뚫듯이 겹쳐졌다.

끼, 끼끼, 끼긱끼…….

미나의 몸을 감싼 빛 속에서 날카로운 꼬리와 붉은 눈을 가진 마물이 네발로 기어 나왔다. 그것은 인간 같기도 하고, 인간이 되다 만 짐승 같기도 했다.

하나, 둘, 빛을 넘어 나타나기 시작한 마물들은 곧 셀 수 없이 많은 대군이 되었다.

가장 먼저 빛을 넘어온 마물이 나를 향해 달려왔다. 그것은 도약하며 주둥이를 쩍 벌렸는데, 징그러울 정도로 많고도 날카로운 이빨이 드러났다.

[아가야, 저것들은 푸르손의 군대다!]

순간, 머릿속에 권속들의 목소리가 들리는 것 같았다. 나도 모르게 눈을 꽉 감았는데…….

철컹!

날카로운 소리가 들렸다. 눈을 뜨자 보인 것은 아드리안이었다. 나를 끌어안아 제 품속에 감춘 아드리안이 말했다.

"제3 대대!"

아드리안 소속의 황군 3대대가 심문장을 향해 뛰어들었다.

좌중 속에 있던 요한과 이샤크, 앙리 또한 내 주변을 감쌌다. 세실리아 또한 시동인을 펼치며 가세했고, 에뮬린이 결계를 펼쳤다. 궁정마법사들을 지휘하는 가짜 트리곤, 웨일 또한 전투에 참전.

나를 등진 아빠가 외쳤다.

"단 한 마리도 르블레인의 곁으로 보내지 마라."

Chapter 26.

마물은 끊임없이 나를 향해 달려들었다.

8시 방향에서 날아온 마물을 향해 이샤크가 검을 내질렀다. 마물은 허리를 기준으로 반 토막 났다. 하지만 분리된 두 부분은 타격이 없는 양 꿈틀거렸다.

앙리의 마법에 의해 폭발한 마물들 또한 마찬가지였다. 살점만 남고도 살아 있는 것처럼 꿈틀거리더니, 다른 마물의 살점과 만나 뭉쳐지고, 그것으로부터 새로운 마물이 탄생했다.

다른 황군들이 가세했지만, 마물을 소멸시킬 순 없었다.

아드리안을 제외하면.

내 허리를 놓아준 그가 마물의 공격에 당해 이쪽으로 밀려난 황군의 목덜미를 잡고 뒤로 끌어당겼다.

"물러나."
마물의 공격을 겨우 견뎌내던 자들이 흠칫흠칫 뒷걸음질 쳤다.
아드리안이 선봉에 나섰다. 이윽고 땅에 일렁이는 태양 같은 문양이 생겼다.
콰과과과과곽—!!
지진이라도 난 양 땅이 갈라지더니, 갈라진 틈새 사이로 가시덩굴이 튀어나왔다. 덩굴이 마물들을 얽더니, 곧 마물들이 쪼그라들었다. 미이라라도 되는 양 말라붙은 마물들이 가시덩굴 아래로 툭, 툭, 떨어졌다.
그 모습을 지켜보던 요한의 눈이 가늘어졌다. 요한은 마침 내게 달려든 마물의 중심에 검을 꽂아 넣었다. 그의 검신이 붉게 빛나며 마물의 외피 밖으로 마나가 빠져나갔다. 검에 꿰뚫린 마물이 키에에엑—! 단말마 같은 비명을 내질렀다.
그리고 툭, 쪼그라들어 바닥을 나뒹굴었다.
이샤크가 입꼬리를 핥았다.
"죽일 수 없으면 움직이지 못하게 하면 된다는 거지?"
손바닥을 위로 해 검은 불꽃을 떠올린 앙리가 중얼거렸다.
"그래. 힘을 흡수하든, 밖으로 분출시키든 해서 말이야."
타개법을 찾자 상황이 바뀌었다.
신성력을 가진 세실리아와 에뮬린이 힘을 합쳐 결계를 만들었다. 그녀들의 결계에 뛰어든 마물들이 격렬하게 발작했다. 곧 쪼그라들어 툭, 툭, 바닥을 나뒹굴었다.

[칫.]

회보라색 머리칼을 지닌 장발의 악마가 혀를 찼다.
'푸르손이구나.'
저 마물들을 이끄는 악마.

[멍청한 것들!]

포효하듯 소리친 푸르손이 등 뒤에 메고 있던 거대한 도끼를 꺼내며 천천히 내게 다가왔다. 응축된 강대한 힘의 파동과 같은 푸르손이 다가가자, 황군이나 마법사들의 표정이 희게 질렸다.
사람이나 일반 마물과는 궤가 다른 힘. 그가 다가간 것만으로도 예민한 자들은 후드득, 몸을 떨며 주저앉았다.
그와 가장 가까이에 있던 에뮬린이 입을 틀어막았다.
"컥ㅡ!"
손가락 사이로 선혈이 뚝, 뚝, 흘러내린다.
"에뮬린!"
단상에 있던 스테파노가 절규하듯 소리쳤고, 세실리아가 서둘러 에뮬린을 부축했다.
그가 다가오면 다가올수록 각혈하며 주저앉는 자들이 많아졌다. 그의 파동에 약한 자들부터 무너져 가는 것이다.
'공격력으로만 따지면 글라샤라볼라스를 넘어서는 실력자다.'
물론 악마를 공격력으로만 순위 매길 순 없었다. 가진 이능과 상황에 따라서, 미미한 공격력을 가진 악마가 강력한 공격력을 지닌 악마를 넘어설 수 있기 때문이다.
그 예로 개인의 공격력에선 푸르가 더 강하지만, 전쟁에선 유령 군대를 불러낼 수 있는 부네가 훨씬 쓸모 있었다. 하지만 악마가 직접 참전하는 전투에선 악마의 공격력이 매우 중요했다.

'지금 내겐 푸르손과 1대1로 겨뤄 이길 수 있는 공격력을 지닌 악마가 없어.'

내가 굳은 얼굴로 에트왈을 잡았을 때였다.

아빠가 그를 막아섰다.

"그 이상 내 딸에게 다가오지 마라."

푸르손의 입매가 삐뚜름하게 올라갔다.

"인간 주제에 겁도 없이."

쾅—!!

푸르손으로부터 강력한 마력의 파동이 뻗어져 나왔다. 아빠가 검을 휘두르자 검 끝에서부터 강력한 마찰이 시작되었다.

"아빠!"

"물러나, 르블레인!"

앙리가 나를 붙들었다. 나는 격렬하게 버둥거리며 소리쳤다.

"하지 마요. 안 돼!"

이길 수 없단 말이야. 인간의 힘으로 어찌할 수 없는 상대라고.

글라샬라볼라스 때엔 아빠와 이샤크, 앙리가 모두 나섰지만 타격조차 주지 못했다. 그런데 그보다 강한 푸르손을 어떻게 이긴단 말인가!

몸을 낮춘 푸르손이 빠르게 아빠를 향해 파고들었다.

챙—!

그의 도끼와 아빠의 검이 부딪치며 더없이 강렬한 마찰이 생겼다. 푸르손의 도끼를 받아 내며 아빠는 재빨리 그의 다리에 발을 걸었다. 그리고 푸르손이 균형을 잃은 틈에 단숨에 목에 검을 찔러 넣었다.

쾅!

그러나 순식간에 그의 마기가 갑주라도 되는 양 응축되어 목을 보호했다.

"인간이 나를 죽일 수 있다고 믿었더냐."

히죽 웃은 그가 아빠를 향해 도끼를 내리찍었다. 콰직, 둔탁한 균열음과 함께 아빠의 검이 도끼와 맞붙은 곳부터 파열되기 시작했다.

"나는 기세 좋은 자를 좋아하지. 네 용기를 갸륵하게 여겨 이번만은 눈감아 줄 테니 물러나라, 인간."

"자식을 등 뒤에 두고 물러나는 아비가 있더냐."

가슴이 거세게 뛰었다. 경고음 같은 이명이 뇌를 파고드는 듯했다.

'안 돼, 안 돼…….'

"이거 놔, 앙리!"

"제발 진정해!"

푸르손에 의해 쓰러진 자들을 대신하기 위해 이샤크와 요한, 웨일, 세실리아의 부담이 커졌다. 웨일은 새파랗게 질려 내 등 뒤로 달려든 마물을 겨우 떨쳐 내고 있었다.

아빠와 푸르손의 전투를 틈타 마물들이 나 외의 인간을 공격하고 있었다.

꺄아악—!!

비명이 난무하는 지옥도 속에서 나 홀로 그 어떤 것도 하지 못했다.

아무것도 할 수 없던 이전 삶의 기억들이 내 목을 옥죄는 것만 같았다. 그때의 허망함, 공포감이 머릿속을 어지럽게 만들었다.

'어쩌지, 어떻게 해야…….'

그때였다.

팟!

품속에서 가느다란 진동이 느껴졌다. 자수정이었다.

[진정…… 네가 중심을…… 우리는…… 수 없어.]

익숙하고도 익숙한 목소리.

'누구……?'

분명 가슴이 아리도록 익숙한 목소리인데도 누구인지 특정할 수 없었다. 그리고,

"너를 만나길 아주 오랫동안 기다려 왔단다."

엄마…….

눈앞에 과거의 기억이 떠올랐다. 과거와 미래. 시간을 여행하는 악마의 통로, 자수정.

'네가 보여 준 거야?'

다정한 목소리에 뜨거웠던 머리가 조금씩 진정이 되자, 또 다른 목소리들이 들려왔다.

[아가!]

[현신시켜 줘, 이 바보!]

[목소리를 들어 줘!]

[주군.]

나는 에트왈을 꽉 거머쥐었다.

'타개책은 있어, 분명히.'

아빠는 인간의 몸으로 악마인 푸르손을 훌륭히 상대하고 있었다. 내 사람들이 인간의 힘을 뛰어넘는 마물들을 없애고 있다. 이들을 지키기

위해선 내가 중심을 잡아야 한다.

그래야 내 권속들이 힘을 발휘—

'내 힘에 권속들이 공명한다?'

나는 홱, 고개를 들어 상공에 떠 있는 미나를 바라봤다.

마물들이 힘을 빼앗기고 미이라화될 때마다, 푸르손이 아빠에게 공격할 때마다 그녀의 몸이 발작하듯 뛰어올랐다.

주변을 둘러보니 푸르손 외의 다른 악마들은 공격하지 않고 그저 우리를 지켜보고 있었다. 호전적으로 보이는 근육질의 노인조차 혀를 차며 마뜩잖은 표정을 지을 뿐, 참전하지 않았다.

'참전할 수가 없으니까.'

주인인 미나가 푸르손에게 힘을 보내는 것만으로도 벅차니까!

나는 얼른 에트왈을 쥐고 소리쳤다.

"푸르!"

에트왈이 뜨거워지며, 거대한 사슴형의 푸르가 심문장에 현신했다.

[드디어 내 목소리가 들리는구나, 이 바보.]

그는 말했다.

"명을."

난 상공에 뜬 미나를 가리키며 소리쳤다.

"폭풍을 만들어! 미나를 끌어내린다!"

푸르의 이능은 우천. 하늘에 하나둘 먹구름이 몰려왔다. 동시에 거센 바람이 불어닥쳤다. 미나의 몸이 바람과 비에 휩쓸리며 꿰뚫린 빛을 조금 벗어났다.

동시에 근육질 노인의 모습인 악마가 고함을 내질렀다.

"빌어먹을!"

그가 미나를 향해 손을 뻗으려 했을 때, 부네가 현신했다. 부네의 손에서 뻗어 나온 검은 안개가 노인을 감싸고, 노인이 크게 버둥거렸다.

"멍청하기만 한 녀석이……!"

"입 닥치려무나, 오만한 바딘."

부네가 노인을 막는 사이, 붉은 머리의 미남이 푸르를 막아섰다. 그러자 강력한 지진이 일었다.

"넌 결코 날 이길 수 없다는 것을 알 텐데, 푸르푸르."

"네 지진이 이능의 범위가 하늘인 나를 잘도 이기겠다, 이 등신아."

푸르가 비죽, 혀를 빼물었다. 그러나 엄청나게 빠르게 도망치고 있었다.

'사실은 엄청 무서운 거 아냐, 푸르?'

[저 녀석은 아가레스란 말이야. 악마를 죽일 수 있는 유일한 악마라고! 저 녀석이 제 주인의 힘을 제대로 쓰면 난 죽는단 말이야!]

'그러니까 무섭다는 거네?'

[이건 다 네가 약해서라고!]

푸르가 씩씩거렸다.

'그래? 그럼 강해지면 되지.'

[뭐?]

나는 상공에 뜬 마도구를 노려보며 소리쳤다.

"아직도 네리아드를 믿는 거야?"

빛의 기둥에서 벗어난 미나는 의식을 찾은 모양인지 나를 노려보며 소리쳤다.

"보세요, 저 애가 악신의 아이예요. 신을 끌어내리려는 역도라고요!"

"저 마물들이 인세를 범했어. 우리 인간의 것인 인세를 범한 악마를 이대로 둘 생각인가?"

"흔들리지 마세요! 가짜 신의 아이를 단죄하고, 다시 믿음으로 구원받아야 해요!"

"인세는ㅡ!"

나를 피를 토하듯 소리쳤다.

"인세는 인간의 것이야! 당신만이 스스로를 구원할 수 있어!"

그때였다.

푸르를 붙잡은 붉은 머리의 악마와 부네를 상대하던 노인이 투명해졌다.

"이 멍청한……."

"빌어먹을!"

붉은 머리의 악마와 노인이 소리쳤고…….

"컥!"

아빠의 검이 푸르손의 가슴을 꿰뚫었다.

……응답했다. 마경을 통해 이곳을 지켜보던 사람들이.

미나의 악마들이 희뿌옇게 변했다. 이윽고 온데간데없이 사라졌고, 아빠의 발밑에 쓰러진 푸르손 또한 "제기랄." 중얼거리곤 증발하듯 없어졌다.

사람들의 믿음이 약해졌다는 증거였다.

미나가 지금껏 강력한 힘을 발휘한 것은 모두 네리아드의 덕이었다. 그녀가 네리아드의 운명의 아이이므로, 그의 힘을 빌려 쓸 수 있었기 때문이다.

신의 힘은 인간의 믿음으로 강력해지는 것.

마경을 통해 전국 각지에 현 상황이 송출되었고, 사람들이 네리아드에게 의심을 가졌다. 믿음을 잃은 네리아드가 약해져서, 종국엔 미나의 힘 또한 크게 약화된 것이다. 악마를 유지할 수 없을 정도로!

미나의 피부에 굵고 새파란 핏줄이 불거졌다. 마나 부족의 신호였다. 미나는 믿을 수 없는 표정으로 상공의 송출용 마도구를 바라봤다.

"어떻게…… 왜……."

미나가 중얼거렸을 때였다.

추기경 리달란테가 칫, 혀를 차더니 목에 건 자그마한 나무 피리를 불었다.

삐익―!

기분 나쁜 소리와 함께 멀리서 둔탁한 날갯짓 소리가 들려왔다.

"어……?"

심문장의 누군가가 상공을 올려다보며 눈을 홉떴다. 먼지 같은 것들이 멀리서부터 밀려드는가 싶더니, 이윽고 찢어지는 듯한 포효가 들려왔다.

'몬스터? 아니, 신전의 성수다……!'

먼지가 아니었다. 무수히 많은 신전의 성수들이 황궁을 향해 날아오고 있었다.

가장 먼저 날아온 것은 파충류처럼 오돌토돌하고도 두꺼운 가죽을 지닌 것이었다. 용을 닮기도 하고, 새를 닮은 것 같기도 한 기묘한 형태의 '성수'가 "키엑―!!" 울부짖었다.

성수들의 날갯짓은 칼바람이 되어 날카롭게 살갗에 부딪혔다. 금방이라도 날아갈 것만 같았다.

내가 한쪽 팔로 머리를 가로막고 다리에 바짝 힘을 주고 있자, 등 뒤에서 목소리가 들려왔다.

"르블레인."

"막내야."

아드리안과 요한이었다. 그들이 내 앞으로 달려와 바람을 막아 주었다. 그 틈에 리달란테가 신관들에게 소리쳤다.

"아기님을!"

신관들이 서둘러 미나를 부축했다.

이샤크가 이를 악물었다.

"놓칠 줄 알고? 작은형!"

삼 형제 중 가장 마법에 능한 앙리가 빠르게 허공을 향해 손을 뻗었다. 그물처럼 뻗어져 나간 마력의 사슬이 신관들을 옭아맸으나, 추기경 리달란테와 블라시오가 가세하여 앙리를 막아 냈다.

금세라도 신전과 우리의 2차전이 벌어질 태세였다.

이샤크가 검 자루를 고쳐 쥐었을 때, 나는 소리쳤다.

"가게 둬!"

"……뭐?"

"둬, 이샤크."

지금 이곳에 있는 사람들에겐 성수 떼를 물리칠 만한 여력이 남지 않았다. 푸르손의 마물들을 상대하는 것만으로도 힘에 부쳤다.

나 또한 푸르와 부네를 동시에 현신시키며 신성력을 많이 소진한 상태였다. 애초에 미나를 놓칠 가능성이 컸고, 어떻게든 저 애를 잡으려고 발버둥 치다가 누구 하나는 잃을지도 모른다.

나는 이샤크의 팔목을 붙든 채로 신관에게 부축받은 미나를 바라봤다. 우리의 시선이 허공에서 날카롭게 부딪쳤다.

이윽고 신관이 이동진을 찢었고, 신전 측의 모든 사람은 심문장에서 자취를 감추었다. 피리를 가지고 있던 리달란테가 사라지자 성수들도 뿔뿔이 흩어졌다.

심문장엔 고요가 찾아왔다.

사람들은 아수라장이 된 황궁 한가운데에서 허탈한 표정을 짓고 있었다. 이제껏 믿어 온 모든 것이 부정당한 이들의 표정엔 허망함만이 비추고 있었다.

이샤크가 인상을 찌푸렸다.

"다 잡은 걸 놓쳤어. 이번 기회가 아니면 다시 잡을 수 없을지도 몰라."

"잡을 수 있어."

"뭐?"

"그러기 위해 준비한 13년이야."

"……."

나는 황궁 너머로 보이는 신전의 첨탑을 노려보며 말을 이었다.

"오늘 목적은 모두 이룬 거야. 내가 듀블레드의 혈족임을 온 세상에 알렸고, 신전의 부정을 발고하여 네리아드의 힘을 약화시켰어."

나는 되뇌듯 말하며 나를 다독였다. 사실은 나 또한 무척이나 아쉬웠으므로.

신전의 최고 무기이자, 최대 약점인 미나만 사로잡을 수 있었더라면 이번 전쟁의 승리는 우리의 것이었다.

'진정해. 진정해야 해.'

과욕으로 무리해서 미나를 잡으려 했다면 우리에게도 피해가 있었을 것이다. 이것은 아무것도 잃지 않고 승리하기 위한 포석이다. 욕심쟁이인 나는 이 전쟁에서 그 어떤 것도 잃지 않겠노라 다짐했다.

'누구 하나 잃지 않고 완벽하게 승리할 것이다.'

나는 송출용 마도구를 바라보며 말했다.

"보신 바와 같이 이것이 여러분이 지금껏 신뢰하던 신전의 민낯입니다."

심문장 안의 귀족들이 허탈한 듯 실소를 터뜨렸다. 마경을 통해 지켜보고 있는 백성들 또한 저들과 다르지 않은 얼굴일 터였다.

"전쟁은 시작되었고, 이 세상에 여러분을 구원해 줄 신은 없습니다."

"……."

신실하기로 유명한 귀부인이 이마를 잡고 비틀거렸다.

나는 마경을 향해 확고한 어조로 말했다.

"우리가 우리를 지켜야 합니다."

서쪽에서 불어오는 거센 바람 소리가 들려왔다. 전쟁의 시작을 알리는 나팔인 양.

*　　*　　*

국무 회의 의결권을 지닌 중앙탑의 귀족들이 황궁에 소집되었다.

빠른 걸음으로 문을 박차고 들어온 황제는 자리에 앉자마자 테이블을 내리쳤다.

쾅—!!

둔탁한 마찰음에 귀족들이 흠칫, 고개를 수그렸다.

"꼴들 좋군. 어화둥둥 떠받들던 신전이 감히 황궁을 이 꼴로 만들었으니 대단히 기쁘시겠어."

신전 친화파이던 브리뵈 백작이 헛기침했다.

"이곳에 있는 모두가 신전에 농락당했습니다. 어찌 피해자에게 책임을 돌리십니까, 폐하."

몇몇이 그에게 동조했다.

"성심을 굳건히 하소서."

"성심을……."

"27년 전, 7월!"

그가 고함을 내질렀다. 얼어붙은 귀족들을 둘러본 황제가 말을 이었다.

"선황께서 신전의 조사를 명하셨으나, 종교 탄압이라는 이유로 황궁 앞에서 대귀족을 포함한 전례에 없는 시위가 일어났다."

"……."

"17년 전, 1월. 듀블레드에서 신전의 부정을 발고하였을 적에 정치적 계략이라 외치던 자들이 짐의 눈앞에 보이는구나."

"……."

"13년 전, 9월. 중앙 신전 21석의 사제가 연루된 황태후 혼절 사건에서 짐은 신전의 조사를 명했다. 가로막은 것은 누구인가."

"……."

"11년 전에도, 8년 전에도, 작년부터 올해까지 꾸준히 신전을 단속할 만한 의제가 올라왔다. 국교는 성지라 목 놓아 외치던 이들은 대관절 어디로 가고 이곳엔 피해자만이 남았는가!"

신전 친화파 귀족들의 표정이 샛노래졌다.

황제가 충혈된 눈으로 주변을 둘러보았다.

"신전의 동태는."

희멀건 얼굴의 브리뵈 백작이 어물거렸다.

“교황청을 비롯해 중앙 신전, 전국 각지의 소규모 신전 또한 문을 걸어 잠그고 조사를 거부하고 있습니다.”

“교황은.”

“…….”

그가 침묵으로 대답을 대신하자 황제가 이마를 쥐었다.

그때였다. 행정관이 헐레벌떡 뛰어 들어왔다.

“폐하!”

새파랗게 질린 표정의 행정관이 부복하고 소리쳤다.

“신전의 성수들이 제국 각지에서 난동을 부리고 있습니다. 제도 외곽부터 피해가 시작되었고, 비행형 성수 떼가 서부로 향하고 있습니다.”

“뭐라!”

“중앙 기사단에서 퇴치 작전을 시작했으나, 날붙이와 마법이 전혀 통하지 않습니다. 오디스 아카데미에서 일어난 쿠헬름 전투 때와 같은 흐름입니다.”

반쯤 몸을 일으켰던 황제가 의자에 털썩 주저앉아 실소를 터뜨렸다.

“대단하군. 참으로 대단해. 제국의 황자들이 재학 중인 오디스 아카데미에도 신전의 손이 뻗쳐 있었어.”

“…….”

“하여 방도는.”

“……오디스와 쿠헬름의 전투에서 성수들을 해치운 것은 듀블레드 영애라고 들었습니다. 그녀를 파견하는 것이 ―”

“결국 믿을 것이 듀블레드 영애 하나뿐이다?”

“…….”

“듀블레드 영애는 참으로 대단하구나. 짐의 군이 상대조차 할 수 없는 대군의 성수를 무찌를 수 있는 유일한 사람이라니.”

"……."

황제가 노성을 내질렀다.

"제국의 유일한 방패이고 검이야! 짐이 그녀의 앞에 무릎 꿇고 애원이라도 해야겠어. 제발 살려 달라고!"

황제의 노성에 귀족들은 말을 잃었다.

그러한 찰나, 근위병이 소리쳤다.

"르블레인 리세트 듀블레드가 입실을 요청합니다."

"……들라 하라."

문이 열리고, 르블레인이 테오도르, 요한과 함께 들어왔다.

황제 앞에 무릎을 굽힌 그녀가 말했다.

"송구합니다. 문밖에서 허락 없이 폐하의 말씀을 들었습니다."

"문밖으로 새어 나가는 소리까지 영애가 어찌할 순 없지."

르블레인이 깊숙이 고개를 숙이며 말했다.

"폐하의 백성인 제가 어찌 제국의 검이자 방패가 아니겠습니까. 저를 사용하십시오."

"……사용?"

"예. 저를 무기로 쓰시고 청컨대, 보답해 주십시오, 폐하."

귀족들이 웅성거렸다.

"보답?"

"보답이라고?"

황제가 그녀에게 물었다.

"영애가 원하는 보답이 무엇이냐."

고개를 수그린 르블레인이 마른침을 삼켰다. 고개를 들어 주변 귀족들을 둘러본 그녀가 말했다.

"듀블레드의 독립을 허락해 주십시오."

"……!"

황제가 굳어지고, 귀족들이 크게 술렁였다.

"불가합니다, 폐하!"

"가진 힘을 무기로 폐하를 겁박하려는 거요!"

"듀블레드 영애는 자중하시오."

르블레인은 단호한 어조로 말했다.

"지금껏 무수히 많은 일이 있었습니다. 그 누구 하나 듀블레드를 위한 자가 없었습니다. 어머니가 돌아가시고, 고아가 되어 운명의 아이로 도구처럼 쓰일 때도 이 제국에서 저를 도운 이 하나가 없습니다."

"듀블레드 영애!"

"전, 폐하, 저는……."

그녀가 제 아버지의 손을 꽉 잡으며 말했다.

"신전에 의해 듀블레드가 고통받을 때, 우리를 도운 자는 없습니다."

"……."

"폐하, 저는 더 이상 제국의 백성이고 싶지 않습니다."

마르슈 공작, 아미티에 공작, 그 외에 다른 귀족들까지 모두 얼어붙었다.

소란스러운 가운데 황제가 눈을 지그시 감았다.

브리뵈 백작이 소리쳤다.

"듀블레드 영애의 오만이 지나칩니다, 폐하. 이러한 상황에 독립이라니요! 백성의 목숨을 볼모로 황궁을 겁박하는 것이 아닙니까!"

마르슈 공작 휘하의 귀족들이 동조했다.

"당장 청을 거두고 폐하께 사죄하시오."

"어리군. 영애는 너무나도 미숙해. 감정에 치우쳐 생떼를 부리는 것과 다를 바 없어!"

르블레인이 목소리를 높이는 귀족들을 힐끗 쳐다봤다.
"저는 이 제국을 위해 아무것도 하지 않겠습니다."
"……뭐라고?"
"제국의 상공을 차지한 저 몬스터들을 토벌하지도, 신전에 맞서 싸우지도 않겠습니다. 제국이 망하든, 백성들이 죽든, 나서지 않을 겁니다."
"……!"
르블레인은 차분한 목소리로 말했다.
"감정에 치우친다는 것은 이런 겁니다, 나리들."
귀족들은 휘둥그레진 눈으로 입만 뻐끔거렸다. "저, 저……." 하고 중얼거렸다.
그때, 회의에 참석해 있던 안드레 황자의 눈이 가늘어졌다.
'멍청하긴.'
어린 계집애 하나 말로 찍어 누르지 못하는 답답한 영감탱이들 같으니.
그가 입을 열려 하자, 안드레 황자의 외조부이자 마르슈 공작이 조그맣게 그를 불렀다.
"전하."
자중하라는 의미의 말에 안드레가 히죽 웃었다.
"기회입니다, 조부님. 여기서 저 계집을 찍어 누른다면 황제의 기를 살리고, 귀족들에게 눈도장을 찍을 수 있지 않겠습니까?"
가뜩이나 심문장 사건으로 아드리안을 보는 귀족들의 시선이 달라졌다. 과연 황실의 적장자라며 추켜세우는 자들이 한둘이 아니었다. 이때 제가 나서서 그들 머릿속에서 아드리안을 지워 놔야 훗날 귀찮은 일이 생기지 않을 것이다.

마르슈 공작이 인상을 찌푸렸다.

"이번 일에 말을 얹는 건 얻을 것보다 잃을 게 많은—"

"영애는 무엇이 그리 억울하고, 비참한가?"

마르슈 공작의 말허리를 뚝, 자른 안드레 황자가 말했다. 그러자 그의 맞은편에 앉아 있던 아드리안이 미간을 좁혔다.

"그녀를 모욕하지 마십시오."

안드레는 비식 웃고 팔짱을 끼었다.

"공들은 말이야. 영애만이 세상에 상처받았다 여기는 자의식 과잉을 어리다고 한 것이네."

르블레인의 시선이 안드레 황자에게 향했다.

안드레는 어깨를 으쓱했다.

"영애의 심정을 이해 못 하는 것은 아냐. 그 나이대의 계집…… 어린 숙녀들의 예민함을 내 어찌 모르겠는가?"

"……."

"하지만 이건 세상에 상처받았으니 알아달라고 떼를 부리는 것과 다름 없—"

"브리뵈 백작님은 발루아 공작 생전에 그의 명으로 듀블레드령에 번번이 세작을 보냈습니다. 제 오라버니인 이샤크 듀블레드가 그의 검에 크게 다친 적이 있지요."

브리뵈 백작의 얼굴이 벌게졌다.

"그, 그건……!"

"체누스 백작님은 신전이 듀블레드령을 수색하겠노라 나섰을 적에 찬동하셨습니다. 만일 그 일을 저희가 미연에 제지하지 않았으면, 저희는 악신을 소환하려 했다는 거짓 죄목을 뒤집어쓰고 처결되었겠지요."

"……."

"노델리 후작께선 제 아버님의 마차에 자객을 보내셨고요. 성공했으면 어떻게 되었을지 상상만 해도 끔찍합니다."

"……!"

"제국이 그런 곳입니다. 대귀족이 이권을 위해서 듀블레드를 노리는 일이 빈번한."

르블레인이 안드레 황자를 빤히 바라보며 물었다.

"전하께는 이러한 일에 분개하는 것이 어린 숙녀의 자의식 과잉이라 여기십니까?"

"그건 신전 때문에 일어난 어쩔 수 없는—"

"전하, 인과를 분명히 하소서. 이 모든 일은 신전 때문에 일어난 일이 아닙니다."

"그래, 듀블레드가 빈번히 악행하여 귀족들이 과히 경계했다는 점은 인정하지. 하지만 영애, 이렇게 생각해 보게."

안드레가 양팔을 펼치며 말을 이었다.

"이번 기회에 감히 황궁에 반역한 신전을 처리하여 듀블레드의 충심을 증명한다면, 더는 귀족들이 듀블레드를 과하게 경계하는 일은 없을 것이야."

"예, 전하. 저는 그런 것이 싫기에 독립하고자 합니다."

"뭐라고?"

르블레인이 차디찬 시선으로 회장을 둘러보았다.

"영지민을 위한 이권 다툼이 듀블레드의 악행이라 불리는 것이 싫습니다."

"……."

"우리의 영지를 범죄자 소굴이라고 헐뜯는 편협함이 싫습니다."

"……."

"영지민과 부모 자식을 위해 행하는 적법한 일들이 가주 자신의 영달을 위한 일이라며 불명예하노라 목 놓아 외치는 옹졸함이 지긋지긋합니다."

"……."

"세상을 위해 용기 내 의견을 낸 어린아이에게 언제나 '고아 따위'의 수식어를 붙이던 제국이 끔찍하게 싫습니다."

"……."

"사랑하는 가족들이, 저희가 지켜야 할 영지민들이 더는 상처받길 바라지 않기에 독립하고자 합니다."

회장이 고요해졌다.

안드레 황자가 어버버 말했다.

"내 말은 그런 뜻이 아니라……!"

"전하!"

마르슈 공작이 목소리를 높여 안드레의 말을 가로막았다. 여기서 더 르블레인을 자극했다간 다른 귀족들까지 듀블레드에 벌인 일이 드러날 것이다.

제 외조부의 힐난하는 시선에 안드레가 입을 다물었다.

르블레인은 허리를 깊게 숙였다.

"부디 현명한 결단을 내려 주십시오. 제가 감정에 휘둘리지 않도록."

* * *

르블레인과 듀블레드가 퇴실하고, 귀족들이 황제에게 말했다.

"독립은 불가합니다."

"어찌 말씀이 없으십니까, 폐하!"

황제가 탕!! 테이블을 내리치며 말했다.

"하면 공들에겐 방도가 있는가? 저 몬스터들과 신전이 내세운 운명의 아이의 힘을 막아 낼 다른 방법이 있는 것인가!"

귀족들이 입을 다물었다.

그때까지 팔짱을 끼고 있던 슈헤일 후작이 말했다.

"지금으로선 다른 방법이 없습니다."

"해서 듀블레드의 독립을 허가해야 한다는 것인가! 안 될 말일세! 제국엔 가뭄이 빈번하네. 여름에도 빗방울 하나 구경할 수 없어. 저들이 독립하게 되면 지원받던 수원이 끊길 것이야."

다른 귀족들도 고개를 끄덕였다.

"8년 전부터 전쟁이 끊긴 것이 누구의 덕입니까? 타국과 이민족은 저 듀블레드가 가진 장거리 이동진을 두려워하여 감히 싸움을 걸어오지 못했습니다."

"듀블레드가 지원한 장거리 이동진으로 만든 유통망이 사라진다면 그 손해를 누가 감당합니까!"

"블루 스피넬은 어찌할 것입니까. 듀블레드가 블루 스피넬 사업에서 손을 뗀다면 가격은 다시 천정부지로 오를 터."

"저렴한 블루 스피넬이 대부분의 마도구에 기초가 되었습니다. 다시 블루 스피넬의 가격이 오르게 되면, 마력 마도구를 내놓는 마탑의 세력이 득세할 테지요."

"무엇보다……."

슈헤일 후작의 아들, 에드거 슈헤일이 말을 이었다.

"대단하지 않습니까. 듀블레드 영애의 힘."

"……."

"……."

귀족들이 헛기침했다. 직접 보거나, 마경을 통해 본 그녀의 힘은 실로 엄청났다.

'비를 그치고 내리게 하는 힘.'

농경 사회엔 없어서는 안 될 힘이었다.

'유령 군사가 있다면 대륙을 넘어 온 세계를 차지할 수 있다.'

군사를 기르지 않아도, 국방에 천금을 투자하지 않아도 되는 '죽지 않는 군사'라니.

'그 엄청난 신성력 또한…….'

가히 교황급에 필적하는 힘이었다. 살아 있는 신성력의 상징이자, 새로운 종교를 창조하여 민심을 통합할 수 있는 '신성의 결정체'.

"그런 보물을 놓칠 수 없지요. 절대."

에드거 슈헤일의 말에 귀족들의 대부분이 고개를 끄덕였다.

"적으로 둔다는 생각만 해도 끔찍합니다."

슈헤일 후작이 입을 열었다.

"하면 어찌합니까. 듀블레드의 뜻은 그리도 확고한데."

"그건……."

"영애의 힘 없이는 신전을 물리칠 수 없습니다. 그녀가 진정 감정에 치우쳐 저 몬스터들을 퇴치하지 않는다면요?"

"……."

"모르시겠습니까. 칼자루를 쥔 쪽은 듀블레드에요."

회장 곳곳에서 신음이 터져 나왔다.

이럴 줄 알았다면 듀블레드에 미리 줄을 댈 것을. 누가 감히 그녀를 고아라 괄시했단 말인가.

이제 와서야 후회하는 귀족들을 본 황제는 크게 시름에 잠겼다.

*　　　*　　　*

며칠 후, 나는 창밖을 바라보았다.

신전의 성수 수가 점점 더 많아지고 있었다.

각지의 상공마다 비행형 성수가 심심치 않게 보이고, 산맥을 타고 나타난 거대한 성수들이 민간을 침범하는 일이 빈번했다. 제도의 상공과 그 주변엔 엄청난 수의 성수들이 떼지어 나타났다.

백성들은 불안에 떨었다. 평민이나 귀족 모두 마찬가지였는데, 덕분에 듀블레드저 근경의 땅값이 미친 듯이 올랐단다.

"아가씨."

세리아였다. 호프 상단의 사람들은 이제 사람들 눈을 피하지 않고 저택을 오간다. 세리아는 아예 듀블레드저에서 지내고 있었다.

내게 차를 따라 준 그녀가 물었다.

"정말로 나서지 않으실 겁니까?"

"나설 거야. 독립을 허가해 준다면. 신전의 동태는?"

"황궁에서 끊임없이 출석을 요구하고 있지만, 그 어떤 신관도 모습을 드러내지 않는다고 합니다. 곧 황군이 나서지 않을까요?"

"못 할걸."

나는 호로록, 차를 마시며 어깨를 으쓱였다.

신전에서 저 많은 수의 성수를 풀어놓은 이유가 무엇이겠는가?

'협박이지.'

건들면 바로 전쟁이라는 협박 말이다.

"신전의 세작들은? 동태를 전해 오지 않았어?"

"그게 말입니다……. 아무래도 이상합니다."

"이상하다니?"

"미나에게 수상한 상처가 난다고 하더라고요."

"수상한 상처? 심문장 전투에서 다친 게 아니고?"

"교황이 미나를 만나고 가면, 새로운 상처가 생겨 있답니다."

나는 인상을 찌푸렸다.

"폭행…… 아니면 실험."

"좌우지간 미나는 궁지에 몰려 있겠지요."

나는 천천히 눈을 끔뻑였다. 그리고 번쩍. 머릿속의 전구에 불이 들어왔다.

내가 양 주먹으로 입가를 가리고 킬킬 웃자, 마침 온실로 들어온 의장이 인상을 찌푸렸다.

"이번엔 또 무슨 못된 생각을 하고 계시는 겁니까?"

"아－주 좋은 생각. 의장, 오빠들을 불러와 줘."

"아뇨, 일단 손님을 만나셔야 합니다."

"손님?"

"황궁에서 손님이 왔습니다."

의장이 굳은 얼굴로 말했다. 나는 눈을 홉떴다.

"설마 그거……."

"독립 이야기가 아닐는지요."

나는 황급히 온실을 뛰쳐나가 중정으로 향했다. 아빠와 오빠들이 황궁의 손님을 맞이하고 있었다.

'안드레 황자가 직접 왔어?'

그가 계단에 있는 나를 올려다보며 씩 웃었다.

"내가 듀블레드 영애와 결혼해 주지."

……이건 또 무슨 헛소리야.

결혼? 누가? 설마 나와 당신은 아니겠지?

하도 어이가 없는 나머지 잘못 들은 게 아닌가 싶을 지경이었다.

"뭐라고요?"

묻자 안드레가 머리를 쓸어 넘겼다. 제 딴에는 치명적인 줄 아는 모양이었다. 그러나 십수 년간 주변 환경에 의해 머리 꼭대기로 상승한 심미안으로 보기에 그는 한 마리의 오징어였다.

"그래, 영애가 이겼어. 우리가 졌고."

"예?"

"황공하겠지. 알아. 제국민과 가문을 걸고 한 영애의 배팅에 나라는 대어가 걸렸어."

나는 헛웃음을 흘렸다.

그러니까 그의 말을 정리하자면 이러한 뜻이었다.

'독립 요구는 듀블레드가 위세를 떨치기 위한 정치적 전략. 1황자 안드레와의 혼맥 정도라면 듀블레드에서도 만족할 터. 그러니까 르블레인 듀블레드 따위에겐 아까운 안드레 황자가 결혼을 해 준다.'

절로 두통이 생긴다. 이마를 쥐고 있자 안드레 황자가 말을 이었다.

"일단 제도에 몰려든 몬스터를 처리하지. 마르슈 공작가 상공과 내 사저에 포진한 것들부터 치워."

"……."

"뭐 해. 어서 움직이지 않고. 설마 내 여자가 되고도 천지 분간 못 하는 어린애처럼 굴 생각인가? 그럴 셈이라면 결혼해 줄 수 없어."

대단한 협박이라도 되는 듯이 말했다.

거기서 이샤크가 터졌다. 이샤크는 "미친……!" 소리치며 허리에 찬 검집에 손을 올렸고, 앙리가 그를 가로막았다. 하지만 앙리의 관자놀이에도 핏줄이 불거진 것이 여차하면 저 미친놈의 머리에 화염 마법이라도 조준할 태세였다.

요한과 아빠라고 별반 다르지 않았다.

눈치가 있으면 생명의 위기라는 것을 알 텐데, 과연 황태후의 손자답게 안드레는 전혀 눈치가 없었다.

“기회를 줄 때 못 이긴 척 잡는 게 현명할 거야. 놓치고 나선 땅을 치고 후회해도 늦으니…….”

“후회할 일 없습니다.”

“속내가 들켰다고 수줍은가?”

“제 말을 이해하지 못하신 듯하니 확실하게 대답하겠습니다.”

나는 인상을 찌푸리곤 말했다.

“저는 전하와 결혼할 생각이 조금도 없습니다.”

“……뭐?”

안드레는 믿을 수 없다는 표정으로 입을 뻐끔거렸다. 그는 몹시 황당한 표정이었다. 그는 몇 번이나 헛웃음을 터뜨린 후에야 겨우 말문을 열었다.

“나와 결혼하는 것보다 영애의 목적에 걸맞은 일은 없어.”

“어디서 제 말을 곡해한 건지는 모르겠습니다만, 제 목적의 어디에도 전하와의 결혼 같은 일은 없습니다.”

“다시 말하겠다. 기회를 줄 때 잡아.”

“염려 감사하지만, 결혼하고 싶지 않습니다.”

“영애는 지금 거짓말을 하고 있어.”

“아뇨, 진심입니다. 가문과 저 자신을 걸고 맹세합니다. 전하와 결혼하기 싫습니다.”

“이유가 무엇인가. 내가 영애에게 너무 과분해서? 그런 일이라면 됐다. 전부 마음에 차는 결혼은 없지. 내 비가 되기 위해 차차 배우면 될—"

"이유를 물으시니 감히 답변하겠습니다."

안드레의 표정이 왈칵 구겨졌으나, 나는 아무렇지 않은 표정으로 대답했다.

"우선 그 곱슬머리가 싫습니다."

"뭐, 뭐?!"

"폐하의 미모가 조금도 유전되지 않은 점이 매우 아쉽고요. 최악 중의 최악은 역시 성격이죠. 멍청…… 생각이 짧은 점, 세상이 전하를 위해 돌아간다고 생각하는 오만이 매우 별로입니다."

"이봐, 영애!"

"성실하지 않은 점도 싫고요. 상대방의 말을 듣지 않는 점도 싫습니다. 또 근엄한 체하지만 한없이 가벼운 말투도 싫고, 타인의 위에 군림하지 않고는 살 수 없는 점이나 말보다 손이 먼저 나가는 다혈질도 싫습니다. 그리고—"

"그만, 그만!"

안드레가 발작하듯 소리쳐서 나는 생긋 웃으며 쐐기를 박았다.

"전하, 입 냄새납니다."

"르블레인 듀블레드!"

"그러니까 걱정하지 마세요. 맹세코 저는 단 1초도 전하를 탐낸 적이 없으니까요."

"너, 너……!"

"전하는 스스로를 아까워하셨는데 잘됐지요? 자, 그럼."

나는 하인들을 향해 손을 팔랑팔랑 저었다.

"손님 돌아가신다, 배웅해 드리렴."

그러고서 나는 산뜻한 얼굴로 계단을 올라갔다. 등 뒤에서 익숙한 비웃음 소리가 들렸다. 돌아보지 않아도 오빠들인 걸 알았다.

"아아, 입 냄새."

"입 냄새는 안 되지."

"입 냄새 말고도 모든 게 자격 미달입니다, 형님."

* * *

환궁한 안드레는 씩씩거리며 이본느궁으로 향했다. 문을 박차고 들어가자 아버지인 마르슈 공작과 동생 에슬론 마르슈와 대화 중이던 이본느가 인상을 찌푸렸다.

"예의 없이 이게 무슨 짓이니."

모후의 날 선 목소리에 헛기침한 그가 외조부를 향해 가볍게 고개를 숙였다. 마주 인사한 후 마르슈 공작이 끊긴 대화를 이어 갔다.

"신전에서 언제 발을 빼느냐가 문제입니다."

"하지만 아버님, 신전이 우리의 치부를 걸고넘어진다면 어찌합니까. 가뜩이나 안드레의 정통성을 운운하는 자들이 부지기수인데, 초대 가주가 건국 황제에게 반기를 든 이반의 참모였다는 것까지 드러난다면……."

"이제 황자님의 정통성은 문제가 아닙니다. 우리는 신전의 일에 너무 깊게 관여했습니다. 성수화 실험에 자금을 댄 것까지 드러나면 몰락은 한순간입니다, 황비."

"방도를 주십시오. 어찌하면 되겠습니까?"

황비의 말에 에슬론 마르슈가 대답했다.

"신전 토벌에 공을 세우는 것밖에 방법이 없지 않겠습니까."

"결국 열쇠는 듀블레드 영애란 것인데……."

"누님께선 듀블레드 영애와 관계가 괜찮지 않습니까? 꽤 귀여워하셨을 텐데요."

"영리한 아이야. 내 앞에 고개를 숙이지만, 결코 줄을 대진 않지. 아슬아슬하게 줄타기를 하고 있어."

"혼맥을 제시하는 것이 어떻겠습니까? 1황자와의 결혼이라면 저 쪽에게도 나쁜 것 없는 제안인데요."

그러자 안드레 황자가 인상을 찌푸렸다.

"말도 꺼내지 마십시오!"

"조카님, 이건 조카님의 황위뿐만 아니라, 마르슈의 내일이 걸린 문제입니다. 감정적으로 생각할 게 아니라 ―"

"미친 계집애라고요. 감히 내가 싫답니다. 별……!"

이본느 황비와 마르슈 공작의 표정이 굳어졌다. 황비가 날 선 목소리로 물었다.

"무슨 소리이냐."

"콧대가 하늘을 찌릅니다. 제가 대단하면 얼마나 대단하다고, 감히 제국의 제 1황자인 내게……."

"안드레, 알아듣게 말하지 못하겠니."

"그 계집애가 폐하와 귀족들 앞에서 독립 같은 말도 안 되는 소리를 운운한 이유가 뭐겠습니까? 제가 딱 보니 이번 기회에 제국을 손아귀에 넣으려는 블러핑이기에, 원하는 대로 넘어가 주겠다고 했죠."

"뭐……?"

"제가 결혼해 주겠다고 말했죠. 부족한 건 차차 배우면 된다고까지 했다고요. 그런데 그 미친 게…… 아아, 모후, 표정 푸십시오. 전 괜찮습니다. 그따위 것이 헛소리를 한다고 제가 휘둘릴 리 없 ―"

"대체 무슨 짓을 한 거야!!"

이본느 황비가 노성을 내질렀다. 모후가 그 앞에서 이토록 흥분한 적은 처음이었다. 당황한 안드레가 입을 뻐끔거렸다.

"모, 모후……."

이본느 황비는 "아아……." 신음하며 이마를 잡았다.

안드레가 억울한 표정으로 말했다.

"저는 듀블레드에 은혜를 베푼 겁니다. 그들의 사악한 위명을 생각하면 차기 황제의 비가 말이 됩니까?"

"이 정신 나간 녀석!"

"대체 왜……. 외조부, 모후가 왜 이러십니까. 이성을 찾으라 말씀해 주십시오."

그러나 마르슈 공작과 에슬론 마르슈는 인상을 찌푸리며 한숨을 내쉴 뿐이었다.

안드레 황자는 씩씩거렸다.

"대체 왜들 이러십니까! 암만 그 계집애가 대단하다고 해도 고작 백성입니다. 황실에 충성해야 하는—"

짝!

뺨이 불붙은 듯 뜨거워졌다. 안드레는 믿을 수 없는 표정으로 아리는 뺨을 잡은 채 이본느 황비를 바라봤다.

"모, 모후가 어떻게 저를……."

"꼴 보기 싫으니 당장 내 눈앞에서 사라져라."

"……저는 잘해 보려고 한 거라고요!"

"차라리 가만히 있었어야지. 떠먹여 주는 것만 얌전히 먹었더라면 일이 이렇게까지 복잡해지진 않았을 것이다."

"예?"

"모르겠니! 우리는 듀블레드 영애가 아니면 살아날 수 없어. 역적이 된 신전과 너무 깊게 관계를 맺었기에 까딱 잘못했다간 황위를 노리긴 커녕, 모자가 나란히 폐위될 수도 있단 말이다!"

"……."

이본느 황비가 이마를 쥔 채 비틀거리자 마르슈 공작이 그녀를 부축했다. 에슬론 마르슈는 한숨을 내쉬곤 고개를 절레절레 흔들었다.

"언젠간 사달을 낼 것 같더라니."

"삼촌!"

에슬론 마르슈는 안드레의 말에 대꾸하지도 않고 제 아비를 쳐다봤다.

"이제 어떻게 합니까. 조카님이 시작도 전에 일을 죄 망쳐 버리셨는데요."

"어떻게든 르블레인 듀블레드를 달래는 수밖에."

이본느 황비와 마르슈 공작, 에슬론 마르슈가 동시에 안드레를 쳐다봤다. 마르슈 공작이 말했다.

"듀블레드 공작은 제가 만나 볼 테니 황자께선 듀블레드 영애를 찾아가십시오."

"말도 안 돼요! 제1 황자인 제가 왜 그따위 계집애에게……."

"황자―!"

마르슈 공작이 일갈했다.

안드레는 새파랗게 질려 외조부를 쳐다봤다. 대귀족들 사이에서도 언제나 최상위에 군림하던 노회한 우두머리에겐 안드레 같은 햇병아리 따위는 상대가 되지 않았다. 안드레의 멱살을 잡은 마르슈 공작이 말했다.

"아드리안과 상대가 되지 않는 황자께서 이제껏 계승 서열에서 밀리지 않은 이유가 무엇입니까."

"……."

"모두 이 이고르 마르슈 덕입니다. 황자께서 제 딸의 아들, 저의 외손주이기에 모든 것을 누려 오셨지요. 그런데, 안드레."

"……."

"점점 더 너를 봐주기 힘들어지는구나."

"하, 할아버님……."

"듀블레드 영애에게 엎드려 빌든, 눈물로 읍소하든 마음을 돌려놔라."

"……."

"대답해, 안드레."

"예…… 예."

희멀겋게 질린 안드레가 고개를 수그렸다.

에슬론 마르슈는 고개를 절레절레 저으며 일어났다.

"저는 듀블레드 삼 형제를 만나 보겠습니다. 누님께선 듀블레드의 가신들을 단속하시고, 아버님께서 듀블레드 공작을 만나 주십시오."

다른 두 사람이 고개를 끄덕였다.

* * *

교황은 죽은 듯 잠든 미나를 바라봤다. 가슴께에서 흔들리던 머리칼이 한없이 길어져 시트 위에서 물결친다.

교황의 곁으로 다가온 신관이 말했다.

"오늘은 4차까지 버티셨습니다."

"완성은."

"머지않았습니다."

미나의 눈가를 따라 푸른 멍이 생겼다. 자세히 들여다보면 오색의 실금 같은 비늘이 보인다.

파르르 떨리는 미나의 속눈썹을 바라보던 신관이 말했다.

"오늘도 성하를 애타게 찾으셨습니다."

"하여."

"실험 중엔 크게 불안해하십니다. 언제나처럼 성하께서 함께 계셔 주신다면 수월히 진행될 듯하여……."

미나는 꿈속에서 마지막 동아줄이라도 찾는 양 그의 옷깃을 더듬거렸으나, 교황은 매정히 그녀의 손을 뿌리쳤다.

[인세는 인간의 것이야! 당신만이 스스로를 구원할 수 있어!]

외치던 그 애의 얼굴이 눈앞에 아른거렸다.

품에서 작은 초상화를 꺼낸 그가 더없이 다정하게 미소 지었다.

'아뇨, 여신님. 신은 존재합니다.'

당신과 나를 만나게 해 주었지 않은가.

초상화 속에서 밝게 웃는 르블레인에게 지그시 입 맞춘 교황이 중얼거렸다.

아아, 드디어. 드디어 당신과 만났어.

"나의 메리아."

*　　*　　*

크리스티앙이 꿈에서 전생을 볼 수 있던 것은 그의 모친이 셰이먼 부족 출신의 집시였기 때문이었다.

리세트가 미래를 볼 수 있는 것이나, 리세트의 모친인 린포드가 1킬로

미터 밖의 속삭임까지 알아들을 수 있는 괴물 같은 청력을 가진 것처럼 크리스티앙의 능력 또한 '첫 일족에게만 부여되는 신의 축복'이었다.

기억나지 않는 어린 시절부터 꿈을 꾸었다.

그가 꾸는 꿈의 시작은 언제나 더러운 뒷골목이었다. 어리고 볼품없는 소년이었는데, 전쟁으로 죽은 부모를 대신해 그가 남은 동생들을 겨우 먹여 살리고 있었다.

상태가 좋지 않은가 싶더라니, 온몸에 힘이 쭉 빠졌다. 몸살에 과로까지 얹어졌으니 혼절은 당연한 수순이었던 것이다. 돌무더기에 머리를 박고 쓰러진 소년을 돌아보는 사람은 없었다.

그리고 이대로 죽겠구나 싶을 적이면…….

[아가야.]

언제나 '그 손'이 나타났다. 빈말로도 곱다고 할 수 없는, 상처투성이 손.

손을 내민 여자는 항상 필사적이었다. 자신을 끌어안고 허겁지겁 내달렸다. 뒤집어쓴 후드가 밀려나 순백의 머리칼이 찬 바람에 잔뜩 헝클어져도 멈추는 법을 몰랐다.

[아이를 봐줄 수 없다니? 여긴 신께서 만인을 위해 건설한 진료소야.]

[이 아이에게 침상을 내주지 않는다면 당장에 이 지역 관할 선각자에게 고발하겠어.]

[뭐 하는 거야! 서둘러 약초를 가져와!]

죽어 가는 와중에도 멍하니 그녀를 바라봤다.

온통 무채색인 세상에 오직 그녀만이 색을 가지고 있었다. 새파랗게 빛나는 눈동자라든지, 발긋한 뺨. 그녀와 닿는 부분에서부터 색이 되돌아왔다.

신기한 여자였다. 목소리는 어찌나 크고, 또 얼마나 화를 잘 내는지. 그러나 그녀를 싫어하는 사람은 없었다. 사람들은 소란을 몰고 온 그녀에게 투덜거리다가도 이내 픽픽 웃어 버렸다.

그녀는 언젠가부터 마을에 자리 잡고 병든 이들을 치료했다. 관리가 되지 않아 허름한 진료소는 사람으로 가득했다. 마을 사람들의 표정은 밝아졌다.

자신 또한.

그는 더 이상 밤이 두렵지 않았다. 책임감과 세상을 향한 분노, 공포가 짓누르는 밤이 지나면 아침이 되니까. 아침이 되면 그녀가 오니까.

그녀가 커튼을 걷으며,

[잘 잤니? 좋은 아침이야.]

다정한 인사를 건네주니까.

그녀 주변엔 언제나 온갖 소리가 가득했다. 웃음소리, 감격해 우는 소리, 거듭 허리 숙이며 감사하는 소리. 그녀가 몰고 온 소란은 달콤한 소음이 되어 거리 곳곳에 스며들었다.

그는 병이 나은 후에도 부지런히 그녀가 있는 느티나무 진료소를 드나들었다.

[안녕.]

[안녕하세요, 여신님. 저, 이거…….]

봉투를 펼쳐 본 그녀가 함박웃음을 지었다.

[세상에, 산수유로구나!]

[지나가다가 봤는데, 선생님이 필요하다고 하셨던 게 기억나서요!]

[고맙기도 하지. 착해라.]

어쩌면 그녀의 손은 이토록 달콤할 수 있을까. 밤을 꼴딱 새우며 산을 뒤졌던 것이 허사는 아니었다.

[고마워. 자, 이건 보답이야.]

[돈은 괜찮은데…….]

[집에 들어가며 과자라도 사 가. 그렇다고 동생들에게 다 주면 안 된다?]

[여신님은 제게 왜 이렇게 잘해 주세요?]

제 머리를 헝클어뜨린 그녀는 쓰게 웃었다.

[널 보고 있으면 신이 인간을 포기하지 못하는 이유를 알 것만 같아.]

[…….]

[어쩌면 이렇게 귀한 영혼일까.]

그녀에게 정신없이 빠져든 건 언제부터였을까? 뒷골목에서 죽어 가던 자신을 발견해 주었을 때? 세상에서 가장 초라한 자신을 귀하디귀한 영혼이라 불러 주던 때?

아니면 그녀의 이름이 메리아라는 것을 알게 되었을 때일까.

'메리아.'

이름을 알게 된 날엔 잠이 들지 못했다. 그녀의 손처럼 너무나도 달콤한 어감의 이름이었기에.

몰래 소리 내 불러 보면 혀끝에서부터 밀려든 달콤한 울림이 심장을 간지럽혔다. 태어나 처음으로 행복하다는 것이 어떤 감정인지 알게 되었다.

그러던 어느 날, 진료소에 불청객이 나타났다.

[네가 감히 신을 참칭한 무뢰배냐.]

난데없이 웬 사내가 뛰어들어 그녀를 다그쳤다. 멀대 같은 키에 새파래 보일 정도로 흰 얼굴, 날카로운 눈매와 오뚝한 코를 가진 미남이었다.

[시끄럽고. 문 닫아.]

그녀는 언제나처럼 병자 외엔 관심이 없었다.

[보자. 오늘 배는 어떤가.]

[오늘은 땔감을 주우러 갈 수 있나요?]

[소리가 아무래도 이상한데. 준 약은 잘 먹고 있는 거야?]

[그, 그럼요.]

[어허.]

[……아까워서.]

사실은 거짓말이었다. 진료소에 갈 핑계를 만들기 위해 배를 내놓고 자거나, 상한 음식을 먹었다. 그녀가 준 약은 하나도 먹지 않았다.
그녀는 병자에게만 관심이 있으니까.

[에디오르아.]
[뭐?]
[에디오르아를 쓰라고. 그자는 괴질을 앓은 적이 있어서 네가 집은 그 약초는 효과가 없을 테니까.]

그녀는 병자에게만 관심이…….

[그거 줘. 에디오르아 말이야. 너 있지? 내놔.]

병자에게만…….

[네가 가진 약초들 구경하자, 어? 좋은 게 있으면 사람들과 좀 나누고. 좋지?]
[이 미친! 미친 여자가! 감히 누구의 등에 올라타는 거야?!]
[출발!]

병자에게만 관심이 있었을 텐데…….
그녀의 곁에 그 남자가 보이는 일이 많아졌다.

[오, 꼬맹이. 키가 많이 컸는데. 이제 땅딸보 메리아보다 크겠

어.]

[왜 매일 여기 계세요? 일이 없어요?]

[없긴. 난 말이야. 영면에 든 휴가르트 님의 뒤를 이어 선각자가 된……!]

[거짓말 아네요? 무슨 선각자가 영면에 들어. 메리아 님을 속이는 거 아니냐고요.]

[선각자라도 죽을 수 있어. 선각자가 죽으면 다음 선각자가 이능을 발현하고 그의 뒤를 잇게 되지.]

그 남자가 싫었다. 매일 핑계 없이 메리아의 곁에 있는 그 남자가 너무나도 싫었다.

그 남자, 라스 스토가 나타난 후엔 매일같이 어서 자라길 소원했다. 키가 더 크면, 나이가 더 들면, 성인이 되면, 그러면 메리아에게 말해야지. 아주 오랫동안 그녀를 사랑해 왔다고.

고백의 기회를 노리며 그녀의 주변을 맴돌던 때에 그들이 나타났다.

[부네, 파이몬!]

[아가야, 정말이지 오랜만이구나. 이렇게 오래 얼굴을 보여 주지 않다니 서운하단다.]

[감히 내게 심부름을 시켜?]

[내가 시킨 게 아니잖아. 왜 왔는데? 이건 뭐고? ……네리아드 오라버니가 보낸 거야?]

첫눈에 알았다. 저 사내들과 저는 비교가 되지 않는다는 걸.

힘의 응집체 같은 아름다운 사람들. 메리아는 줄곧 그 속에 있었던 것이다. 애초에 고백의 기회조차 없었다. 저토록 찬란한 자들에 비하면 자신은 얼마나 보잘것없는가.

그녀를 뒤로하고 걸음을 옮겼다. 그림자가 뒷골목에 쓰러져 있던 그날 그때처럼 흐려졌다.

얼마 지나지 않아 전쟁이 일어났다. 인간들의 전쟁과는 궤가 다른 신들의 전쟁. 무수히 많은 사람이 죽고, 메리아는 마을을 뛰쳐나갔다. 그는 그녀의 뒤를 쫓았다.

[여신님, 여신님! 위험해요, 돌아—]

그의 목소리는 그녀에게 닿지 못했다. 그녀가 신전으로 뛰어 들어간 후 얼마 지나지 않아 절규가 들려왔다.

우레가 하늘과 땅을 가르고, 눈물이 선혈이 되어 강물을 오염시켰다. 뛰어든 신전 안에선 그녀의 시체를 끌어안고 오열하는 네리아드가 있었다.

그리고 '그 일'이 일어났다. 세르가가 마지막 남은 힘을 모조리 발휘하여 72개의 기둥에 선각자를 봉인했다.

그 후, 사슬에 감싸인 네리아드가 동생의 시체마저 빼앗긴 채 조금씩 투명해져 갔다.

거대한 지진이 일어나고, 산에선 용암이 흘러나왔으며 강물과 바닷물이 민간에 범람했다. 고대 문명의 멸망이었다.

그리고 마지막의 마지막 순간, 그는 그녀의 시체를 끌어안았다.

'결국 나였어, 메리아.'

끝까지 당신 곁에 남은 건 나예요, 여신님.

생의 마지막 순간에 그는 환희했다.

그러한 꿈을 매일같이 꿨다. 그래서 언제나 '그녀'를 찾아다녔다.

당신 또한 환생했겠지. 이번엔 이전과 달라. 이제 나는 당신 곁에 있을 만한 힘이 있어.

하지만 그 어떠한 곳에서도 그녀의 흔적은 찾을 수 없었다. 오랜 세월이 흘러 의지가 풍화되어 갈 때쯤, 신탁이 내려왔다.

[검은 깃털의 아이, 영속의 달에 태어나 시작과 끝을 이룰 태가 되리라.]

리세트에게 내려진 신탁을 보자마자 알았다.

'메리아. 메리아다.'

신들의 전쟁을 시작하고, 끝을 맺은 것은 메리아였다. 리세트에게서 태어날 아이가 메리아의 환생일 터다. 하지만 리세트의 아이는 죽었고, 결국 크리스티앙은 홀로 남았다.

'메리아가 이리 쉽게 죽을 리 없다. 신의 사랑을 받는 그 존재가 이토록 허망하게 갈 리 없어.'

리세트의 아이가 메리아의 환생이 아니었나? 리세트의 육체에 이세계의 영혼을 빙의시킨다면? 세르가가 메리아의 혼마저 거둬 간 것인가? 악신을 소멸시킨다면 그녀가 돌아오나?

'메리아, 메리아, 메리아, 메리아, 메리아, 메리아, 메리아, 메리아, 메리아, 메리아, 메리아, 메리아.'

메리아……!

그녀를 다시 만나기 위해 모든 노력을 기울였으나, 그녀는 결국 돌아오지 않았다. 그러나 모든 것을 포기한 그때,

"나니까! 내가 듀블레드의 넷째니까!"

당신이 나타나 주었다.

"인세는 인간의 것이야! 당신만이 스스로를 구원할 수 있어!"

당신은 그 시절처럼 강인했다.

그때였다.

"성하……?"

눈을 뜬 미나가 허겁지겁 일어나 그의 품에 파고들었다.

"어디 계셨어요. 대체 어디에……!"

"아기님."

"불안해요. 불안해 죽겠어."

미나를 바라보는 교황의 표정이 서늘했다.

'어쩌면 이다지도 연약한 영혼이란 말인가.'

강인하디강인한 당신과는 비교조차 되지 않는 유약한 영혼.

그는 저를 올려다보는 미나를 향해 다정히 미소 지었다.

"염려하지 마십시오, 아기님. 제가 아기님의 손에 세상을 담아 드리겠습니다."

세상 따위 어떻게 되든 상관없다. 모든 것을 이 계집에게 쥐여 주고, 홀로 남은 메리아를 제품에 끌어안을 수만 있다면.

* * *

독립의 뜻을 내비친 지 열흘, 나는 창을 통해 상공에 포진한 성수들을 바라봤다.

'점점 더 수가 많아지고 있어.'

늘어가는 속도가 예상보다 훨씬 빠르다. 어떻게 된 일인가 고민하던 찰나에 세리아가 뛰어 들어왔다.

"아가씨!"

"무슨 일이야?"

"신전의 문이 열렸습니다."

나는 흠칫, 얼굴을 굳혔다.

"황궁의 조사에 응한 거야?"

"아뇨. 황궁의 명엔 따르지 않고 전도를 시작했어요."

"전도……."

"어떻게 된 걸까요. 갑자기 전도라니요."

나는 헛웃음을 터뜨리며 의자에 털썩 주저앉았다.

"뻔하지. 성수로 만들 인간이 부족한 거야. 어떻게든 꼬여 내 성수로 만들어야 우리를 이길 수 있잖아."

"부정한 종교라고 낙인찍힌 판국에 사람들이 신전을 찾을까요?"

"찾을 거야."

"예?"

나는 손마디로 창문을 툭툭 두드렸다.

"저것들이 두려우니까."

"저것들은 신전이 푼 괴물이 아닙니까. 다들 알고 있을 텐데 설마 그렇겠습니까?"

"저런 두려운 괴물을 소유한 신전이니까 가는 거야. 신전으로 가면 자신만은 무사할 거라고 생각할 거야."

무엇보다 세상이 어지러울수록 사람들은 기댈 곳이 필요하다.
'난세에 사이비 종교가 횡행하는 이유가 있지.'
기댈 게 필요한 사람들은 아무리 명명백백한 진실일지라도, 눈을 가릴 것이다.
지금껏 만인이 믿어 온 국교가 잘못될 리 없어. 뭔가 잘못된 거야. 권력자들의 술책에 가엾은 신관님들께서 당한 거지. 신전은 잘못되지 않았어.
세리아가 인상을 찌푸렸다.
"시간을 너무 많이 줬군요. 준비할 시간 없이 바로 제압했어야 했는데요."
"황궁은 아직 연락이 없지?"
"예."
나는 눈을 꽉 감았다.
'신전이 모든 대비를 마치기 전에 쳐야 하는데.'
하지만 황궁엔 시간이 더 필요할 것이다. 듀블레드의 독립은 결코 쉬이 결정할 수 있는 사안이 아니었다.
듀블레드는 명실상부한 제국 상업, 정치의 중심이었다. 장거리 이동진과 수원 사업만으로도 위그젠트라 제국 세금의 1할을 책임지는 제국의 중심축.
그런 듀블레드가 빠진 제국은 크게 혼란할 것이다.
'그렇다고 마냥 기다릴 수는 없어.'
나 또한 결전에 앞서 준비를 해 놔야 한다.
듀블레드군 정비는 이샤크와 요한이 맡고 있고, 제국의 귀족과 타국의 왕족들을 단속하는 것은 앙리와 아빠가 나서고 있다.
'나는 신전의 수를 예상해야 한다.'

내가 미나와 교황이라면 어떻게 할까.

'제국의 권력자들이 대부분 등을 돌리고, 황궁마저 저들을 잡아들이려고 하는 이때라면…….'

검지로 테이블을 툭, 툭, 두드리던 난 핫, 숨을 들이켰다.

나는 얼른 세리아를 쳐다봤다.

"우리도 준비를 시작해야겠어. 세리아, 양피지를 가져다줘."

"예?"

"어서!"

나는 즉시 세리아가 가져온 양피지에 편지를 적기 시작했다.

하늘에 점점 먹구름이 몰려오고 있었다.

*　　*　　*

마차 안에서 듀블레드저를 훔쳐보던 안드레가 손톱을 깨물었다.

'빌어먹을, 빌어먹을……!'

제1 황자인 자신이 어째서 계집애 따위에게 고개를 숙여야 한단 말인가.

이대로 돌아갈까도 생각해 봤지만, 모후의 날카로운 목소리가 귓전에 어른거렸다.

"듀블레드 영애에게 용서를 받지 못한다면 황궁으로 돌아올 필요 없다."

자신을 매섭게 다그치던 조부와 한심하다는 듯 고개를 젓던 에슬론 마르슈 또한 차례로 머릿속을 스쳐 지나간다.

안드레는 마른 손으로 얼굴을 벅벅 문질렀다.
'이놈이나 저놈이나 전부 나를 무시하고 있어.'
황제의 장자로 태어나 황위를 잇게 될 것임이 분명한, 세상에서 가장 고귀한 핏줄인 자신을.
그가 신경질적으로 마차 내벽을 내리쳤을 때였다.
똑, 똑.
작은 노크 소리가 들려왔다. 창을 열자 로브를 뒤집어쓴 자가 보였다.
"오랜만입니다, 전하."
익숙한 목소리에 놀란 안드레가 소리쳤다.
"너……!"
추기경 리달란테.
안드레는 실소를 흘렸다.
"미쳤구나. 듀블레드저 앞으로 나를 찾아오다니."
"황궁으로 가는 것보다야 안전하지 않겠습니까. 전하, 잠시 시간을 내어 주십시오."
"역심을 품은 주제에 감히 황자를 찾아와?"
안드레가 서둘러 호위를 호출하려 했을 때였다.
"전하, 제가 어찌 황군의 경비망을 뚫고 전하의 마차를 두드릴 수 있었겠습니까."
"내 호위들에게 무슨 짓을 한 것이냐."
"염려하지 마십시오. 그들은 안전합니다. 네리아드교는 천 년이 넘도록 제국의 뿌리였습니다. 그런 우리가 전하의 호위라고 해서 사람을 심어 두지 못했겠습니까?"
"이……!"
"한데, 전하 말씀에 어폐가 있군요."

"뭐?"

리달란테의 입매가 히죽 올라갔다.

"이 세상에 전하의 것이 어디에 있습니까? 호위 하나, 방 안의 장식품 하나마저 모두 마르슈 공작이나 폐하, 황비님께 빌려온 것이지요."

안드레의 표정이 험악하게 구겨졌다.

"역적 따위가 감히 나를 능멸하는 것이냐!"

리달란테는 서둘러 양손을 내저었다.

"아아, 오해는 마십시오. 전하를 능멸한 것이 아니라 상황을 짚어 드리고 도움을 드리고자 하는 것이니."

"……도움?"

리달란테가 은근한 목소리로 말했다.

"무엇 하나 전하의 것이 없는 이 세상을 뒤집어 보고 싶지 않으십니까?"

"……무슨 소리를 하는 거야."

"전하를 우습게 보는 자들을 발밑에 꿇려 놓고 세상을 호령하고 싶지는 않으십니까?"

"자연히 그리될 것이다. 나는 황제의 장자야."

"하루빨리 세상을 손아귀에 넣으실 수도 있습니다. 저희가 돕는다면."

"너희가 어떻게?"

안드레의 언성이 낮아지자 리달란테가 더없이 음흉한 목소리로 말했다.

"말씀드리지 않았습니까. 네리아드교는 천 년이 넘도록 제국의 뿌리였고, 제국 곳곳에 저희의 손이 닿지 않는 곳이 없다고요."

"그래서 대체 방도가 무엇……!"

"황제의 궁에도 저희 사람이 있습니다."
안드레의 눈이 커졌다. 리달란테는 요요히 웃으며 말을 이었다.
"황제의 차에 독약 한, 두 방울 넣는 것쯤은 아무렇지 않은 충성스러운 자들이지요."
"……."
"전하, 묻겠습니다. 황제 폐하께서 쓰러지신다면 누가 섭정하게 될까요?"
"……."
"알렉상드르 루에르그가 없는 세상은 누구의 것입니까?"
안드레가 입술을 달싹였다.
한참 입술을 닫았다 열기를 반복하던 그가 중얼거렸다.
"제1 황자인 나……."
안드레의 눈빛이 욕망으로 검게 일렁였다.

* * *

편지를 보낸 것이 오전인데, 곧장 오후에 답신이 왔다. 답신을 읽은 내가 심각한 표정을 짓자 외투를 가져온 나의 세 하녀가 물었다.
"무슨 일이세요?"
"응, 별거 아냐. 그냥 전쟁 준비 중."
그러자 세 하녀를 쫓아온 로라가 "전쟁이 별 게 아닌가?" 하고 고개를 갸웃했는데, 세 하녀 중 막내인 유니가 "어허!" 목소리를 높였다.
"아가씨께서 별 게 아니라면 아닌 거야."
린다가 동의했다.
"그래, 로라."

달리아도 진지한 표정으로 고개를 끄덕였다.
"암."
13년째 르블레인 최고 친위대인 세 하녀가 고맙고 우스워서 나는 킥킥거리며 편지를 접었다.
"외투 고마워."
달리아가 내 어깨에 외투를 걸쳐 주며 말했다.
"어디로 외출하시나요?"
"마탑에."
"마탑이요?"
"응, 신전과의 전쟁에 도움을 구할 테니 마법사들을 다독여 두게."
"레아 님, 아니, 샤바놀 경과 자카리 경이 호위로 가시나요?"
"아니."
세 하녀가 깜짝 놀라서 나를 만류했다.
"설마 호위 없이 나서려는 건 아니시죠?"
"이 시국에?!"
"아가씨……."
린다와 유니, 달리아가 차례로 뒤집어져서 나는 양손을 번쩍 들고서 말했다.
"말을 끝까지 들어야지. 오늘 내 호위는—"
"나야."
노크도 없이 들어온 이샤크가 검집을 어깨에 걸치며 말했다. 뒤이어 온 요한과 앙리가 동시에 이샤크의 목덜미를 잡았다.
"노크 먼저."
"제발. 매너는 어디에 쓰려고?"
칫, 혀를 찬 이샤크가 "알겠다고요." 말하곤 내게 손짓했다.

"가자, 꼬맹이."

"응."

일로 나가는 것이긴 했지만, 남매 넷이 나란히 외출하는 것은 정말이지 오랜만이었다.

'2년만인가.'

어쩐지 나들이를 가는 기분이라 나는 흥얼흥얼 콧노래를 부르며 저택을 나섰다.

우리는 이동진을 쓰지 않고 마차로 이동했다. 신전이 미치지 않고서야 제대로 된 준비도 없이 듀블레드 사냥매라는 흡사 거대 병력을 준비도 없이 덮칠 일은 없다.

무엇보다 신전과의 전쟁에 대비해 이동진을 최대한 아껴 두기로 했다.

내가 마차 창틀을 붙잡고 싱글벙글하고 있으니 이샤크가 내 정수리에 턱을 괴었다.

"뭐가 그렇게 신났어?"

"전쟁이 끝나면 이렇게 자주 나갈 수 있겠지?"

신문을 넘기던 앙리가 빙그레 미소 지었다.

"그래. 무사히 끝이 난다면."

요한도 이샤크의 머리를 살짝 밀며 웃었다.

"무사히 끝날 거야."

비는 오지만, 난 비 냄새가 싫지 않았다. 안심할 수 있는 사람들 곁에서 듣는 빗소리는 언제나 기분이 좋았다.

마차는 빠르게 달려 마탑에 도착했다. 나는 요한과 앙리의 에스코트를 받으며 내렸고, 이샤크는 우리보다 한발 먼저 마탑으로 들어갔다. 내가 얼른 그의 뒤를 쫓아 문을 통과했을 때였다.

"이게 뭐야……."
이샤크가 굳은 얼굴로 중얼거렸다.
나는 황급히 주변을 둘러보았다. 피 냄새가 진동한다. 바닥 곳곳에 진득한 피가 배어 있고, 마탑의 상징인 붉은 로브를 입은 마법사들의 시체가 나뒹굴고 있었다. 맞은 편에서 또각, 또각, 구두 소리가 들려온다.
앙리가 서둘러 결계를 펼치고, 요한이 나를 끌어안았으며 이샤크가 검을 꺼내 들었다.
"거기가 아냐."
부루퉁한, 하지만 익숙하고도 익숙한 목소리.
어둠 속에서 몸을 드러낸 건 미나였다. 새하얀 뺨에 튀긴 피. 손 역시 피범벅이었다. 미나가 뾰로통한 표정으로 오빠들을 쳐다봤다.
"거기가 아니라 여기잖아. 정말……. 나 서운해!"
그러더니 세 사람을 번갈아 쳐다보며 빙그레 웃는다.
"내가 보고 싶을 것 같아서 왔어. 요한, 앙리, 이샤크 모두 나를 사흘만 못 봐도 눈에 가시가 돋는다고 했잖아."
이샤크가 헛웃음을 터뜨렸다.
"미친……."
"쑥스러워해도 다 안다고. 말은 차갑게 해도 사실 날 엄청 사랑한다는 걸."
그렇게 말한 그녀는 티 없이 해맑게 웃었다.
'아무래도 상태가 이상해.'
전혀 이성적인 태도가 아니다.
난 이샤크를 등 뒤에 가리고 에트왈을 잡았다.
"네 짓이니."
그렇게 묻자 미나가 눈을 동그랗게 뜨곤 날 쳐다봤다.

"네 짓이지."

"……뭐?"

"네가 이들을 끌어들이려고 해서 가엽게 되었잖아."

미나는 진심으로 그렇게 생각하는 듯 주변에 널브러진 시체를 안타깝게 쳐다봤다. 언제나 빛나던 눈동자가 안개 낀 듯 흐렸다. 주변을 둘러보느라 비틀린 목에선…….

'비늘?'

그렇게 생각했을 때였다.

별안간,

"르블레인!"

앙리가 고함을 내질렀다.

쉬익―!

무언가 나를 향해 날아왔다. 쾅! 둔탁한 소리와 함께 무언가에 칭칭 묶여 벽에 처박힌 나는 가늘게 신음했다.

나를 묶은 것은 가시덩굴 같기도 하고, 문어의 다리 같기도 한 기묘한 형태다. 그것은 미나의 등 뒤에서 튀어나왔다.

스스슥.

기분 나쁜 소리와 함께 모습을 드러낸 건 조나단이었다. 아니, 정확히 말하면 '조나단이었던 것' 같은 몬스터. 그는 얼굴만 겨우 알아볼 수 있을 정도로 기묘하게 뒤틀려 있었다.

나를 휘감은 덩굴이 점점 더 조여들었다. 괴로움에 비명을 지르자 이샤크가 서둘러 달려왔다. 그가 허겁지겁 덩굴을 베어 냈지만, 베어 내면 베어 낼수록 기괴한 형태로 변화할 뿐 도무지 풀어낼 수 없었다.

"아아, 안 돼. 대화 중이잖아요."

미나가 곤란한 표정으로 조나단의 '어깨 같은 부위'를 잡았다.

"미안. 축복을 받은 지 얼마 안 돼서 아직 버릇이 없어."

"……성기사까지 성수의 재료로 이용했어?"

앙리가 중얼거리자, 미나는 얼른 두 손을 내저었다.

"재료라니. 이건 축복이야."

"괴물이 되는 게 축복이라고?"

"고귀한 희생을 할 수 있는 영광을 얻었잖아. 축복이지."

미나는 상의를 끌어내려 쇄골 부근을 보여 주었다. 아름답던 피부에 흉측한 비늘이 더덕더덕 붙어 있다.

"봐, 르블레인. 난 너와 달라."

"……."

"책임을 회피하지 않고, 스스로 희생을 택했어."

"너……."

"난 너와 달라. 다르다고……."

미나의 눈이 붉게 일렁일 때마다 조나단이 동화하듯 "크르륵." 기분 나쁜 소리로 울었다.

그때였다.

눈앞이 하얗게 빛나며 부네가 현신했다.

"물러나라."

그렇게 말한 부네의 손에 검이 생겼다. 검파부터 검 반까지 뼈가 이어진 듯한, 그야말로 '네크로맨시'의 이능을 가진 악마가 소유할 만한 검이었다.

부네가 검을 휘두르자 덩굴이 노화하듯 쪼그라들더니, 이윽고 풍화되듯 사라졌다. 그제야 풀려난 나는 바닥에 주저앉아 심장께를 부여잡았다. 덩굴이 조여들 때의 고통보다, 닿은 부분에서부터 느껴지는 끔찍한 감정이 더 고통스러웠다.

나는 얼른 고개를 치켜들어 조나단을 쳐다봤다.
"그, 극, 그으으……."
생기 없는 눈동자에 검은 눈물이 차올랐다. 마치 차라리 죽여 달라고 애원하듯이.
"저런 게 어떻게 축복이야."
내가 중얼거리자 미나의 얼굴이 일그러졌다.
"여전히 편협한 시각이구나, 르블레인."
"……."
"도무지 이해가 안 가. 도무지, 도무지도."
미나의 표정이 한순간에 싸늘해졌다.
"어째서 너야?"
"……뭐?"
"신께선 대체 왜 너처럼 이기적인 애에게 손을 내미셨지? 어째서 사람들은 속는 거야? 진정 이 세계를 구원할 수 있는 존재는 나인데……!"
쾅—!!
굉음과 함께 주변이 빛나며 눈앞에 악마가 소환되었다.
심문장에 현신했던 근육질의 노인, 바딘이었다. 바딘이 손을 펼치자 거대한 창이 나타났다. 그는 즉시 창을 허공에 휘둘렀지만, 부네의 검에 의해 가로막혔다.
챙강—!
날붙이가 날카롭게 부딪쳤다. 바딘의 창이 닿는 곳부터 불길이 샘솟았다. 그리고 부네의 검이 순식간에 재가 되었다.
저것이 바로 바딘의 이능인 〈겁화〉였다.
'세상 만물을 모두 불태우는 이능.'
공격력으로만 따지면 세 손가락 안에 드는 힘이었다. 영혼마저 불태

울 수 있어서 부네와 상성이 매우 좋지 않은 이능이다.

바딘이 하하하, 호탕하게 웃었다.

"네 주인인 가마긴조차 나의 겁화에 타들어 간 것을 잊었느냐, 부네!"

"그분의 이름을 감히 입에 올리지 마라!"

두 사람의 기운이 맹렬히 맞붙었다. 건물이 사정없이 떨렸다. 콰과광! 굉음과 함께 내벽이 부서진다.

미나의 뒤에 괴물이 된 성기사 무리와 추기경들이 나타났다. 추기경들은 비열하게 웃었다. 마치 승리를 장담하듯이.

'이대로 마탑이 무너지면……!'

나는 장거리 이동진을 꺼냈다.

"도망치려고? 한심하구나, 르블레인."

미나가 요요히 웃었을 때였다.

"누가 도망친대?"

나는 이동진을 찢어 미나에게 내던졌다.

주변이 번쩍, 빛났다. 그리고 다시 눈을 떴을 땐 제도 인근의 공터였다. 미나와 성기사들이 황급히 주변을 둘러봤다.

"어떻게 우리까지……!"

"너희만 전쟁 준비를 한 줄 알았어?"

"뭐?"

'이게 바로 베로니카가 개발을 거듭해 진보시킨 듀블레드의 두 번째 이동진이라 이거야.'

오빠들이 일시에 통신석을 꺼내 소리쳤다.

"제2 부대."

요한 휘하의 이리들과,

"흑랑."

앙리 휘하의 암조 암살부대,

"제도군."

이샤크 휘하의 듀블레드 제도 병력이 공터에 나타났다. 그뿐만 아니라 갑주를 찬 고모와 에뮬린이 백마부대를 이끌고 나타났으며, 의장의 영지 병력 또한 가세했다.

나는 푸르를 현신시키고 미나를 쳐다봤다.

미나가 데려온 군사들과는 비교가 되지 않는 수였다. 추기경들이 굳은 얼굴로 미나를 쳐다봤다.

"아, 아기님."

"……."

나는 미나를 보며 히죽 웃었다.

"왜 신이 나를 택했는지 알려 줘?"

"……뭐?"

"나는 늘 너보다 몇 수 앞선 수를 생각하니까. 푸르, 우천!"

쾅, 쾅, 쾅―!

우뢰가 하늘을 가르고 순식간에 먹구름이 몰려들었다. 쏴, 억수 같은 비가 내리고 바딘의 불이 순식간에 꺼졌다.

'부네가 바딘에게 약하듯이, 바딘에게는 푸르의 이능이 취약이거든!'

미나가 싸늘한 표정으로 날 쳐다봤다.

"너는 언제나 상황을 최악으로 몰고 가는구나."

"그래서 네가 늘 항복하잖아."

"어쩌면 사람을 조금도 생각하지 않는지. 내 힘과 맞서 죽어 갈 네 사람들이 가엽지도 않니?"

그렇게 말한 미나가 에트왈을 쥐었다.

"아가레스!"

공터에 거대한 빛의 기둥이 생겼다. 붉은 머리의 사내가 기둥에서 유유히 걸어 나왔다.

푸르와 부네가 "컥!" 신음하며 날아가 땅에 처박혔다. 단지 시선을 준 것만으로 일어난 일이었다.

우리 군이 마른침을 삼켰다.

"의장, 마경을 연결해."

내가 말하자 미나는 쿡쿡 웃었다.

"또 사람들의 믿음을 흔들어 내 힘을 가로챌 셈이니? 하지만 이번엔 통하지 않을 거야. 압도적인 힘 앞에 사람들은 쉽게 절망하거든."

"정의로운 운명의 아이가 할 말은 아닌 것 같은데?"

"나는 절망한 사람들을 다독여 일어나게 할 거야."

그 순간, 의장이 마경을 연결했다.

* * *

황궁의 마경이 깜빡였다.

듀블레드 독립 건으로 모인 귀족들이 일시에 마경을 쳐다봤다. 회의에 참관 중이던 세실리아 황비와 이본느 황비, 황제마저 굳은 표정으로 마경으로 시선을 옮겼다.

황제가 소리쳤다.

"궁정 마법사들을 소집해. 황궁의 마경이 어찌……!"

"폐하, 보십시오. 듀블레드 영애와 신전의 운명의 아이입니다."

세실리아 황비의 말에 사람들의 시선이 집중되었다.

[더는 가여운 사람들을 속일 수 없을 거야, 르블레인.]

[너야말로 가여운 사람들을 이용할 수 없을걸.]
[아가레스 하나도 상대할 수 없는 권속들을 둔 주제에 용감하구나.]

슈헤일 후작이 소리쳤다.
"듀블레드 영애에게 황군을 지원하십시오, 폐하!"
브리뵈 백작도 외쳤다.
"황군을 지원하고서도 이기지 못한다면 민심이 크게 분열할 것입니다!"
"하면 브리뵈 공은 이대로 대응하지 말란 소리요?"
"상황을 보잔 말이오. 모두 심문장에서 보지 않았소! 폐하, 듀블레드 영애의 힘이 뛰어나다고 하나, 신전의 운명의 아이가 가진 힘을 능가하진 못하였습니다."
"하지만 결국 듀블레드 영애가 신전을 몰아냈습니다!"
"요행이었습니다. 이번에도 듀블레드 영애가 신전을 이길 수 있다고 장담할 순 없습니다!"
귀족들이 두 갈래로 갈라져 목소리를 높였다.
굳은 얼굴로 마경을 지켜보던 황제가 입을 열었을 때였다.
"그만들 하—"

[내 권속이 네 권속을 이길 수 없다고 누가 그래?]
[현실이 증명하잖아.]
[그래? 그럼 네 자랑스러운 아가레스가 이자도 이길 수 있겠지?]
[뭐?]

르블레인이 품에서 무언가를 꺼냈다.

짙은 녹색의 에메랄드.

그녀가 에메랄드를 지그시 잡자 천지가 요동쳤다. 저곳과 멀리 떨어진 황궁에까지 미칠 정도의 엄청난 파동이었다. 그리고 마경 속에 아가레스의 기둥과 비견될 정도로 거대한 기둥이 나타났다.

빛의 기둥이 사라지고, 나타난 것은 감청색의 머리칼을 가진 단정한 선의 사내였다.

그가 르블레인을 바라보며 말했다.

[나는 첫 번째 기둥, 바알.]

[…….]

[정말이지 오랜만이구나.]

그의 눈매가 다정히 휘어졌다. 마치 그녀를 알기라도 하는 것처럼.

놀란 사내를 정신없이 바라본 르블레인이 허탈한 듯 웃었다.

[당신이었군요. 당신이었어요.]

[널 만나길 아주 오랫동안 기다렸단다. 72 선각자들의 동생이자, 자식이자, 희망 같던 너를.]

그렇게 말한 그가 천천히 미나를 바라봤다.

[하면 명해 다오.]

[…….]

[내가 처단할 네 적이 누구이냐.]

아가레스의 입매가 비틀렸다. 황금색의 동공이 일렁이며, 그의 전신에서 무어라 설명할 수 없는 요기가 흘러나왔다.

"바알, 이번에도 내 앞을 가로막는구나. 겁도 없이."

아가레스의 기세가 맹렬해지기 무섭게, 바람이 날카로워졌다. 빗줄기가 아가레스의 기세에 휩쓸리더니, 이윽고 푸르가 신음하며 이능을 멈추었다.

아가레스의 기세에 밀려난 것은 푸르뿐만이 아니었다. 한편인 바딘의 겁화 또한 제어되지 않는 모양이다. 그가 칫, 혀를 차며 이능을 거두었다.

부네의 상태도 크게 다르지 않았다.

아가레스는 과연 72선각자 최강의 검이라 불릴 만한 자였다.

저 자존심 강한 악마들이 바짝 긴장했다. 바알을 제외하면 말이다. 아가레스가 물결이 거세게 요동치는 바다라면, 바알은 거대한 산맥 같았다. 장엄하리만큼 고요하다.

"흥분하지 마라, 아가레스. 동요한 것을 들킨다."

"이……!"

쾅—!

아가레스의 분노에 천지가 크게 요동쳤다. 매서운 바람에 우리 진영, 미나의 진영을 가리지 않고 사람들이 뒤로 물러났다. 온몸을 베어 내는 것 같은 칼바람에 눈을 뜰 수 없었다. 내가 "윽!" 신음하며 두 팔로 머리를 가렸을 때였다.

바알이 손날로 허공을 가볍게 젓자, 아가레스의 거센 요기가 단숨에 밀려났다.

아가레스의 표정이 굳어졌다. 그가 이를 악물자 푸르는 낄낄거렸다.

"두렵기도 하겠지. 아가레스가 바알에게 이긴 적이 있었느냔 말이야."

바딘이 콧방귀를 뀌며 대꾸했다.

"네놈은 여전히 바알의 등 뒤에서야 입을 놀리는군. 왜, 천 년 전 전투에서처럼 바알에게 미주알고주알 일러바치지 그래."

"뭐야?!"

푸르가 흥분하자, 부네가 "오!" 하며 손뼉을 쳤다.

"좋은 생각이군. 푸르 님, 어서 일러바치시게. 복수해 달라 함세!"

"……."

"……."

부네의 해맑은 말에 푸르가 인상을 찌푸렸고, 바딘이 헛웃음을 흘렸다. 푸르가 부네를 향해 으르릉, 속삭였다.

"비꼰 거야, 등신아."

"아."

부네가 눈에 띄게 시무룩해졌다. 철수가 그를 다독였다.

[머리 좀 나쁠 수 있지 왜 기를 죽이고 그럽니까!]

나는 이 상황에서도 헛소리를 주고받는 권속들을 보고 실소를 흘렸다. 긴장이 탁 풀리는 것 같은 기분이었다.

머리로 몰리던 피가 가시자 상황이 눈에 들어오기 시작했다.

'아가레스의 상대는 바알에게 맡길 수 있어. 바딘은 푸르와 부네가 모두 가세하면 막아 낼 수 있을 테고.'

남은 신성력은 얼마지? 얼마나 더 권속들을 유지할 수 있지? 미나는? 저 애는 얼마나 권속들을 유지할 수 있지?

머릿속으로 빠르게 상황을 가늠했다.

'아가레스가 크게 동요한 것이 눈에 보이는 이때, 미나는 다른 악마를 꺼내지 못하고 있다.'

신성력이 부족하기 때문일 것이다. 마탑을 공격하며 상당한 양의 신성력을 소진했기 때문일 터.

'공격의 찬스다.'

*　　*　　*

신전과 듀블레드가 전투를 시작했다는 소식을 들은 황태후, 카밀라 대부인, 데글리드 대녀가 빠른 걸음으로 궁의 복도를 걸었다.

황태후가 초조한 표정으로 말했다.

"듀블레드가 지게 되면 나는 어찌 되는 것이지?"

대부인이 인상을 찌푸렸다.

"이 상황에서 일신의 안위가 중요하십니까."

"자네는 신전과 척을 지지 않았으니 말이 쉽겠지!"

"염려하지 마십시오. 그는 옛날 일이고, 신전이 우세할 적에 부지런히 신전의 행사에 참석하시지 않으셨습니까. 단숨에 손바닥을 뒤집는 편리한 인사를 신전이 버릴 수 있을 리가요."

빈정거리는 말에 황태후의 만면이 험악하게 일그러졌다.

"자네, 무슨 말을 그리하나? 그건 다 제국을 생각해서 내가―!"

데글리드 대녀가 두 사람의 설전을 끊어 냈다.

"그만들 하십시오. 이러한 시국에 한가하게 입씨름이나 할 시간이 있으십니까."

황태후가 입을 꾹 다물며 대부인을 노려보았고, 대부인은 한숨을 내쉬었다. 그렇게 도착한 세 사람이 나란히 입실했을 때였다.

"와—!"

마경을 지켜보던 귀족들이 환호했다.

카밀라 대부인이 깜짝 놀라 물었다.

"무슨 일인가."

"듀블레드 영애가 엄청난 악마를 소환했습니다. 저 대단한 신전의 악마들이 꼼짝을 못 합니다."

마경을 보자 붉은 머리의 사내가 남색 머리칼의 사내와 전투에 한창이었다.

여유로운 쪽은 단연 남색 머리칼의 사내. 붉은 머리칼의 사내가 이를 악물고 그에게 달려들었으나, 남색 머리칼의 사내가 펼친 결계를 넘지 못했다.

결계와 공격이 맹렬하게 부딪치고 붉은 머리칼의 사내가 밀려났다.

반대쪽에선 사슴과 검은 예복의 사내가 우람한 노인을 상대 중이었다. 노인이 검은 예복을 갖춘 사내의 검을 막아 내자 사슴이 측면으로 돌진. 균형을 무너뜨렸다.

신전의 군사들은 듀블레드 군사들에게 사방에서 가로막혀 이도 저도 못 하는 상태였다.

쟈벨린 아리에쥬와 듀블레드 삼 형제는 추기경을 상대 중이었다.

단 한 가문의 병력이 국교를 능가하고 있었다.

"말도 안 돼."

"이 정도의 힘을 숨겨 둔 가문이었나……."

대부인과 황태후가 중얼거리자, 데글리드 대녀가 픽 실소를 흘렸다.

[제가 대녀님을 도와드릴게요. 그러니까 대녀님께서도 저희를 도와주세요.]

맹랑하던 아홉 살배기 여자아이가 떠올랐다. 황제도 어찌 못 하는 암막 뒤의 권력가에게 당당히 말하던 조그만 여자아이. 그런 아이가 하찮고 우스워 물었더랬다.

"영애, '도와준다'라는 말은 강자가 약자에게나 쓸 수 있지. 묻겠다, 영애는 선황의 장녀이자 금사원(황족으로 구성된 회의) 의장인 본좌보다 강자인가?"

"예."

"……예, 라고?"

"저는 그렇게 될 거예요."

"참으로 맹랑하구나."

"그러니까 대녀님, 제게 투자하세요."

그 말은 정말이었다.

'실로 대단한 아이야.'

사람은 누구나 꿈을 꾸지만, 꿈에 확신을 가진 자는 적다. 물론 확신을 가진 꿈을 진정으로 이루는 사람은 극소수였다.

르블레인 듀블레드는 기어코 제 말을 이루어 냈다. 누구도 이의를 제기할 수도 없도록 완벽하게!

그때였다.

마경 속에서 날카로운 소리가 들려왔다.

휘익, 탁!

화살이 미나의 뺨을 스치고 지나갔다. 미나가 새파란 얼굴로 화살이 날아온 방향을 바라봤다. 르블레인이었다. 르블레인이 다시 한번 화살을 날리자, 미나가 흠칫 뒤로 물러났다.

사색이 된 미나는 주변을 둘러봤다. 추기경들이고, 군사들이고 듀블레드의 병력을 상대하느라 제대로 호위할 수 있는 자가 없었다. 미나가 주춤주춤 물러나던 찰나, 르블레인이 입에 물고 있던 이동진을 한 손으로 찢었다.

단숨에 미나의 앞으로 이동했다.

허리에 찬 단검을 내지르자 미나가 허겁지겁 맨손으로 검날을 받았다. 손바닥에서부터 선혈이 뚝, 뚝 떨어졌다.

[너, 너……!]

[마법 없이 싸우면 네가 이길 줄 알았어?!]

[으윽!]

데글리드 대녀가 말했다.

"폐하, 대녀궁 소속 1만 병을 전투지로 출전시키도록 허가하여 주십시오."

"……!"

"……!!"

대녀는 굳은 얼굴의 황제 앞에 부복했다. 그녀가 단호한 어조로 덧붙였다.

"제가 선두로 나서 지휘하겠나이다."

"고모님ㅡ"

그때, 카밀라 대부인 또한 무릎을 굽혔다.

"선황께서 제게 내린 성총군 5천과 로카르 대공가 또한 가세하여 듀블레드 영애를 돕겠습니다."

"……."

황제는 쉬이 허락하지 못했고, 귀족들이 뒤집어졌다.

"불허하셔야 합니다!"

"마경이 작동 중입니다. 황군이 패배하는 것을 백성들이 본다면 민심은 걷잡을 수 없이—"

카밀라 대부인이 소리쳤다.

"백성들이 황실을 어버이라 부르는 까닭이 무엇입니까, 폐하."

"……."

"황족이 백성들을 자식과 같이 아우를 의무가 있기 때문이 아닙니까! 자식들이 전장에 나섰습니다. 어느 부모가 자식의 승전을 하늘에 빌기만 한단 말입니까."

"어머님."

대녀와 대부인이 동시에 고개를 수그렸다.

대녀가 말했다.

"저 아이에게 빚이 있습니다. 은혜를 입은 것은 저뿐만이 아닐 겁니다."

대부인이 동조했다.

"우리는 나라에 흉사가 벌어질 적마다 얼마나 큰 도움을 받았습니까. 감사하기는커녕, 오늘날에도 저 아이의 도움만을 바라는 우리는 얼마나 뻔뻔한 것입니까?"

장내가 고요해졌고, 황제는 지그시 눈을 감았다. 몸을 일으킨 황제가 가는 한숨을 흘렸다.

"출병을 허가합니다."

"폐하!"

귀족들이 비명 같은 고함을 내질렀으나, 황제는 단호히 소리쳤다.

"정예병 3만을 전투지로 출병시킨다!"

"폐, 폐하, 그는……!"

"추후 벌어질 모든 일의 책임 또한 짐이 지겠다."

황군이 가세하는 순간이었다.

* * *

크르륵, 크륵.

미나의 입에서 짐승의 목울음 같은 소리가 났다. 동공이 붉어지며 흰자위가 검어진다.

나는 흠칫 물러났다.

'이거 설마…….'

내가 비켜났음에도 미나는 몸을 동그랗게 만 채로 고통스러운 신음을 내질렀다.

"아, 으, 으으으…… 아으윽!"

미나가 다급히 입을 틀어막았다. 손가락 사이로 새카만 피가 울컥, 울컥, 흘러나왔다.

"너……."

"아아, 으, 아으으…… 나야."

미나의 눈에선 피눈물이 끊임없이 흘러나왔다. 관자놀이로 뿔이 생기고, 등을 가린 천이 찢어지며 뼈가 이어진 것 같은 기괴한 형태의 날개가 돋아난다.

"그으, 아으아아! 내가, 내가, 내, 내가……."

"미나."

"내, 내가, 내가, 내가 세, 세상의, 세상의 구, 구, 구원자……."

"미나!"

"싫어. 싫어. 싫어. 싫어!"

양손으로 머리를 쥐어뜯은 미나가 비명을 내질렀을 때였다.

그녀는 점점 더 기괴한 모습으로 변해 갔다. 피눈물에 흠뻑 젖은 뺨은 마치 생선의 그것처럼 징그러운 비늘이 다닥나닥 돋아 있었다.

별안간 미나가 나를 향해 달려들었다. 너무나 순식간에 벌어진 일이라 미처 피하지 못했다. 미나의 칼날 같은 손톱이 나를 향해 닿으려던 찰나, 눈앞이 번쩍하며 누군가가 나를 한쪽 팔로 휘감아 뒤로 끌어냈다.

"바알!"

이마 끝에서 바알의 머리칼이 느껴졌다.

"저 마물은 지금 네 힘으론 상대할 수 없으니 도망쳐 있어라."

"마물…… 설마 성수화된 미나를 말씀하시는 거예요?"

"그래."

보통 악마들이 미나를 부를 땐, '네리아드의 아이'라 부른다. 그게 아니라면 '운명의 아이'로 부를 때도 있긴 하지만, 괴물이라는 말은 처음이었다.

놀라운 힘을 가진 것이 '괴물 같다'라고 표현되곤 하지만, 바알의 말뜻은 그런 게 아닌 것 같았다.

'진짜 마물을 뜻하는 것 같은…… 설마.'

나는 바알의 옷깃을 꽉 쥐고서 물었다.

"미나가 마물이 된 거예요? 그러니까 신전이 말하는 성수가 마물이 된 사람들을 말하는 거냐고요!"

"그래."

"확신하세요? 네? 정말? 책임질 수 있어요? 네?"

"……."

바알이 가늘게 한숨을 내쉬었다.

"이제껏 네 권속들이 얼마나 한심했는지는 알겠다. 얼마나 믿음을 주지 못한 것인지."

멀리서 푸르의 귀가 쫑긋, 움직이고 부네가 움찔, 하는 것이 보였다.

나는 어색하게 웃었다. 푸르와 부네는 내게 소중한 존재지만, 그와 별개로 의지 되는 편은 아니었다.

"아니, 부네와 푸르는 마물인 줄 몰랐어서……."

바알이 미나의 공격을 한 손으로 막으며 말했다.

"믿어도 좋아. 고대의 사람들은 나를 꿰뚫어 보는 자라 부르곤 했지."

그러고 보니 바알은 유일하게 두 가지 이능을 가진 악마였다.

식물을 조종하는 이능인 〈풍요〉.

상대를 꿰뚫어 보는 이능인 〈진의〉.

'지혜로운 악마 최고!'

내 권속 중 지혜를 빌릴 수 있는 것은 세기의 군사가 유일했는데, 그를 불러내는 힘으로 막강한 공격력을 가진 악마를 불러내는 편이 좋았기 때문에 제대로 활용한 적은 없었다.

'의지 되는 악마는 소중해!'

푸르가 뚱한 표정으로, 부네가 시무룩한 표정으로 나를 쳐다봤다. 나는 그들의 시선을 무시하고서 생각했다.

'어쨌든 그랬구나. 그래서 인간은 성수들을 죽일 수 없었던 거야.'

이계의 존재가 되어 버렸기 때문에. 인계의 힘으론 죽일 수 없고, 악마의 힘을 이용하는 나만이 저 성수들을 죽일 수 있었던 거다.

'그럼 마물을 없애는 법을 찾는다면 저 성수들도 한 번에 처리할 수 있어.'

그렇게 되면 신전의 전력을 무력화시킬 수 있었다.

그때.

쿵―!

5시 방향에서 날카로운 파동이 날아왔다.

"여유롭구나, 바알. 감히 나를 상대 중에 한눈을 팔 시간이 있다니."

아가레스였다.

도약해 날아오는 파동을 피한 바알이 나를 내려놓았다.

아가레스의 파동이 지나간 곳은 초토화되어 있었다. 땅을 통째로 퍼 나른 것처럼 엄청난 면적이 그대로 사라졌다.

난 바알의 뒤에 숨어 아가레스를 쳐다봤다.

미나가 성수로 변한 후, 미나 쪽 악마들의 모습도 변했다. 마치 지난날 내 악의에 동화되었던 부네나 푸르처럼 소름 끼치게 두려운 모습이었다.

나는 바알에게 물었다.

"이길 수 있죠?"

"그건 네게 얼마나 힘이 남았는지에 따라 다르지."

그러고 보니 팔뚝 안에서부터 핏줄이 불거지고 있었다.

'앞으로 10―20분 정도면 악마를 유지할 수 없을 거야.'

사람들에게서 마나를 뽑아내서 쓰는 미나와 달리, 나는 내 힘만으로 악마를 유지하고 있었다. 푸르와 부네가 동시에 이능을 사용하고 있었고, 거기다 첫 번째 악마인 바알까지 불러냈다.

쓰러지지 않은 게 용했다.

"그럼 이제 어떻게 하죠?"

바알이 아가레스가 날린 파동을 막아 내며 말했다.

"5분가량 아가레스에게 이어지는 힘을 차단할 수 있겠느냐."

"미나를 제압하라고요?"

"그래."

불가능하다.

푸르와 부네는 바딘을 상대하기에도 벅차고, 바알은 아가레스를 상대 중. 남은 건 인간뿐인데, 인간의 힘으론 마물이 된 미나를 제압할 수 없다. 제압하긴커녕 다가가면 죄 죽을지도 모른다.

'전력이라도 더 있었다면…… 아니, 최소한 미나를 정신 차리게 할 무언가가 있다면……!'

그 순간.

주변이 번쩍, 빛나며 동쪽에 상당한 수의 대군이 나타났다. 그들을 이끌고 온 자는…….

"리오넬?"

"안녕, 영애님."

대부인의 손주이자 로카르 대공의 후계인 리오넬이었다. 어느새 훌쩍 커서 내 정수리 위로 머리 하나는 더 솟은 리오넬이 빙그레 웃었다.

리오넬이 소리쳤다.

"로카르군, 듀블레드를 지원한다."

동시에 서쪽에서도 빛과 함께 누군가 나타났다.

"성총군 5천, 듀블레드에 가세하겠노라."

데글리드 대녀였다.

그리고 남쪽에서는.

"슈헤일군, 진격 준비."

에드거 슈헤일이 나타났다.

마지막으로 북쪽에선, 눈 부신 빛과 함께 금색의 갑주를 찬 황군이 등장했다.

선봉에 선 자를 본 나는 딱딱하게 굳어졌다.

아빠의 흑마 틸웬과 쌍을 이루는 백마 카인탈, 황군의 상징인 은색의 갑주와 황금의 사자 문양의 로브, 이마 중앙에 뿔이 돋은 무쇠 탈. 전장에 나타나기만 해도 백성들이 환호하고 적군이 오금을 떨었다는 제국의 영웅, 빈센트 아미티에. 황군을 이끌고 나타난 그가 소리쳤다.

"중앙군, 황실의 깃발에 반기한 사특한 무리를 섬멸하라."

쿵, 쿵, 쿵, 쿵—!

사방에서 출전을 알리는 병사들의 발 구르기가 시작되고 동시에 와아아아! 환호가 터져 나왔다. 이 정도 병력이라면 미나를 제압할 수 있을지도 모른다.

'거기다 아미티에 공작이 왔으니……!'

나는 미나를 쳐다봤다. 아미티에 공작이 무쇠 탈을 벗고, 정신없이 그를 쳐다보는 미나를 바라봤다.

"……네 어찌 이리된 것이냐."

"……."

"어찌 이리되었어."

"……지마."

"미나."

"보지 마, 보지 마, 보지 마, 보지 마, 보지 마, 나를, 나를, 보지 마, 나를 보지 마."

나는 바알에게 말했다.

"지금이에요."

아가레스를 쳐!

바알이 손을 펼치자 황무지나 다름없던 공터에서 싹이 자랐다. 순식간에 나무가 된 그것이 아가레스를 칭칭 휘감았다.

"이……!"

아가레스가 소리쳤다.

동시에 나는 바알의 나무 기둥을 지지대 삼아 도약하여 미나와 아미티에 공작에게로 달려갔다.

아미티에 공작은 침통한 표정으로 미나를 바라봤다.

"……."

"보, 보지 마, 나를, 보지 마, 아버지, 아버지, 아, 아버지, 아버, 아버지."

아미티에 공작이 눈을 꽉 감았다.

미나의 모습이 조금씩 사람으로 되돌아왔다.

뺨엔 아직 물고기 비늘 같은 것이 덕지덕지 붙었고 흰자위와 동공의 색은 되돌아오지 않았으나, 얼굴은 알아볼 수 있었다. 그녀는 날개가 된 두 팔 사이로 얼굴을 숨겼다.

나는 서둘러 신성력으로 만든 빛의 사슬을 그녀에게 던졌다.

키에에엑―!!

미나가 포효하듯 비명을 내지르자 아미티에 공작이 소리쳤다.

"르블레인!"

"마도 부대를 데려오셨죠? 서둘러 미나를 제압하세요. 마법을 쓰지 못하는 자들은 물러나시고요!"

"네 동생이었던 아이다."

아미티에 공작의 말에 나는 그를 힐끗 쳐다봤다. 굳은 표정의 그가 쥐어짜듯 물었다.

"안타까운 마음이 들지 않는 것이냐."

"미나가 저 꼴이 되기 위해서 죽인 인간들이 더 안타깝겠죠."

"저 애에게 죄가 있음을 부정하진 않겠다. 하지만……."

"'하지만' 같은 말 때문에 미나가 이렇게 됐어요!"

나는 가슴을 쿵쿵, 내리쳤다.

"당신이 그런 말을 가르쳤기 때문에! 위선을 가르치고, 변명하는 법을 가르쳐서!"

"……."

"왜 전쟁을 변명하게 해요! 피해자와 가해자가 어디에 있는데요! 전쟁을 벌인 순간부터 나와 미나, 그리고 모두는 살육자에 지나지 않는데!"

"……."

나는 과거에 미나를 이런 말로 표현했었다.

아미티에 공작의 첫사랑이 다른 세계에서 낳고 온 것처럼 그를 똑 닮았다고. 그런데 이제는 그렇게 생각하지 않는다.

"미나는 아미티에 공작님의 분신이에요."

"……뭐?"

"그렇게 키웠으니까."

"……."

"전쟁에서 사람을 죽이면 어쩔 수 없었다, 민의를 위한 일이었다고 가르쳤잖아요."

"……."

"듀블레드와 번번이 맞섰던 것은 아빠의 방식이 사악해서가 아니라 공작님의 기준에 맞지 않았기 때문이고, 거기엔 엄마를 빼앗겼다는 질투가 담겨 있었는데 '듀블레드가 도덕적이지 않다'라는 말로 변명했어요. 미나에게 변명하는 법을 가르친 거예요!"

"……."

아미티에 공작은 충격받은 사람처럼 나를 멍하니 바라봤다.

"악의를 대의로 포장하는 방법을 가르쳤기 때문에 미나는 저렇게 되었어요!"

"……."

"그런데 이제 와서 또 변명의 구실을 주겠다고? 그만 좀 해!"

아미티에 공작이 중얼거렸다.

"난, 그런 게 아니라…… 나는 너희를……."

"사랑했다는 말은 하지 마세요. 역겨우니까."

"르블레인……."

"우리를 정말로 사랑했나요? 그렇다면 차별하지 말았어야지."

"……."

"왜 나보다 미나를 더 사랑했어요? 첫사랑과 닮아서?"

"……."

"미나를 그렇게 사랑하면서 왜 군사를 이끌고 이곳에 왔어? 이번엔 나를 더 사랑해서요?"

"……."

나는 웃음을 터뜨렸다.

"아니요? 공작님이 사랑한 건 미나나 내가 아니라 공작님 자신이에요. 이루지 못한 첫사랑을 사랑한 거예요."

"……."

"그리고 우리는 공작님의 감정놀음에 이 꼴이 된 것이고요."

"……."

미나가 소리쳤다.

"하, 하지 마, 하지 마, 그러지 마, 하지 마, 아버지는 나쁘지 않아, 나쁘지, 나, 나쁘지 않아."

"……."

"아버지, 아버지, 아버지, 아버지, 아버지, 아버지."

그 순간, 마법사들에 의해 미나가 구속되었다. 미나는 고통에 울부짖었고, 비명을 들은 아미티에 공작의 표정이 무너졌다.
나는 어깨에 메고 있던 활을 꺼내 화살을 걸고, 미나에게 시위를 겨누었다.
"르, 르블레인, 르블레인, 르블레인, 르블레인……."

"언니!"

"즈, 증오해, 증오, 즈, 증오해, 증오해, 증오해, 증오해, 너를."

"내 언니가 되어 줘서 고마워."

"빼, 뺏었어, 뺏었, 빼, 뺏었어, 모든 것, 내 모든 것, 뺏어 갔어, 네가, 네가, 내 모든 것."

"다음 생엔 진짜 자매로 태어나자."

나는 미나를 바라보며 말했다.
"아니, 미나."
"르, 르블레인, 르블레인."
"다음 생엔 절대로 너와 만나고 싶지 않아."
"르, 르블레인, 르블레인, 르블레인, 르블레인."
"이제 끝내자."
'푸르.'
그렇게 말하자 화살촉에 공기 중의 수분이 감싸졌다. 나는 활시위를 당겼다.

쉭―!

허공을 가르고 날아간 화살이 미나의 목 아래에 박혔다.

키에에엑!!

날카로운 비명이 메아리쳤다.

*　　*　　*

처음 이 세계로 오던 날을 기억한다. 이런 괴물이 아닌, 구원자로 살았던 그 생. 그녀가 있어야 할 세계에 최초로 발을 딛던 그 순간을 선명하게 기억하고 있다.

한강을 하염없이 걷다가 잠들었던 그 밤. 눈을 떴을 땐, 끝없는 어둠 속이었다. 얼마나 어둠을 헤맸는지 모른다. 몇 시간일지, 며칠일지 모르도록 어둠을 헤매다 도착한 빛 속에 그들이 있었다.

"당신을 기다렸습니다. 아주 오랫동안."

지쳐 주저앉았던 그녀의 손을 잡아 준 건 교황이었다. 등 뒤엔 5공작가의 사람들이 호화로운 의자에 앉아 있었는데, 그 속에 그들이 있었다.

비록 피는 섞이지 않았으나 가족이 되어 주었던 자들. 친구임과 동시에 가족이었고, 인생의 지지자였던 그들. 아드리안, 앙리, 이샤크, 요한, 그리고…… 빈센트 아미티에.

넘어졌을 때 일으켜 주고, 기죽을 때면 응원해 주며, 어둠 속에서도 길을 잃지 않게 해 주었다.

처음부터 제 살인 것처럼 서로를 아낀 것은 아니었다. 생각해 보면 정말이지 밉살맞은 사람들이었다. 얼마나 그녀를 경계하는지 마주칠 때마다 언성을 높였더랬다.

"운명의 아이께서 상점가까진 무슨 일이신지?"
"앙리 듀블레드, 이샤크 듀블레드……."
"신전 녀석 주제에 내 이름을 입에 담—"
"그만해라, 이샤크."
"하지만!"
"됐어. 아기님, 영광입니다. 이름을 다 기억해 주시다니요."
"매번 그렇게 빈정거릴 필요는 없잖아요."
"실례했습니다. 천박한 듀블레드의 핏줄이 귀한 아기님의 심기를 어지럽힌 모양이군요."

처음엔 억울했다. 제가 뭘 잘못했다고 마주칠 때마다 못된 말만 골라 하는지. 하지만 얼마 지나지 않아 그들이 자신을 과하게 경계했던 이유를 알게 되었다.

"베네딕트, 듀블레드 형제들이 나를 경계하지 않게 할 방법은 없을까? 만날 때마다 거북해서……."
"어려울 겁니다. 신전과 얽힌 일이 있는 터라."
"그게 무슨 뜻이야? 신전과 얽힌 일이라니?"
"공자들이 어렸을 적에 듀블레드 선대와 현 공작의 권력 쟁투로 어머니를 여의었습니다. 그 일에 신전이 개입했다고 오해하고 있는 터라."
"세상에……."

그렇게 이른 나이에 어머니를 여의었다면 정을 모르고 자랐을 수 있다. 어머니를 죽인 자들이 신전이라고 오해했다면 신전에서 내세운 운명의 아이인 자신을 미워할 수도 있었다.

그를 알게 된 후로 미나는 끈질기게 손을 내밀었다.

"왜 이렇게 쫓아다니는 거야. 네 녀석, 돌았어?!"

"알량한 측은지심을 가졌다고 나를 다 안다고 생각하지 마십시오. 피 섞인 자들도 서로를 죽이지 못해 안달하는 세계예요. 피 한 방울 안 섞인 너라면 더 쉽겠지요. 안 그렇습니까?"

"더는 내 곁에 오지 마라."

상처 주고, 상처받았다. 하루는 너무 미워 어쩔 줄 모르다가도, 다시 얼굴을 보면 홀로 세상을 버텨 내는 것이 안쓰러웠다.

이쯤에서 포기할까 싶을 때 그 일이 있었다.

"제발 오지 말란 말이야! 못 알아듣겠어? 그래?!"

"난 그냥, 나는……."

"널 보면 어머니가 생각난다고!"

그렇게 말한 이샤크는 울었다.

저보다 두 뼘은 큰 사내가 어린아이처럼 우는 것을 처음 봐서, 그래서 더더욱 그를 혼자 둘 수가 없었다.

"안녕, 앙리. 안녕, 요한. 이샤크는 어디에 있어?"

"아기님, 오지 말라는 내 말이 우스웠습니까."

"응. 알아들었고 우습지 않지만, 와야겠어."
"뭐라고요?"
"이샤크가 울었어. 나를 보면 공작 부인이 생각나서 화가 난대. 그런데 그거 사실은 화가 아니라 그리움인 거 아냐? 그래서 나는 그냥 도구가 되기로 했어."
"……도구?"
"어머니를 떠올리게 하는 도구."
"그렇게까지 해서 우리 형제에게 붙어 있으려는 이유가 뭐야."
"나 같아서."
"……뭐?"
"너희가 나 같은 사람이라서. 나도 그랬거든. 너무 외로워서, 외로운 걸 들키기 싫어서 가시를 세웠어."
"……."
"너희가 나로 인해 조금 덜 외로울 수 있다면 나, 도구가 되어도 좋아."

그렇게 지겨운 쫓고 쫓기기가 이어진 지 넉 달.
어느 귀족의 파티에서 잔뜩 취한 귀족 영식이 그녀를 잡고 시비를 걸었다.

"아아, 잘난 운명의 아이! 한데 아기님, 아십니까? 그래 봐야 당신은 평민이라고요. 아니지, 아니지. 이 세계에 부모 형제 하나 없는 외톨이니 평민보다 못하지!"
"이게 무슨 짓이에요!"
"너는 저 무지렁이보다 못한 계집이란 말이야. 그런데 너 따위가 감히 귀족을 조롱해?"

"저는 조롱한 게 아니라, 신분에 구애받지 않는 세상이 있다는 걸 알려 주고 싶었던 거예요. 차별하지 않고, 혐오하지 않는 그런 세상이 우리에게 필요하단 걸—"

영식이 그녀에게 술을 뿌렸다. 술을 얻어맞은 미나가 엉망으로 젖자 주변에서 차디찬 조소가 들려왔다.

모두가 화합할 수 있다는 걸 알려 주고 싶었던 것뿐인데 왜 조롱당해야 하지? 이 세계를 위해 최선을 다한 내가 어째서 미움받아야 하지? 결국, 이 세계에도 내가 있을 곳은 없던 걸까.

본래의 세계처럼 사무치게 외로워졌다.

샴페인 잔이나 부채 따위를 쥔 귀족들이 우두커니 서서 고개 숙인 그녀를 향해 낄낄거렸다. 낄낄거리는 소리가 화살촉처럼 피부에 박히던 그 순간.

"아악—!"

"어디 더 지껄여 봐."

그들이 나타났다.

영식의 손목을 비튼 이샤크는 대단히 화가 나 있었다. 앙리와 요한 또한. 저를 볼 때면 언제나 고운 미간을 찌푸리던 앙리가 그날은 그녀를 등 뒤에 숨긴 채로 소리쳤다.

"다시 한번 그녀를 건드리려면 내게 장갑부터 던져야 할 겁니다. 네게 하는 말이야, 쓰레기."

어깨에 재킷을 덮어 준 요한이 제 손목을 쥔 채로 차디찬 공간을 성큼성큼 걸어 나섰다. 아무도 없는 어두운 정원에서야 그의 걸음이 멈추었다. 그렇게 요란스레 데리고 나왔으면서도 요한은 말이 없었다.

"하고 싶은 말이 있으면 해. 내가 우스우면 우습다고 해도 좋아."

치미는 설움을 가까스로 참으며 요한을 쏘아보았다. 그는 말없이 그녀를 지그시 쳐다봤다.

"말해! 당신도 내가 우습잖—"
"우습지 않아."
"……뭐?"
"네 정의를 우습게 여긴 적 없어. 오히려……."
"……."
"……존경해."

그날을 기억한다. 선명히, 아주 선명히.
머리카락을 간질이던 달콤한 바람과 그의 품에서 나던 다정한 향기, 쑥스러움에 약간 붉어진 귓불. 달빛에 빛나던 아름다운 푸른 눈동자를 영원히 잊을 수 없을 것이다.
그날, 듀블레드는 미나에게 형제가 되었다.
그리고, 그리고…….

"아기님, 인사드리십시오. 아미티에 공작님이십니다."

그녀의 아버지.

그를 너무나 동경하여 그 앞에 설 때면 가슴이 뛰었다. 빈센트 아미티에는 그녀가 바라 마지않던 아버지였다.

고결하디 고결한 이상, 결코 불의에 눈 돌리지 않는 정의, 만백성이 칭송하는 명예로운 기사. 욕망에 집어삼켜져 결국 범죄자로 전락한 양부와는 전혀 다른 그 남자.

"저어, 공작님. 저를 입양하고 싶지 않으시다면 편히 말씀해 주세요."

"……무슨 뜻이지?"

"공작님께는 르블레인이 있잖아요. 그 애가 저를 불편해할지도 모르고, 또 공작님도 새로운 딸이 생기는 게 기껍지 않을 수도 있고요. 그러니까 저는 아쉬워도 공작님께서 바라지 않으신다면……."

"미나."

"네?"

"난 말이야. 내게 고귀한 영혼을 가진 새로운 딸이 생기는 것이 매우 기대돼."

"……."

"내 성을 네게 주마. 내 딸이 되어 주겠니."

미나 아미티에가 되던 그날, 얼마나 가슴이 떨렸던가. 얼마나 환희에 찼던가!

아아, 그래. 이 세계는 신이 나를 위해 점지한 세계였다. 이 아름다운 세계를 위해 기꺼이 구원자가 되리라.

새로 생긴 언니 또한 마음에 꼭 들었다. 르블레인 아미티에는 다소 소극적이지만, 타인을 배려할 줄 아는 상냥한 사람이었다. 비록 세상을 종종 실망시켰기에 의기소침하지만, 제가 이끌어 준다면 그녀 또한 훌륭히 소임을 다할 수 있을 터였다.

"르블레인, 왜 여기에 있어? 승전을 축하해야지! 오랜만에 하는 파티잖아. 숨지 말고 가자."

"나는 여기가 좋아."

"좋기는. 어두컴컴해서 풀 한 포기 안 보이는 정원이 뭐가 좋아. 네가 가면 분위기가 이상해질까 봐 그렇지?"

"그런 게 아니라……."

"아니긴. 가자, 응? 누가 언니를 괴롭히면 내가 지켜 줄 거야."

믿음직스럽진 않지만, 사랑스러웠다. 그녀가 제게 의지할 적이면 기분이 고양되었다.

내가 이렇게 믿음직스러운 사람이야. 나는 역시 세계의 구원자야. 가엾은 언니를 구원해 줄 수 있는 사람!

'그런데 왜 이렇게 된 거지?'

쓰러진 미나는 미동 없이 눈만 겨우 돌려 르블레인을 쳐다봤다. 르블레인에게 달려가는 듀블레드 삼 형제가 보였다. 우두커니 서서 정신없이 르블레인을 바라보는 아미티에 공작 또한.

"꼬맹아!"

"르블레인!"

이샤크와 앙리가 새파랗게 질려 비틀거리는 르블레인을 부축했다. 요한 또한 다급히 그녀를 살폈다. 세 사람은 금세라도 죽을 것 같은 표정으로 르블레인을 바라보고 있었다.

르블레인이 인상을 찌푸리며 말했다.

"힘을 너무 써서 그래. 난 괜찮으니까 전열부터 가다듬어."

"저택으로 돌아가."

"괜찮대도."

"제발 말 좀 들어!"

희게 질린 앙리가 드물게 소리쳤다. 마치 자신을 걱정할 때처럼.

미나가 크게 몸을 떨었다. 그리고 곧 끊어질 것 같은 목소리로 말했다.

"나야……."

삼 형제의 시선이 그녀를 향했다.

미나의 몸이 조금씩 본래대로 되돌아오고 있었다. 그녀는 이를 악물었다. 눈에 눈물이 가득 차 시야가 뿌예진다. 그녀가 이를 악물었다.

"세상을 구원한 사람은 나야. 르블레인이 아니라, 저 애가 아니라……."

"……."

"……."

"……."

"저 애는 나와 너희의 인연을 기억하고 나인 양 행세했어. 그래서 너희를 빼앗은 거라고…… 제발 눈을 떠……."

서럽게 우는 미나를 지그시 쳐다보던 요한이 천천히 입을 열었다.

"그 어떤 사람도 타인을 소유할 수 없다."

"……뭐라고?"

"소유할 수 없기에 차지하고 빼앗을 수도 없지."

듀블레드 사 남매는 목에 핏대를 세우고 밭은 숨을 내쉬는 미나를 가만히 바라봤다.

미나의 동공이 가늘게 떨렸다.

"어째서 그런 차가운 말을 하는 거야? 평생 내 편이 되어 준다고 했잖아."

"……."

"내가 갈피를 잡지 못하고 있을 때면 언제나 손을 잡아 주겠다고 했잖아. 요한, 나는 그냥, 나는…… 나는 외로웠을 뿐이야."

몸을 웅크린 미나가 울분을 쏟아 내듯 소리쳤다.

"저쪽 세계의 나는 사무치게 외로워서 구원해 줄 누군가를 원했어. 너희가 나의 구원자가 되어 주었고, 그래서 나도 누군가를 구원하고 싶었을 뿐이야."

"……."

"내가 그렇게 잘못한 거야? 이상을 위해 필사적으로 애쓴 것이 어떻게 잘못일 수 있어?"

"잘못이 아니야."

르블레인의 말이었다.

미나가 홀린 듯 고개를 들어 그녀를 쳐다봤다. 무미건조한 표정의 르블레인이 말했다.

"꿈꾸는 건 잘못이 아냐. 너의 잘못은 네 욕망을 우선하기 위해 타인의 욕망을 인정하지 않았다는 거야."

"네겐 잘못이 없어? 내가 내 신념을 관철하기 위해 죄를 저질렀다면, 너 또한 네 욕망을 위해……!"

"그래, 미나."

"……."

"맞아. 내게도 죄가 있지."

르블레인이 가만히 미나를 바라보며 말을 이었다.

"나는 가족과 오래 함께하고 싶다는 개인적인 이유로 크고 작은 죄를 수없이 많이 지었어. 그렇기에 나는 악당이고 손가락질받아야 마땅해."

"……."

"단지 나는 승자이기에 앞으로도 계속 욕망할 수 있게 된 거야."

"……."

"내가 승자가 된 건 너보다 조금 더 간절했기 때문이고."

"……."

"내겐 앞으로도 수없이 많은 마찰이 있겠지. 오늘의 네 앞을 간절히 욕망하는 내가 가로막았듯이, 내일의 내 앞을 나보다 더 간절히 욕망하는 자가 가로막을 수도 있을 거야."

"너……."

"나는 그날의 내가 적어도 너처럼 변명은 하지 않길 바라."

내가 변명을 하고 있어?

미나의 시선이 떨렸다.

"아냐. 나는…… 난……!"

"내 욕망을 우선하기 위해 타인의 욕망을 부정하지 않을 테고, 그것이 내가 바랐던 '세계'의 그림자란 걸 인정할 거야."

끼긱, 긱.

기묘한 소리가 미나의 귓가를 울렸다. 온통 곪고 망가진 공간에서 애써 소중히 보관 중이던 무엇이 부서지고만 있는 것 같았다.

미나는 이를 악물었다. 자존심이 상해서 견딜 수 없었다. 제게 비하면 너무나 하찮은 르블레인의 꿈이 자신의 신념보다 간절했다는 것을 도무지 인정할 수 없었다.

"물질 따위의 천박한 욕망이 세계를 위한 나의 신념보다 우월했다고 생각하지 않아!"

"그럼?"

"너는 단지 간사했을 뿐이야. 지독하게 교활해서 이긴 거라고."

"누군가는 그 간교함을 정성이라고 부르지. 네가 네 신념에 정성을 다한 것처럼."

"하지만 네 욕망은 하찮아. 가족과 함께하고 싶을 뿐인 욕망이라니, 이 세계의 수많은 사람을 뒤로하고 관철할 만큼 고결한 신념이 아냐."

"그럼 내 욕망의 이름을 바꿀게. 누구나 꿈꿀 수 있는 세계……. 그런 거로 하지 뭐."

"……뭐라고?"

"욕망을 포장하면 신념이 되고, 신념의 알맹이가 욕망인 거야, 미나."

르블레인은 떨리는 미나의 눈을 빤히 쳐다봤다.

"네가 사무치는 외로움을 견디지 못해 온 세상에 사랑받고 싶었던 것이 욕망이고, 그것을 포장하면 세상의 구원자가 되고 싶다는 신념이 되는 거지."

미나의 표정이 완전히 무너졌다.

순간, 가슴 속에서 무언가 완전히 부서졌다는 것을 느꼈다. 속에서부터 의심이 밀려들었다. 부서지고 있었던 것은 그녀의 신념이 아니라 자존심이었을지도 모른다는 의심이.

'아냐, 아냐, 아냐!'

그럴 리가 없다. 그녀는 양부모 같은 인간이 아니었다. 재물이나 타인의 동경 어린 시선을 위해 탐욕스럽게 사는 인간이 결코 아니었다.

미나는 정신없이 르블레인을 바라봤다. 꿈에서 보았던 유약한 르블레인은 이곳에 없었다.

'왜 나를 그렇게 가여운 눈으로 보는 거야?'

미나가 멍하니 중얼거렸다.

"너를 증오해, 르블레인."

"다행이구나. 나도 그래."

그렇게 말한 르블레인이 천천히 미나를 향해 다가갔다. 그 옛날. 지금은 아무도 기억하지 못하는 옛날, 미나가 그녀에게 다가갔듯이.

"안녕, 르블레인."

"안녕, 미나."

"내 언니가 되어 주어서 고마워."

"내 동생이 되어 줘서 고마웠어."

"다음 생에도 다시 만나 자매가 되자."

"다음 생엔 다시 만나지 말자."

르블레인의 손끝이 희게 빛나며 부네의 검이 나타났다.

르블레인은 바알의 말을 떠올렸다.

'성수가 마물화된 인간을 말한다면, 그렇다면―'

르블레인이 소리쳤다.

"바알, 푸르!"

푸르의 구름이 태양을 가리고, 바알의 힘으로 돋아난 식물들이 공터를 돔 형태로 에워쌌다.

태양 빛이나 달빛이 스며들지 않은 완전한 어둠. 네리아드나 세르가의 눈길이 닿지 않는 완벽한 어둠 속에서 르블레인은 미나의 등을 향해 검 끝을 내질렀다.

마치 첫 번째 삶, 일식 의식에서 미나가 제 가슴을 꿰뚫었듯이.

쾅—!!

땅이 거세게 흔들렸다. 낙뢰가 바알의 풀을 향해 떨어지고 르블레인의 악마들이 칫, 혀를 차며 투명해져 갔다.

[여기까지인가.]

[결국 우리도, 우리의 권속이나 마물도 신의 소유였다는 것이지.]

미나의 악마들은 성수가 되었던 미나가 추락한 후, 사라졌다.

이 공간에 남은 것은 오직 인간뿐. 완벽한 인세가 된 공간에—

"뭐, 뭐야."

"뭐야, 저 '문'은……!"

문이 생겼다. 온통 빛을 내뿜는 문.

르블레인이 황급히 문을 쳐다봤다. 미나가 처음 이 세계에 들어오게 만들었던 그 문이었다.

'역시 맞았어!'

성수가 된 인간은 마물이 된다. 즉, 인세의 존재가 아니게 된 것이다.

마물이란 선각자인 악마의 소유. 그리고 선각자는 신이 만들어 낸 존재였다. 그러니 신의 힘이 닿지 않는 공간에서 '신이 만들어 낸 모든 것'은 사라진다.

'신의 힘이 닿지 않는 공간에서 미나를 죽인다면 어떻게 될까?'

네리아드가 억지로 다른 세계에서 데려온 미나는 본래의 세상으로 되돌아갈지도 모른다.

"아악 — !!"

미나의 비명이 허공을 울렸다. 그녀의 몸에 잔상이 생기며 마치 영혼이 문 안으로 빨려 들어갈 것처럼 거세게 소용돌이쳤다.

"싫어, 싫어, 싫어!"

양팔을 끌어안은 미나가 오열했다.

"아아, 요한, 앙리…… 이샤크! 도와줘, 도와줘!"

"……."

"……."

"……."

삼 형제는 말없이 손을 뻗는 미나를 쳐다봤다.

'……도와주지 않아.'

저들은 도와주지 않을 거야.

'사실은 나를 사랑하지 않았구나.'

그래서 날 도와주지 않는 거야.

미나가 다급히 르블레인의 다리를 끌어안았다.

"자, 잘못했어. 잘못했어. 내가, 내가…… 아아, 언니!"

"……."

"용서해 줘. 돌아가고 싶지 않아! 저 세계로 돌아가고 싶지 않아!"

"……."

"우, 우리는 자매였잖아. 너는 나를 동생으로 생각했잖아. 나를 위해 무엇이든 해 주는 착한 언니였잖아. 그렇지?"

"……."

"르블레인, 르블레인!"

서럽게 울며 그녀는 간절히 애원했다.

"착한 동생이 될게. 이번엔 내가 네 들러리가 되어 살 거야. 정말이야. 맹세해!"

"……."

"르블레인!"

르블레인을 올려다본 미나의 표정이 굳어졌다. 그건 결심을 마친 얼굴이었다. 결국, 르블레인은 자신을 도와주지 않을 테고 자신은 저 끔찍한 세계로 끌려갈 것이다.

"재수 없는 계집애! 처음부터 네가 싫었어! 아버지의 양녀이기에 어쩔 수 없이 잘해 준 것뿐이야!"

미나가 악을 내질렀다.

"못돼먹은, 이 못돼먹은……! 아무것도 하지 못하는 무능한 네게 언제나 은혜를 베풀던 나야!"

"동정이었겠지."

"끝까지……! 비열한 계집애! 너를 저주해!"

"동정이었어도 고마웠어. 네가 나를 죽이기 이전까지는."

"……뭐?"

"미나, 정말이지 우습겠지만, 그렇지만 ㅡ"

"……."

"너를 진심으로 사랑했어."

미나의 손이 멈추었다. 그녀는 무심코 주변을 둘러보았다. 온몸이 문 안으로 빨려 들어가던 순간, 그녀는 깨달았다.

'아, 전생에서 받은 애정은 그저 서로를 필요로 했던 것뿐이었나.'

전생을 기억하는 아버지도, 제가 말해 준 애틋한 전생을 들었던 듀블레드 삼 형제도 자신을 위해 움직이지 않았다.

마지막 순간, 인세에 남아 있던 악마들의 힘이 완전히 사라졌다. 푸르의 구름이 걷히고, 바알이 만든 덩굴이 사라졌다.

멀리에 교황이 보인다.

'성하……!'

손을 뻗었으나, 그는 다가오지 않았다. 마지막 동아줄 같던 그까지 자신을 외면했다.

아아, 결국 그랬던 것이다. 이전 삶에서 그녀가 그토록 소중히 여기던 이들의 애정은 전부 거짓이었다.

'난 나를 진심으로 사랑해 주는 사람을 바랐던 것뿐이었는데.'

"안녕, 미나."

너였나. 사실은 너였던 걸까.

'나를 진심으로 사랑해 줬던 건 결국 르블레인, 너였을까.'

나는 그런 너를 내 손으로 죽인 거야?

물어도 대답해 줄 사람은 없었다. 그녀의 몸이 완전히 문에 빨려들었다. 세상이 암전되었다.

그리고 다시 눈을 떴을 땐…….

"뭐야."

"노숙자?"

킥킥 웃는 소리가 화살촉처럼 귀 안을 파고들었다. 주변을 둘러본 미나는 숨을 크게 들이켰다.

'이 세계로 돌아오기 전의 장소야.'

누구도 그녀를 사랑하지 않는, 사랑받을 기회 따윈 전무한 세상. 땅바닥에 고개를 묻은 미나가 오열했다.

"차라리 죽여 줘……!"

돌아와 버렸다. 지옥보다 더 끔찍한 세상으로.

[안녕, 미나.]

르블레인의 목소리가 귓가에 울려 퍼졌다.

*　　*　　*

미나의 영혼을 빨아들인 문이 완전히 사라진 후, 나는 주저앉았다.
"꼬맹아!"
"르블레인!"
오빠들이 서둘러 내게 달려왔다.
'이제 끝인가.'
악마를 소환할 수 있는 운명의 아이가 사라졌다. 가장 강대한 적이 사라졌으니 이제 이 전쟁은 끝이 난 것일지도 모른다.
내가 미나의 시체였던, 그러니까, 엄마의 몸을 바라봤을 때였다.
쾅—!!
또 한 번, 세상이 흔들렸다.
"모시러 왔습니다, 메리아 님."
세상이 어그러지며 눈앞에 소름 끼치는 미소를 짓는 교황이 나타났다.
"너 이……! 꼬맹아!"
"르블레인!"
"막내야!"
"르브!"
가족들이 나를 향해 손을 뻗었을 때, 교황이 내 손을 잡고서 말했다.

"사랑하는 나의 메리아."

분명 교황의 목소리인데, 이 사내는 소름 끼칠 정도로 젊어 보였다. 날렵한 턱선에 주름 하나 없는 피부. 다정한 눈매를 가진 젊은 미남의 모습이다.

나는 다급히 결계를 펼치려 했다. 그러나 손목을 따라 새파란 핏줄이 붉어졌다.

'신성력 부족의 신호다.'

전투 내내 악마 셋을 현신시키고 있었으니 신성력이 바닥을 보이는 것도 당연했다.

난 칫, 혀를 차고 소리쳤다.

"이거 놓지 못해!"

크게 버둥거리자 그가 나를 꽉 끌어안으며 다정히 속삭였다.

"쉬—, 그리 몸부림치면 다치십니다, 메리아 님."

마치 아이를 어르는 듯한 목소리였다. 교황에게 나는 죽여도 시원치 않은 존재일 터인데, 그는 나를 아주 소중한 사람처럼 대하고 있었다.

거기다 메리아라니? 내가 고대의 메리아인 걸 아는 존재가 인계에 있었다고? 대체 어떻게?

'내 전생을 아는 것은 오직—'

그렇게 고민하던 찰나, 이샤크가 소리쳤다.

"르블레인!"

나는 흠칫 뒤를 돌아보았다.

이샤크가 아니라 미나의 혼이 빠져나간 엄마의 육신을!

쿠구구구…….

아주 미약한 소리였지만, 나는 느끼고 있었다. 해일처럼 엄청난 힘의 파동을. 나는 가늘게 떨리는 엄마의 육신을 보면서 무심코 생각했다.

'미나와 신전이 왜 오늘 마탑을 덮쳤을까?'

미나는 내가 마탑과 손잡는 것을 저지하기 위해 마탑을 쳤다고 했지만, 지금 생각해 보면 하필 오늘일 필요가 없다.

거기다 성수 군단을 가진 신전에서 굳이 미나를 보내 마탑을 칠 이유도 없지. 마탑을 치면 곧장 내가 나서게 될 텐데,

미나가 신성력을 소진한 상태라면 이후 전투에선 내가 이길 것이 자명하지 않은가.

"왜 오늘 마탑을 덮친 거지?"

중얼거리는 순간, 교황의 입꼬리가 씩 올라갔다.

"영민하신 분."

쿠구구구구구구—!

하늘이 어그러지며, 엄마의 시체 위로 빛이 모여들었다. 시체 위로 마름모꼴의 보석이 떠올랐다.

교황이 고갯짓하자, 짐승처럼 내달린 성수가 보석을 입으로 낚아채 달려왔다. 엄마의 시체가 툭, 바닥으로 늘어졌다.

안주머니가 뜨거워지며 자수정의 목소리가 들려왔다.

[도……망……쳐.]

그러자 모든 것이 느리게 보였다.

이샤크가 나를 향해 내달리고, 그런 이샤크를 향해 앙리가 손을 뻗었고, 요한이 엄마의 시체를 돌아보는 것이 기이할 정도로 느리게만 보인다.

마치 비틀린 시간 속에 홀로 있는 것처럼.

"드디어 완성입니다, 메리아 님."

교황의 목소리가 귓전을 울렸다.
동시에 이샤크가 내 손을 잡으려 하자마자 교황이 한 손으로 내 눈을 덮었다. 그렇게 나는 의식을 잃었다.
엉망으로 일그러지던 이샤크의 얼굴이 나의 마지막 기억이었다.

* * *

[……레인.]
[르블레인!]

흠칫, 눈을 뜬 나는 크게 숨을 들이켰다.
온통 새하얀 공간에서 다섯 사내들이 나를 에워싸고 있었다. 바알과 부네, 푸르, 철수, 그리고 세기의 군사. 나의 권속들이었다.

[아아, 아가야. 네가 죽는 줄만 알고 어찌나 놀랐는지 모른단다. 네가 죽으면 서둘러 혼을 거두려 했지.]

부네가 울상을 지으며 나를 일으켜 줬다. 신의 공간에선 언제나 그렇듯 나는 어린아이의 모습이었다.

[어떻게 된…… 어?]

내 말이 소리로 전달되지 않고 머릿속을 울렸다. 마치 악마가 말하듯이.

[나 설마 죽었어?!]

내가 꽥! 소리치자 권속들 사이로 누군가가 모습을 드러냈다.

[세르가 님…….]

중얼거리던 난 흠칫하고서 또 한 번 주변을 둘러보았다.
'역시 여기는 신의 공간인 거야. 그럼 네리아드는?'
내가 불안한 표정을 짓자 세르가가 말했다.

[네 덕에 네리아드는 인간들의 믿음을 잃어 약해졌지. 반대로 나는 강해졌기에 그를 내 공간에서 밀어낼 수 있었다.]
[그럼 이제껏 네리아드가 세르가 님의 공간을 침범했던 것이군요.]
[그래.]
[그런데 왜 제가 또 이곳으로 왔죠?]
[네게 밀려든 위험으로부터 너를 지키기 위해서.]

내가 이해할 수 없다는 표정으로 보자 성격 급한 푸르가 나섰다.

[보름이 넘도록 혼과 육신이 분리되어 있었다고!]
[뭐?]
[이대로라면 죽어 버릴지도 몰라서 세르가 님이 세상의 법칙을 비틀어 너를 신의 공간으로 불러들인 거야. 네 혼을 육신으로 되돌려 놓기 위해!]

나는 흠칫, 입을 틀어막았다.

[세르가 님, 설마 교황이 무슨 짓을 한 건가요?]
[그래. 그는 네게서 나를 끊어내기 위해 모든 삿된 방법을 동원하고 있다.]
[그런…….]
[서둘러 의식을 찾아야 한다. 그가 더는 네 육신을 어그러뜨리지 못하도록.]

육신을 어그러뜨린다니?
세르가가 나의 눈가를 문질렀다.

[항상 네 곁에 있으…… 너는…… 앞으로도…….]

그의 목소리가 어그러졌다.

* * *

"헉!"
나는 벌떡 몸을 일으켰다. 그러자 내 몸에 연결된 기이한 덩굴들이 툭, 툭, 바닥으로 떨어졌다. 주변엔 신관의 예복을 입은 자들이 포진해 있었고, 나는 상아를 깎아 만든 침상 위에 있었다.
경계하기 위해 무심코 에트왈을 잡으려 했는데…….
'없어.'
목을 더듬고 주머니를 뒤져 보아도 에트왈이 보이지 않는다.
"삿된 물건은 치워 놓았습니다, 메리아 님."

교황의 목소리였다.
거대한 문을 통해 나타난 그가 나를 보고 빙그레 웃었다.
'대체 어떻게 된 거지? 이전 삶에선 노인의 모습이었는데.'
상아 침상에 걸터앉은 그가 내 손을 쥐며 다정히 말했다.
"선택받은 자만이 제 본모습을 볼 수 있었지요."
"지금까지 노인의 모습으로 분장하고 있었다고?"
"무지한 사람들은 저와 다른 것을 배척하곤 하지 않습니까. 때론 두려워하기도 하며."
나는 헛웃음을 흘렸다.
"그래서? 이제 당신이 나를 선택했기에 본모습을 보여 준다고? 왜? 내가 미나를 없앴으니 이젠 내가 더 이용 가치가 있어 보여? 날 어떻게 하려는 거야?"
"음."
교황은 곤란한 표정으로 나를 바라보았다.
"어디서부터 설명해야 할까요."
"처음부터 끝까지."
그는 연신 다정한 눈길로 나를 보며 말했다.
"첫째, 메리아 님께서 그 아이를 없앤 것이 아닙니다. 제가 없애도록 도와드린 것이지요."
"……뭐?"
"둘째, 저는 감히 메리아 님을 이용할 생각이 없습니다. 생을 송두리째 바친 까닭이 당신을 찾기 위해서인데 제가 어찌 당신을 이용하겠습니까?"
이 미친 자가 무슨 말을 하는 거지?
나는 기가 막힌 표정으로 그를 쳐다봤다. 교황은 내 손등에 입 맞추며 말을 이었다.

"셋째, 부디 안심하십시오. 저는 당신에게 위해를 가할 생각이 추호도 없으니."

"위해를 가할 생각이 없는 주제에 이따위 것을 내게 연결해?"

저 덩굴 같은 것들은 분명 나를 실험 도구로 써먹으려 연결해 둔 것일 터였다. 의심 가득한 표정으로 쳐다보자 그가 내 뺨을 쓰다듬으며 말했다.

"오해하지 마십시오. 이건 당신을 실험체로 쓰려던 것이 아니었으니까."

"그럼 뭔데."

"당신에게서 세르가를 완전히 걷어 내기 위한 일이었습니다."

"……뭐?"

순간, 그의 눈이 새카맣게 일렁였다.

"내 여인이 다른 사내와 연결되어 있는 꼴을 제가 어찌 두고 보겠습니까?"

어처구니가 없어서 말도 나오지 않는다.

'교황이 돌았어.'

정신이 나가지 않고서야 저따위 말을 지껄일 리가 없다.

"……돌으셨어요?"

"예나 지금이나 화통한 성격이십니다, 메리아 님."

그는 정말로 연인을 쳐다보는 사내 같았다. 사랑스러워서 어쩔 줄 모르는 눈빛이다.

"그러니까 나를 왜 메리아라고 부르냐고! 정체가 뭐야!"

"당신께서 나를 구원해 주셨습니다."

"뭐라고?"

"뒷골목에서 죽어 가는 나를 살려 주시고, 마지막 순간까지 함께해 주셨지요. 메리아 님, 저는 당신의 이름을 최초로 들은 자이자—"

"……."

"—당신 모친과 같은 부족의 피를 이었습니다."

엄마의 부족이라면 셰이먼이다. 신이 빚은 첫 번째 인간들. 그들은 특별한 힘을 가지고 태어난다. 엄마처럼 미래를 보는 힘이 있기도 하고, 또는 이반처럼 고대의 기억을 가지고 태어날 수도…….

'고대의 기억?'

별안간 머릿속에 세르가 신이 보여 준 전생이 떠올랐다.

[여신님!]

[아저씨가 여신님의 동상을 세운다고 하셨어요.]

[지나가다가 봤는데, 선생님이 필요하다고 하셨던 게 기억나서요!]

메리아였을 때의 내가 구해 주었던 소년. 가난한 사람들을 치료하던 진료소에 매일같이 찾아오던 그 아이.

"설마 당신……."

흔들리는 나의 동공을 본 교황이 환희하듯 눈꼬리를 접었다.

"기억해 주셨군요."

"……스토커였잖아."

내 말을 들은 교황이 잠시 굳어졌고, 주변을 오가던 신관들이 흠칫했다.

나는 그의 손을 뿌리치고 일어났다.

"당장 날 내보내 줘."

"메리아 님."

"안 들려? 내 에트왈을 내놓고 나는 돌려보내 줘."

"저는 메리아 님을 위해 못 할 것이 없지만, 그 부탁만은 들어 드릴 수 없습니다."

나는 허리를 잡은 채로 후욱, 크게 한숨을 내쉬었다. 따라서 몸을 일으킨 그가 조심스럽게 나를 끌어안았다.

"당신을 위한 낙원을 준비했습니다. 돈, 명예, 그 무엇이라도 두 손에 담아 드리지요. 원하시는 것이 황위라도 저는 들어 드릴 것입니다."

"……."

"나의 메리아, 그러니 이번엔 저를 선택해 주십ㅡ"

빠악!

그의 이마에 냅다 이마를 박자, 두개골이 쪼개지는 것 같은 소리가 났다. 신관들이 세상이 무너진 것 같은 표정으로 우리를 쳐다봤다.

나는 입매를 비틀고 말했다.

"헛소리하고 있어. 죽으려고."

"이게 무슨 짓…… 메리아!"

"나는 애인이 있어!"

교황의 표정이 딱딱하게 굳어졌다. 교황의 동공에 새파란 노기가 서렸다. 내가 그의 눈을 피하지 않자, 그는 다시 웃었다.

"제가 당신이 처음으로 손잡은 사람이 아닌 것은 아쉽지만, 이해하겠습니다."

"……."

"아직 미령하신 당신께서 한두 번의 실수쯤은 당연하다는 것을 압니다."

이거 진짜 미친 자였잖아?

나는 기가 막힌 얼굴로 그를 쳐다봤다.

"내게 실수가 있다면 고대의 뒷골목에서 그 애를 구한 거겠지."

"침실로 안내하겠습니다."

내 얘기는 들은 체 만 체한 그가 벽 가를 흘깃 쳐다봤다. 벽 가에서 대기 중이던 신관들이 내게 다가왔다. 베일을 뒤집어쓴 그녀들은 내 앞에 잠시 부복한 후 말했다.

"모시겠습니다, 성녀님."

아기님에, 영애님, 성녀님까지 난 이름이 많기도 했다.

교황을 노려보던 난 신관들을 따라 걸음을 옮겼다. 그와 더는 입씨름하고 싶지 않았고, 무엇보다 몸 상태가 좋지 않아서 기절할 지경이었다.

'상황이 어떻게 흐르고 있는지도 알아봐야 하고.'

교황은 미소 지은 채 나를 따라왔다. 재수 없었다.

신관들을 따라나선 곳은 그야말로 호화로운 방이었다. 욕실에 화장실, 침실, 서재까지 딸려 있었다. 그리고 방을 새로 단장 중인 모양인지 일꾼들이 부지런히 드나들고 있었다.

"송구합니다. 이리 일찍 깨어나실 줄 예상하지 못해 단장이 늦어졌습니다. 본래 그 아이가 쓰던 방이온데, 보안이 가장 좋고 제 방과 가까운 터라 이곳을 준비했습니다."

"보안은 무슨, 감시겠지."

교황은 못 들은 체 나를 이곳에 데려온 자들을 소개했다.

"승화대의 아이들입니다. 앞으로 메리아 님을 모실 테니 얼굴을 익혀두십시오."

나는 헛웃음을 흘렸다.

승화대라니. 가장 강력한 여성 신관 부대로, 황태후나 황후 등의 초고위 계급의 여성들을 상대하는 자들이었다.

첫 번째 삶에선 구경도 못 해 본 존재들이다. 그런 승화대 전체를 내게 붙인 걸 보면 진심으로 날 놓치지 않을 셈인 모양이다.

승화대의 신관들이 내 앞에 부복했다.

"뵙게 되어 영광입니다, 아기님."

그 말에 교황의 얼굴이 대번에 싸늘해졌다. 그러자 신관들이 그의 눈치를 보며 단어를 정정했다.

"말실수를 했습니다. 용서하십시오, 성녀님."

교황은 굳은 얼굴로 승화대와 일꾼들을 둘러봤다.

"명한다. 앞으로 성녀께서 고난의 시절을 떠올리게 할 그 어떤 단어도 입에 담지 않아야 할 것이다."

"됐어."

내 말에 교황이 "하지만ㅡ" 하고 말했다.

나는 삐딱한 표정으로 그를 쳐다봤다.

"날 고난에 빠뜨린 원흉이 할 말이 아니잖아?"

"……."

"내가 옛날 일을 떠올리지 않길 바란다면 그쪽이 나가 죽어 주면 돼."

제발 죽어 주라!

내가 반짝반짝한 눈으로 보자 교황이 내 앞에 무릎을 굽혔다. 주변에 있던 자들이 질겁하여 숨을 들이켰다.

"당신을 알아보지 못한 죄, 어찌 감히 갚겠나이까. 용서를 바라지 않되, 당신께서 바라는 모든 것을 이루어 드리겠습니다."

그가 애원하듯 나를 바라보았다.

"내가 바라는 건 날 돌려보내 주는 거라니까! 아니면 그쪽이 죽어 주는 거라든지!"

"여전히 과격한 유머를 즐기시는군요."

"혹시 내 말은 전부 왜곡하는 병에 걸린 거야?"

진심인데!

내가 인상을 찌푸리자 그가 빙그레 웃으며 말했다.

"저녁 식사를 함께하지요. 그때까진 편히 쉬십시오."

교황이 나서고 나는 허공에 발길질했다. 그러고 마른세수를 하며 한참을 씨근덕거렸다.

'왜 뒷골목에서 저놈을 구해선…….'

다음 생에 저런 미친 자가 될 줄 알았다면 절대로 구하지 않았을 것이다.

나는 우울한 표정으로 침대에 누웠다. 그러는 동안에도 승화대의 신관들과 일꾼들은 부지런히 짐을 옮기고 있었다. 대부분이 미나의 짐인 듯했다.

나는 그녀들을 힐끗 보다가 말했다.

"저기요."

그러자 다소 나이가 든 여성이 고개를 수그렸다.

"내가 잡혀 온 후로 듀블레드는 어떻게 되었어요? 제국은요? 황궁에서 신전을 공격하진 않았어요?"

"성하께서 성녀님을 혼란스럽게 할 말은 주의하라 이르셨습니다."

'대답해 줄 생각이 없다는 말이구나.'

나는 이마를 쥔 채로 고민했다.

창가엔 온통 나무판자가 붙어 있어서 밖을 볼 수조차 없다. 방을 감싼 결계는 엄청나게 강력했는데, 적어도 주궁(황제의 궁) 정도는 되는 것으로 보였다.

그나마 신성 결계라, 마나를 신성력으로 변환하는 내겐 영향이 없었다. 다시 말하면 전력의 99퍼센트가 마력 사용자인 듀블레드군은 뚫을 수 없는 결계라는 의미였다.

'탈출은 불가하다는 소리네.'

입술을 깨물고 있으니, 젊은 여성 신관이 물었다.

"무료하시면 놀잇감을 가져오거나 광대를 불러오겠습니다."

"됐…… 그건……."

됐다고 말하려던 나는 승화대 신관의 손에 들린 것을 보고 반쯤 몸을 일으켰다. 기묘한 형태의 천 뭉치였다. 둥근 형태로 엮인 천에 뒷부분엔 일자로 이어진 끈 두 개가 붙은 것이었다.

나는 저것을 알고 있다. 첫 번째 삶에서 보았던 것이니까.

'미나의 가방.'

"잠깐 줘 봐요."

"그릇된 아이의 물건입니다. 삿된 것을 성녀님 곁에 둘 수는……."

"괜찮으니까 줘요."

그녀가 곤란한 표정으로 선임인 듯한 신관을 쳐다봤다. 선임 신관이 어쩔 수 없다는 듯 고개를 끄덕였고, 젊은 신관이 내게 가방을 건넸다.

"이거? 아, 이 세계엔 특이해 보이겠구나. 가방이야. 책가방. 이렇게 지퍼를 열 수 있는데……."

미나의 말을 떠올린 난 조심스럽게 지퍼를 열었다.

지이익.

소리가 나자 신관들의 눈이 동그래졌다. 이제 보니 여는 법을 몰라서 내부를 확인하지 못한 모양이었다. 이세계에서 온 물건인 만큼 잘못 건드리면 저주받을까 봐 두려웠기도 할 것이다.

가방을 열자 보인 건 모두 첫 번째 삶에서 본 물건들이었다. 노트와 책, 필통이라는 것들. 노트 중엔 유난히 두껍고 작은 것이 있었는데 작은 자물쇠가 걸려 있었다.

'이건 본 적이 없는데?'

나는 고개를 갸웃하고 자물쇠를 매만졌다. 혹시 열쇠가 있을까 싶어 가방이나 필통을 뒤졌다. 필통에 손가락 한 마디만 한 작은 열쇠가 있었다. 열쇠로 자물쇠를 풀어서 책을 열었다.

[이곳에 온지 93일째의 밤.

멀리서 아버지를 보고 왔다. 기억에서처럼 그는 강인하고 아름다웠…….]

'일기? 일기다!'

이게 웬 행운이냐. 신전 내부의 일을 알 수 있을지도 모른다. 한글로 적혀 있어서 나만 읽을 수 있을 테고.

철수에게 한글을 배웠지만, 어려운 단어가 많아서 꽤 버벅거렸다.

'철수가 있었으면 좋았을 텐데.'

그래도 전혀 이해가 안 되는 건 아니어서 난 어물어물 미나의 일기를 읽었다.

[내 몸에 실험을 한 지 엿새째. 피부에 비늘이 돋아났다.

성하께선 전쟁이 끝나면 다시 인간으로 되돌아올 수 있다고 했지만, 나는 불안하다. 이대로 괴물이 되는 건 아닐까? 나는 그의 말을 믿고 싶지만, 실험의 총책임자인 이카론이 나와 눈을 마주치지 못하는 게 영 신경 쓰인다.

신뢰가 흔들린다. 이마저도 이곳의 신께서 내게 내린 시련이겠지. 난 시련을 극복하고 진정한 구원자가 될 수 있을까…….]

[신관들이 실험에 성공했다며 크게 기뻐했다.
나는 그들을 이해할 수 없었다. 성수가 되는 것은 일주일 전부터 가능했는데, 왜 지금에서야 실험에 성공했다고 하는 것일까?]

[최근 계속해서 기이한 꿈을 꾼다.
성하가 내게 손을 뻗자, 기묘한 보석이 내 몸에서 빠져나온다. 그럴 때마다 마치 내가 보석이 된 양 쓰러진 나를 보게 된다.
어째서 자꾸만 그런 꿈을 꾸는 걸까? 그건 정말 꿈일까?]

[불안을 참지 못하고 성하를 찾아갔다. 성하의 곁에 있을 때면 마치 아드리안과 함께일 때처럼 안심이 된다.
성하는 두려워하는 나를 안아 주며 말씀하셨다.
성녀의 손안에 모든 것을 담아 주겠노라고.
그가 말한 성녀는 나겠지. 그를 믿어야 한다. 이 불안 또한 이곳의 신께서 내게 내린 시련일 것이다.]

일기를 쥔 손에 힘이 들어갔다.
제 몸이 아닌 것처럼 고개를 끄덕였다고?
'미나에게 한 실험은 성수화가 아니었던 거야.'
나는 쓰러진 미나의 시체, 아니, 엄마의 육신 위로 떠오르던 마름모꼴의 보석을 떠올렸다. 만약 그게 미나와 엄마가 가지고 있던 〈신성〉의 결정체라면?
'……교황이 미나의 힘을 자유자재로 쓸 수 있다는 거야.'
나는 입을 틀어막았다.

‘그럼 교황이 악마를 불러낼 수 있다고?’

“성녀님?”

신관들이 무슨 일이냐는 듯 물었다.

나는 얼른 일기를 가방 안에 넣고, 지퍼를 닫았다.

“왜요?”

“무슨 일이십니까?”

“별일 아니에요. 묘한 힘이 느껴지는 게 성물 같네요. 이건 버리지 말아요.”

그렇게 말하고서 나는 활짝 웃었다.

“저녁 식사는 언제 하죠? 성하와의 식사, 너무 기대돼요!”

작전 변경.

그 빌어먹을 놈이 악마를 불러낼 수 있다면 함부로 자극하지 말고, 기회를 노려야 한다.

* * *

승화대 신관들은 내가 교황과의 식사를 기대한다는 말에 몹시 기뻐했다. 젊은 신관들이 서둘러 교황에게 말을 전하고, 식사를 준비하겠다며 뛰어나갔다.

방 안엔 승화대 신관들의 우두머리로 보이는 중년의 여성 신관만이 남았다. 문을 곁눈질하던 그녀가 말했다.

“외부 상황을 말씀드리겠습니다.”

“그런 걸 내게 말해도 되나요?”

“저는 아드리안 님의 사람입니다.”

나는 깜짝 놀라 그녀를 쳐다봤다.

“아드리안의 사람이라고요?”

“그렇습니다.”

아드리안은 신성력을 가진 자로, 신전에선 그를 신성 황제로 옹립시키기 위해 교육했다. 승화대에서 교육했다는 말은 들었는데, 그 우두머리가 아드리안의 사람이 된 줄은 몰랐다.

“영애가 미나를 처치한 그날, 황제 폐하께서 음독하여 쓰러지셨습니다.”

“뭐라고?”

난 딱딱하게 굳어 그녀를 쳐다봤다.

‘그랬구나. 그래서 그날 마탑을 공격한 거야.’

황제를 음독시킨 건 아마도 신전일 것이다. 사람들의 시선이 미나와 나의 전투에 집중된 틈을 노리고!

“제1 황자인 안드레 루에르그가 섭정 중인데, 그가 신전과 결탁하여 판도를 완전히 바꾸었습니다.”

“우리 가문과 다른 귀족들이 그걸 두고 봤어요?”

“듀블레드와 친 영애파의 귀족들은 이전 전투로 큰 피해를 입은 상황이라 안드레 루에르그에게 대적할 수 없었고, 마르슈와 브리뵈를 비롯한 대귀족들이 안드레 루에르그를 지원 중인 터라―”

거기까지 말한 순간 방 밖에서 발소리가 들렸다. 벌컥, 문이 열리고 교황이 들어왔다. 그는 몹시 기분이 좋아 보였다.

“마음을 바꾸신 듯하여 기쁩니다. 식사는 방으로 가져오라 일렀습니다.”

“내가 성하께 다정해진다면 소중한 사람들에게 손을 대지 않겠지?”

잠깐 눈을 가늘게 뜬 교황은 이내 빙그레 미소 지었다.

“그럼요. 듀블레드가 더는 신전에 대적하지 않는다면, 메리아 님께서 소중히 여기는 자들에게 해를 입힐 리가요."

"내 애인도 그냥 두겠다고 약속해 줘."

"그건……."

나는 한 손으로 입을 가리고 흡, 우는 소리를 꾸며 냈다.

"사랑하는 안드레에겐 손대지 않겠다고 약속해 준다면 나, 당신과 함께 있을 테니까!"

Chapter 27.

교황은 무언가를 가늠하듯 내 눈을 빤히 쳐다봤다.

평범한 사람이라면 양심이 찔리겠지만, 내가 누구던가? 양심이라곤 약에 쓸래도 없는 나는 아무렇지 않게 그를 마주 봤다.

한동안 가만히 내 눈을 들여다보던 그가 입꼬리를 올렸다.

"그럼 식사하실까요."

"약속은?"

교황은 침대 가까이에 있는 티 테이블에 앉으며 말했다.

"그 부분은 대답하지 않겠습니다."

"들어줄 수 없다는 거야? 어째서?"

방 안으로 음식을 가득 담은 트레이가 들어왔다. 하급 신관의 예복을 입은 자들이 음식을 옮기는 동안 교황이 맞은편 자리를 가리켰다.

내가 움직이지 않자, 승화대의 신관들이 조심스럽게 티 테이블로 나를 이끌었다.

칫, 혀를 차고 앉으니 교황이 내 앞에 식기를 챙겨 주며 말했다.

"첫째, 송구하지만 아직 메리아 님의 말씀을 신뢰할 수 없습니다."

"뭐?"

"메리아 님께서 뱀과 같은 지혜를 가졌다는 것을 저는 압니다. 신관부터 추기경에 이르기까지 줄줄이 당한 전적이 있는데, 어찌 메리아 님을 신뢰할 수 있겠습니까?"

"……."

"그런 관계로 당신께서 진정 안드레 황자를 연인으로 두셨는지, 다른 사내를 보호하거나 신전과 황실을 이간질하기 위해 안드레를 언급한 것인지 확인할 필요가 있겠습니다."

교황은 내 앞에 음식 접시를 내밀었다. 연어 샐러드부터 화이트 소스로 졸인 송아지 스튜, 가지를 넣은 포토푀까지 모두 내가 좋아하는 음식뿐이었다.

나는 바깥에서 음식의 호불호를 드러낸 적이 없었다. 그 말인즉, 이런 정보까지도 빼 올 만큼 교황의 정보력이 상당하다는 뜻이었다.

'교묘한 놈 같으니.'

눈을 사납게 치켜뜬 나를 본 교황이 부드러운 목소리로 말을 이었다.

"둘째, 당신의 연인을 살려 줄 마음 자체가 없습니다."

"……뭐?"

교황의 눈빛이 가라앉았다.

"당신 곁에 혈육이 아닌 사내를 남겨 둘 만큼 내 사랑은 가볍지 않아요."

등줄기가 오싹할 만큼 서늘하디서늘한 목소리였다. 그는 또 한 번 부드럽게 웃고 내 손에 포크를 쥐어 주었다.

나는 접시 위의 고기를 거세게 찍었다.

챙—!

날카로운 마찰음에 티 테이블 주변으로 대기 중이던 신관들이 흠칫 나를 쳐다봤다.

"입 닫아. 냄새난다."

"예나 지금이나 당돌하신 점도 좋아합니다, 몹시."

* * *

밤이 깊었다.

이불을 뒤집어쓰고 있던 나는 한숨을 내쉬었다.

'계속 이대로라면 교황이 제국을 홀랑 삼킬 텐데.'

그렇게 되면 독립이고 뭐고, 애써 준비한 모든 것들이 헛수고가 될 것이다. 나는 저 끔찍한 자에게 평생 매이게 될 터.

'생각해라. 생각해.'

타개책을 떠올려야 한다. 나는 애써 평정심을 유지하며 앞으로 해야 할 일을 떠올렸다.

승화대의 우두머리인 중년의 신관이 아드리안의 사람이니, 이미 아드리안에게 내가 깨어났다는 소식이 전해졌을 것이다. 지혜로운 아드리안이라면 벌써 듀블레드와 함께 신전 급습 계획을 세우고 있을 터.

'그들이 데리러 올 때까지 난 에트왈을 찾아 놔야 해.'

이불 속에서 주먹을 가볍게 쥔 후, 난 침대를 빠져나왔다.

벽 가에서 대기하고 있던 승화대 신관들이 재빠르게 나를 가로막았다.

"밤이 깊었습니다, 성녀님."

"납치에다 감금까지 당했는데 잠이 쉽게 오겠어요? 비켜요, 가볍게 산책하려는 것뿐이니까."

"성녀님."

"내가 혀라도 깨물어야 여러분이 '아, 아까 그 미친 자가 산책하겠다고 했을 때 그냥 하게 둘 걸'하고 생각할까요?"

"……."

승화대 신관들이 곤란한 표정으로 서로를 쳐다봤다. 그때, 승화대의 우두머리, 그러니까 아드리안의 사람이 나를 거들었다.

"산책 코스는 저희가 정하겠습니다. 물론 성하께서 성녀님께서 산책을 나가셨다는 것을 아셔야 할 테고, 저희가 성녀님께 삼 보 이상 떨어져 있지 않아야겠지요."

"그러든가요."

우두머리가 눈짓하자, 승화대의 신관 하나가 먼저 방을 나섰다. 교황에게 내가 억지를 부렸다는 걸 전하러 가려는 것일 터다.

나는 승화대 신관들을 따라 복도를 나섰다.

앞서 걷는 자가 둘. 내 옆에 바짝 붙어 있는 것은 우두머리였다.

"그런데 그쪽은 이름이 어떻게 되죠?"

"루치아입니다."

"그럼 루치아, 내 '옷'은 어디에 뒀죠? 신관의 예복 따위 역겨워서 한시라도 더 입고 싶지 않은데."

'내 에트왈은 어디에 있어?'

―라는 뜻의 말이었다. 눈치 빠른 루치아가 대답했다.

"성녀님의 것은 모두 성하께서 관리하십니다. 옷은 '세탁 후' 전해 드릴 겁니다. 이르면 내일 오후 즈음이 되겠지요."

그녀는 유난히 세탁을 강조했다.

'옷에 무슨 짓을 할 거라는 것이구나.'

금제술을 걸어 놓을 수도 있겠다. 결계도 까다로운데 옷에 금제까지 걸려 있다면 탈출은 영영 할 수 없을지도 모른다.

'시간이 얼마 없다는 말인데…….'

결국, 내일 오후까지는 탈출해야 한다는 말이다.

나는 흘러나오려는 신음을 가까스로 삼켰다.

승화대 신관들이 날 데려간 곳은 고즈넉한 정원이었다. 무심코 정원을 둘러보던 난 흠칫했다.

'베고니아 정원!'

여긴 첫 번째 삶에서 내가 수련하던 곳과 멀지 않은 정원이었다.

첫 번째 삶의 내가 처음부터 신전의 천덕꾸러기였던 건 아니었다. 처음 신전은 나를 운명의 아이로서 대우했다. 내가 넘어져서 무릎만 깨져도 21사제가 법석을 떨 정도였으니까.

신전이 날 포기한 건 수련한지 몇 년이 지나도 도무지 신성력이 늘지 않았기 때문이다. 그들이 날 포기하기 전까진 아주 가끔이지만 교황청에 와서 수련하곤 했다.

심장이 쿵쾅거린다. 베고니아 정원의 위치를 알았으니, 교황청 내부를 대충 그릴 수 있었다.

'베고니아 정원 담 뒤에 지하도로 가는 통로가 있었어.'

통로와 이어진 곳의 문을 열 수 있다면 나 혼자서도 탈출할 수 있을지도 모른다. 문을 열 수 있는 자는 교황 직속의 추기경과 교황뿐.

'그들에게서 열쇠를 얻거나, 저 담을 부술 수만 있다면……!'

그때였다.

"뭣들 하는 짓이냐!"

웬 사내들의 성난 목소리가 들려왔다. 추기경들이 씨근덕거리며 문을 넘어왔다.

"이 멍청한!"

추기경 니콜라시오가 벼락같은 노성을 내질렀다.

"신관의 손으로 결계의 방을 열어 주었단 말이냐! 저 영악한 것이 이번엔 무슨 짓을 할 줄 알고!"

추기경 리달란테 또한 단단히 노한 표정으로 승화대 신관들을 쳐다보았고, 그녀들은 서둘러 고개를 수그렸다.

"하, 하지만, 문을 열지 않으면 자진이라도 하, 하실 듯―"

"스스로 목숨을 끊어 준다면 반가운 일이지."

심문장 사건에서 내게 제대로 망신을 당한 리달란테가 입매를 비틀며 말했다.

순간 머릿속의 전구에 번쩍 불이 들어왔다.

'좋은 방법이 생각났다.'

나는 비죽 입꼬리를 올렸다.

"아, 내가 죽길 바랐구나."

"지금껏 모르셨다는 것이 놀랍군."

"나는 날 성녀라고 칭하면서 가뜩이나 바닥을 보일 신전의 재화를 깡그리 다 써가며 내 방에 온통 금칠해 주기에 내가 신전에 귀한 사람인 줄 알았지 뭐야."

너희 신전 돈 한 푼 없는 깡통이잖아. 그런데 교황이 원수인 내게 호화 대접하네. 너희 우두머리 단단히 정신 나갔더라!

내 조롱을 알아들은 리달란테의 얼굴이 붉어졌다.

"네가 무슨 수로 성하를 속이고 있는지 모르겠지만, 내 기필코 성하의 눈을 뜨이게 만들어 널……!"

"그 손으로 할 수 있겠어?"

"뭐라고?"

"아니, 지난번 공터 전투에서 이샤크의 검에 어깨가 꿰뚫렸잖아~! 팔도 못 쓰고 주저앉았고. 그리고 뭐라고 했더라?"

"이……!"

"아아, 맞다. '사, 살려 줘. 살려 주십시오. 으아악!' 그랬지?"

에뮬린에게 전수받은 스킬, 일명 〈지옥의 주둥아리〉를 유감없이 발휘하자 리달란테의 눈이 돌아갔다.

"이 미친 계집……!"

그의 손가로 파동이 일렁였다. 나는 잽싸게 지하 통로와 이어진 담벼락을 등지고 섰다.

'좋아, 쏴!'

저 담벼락만 무너뜨려 준다면 팔뚝 정도는 내줄게!

"리달란테 님!"

"멈추십시오!"

니콜라시오와 승화대 신관들이 서둘러 그를 뜯어말렸으나, 늦었다. 눈이 붉게 충혈된 리달란테가 나를 향해 신성력의 파동구를 내던졌다. 나는 냅다 몸을 날려 파동구를 피했다.

쾅—!

파동구가 정확히 담벼락에 꽂혔다.

동시에,

"컥!"

리달란테가 양손으로 목을 부여잡으며 신음했다. 땅에서부터 이어진 검붉은 쐐기가 리달란테의 목을 옥죄고 있었다.

나와 니콜라시오, 그리고 승화대 신관들이 검붉은 쐐기가 날아온 방향을 바라보았다.

교황이었다.

신관 몇과 함께 정원으로 들어온 그는 달빛이 내리쬐는 정원 한가운데로 천천히 걸어왔다. 그를 쫓는 그림자가 흉측한 형태가 되어 일렁였다. 마치 마물의 그림자인 양.

"서, 서, 성……하."

쐐기에 의해 들어 올려진 리달란테는 새파랗게 질려 버둥거렸다.

"감히."

"성하, 성…… 컥!"

교황은 정말로 리달란테를 죽이기라도 할 기세였다. 승화대 신관이고, 니콜라시오고 겁에 질려 섣불리 입을 열지 못했다.

리달란테의 몸에서 쿠드득, 쿠득, 하는 끔찍한 파열음이 연이어 들려왔다. 발밑으론 실금의 흔적이 뚝, 뚝, 떨어졌다. 그제야 니콜라시오가 교황을 뜯어말렸다.

"성하, 진정하십시오!"

교황은 리달란테가 완전히 정신을 잃은 후에야 그를 땅으로 내던졌다.

'뭐야, 이 힘은.'

나는 너무나 놀라서 굳은 표정으로 교황을 쳐다봤다.

교황의 신성력이 엄청나다는 것은 알지만, 이번에 본 그의 힘은 완전히 궤가 달랐다. 시동인이 없이 힘을 발휘한 것은 물론이고, 힘의 파동조차 전혀 느껴지지 않았다.

'신의 힘이 이 정도였단 말이야?'

이제야 알겠다. 미나와 나는 신의 힘을 제대로 다루지 못했던 것이다. 진정한 신의 힘은 세상의 법칙을 완전히 부정하고 있었다.

하지만 그것보다 더 놀라운 것이 있었는데…….

교황이 내 앞에 한쪽 무릎을 굽히고서 손을 내밀었다.

"괜찮으십니까?"

나는 마른침을 삼키며 그를 바라보았다.

"……."

"이런, 많이 놀라신 모양이군요. 방으로 모시겠습니다."

"……제 왔어."

"예?"

"왜 이제 왔어. 무서웠는데."

"……메리아 님."

그가 감격한 표정으로 나를 끌어안았다.

그러는 동안에도 내 시선이 향한 곳은 오직 교황의 등 뒤였다. 정확히 말하면 신관의 예복을 입고 후드를 깊게 둘러쓰고 있는 사내에게.

바람이 불자 후드 사이로 아름다운 금발의 머리칼이 빠져나왔다.

'아드리안.'

* * *

교황이 리달란테를 향해 눈짓하자, 다른 추기경인 니콜라시오가 서둘러 그를 끌어냈다.

그 후, 나를 부축한 교황이 나를 대사문(교황의 집무실이 있는 탑) 안으로 데려갔다. 대사문의 다리를 건너자마자 강렬한 오라가 전신을 휘감았다.

네 번의 삶을 통틀어 처음 들어가는 대사문에는 놀라우리만큼 순도 깊은 신성력이 흐르고 있었다. 신성력을 지닌 자라면 들어오는 것만으로도 웬만한 상처는 모두 치유가 될 만큼.

대체 어떻게 이러한 공간이 유지되는 걸까. 생각하던 난 대사문 예배당에 걸린 신상을 보자마자 헛웃음을 흘렸다.

부서져 얼굴이 보이지 않은 신상. 하지만 나는 그것이 어떤 신의 형상인지 알고 있었다. 고대의 내가 어려서부터 줄곧 보던 것이었으니까.

저것은 고대의 세르가 본신전에 있던 '세르가의 신상'이다.

'이런 걸 옮겨 왔으니 신성지가 만들어질 수밖에.'

언제나 두 명의 신, 그리고 72선각자와 함께한 신상이다. 오랜 시간 함께한 만큼 그들의 힘이 녹아들어 있을 터였다. 부서진 신상을 물끄러미 바라보는 내게 교황이 물었다.

"저것을 기억하십니까."

"……네리아드교의 중심에 너희들이 악신이라 규정한 세르가 신상이 있었네."

"메리아 님과 제가 고대의 마지막 순간 함께한 것이지요."

나는 떨떠름한 눈으로 교황을 쳐다봤다.

'이 정도 집착이면 병 수준을 아득히 넘어섰다.'

교황이 예배당에 있던 의자에 나를 앉히고서 말했다.

"치유 신관만 남고 물러가라."

아드리안이 한 발 앞에 나섰다. 그러자 다른 신관들을 물러났고, 아드리안이 내게 바짝 다가왔다. 그는 내 앞에 무릎 꿇은 채로 치유를 시작했다.

눌러쓴 후드 사이로 얼핏 상처가 보인다. 무심코 손을 뻗으려다가 교황이 나를 바라보고 있다는 것을 상기하고 애써 주먹을 쥐었다.

무릎에 닿은 아드리안의 손이 뜨거웠다. 너무나, 너무나도.

"리달란테가 다시 당신 곁에 얼씬하지 못하도록 하겠습니다."

"……."

"메리아 님?"

또 한 번 교황의 목소리가 들려왔다. 나는 가까스로 목소리를 쥐어짰다.

"그러든지."

"……."

"왜?"

"……어째서 온순해지셨습니까?"

"신전 내부에 있는 지금은 그쪽 도움 없이 목숨 부지할 수 없다는 걸 알았을 뿐이야."

그러는 동안 아드리안이 생채기가 난 내 손등을 매만졌다. 피부가 맞닿은 부분부터 따뜻해지더니 이내 상처가 온데간데없이 사라졌다. 나의 손끝에 그의 손끝이 부딪치며 아드리안과 시선이 겹쳐졌다.

사실, 지금껏 나는 몹시 불안했다. 교황의 힘은 미나를 넘어섰고, 나는 에트왈 없이 적진에 감금되었다. 마음속에 또 한 번 생이 엉망이 될지도 모른다는 불안이 스멀스멀 새어 나와 폐를 꽉 옥죄던 중이었다.

그런데 흔들림 없는 눈을 주시한 순간, 거짓말처럼 불안이 사그라들었다.

'너는 언제부터 이런 눈빛을 한 사내가 되었을까.'

그때, 교황이 몸을 일으켰다.

"물러나라."

아드리안의 손에 힘이 들어갔다. 행여나 교황을 공격할까 봐 나는 교황 모르게 눈을 부릅떴다.

나는 몸 상태가 좋지 않아 아드리안을 돕는 건 불가능에 가깝고, 적진 한가운데에서 지원군조차 기대하지 못한 채로 싸우는 건 죽여 달라는 시워나 마찬가지였다.

'진정해!'

이만큼 애틋한 건 생전 처음이었지만, 나는 산전수전에 공중전까지 두루 겪은 몸이었다. '사랑은 위대해.' 같은 말을 외치며 불구덩이에 뛰어들기엔 내 목숨과 애인의 목숨이 너무 소중하다.

'뭐 해, 인생이 아깝지 않아? 인상 펴!'

내가 다시 한번 눈을 부라리자 아드리안이 주먹을 꽉 그러쥐며 천천히 물러났다.

교황은 그를 지나쳐 내게 다가왔다.

"마음을 열어 주신다면 제가 어찌 당신의 소중한 것들에게 위해를 가하겠습니까?"

"……."

"이 불민한 몸, 태어나 줄곧 오직 당신만을 위해 살아왔나이다."

교황이 내 양손을 끌어당겨 조심스레 이마를 붙였다.

"저를 받아들여 주십시오. 이 손에 당신이 원하는 모든 것을 담아 드리겠습니다."

퍽 애절한 눈빛이었다. 누가 보면 티 없이 맑은 순정인 줄 알 거다. 있는 건 티뿐인 더러운 스토킹인 줄은 꿈에도 모르고.

하도 기가 막혀서 헛웃음도 나지 않았다.

'어디 스토커 따위가 순애인 체를!'

하지만 약삭빠른 나는 결코 그 말을 입에 담지 않았다. 오히려 감동을 숨기는 척 입술을 두어 번쯤 달싹여줬다.

"날 위해 어디까지…… 해 줄 수 있는데……?"

말꼬리를 흐리는 것도 잊지 않았다.

"그 무엇이라도."

"제국이라도 줄 테야?"

내가 탐욕스러운 눈빛으로 바라보자 교황의 동공이 일렁였다.

"제국을 드린다면 제게 와 주시겠습니까?"

"내 앞에 금관을 가져와. 결정은 그다음에 하겠어."

교황의 표정에 환희가 서렸다. 그는 감격한 듯 내 손등에 이마를 맞대었다. 그러자 아드리안의 표정이 점점 서늘해졌다. 나는 얼른 손을 빼내고서 말했다.

"옷 갈아입고 싶어. 리달란테 탓에 온통 먼지가 묻었어."

"신관들을 부르겠습니다."

"내 옷을 줘."

"……."

"내 옷 한 벌 내주지 않는 사내가 제국을 주겠다는 말을 하면 어떻게 믿어?"

"……기다리십시오."

"어디에 뒀는데? 같이 가면 안 돼?"

에트왈의 행방을 궁금해하는 척 일부러 그의 곁에 따라붙자, 교황이 단호히 대답했다.

"제가 가져오지요."

내가 팔짱을 끼며 물러난 뒤에야 교황은 안심한 듯 시선을 돌렸다.

하여간 조심성 많은 놈이었다. 행여나 내가 에트왈을 숨겨 둔 위치를 알게 될까 봐 경계하는 것을 봐라. 수족에게조차 절대 내 물건이 있는 곳을 알리지 않고 저 홀로 가는 것도 음흉하다.

물론 신관으로 분장한 아드리안에게 나를 잘 살피라는 듯 눈짓하는 것도 잊지 않았다.

교황이 예배당을 떠났다.

쿵.

둔탁한 마찰음과 함께 문이 닫히자마자—

"……."

"……."

—우리는 서로를 힘껏 끌어안았다.

*　　*　　*

나는 아드리안의 목에 얼굴을 묻은 채로 가늘게 떨었다. 어느덧 완연한 사내가 된 그의 품은 너르고도 단단해서 안심이 된다.

"어떻게 왔어. 이렇게 위험한 곳에 왜 왔어."

"……널 혼자 두고 싶지 않아서."

그의 목소리를 듣자마자 겨우겨우 참고 있던 설움이 비죽 치솟았다. 눈시울이 붉어진 난 그의 어깨에 눈가를 비볐다. 그리고 양손으로 아드리안의 얼굴을 잡고서 한참 그를 들여다봤다.

"왜 이렇게 야위었어."

그는 희미하게 웃으며 내 손을 쥐었다.

"난 괜찮아."

"괜찮긴……."

"네가 괜찮으면 난 아무렇지 않아."

"……."

너만 보면 왜 이토록 가슴이 시릴까. 어째서 넌 모든 것을 다 내어 주고도 조금도 아까워하지 않는 걸까.

"어떻게 온 건데, 응?"

"루치아에게 네가 깨어났다는 소식을 들었어. 그녀 외에도 신전에 심어 둔 자들이 꽤 있어서 교황의 측근으로 분장해서 들어온 거야."

"교황이 눈치채면 어쩌려고!"

내가 소리치기 무섭게 아드리안의 몸에 빛무리가 모여들었다. 그리고 놀랍게도 한순간에 모습이 변했다.

짙은 갈색의 머리칼과 녹색 눈동자, 입가에 진 주름, 뺨에 일렬로 줄을 이룬 세 개의 점. 어디를 봐도 아드리안의 모습을 찾을 수 없었다. 거기다 신성력의 파동조차 완벽하게 다른 사람이었다.

"너 어떻게……!"

"아미가 나의 권속이었으니까."

'그렇지 참!'

선각자인 그레모리의 피를 이은 아드리안은 악마의 힘 일부를 사용할 수 있었다. 그 힘으로 아드리안은 아미와 주종관계를 형성했다. 악마는 주종이 되면 서로의 능력 일부를 공유한다.

아미의 이능은 〈둔갑〉. 서열 1, 2위를 다투는 고위 악마조차 분간할 수 없을 정도로 완벽하게 모습을 바꾸는 능력이었다.

'그러니 교황이라고 할지라도 속을 수밖에.'

"하지만 아미 본인이라면 네가 모습을 바꿨다는 걸 알아차릴 거야."

미나는 아미를 에트왈의 한 축으로 삼았다. 미나의 힘은 교황의 것이 되었으니 필시 그도 아미를 불러낼 수 있을 터.

"그가 아미를 불러내기 전에 돌아가."

"너와 함께."

"날 순순히 놔줄 것 같지 않아."

"널 계속 이곳에 두지 않을 거야."

"아드—"

내가 타이르듯 그를 부르려 할 때였다. 어느새 본모습으로 돌아온 아드리안이 또 한 번 나를 끌어안았다.

"그자가 널 안았을 때, 질투로 돌아 버리는 줄 알았어."

나는 움찔했다. 그의 목소리가 너무나 낮았다. 완벽하게 사내 향을 풍기는 미성으로 짓씹듯 말하는 그는 모르는 사람처럼 낯설었다.

그리고 나는…… 수줍어졌다. 나는 흠, 으흠! 억지로 목소리를 가다듬고 말했다.

"나도 돌아 버리는 줄 알았어. 역겨워서."

"……그자에게 가지 말아 줘."

정말이지 나는 이 남자가 너무나 애틋했다.

나는 비 맞은 강아지 같은 아드리안을 보고 픽 웃었다. 그리고 결 좋은 머리칼을 가만히 쓰다듬었다.

"네 곁에 있기로 결심했어."

"……."

"너는 멋지지만, 때때로 아주 연약해 보여서 강한 내가 지켜 주기로 했거든. 아드리안, 나는…… 그러니까 나는 말이야. 저기……."

부끄러움에 웅얼거리자 그가 말했다.

"사랑해."

이렇듯 언제나 아드리안은 내게 자존심 한 자락 남기지 않았다. 진심을 보이는 게 수줍거나 자존심 상한다는 생각 따위는 조금도 못 하는 바보. 매번 겁 많은 나를 대신해 최후의 한 발을 내디뎌 주는 사람.

그리하여 결국 내 입에서 꽁꽁 묻어 숨겨 둔 말조차 꺼내게 만든다.

"사랑해, 아드리안."

우리는 조급하고도 간절하게 서로의 입술을 찾았다. 내일이 없는 사람처럼, 금세라도 죽을 것처럼 지극히 절실하게.

몇 번이고 입술이 맞붙고 그는 나의, 나는 그의 숨을 삼켰다.

"메리아 님, 크리스티앙입니다."

방 밖에서 들리는 교황의 목소리는 그의 숨결에 지워지고, 문을 두드리는 소리는 나의 숨결에 지워졌다.

"메리아 님?"

몇 번이고 서로 입술을 머금은 후에야 우리는 떨어졌다.

나는 예배당의 문을 열고 교황을 맞이했고, 아드리안은 그늘 속에 모습을 숨겼다.

*　　*　　*

그 시각, 황궁.

황좌에 삐딱하게 앉은 안드레가 포도알을 물며 말했다.

"르블레인 듀블레드가 신전에 있어?"

옷 밖으로 드러난 곳마다 시퍼런 멍을 단 황제의 시종장이 고개를 수그렸다.

"그렇다고 전해 들었습니다."

입안을 핥던 안드레가 비죽 입꼬리를 올렸다.

"앞장서라."

"예?"

"감히 나를 능멸한 계집을 그냥 둘 수는 없지 않으냐?"

"하지만 그녀는 교황의 보호 아래 있다고 들었―"

눈을 희번덕 뜬 안드레가 포도가 담긴 은그릇을 시종장을 향해 내던졌다.

퍽―!

둔탁한 소리와 함께 시종장의 머리에서 선혈이 줄줄 흘러내렸다.

"교황이라고 그 계집애가 귀여워 곁에 두었겠느냐? 민심이 두려워 신전 구석에 처박아 둔 것이겠지."

"……."

"짐이 처리해 준다면 오히려 고마워할 것이야."

그 오만불손한 계집 목에 사슬을 채우고 전쟁의 무기로 써먹어 주마. 미치거나, 죽을 때까지.

안드레의 입꼬리가 히죽, 솟아올랐다.

* * *

황제의 집무실을 나온 안드레는 황제의 침실로 향했다. 그는 음독하여 정신을 잃은 황제를 가만히 바라보았다.

"그것 보세요, 부황. 결국 당신의 금관은 내 차지가 되었습니다."

안드레 루에르그는 이 세계에서 가장 고귀한 피를 지닌 존재였다. 사람들은 으레 그를 신의 축복을 받은 아이라 말했다.

부친은 제국의 황제요, 모친은 당시 제국의 제1 가문이라 불리던 마르슈의 직계. 그는 세상에서 가장 고귀한 피를 물려받은 황실의 장남이었다.

어지간한 자들은 감히 제 그림자조차 밟지 못했고, 세상을 호령하는 노회한 귀족들은 어린 그의 앞에 납작 조아렸다.

나는 새도 떨어뜨린다는 외조부 마르슈 공작조차 안드레에겐 한 수 물러주기 일쑤고, 황제조차 마르슈의 후광을 등에 업은 아들을 함부로 대하지 못했다.

태어나자마자 쏟아진 선망의 함성, 동경의 눈빛. 어릴 적엔 단 한 번도 차기 황위를 의심해 본 적이 없었다. 상냥한 세상 속에서 그는 작은 폭군이었다.

아드리안 루에르그를 만나기 전까진.

아드리안과 함께 황가의 자손이 받아야 할 수업을 시작한 이후로 모후의 시름이 늘어갔다.

무예부터 마법, 학문, 그 어떤 것도 아드리안과는 상대가 되지 않았다. 신성을 타고나 어린 나이에도 추기경급에 이르는 마나, 뛰어난 지혜와 완벽한 균형의 육체, 그린 듯 아름다운 외모. 아드리안이 두각을 나타낼수록 안드레의 입지는 좁아졌다.

안드레 곁의 사람들은 '그래 봐야 아드리안은 황제의 관심에서 멀어진 비운의 황자'라며 그를 다독였지만, 자신은 알고 있었다.

부황이 아드리안을 방치했다고? 아니, 그건 차라리 보호였다.

교활한 부황이 모후와 외조부의 손에서 아드리안을 지키기 위해 부러 차남을 멀리 치워 둔 것일 터다. 안드레는 본능적으로 황제의 의중에 누가 있는지 알았다.

침대 시트를 양손으로 그러쥔 안드레가 짓씹듯 중얼거렸다.

"이건 모두 부황의 탓입니다."

"……."

"그 빌어먹을 아드리안에게 쏟는 관심을 한 자락만이라도 내게 내주지 그랬어."

"……."

"그랬다면 내 손으로 당신의 잔에 독을 넣는 일은 없었을 것 아냐."

새파란 안색의 황제를 찢어 죽일 듯 노려본 그는 히죽 웃었다.

"지켜보세요. 당신의 끔찍이 아낀 아들이 내 손에 찢겨 죽는 꼴을."

때마침 시종들이 침실로 들어왔다.

"출궁 준비를 마쳤습니다."

등을 곧게 편 안드레가 문을 나섰다.

아드리안을 찢어 죽이기 전에 감히 제게 망신을 준 듀블레드의 그 계집부터 망가뜨려야겠다.

*　　*　　*

교황청.

나는 싱긋 웃는 교황과 그가 내민 사과를 번갈아 보다가 이를 악물었다.

"내가 먹을 수 있어."

"제 기쁨을 빼앗지 마십시오."

내게 과일을 먹여 주면 너는 기쁘겠지만, 네 뒤에서 신관으로 분장하고 있는 아드리안은 매우 슬플 것 같아서 그래!

눈빛에 점점 독기가 서리는 아드리안을 훔쳐본 난 교황의 손에서 포크를 홱, 빼앗았다. 그리고 교황이 다른 포크를 들기 전에 말을 돌렸다.

"가족들은 어떻게 됐어?"

"듀블레드에 가하던 압박은 중지했습니다. 메리아 님을 위한다면 섣불리 움직이지 말라는 충고도 전해 두었지요."

"가족들에게 편지를 보내고 싶어."

"안 됩니다."

"뭐든 해 주겠다면서. 그런데 편지 한 장 못 보내게 한단 말이야? 네 애정은 고작 그 정도야?"

"당신이 상대를 부추기는 데에 일가견이 있다는 건 잘 알지만, 제겐 통하지 않습니다."

과일이 담긴 쟁반을 시중에게 건네준 교황이 다정하게 미소 지었다.

'도무지 틈이 없네.'

교황은 휘둘리는 법이 없는 남자였다. 그러니 사특한 교단의 우두머리로 일평생 세상을 호령했던 것이겠지만, 저 틈 없는 성격은 지금 내겐 독이나 마찬가지였다.

'깨어난 지 나흘이 지나도록 에트왈은 구경도 못 해 봤어.'

바깥과 연락할 수도 없고, 아드리안과 의논할 시간조차 없었다. 아드리안이 틈날 때마다 교황청 내부를 탐색하는 것 같긴 한데, 표정을 보니 군사가 들어올 경로는커녕 탈출 경로를 찾기도 어려운 모양이었다.

'하긴 탈출 경로를 찾으면 뭘 해. 교황이 하루에 열 번은 왔다 갔다 하는데 어떻게 탈출할 짬이 나겠느냐고.'

팔짱을 낀 나는 의자에 몸을 깊게 기대며 한숨을 내쉬었다.

"무료하십니까? 광대라도 불러 공연하도록 할까요."

"싫어."

"다른 간식을 내오라 하지요."

"싫어."

"함께 산책이라도 가시겠습니까?"

"제일 싫어."

교황이 어깨를 으쓱하던 찰나, 다급한 노크 소리가 들려왔다.

"황궁에서 객이 오셨습니다."

교황의 표정이 일순 싸늘해졌다. 무슨 일인가 하여 내가 빤히 쳐다보자 그는 순식간에 본래의 표정으로 돌아왔다.

"잠시 다녀오겠습니다."

"……그러든지."

교황이 보좌 신관들과 함께 문을 나서자마자 나는 눈을 가늘게 떴다.

저자가 직접 나가서 맞이할 사람이라고?

'안드레나 이본느 황비, 혹은 마르슈다.'

가장 가능성이 큰 것은 안드레일 것이다. 교황도 쉽사리 손대지 못할 자라면 섭정 중인 안드레밖에 없었다.

거기까지 생각이 미치자 머릿속에서 철컥, 소리가 났다.

나는 아드리안의 사람인 루치아에게 눈짓으로 신호한 후, 방 내부를 지키는 승화대 신관들에게 말했다.

"산책하고 싶어요."

"불가합니다."

"말했잖아요. 그런 식으로 거절하면 나중에 '아, 저 미친 자가 혀를 깨물기 전에 산책을 시켜줄 것을.' 하고 후회한다니까."

천하의 르블레인 리세트 듀블레드가 협박거리로 내 목숨밖에 못 쓴다는 게 자존심 상하지만, 신관들에겐 죽는다는 협박보다 잘 먹히는 게 없었다. 승화대 신관들이 우물쭈물했다. 그 틈에 루치아가 거들었다.

"마리아 님은 가서 성하께 성녀님의 청을 전하시고, 누벨 님은 정원에 오가는 사람이 없는지 확인하십시오."

"하지만……."

"성녀님의 고집을 모르십니까?"

"……예, 루치아 님."

두 사람이 나선 후, 방엔 아드리안의 사람인 루치아와 나만이 남았다. 주변을 둘러본 루치아가 말했다.

"어찌하시려고요."

"당연히 탈출해야죠."

"함께하겠습니다."

나는 고개를 끄덕이고, 얼른 환복했다. 그리고 루치아가 뒤집어쓰고 있던 베일을 받아 얼굴을 숨겼다.

문을 열자 바깥이 소란스러웠다. 나와 루치아는 종종걸음으로 복도를 걸었다. 복도를 오가는 신관들은 난데없는 손님맞이로 정신이 없어서 우리를 유심히 살피지 못했다.

루치아가 샛길로 빠지려 할 때, 나는 얼른 그녀의 손목을 잡았다.

"베고니아 정원으로 가요."

"정원 쪽엔 길이 없습니다."

"아뇨, 있어요."

리달란테가 화려하게 부숴 먹어 준 지하도로 향하는 길이!

나는 얼른 루치아를 끌고 베고니아 정원으로 향했다. 막 정원 안으로 들어가려던 찰나였다.

"루치아 님?"

등 뒤에서 중년의 사내가 루치아를 불렀다.

금세 등이 축축해졌다. 나는 입 밖으로 튀어 나갈 것 같은 심장을 애써 진정시키며 고개를 푹 수그렸다. 예복 자락을 꽉 말아쥔 루치아가 천천히 등을 돌렸다.

"무슨 일이십니까, 유만 사제님."

"루치아 님을 찾아가려던 참이었습니다."

"저를요?"

"예. 이본느 황비님께서 찾으십니다."

"황비님께서 오셨습니까?"

"안드레 섭정과 함께 오셨습니다. 난처하지요. 가뜩이나 정신없는 중에 예고 없이 오시다니요……."

"저는 일정이 있어 시간을 내기 어렵습니다. 이본느궁께는 승화대의 다른 자매님을 보내는 게 어떨는지요."

"꼭 루치아 님께 여쭐 말이 있다셨습니다."

루치아가 나를 힐끔 쳐다봤다. 여기서 저 사제와 옥신각신했다간 다른 사람들이 올지도 모른다. 루치아는 어쩔 수 없이 고개를 끄덕이고 신관을 따라나섰다.

그들이 떠난 후, 나는 서둘러 정원으로 들어갔다. 리달란테가 부순 담은 수리 중이었는데, 다행히 사람 하나쯤은 들어갈 수 있을 정도의 개구멍은 남아 있었다.

나는 얼른 몸을 구멍에 욱여넣었다.

'빨리! 제발!'

억지로 몸을 꿰어 넣은 바람에 팔뚝이며 다리가 온통 담 모서리에 베였다. 제대로 긁힌 부분에선 피가 배어 나온다. 하지만 곧 교황이 나를 찾으러 올지도 모른다는 공포로 아픈 줄도 몰랐다.

겨우 구멍을 통과하자 첫 번째 삶에서 수련하던 방이 나왔다. 나는 방의 벽을 더듬었다.

'분명히 이쯤이었는데.'

수련 중에 실수로 등을 부딪친 적이 있었는데, 책장이 갈라지며 계단이 나왔었다. 그 후에 추기경들의 말을 엿들었는데, 이곳이 교황의 비상시 탈출구인 지하도라고 했다.

정신없이 벽을 더듬던 중에 무언가 손끝에 걸렸다.

'여기다!'

그 부분을 힘주어 누르자 콰르륵―! 균열음과 함께 책장이 열렸다. 급히 계단을 내려가려던 순간이었다. 멀리서 시끄러운 발소리가 들렸다. 날카로운 마찰음, 이건 성기사의 워커 소리다.

"찾아라!"

'벌써 들켰구나.'

나는 황급히 계단을 내려갔다. 어두컴컴한 통로를 달리다가 발목을 접질렸다.

"악!"

눈물이 찔끔 나게 아팠지만, 접질린 곳을 확인할 새도 없었다. 워커 소리가 점점 가까워지고 있었다.

"여깁니다! 수상한 계단이 있습니다!"

나는 황급히 내달렸다.

'빨리, 빨리!'

발소리가 더 가까워진다. 머릿속엔 온통 보고 싶은 얼굴들이 떠올랐다. 아빠, 오빠들, 레아, 고모, 의장, 세리아, 에뮬린과 트리…….

'……엄마!'

속으로 간절히 엄마를 불렀을 때, 눈앞에 두 갈래의 길이 나타났다. 다행히 나는 어디가 입구로 이어진 길인지 알고 있었다. 첫 번째 삶에서 호기심에 이곳에 들어왔다가 입구로 간 적이 있었기 때문이다.

왼쪽 길과 오른쪽 길.

'입구는 왼쪽에 있어.'

* * *

안드레는 초조한 기색의 교황을 보고 헛웃음을 내뱉었다.

"나와 함께 있는 것이 퍽 지루한 모양이오?"

"그럴 리가요."

"하면 급한 일이 있소?"

"……."

교황이 복도와 이어진 창을 바라봤다.

"성녀님께서 사라지셨습니다!"

빌어먹을. 빌어먹을!

교황의 손등에 핏줄이 불거졌다.

'이대로 놓칠 줄 아십니까, 성녀님.'

온순한 척 사람을 죄 녹여 두고, 기회를 주는 척 안심시킨 주제에 도주라. 기필코 찾아 아킬레스건을 끊어 둘 것이다. 다음엔 절대로 곁을 떠나지 못하도록.

안드레가 인상을 찌푸리며 몸을 일으켰다.

"바쁜 일이 있다면 가 보시오. 나는 홀로 일을 볼 테니."

"일이라니요."

안드레가 접대실의 문을 열며 말했다.

"여기에 있다지?"

"……누구를 이르십니까."

"그야 당연히―"

그때였다.

"안드레!"

맞은편에서 달려온 르블레인이 안드레를 끌어안았다. 교황의 얼굴이 굳어지고, 안드레가 묘한 표정으로 그녀를 쳐다봤다.

"감히 어딜―"

안드레가 중얼거리던 찰나, 교황이 르블레인의 손목을 홱! 끌어당겼다. 그녀의 팔뚝을 양손으로 그러쥔 교황은 무어라 소리치려다가 입을 꽉 다물었다.

"……."

"방으로 돌아가십시오."

르블레인은 교황을 매섭게 쏘아볼 뿐 답이 없었고, 교황의 기세는 이루 말할 수 없이 흉흉했다. 안드레는 주름진 옷깃을 털어 내곤 가볍게 손을 들었다.

"아아, 그냥 둬. 할 말도 있—"

"돌아가십시오, 성녀님."

명백한 무시였다. 안드레는 굳은 얼굴로 교황을 쳐다봤다.

"내 말이 들리지 않나?"

"전하, 성녀의 거취는 신전의 결정에 따르겠노라 하시던 약조를 잊지 마십시오."

"명이다. 계집을 이 자리에 두고 교황은 부복하여 섭정의 심기를 어지럽힌 죄를 청해."

"성녀님."

"교황—!!"

두 남자가 날카롭게 대립했다.

고개를 푹 수그리고 있던 르블레인, 아니, 아드리안의 눈빛이 짙어졌다.

사실 르블레인은 이곳에 없었다. 이곳에 있는 것은 아미의 이능을 이용하여 르블레인의 모습을 꾸며 낸 아드리안이었다.

르블레인의 탈출 소식을 들은 그는 묘수를 떠올렸다.

교황은 르블레인과 관련된 일이라면 이성을 잃고, 안드레는 열등감으로 똘똘 뭉친 사내였다. 르블레인의 모습을 가장하여 둘을 이간하면 그 아이가 도망칠 시간을 만들 수 있을 터였다.

그리고 예상은 완벽하게 맞아 들었고, 교황과 안드레는 격렬히 맞붙었다.

제 손등을 내려다본 아드리안이 이를 악물었다. 손등에 물감이 번지

듯 상처가 생겼다. 르블레인의 몸엔 이런 상처가 없었다. 이건 아드리안이 심문장 전투에서 마물에게 당한 상처였다.

신성력이 얼마 남지 않았다는 신호였다. 온종일 악마의 이능을 이용해 교황의 보좌 신관으로 분하고 있었으니 당연한 결과이리라.

시간이 얼마 남지 않았다.

'르블레인.'

* * *

지하도를 내달리던 나는 움찔, 뒤를 돌아보았다.

'뭐지?'

방금 묘한 기분이 들었는데. 무심결에 걸음을 멈춘 나는 고개를 갸웃하고 뒤를 살폈다. 그러고 보니 어느 순간부터 성기사들의 기척이 느껴지지 않는다.

'설마 돌아간 거야?'

등 뒤를 바짝 추격하고 있던 자들이 대체 어째서?

미심쩍은 시선으로 내부를 돌아보다가 이내 고개를 돌렸다. 이럴 때가 아니었다. 이번 기회를 놓치면 영영 신전에서 나오지 못할 수도 있다.

얼마쯤 더 달렸을까. 눈앞에 성인 하나쯤은 들어갈 수 있는 출구가 나타났다.

나는 양손을 꽉 맞잡고 기도했다.

'세르가 신이든, 다른 세계의 신이든 좋아요. 네리아드라도 상관없어. 그러니까 이 앞에 아무도 없게 해 줘!'

교황은 신전의 지하도를 알고 있을 것이다. 애초에 역대 교황들과 추기경들 사이에 전해지는 통로니까. 내가 지하도로 탈출했다는 것을 안다면 당연히 이 앞을 지키게 할 터.

그것을 알고도 이 길을 올 수밖에 없었던 것은 내게 도망칠 방법이 이것뿐이기 때문이었다.

나는 눈을 꽉 감고 출구를 빠져나갔다.

그리고 눈앞엔…….

"……아무도 없네."

나는 식은땀이 흠뻑 배어 나온 손을 옷깃에 문지르며 주변을 둘러봤다.

내가 나온 곳은 상점가 인근의 하천이었다. 출구 주변엔 발자국이 빼곡했다. 성인 남자 사이즈의 독특한 형태. 성기사의 워커가 틀림없다.

'대기하다가 돌아간 거야.'

날 쫓아오지 않는 데다가 출구에 기다리고 있다가 돌아갔다고?

'……신전에 무슨 일이 일어났다고밖에 볼 수 없어.'

교황이 천벌을 받아 급사한 게 아니라면 있을 수 없는 일이다.

그렇다면 결국 남은 답은 하나.

"아드리안……."

그 애가 나를 도와준 것이 틀림없다.

'이 바보.'

아드리안은 내게 잘 숨기고 있다고 생각할지도 모르지만, 나는 알고 있다. 그의 신성력은 점점 약해지고 있었다. 종종 소매 밑으로 새파란 핏줄이 불거지던 것을 분명히 보았으니까.

그 상태로 미나를 뛰어넘는 강력한 힘을 손에 넣은 교황과 성기사, 그리고 추기경을 상대할 순 없을 것이다.

'아드리안이 죽을지도 몰라.'

그리고 그 바보 같은 남자는 제가 죽을지도 모른다는 것을 알면서도 날 도왔겠지. 무릎에 힘이 빠진다. 나는 출구 앞에 주저앉아 밭은 숨을 내뱉었다.

그때였다.

바스락. 인기척 소리가 들렸다. 무릎에 얼굴을 묻고 있던 나는 흠칫, 굳어졌다. 주먹을 꽉 쥐고 어떻게든 신성력을 끌어내려던 순간이었다.

"……르블레인?"

고개를 들자 보인 건 트리였다.

"맙소사!"

트리가 비명 같은 고함을 내지르며 내게 달려왔다. 그녀의 등 뒤로 익숙한 면면이 보였다. 거지 패 시절의 동료들이었다. 그러고 보니 내가 세리아에게 명해서 만든 거지 패 동료들의 숙소가 하천 근경이었다. 빠르게 달려온 트리가 경악하여 나를 붙들었다.

내 행색은 엉망이었다. 담을 빠져나올 때 피부가 이리저리 긁히고, 계단에서 접질려 다리가 퉁퉁 부었으며, 지하도의 먼지를 잔뜩 뒤집어썼다.

트리가 얼른 겉옷을 벗어 내 어깨에 걸쳐 주었다.

"어떻게 된 거야? 왜 네가 여기에 있어, 응?"

"너야말로 왜 숙소에 있지 않고 여기에……."

"막스가 하천 근처에 성기사들이 서성인다고 해서 와 봤어. 듀블레드에 신전의 움직임을 알려 주려고."

"우리 집은 어떻게 됐어? 가족들은?"

내가 다급히 캐묻자, 거지 패 동료들 사이에 있던 막스가 말했다.

"일단 가서 얘기하지 그래?"

트리가 고개를 끄덕였다.

"그래, 여긴 위험하니까."

트리는 내게 후드를 깊숙이 씌우곤 주변을 둘러봤다. 행여나 길을 오가다가 남들 눈에 띌까 봐 걱정했는데, 막스가 날 도와줬다. 그는 웬 짐마차에 나를 태우고서 말했다.

"내 삼촌의 마차야."

"건달이라던?"

"귀족 영애님이 하찮은 내 신상 같은 건 왜 캐는 거야?"

신상을 캔 것이 아니라 지난 삶에서 그에게 직접 들은 것이지만, 나는 모른 척 말했다.

"왜 날 도와줘?"

"에블린과 트리가 도우라고 하니까."

"두 사람을 그렇게 괴롭혀 놓곤."

"그래도 밥 나눠 먹은 정은 있거든?"

막스가 칫, 혀를 찼다. 트리는 "자, 자." 하곤 막스를 물리고 다가왔다.

"저택에 가면 이모가 남긴 편지가 있을 거야."

"세실리아 황비님이?"

"응."

"왜 직접 오지 않으시고……."

"이모는…… 폐비가 되어서 옥사에 구금되었어."

얼굴이 흐려진 트리가 입술을 꾹 깨물었다.

'이본느 황비가 세실리아를 가만히 두지 않을 거라고 생각하긴 했지만, 벌써 폐비로 만들었단 말이야?'

나는 입술을 꽉 깨물고서 트리를 쳐다봤다.

"꼭 구해 낼게."

"믿어."

"……."

"르블레인."

트리가 다정히 내 손을 잡았다.

"너는 네가 세상을 구원할 운명의 아이가 아니라고 했지. 그치만 나는 네가 구원자가 맞다고 생각해."

"……뭐?"

"너는 늘 네가 악하고 이기적이라고 하는데, 적어도 내겐 네가 있을 때의 세상이 더 아름다웠어."

트리는 "쑥스럽긴 하지만, 내 맘이 그래." 하며 헤헤 웃었다. 그러곤 마차의 짐칸 문을 닫아 주었다.

마차가 출발했다. 나는 창 너머로 트리와 거지 패 동료들을 바라보았다.

마차는 쉴 새 없이 달렸다. 듀블레드에 이르자, 듀블레드의 기사들이 아닌 흰 예복을 입은 자들이 검문을 나왔다.

'성기사?'

어째서 성기사가 저택을 지키고 있는 것일까.

마부는 막스에게 들은 대로 식량이라는 핑계를 댔다. 마차가 내부로 들어간 뒤에야 듀블레드의 사람들이 나왔다.

"집사님이 밀을 주문하셨다고? 그런 얘기는 들은 적이 없ㅡ"

의아한 목소리로 마차의 짐칸을 열던 달리아와 유니가 날 발견하고 흠칫했다.

"세상에!"

"아, 아가씨……!"

주변이 소란스러워졌다. 하인들이 헐레벌떡 안으로 들어가고, 나는 두 하녀의 손을 잡고 마차에서 내렸다.

어느덧 달빛 한 점 보이지 않는 새카만 밤이었다. 세상을 밝히는 것은 오직 저택의 등불뿐.

나는 그립고 그리운 저택을 바라보다가, 두 하녀의 부축을 받으며 중정으로 들어갔다. 내부로 들어서자 황급히 중정을 향해 달려오는 앙리와 이샤크가 보였다. 그들의 등 뒤로 요한이 계단을 통해 내려왔다.

신전에 있는 내내 생각했었다.

가족들을 더는 걱정시키지 말아야지. 그러니까 울지 않을 거야. 울지 않을 거야. 절대로 울지 않을 거야.

그렇게 결심했는데, 오빠들의 얼굴을 본 순간부터 눈시울이 뜨거워졌다.

너무 야위어서. 내가 사라진 지 3주가량밖에 되지 않았는데도, 세 사람 모두 시체처럼 새하얗게 말라붙어 있어서.

언제나 쾌활하던 이샤크가 너무나 조용했다. 표정 없이 내게 걸어온 이샤크가 천천히 내 뺨을 쓰다듬었다.

"이번엔 꿈이 아니네."

"……."

"꿈이 아냐, 형."

이샤크가 온기를 확인하듯 나를 끌어안자마자 결국 눈물이 터지고 말았다. 나는 엉엉 울며 이샤크의 옷깃을 꽉 잡았다.

드디어 돌아왔다. 돌아올 수 있었다.

꿈에 그리던 집으로.

* * *

나는 새빨간 눈을 문지르며 서재 소파에 앉았다.

앙리가 내게 물잔을 건네며 물었다.
"어떻게 된 거야?"
"아드리안이 나를 탈출시켜 줬어."
이샤크가 칫, 혀를 찼다.
"어디로 사라졌나 했더니 신전에 있었던 거야?"
"아드리안이 사라졌다고?"
"안드레가 섭정으로 결정 난 순간부터 사라졌어. 그 미친 녀석이 눈엣가시 같은 2황자를 가만둘 리 없다는 걸 알았던 거겠지."
"듀블레드에서도 전혀 소식을 듣지 못했어?"
"큰형과는 종종 서신 한 것 같더라고. 네가 깨어났다는 것도 그 녀석이 전했다고 했어."
요한을 쳐다보자 그가 이샤크의 말에 동의하듯 고개를 끄덕였다.
나는 "그렇구나……." 하고 고개를 끄덕이다가 핫, 숨을 들이켰다.
"그런데 아빠는?"
"……."
"……."
"……."
오빠들이 대답 없이 서로 시선을 교환했다. 순간 불안해져서 요한을 붙들고 물었다.
"아빠는!"
"……황궁에 계시다."
"황궁엔 왜요? 설마……."
요한을 대신해서 이샤크가 짓씹듯 말했다.
"안드레 그 개자식이 섭정이 되자마자 한 짓이 아버지의 구금령이었어. 네가 납치된 당일에 구금령이 내려왔고, 우리는 신전과의 전투로 경황이 없던 터라 아버지를 빼앗기고 말았지."

"아빠는 무사해?"

"……돌아가시진 않았어."

"그게 무슨 뜻이야?"

"……."

"이샤크!"

"내내 고신당하셨어. 며칠 전에 무슨 일인지 교황이 직접 고신을 중단하라고 해서 겨우 목숨을 건지셨고."

'가족들을 향한 압박을 중지하겠다는 게 이런 뜻이었어?'

가족들이 아빠를 구출하지 못한 건 나 때문일 것이다. 내가 신전의 손아귀에 있으니 섣불리 움직일 수 없었던 것일 테지.

나는 옷자락을 꽉 비틀었다.

'교황…… 교황!'

앙리가 내 앞에 한쪽 무릎을 굽히고 말했다.

"이제 네가 돌아왔으니 아버지만 구출하면 돼. 영지로 돌아가서 다음 일을 도모하자."

"아니. 물러서지 않을 거야."

"뭐라고?"

"내 별명을 잊었어?"

나는 입매를 비틀며 말을 이었다.

"미친개를 건드리면 어떻게 되는지 똑똑히 보여 줘야지."

이제 나는 앞뒤를 가리지 않을 것이다. 비정함은 비정함으로, 부정은 부정으로 맞설 생각이었다.

악당답게.

"이번엔 내 차례야."

가자, 복수하러.

*　　*　　*

교황청.

추기경과 신관들이 다급히 지하 옥사를 찾았다. 희게 질린 손으로 문을 열자마자, 유리잔이 날아왔다.

챙ㅡ!

날카로운 파열음과 함께 벽에 처박힌 유리잔이 파편이 되어 후드득 떨어졌다. 마른침을 삼킨 추기경 블라시오가 서둘러 교황 앞에 부복했다.

"송구합니다."

"송구합니다!"

다른 신관들까지 뒤이어 고개를 조아렸다.

교황이 천천히 신관들에게 다가왔다.

"무엇이."

가장 먼저 부복한 추기경 블라시오가 고개를 들었다.

"침입자를 가려내지 못한 죄, 달게 받ㅡ"

말이 끝나기도 전에 교황이 신관의 손을 짓밟았다.

"아니지, 아니야."

교황은 허공을 바라보며 신관들 사이를 유유히 걸었다.

"너희의 죄는 메리아 님을 놓친 것이다."

신관이 벌벌 떨리는 손을 꽉 그러쥐었다. 절로 몸에 힘이 들어간다.

교황이 르블레인을 놓쳤다는 것을 알게 된 건 깊은 밤이 되었을 때의 일이었다.

안드레가 환궁한 후 힘을 소진한 아드리안은 본모습으로 되돌아왔다. 그 모습에 추기경과 신관들은 경악한 데 반해, 교황은 즉시 르블레인을 찾아 헤맸다.

그는 비었음이 분명한 르블레인의 방으로 달려가 제 눈으로 그녀가 없다는 것을 확인하고, 문이 열렸었다는 보고가 있던 지하 통로를 샅샅이 뒤졌다.

지하도 출구에서 르블레인의 발자국을 본 교황은 허탈한 표정으로 주저앉았다. 그녀의 발자국이 찍힌 흙을 끌어안다가, 폭소하다가, 악에 받쳐 고함을 내지르는 교황은 그야말로 광인이었다.

교황청으로 돌아와서도 그는 분노를 가라앉히지 못했다. 새벽녘 내내 사슬에 매단 아드리안을 채찍질하고, 그녀를 사수하지 못한 신관들을 후려쳤다.

추기경들조차 감히 그를 말리지 못했다. 신의 힘을 억지로 흡수하여 불안정한 육체가 감정에 동화되어 난폭한 신성력을 쏟아 냈기 때문이었다.

세계에서 가장 견고한 대사문의 결계가 반쯤 훼손될 정도. 성기사쯤 되는 강자라도 다가가는 즉시 온몸의 혈관이 끊어져 죽었을 터였다.

블라시오의 옆에서 부복하고 있던 니콜라시오 추기경이 떠듬떠듬 말했다.

"당장 듀블레드로 성기사들을 보내겠습니다. 아뇨, 제가 직접……!"

"듀블레드에서 그분을 쉬이 내줄 성싶으냐."

"그 형제들을 죄 도륙해서라도 모셔 오겠습니다, 성하."

"제 피붙이가 하나라도 상한다면 목을 맬 분이시다."

"하, 하면……."

"듀블레드에 처들어가서 모셔 올 수 있었다면 이 쥐새끼가 그분 행세를 했다는 것을 안 즉시 내가 그곳으로 갔을 것이야—!!"

벼락같은 고함이 신전의 지하에 울려 퍼졌다. 니콜라시오가 황급히 고개를 땅바닥에 파묻었다. 그의 곁에서 가만히 이야기를 듣고 있던 블라시오가 소리 없이 혀를 찼다.

교황의 광기는 선을 넘은 지 오래였다. 교단의 성지인 대사문을 엉망으로 만들고, 네리아드교의 위상을 추락시킨 당사자인 르블레인 듀블레드에게 성녀의 칭호를 붙였다. 거기다…….

"사, 살려 주십시오. 살려 주십시오, 성하……!"

르블레인을 공격했던 추기경 리달란테는 끔찍한 꼴로 죽었다.

비록 신전이 음지에서 수없이 많은 살생을 했다지만, 양지에선 엄연히 불살생을 원칙으로 했다.

그런데 교황은 추기경 전원과 중앙 신전의 21사제, 그 외 제도에 있는 모든 형제 앞에서 리달란테를 잔인하게 죽였다.

그건 경고였다. 다시는 르블레인, 그러니까 교황의 메리아에게 손댈 생각 말라는 경고.

'제정신이 아니야.'

르블레인이 리세트의 딸이란 것이 밝혀진 후 교황이 점차 변하더니, 미나의 몸에 내재하던 신의 힘을 빼앗은 뒤론 완전히 광인이 되었다. 이대로라면 신전의 내일은 장담할 수 없다.

'이제야 겨우 회생의 기회가 생겼건만.'

하루빨리 교황을 진정시켜야 했다. 그러려면 르블레인 듀블레드를 손에 넣어야 했다. 교황은 적어도 그녀의 곁에선 안정이 되니.

블라시오가 입을 열었다.

"황궁 옥사에 듀블레드 공작이 있지 않습니까."

충혈된 교황의 눈이 희번덕 빛났다.

"아아, 그래. 그가 있었지. 그가 있었어."

제 가족에게 끔찍한 르블레인이라면 듀블레드 공작이라는 미끼에 반응하지 않을 수 없을 것이다.

블라시오가 고개를 들었다.

"해가 밝는 즉시, 황궁에 요청하여 듀블레드 공작의 신변을 인도받겠습니다."

"아니, 지금 당장."

"하지만 성하 ─ "

"듀블레드 공작을 끌고 와라. 어서!"

"……예."

블라시오는 하는 수 없이 고개를 깊숙이 숙였다.

추기경들과 신관들이 옥사를 나섰다. 니콜라시오가 빠른 걸음으로 블라시오의 곁에 따라붙었다.

"정말로 지금 당장 황궁에 찾아가실 겁니까?"

"성하의 명이 그러하지 않습니까."

"안드레 섭정의 심기가 단단히 상했을 텐데요. 오늘도 쫓아내다시피 그를 돌려보내지 않았습니까. 한데 이 새벽에 섭정의 잠을 깨운다면……."

"성하의 진노를 가라앉히는 게 우선이지요. 성하께선 선택받지 않은 몸으로 신의 힘을 유지하고 계십니다. 이대로 진정되지 않는다면 무슨 일이 일어나게 될지 예측할 수 없습니다."

"……."

니콜라시오를 포함한 다른 추기경 둘이 굳은 표정으로 시선을 교환했다.

아홉이던 추기경 중에 남은 자는 이제 단 셋뿐. 중앙 신전에도 듀블레드와의 전투에 피해를 입어 웬만한 강자는 모두 물러났다. 거기다 운명의 아이까지 잃었으니, 이제 믿을 것은 오직 교황뿐이었다.

추기경들의 시름이 깊어갔다.

*　　*　　*

추기경들은 즉시 황궁을 찾았다. 불청객의 등장으로 일어난 안드레는 예상대로 길길이 날뛰었다. 추기경들이 섭정 안드레를 향해 허리를 굽혔다.

"무례를 용서하십시오, 전하. 화급을 다투는 일인 터라—"

"교황의 오만이 하늘을 찌르는구나!"

"송구합니다."

"들어나 보지. 대관절 어떤 화급한 일이기에 이 새벽에 황궁으로 쳐들어온 것인지!"

마른침을 삼킨 블라시오가 천천히 입을 열었다.

"성녀가 탈출했습니다."

"성녀? 르블레인 듀블레드 말이냐?"

"그렇습니다."

안드레는 어처구니없다는 듯 실소를 터뜨렸다.

"겨우 그까짓 일이라는 거지. 고작 그따위 일로—!"

니콜라시오가 다급히 말했다.

"전하, 상황을 제대로 헤아리셔야 합니다. 성녀 하나로 인해 제국과 신전이 분열했습니다. 그녀는 추후 전하까지도 위협할 수 있는……!"

쾅—!

안드레가 신경질적으로 테이블 위에 있던 유리 저그와 잔을 내던졌다.

“내 손에 황제의 금관이 있어. 내가 바로 황제란 말이다. 한데 누가 감히 나를 위협한다는 말이야!”

“…….”

“그래서 뭘 어찌하라는 거야. 그 계집이 나를 위협할 수 있으니 도망이라도 치라는 거야?”

“……성녀를 붙잡을 방도가 필요합니다. 듀블레드 공작을 내어 주십시오.”

“불가.”

“전하!”

“그리 원한다면 교황, 그 괴물이 직접 와서 내 발등에 입맞춤이라도 하라고 전해.”

“어찌 그런 말씀을……!”

추기경들이 당혹스러운 표정으로 안드레를 쳐다봤다.

그때였다.

“무슨 일입니까.”

응접실의 문이 열리며 이본느 황비가 등장했다.

“모후.”

“무슨 일로 이 새벽에 소란이냐.”

“……교황의 오만이 지나칩니다. 이 새벽에 섭정의 잠을 깨우곤 듀블레드 공작을 내어 달라 생떼입니다.”

“뭐라고?”

이본느 황비가 인상을 찌푸리며 추기경들을 바라보았다.

“요청할 일이 있다면 절차를 따라야지 이 무슨 무례입니까.”

이본느 황비까지 가세하자 추기경들은 곤란한 듯 입을 달싹였다. 블라시오가 나섰다.

"성하의 명이십니다."

이본느 황비의 눈빛이 대번에 날카로워졌다.

"이 제국에 감히 섭정에게 명을 내릴 수 있는 자가 존재합니까."

"황비님."

"황제 폐하께서 자리에 누우신 지금, 안드레는 곧 황제라는 것을―"

"저희는 1황자님이 아니라도 괜찮습니다."

"……!"

황비가 말을 잃었고, 안드레 황자의 표정이 삽시간에 난폭해졌다.

"어디서 그따위 말을……!"

"황자께서 잊지 않아야 할 것이 있습니다. 누가 황자를 섭정의 자리에 앉혀 드렸습니까."

"너, 이……!"

"우리의 손에 2황자가 있습니다."

"……뭐?"

"듀블레드 공작의 신변을 인도해 주신다면, 우린 계속 한배를 타고 있을 테지요. 하지만 전하께서 성하의 명에 불복하신다면 동맹을 장담할 수 없습니다."

"이, 이……!!"

홍분으로 새빨갛게 달아오른 안드레가 테이블에 기대 있던 검을 꺼내 들었다.

"안드레!!"

황비가 아들의 팔을 끌어안으며 말했다.

"저 망발을 참으란 말입니까, 모후!"

"지금은 물러나라."

"하지만……!"

"아드리안을 처리하는 것이 우선이다."

"……빌어먹을!"

안드레가 겨우 진정한 뒤, 황비가 거친 숨을 몰아쉬며 추기경들을 쳐다봤다.

"듀블레드 공작을 데려가는 대신 2황자를 넘기세요."

"그는 교황 성하의 뜻에 달린 일입니다."

"우리는 충분히 양보했습니다. 아드리안의 팔 한 짝이라도 내놓으십시오."

"황비님의 뜻은 성하께 잘 전하도록 하겠습니다."

추기경들이 고개를 푹 수그린 채 물러났다. 그들이 응접실을 나선 후, 안드레는 분에 찬 고성을 내질렀다.

황비는 그런 아들을 한참 동안 말린 후에야 문을 나설 수 있었다. 황비궁으로 돌아온 그녀가 의자에 주저앉아 이마를 쥐었다.

이본느궁의 시녀가 말을 붙였다.

"심신이 안정되는 차를 올리겠습니다."

"차는 됐네. 가서 지하 옥사에 명을 전하게. 듀블레드 공작을 추기경들에게 인도하—"

"진정 그리하셔도 되시겠습니까?"

"……뭐?"

"어제 교황청을 찾았을 적에 루치아 사제님으로부터 이런저런 이야기를 들었습니다. 듀블레드 영애를 향한 교황의 집착이 심각하다고 하더군요."

"해서?"

"듀블레드 영애의 약점은 제 아비지요. 즉, 듀블레드 공작이 교황의 약점이나 마찬가지란 말입니다."

"……."

"겨우 쥔 신전의 약점을 이대로 넘겨도 될는지……."

"어쩌자는 말인가?"

"주지 마십시오."

"방법이 있겠나?"

시녀가 이본느 황비의 곁에 바짝 붙어 속삭였다.

"고신을 못 견디고 죽었노라 하십시오."

"……!"

"제가 듀블레드 공작과 닮은 시체 하나를 구하겠습니다. 얼굴을 지져 놓는다면 고신의 흔적인 줄로 알 것입니다."

이본느 황비의 눈이 휘둥그레졌다.

"그런 방법이 있었군."

"시체를 구해 올까요?"

"그래. 듀블레드 공작은 은밀한 곳에 숨겨 두게. 그렇지, 세실리아궁이 좋겠네. 궁주가 없으니 그곳에 숨겨 두면 들키지 않을 게야."

"예."

시녀가 서둘러 움직였다. 그녀가 문고리를 잡았을 때, 황비가 물었다.

"한데 자네가 누구였더라."

"대녀궁에서 옮겨왔습니다. 1황비이신 이본느궁을 그간 몹시 흠모하였기에 옮겨 올 기회만을 노리고 있었지요."

"영리한 자는 싫어하지 않아. 이름이 무엇인가."

황비를 향해 몸을 돌린 시녀가 허리를 깊숙이 숙였다.

"세리아 호프입니다."

"세리아라……."

황비가 빙그레 미소 지었다.

"기억해 두지."

다시 한번 고개를 숙인 시녀가 서둘러 문을 나섰다. 인적이 드문 곳에 이른 후, 그녀는 품 안에서 통신석을 꺼냈다.

"명하신 대로 황비를 꼬드겼습니다."

[잘했어, 세리아.]

"곧 각하를 모셔 가겠습니다, 아가씨."

[그래.]

이로써 르블레인은 복수의 첫발을 떼었다.

* * *

우리 남매는 세리아의 다음 연락을 기다리느라 동이 트고서도 서재를 떠나지 못했다. 시계가 아홉 시를 가리켰을 무렵, 통신석이 울렸다. 나는 낚아채듯 통신을 연결했다.

"어떻게 됐어."

[세실리아궁으로 무사히 옮겼습니다.]

"아빠의 상태는?"

[좋지 않으십니다. 이 상태로 황궁 탈출은 무리입니다.]

앙리가 말했다.

"궁정의 중에 내 사람이 있어. 의료원에서 버나드를 찾아."

[예, 도련님. 오전 중에라도 세실리아궁으로 은밀히 데려오도록 하겠습니다.]

"움직일 수 있을 정도로 회복되면 탈출 신호를 보내라."

[예.]

통신이 끊어졌다.

나는 크게 한숨을 내쉬었다.

아빠가 있는 곳은 내가 아미티에 공작을 납치해서 숨겨 두었던 바로 그곳이다.

무리한 탈출 시도로 몸이 상했던 아미티에 공작을 살려 두기 위해서 지하에 은밀히 의료장비를 들였었다. 의사만 무사히 데려간다면 아빠를 치료할 수 있을 것이다.

나는 오빠들을 쳐다봤다.

"이제 본격적인 전투 준비를 해야 해. 영지는 어떻게 됐어?"

이샤크가 칫, 혀를 차며 말했다.

"영지엔 고모와 의장이 있긴 하지만 황군과 신전, 인근 영주들이 우리 영지를 에워싸고 있어."

"이동진이나 무력 충돌로 영지 병력을 빼돌릴 수 없을까?"

앙리가 고개를 저었다.

"신전의 신관들이며 궁정 마법사, 각 가문에 귀속된 마법사까지 총 200인이 차출되어 만든 결계로 듀블레드를 감싸고 있어. 무리야."

이샤크의 얼굴이 험악하게 구겨졌다. 소파 등받이에 몸을 깊게 기댄 그가 중얼거렸다.

"마법사들만 와해시켜도 해 볼 만하겠는데."

"어?"

내가 눈을 동그랗게 뜨니 이샤크가 어깨를 으쓱했다.

"하루 만에 만든 조악한 결계거든. 기틀을 다지고 정밀하게 짜지 못해서 마법사들이 유지 장치를 대신해 몸에 술식을 새겨 놓고 기둥처럼 서 있단다."

"그럼……."

"그래, 문제는 대군이 그 마법사들을 철벽 보호하고 있다는 거지."

그렇다면 마법사들이 유지 장치를 대신한다면 정말로 이샤크의 말처럼 와해만 시켜도 병력을 빼 올 수 있을 것이다.

순간, 머릿속의 전구에 번쩍 불이 들어왔다. 내가 히죽 웃자 이샤크와 앙리가 묘한 표정으로 나를 쳐다봤다.

"르블레인?"

"뭐야, 그 음험한 표정은?"

요한의 입가로 희미한 미소가 떠올랐다.

"막내가 또 묘수를 떠올린 모양이다."

"정답이에요!"

내가 요한을 콕 가리키며 말하자, 오빠 셋이 나와 똑같이 음험해졌다. 앙리가 내 손등에 이마를 맞추며 말했다.

"자, 그럼 명하시죠. 공주님."

앙리는 저런 느글거리는 말이 기가 막히게 어울리는 유일한 사람일 것이다.

"좋아요. 그럼 공주가 명하죠."

이샤크는 어처구니없는 표정을 지었지만, 나는 '이번 일이 끝나고 독립하면 공주가 될 텐데 뭐.' 하며 뻔뻔하게 고개를 치켜들었다. 그리고 오빠들과 가신들, 그리고 노스를 쳐다봤다.

"제도 내 최정예병으로 부대를 편성하세요. 영지로 갑니다."

"영지 결계보다야 못하지만, 제도 저택에도 신전과 황실에서 결계를 만들었습니다."

"그건 문제가 아니에요."

"예?"

"자, 움직여요!"

가신들은 어리둥절한 표정이었지만, 일단 내 명대로 병사들을 선별했다.

대부분이 이리 출신의 마기사들이었다. 총 20인의 기사들로 돌격부대를 만들고, 나머지 제도군은 요한과 함께 저택을 수비하도록 했다.

우리 남매는 돌격부대와 함께 내저를 나섰다.

심상치 않은 분위기를 느낀 성기사들이 달려왔다.

"수상한 짓은 삼가라 말했— 듀블레드 영애!"

나를 본 성기사의 표정이 경악에 물들었다. 대장인 듯한 사내가 기사들에게 고갯짓하자 성기사들이 내게로 다가왔다.

동시에 이샤크와 요한이 오러를 분출했고, 앙리가 마력을 내뿜었다.

쿠구구구구—!

격렬한 힘이 휘몰아치자 결계가 크게 요동쳤다. 당황한 성기사를 본 나는 씩 웃었다.

"우리가 결계를 못 부술 줄 알았어?"

나와 아빠가 인질이었기에 몸을 사렸을 뿐. 이제 인질은 없다.

쩌적… 쾅—!!

날카로운 파열음과 함께 허공에 결계의 형태가 얼핏 보였다가 사라졌다. 결계가 부서졌다는 신호였다.

나와 앙리, 이샤크는 요한을 쳐다봤다. 요한이 고개를 끄덕이는 것을 본 후, 난 이동진을 찢었다. 눈부신 빛이 우리의 몸을 감쌌다. 그리고 눈을 떴을 땐, 저 멀리 듀블레드령의 경계가 보였다.

함께 이동한 가신이 물었다.

"이제 어찌하실 생각이십니까."

"응? 놀리기."

"……예?"

"놀릴 거라니까. 열 받아서 다들 몰려들 때까지."

가신이 입을 떡 벌렸고, 이샤크 또한 "뭐?!" 하고 목소리를 높였다. 앙리만이 눈을 가늘게 뜨고 있다가 이내 고개를 끄덕였다.

"아하."

역시 앙리. 눈치로는 듀블레드 제일이다.

나는 기사들에게 작전을 설명했다. 순서는 이렇다.

1. 놀린다.
2. 상대가 공격하면 도망친다.
3. 다시 가서 놀린다.
4. 상대가 또 공격하면 도망친다.
5. 또 놀린다.
6. 열 받은 상대가 몰려들면 대기.

나는 씩 웃고서 양팔을 번쩍 들었다.

"그럼 다들 가서 야무지게 놀려 봐!"

기사들은 잠시 당황했지만, 앙리까지 고개를 끄덕이자 어쩔 수 없이 적군 쪽으로 이동했다. 나는 미리 챙겨 온 마도구로 상황을 주시했다.

적군들은 금세 듀블레드 기사들의 접근을 알아차렸다. 듀블레드 기사들이 머뭇머뭇 소리쳤다.

"시, 신전의 개들."

"그, 그래. 개들."

나는 사전에 기사들에게 확성용의 마도구를 쥐여 주었다. 베로니카 특제의 마도구는 성능이 굉장하니, 아마 듀블레드 영지에서도 목소리가 들릴 것이다.

적군이 입매를 비틀었다.

가만 보니 적군의 지휘를 하는 건 브리뵈 백작의 장남인 콘스탄티였다. 브리뵈 백작 본인이 그렇게나 듀블레드를 마음에 들어 하지 않더라니, 판도가 뒤집히자 얼씨구나 하고 신전에 들러붙었나 보다.

"대단한 충정이로구나. 꽁지를 만 주인들을 대신해 죽여 달라 시위라도 할 셈이냐."

콘스탄티의 말에 적군이 껄껄 웃었다. 그러자 이전까지만 해도 멋쩍은 표정이던 듀블레드 기사들의 표정이 단숨에 바뀌었다.

"이리 붙었다, 저리 붙느라 바쁜 철새들이 충정이라는 말을 알다니 놀랍군!"

이번엔 듀블레드 기사들이 와하하 웃었다. 콘스탄티가 헛웃음을 터뜨렸다.

"무지한 백성들이 듀블레드의 사기극에 놀아나는 동안 우리는 냉철하게 상황을 판단하고 있었을 뿐. 천하의 악당이라는 악명을 없애기 위해 신의 딸을 자청한 사이비를 주인으로 둔 주제에 입만 살았구나!"

"응, 철새 주제에 철새가 아닌 척하느라 애쓰는구나!"

"뭐라?!"

"이런, 이런. 네리아드 신의 자식께서 불쾌하셨는가 보군. 그럼 너희 잘난 성하께 가서 이르지 그래?"

"네 이놈!"

"서웅하, 듀블뤠드의 좝놈들이 그암히 저희를 쮀롱했쉽니다요~. 가서 이 눰! 해 주쉐쉽셔~. (성하, 듀블레드의 잡놈들이 감히 저희를 조롱했습니다요. 가서 이놈! 해 주십시오.)"

처음엔 분명 멋쩍어했던 것 같은데, 표정까지 우그러뜨리며 조롱에 열의를 보인다.

'사실 빈정거림의 귀재들이었나 봐!'

나는 엄청나게 감동해서 열렬히 박수를 쳤다.
대단해. 0.5에퓰린이다.
콘스탄티가 부들부들 떨었다.
"네 이놈들, 감히! 감히!"
"올해 날파리는 '감히! 감히!' 우는군. 아앗, 이런. 사람이었잖아. 실례했소. 오물에 너무 잘 달라붙어 있는 터라 착각했소."
듀블레드 기사들이 껄껄 웃었다. 적군들은 열이 받을 대로 받았다.
콘스탄티가 "잡아라!" 소리치자 잽싸게 듀블레드 기사들을 향해 달려왔다. 그들이 달려오자마자 듀블레드 기사들은 이동진을 찢고 뿅, 사라졌다.
콘스탄티는 분에 차 꽥꽥 소리쳤다.
"빌어먹을 놈들!"
그러자.
"우릴 찾으셨소?"
"뭘 그리 흥분하시오. 머리 벗겨지오."
"자네, 말조심하게. 제 부친 머리가 나단 평야 저리 가라 하지 않은가. 공자께서 대머리가 유전될까 얼마나 근심하셨겠는가."
"그래, 탈모더러 탈모라 말하는 것만큼 잔인한 일이 없네."
멀지 않은 곳에 떨어져서 다시 나타난 듀블레드 군사들이 다시 놀렸다. 콘스탄티는 이성을 잃었다.
"마법사! 저들이 이동하지 못하게 결계를 펼쳐라!"
"여력이 없습니다. 진정하십—"
"돌격해! 당장 저 쳐죽일 놈들을 내 앞으로 끌고 와!"
적군들은 지휘관의 말에 하는 수 없이 돌격했지만, 듀블레드 군사들이 다시 사라졌다. 콘스탄티는 열이 받아서 숨이 넘어갈 지경이었다.

듀블레드 기사들은 5분쯤 후에 다시 나타났다. 우리 기사 중 하나가 검을 빼 들자, 다른 아군이 얼른 만류했다.

"검을 집어넣게! 저들이 죄 겁먹어 실금이라도 하면 어찌하나. 어허이, 이 사람! 얼른 집어넣으래도! 다들 혼절하겠네!"

"갑주 찬 놈들이 검 꺼낸 정도로 실금하거나 혼절할 리가."

"아무리 아둔해도 우리와 맞붙으면 초 단위로 팔다리가 끊어질 거라는 것을 모를 리가."

"콘스탄티 경, 같은 탈모인으로서 심심한 위로의 말씀을 드립니다. 탈모라는 지병을 달고 오합지졸들을 통솔하느라 지금껏 얼마나 고생이 많으셨습니까."

0.5에뮬린이 아니다. 1.3에뮬린일지도 모른다!

저들이 어떻게 뒷골목에서 자란 에뮬린이나 나와 같을까 싶었는데, 생각해 보면 그럴 만도 했다.

듀블레드는 신분 고하를 따지지 않고 군사를 선발한다. 뒷골목에서 자란 실력자들이 굶어 죽지 않기 위해 군사를 자청하는 일은 많았다.

'아하.'

내가 히죽히죽 웃는 동안 적군들이 몰려들었다. 이번엔 절대로 듀블레드 기사들을 놓치지 않을 모양이었다.

이곳 북문으로 어마어마한 수의 군사들이 집결했다. 이동진을 쓰지 못하게 하기 위해 마법사들도 다수 포함되어 있다.

'좋아, 이 정도면.'

나는 오빠들과 함께 우리 군사들 앞으로 이동했다.

콘스탄티와 적군들이 경악했다.

"너, 너는……!"

내 등장에 적군들이 겁을 먹자, 콘스탄티가 소리쳤다.

"겁먹지 마라! 성하께서 말씀하셨다. 저 계집은 신의 힘을 잃은 지 오래. 악마를 소환할 수 없다!"

내가 악마를 소환할 수 없다는 것을 알자 적군들의 표정이 변했다. 그들이 일시에 우리를 향해 달려들려고 할 때, 나와 앙리는 이동진을 찢어서 그들을 향해 던졌다.

빛이 사람들을 감쌌다. 그러니까 정확히 말하면 우리가 아닌, 적군들을.

"듀블레드 신제품을 소개할게. 장거리 이동진 개량형이야."

미나를 공터로 옮겼던 그 이동진 말이다.

나는 "안녕~!" 쾌활하게 손 흔들었고, 마지막 순간 적군들은 기함했다. 그리고 사라졌다.

나는 장엄한 듀블레드의 문을 바라보며 말했다. 베로니카의 특제 확성 마도구를 통해 내 목소리가 우렁차게 울려 퍼졌다.

"문 열어. 주인이 왔다."

악마가 없으면 아무것도 못 할 줄 알았어? 처음 나는 혼자 힘으로 모든 위기를 넘어왔다. 내 최고의 무기는 악마가 아닌 나다.

'이제 갈게. 아드리안.'

이번엔 내가 너를 구해 줄 거야.

*　　*　　*

콘스탄티 부대를 이동시켰다고 해서 영지를 둘러싼 모든 경계가 풀린 것은 물론 아니었다.

금세 후발대가 몰려들었다. 콘스탄티가 통신한 모양인지 후발대는 개량형 이동진의 발동 범위에 접근하지 않았다. 대신 궁수나 마법사 등의 원거리형 병사들을 전방에 배치했다.

허공에 마경이 나타났다. 마경 속에서 잔뜩 노한 안드레가 보인다. 그의 뒤로 국무 회의 의결권을 쥔 귀족들이 보인다.

[지금이라도 투항하고 죄를 청한다면 목숨만은 부지할 수 있을 것이다.]

안드레가 이를 갈듯 말했다. 나는 헛웃음을 흘렸다.

"죄가 없는데 어떻게 죄를 청합니까? 집주인이 집으로 돌아가는 것이 어떻게 죄일 수 있지요?"

[섭정의 명은 곧 황명이다. 황명을 받잡아 배치된 군사들을 분란케 하였으니 중죄를 지은 것이 틀림없다.]

"명분 없는 명은 억지입니다. 우리가 무슨 죄를 지었다고 제도에 구속되어 영지에마저 오갈 수 없단 것입니까?"

[국가 권력에 위협이 되는 듀블레드를 통제하기 위해 구속령을 내린 것이다. 듀블레드의 처분은 추후 국무 회의의 논의를 통하여—]

"헛소리!"

내가 일갈하자 안드레의 표정이 험악해졌다.

[감히 황실을 모욕하는 것이냐!]

마경을 통해 울려 퍼진 고성에 공기가 크게 진동했다.

"어떤 기준으로 듀블레드를 위험 요소로 분리하셨습니까? 오직 섭정의 독단입니까?"

[너, 이……!]

"법치를 표방하는 제국에서 오직 섭정의 독단으로 가문의 자유를 억압했다면 폭정."

나는 안드레를 똑바로 쳐다보며 말했다.

"5공작가의 일원인 듀블레드는 가문의 맹세를 받들어 황실의 부정을 바로잡겠습니다."

앙리와 이샤크, 그리고 듀블레드의 기사들이 검을 빼 들고 내 주변을 에워쌌다. 마경 속의 안드레는 고래고래 고함을 내질렀다.

[섭정을 욕되게 한 저 계집을 당장에 구속하여 황실로 압송하라!]

황군들은 즉시 공격 태세에 돌입했다. 나는 속으로 시간을 헤아렸다.

'북문의 마법사들을 이동시킨 지 3분.'

마법사들을 꽤 이동시켰으니 결계가 약화되었을 것이다.

미리 큰 소리를 냈으니 북문 부근 관할지를 가진 가신이 의장에게 연락했을 터. 의장이라면 눈치 빠르게 긴급령을 내려 마도사들을 소집했을 것이다.

영지 내의 관제탑에서 영지 전체의 마도사들과 병사들에게 신호가 가는 시간은 정확히 10분이다. 하지만 마도사들이 모두 소집되어 결계를 부수는 데에도 시간이 걸린다.

'시간을 끌어야 한다.'

오빠들과 듀블레드 병사들을 뒤로 물린 난 손을 쥐었다 폈다 하며 마경을 쏘아보았다.

"콘스탄티 브리뵈가 이상한 말을 지껄이던데요. 내가 신의 축복을 빼앗아서 악마를 소환할 수 없다는 말이에요. 그런데요. ……누가 그래?"

[뭐?]

"신의 축복이란 건 영혼에 새겨지는 거거든."

[뭐, 뭐라?]

"즉, 유지 장치를 빼앗을 순 있어도 소환은 가능하다는 소리예요."

예를 들어 내가 맨 처음 부네를 소환했던 것이나, 미나가 아미를 소환했을 때처럼.

나는 주머니를 뒤져 보석을 꺼냈다. 묘한 색의 투어말린을 본 황군들은 어리둥절해한 반면, 성기사들은 흠칫 물러났다. 악마가 보석이라는 통로로 소환된다는 것을 성기사들은 알고 있기 때문일 터였다.

나는 신성력을 끌어올렸다. 쾅! 불덩이가 떨어지며 빛의 기둥이 생겼다.

성기사대의 지휘관이 소리쳤다.

"르블레인 듀블레드가 악마를 소환한다! 물러나라!"

그래, 물러나.

'뻥이니까!'

내가 신전과의 전쟁을 목전에 앞둔 상태에서 멍청하게 신성력 낭비를 하겠는가?

'악마는 소환하면 소원을 들어주지 않고선 돌아가지 않는단다.'

그건 몰랐지?

부러 신성력을 거칠게 진동시켜 미미한 지진까지 만들어 내자 성기사들은 겁에 질렸다. 마경 속의 안드레와 귀족들도 입술을 빼끔거리며 당황했다.

[그, 그럴 리가……!]

말로는 "말도 안 돼", "불가능해!" 등 부정하지만 저들 눈에도 공포가 엿보였다. 저들은 심문장 사건부터 공터 전쟁까지 모두 관전했다. 악마의 힘이 인간의 상식을 뛰어넘는다는 것을 체험한 자들도 있었다.

나는 마경을 향해 소리쳤다.

"경고하죠. 백성의 목숨을 보전하고 싶다면 소환이 끝나기 전에 물러나세요."

[이……!]

'3분.'

심문장 때와 달리 소환이 늦어지자 몇몇이 미심쩍은 시선으로 나를 쳐다봤다.

'빨리, 빨리……!'

성기사가 외쳤다.

"궁수대 준비!"

'역시 5분이나 끄는 건 무리였나.'

안드레를 좀 더 자극해서 시간을 지체할 것을!

궁수들이 시위를 겨누자마자 앙리와 이샤크가 내 앞을 막아서며 결계를 펼쳤다.

"쏴라!"

성기사가 소리친 동시에,

쾅—!!

쾅, 쾅! 쾅, 쾅, 쾅!

북문에서 무언가를 거세게 두드리는 소리가 들렸다.

"좀 더!"

"힘을 내게!"

성기사들과 황군들이 흠칫, 북문을 돌아봤다. 그리고 얼마 지나지 않아서 콰직, 하는 균열음이 들려왔다.

문이 부서지는 소리였다.

"저기다!"

잠겼던 문을 부수고 나온 자들의 행색은 남루했다. 앞치마를 허리에 찬 필부라든지, 해진 셔츠를 입은 노인, 깡마른 중년의 사내, 상점의 유니폼을 입은 소녀들. 그들 손엔 곡괭이나 호미 따위의 날붙이가 들려 있었다.

쏟아지듯 문을 나온 영지민들이 나와 오빠들, 기사들을 에워쌌다. 앙리와 이샤크는 크게 당황했다. 나도 마찬가지였다.

머리에 두건을 맨 노년의 여성이 "아이고, 아이고." 소리 내며 앙리의 손등을 쓸었다.

"애기들헌티 이게 무슨 일이랴."

허겁지겁 사람들 사이를 파고든 중년의 여성이 내 어깨에 허름한 외투를 걸쳐 주었다. 단단히 어깨를 끌어안은 그녀가 말했다.

"저 짝 숲으로 가믄 자경대서 맹근 통로가 있슈. 여 일은 우리헌티 맡기구 싸게 성으루 가슈."

이샤크를 등 뒤에 숨긴 사내가 동조했다.

"쌔기 가요!"

우리 남매 중 가장 당황한 것은 앙리였다. 그는 드물게 커진 눈으로 사람들을 둘러봤다.

영지민들의 사투리는 제각각이었다. 누구는 동부 방언을, 누구는 북부 방언을, 녹스톤이나 제도 억양의 사람들도 있었다. 동부에서 온 아버지와 남부에서 온 어머니를 둔 사람은 동, 남부의 사투리를 모두 써서 출신지를 가려내기도 어려웠다.

듀블레드가 사람을 가려 받지 않기 때문이었다. 아빠는 누구에게나 문을 열어 주고, 정착할 수 있도록 했다.

귀족들은 그런 우리를 힐난했다. 누군가는 우리를 세금 한 푼이라도 더 받으려 안달을 하는 수전노들이라 여겼다. 또 누군가는 세작을 두려워하지 않는 것으로 힘을 과시하려 한다며, 자만심에 빠진 바보 취급을 하기도 했다.

어릴 때의 오빠들도 그랬다. 특히 앙리는 아빠에게 반발했던 적도 있었다. 나는 눈이 커져서 굳은 앙리를 보고 웃었다.

"때로는 바보 같은 짓을 할 필요도 있나 봐."

앙리의 목울대가 위아래로 흔들렸다.

물론 그렇다고 해서 우리가 다른 귀족보다 좋은 사람은 아니었다. 악독한 방식으로 배를 불려 온 것을 부정하지 않는다. 결과가 좋다고 한들 방법이 틀렸다면 결코 선인이 될 수 없다.

하지만 아빠가, 내가, 또 오빠들은 그것을 알면서도 다른 가치를 우선했다. 그리고 우리는 우선하던 가치에 보답받았다.

'그것 봐, 네리아드.'

네리아드의 기준으로 생각한다면, 이 영지민들은 모두 죄를 지은 사람들로 세상에 설 자격이 없다. 세상이 정해 준 자리를 걷어차고 다른 길을 택한 사람들이니까.

'그러나 이들은 이토록 사랑스럽지.'

희망을 버리지 않은 자들이 언제나 빛났기에 세상은 아름다워지는 것이다.

'그래서 네 신념은 이뤄져선 안 돼.'

마경에서 분노에 찬 고함이 들려왔다.

[황명을 어긴 자들이다. 도륙하여 제국의 질서를 바로 세워라!]

황군과 성기사들이 달려들었다. 영지민들이 검에 맞고, 활촉에 맞아 쓰러졌다.

나는 비명을 내지르며 영지민들을 헤집었다. 앙리와 이샤크 또한 목에 핏대를 세우고 소리쳤다.

"무슨 짓이야! 검을 배운 적도 없는 평범한 백성이라고!"

나나 앙리, 이샤크가 저들을 이동시키기 위해 이동진을 꺼낼 때마다 화살이 날아왔다. 마나를 연결할 만한 시간이 없기에 이동진을 발동할 수조차 없었다.

성기사가 흰머리가 성성한 노인의 머리채를 잡고 목을 그으려는 모습이 아주 느리게 보였다.

"죽이지 마! 제발!"

그때였다.

듀블레드령 상공에서 엄청난 폭발음이 들려왔다. 그리고 들려온 것은 익숙하고도 반가운 목소리였다.

"듀블레드를 수호하라!"

장마르크 누아노크.

듀블레드 원로원의 의장인 그였다. 순식간에 주변이 번쩍번쩍 빛나며 곳곳에서 듀블레드의 문양을 짊어진 병사들이 나타났다. 그런데 저들의 갑옷이나, 투구 형태가 이전과는 달랐다.

"아가씨!"

베로니카가 양손으로 치맛자락을 쥐곤 헐레벌떡 달려왔다.

"베로니카?"

"마음에 드시나요? 아가씨의 유령 군사들에게서 영감을 받았지요!"

그러고 보니 갑주의 형태가 부네의 이능인 네크로맨시로 소환된 유령 군사들과 비슷하다.

베로니카는 검지를 척 들어 올리며 말했다.

"모습만이 아니라고요."

이마에 외뿔이 달린 투구를 쓴 기사에게 화살이 박혔다. 그런데 놀랍게도 화살이 녹듯이 갑주에 스며드는 것이 아닌가!

갑주는 베로니카의 손으로 이동했다. 그녀는 수줍은 표정으로 까르륵 웃었다.

"어떻게 된 거야?"

묻자 그녀는 품에서 양피지 더미를 꺼내 팔랑팔랑 흔들었다.

"대마물용 갑주랍니다. 공터 전투에서 힌트를 얻어서 만들었지요."

"어?"

베로니카가 앙리를 돌아봤다. 앙리는 빙그레 웃었다.

"내 무기는 이거거든."

그가 관자놀이를 툭 치자, 베로니카가 동조했다.

"일전에 아가씨가 이계와의 통로를 없애서 악마나 마물들이 돌아가지 못했잖아요? 시체도 남았죠. 그걸 본 앙리 도련님께서 말씀하셨어요."

"어?"

"마물의 시체와 이동진을 이용해서 갑주를 만들어 보면 어떻겠느냐고."

'잠깐만, 그렇다는 건…….'

신전의 성수와 같은 군대가 생겼다는 거야? 맙소사!

신전의 군사든, 황군의 군사든 상대가 되지 않았다. 당연한 일이었다. 십 년이 넘도록 신전과의 전쟁을 준비했던 듀블레드 군사들도 죽지 않는 성수들에겐 상대가 되지 않았다.

제국의 제1 가문, 군사력으로는 정평이 난 듀블레드가 마물의 힘까지 얻었다. 저들에겐 자연재해나 마찬가지였다. 듀블레드의 검날에 적군은 속절없이 쓰러졌다.

나는 양손으로 입가를 가린 채로 황홀한 표정을 지었다.

멋져, 최고야, 눈부셔! 교황이 악마를 소환하지 않는 한, 신전에게 밀릴 일이 없었다.

이샤크가 얼굴이 발그레해져서 군사들을 바라보는 나를 잡아끌었다.

"성으로 가자."

"조금만. 조금만 더 구경하―"

이샤크가 쯧, 혀를 차곤 나를 어깨에 둘러멨다.

"잠깐만 구경한다니까! 조금만 더! 내 귀여운 노다지들!"

나는 사랑스러운 전쟁 무기, 아니, 군사들을 향해 손을 뻗었지만, 앙리가 생긋 웃으며 친히 손가락을 접어 주었다.

나와 오빠들, 베로니카와 의장은 즉시 성으로 이동했다. 성 밖 전투의 지휘는 공터 전투의 후유증으로 퇴직한 이리의 대장을 대신해 그의 아들인 시온이 맡았다.

성으로 이동하자마자, 고용인들과 영지에 남아 있던 가신들이 우리를 반겼다.

"세상에, 아가씨."

"도련님."

우리는 몰려오는 사람들에게 고개를 끄덕였다. 사람들을 헤치고 고모가 다가왔다.

"출정 준비는 마쳤다."

"벌써요?"

"영지에 갇혀 있다고 해서 아무것도 하지 않았던 건 아니지."

고모와 함께 걸어온 뒤보스 자작이 말했다.

"이동진과 수원, 스피넬을 비롯한 물품들도 준비가 끝났습니다."

좋아.

나는 고개를 끄덕였다. 내가 탈출하고서도 교황이 악마를 소환하지 않은 건, 이유가 있을 터였다.

'억지로 빼앗은 신의 힘이 안정되지 않았기 때문이 아닐까.'

그렇다면 기회를 놓칠 수 없었다. 교황의 힘이 안정되기 전에, 또 신전에 있는 아빠가 가로채기한 가짜라는 것을 들키기 전에 움직여야 했다.

우리 남매는 2층의 테라스로 나섰다. 빼곡하게 운집한 군사들이 우리를 보고 일시에 무릎을 굽혔다. 앙리는 고개를 끄덕이곤 나를 쳐다봤다.

"한 말씀 해 주십시오, 영애님."

"내가 해도 괜찮아?"

이샤크와 앙리가 시선을 교환하곤 씩 웃었다.

"물론."

"그래."

나는 오빠들의 응원에 힘입어 한 발 앞으로 나섰다. 베로니카가 상공에 마력석을 띄우고 있었다. 아마도 제도 저택에도 마경을 통해 내 모습이 전해지고 있을 터였다.

테라스 난간을 잡자 군사들이 고개를 들었다.

"우리는 사명을 짊어지고 싸우는 것이 아니다."

뒤보스 자작과 고모가 흠칫 나를 쳐다봤다. 사기를 북돋긴커녕 어리둥절하게 만드는 말이었다.

"사명을 짊어진 자들은 상대일지도 모른다. 세계를 수호한다는 명분이 적군을 보다 강력하게 만들 것이다."

"……."

"……."

"신념 없는 칼부림은 살인이다. 그래서 우리는 고작 이권을 위해 싸우는 살인자다."

자작은 "아가씨!" 하며 나를 말리려 들었으나, 앙리와 이샤크가 그를 가로막았다.

"다만 우리가 차지한 이권은 너희 부모의 배를 불릴 것이다."

나를 바라보는 시선이 바뀌었다. 나는 빙그레 미소 지었다.

"자식에게 걱정 없는 내일을 선사할 수 있다. 너희는 쌀 한 톨이 아쉬워 고개를 숙이지 않게 될 것이고, 의식주를 위해 자존심을 포기하는 일이 생기지 않을 것이며, 우리를 악하다 손가락질하는 자들의 입을 막을 수 있다.”

“……!”

“……!”

나는 단호한 어조로 말했다.

“나는 너희에게 명예나 희망찬 세계 따위의 허울뿐인 것을 약속하지 않겠다. 다만, 결핍하지 않은 미래를 약속하겠다.”

“…….”

“들어라! 오늘 흘린 피는 결코 가문의 명예를 위한 것이 아니다. 너희 자신을 위해 싸우라.”

“…….”

“듀블레드 전군, 제도로 진격한다!”

와아아아－!

*　　*　　*

제도의 하늘에도 함성이 울려 퍼졌다. 듀블레드군의 사기는 하늘을 찔렀다.

군사들의 사이에서 마경을 바라보던 레아는 가장 앞자리에서 정신없이 마경을 바라보는 요한의 뒷모습을 바라보았다. 그녀의 입가에 희미한 미소가 걸렸다.

깡마른 어깨로 품 넓은 옷이 흘러내리던 작은 아이를 처음 보았을 적이 떠올랐다. 언제 이렇게 자랐을까. 아이란 어쩌면 이다지도 빠르게 성장하는 것일까.

깊은 밤, 천둥에 놀라 이불에 소변을 누고 어쩔 줄을 모르던 시절이 어제와 같건만.

"르부가 시해써요. 달못해써요, 달못했어요……. (르블레인이 쉬했어요. 잘못했어요, 잘못했어요…….)"

아이는 겁에 질려 손바닥을 비볐다. 잔뜩 오그라든 어깨와 벌벌 떨리던 다리를 기억한다.

괜찮다며 팔을 벌리자, 아이는 어쩔 줄을 모르고 허둥거렸다. 누구도 안아 준 적 없던 것처럼. 품에 안아 어르면 그제야 눈물을 터뜨렸다.

작고, 마르고, 안쓰럽던 아이. 너무나 작고 말라서 안는 것마저 겁이 나던 아이는 어느새 광활한 듀블레드를 모두 끌어안을 수 있는, 널따란 품을 가진 아이로 성장했다.

"신기하지요."

레아가 말하자, 요한은 웃었다. 투명한 미소였다. 레이나가 있고, 리세트가 있던 그 시절 그때처럼 순순하고도 맑았다.

미소 지은 레아가 고개를 수그렸고, 요한이 군사들을 돌아봤다.

노스는 감격에 겨워 거의 울고 있었다. 저택의 총집사나 르블레인의 네 하녀처럼 손수건을 물어뜯지 않는 것이 다행일 지경이었다. 어릴 적부터 르블레인을 지켜본 가신들의 입가에도 미소가 걸려 있었다.

르블레인의 첫 번째 삶에서 분열을 앞두었던 가문이라고는 믿을 수 없는 변화였다.

하늘에 빛이 떠올랐다. 이동진을 통해 누군가가 도착하고 있다는 신호였다. 제도군 전원이 발을 굴렀다.

쿵.

쿵.

쿵!
발소리가 출정의 북소리를 대신해 하늘을 울리고, 곳곳에서 듀블레드의 영지군이 나타났다.
단상의 끝에서 허공이 일그러졌다. 마치 문이 열리듯 생겨난 균열에서 나온 건 갑주를 찬 르블레인이었다. 그녀의 뒤로 이샤크가 함께했다. 르블레인은 요한을 바라봤다.
"출발해요."
"그래."
커다란 함성에 땅이 울었다. 르블레인은 양 주먹을 말아 쥐고 군사들을 바라보았다.
최종전의 벨이 울렸다.

그 시각, 신전.
추기경들이 다급히 대사문 안으로 뛰어들었다. 예배당에서 부서진 신상을 바라보는 교황에게로 달려간 그가 소리쳤다.
"듀블레드가 군사를 일으켰습니다!"
교황 크리스티앙은 무감한 표정으로 석상의 얼마 남지 않은 뺨을 쓰다듬었다. 침잠한 눈동자에 비치는 것은 오직 어둠뿐이었다.
"성하!"
"하여."
"예?"
"하여 메리아는 그 안에 있더냐."
블라시오는 고함이라도 내지르고 싶은 기분이었다. 아직도 그따위 문제가 중요하단 말인가. 미간을 우그러뜨린 블라시오는 짓씹듯 대답했다.

"군사를 도모한 장본인이 르블레인 듀블레드입니다. 그녀가 듀블레드 전군을 이끌고 있습니다."

가만히 신상을 매만지던 교황은 단숨에 그것의 목을 움켜쥐었다.

'메리아.'

메리아, 메리아, 메리아.

잡힐 듯 잡히지 않는 당신을 나는 어쩌면 좋을까. 품에 안고 다정히 얼렀으나 마음을 내주지 않고, 진심을 고백하며 애원해도 나비인 양 날아가 버린다.

니콜라시오가 다급히 소리쳤다.

"듀블레드 공작은 시체가 되었고, 우리 손엔 더 이상 인질이 없습니다. 성하, 부디 명을 내려 주십시오!"

신상의 목을 손에서 놓은 교황이 눈을 치켜떴다.

"안간힘을 써도 잡을 수 없다면 날개를 부러뜨려야지. ……그래야지."

"예?"

"남은 성수를 모두 풀어라. 성기사들을 이끌고 직접 출정하겠다."

"성하……!"

추기경들이 고개를 조아렸다.

'그러니 이건 모두 당신의 탓이에요, 메리아.'

당신의 모든 것을 앗아야겠다. 희망마저 시궁창에 처박아 내 품 외엔 어느 곳으로도 갈 수 없도록.

니콜라시오가 말했다.

"듀블레드는 신전으로 향할 것입니다. 방비하겠습니다."

교황이 고개를 끄덕였고, 추기경들이 허리를 깊게 굽혔다.

*　　*　　*

'신전인 줄 알았지?'

우리 군이 눈앞에 둔 건 황궁의 문이었다. 나는 확성용의 마도구를 쥔 채로 소리쳤다.

"제국의 아버지께 반역한 무도한 역당은 엎드려 사죄를 구하라!"

'내가 미쳤다고 신전을 치겠니.'

신전과 한창 전투 중일 때 황군과 귀족가의 군사들이 우리 뒤를 칠 텐데. 이럴 땐 후방에서 우리를 노리는 자들을 흡수부터 해야 한다.

'신전에서 몰려오기 전에 황좌를 장악해야 해.'

얼마 지나지 않아 성문 위로 안드레가 나타났다.

"역당이라니!"

잔뜩 흥분한 그는 길길이 날뛰었다. 마르슈 공작의 아들이자, 안드레의 삼촌인 에슬론이 그를 뜯어말렸지만 듣지 않았다. 성문에서 메테오를 처맞아 봐야 제가 멍청한 줄 알 놈이었다.

'하기야. 멍청해서 두려움이 없기보단, 두려움보다 열등감이 더 크기에 저토록 날뛰는 것이겠지.'

황제의 장남으로 태어나 나라 제일의 명문가 영애 출신의 모후를 둔 안드레는 평생을 아드리안에게 밀렸다. 황제에게 독을 먹인 것 또한 열등감에서 기인한 일이니, 내가 역당이라 힐난하자 자존심이 엄청나게 상했을 것이다.

"역당이라니!"

그것 봐.

"나는 정당한 절차를 거쳐 섭정이 된……!"

"적통 장자의 자리를 가로챘으니 부정이요, 황제 폐하의 의사에 반했으니 역당이다!"

"뭐라!"

안드레가 고함을 내질렀다.

"아드리안의 끄나풀이 된 것이냐?! 그 쳐죽일 놈이 나를 잡아 죽이고 황좌를 내달라 간청이라도 한 것이냐, 그래?!"

"듀블레드를 움직일 수 있는 건, 오직 한 사람뿐. 아드리안 황자와는 관계없다."

"하면 누가 군사를 일으켜 감히 황군을 범하도록 했다는 것이냐!"

그때였다. 등 뒤에서 익숙한 목소리가 들려왔다.

"짐이다."

세실리아의 부축을 받은 황제가 등장했다.

놀란 건 안드레와 이본느 황비만이 아니었다. 요한과 이샤크 또한 어떻게 된 것이냐는 표정으로 나를 쳐다봤다.

나는 어깨를 으쓱했다.

"신전만 악독한 건 아니잖아? 나도 한 악독 한단 말이지. 같은 비열한 사람이라 저들이 노릴 수도 있는 일을 떠올린 거야."

"뭐?"

이샤크가 그게 무슨 뜻이냐는 듯 인상을 찌푸렸다.

그러니까 일은 이렇게 된 것이다.

공터 전쟁 전, 그러니까 마탑으로 가기 전에 나는 고민했다.

'내가 신전이라면 무엇을 노릴까.'

황실과 귀족들이 돌아선 상황을 타개하기 위해 저들이 노릴 수 있는 수가 뭐가 있을까. 고민 끝에 생각했다.

'나라면 황제를 갈아치웠을 것이다.'

황제를 바꿔 등 돌린 세력을 다시 흡수해야만 저들이 판을 뒤집을 수 있었다. 상황상 황실과 상관없는 자를 황제로 세우기는 어렵다. 저들의 목표는 황군과 귀족들을 흡수하는 것이지, 나라의 분열이 아닐 테니까. 그러기 위해선 정통성 있는 황자 중, 하나를 택해 황제로 세워야 했다.

아드리안은 완전한 내 편. 남은 것은 안드레 황자뿐이었다.

황제를 바꾸기 위해선 당연히 현 황제 알렉상드르를 치워야 한다. 십중팔구 암살이나 음독을 시키려 할 터.

거기까지 생각이 미치자, 나는 즉시 대비를 시작했다. 세실리아를 통해 황제에게 보호 마법을 걸어놓은 것이다.

"……그렇게 된 거야."

그간의 일을 설명하자 주변에서 헛웃음을 터뜨렸다. 이샤크는 기가 막힌 듯 양손으로 내 뺨을 쥐고 "이게." 하며 으르릉, 이를 드러냈다.

"그걸 왜 이제껏 알리지 않은 거야!"

"아이지 앙은 게 아이라 몽항 어야……. (알리지 않은 게 아니라 못한 거야…….)"

입이 눌린 바람에 발음이 죄 뭉개졌다. 나는 입술을 삐죽이고 이샤크의 손을 밀어냈다.

"세실리아에게 명한 즉시 마탑으로 가야 해서 말할 기회가 없었단 말이야. 그 후론 계속 신전에 잡혀 있었고. 어제에야 다시 돌아왔잖아. 게다가 나 혼자만 안 것도 아니다, 뭐."

"뭐?"

"아빠는 알고 계셨어."

세실리아에게 보호 마법의 매개가 될 '그레모리의 통로였던 보석'을 건넨 것이 아빠였으니까.

"그런데 왜 순순히 안드레에게 잡혀가 고신을 당하신 거지?"

나를 대신해 요한이 대답했다.

"그럴 수밖에 없었으니까."

나는 검 손잡이를 꽉 말아쥐었다.

그래, 아빠는…… 아빠라면 순순히 잡혀갈 수밖에 없었을 것이다. 신전의 손안에 내가 있으니까. 행여나 계획이 실패했다는 것을 알고 궁지에 몰린 저들이 날 해칠까 봐.

'아빠…….'

눈을 지그시 감은 난 그를 떠올렸다.

처음 듀블레드성에 있는 그의 집무실에서 만났을 적의 무심한 표정, 발을 씻겨 줄 적의 서투르던 손길, "르브." 부르는 목소리, 그 어떤 때에도 평생 나를 지지해 줄 영원한 나의 편.

'모시러 갈게요.'

곧.

*　*　*

딱딱하게 굳어져 정신없이 황제를 쳐다보던 이본느 황비가 곁을 힐끗 쳐다봤다. 새파랗게 질린 안드레가 입을 뻐끔거리고 있었다.

"부, 부황께서 어, 어떻게……."

"네가 죽이려던 아비가 무사히 살아난 것이 놀라우냐."

묻자 안드레가 흠칫, 어깨를 움츠렸다. 이본느 황비가 아들의 앞으로 뛰쳐나와 소리쳤다.

"어찌 그토록 잔인한 말씀을 하십니까. 이 아이, 병상에 누운 폐하를 하루에도 수없이 찾아가며 보필했습니다."

"……."

"세실리아궁입니까? 그녀가 폐하를 현혹한 것입니까?"

"……."

"오해십니다. 오해예요."

"……."

이본느 황비는 황제의 곁에 선 세실리아를 사납게 노려봤다.

"세실리아궁이 참으로 무도합니다. 아무리 권좌가 절실히 탐날지라도 부모 자식 간을 이간하려 하다니요."

"자네를 만난 것이 벌써 20년이 넘었군."

"예?"

"그때의 자네는 눈부시게 총명하였는데 말이야. ……어찌 이리되었나."

황제의 말에 이본느 황비의 눈가가 파르르 떨렸다.

"폐하."

"피차 사랑 없는 결혼을 해야 한다면 세상 가장 고귀한 자리를 노리겠노라 하였지."

"……."

"자네는 마르슈의 딸을 황비로 주겠지만, 짐은 몸뚱이나 내준 것이니 밑지는 거래는 자네가 한 것이라 하였어. 그러니 짐은 성총이나 내린 듯 오만해선 안 될 것이라고."

"……."

"어찌 이리된 것인가."

이본느 황비가 입술을 꽉 사리물었다. 안드레는 황비와 황제의 눈치를 보고 있었다.

황제는 모든 것을 알고 있었다. 자신이 범인이 아니라 주장해도 믿어주지 않을 것이다. 아니, 음독은 어떻게 빠져나간다 해도 지금껏 국쇄를 휘둘러 벌인 온갖 만행이 남아 있었다.

식은땀을 뻘뻘 흘리던 안드레가 소리쳤다.

"모, 모후입니다! 모후가 시켰습니다, 폐하."

"……."

"……."

황제와 이본느 황비가 동시에 안드레를 쳐다봤다. 안드레는 황제 앞에 납작 엎드려 그의 다리를 끌어안았다.

"황실의 피를 이은 제가 어찌 부황을 죽이려 하겠습니까? 저는 모르는 일입니다. 제가 한 일이라곤 섭정이 되어 어머니의 명을 따른 것뿐이에요. 예, 그렇습니다. 폐하!"

"……."

"아들 된 도리로 어머니가 시키는 일만 한 것뿐이라고요. 벌하시려거든 어머니를…… 폐하!"

안드레를 지그시 바라보던 황제가 이본느 황비에게 시선을 돌렸다.

"고작 이것이 자네가 변화한 이유인가."

"……."

"고작 이런 것 때문에 눈부시던 자긍심마저 버렸는가."

이본느 황비는 표정 없이 안드레를 쳐다봤다.

잔뜩 겁에 질려 어찌할 바를 모르는 아들. 그의 얼굴 위로 처음 품에 안았던 갓난쟁이가 떠올랐다. 가슴이 벅차 어쩔 줄을 모르던 그때가.

세실리아에게 죄를 뒤집어씌우더라도 어떻게든 이 절벽에서 빠져나가려 했지만, 사실은 본인이 가장 선명하게 느끼고 있었다. 오늘이 제가 퇴장해야 하는 순간임을.

이본느 황비가 천천히 무릎을 꿇었다. 바닥에 이마를 맞댄 그녀가 힘없이 중얼거렸다.

"예, 폐하."

"……."

"제가 모든 것을 사주했습니다."

지그시 눈 감은 황제가 고저 없이 말했다.

"이본느궁을 지하 옥사로 데려가라."

안드레의 표정이 환해졌다. 제 목숨은 보전할 수 있으리라 생각했다. 다시 눈 뜬 황제가 철없이 부르르 떠는 안드레를 지그시 쳐다봤다.

"기쁘냐."

"그, 그럴 리가요."

"그래, 그래선 안 되지. 너는 죽어서도 이 순간을 후회하게 될 테니."

"……예?"

"평생의 네 편을 스스로 놓은 대가가 얼마나 냉혹한지, 너는 아직 모를 것이다."

황제가 소리쳤다.

"안드레 루에르그를 폐위하고, 짐의 명에 반한 역당들을 모두 잡아들여라! 네리아드교를 사교로 분리하고, 짐은 이교도의 토벌을 명하노라!"

와―!!

성 밑에서부터 함성이 터져 나왔다. 성 위에 있던 안드레 파벌의 귀족들이 모두 황군에 의해 구속되어 지하 옥사로 끌려갔다.

* * *

황궁의 문이 열렸다.

황궁으로 들어간 우리 남매가 가장 먼저 향한 곳은 세실리아궁이었다. 정확히 말하면 세실리아궁의 지하. 그러니까 아빠가 계신 그곳이었다. 마음이 너무 급했다. 황궁 결계를 죄 찢어 버리고 이동진을 쓰고 싶을 정도였다.

궁 앞에선 세실리아가 기다리고 있었다.

"영애!"

"황비님."

세실리아가 내 뺨을 쓰다듬으며 밭은 숨을 내쉬었다.

"고생하셨습니다. 정말이지 고생 많았어요, 영애."

"저보단 세실리아가 고생한 것 같은데요. 괜찮으세요?"

세실리아의 꼴은 엉망이었다. 옥사에서 한 고생이 마음고생뿐만은 아닌지, 살갗 곳곳에 생채기가 생겨 있었다.

"고작 이런 것으로 영애와 공작 부인께 은혜를 갚을 수 있다면 싼 대가지요."

"세실리아……."

"자, 이리로 오십시오."

우리는 세실리아를 따라 지하로 향했다. 지하로 가는 계단에는 벌써 지독한 약 냄새가 올라왔다. 나는 허겁지겁 계단을 내려갔다. 마음이 급해서 몇 번이나 넘어질 뻔한 것을 이샤크와 요한이 잡아 주었다.

지하에선 앙리의 사람이라는 궁정의가 누군가에게 붕대를 매어 주고 있었다. 궁정의의 어깨너머로 보이는 사람을 보고 나는 입술을 꽉 깨물었다.

"……."

"……르브."

"……."

"르블레인."

당장에 달려가서 끌어안고 싶었는데, 다리가 딱 얼어붙어서 움직이지 못했다.

아빠는 너무나 야위어 있었다. 붕대를 매기 위해 탈의한 상반신엔 끔찍한 고신의 흔적이 가득했다. 조금만 더 어두웠더라면 아빠인가 싶었을 정도로 그는 정말이지 잔뜩 상한 모습이었다.

요한이 내 어깨를 가볍게 잡았다.

나는 걸음마를 막 배운 새끼처럼 바르르 떨며 아빠에게 다가갔다. 조금씩 가까워질수록 피와 고름, 그리고 지독한 약 향이 섞인 끔찍한 향이 짙어졌다.

"오지 마라. 냄새가 역해."

"……싫어요."

"르브."

"싫어요!"

나는 얼른 달려가 아빠의 품에 안겼다. 살이 잔뜩 빠져 불거진 뼈마디가 날카로웠다.

"아빠는 바보예요. 바보!"

"……그래."

"나는 잘 먹고 잘 잤는데, 건강하게 있었는데, 왜 나를 걱정해서 아빠를 지키지 못했어요!"

아빠는 희미하게 웃으며 내 머리를 쓰다듬었다.

나는 내가 행운아라고 생각했다. 이만큼 나를 사랑하는 가족들이 잔뜩 있으니, 나보다 행복한 사람은 없을 거라고 생각했다.

그러나 오늘 깨달았다.

행복해하는 날 지키기 위해 가족들이 얼마나 불안했을까. 행복의 그림자가 불안이라는 것을 나는 아빠가 이렇게 다치고 나서야 알았다.

그래서 나는 나를 지켜야 한다는 것을 깨달았다. 사랑하는 사람이 다칠 때의 고통은 내가 다치는 것과는 비교도 안 될 만큼 끔찍했다.

"걱정시켜서 죄송해요……."

나는 아빠를 꽉 끌어안았고, 아빠는 그런 내 뒷머리를 다정하게 쓰다듬었다.

"돌아왔으면 됐어."

"……."

"그랬으면 된 거야, 르브."

우리는 한참 서로를 끌어안고 있었다. 뒤에서 이샤크의 짓궂은 목소리가 들렸다.

"혹시 오늘을 여기서 전부 보낼 셈이야?"

요한이 픽 웃곤 세실리아가 들고 있던 재킷을 건네받았다. 아빠의 어깨에 재킷을 걸쳐 준 그가 말했다.

"가시죠."

내 부축을 받아 천천히 몸을 일으킨 아빠는 우리 남매를 따라온 듀블레드의 지휘관들에게 말했다.

"감히 듀블레드를 범한 겁 없는 쥐새끼들의 수급을 가져와라."

—하고.

* * *

사람들에겐 각자 할 일이 주어졌다.

나와 듀블레드군, 황군, 그리모아르 공작가, 슈헤일 후작가와 로카르대공가 등의 귀족 가문들은 군사를 꾸려 신전으로 향하기로 했다.

황제의 역할은 중앙 수비였다. 더불어 안드레에게 합세했던 세력의 사병을 해체시켰다. 이로써 신전은 지원군을 기대할 수 없게 된 것이다.

나와 아빠는 출발하기 전, 잠시 황제와 대화를 나눴다.

아빠가 말했다.

"폐하, 그 용태로 중앙 지휘가 가능하시겠습니까."

세실리아의 보호 마법은 완전히 독의 타격을 받지 않게 하는 종류의 것이 아니었다. 그런 고도의 신성 마법은 21석의 신관이나 추기경쯤 되는 인물들만이 쓸 수 있는 마법이었다.

그래서 나는 세실리아에게 새로운 보호 마법을 제시했었다. 육체의 세포를 초고속으로 활성화하여 독을 몰아내는 방식이었다. 보호라기보단 치유에 가까운 마법인 것이다. 그랬기에 치유라는 이능을 가진 그레모리의 통로를 이용했다.

황제는 마법의 과부하로 인해 의식을 잃었던 것이다. 물론 언제든지 깨울 수는 있었지만. 좌우지간에 독을 몰아내느라 상태가 좋지 않은 것은 사실이었다.

"짐보다는 공의 상태가 심각해 보이는데. 교황을 치기도 전에 저세상으로 떠나는 것이 아닌가 모르겠군."

"이런 상황에서도 입은 살았군요, 폐하."

"무례하긴. 자식에게 음독당했다고 무시하나?"

"맥락에 맞는 말이 아닌 것 같습니다만."

"열등감 때문에 그렇네. 빌어먹을, 짐은 자식 농사를 죄 말아먹어서 풍작인 자네가 하는 말은 죄 잘난 체로 들려."

이런 상황에서도 황제는 유쾌했다. 아빠가 픽 실소를 흘렸다. 마주 웃은 황제가 낮은 목소리로 말했다.

"공의 무례를 벌해야겠으니 무슨 일이 있더라도 살아 돌아오게."

아빠가 가볍게 고개를 수그렸고, 황제는 테이블에 양피지 한 장을 꺼냈다.

"다음번에 황궁에 들 적엔 새로운 나라의 국호를 정해 오게."

"……!"

나는 눈이 동그래져서 황제를 쳐다봤다. 황제는 어쩔 수 없다는 듯이 웃었다. 그러니까 그 말은 듀블레드의 독립을 인허하겠노라는 뜻이었다.

나와 아빠가 황제 앞에 무릎을 굽혔다. 인생에 있어 마지막이 될 부복이었다. 아빠가 황제를 바라보며 말했다.

"현명하신 결단, 잊지 않겠습니다."

황제가 고개를 끄덕이곤 말했다.

"제국의 검이자 방패였던 듀블레드에게 내리는 짐의 마지막 명이다. 이교도들을 이 땅에서 몰아내어라."

나와 아빠가 동시에 대답했다.

"명 받잡겠습니다."

"명 받잡겠습니다."

그렇게 우리는 최후의 전장으로 향했다.

*　　　*　　　*

신지(중앙 신전과 교황청이 있는 땅)는 수성에 만전을 기하는 것으로 보였다. 상공엔 비행형 성수가, 주변으론 피부가 반쯤 녹은 성수가 되다 만 인간들이 결계라도 되는 양 포진해 있었다.

그러나 그랬기에 도리어 준비가 부족하다는 것이 티가 난다. 되다 만 자들은 실패한 실험체였다. 공격력에서도 방어력에서도 성수보다 못했다.

요한과 이샤크가 각각 군사들에게 작전을 전달했다.

"마갑(魔甲:베로니카가 마물을 이용해 만든 갑옷)을 찬 자들이 성수와 실패한 실험체들을 맡는다. 일반 병사들은 저들과 마주치는 즉시 도망쳐라. 알량한 명예를 지키고자 목숨을 허비하는 자는 없어야 할 것이다."

"일반 병사들은 성기사들을 상대한다. 마갑병이 성수와 실패한 실험체들의 수비를 뚫는 즉시, 우리 부대는 중앙 신전으로 향한다."

군사들은 크게 다섯 갈래로 나뉘었다.

아빠가 지휘하는 중앙군.

요한이 지휘하는 마갑 군단.

이샤크가 지휘하는 일반 병사들.

추기경 출신이자 에퓰린의 아버지인 스테파노가 지휘하는 의무병들.

그리모아르 공작이 지휘하는 지원병들.

요한의 부대가 성수와 성수가 되다 만 실험체들을 뚫으면 중앙 신전은 이샤크의 부대가, 교황청은 본진에서 맡는다.

나는 아빠의 중앙군에서 단 열일곱 명이 포함된 소규모 부대의 지휘를 맡는다. 규모는 작지만 일당백인 부대였다.

'왜냐면 하나같이 엄청난 사람들이라서!'

4인의 기사였던 자카리와 수리르, 이리의 총대장인 레아, 연쇄살인범 출신 달리아, 수석 궁정마법사였던 가짜 트리곤 웨일, 그리고 몸을 회복한 진짜 트리곤과 그들의 아버지이자 역대 최강의 궁정 마법사로 불리는 아라곤, 백마대 대장이던 고모.

이들이 포함된 부대이니, 어떤 대군과 마주쳐도 쉬이 패배하지 않을 것이다.

"가장 먼저 해야 할 일은 에트왈의 탈취야. 교황이 악마를 소환하기 전에 나의 에트왈을 찾아야 해."

내 말에 우리 부대의 모두가 눈을 빛냈다.

때마침 아빠의 통신석이 울었다. 발신자는 영지에 있던 앙리였다.

[듀블레드령 내의 신전은 모두 정리했습니다. 신관들은 금제하여 옥사에 가둬 놓았고, 이후 인근 영지에 마갑병들을 지원할 예정입니다.]

각 가문의 영지에서도 내부의 신전을 정리했다는 연락이 쏟아졌다. 아빠는 고개를 끄덕이고, 검을 들었다.

"사교도를 섬멸하라!"

둥— 둥— 둥— 둥—!

부우우우—!!!

전쟁의 시작을 알리는 북소리와 용의 뿔로 만든 나팔이 울었다.

요한의 마갑병들이 빠르게 성수를 쳤다. 심문장 전투나 공터 전투에서와는 비교도 안 되는 속도로 성수와 실험체들이 쓰러져 갔다.

'마갑 최고야! 멋져! 눈부셔!'

같은 조건을 가졌다면, 제국 제일의 무위를 가진 듀블레드군이 일반병으로 만들어진 실험체들에게 질 리가 없는 것이다!

나는 황홀한 눈빛으로 성수와 실험체를 종잇장처럼 베는 마갑병들을 쳐다봤다.

추기경이 결사 항전했지만, 마갑을 두른 요한이 직접 나서자 십 분도 안 되어 쓰러졌다.

"내부로 들어간다!"

아빠의 중앙군과 이샤크의 일반병들이 쏟아지듯 신지 안으로 들어갔다. 중앙군은 교황청으로, 이샤크는 중앙 신전으로 향했다.

"신에게 반역한 찢어 죽일 놈들!"

추기경 니콜라시오가 아빠를 향해 검을 겨누었다.

"신이 아닌 욕망을 따르는 삿된 무리가 감히 신의 뜻을 참칭하는구나."

아빠의 말에 니콜라시오의 얼굴이 왈칵 구겨졌다.

"이, 이……! 공격해라!"

니콜라시오의 군사들이 중앙군을 향해 돌격했다. 그들 사이엔 다수의 성수가 포함되어 있어서 격전이 예상되었다. 중앙군에도 마갑을 찬 자들이 있긴 하지만, 네리아드교의 중심인 교황청을 지키는 성수들은 문을 지키는 것들보다도 강력했다.

휘익－!

성인 남자 몸통만 한 독수리가 날아올랐다. 말이 독수리지 괴물이나 다름없는 꼴이었다. 사람 얼굴에 흉측한 부리가 달려 있었다. 끔찍한 꼴에 가짜 트리곤인 웨일이 "우웃……." 하며 입을 틀어막았다.

다른 성수들도 소름 끼치는 꼴이었다. 공격도 전에 압도될 만큼 징그럽고 무섭게 생겼다.

"수."

등 뒤에서 익숙한 목소리가 들려왔다. 한쪽 팔로 수리르의 어깨를 감싼 자카리가 씩 웃으며 니콜라시오의 성수들을 쳐다봤다.

"가짜 따위가 진짜 야수의 앞을 가로막게 둘 거냐."

"크륵……."

수리르의 잇새로 낮은 목울음이 흘러나왔다. 입술 사이로 날카로운 송곳니가 생기는가 싶더니 수리르의 눈에서 새파란 안광이 흘러나왔다.

"잘 봐, 저놈이야."

"크르륵."

"저놈을 죽이면 오늘은 특식이다. 출발!"

자카리가 소리치기 무섭게 거대한 늑대로 변한 수리르가 포효하며 성수들에게 달려들었다.

"세 시."

자카리의 말이 떨어지기 무섭게 수리르는 세 시 방향으로 고개를 틀어 쩍 주둥이를 벌렸다. 달려들던 성기사가 수리르의 이빨에 갈기갈기 찢어졌다.

'크으!'

나는 할 수만 있다면 손뼉이라도 치고 싶은 기분이었다.

전략에 뛰어나고 시야에 밝은 두뇌형 자카리, 그리고 공격력으로는 4인의 기사 중 최강인 수리르의 조합은 정말이지 근사했다.

철수가 있었더라면 [완벽한 단짠단짠입니다!] 하고 호들갑을 떨었을 것이다. 그렇다고 해서 자카리의 공격이 약한 건 아니었다. 뒤에서 몰려온 기사들은 투 핸드급의 창을 가볍게 휘둘러 주저앉혔다.

아빠와 중앙군도 합세.

니콜라시오의 군대는 추풍낙엽처럼 우수수 쓰러졌다.

"가라, 르브."

아빠가 말했다.

'아빠의 상태가 안 좋은데 나와 내 부대가 빠져도 될까?'

조금이라도 더 지원해야…….

"가!"

아빠의 단호한 말에 나는 주먹을 꽉 말아 쥐었다. 내 부대를 향해 고갯짓했다.

"대사문으로 가자."

에트왈과 아드리안은 그곳에 있을 것이다.

중앙군의 군사들이 교황청의 성기사들과 맞붙는 틈에 나의 부대는 대사문을 넘었다. 예배당까지 고작 스무 걸음을 앞두고 신전의 다른 군사들에게 가로막혔다. 추기경이 둘이나 포함되어 있었는데, 한 사람은 블라시오였다.

'여기서 전투를 치르면 우리 부대는 찢어져야 해.'

에트왈을 찾을 시간을 지체할 수 없다. 그래서 아빠를 두고 온 것이 아닌가. 그러니 내 부대가 싸우는 동안 나는 예배당으로 가야 할 것이다. 저 안에도 성수들이 있다면 악마가 없는 나는 쉽게 버티지 못할 터.

'어떻게 하지…….'

검을 거머쥔 레아가 두 명의 추기경을 쏘아보며 말했다.

"죽입니까?"

"명을."

고모 또한 레아의 곁으로 붙으며 명을 종용했다.

"비켜 줘요, 블라시오."

그렇게 말하자 블라시오가 아닌 다른 추기경, 테네런이 날 비웃었다.

"헛소리. 당신 명이라고 우리가 순순히 비켜 줄 것 같소?"

"블라시오."

나는 테네런을 무시하고 블라시오를 쳐다봤다.

"우리는 비록 필요에 의한 관계였지만, 나는 당신에게 신뢰가 있어요."

"전쟁에 감정을 끌어들이시는 분이셨습니까?"

"그럴 리가요."

나는 빙그레 웃고 손을 내밀었다.

"당신이 현명한 사람일 거라는 신뢰 말이에요. 당신이 현명한 사람이기에 나는 손을 내밀 수 있어요."

"……."

"나나 당신이나 결국 스스로의 욕망을 위해 싸우는 거잖아요. 우리의 욕망은 섞일 수 있어요. 우리는 평행선을 걸을 수 있다고요."

"……."

블라시오가 침묵하자 테네런이 버럭 소리를 내질렀다.
"계집은 구속하고, 다른 자들은 전부 죽여라! 살갗을 찢고 뼈를 저며라! 감히 신의 땅을 침범한 대가를…… 컥!"
나는 깜짝 놀라 테네런을 쳐다봤다. 아니, 정확하게는 테네런의 어깨를 뚫은 블라시오의 검을.
테네런이 믿을 수 없는 표정으로 블라시오를 쳐다봤다.
"어, 어째서……."
"나는 침몰할 배엔 남아 있지 않소."
"이 천벌을 받을……!! 개자식!"
"피차일반이지."
블라시오가 예배당 문을 향해 몸을 틀었다.
"가십시오. 예배당에 아드리안 황자와 교황이 있습니다."

*　　*　　*

나는 예배당 문을 열어젖혔다.
교황이 미친 자인 줄은 알았지만, 이렇게까지 돌은 자인 줄은 몰랐다. 그는 이런 상황에서 파이프 오르간을 듣고 있었다. 허공에 뜬 파이프 오르간은 마법으로 움직였다. 연주자가 없이도 스스로 움직여 웅장한 선율을 노래했다.
파이프 중앙에 누군가 묶여 있었다. 피에 젖은 머리칼. 아름다운 금발이었음이 분명한…….
'아드리안.'
온몸에 흉한 상처가 가득했다.
나는 오르간을 바라보고 있는 교황을 죽일 듯이 노려봤다.

"아드리안을 풀어 주고 내 에트왈을 내놔."

"난처합니다. 어느 하나 들어드릴 수 없는 부탁만 하시니."

오르간을 바라보느라 등 돌리고 있던 교황이 아무렇지 않은 목소리로 말했다.

"다른 부탁은 들어줄 것처럼 말하네."

"메리아 님께서 원하신다면 무슨 수를 써서라도 이뤄 드려야지요. 나의 신께 그리 맹세했습니다."

"아, 그래? 그럼 죽어. 기왕이면 비참하게 죽어 줘. 만백성이 다 보는 앞에서 불타 죽는 것도 좋겠어."

"고약하십니다. 어쩌면 그리 이룰 수 없는 것만을 원하시는지요."

교황의 말이 끝난 순간 음악이 끊겼다.

그가 천천히 나를 향해 몸을 돌렸다. 나와 함께 예배당에 쳐들어온 사람들이 코와 입을 틀어막았다. 썩은 내가 지독했다. 교황의 꼴은 아주 멀쩡한데, 그에게서 생살이 썩는 것 같은 냄새가 났다. 대체 뭔가 싶어서 눈을 가느다랗게 뜨고 그를 쳐다봤다.

'대체 어디서…….'

소매 밑으로 드러난 피부에 기묘한 것이 박혀 있었다. 화살촉처럼 피부 안에 파고든 것이 묘하게 일렁였다.

구우우―.

그것과 마주한 순간 낮익은 진동이 느껴졌다. 순간 나는 그것이 무엇인지 깨달았다.

"악마의 통로를 피부에 이식했어……?"

"악마를 품은 것입니다. 제 안에서 안식을 찾도록."

교황이 천천히 소매를 끌어당겼다. 제 그릇이 이만큼 넓다며, 얼마나 자애로우냐 자랑이라도 하는 듯했다.

팔뚝엔 유난히 큰 통로가 여섯 개 박혀 있고 주변으로 손톱만 한 것들이 수없이 많이 포진해 있었다. 악마는 72귀 뿐이니 저 작은 것들이 다 악마는 아닐 것이었다.

그럼 뭐지. 뭔데 저렇게 소름 끼치는 기분이 드는 거지.

나는 어떻게든 추측하려고 애를 썼다. 교황의 전력을 알아야 선제공격을 하든, 지원군을 기다리든 할 테니까.

교황의 팔에서 묘한 파동이 일었다. 파직, 파지직, 스파크가 일며 작은 돌이 근처의 작은 돌에 흡수됐다. 교황의 피부가 쩌억 갈라지며 두 개의 돌이 있던 자리에 중간 사이즈의 돌 하나가 생겨났다. 마치 돌이 돌을 잡아먹기라도 하는 것 같았다.

새로 생긴 돌을 매만지며 교황은 가볍게 웃었다.

"성급하게 굴지 마라. 먹을 것은 널렸으니."

그렇게 말한 교황이 팔뚝을 가볍게 두드리며 내 부대의 병사들을 쳐다봤다.

먹을 것이 널려?

'생물이라는 건가. 그렇다면…….'

잔뜩 긴장한 표정으로 검을 말아쥐고 있던 나는 핫, 숨을 들이켰다.

"망했다, 마갑 있는 사람들은 착용해!"

그 순간, 교황의 팔이 번쩍 빛나며 팔에서부터 검은 물이 뚝뚝 떨어지기 시작했다. 검은 물속에서 팔다리며, 꼬리, 얼굴 등이 튀어나왔다.

"어째 성수가 되다 만 것들까지 꺼내 놓더라니."

강한 성수들을 팔뚝에 이식해 놓고, 필요할 때마다 불러 사용하는 모양이었다. 빈자리를 되다 만 실험체들로 어떻게든 메꾸고, 교황 혼자서 저 많은 수의 성수를 조종하는 것이다.

성수 넷이 우리 앞을 가로막았다.

'큰일이다. 마갑병은 뒤에 있는데.'

우리 부대에선 자카리나 레아 정도만 마물로 만들어진 창과 검을 소지하고 있었다. 그마저도 마갑 보호구는 없었다.

'저 커다란 걸 외부에 풀어놓지, 내부에 풀어놓을 줄 어떻게 알았겠어.'

신전의 성지인 대사문이 다 무너져도 상관없다는 태세였다.

나는 마갑이 없는 사람들에게 혹시나 싶어 가져온 베로니카 특제 손수건을 던졌다. 다 쓰고 남은 부분으로 만든 자투리나 마찬가지였지만, 없는 것보단 낫다. 손에 감고 싸우면 성수에게 공격이 통하고, 목에 감으면 적어도 목이 잘릴 걱정은 없었다.

"이제라도 제 품으로 돌아오시겠습니까?"

"마, 망했다. 이런 상황은 예상하지 못했는데ㅡ"

"지금이라도 내 사랑을 희롱한 대가를 치르신다면 용서해 드릴 마음은 있습니다."

"ㅡ라고 할 줄 알았어?"

"예?"

나는 히죽 웃고서 소리쳤다.

"조준!"

그러자 내 가짜 트리곤 웨일과 아라곤이 앞으로 뛰어나왔다.

웨일이 마력으로 위협하자, 바짝 흥분한 성수가 키엑! 주둥이를 쩍 벌렸다. 주둥이 가까이로 파동이 몰려들었다. 한순간에 힘의 응축원이 생겨났고 성수가 날개를 강하게 퍼덕이자 웨일을 향해 날아왔다. 공격이 날아들자마자 웨일과 아라곤이 특수한 결계를 펼쳤다.

"바보 같으니. 가장 순도 깊은 신성력이 가득 고여 있는 대사문 안에서 마력의 결계 따위가……."

교황이 조롱하듯 중얼거렸을 때, 웨일과 아라곤의 결계에 응축원이 부딪쳤다.

그리고,

콰과과과과광ㅡ!!

결계에 튕겨 나간 성수의 응축원이 다른 성수에게 꽂혔다.

"키에엑!"

응축원을 맞은 성수는 송곳니 한 번 드러내지 못하고 그대로 날아갔다.

'옳지!'

베로니카가 만든 마갑은 성수에게서 몸을 보호하고, 마물화되어 죽지 않는 것들을 죽일 수 있도록 한 것에 불과했다. 공격력을 높이는 것은 결코 아니었다. 그렇다면 아직 우세한 건 성수였다. 성수가 되는 자들은 공격력까지도 어마어마하게 높아지니까.

그래서 생각한 것이다.

'성수의 힘을 이용할 순 없을까' 하고.

마물이 된 마갑으로 마물화된 성수를 죽일 수 있다면, 같은 성수끼리도 죽일 수 있다는 의미였다. 성수를 이쪽으로 끌어들이는 건 불가능. 그렇다면 적어도 성수의 공격을 역이용하자고 생각했다.

그래서 고안해 낸 것이 저 반사 결계다.

"반사 결계라고요?"

"우리는 아마도 대사문 안에서 전투를 치를 거야. 내가 가 봤는데 순도 깊은 신성력이 무시무시하게 깔려 있더라고. 마법사들은 들어만 가도 숨이 막히겠더라니까."

"그래서요?"

"제대로 된 결계는 펼칠 수 없어. 그렇다면 그걸 이용해서 아주 연약한 결계를 펼치는 게 어떨까. 대신 밀도를 높여서 신축되도록."

"……아가씨 천재 아닙니까?"

나는 얼어붙은 교황을 보며 씩 웃었다.

"내가 대사문에 왜 이것밖에 안 되는 군사들을 데려왔겠어?"

빠르게 이동하기 위해서이기도 했지만, 이 반사 결계 때문이기도 했다. 사람이 많으면 반사각을 계산하기 어려워지니까.

이제 성수들의 마법은 봉쇄했다. 대사문이라는 공간의 이점을 없애버린 것이다.

"이제 물리 공격밖엔 답이 없지? 그런데 저 큰 성수들로 어떻게 정확히 공격할래? 내가 죽을 수도 있는데."

"……."

교황은 얼굴이 딱딱하게 굳어졌다.

나는 킬킬 웃었다.

"넌 신의 힘이 없으면 아무것도 못 하지. 그런데 난 아냐."

"메리아 님."

"네가 날 세 번이나 죽여 준 덕에 축적된 경험과 지식이 있거든. 그게 내 진짜 무기야."

"……세 번? 죽였다고?"

나는 그를 향해 빠르게 파고들었다. 다시 말하지만 내겐 축적된 경험과 지식이 있었고, 그중엔 팔불출 오빠들로부터 받은 지옥의 무술 훈련도 있었다.

아무리 젊은이 가죽을 뒤집어쓰고 살아도 교황은 여든도 넘은 노인.

그에 반해 나는 가장 쌩쌩한 몸을 가진 나이였다. 80세가 넘은 사내와 17세의 소녀. 사내라고 해서 그가 나를 이길 수 있다곤 장담하지 못할 거다.

'거기다 교황은 절대 날 못 죽여.'

마법은 쓰지 못할 거라는 거다. 저 몸 상태로 섬세한 조절이 가능할 리 없으니까. 같은 의미로 결계도 못 펼칠 거다. 대사문이 다 무너져 버릴 테니까. 너무 강해진 사람에겐 이런 약점이 있었다.

죽어도 상관없다는 기세로 달려들었다.

그래, 죽여. 그럼 난 다시 시작할 거야. 죽는 거 하나도 겁 안 나.

얼굴이 험악하게 일그러진 교황이 내 손목을 잡아채려 했다.

'그래도 죽긴 싫지만.'

나는 홱, 미끄러져서 얍삽하게 그의 다리를 걸었다. 그가 휘청, 균형을 잃고 쓰러졌을 때였다. 날 그렇게 사랑한다고 해도 저보단 아닌 모양이었는지 힘을 뿜어낼 태세였다.

나는 단상을 짚고 도약해서 파이프 오르간의 줄을 끊어 냈다.

"아드리안!"

쾅—!!

대사문이 크게 진동했다. 교황 쪽에서 시작된 파동은 아니었다. 진원지는 아드리안이었다.

그의 몸 주변으로 귀기와 같은 새빨간 기운이 넘실거렸다. 아드리안이 손을 펼치자 쿠구구구, 바닥이 거칠게 진동하며 돌덩이가 허공으로 올라왔다. 곧 그것들이 한데 모이더니 아드리안의 팔에 둘려 채찍과 같은 형상이 되었다.

오르간에서 풀려나 착지한 아드리안이 목을 주무르며 나른한 표정으로 교황을 쳐다보았다.

"그동안 당신만 재미 봤으니 이젠 내 차례겠지."

나는 첫 번째 삶에서 들었던 아드리안의 수식어를 떠올렸다.

교황급의 신성력, 역대 최연소 추기경, 성마 전쟁의 정복자.

그리고 깨달았다.

그러고 보니까 아드리안은 지금까지 나한테 신성력 나눠 준다고 제대로 싸운 적이 없었다. 제대로 싸우는, 화가 아주 많이 난 그를 보는 건 처음이었다.

교황과 아드리안의 시선이 허공에서 부딪쳤다.

"운 좋게 악마에게서 태어났을 뿐인 버러지가 감히."

"아아, 그래. 나는 운 좋게 악마에게서 태어났지. 너는 그마저도 못했고."

그가 채찍을 휘두르자 교황이 서 있던 곳의 벽이 콰드득 소리와 함께 갈라졌다.

"고개가 높다."

교황의 표정이 완전히 구겨졌다.

* * *

그 시각, 교황청의 지하.

"무서워, 무서워."

"조용히 좀 해."

흰 후드를 뒤집어쓴 두 명의 여성이 서로를 끌어안다시피 붙어서 계단을 내려갔다.

"여기 맞아? 악기나 잔뜩 있는데……. 여기가 정말로 신전의 보물 창고야?"

"르브가 분명히 여기랬어."

상대적으로 체구가 작은 여성이 후드를 끌어내렸다. 에뮬린이었다. 키가 큰 여성은 얼른 에뮬린의 후드를 다시 뒤집어씌웠다.

"들키면 어쩌려고!"

이쪽은 트리였다. 에뮬린은 귀찮다는 듯 손을 휘휘 젓고 주변을 둘러봤다.

"에트왈이 분명히 여기 있을…… 저게 뭐야? 뭔데 저렇게 결계를 쳐놨지?"

에뮬린과 트리가 몇 중이나 되는 결계에 둘러싸인 방을 보고 고개를 갸웃했다. 트리가 에뮬린에게 바짝 다가와서 속삭였다.

"열 수 있어?"

"너무 강력한 결계라 나로선……."

"에뮬린, 강하잖아. 신학교에서도 항상 일등이었고."

에뮬린은 고개를 저었다. 성적이 좋다고 강하다곤 할 수 없다. 추기경의 딸로 태어나 신성력을 쓸 수 있지만, 내재한 마나의 양은 일반 신관에도 미치지 못했다.

그렇다고 해서 머리가 탁월하게 좋아서 빈약한 마나를 보완할 정도의 수식을 단번에 계산할 수 있는 것도 아니고.

"결계를 건 사람의 힘이 잠깐 차단되면 그래도 해 볼 만할 텐데."

이런 초고위 결계라면 교황이 만든 것일 텐데, 그를 쓰러뜨려 결계를 풀 수 있을까.

에뮬린과 트리가 미간을 좁히며 서로를 쳐다봤다.

*　　*　　*

아드리안과 교황의 신성력이 맹렬하게 부딪쳤다. 피부가 따끔따끔할 정도로 격렬한 파동이었다. 같은 신성력을 가진 나마저 이러니, 다른 아군들이 얼마나 고통스러운지는 알 만했다.

대사문에 있는 아군 중, 아드리안을 제외하면 유일하게 신성력을 지닌 내가 견고한 결계를 펼쳤다.

"뒤로 물러나."

그렇게 말하니 레아가 물었다.

"합세하지 않고요?"

"철수가 있던 세계에 이런 속담이 있대. 고래 싸움에 새우 등 터진다."

저 고래들이 싸우는데 괜히 끼어들었다간 등이나 터질 것이다.

그렇다고 멀뚱멀뚱 지켜만 볼 수 있는 건 아니었다. 교황이 흥분하면 할수록 그의 팔 아래로 새카만 진물 같은 것이 떨어졌다. 그 속에서 성수가 끊임없이 나와서 그것들을 처리하는 데에도 정신이 없었다.

아드리안의 채찍이 교황을 휘감았다. 조여 죽이기라도 할 것처럼 단단히 옭아매자 교황의 얼굴이 터질 것처럼 붉어졌다.

"주제에…… 나를 이겨 보겠다고……."

교황이 억지로 말을 뱉기 무섭게 콰드득, 소리와 함께 채찍 형상으로 모여 있던 돌무더기에 균열이 생겼다.

콰과과곽—!

아드리안의 채찍이 완전히 부서졌다.

자카리와 수리르가 어쩔 수 없다는 듯이 아드리안을 지원하기 위해 달려갔다. 그러나 금세 성수에게 가로막혔다.

그들을 가로막은 성수는 특이했다. 다른 개체가 소름 끼치는 짐승 같은 모습이라면 새로운 성수는 인간의 모습이었다. 그것도 눈이 홍채 없이 온통 흰자위라는 것을 제외하면 완벽하게 멀쩡한 인간이었다.

에뮬린의 아버지이자 전 추기경이었던 스테파노의 말에 따르면, 인간이 성수로 변하는 과정은 이러했다.

1. 피부가 녹으며 살이 썩은 시체 같은 형태가 되면 성수로 변이하기 시작한다.

이 과정에서 이지가 사라진다고도 했다. 변이를 시작하면서 신체 능력이 높아지고—

2. 짐승의 형태로 완전히 변하면 성수화 성공.

즉, 짐승의 모습이 되어야 성수가 완성되는 것이다.

그럼 저건 되다 만 실험체인가. 그런데 느껴지는 기운이 심상치 않았다. 오히려 완성형 성수보다도 흉악한 기운이 흘러나오고 있었다.

거기다 되다 만 실험체들과도 약간 달랐다. 되다 만 실험체들은 성수화가 중간에 멈춘 자들을 말한다. 아무나 성수가 될 수 있는 게 아니라 마물의 힘을 견딜 수 있는 자들만이 성수가 되기 때문이었다.

그래서 되다 만 실험체들은 1번 과정까지는 겪은 자들이라 몸이 썩거나, 뒤틀려 있었다.

'그런데 저쪽은 눈만 기이할 뿐 아주 멀쩡해 보이는데.'

생채기 하나 없었다.

수리르 또한 위협을 느낀 듯 송곳니를 드러냈다. 크르륵, 목울음이 낮게 깔렸다. 그리고 말릴 새도 없이 앞을 막은 성수에게 달려들었다.

"이 바보가……!"

자카리가 소리쳤다. 동시에 수리르의 날카로운 비명이 메아리쳤다. 그는 적에 의해 상당한 양의 살점이 뜯긴 채로 내던져졌다.

"수리르!"

"수!"

얼마나 고통이 심한지 폴리모프까지 풀려 사람의 모습으로 되돌아왔다. 수리르는 선혈이 홍건한 복부를 쥔 채로 밭은 숨을 내쉬었다. 상태가 심각했다. 자카리가 황급히 지혈했지만, 지혈 정도로 나을 상처가 결코 아니었다.

'어떤 성수도 쓰러뜨린 적 없던 수리르를 이 꼴로 만들었다고?'

나는 수리르 정도의 강자를 단숨에 쓰러뜨린 적을 쳐다봤다. '저것'은 되다 만 실험체가 아니었다.

'성수의 진화형이다.'

2번 과정을 겪고 완성된 성수보다 상위의 존재.

그러고 보니 문득 조금 전의 광경이 떠올랐다. 교황의 팔에 박힌 돌이 다른 돌을 잡아먹던 그 광경 말이다.

'성수를 흡수하면 진화형이 되는 거야.'

'저것'이 얼마큼의 성수를 흡수한 건진 모르겠지만, 하나는 알겠다. 우리 쪽에서 저것을 막을 사람은 없었다.

성수를 죽일 수 있는 건 마물로 만든 무기뿐. 즉, 마법사들은 성수를 죽이는 데에 지원밖에 할 수 없다. 물리 공격으로 죽여야 하는데, 우리 중 물리 공격력이 최강인 수리르가 단숨에 저 꼴이 되었다.

진화형 성수가 우리를 향해 다가왔다.

"반사형 결계! 어서! 레아는 성수들을 자극해!"

성수들을 자극해 불을 뿜게 만든 레아는 즉시 요령 좋게 몸을 틀었다. 목표물이었던 레아를 빗나간 불덩이가 아라곤의 반사형 결계에 튕겨 진화형 성수에게 날아가 박혔다.

그런데 어떤 일도 일어나지 않았다. 진화형 성수는 다른 성수의 공격을 막지도 않았다. 그대로 맞았다. 타격이 하나도 없어 보였다.

아드리안은 교황을 상대 중이었다. 그도 우리를 도울 수 없다는 뜻이다. 그나마 그가 교황을 상대해 줘서, 교황까지 합세하지 않는 것이 다행이었다. 그렇다고 해도 죽기 일보 직전이 되었다는 건 바뀌지 않지만.

나는 진화형의 성수를 노려보며 주춤주춤 뒷걸음질 쳤다.

"오지 마. 오지 말라니까."

할 수 있는 게 고작 말뿐인 위협이라는 게 분해 죽겠다.

'생각해. 타개책은 분명히 있어.'

나는 입술을 꽉 깨물며 동공만 움직여 주변을 쳐다봤다.

그런데 그때였다.

"……님. 메, 리아 님."

뭐?

내가 만든 결계 안으로 물러나 있던 내 부대의 사람들이 일시에 진화형 성수를 쳐다봤다. 분명히 그가 말하고 있었다.

'메리아 님'이라고…….

"메, 메리아, 메리아 님."

"……."

"메, 리, 아. 나의, 나의 메리, 아."

저것은 어떻게 진화형 성수들을 흡수할 수 있었을까?

문득 그런 생각이 들었다. 그리고 보니 성수의 기원인 마물들과 전쟁할 땐 다른 마물을 흡수하는 것을 한 번도 본 적이 없었다. 그리고 나를 '메리아 님'이라고 부르는 것도.

진화형의 성수가 막 나에게 손을 뻗던 찰나, 레아가 검으로 그의 손을 가로막았다.

"곧 중앙군이 올 겁니다. 다른 지원군도요. 그때까지 후퇴해 계―"

"레아, 물러나."

"예?"

"물러나라니까!"

나는 레아를 뒤로 물리고 성수에게 다가갔다.

"저기."

"메, 메리아, 메리아 님."

조심스럽게 손을 뻗자 성수가 얌전히 그 자리에 멈춰 섰다.

'그렇구나. 교황의 분신이야!'

마물은 악마의 권속. 악마는 마물을 흡수할 수 있을 것이다. 신의 힘을 가로채 악마의 주인이 된 교황 또한!

"너, 교황의 분신으로 만들어진 거구나."

그래서 교황의 몸이 저렇게 망가진 거였어. 썩은 내가 날 정도로. 또 그랬기에 교황이 아드리안을 상대하며 쉽게 악마를 꺼내지 못하는 것이다. 이것과 힘을 나누어서 제대로 악마의 이능을 쓸 수 없는 것이었다.

진화형의 성수는 교황으로 만들어진 만큼 이지를 잃고도 나를 아끼는 감정이 있었다. 물론 그래서 더 교황이 징그러웠다. 이지를 다 잃고도 남은 게 메리아에 대한 집착이란 게 소름 끼쳤다.

'어쩌면…….'

*　　*　　*

교황이 아드리안이 내던진 신성력의 응축원을 악마처럼 일그러진 팔로 베어 냈다.

아드리안은 눈을 가느다랗게 뜨고 헉, 헉, 숨을 거세게 몰아쉬는 교황을 쳐다봤다. 이제까지의 전투는 호각이었다. 그러나 교황의 눈이 붉어지기 시작하면서 조금씩 밀리고 있었다.

'빌어먹을.'

르블레인에게 다가가는 성수는 이전에 보았던 개체와는 판이하였다. 저대로 두면 위험했다. 서둘러 그녀를 지원해야 하는데 교황에게조차 밀리는 판국이다. 그녀를 등 뒤에 두고도 제대로 지키지 못하는 자신에게 환멸이 났다.

멍청한 약골. 저 애를 제대로 지키는 것조차 못 하는 쓸모없는 놈.

문득 머릿속에 어릴 적 보았던 금발의 괴한이 떠올랐다.

괴한을 본 건 르블레인과 처음 만난 신전으로 가기 전날의 일이었다. 후드를 뒤집어쓰고 있어서 얼굴은 보지 못했지만, 등만은 똑똑히 기억하고 있었다. 난데없이 외조부의 저택에 찾아온 그는 아드리안을 실험실로 끌고 가려던 외조부를 막아섰다.

그때 외조부는 반미치광이였다. 악마까지 소환하여 황후로 만들고, 황제의 적통 1남인 아드리안까지 제 외손주로 보았지만 마르슈 공작가를 넘어설 순 없었다. 황후였던 그레모리가 힘을 유지하지 못하고 이계로 떠난 후, 샤틀레 후작은 궁지에 몰린 사람 같았다.

> "전하, 염려하지 마십시오. 전하께선 도통 쓸모가 없는 반편이지만, 이 오귀론 샤틀레가 당신께 변화를 선물해 드릴 것입니다."

모후를 잃은 황자를 보호하겠다는 핑계로 아드리안을 샤틀레가로 데려와선 온갖 실험을 자행했다.

아드리안의 권속이었던 아미와 아망드도 그렇게 탄생한 것이었다. 엄청난 수의 인신 공양으로도 아드리안이 아미를 유지하기 힘들어하자 외조부는 완전히 미쳐 버렸다.

그날도 외조부는 아드리안을 실험실로 끌고 갔다.

"더는 못 참겠어. 더는, 더는……."

외조부는 정신이 나간 것처럼 중얼거렸고, 아드리안은 그날이 생의 마지막이 될지도 모른다는 것을 예감하고 있었다.

막 실험실 문이 열리던 순간.

로브를 뒤집어쓴 금발의 사내가 나타났다.

금발의 괴한은 단숨에 샤틀레 후작의 복부에 검을 꽂아 넣었다. 검이 꽂힌 부분부터 새파란 핏줄이 가지처럼 뻗어나갔다. 외조부는 입을 뻐끔거렸다. 하지만 그것도 잠시, 완전히 눈이 풀려 주저앉았다.

마치 인형이라도 된 것 같은 그를 기묘한 표정으로 쳐다보던 찰나에 괴한이 말했다.

"도움이 될 테니 살려는 두마."

'네게 도움이 되니 샤틀레 후작을 살려는 두겠다'로 들렸다.

"왜 나를 돕지?"

괴한은 대답이 없었다. 대신에 품에서 무언가를 꺼내 아드리안의 앞에 던졌다. 열어 보자 샤틀레 후작의 인장과 가문의 내부 조직도, 연통처가 표시된 지도, 그리고…… 손바닥만 한 메모가 있었다.

괴한은 메모를 가만히 바라보는 아드리안에게 말했다.

"쓸모없는 너를 살려 두는 것은 오직 그 애를 위한 일이다. 목숨을 걸고 지켜."

그 말을 끝으로 괴한은 사라졌다.

아드리안은 그가 사라진 자리에 서서 몇 번이고 메모의 내용을 읽었다. 별말이 쓰여 있는 건 아니었다.

[붉은 달이 뜨는 날, 서북의 세 번째 신전.]

그 남자는 왜 쪽지를 남기고, 외조부를 숨만 붙은 인형으로 만들었을까. 그것이 궁금했기에 메모에 적힌 대로 붉은 달이 뜨는 날 서북의 세 번째 신전으로 향했다.

그리고 르블레인을 만났다. 그 애를 만나고서 깨달았다. 그 사내가 지키라던 이가 그녀임을.

그 애와 만나지 못하는 시간 동안 그리워하고, 또 그리워하며 생각했다. 태양 같은 네게 나는 필요하지 않겠지만, 그 어떤 위험에서라도 구하겠노라고. 지키는 것만은 네 허락 없이도 할 수 있는 일이니까. 그것 하나로 숨 쉬고, 살고, 성장했다.

그런데 모자란 그는 그녀에게 도움조차 되지 못했다. 그의 십수 년이 보잘것없어 가슴이 아팠다.

교황의 공격에 균형을 잃었다. 그의 자세가 무너진 동시에 교황의 손이 어깨를 꿰뚫기라도 할 것처럼 날아들었다.

동시에,

"내 남자친구 건들지 마!"

르블레인의 목소리가 들려오며, 조금 전만 해도 그녀의 부대를 공격하던 진화형의 성수가 교황을 막아섰다. 진화형 성수의 목에 신성력으로 만든 듯한 빛나는 고리가 걸려 있었다. 고리는 길게 이어져 르블레인의 손에도 들려 있었다. 마치 목줄처럼.

"가, 바둑이! 저거 물어 버려!"

정말이지 가슴이 아팠다. 내가 지켜야 할 네가 자꾸만 나를 지켜서. 이렇게 스스로가 보잘것없다는 것을 알고도 여전히 포기가 안 돼서.

그 애를 지키기 위해 노력했던 십수 년이 진흙밭을 뒹굴었다. 그렇게 끝없이 추락할 때 다시 일으켜 세워 주는 것도 그 애였다.

"내 손 잡아."

그러면 그는 다시 일어날 수밖에 없었다. 네가 기다려 주니까.

손 내밀어 주면 다시 뭐든 할 수 있을 것만 같았다. 그리고 다시 손을 잡으면 용맹한 정복자라도 되는 것 같았다. 그렇게 그 애는 그의 세상 전부가 되었다.

아드리안이 걱정스러운 얼굴로 손을 뻗은 르블레인을 보며 희미하게 웃었다.

"이런 순간에 그렇게 예쁘게 웃으면 어떡한담."

그렇게 일어서고 나면 약간은 더 강해지는 것이다. 그 애를 위해 뭐라도 할 수 있을 것처럼. 마치 오늘과 같이.

교황의 표정이 야차처럼 일그러졌다. 몰아치는 분노에 영향을 받은 몸이 마치 되다 만 실험체라도 되는 양 조금씩 허물어지기 시작했다.

"놓아. 놔!"

"……."

"메리아. ……메리아. 메리아. 메리아. 메리아. 메리아. 메리아. 메리아. 메리아!!"

녹물처럼 피부가 흘러내리고 그 안에 잔뜩 주름이 진 민낯이 드러났다. 목소리가 소름 끼치게 어그러졌다.

르블레인의 손을 잡고 몸을 일으킨 아드리안은 그녀를 품에 안았다. 자카리가 허리에 차고 있던 검을 아드리안에게 던지고, 허공에서 검집을 받은 그가 한 손으로 검을 꺼냈다.

르블레인의 어깨를 끌어안은 아드리안이 말했다.

"내 연인에게서 더러운 시선이나 떼. 쓰레기."

정말로 뭐라도 할 수 있을 것처럼.

*　　*　　*

이 와중에 이래선 안 되지만, 나는 수줍어지고 말았다.

'내 연인…….'

갑자기 멋있고 난리야…….

나도 모르게 양손으로 뺨을 살짝 누르다가 자카리와 시선이 마주치고 말았다. 시선에서 이 순간에 꼭 그러고 싶냐는 힐난이 느껴져서 나는 어흠, 헛기침하고 교황에게로 시선을 돌렸다.

"너를 위해 모든 것을 준비했다. 내가…… 이 내가!"

"그걸 스토커라고 해. 그리고 나는 스토커는 모두 광장에 매달아서 흠씬 두들겨 패야 한다는 주의고."

스토커 주제에 말이 많다!

멸시의 눈빛으로 쳐다봤지만, 교황은 물러서지 않았다.

차라리 이 바둑이, 그러니까 진화형 성수가 된 교황의 분신이 나았다. 얘는 정말로 내가 하라는 건 다 한다. 죽어 보라고 하진 않았지만, 시키면 하지 않을까 싶었다. 바둑이를 보면 알겠다. 교황이 얼마나 맹목적으로 메리아를 사랑했는지.

그래서 나는 교황이 더 싫었다. 저 폭력적인 마음이 싫었다. 받는 사람을 조금도 배려하지 않는 이기심이 싫었다. 나는 그런 것을 사랑이라고 부르지 않는다.

"너를 위해 살았다. 오직 너를 위해 손에 온갖 오물을 묻혔다. 그런데 왜 내가 아니지? 널 위해 평생을 노력한 내가 아니라 그런 놈인 거지?"

"그런 너라서 끔찍해."

"……뭐?"

"네 그런 마음이 날 몇 번이고 죽였었기에 소름이 끼쳐."

"……."

교황이 나를 멍하니 바라봤다.

"너는 모르지. 나를 위해 한 모든 일이 사실은 날 죽여 왔다는 걸 모르지? 네가 세 번을 죽인 내가 네 번째 삶을 살고 있다는 것도 몰랐을 거야."

"내가 당신을 죽였다고……."

"넌 날 위해 애썼다고 하지만, 그래서 나는 죽었어. 더없이 비참하게 몇 번이나."

"……."

"죽었다 살아나면 엎드려 울 때도 있었어. 제발 죽여 달라고 네 신에게 애원도 했어."

"……."

"날 그렇게 만드는 게 사랑이야?"

"……."

"나는 널 죽이기 위해서라면 죽고, 또 죽고, 더 죽어도 상관없는데 내가 어떻게 널 사랑할 수 있어?"

교황의 눈이 흔들렸다. 몇 번이고 입을 뻐끔거리고, 입술을 짓씹다가 중얼거린 말이,

"거짓말……."

—그따위 것이었다.

"거봐, 그게 어떻게 나를 향한 사랑이야? 나를 사랑하는 너 자신을 사랑한 거지."

고저 없이 말하자 교황의 어깨가 들썩였다.

킥, 킥킥, 킥.

고개를 숙인 채로 미친 사람처럼 혼자 실소하던 그가 이내 다시 고개를 들었다.

"사랑이야."

"……."

"메리아, 이건 사랑이야. 네가 이토록 지독해도 나는 여전히 너를 원하는데 이게 어떻게 사랑이 아닐 수 있어?"

피부가 완전히 무너졌다. 껍질이 조각나듯 떨어지고 왜소한 여든 살의 노인이 완전히 세상에 드러났다. 깡마르고, 등이 굽어서 허리조차 제대로 펴지 못하는 백발의 노인. 그가 비틀비틀 일어났다.

팔뚝에 박혀 있던 돌이 투둑, 툭, 떨어졌다. 그것들은 모두 순식간에 성수가 되었다. 그 많은 수의 거대한 성수들로 인해 예배당은 버티지 못했다.

비행형 성수들이 일시에 비상했다. 아군이 그들이 일으킨 바람에 밀려났다. 천장은 쿠구구구……. 둔탁한 소리와 함께 파괴되기 시작했다. 예배당이 무너지려던 찰나.

"아가씨!"

마법사들이 결계를 펼쳤다. 그들의 결계 덕분에 아군은 돌무더기에

깔리지 않았으나, 진짜 트리곤이 사색이 되어 바닥에 주저앉았다. 신전의 성역인 대사문에서 이토록 강력한 마력 결계를 펼친 탓이었다.

쾅―!

천장이 무너져 신상 위에 떨어졌다. 성역 안에 순도 깊은 신성력을 맴돌게 하던 매개가 무너진 후에야 진짜 트리곤이 숨을 토해 냈다.

나는 마른침을 삼키며 굳어졌다.

"르블레인!"

"꼬맹아!"

"르브!"

신관들과 전투 중이던 오빠들, 그리고 교황청 안에 있던 아빠가 달려왔다.

교황은 성수 무리를 이끌고 내게 다가왔다. 그의 눈이 검은 진물이 되어 녹아내렸다. 마치 피눈물을 흘리듯이.

"난 잘못되지 않았다……."

"……."

"내 사랑은 잘못되지 않았어……."

듀블레드군과 황군, 의장과 세리아, 고모, 로카르 대공가의 사람들, 테일러, 아미티에 공작 등 내가 이번 삶에서 연을 맺은 자들이 모두 이곳에 도착했다.

"빌어먹을, 꼬맹이를 지켜!"

"로카르군!"

"마법 부대 사격 준비!"

모든 병사가 공격 준비에 들어가고, 가족들이 내게 달려왔다.

가장 먼저 교황에게 달려든 건 이샤크였다. 그의 검이 교황의 목에 꽂히려던 그 순간.

캉—!

날카로운 마찰음과 함께 이샤크가 뒤로 날아갔다. 미나의 권속이었던 악마의 결계다.

교황의 손에 붉은 빛무리가 모여들었다. 이윽고 그것은 거대한 검이 되었다. 악마 아가레스의 검인 것이 분명했다. 요한의 공격 또한 그 검에 막혔다.

'악마를 불러내지 않고도 이능을 자유자재로 쓴다고?'

아빠가 "안 돼!" 소리치며 내게 손을 뻗었다. 그때, 교황이 코앞에 다가왔다.

'이길 수 없어.'

이건 이길 수 없다. 머릿속에서 본능이 경고했다.

내가 바짝 굳어 버린 바로 그 찰나였다.

"르블레인!"

어딘가에서 에뮬린의 목소리가 들려왔다. 고개를 돌리자 한쪽 팔을 높게 든 그 애가 나를 향해 무언가를 던졌다. 아드리안이 나를 대신해 그것을 받았다. 그리고 내 앞에 손을 펼쳤다.

에트왈. 나의 에트왈이었다.

교황이 나를 향해 손을 뻗었다. 검은 연기가 발밑에 밀려들었다.

나는 품 안에서 무언가 뜨거워지고 있다는 것을 느꼈다. 혹시나 싶어 가져왔던 '악마의 통로였던 광물들'이었다. 무심코 그것들이 든 주머니에 손을 올렸다.

그리고.

쾅!

쾅! 쾅!

쾅!

격렬한 폭음과 함께 빛의 기둥이 나타났다. 걸어 나오는 이들은 부네와 푸르푸르, 바알뿐만이 아니었다.

"좀 더 웅장한 행진곡을 연주해라!"

"귀찮은 일을 하고 있구나."

"다친 병사들은 내 쪽으로 와라."

쉭!

무언가 교황의 뺨을 스쳐 지나갔다. 스토라스의 화살이었다.

이제까지 내가 소환했던 모든 악마가 이곳에 나타났다.

Chapter 28.

나는 뻣뻣하게 굳어진 채로 내 앞에 소환된 악마들을 쳐다봤다.

권속이 아닌 악마들까지 모두 소환되었다. 세르가 신의 휘하인지, 네리아드의 휘하인지 가리지도 않고.

게다가 이 많은 악마를 소환했는데도 나는 멀쩡했다. 마치 내 힘으로 유지하는 것 같지 않은 듯이.

"르블레인!"

에뮬린과 트리가 내게 달려왔다.

굳어 있던 내가 눈만 돌려 바라보자, 에뮬린이 교황을 죽일 듯이 노려보며 이를 악물었다. 곁에 있던 트리는 얼굴이 새파랗게 질려 금세라도 쓰러질 듯했다. 내가 미간을 좁히자 에뮬린이 입매를 비틀었다.

"너, 저자가 지금까지 어떻게 미나에게 신성력을 나눠 줄 수 있었는지 알아?"

"……뭐?"

"여든이 넘은 노인이라고 했던 그가 네 앞에서 젊은 모습을 하고 있던 이유는?"

"……."

"저자만이 미나가 가진 신의 힘을 흡수할 수 있었던 이유는 알고 있어?"

에뮬린은 기가 찬 듯 이를 악물었고, 입술을 꽉 깨물고 있던 트리가 소리쳤다.

"지하에 사람이 둘 있었어. 아니, 시체가 되지 못한 텅 빈 육체가 말이야. 두 시체 모두 망가져 있었지만, 그렇지만……."

트리가 입술을 떼었다가 붙였다가, 어찌할 바를 모르며 말했다.

"나, 나는 알아. 나는 망가진 시체의 한쪽을 알고 있어. 다른 한쪽은 모르지만, 그래도 남은 한쪽은……!"

내가 무슨 소리냐는 듯 에뮬린을 쳐다보자 그녀가 허탈한 듯 실소를 흘렸다.

"트리 같은 바보라도 모를 리가 없지. 이 제국의 백성이라면 절대로 모를 수 없는 얼굴이지."

"그러니까 대체 그게 ―"

"건국 황제 프리드."

나는 무심코 전부 망가져 여든 살의 본모습을 드러낸 교황을 쳐다봤다. 에뮬린이 고함을 내질렀다.

"다른 한쪽은 이반이겠지! 건국 전쟁 시기에 선택된 두 신의 사자의 시체를 입맛에 맞게 찢고, 바느질하듯이 기워서 저 육체를 만들어 낸 거야. 두 신의 힘 모두 흡수할 수 있는 몸으로!"

"……."

"알겠어, 르브? 교황의 존재 자체가 부정이었던 거야. 우리는 이때까지 저 부정한 키메라 앞에 고개를 조아려 온 거라고!"

왜 그 생각을 못 했을까. 엄마의 몸에 미나의 영혼을 옮겨 온 것처럼, 다른 사람의 몸에 교황의 영혼을 옮겨 올 수 있었던 것인데.

미나에게 신성력을 나눠 줄 수 있었던 건 그의 몸이 네리아드 신의 사자인 건국 황제의 육체로 만들어졌기 때문이다. 미나의 힘을 흡수할 수 있었던 것도 같은 네리아드의 힘을 가진 육체이기 때문이었다.

"우리가 믿던 모든 것은 허상이었구나."

내가 교황을 보며 중얼거리자 그의 입이 기괴하게 벌어졌다. 웃는 듯도 하고, 분노하는 것도 같은 표정이었다.

"모두 안식의 세계를 만들기 위함이었지요."

끼, 끼, 끼끼끼.

교황의 신체 어딘가에서 소름 끼치는 웃음소리가 흘러나왔다.

"영원한 평화를 거머쥐기 위해 몇 가지 희생은 어쩔 수 없습니다, 메리아 님."

교황이 단숨에 내게로 이동했다. 그가 나를 향해 손을 뻗자, 첫 번째 기둥 바알이 내 허리를 끌어안고 빠르게 뒤로 물러났다.

'이동진도 없이 어떻게……!'

순식간에 땅에서 튀어나온 넝쿨이 내 발목을 옭아맸다.

'바알의 이능인 풍요다.'

이번엔 부네가 그의 검으로 넝쿨을 잘라 냈다. 그러자 다음엔 검은 안개가 몰려들며, 안개 속에서 익숙한 얼굴의 사람들이 기어 나왔다.

성기사 조나단. 21인의 사제 중 하나였던 자로, 호프 상단의 '젊음의 약' 조제법을 훔쳐 내서 황태후를 혼절시켰던 아돌프. 추기경 레지날드 등, 죽은 자들이 기묘한 형태의 투구와 갑주를 입고 나타났다.

'부네의 유령 군대……!'

공격이 몇 차례 실패했음에도 낄낄거리던 교황이 다시 한번 짧게 워프하여 내게 다가왔다.

"늙은 몸이 마음에 들지 않으시다면 이건 어떻습니까."

그의 얼굴이 아드리안의 얼굴로 변했다.

"……!"

"이 또한 마음에 들지 않으십니까? 하면 이건? 또 이건? 이런 건 어떠십니까?"

아빠의 얼굴, 요한의 얼굴, 엄마의 얼굴. 차례로 얼굴을 변화시키는 그는 소름 끼치도록 기괴했다.

'아미의 이능인 둔갑이야.'

누군가 나를 마력으로 홱, 끌어당겨 교황에게서 떨어뜨렸다. 나는 순식간에 탑 위로 끌어 올려졌는데, 고개를 돌리자 앙리가 보였다. 영지와 인근 지역 정리를 마친 그가 남은 마갑병들과 함께 이 자리에 나타난 것이었다.

"마갑 궁수대!"

듀블레드의 문양이 새겨진 마갑을 입은 궁수들이 일시에 활시위를 당겼다. 화살이 비처럼 쏟아지기 시작하자 교황의 곁으로 검은 무언가가 휙, 휙, 튀어나와서 대신 화살을 맞고 쓰러졌다.

마물. 그건 마물이었다.

'푸르손의 이능인 마물 군대다!'

비행형 마물이 나와 앙리를 향해 쏜살같이 날아왔다. 바알이 넝쿨을 이용해 막아 주지 않았더라면, 저 마물이 앙리의 목을 낚아챘을 터였다.

"후퇴해라. 저자는 악마의 이능을 자유자재로 쓰고 있어. 힘을 거두려 해도 방심하는 짧은 찰나에 이능을 가로채 사용한다."

"어떻게 그럴 수 있어요? 에트왈에 통로를 넣어 권속화한 것도 아니잖아요."

"에트왈은 이계와 인세를 연결해 주고, 사용자가 영혼에 담아 둔 악마와 손쉽게 연결되도록 하는 보조 도구다. 저자는 제가 직접 에트왈이 되어 이계의 통로를 열었어."

"……네?"

"네리아드의 힘과 세르가 님의 힘을 모두 담고 있는 저 육체이기에 가능한 일이겠지."

"……."

"우리는 인세에 소환된 게 아냐. 풀려난 것이지."

세르가의 봉인이 풀렸다는 이야기였다. 그 말인즉, 내가 소환했던 악마들 외에 다른 악마까지도 인세에 나타날 수 있다는 소리였다.

"그럼 교황이 악마의 이능을 자유자재로 쓸 수 있는 건요?"

"네리아드의 간섭이다. 당대 운명의 아이의 몸은 연약하여 신의 힘을 완벽하게 사용할 수 없었지만, 전대 신의 사자들의 육체로 만든 몸이라면 말이 다르지. 신의 힘을 완벽하게 사용할 수 있는 육체라면 제힘을 모두 내려도 버틸 수 있지 않겠느—"

그의 말이 끝나기도 전에 내가 있는 곳으로 도약한 교황이 무기를 휘둘렀다.

"바알!"

나는 황급히 바알을 밀쳤다. 교황의 무기가 바알의 뺨을 스쳐 지나갔다.

나는 저 무기가 뭔지 알고 있다. 아가레스의 이능인 '사멸'을 사용할 수 있게 하는 무기. 그러니까 저 무기에 당하면 악마라고 해도 죽을 수 있다는 소리였다.

하지만 이상했다. 다른 악마의 이능을 사용할 땐 짧은 찰나에 사용하고, 금세 사라졌는데 아가레스의 사멸은 어떻게 계속 유지할 수 있는 걸까.

"아가레스."

바알이 낮은 목소리로 중얼거리자, 탑 아래에 붉은 머리의 악마가 나타났다. 아가레스였다.

바알이 서늘한 눈으로 그를 노려봤다.

"선택된 자로서의 자긍심마저 버리고 부정한 존재의 손을 들어 주는 것이냐."

"너를 없앨 수 있다면 자긍심 정도는 잠시 내려 둘 수 있지."

'그렇구나. 악마가 이능 사용을 허락하면 쉽게 유지할 수 있는 거야!'

아가레스는 바알을 죽이기 위해 제 이능을 교황에게 기꺼이 나눠 준 것이다.

교황이 또 한 번 바알을 향해 사멸을 내질렀다. 나는 재빨리 사멸 앞에 뛰어들었다. 예상대로 교황은 내게 닿기 전에 사멸을 거두었다.

"메리아 님."

"나도 '지혜(이능)'를 개화시킨 선각자야. 사멸에 당하면 완벽하게 세상에서 사라질 수 있어. 내 아군을 건드릴 셈이라면 나부터 죽여야 할 거야."

"어째서 당신은……."

온통 검은 눈으로 나를 바라보던 교황이 허탈한 듯 어깨를 늘어뜨렸다.

"이다지도 제 마음을 몰라주는 당신껜 벌이 필요하겠군요."

"……뭐?"

순간, 밑에서 고함이 들려왔다.

"도련님!"

레아의 목소리였다.

황급히 아래를 내려다보자, 유령 군사가 된 사제 아돌프와 추기경 레지날드의 검에 이샤크의 가슴이 꿰뚫려 있었다.

"이샤크……!"

나는 비명을 내질렀다. 울컥 선혈을 토하며 주저앉는 이샤크를 보자 머릿속이 새하얗게 비어 갔다.

귓가에서 교황의 나긋한 목소리가 들렸다.

"다음은 누구로 하오리까? 당신의 아버지? 다른 오라비? 목숨처럼 아끼는 저 하녀이자 기사는 어떻겠습니까?"

눈가가 새빨갛게 달아올랐다.

탑 아래는 교황이 소환한 유령 군사에 의해 초토화되는 중이었다. 마물을 벨 수 있는 무기를 가진 자들조차 유령 군사 앞에선 속수무책이었다.

유령 군대를 사용하는 나이기에 그 힘이 얼마나 강대한지 알고 있었다. 군사를 불러낸 자의 힘을 차단하지 않는다면 저들은 절대 쓰러지지 않는다.

온몸이 발발 떨렸다. 분에 차 머리가 깜빡깜빡 점멸하는 듯하고, 숨이 가빠졌다.

"너……."

"제가 이때까지 저들을 살려 두었다는 것을 잊지 마십시오. 오직 당신 때문에."

"……."

"그러니 제게 상냥해지십시오. 제가 세상인 양 정성을 다하시고, 분신인 것처럼 아껴 주십시오. 자, 메리아 님. 제 품으로—"

그가 내게 손을 뻗은 순간이었다.

탑 아래에서 따뜻한 기운이 피어올랐다. 녹색의 빛에 둘러싸인 사람들은 언제 그랬냐는 듯 상처가 사라지고 있었다.

"다친 자들은 모두 내게 오라."

그레모리였다. 그리고.

"연주해라. 세상이 떠나갈 때까지!"

화통한 웃음소리와 함께 나팔이며, 피리를 든 자들이 날아올랐다. 파이몬의 군악대였다. 파이몬의 목소리가 울려 퍼지자 나팔은 도끼가 되고, 피리는 검이 되었다. 탑 위로 뛰어오른 파이몬의 권속들이 교황을 향해 도끼와 검을 휘둘렀다.

"내 너를 모르지만, 하나는 알지. 감히 우월한 존재인 우리를 능멸하는 자임을."

"파이몬."

교황이 짓씹듯 말하자 파이몬이 삐뚜름히 입가를 우그러뜨렸다.

"이 녀석이 마음에 드는 건 아니지만, 네놈이 더 싫기에 전투에 합류하마."

파이몬의 뒤에서 누군가 날아들었다. 교황에게 전류 같은 것이 파르륵, 일었다.

"……메리아."

스토라스였다.

그가 교황과 나의 사이를 가로막은 채로 교황을 노려봤다. 동시에 누군가가 나를 품 안에 숨겼다. 아드리안이었다.

스토라스, 그리고 아드리안과 마주한 교황의 표정이 굳어졌다.

"너희는 언제나…… 언제나 내게서 메리아 님을 앗아 가는구나."

몸의 선을 따라 흉악한 기운이 일렁였다.

교황이 나를 향해 손을 뻗자, 앙리가 개량형 이동진을 찢었다. 나와 아드리안, 그리고 앙리가 탑 아래로 이동하자, 교황이 괴물 같은 속도로 우리를 쫓아왔다.

쉬익—!

바알의 넝쿨이 그의 몸을 얽었다. 스토라스가 넝쿨을 향해 날린 파동구가 전류가 되어 넝쿨을 따라 흘렀다. 파지직! 격렬한 소음과 함께 교황의 몸이 타들어 갔으나, 이내 녹색의 빛이 교황을 에워쌌다. 그레모리의 이능인 치유였다.

마물들이 바알의 넝쿨을 물어뜯고, 풀려난 교황의 앞엔 빛무리가 몰려들었다. 이윽고 그것은 한 권의 책이 되었는데 파라락, 책장이 넘어가는 소리가 들리더니 교황의 시선이 책 한가운데로 향했다.

'스토라스의 이능인 지고의 도서관이야!'

악마의 이능을 기록해 둔 책. 나 또한 손에 넣은 바 있는 그것이었다.

'그렇구나. 악마의 이능을 허락 없이 빌려 쓸 순 있어도 지식만은 넘겨받지 못하는 거야.'

악마의 이능을 전부 알지 못하는 데다가 이해도 또한 악마 본인이나, 나보다 얕다는 의미였다. 그러니까 교황이 알고 있는 범위 내에서만 악마의 힘을 이용할 수 있다는 것이었다.

부네의 네크로맨시로 유령 군사를 만들어 낸 건 내가 사용하는 것을 보았기 때문이겠지.

'저 부분을 공략하면 승산이 있어.'

"부네!"

소리치자 땅 위로 기묘한 안개가 밀려들며 나의 유령 군사들이 나타났다.

'교황에게 생각할 시간을 주지 마!'

유령 군사들의 맹렬한 공격이 교황을 향해 쏟아졌다. 창이나 검, 활 따위의 무기가 닿기 전에 그가 투명해졌다.

'글라샬라볼라스의 투명화다.'

유령 군사들의 뒤편에서 다시 모습을 드러낸 교황이 부네를 향해 사멸을 던졌다. 부네의 팔을 스쳐 지나간 사멸이 벽에 꽂혔다.

"크흑……."

부네의 재킷 위로 피가 스며들었다. 상처가 난 부위부터 옷이며 피부가 죄 썩어들기 시작했다.

[바보! 물러나!]

푸르가 비명을 지르듯 소리쳤다.

사멸은 악마를 멸하는 유일한 무기다. 저렇게 해서 온몸이 썩어 들고 나면 존재가 사라질 것이다.

나는 사멸에 당하기 전, 부네가 떨어뜨린 그의 검을 잡고 달려갔다. 그리고 황급히 팔을 쳐 냈다. 팔꿈치 바로 아래까지 팔을 잘라 냈지만, 다행히 더는 몸이 썩어 들지 않았다.

"글라샬라볼라스! 사멸을 빼앗아!"

"내카 왜 너 따휘의 명령흘……."

"글리!"

투덜거리는 글라샬라볼라스를 향해 바알이 소리쳤다. 글라샬라볼라스는 흠칫하더니 재빨리 몸을 투명화시켰다. 그러고 보니 고대에서도 글라샬라볼라스는 바알에게 꼼짝도 못 했던 것 같다.

투명화로 사라진 글라샬라볼라스가 사멸을 쥔 채로 다시 나타났다. 하지만 교황이 사멸을 향해 손을 뻗자 금세라도 다시 그를 향해 날아갈 듯 격렬히 진동했다.

[이제 어떻게 하라는 것이냐!]

아가레스는 글라샬라볼라스보다 상위의 악마였다. 글라샬라볼라스가 아가레스의 사멸이 교황에게 돌아가는 것을 막는 건 잠시에 불과할 것이다.

하지만 교황이 다시 사멸을 손에 넣으면 악마들이……!

'어떻게 하지. 어떻게 해야—'

손바닥에서 식은땀이 배어 나왔다. 순간 무심코 꽉 쥐고 있던 에트왈이 보였다.

'에트왈…….'

"에트왈은 이계와 인세를 연결해 주고, 사용자가 영혼에 담아 둔 악마와 손쉽게 연결되도록 하는 보조 도구다."

바알의 말이 떠올랐다.

"만약 에트왈을 이용해서 내 영혼에 사멸을 담아 둘 수 있다면……?"

중얼거리니 푸르가 나를 쳐다봤다.

"말도 안 되는 소리! 소원을 들어주지 않고는 악마를 권속화할 수 없어!"

"아가레스가 아니라 사멸 말이야. 사멸만이라면 담아 둘 수 있지 않을까?"

"그는 네리아드 휘하의 악마야. 네리아드의 영향 아래 있는 악마이니 이능 또한 세르가 님의 아이인 네가 담아 둘 수 없어."

"아니, 가능하다."

바알이었다. 푸르와 내가 동시에 그를 쳐다봤다.

바알은 말했다.

"생각해라, 아이야. 네 영혼의 본질을."

본질……?

그의 말을 곱씹던 나는 숨을 크게 들이켰다.

"고대의 나는 네리아드의 동생이었어요. 내 영혼은 네리아드와 가장 비슷한 질의 힘을 가졌을 거라고요! 글라샬라볼라스, 사멸을 던져!"

사멸이 나를 향해 날아오기 무섭게 아가레스가 나타났다.

"안 돼ㅡ!!"

비명이 허공에 메아리쳤다.

나는 사멸을 향해 에트왈을 내밀었다.

'아가레스의 이능을 내 영혼에 귀속화한다!'

에트왈이 불타듯 뜨거워지며 마지막 남은 한 자리에 붉게 빛나는 산호가 채워졌다.

"이 빌어먹을."

이를 간 아가레스가 내게 달려들었다.

"내 〈지혜〉를 내놔!"

바알이 재빨리 그를 막았다.

"그릇이 작은 네겐 과분했던 지혜다."

"오직 너를 뛰어넘기 위해 개화시킨 지혜다. 내가 가장 간절히 바랐던 것이 너의 죽음이었기에 세상이 내게 허락한 지혜야!"

아가레스의 몸에서 뻗어 나온 불꽃이 나를 삼킬 듯 거세게 휘몰아쳤다. 초고위 악마인 아가레스가 눈을 뒤집고서 발휘한 힘이었다. 바알이라 하여도 쉽게 불을 꺼뜨릴 수 없었고, 다른 악마들은 교황을 상대하느라 정신이 없었다.

불이 기어이 나를 집어삼켰을 때였다. 누군가 내게 달려왔다.

"아빠!"

"아버지—!"

나와 오빠들이 목놓아 소리쳤다.

나를 끌어안은 것은 아빠였다. 나를 대신해 불을 맞은 그의 등이 녹아내릴 것만 같았다.

"그만해. 떨어져요, 제발!"

그러나 그는 내게서 떨어질 줄을 몰랐다.

"아빠, 아빠—!"

새끼 품은 어미 새처럼 간절하게 나를 끌어안고서 한 걸음도 물러서지 않는다.

"푸르, 비를 뿌려. 아빠가 죽겠어. 제발……!"

콰과과광!

우레가 하늘을 가르고 먹구름이 밀려들었다. 억수가 쏟아졌다. 그러나 불은 좀처럼 사그라지지 않는다.

나는 교황을 향해 소리쳤다.

"이계의 통로를 닫아! 문을 연 너라면 닫을 수 있잖아. 아가레스를 돌려보내 줘, 제발!"

얼굴이 온통 엉망이 되도록 울며 애원했지만, 교황은 가만히 서서 나를 바라볼 뿐이었다.

"말씀드리지 않았습니까. 이제 당신껜 나 외에 그 어떤 것도 필요 없노라고."

"아아, 아빠……!"

제발 누가 구해 줘. 아빠를, 이 바보 같은 사람을 누가 제발……!

그때였다.

[사멸을 소환해.]

머릿속에 익숙하고도 익숙한 목소리가 울려 퍼졌다.

나는 홱, 고개를 돌려 아드리안을 쳐다봤다. 그와 눈이 마주친 순간, 홀린 것처럼 에트왈을 쥔 손에 힘이 들어갔다.

그리고 눈가가 불에 덴 듯 뜨거워지며 허공에 사멸이 나타났다. 아가레스와 아드리안, 교황이 동시에 사멸을 쳐다봤다.

가장 먼저 손을 뻗은 것은 원주인인 아가레스였고, 그다음이 교황이었다. 아드리안까지 세 손이 동시에 사멸을 향해 뻗어졌다.

사멸을 가장 빠르게 낚아챈 것은 아드리안이었다. 허공에 도약한 아드리안은 땅에 떨어지기 전 자세를 바꿔 아가레스를 향해 사멸을 겨누었다.

이윽고—

"컥……!"

아가레스가 사멸에 의해 꿰뚫렸다.

"사라져라."

"이 멍청한……."

심장이 꿰뚫린 아가레스는 부네 때와는 비교도 되지 않는 속도로 썩어들었다. 그의 육신이 풍화되어 바람에 뒤섞여 흩날렸다.

마지막의 순간, 아가레스가 흙먼지를 뒤집어쓴 채로 꼿꼿이 서 있는 바알을 쳐다봤다.

"너는 어째서 언제나……."

자조한 그가 실낱같은 실소를 흘리며 눈을 감았다.

아드리안의 손에 들려 있던 사멸과 아빠를 둘러싸고 있던 불 또한 아가레스와 함께 사라졌다. 아빠는 스르륵 주저앉았고, 거대한 불의 벽에 가로막혀 있던 오빠들이 나와 아빠를 향해 달려왔다.

"아버지!"

"아, 아버지."

"아버지……."

앙리와 이샤크, 요한은 끔찍한 화상으로 피부가 죄 녹아내린 아빠를 붙들고 어찌할 바를 몰랐다.

나는 넋이 나간 사람처럼 아빠의 손을 쥐고 있었다. 언제나 강인하게 나를 붙잡던 아름다운 손이 흉측하게 일그러졌다.

"거짓말."

"……."

"싫어요, 아빠. 싫어요. 이러지 마세요."

"……."

"아빠, 일어나요. 싫단 말이에요. 무서워요."

내가 무언가를 두려워하는 것을 가장 싫어하던 아빠였잖아. 보호자 없이, 도와줄 사람 하나 없이 살아왔다는 것이 느껴지는 게 싫다고 했잖아. 그래서 천둥이 칠 적에도, 깊은 어둠이 찾아올 적에도 항상 옆에 있었잖아.

"나 지금 무섭단 말이야. 무서워요. 그러니까 제발……."

"……브."

"아빠."

"……르브."

그리고 그가 맥없이 늘어졌다.

"아빠?"

나는 그를 흔들었다. 미동이 없었다.

"아빠."

숨결이 느껴지지 않는다. 고개를 들어 아빠를 붙들고 있는 오빠들을 쳐다봤다.

이샤크는 얼굴을 엉망으로 일그러뜨린 채로 어린애처럼 울고 있었다. 늘 미소로 표정을 감추던 앙리 또한 고통스러운 듯 숨을 헐떡였다. 요한은 말없이 고개를 수그렸다.

"아냐. 그러지 마."

그러지 마. 마치 아빠가 돌아가신 것처럼 그러지 말란 말이야.

제발.

나는 목놓아 울어 버리고 말았다. 심장을 쥐어뜯긴 것처럼 아파서 말조차 제대로 나오지 않는다.

어떻게 이래. 나한테 어떻게 이렇게까지 할 수 있어. 누군지 모를 상대를 원망하고, 원망하며 아빠를 끌어안은 채로 울기만 했다.

오지 말걸. 차라리 아빠에게 가지 말걸. 가슴을 쥐어뜯으며 절규하던 그 순간이었다.

허공에 무언가 떠올랐다.

자수정이었다.

가슴이 뛰었다.

나는 잔뜩 굳어진 채로 자수정을 쳐다봤다. 이성은 말도 안 되는 일이라고 소리쳤다.

선각자의 수는 일흔둘. 스토라스의 기록을 가지고 있던 나는 알고 있다. 저 자수정이 72선각자와 관련이 없을지도 모른다는 것을. 지금까지 있던 그 어떤 악마도 자수정을 통로로 가지고 있지 않았다.

선각자가 아닌 어떤 다른 존재일지도 모른다. 거기다 혹시라도 악마와 관련 있다고 하더라도 네리아드 휘하의 악마라면 소원을 들어줘야만 이능을 쓸 수 있다.

난 전투를 치르느라 신성력을 잔뜩 소진했다. 막연한 기대로 자수정에 담긴 것을 소환하는 건 실수가 될 수도 있다. 아빠뿐만이 아니라 오빠들, 혹은 내 소중한 사람들마저 지킬 수 없게 될지도 모른다.

하지만 본능이 소리쳤다. 저 자수정이 이번 삶에 허락된 마지막 희망이라고.

'자수정의 악마를 불러내더라도 이능을 쓰기 위해선 에트왈에 남은 자리가 필요해.'

내가 치맛자락을 꽉 비틀자 누군가 말했다.

"사멸이 있지 않으냐."

파이몬이었다.

나는 흠칫하고서 얼른 자수정을 쥐고 신성력을 불어넣었다. 하지만 악마가 나타나지 않는다.

'아가레스의 이능만을 권속화해서 에트왈에 오류가 생긴 거야.'

아가레스의 영향력이 세상에서 완전히 사라진다면 사멸도 사라지겠지만, 천 년이 넘도록 살아온 강대한 힘의 집합체의 영향력이 언제 사라질지 예측할 수 없었다.

[하면 제가 있습니다.]

머릿속에서 세기의 군사의 목소리가 들려왔다.

'하지만 그렇게 되면 넌…….'

권속을 해제한 적은 한 번도 없다. 가능한지는 차치하고서라도, 권속을 해제한 영혼이 어떻게 될지조차 예측할 수 없었다.

[다음엔 제가 있다고요. 세기의 군사가 안 되면, 제가.]

[나를 쓰려무나, 아가야.]

[다음은 나도 있어, 바보!]

[그다음은 내가.]

나의 권속들이 차례로 소리쳤다.

눈앞에 세기의 군사가 나타났다. 바람을 타고 그의 옷깃이 흩날렸다. 처음으로 손에 넣은 나의 권속.

나는 입술을 꽉 깨물었다. 그리고 주변에 떨어져 있던 단검을 주워들어 세기의 군사가 차지하고 있던 에트왈의 한쪽을 내리쳤다.

콰직—!

날카로운 마찰음과 함께 에트왈의 보석에 균열이 생겼다. 세기의 군사가 희미해졌다.

[당신을 지켜보는 일은 꽤 즐거웠습니다.]

"……."

[다시 뵐 날을 고대하고 있지요.]

그가 완벽하게 투명해졌다. 나는 허공에 뜬 자수정을 잡고 힘을 흘려보냈다. 빛의 기둥이 떠올랐다. 그리고.

—아무것도 나타나지 않았다.

"뭐야……."

어째서. 대체 왜.

권속까지 희생시켜 소환한 게 사실은 아무런 소용이 없는 것이란 말야? 아빠를 살릴 수 없어?

온몸이 와들와들 떨렸다. 눈물이 쉴 새 없이 뺨을 적시고 흘러내렸다.

그때였다.

"르블레인."

다정한 목소리와 함께 누군가 내 어깨를 잡았다. 나는 멍하니 고개를 돌려 그를 바라봤다.

"아드리안……?"

다정하게 미소 지은 그가 내 앞에 한쪽 무릎을 굽혔다.

* * *

아드리안은 살면서 무언가에 간절한 적이 없었다. 악마의 피를 물려받아 강력한 신성력을 가졌고, 배운 것은 뭐든 쉬이 흡수했고, 외모 또한 남다른 편이었다.

운 좋게 좋은 조건을 갖추고 태어난 적통 황자.

남들은 태어나자마자 모후를 잃은 것과 이본느 황비 측의 과도한 견제와 외가에서마저 사랑받지 못한 유년기를 안타깝게 여겼으나, 아드리안 본인에겐 그리 큰 타격을 입히지 못했다.

모후의 얼굴조차 실제로 본 적 없는 일, 부황의 무심함, 식사에 독이 들어 있던 일, 외조부인 샤틀레 후작에게 실험당한 일. 그 어떤 일에도 괴롭다고 느껴 본 바 없다. 태어난 이래로 줄곧 이어진 불행에 익숙해져 있었기 때문이었다. 그래서 그 어떤 것에도 집착한 적이 없었다.

그 아이를 만나기 전까진.

"이제 기도해 주는 고야."

"……."

"다움 생엔 오래오래 항께하게 해 주세요."

"……."

"싸우고 토라지더라도 다움 날 아침 인사가 당욘하도록."

"……."

"아프지 앙토록. 매일매일 행보캐서 오늘의 고통이 단지 시시한 대화거리가 되도록."

"……."

"이 아이가 행보케지게 해 주세요."

손에 흙을 잔뜩 묻힌 채, 온전치 못한 발음으로 떠듬떠듬 기도하는 아이를 보기 전까진 그 무엇에도 집착한 적이 없다고 생각했다.

아니었다. 그는 감정을 구분하기 전부터 망가져 있던 것이었다.

그전까진 죽음이 두렵지 않았다. 그의 식사를 기미한 궁인이 각혈하며 쓰러진 것을 보고서 '언젠가 나는 저들 손에 죽겠구나' 무감하게 생각했다.

온기를 느낀 적이 없어서, 태어난 이래로 줄곧 들러붙은 불행이 너무나 당연해서 그 어떤 것에도 가치를 두지 않았던 것이라고 믿은 것이다.

사실은 지독하게 외로웠다는 것을 그 아이를 만나고서야 깨달았다. 사라진 권속에 아쉽던 마음이 친구를 잃은 슬픔이었다는 것을 알았다.

누군가 곁에 있어 줬으면 했다는 것을…… 그런 것을…….

"이제 우리 칭구야. 칭구는 약속 지키는 고야. 언젠가 만나."

'나는 널 만나고서야 알았어, 르블레인.'

그 애를 다시 만나기 전까진 죽고 싶지 않았다. 살기 위해 발버둥 쳤다. 텅 빈 인형이 된 샤틀레 후작을 앞세워 계략을 꾸미고, 등 뒤를 제 사람들로 하나둘 채워 갔다.

의미 없던 삶에 생을 지속하겠다는 목표가 생겼다.

"거짓말했어. 사실 내 이름은 르블레인이야."

그 애를 다시 만난 후론 지키고 싶다는 목표가.

"엄마……! 엄마! 싫어, 놔 줘, 아드리안!"

그 애의 불행을 끝내고 싶다는 목표가.

"내가 가지 않길 바란다고 해."

"……."

"나를 속인 게 아니라 멀어지길 바라지 않았던 거라고 말해."

그 애와 함께하는 행복을 꿈꾸게 되었다. 그 어떤 것이 너보다 소중할 수 있을까.

어느새 저보다 한 뼘은 작아진 그녀를 품에 안고 있을 적이면 목이 멨다. 울고 싶어졌다. 이제야 깨달았다. 감당하지 못할 만큼 큰 사랑은 아픔이 되기도 한다는 것을.

그 애가 모든 것을 가르쳐 준 것이다.

'그렇게 너는 나의 목표였고, 꿈인 동시에 생이 되었다.'

아가레스가 사라지던 순간, 머릿속에서 누군가 물었다.

[삶과 바꿔도 아깝지 않은 너의 욕망은 무엇이냐.]

주저 없이 대답했다.

'저 아이를 지킬 수 있는 힘을……!'

그 순간, 그의 〈지혜〉가 개화되었다.

네가 회귀하는 존재라면, 나는 시간의 여행자가 되어 줄곧 너의 곁을 지킬게. 그렇게 할게.

너는 웃어 줘, 르블레인.

*　*　*

"나는 73번째 기둥. 그대의 원을 들어줄 존재."

아드리안의 말을 들은 순간, 고대에서 들었던 스토라스의 말이 떠올랐다.

[내가 바로 영면에 들어가신 휴가르트 님을 대신한 선각자.]

선각자, 그러니까 악마가 사라지면 또 하나의 악마가 탄생한다. 이능을 개화시키고. 아드리안에게서 흐르던 신성력의 질이 조금씩 변하더니, 종국엔 완전히 악마의 질과 같아졌다.

그러자 떠올랐다.

엄마를 찾는 고대의 내 곁을 지켜 준 금발의 여성. 그의 권속인 아미의 이능을 이용해 내게 어머니를 보여 준 너. 엄마를 만난 과거에서 나를 이끌어 줬던 그 힘.

'너는 이능을 개화시키고 얼마나 시간을 헤맨 것일까.'

고대부터 지금까지 얼마나 많은 시간의 미로를 헤쳐 나가며 나를 지켜 왔을까. 내가 '이 소원'을 말한다면 너는…….

내가 어린애처럼 엉엉 소리 내 울자 아드리안이 나를 끌어안았다.

"하지만 그렇게 되면 너는, 아드리안, 넌……!"

"너를 지키게 해 줘."

아, 너는 이 얼마나 가엽고, 바보 같으며, 사랑스러울까.

"말해 줘. 르블레인."

"……줘."

"……."

"내 가족을, 나를 구해 줘. 아드리안."

눈물이 추락하는 순간, 아드리안의 빛의 기둥이 눈부시게 빛났다. 다시 눈을 떴을 때 그는 없었다. 그를 기억하는 사람 또한 이 세상엔 존재하지 않았다.

……나마저도.

* * *

멀거니 주저앉아 있던 르블레인이 흠칫, 고개를 들었다. 주변을 둘러

보자 마찬가지로 몸을 떤 사람들이 어리둥절한 표정으로 주변을 둘러봤다.

"뭐, 뭐야."

"갑자기 왜……."

조금 전의 기억이 송두리째 지워진 것처럼 그들은 기억과 다른 곳에 이동해 있었다.

'아빠가 나를 대신해 아가레스의 불에 맞을 뻔하고, 그리고…… 어떻게 되었더라?'

르블레인은 허둥지둥 테오도르를 붙잡았다.

"아빠!"

"아버지!"

"아버지!"

듀블레드 남매가 바닥에 쓰러져 있던 테오도르를 붙잡았다. 다행히 불에 맞지 않은 모양인지, 테오도르는 조금 지쳤을 뿐 멀쩡했다. 르블레인이 안도의 한숨을 내쉬자, 테오도르가 딸을 끌어안고 소리쳤다.

"전열을 가다듬어라! 악마들을 지원하여 교황을 쓰러뜨려라!"

르블레인이 황급히 교황 쪽을 쳐다봤다. 교황을 상대하고 있던 스토라스가 점점 밀리고 있었다.

르블레인이 황급히 등에 차고 있던 활을 꺼냈다. 바닥에 떨어진 마물의 화살을 주워 들고 교황을 겨누었다.

쉬익—!

바람을 가르고 날아간 화살이 교황의 팔에 꽂혔다.

"크흑!"

교황이 팔을 감싸 안고 물러섰다.

'뭐지?'

교황에게 공격이 먹혀들어? 그는 악마의 이능을 자유자재로 쓰고, 이전 대의 신의 사도들을 기워서 만든 육체로 인해 공격이 제대로 먹혀들지 않는…….

'아냐, 공격은 원래 먹혀들었어. 그랬을 텐데…… 왜 이상한 기시감이 느껴지는 거야?'

"꼬맹아, 피해!"

이샤크가 소리쳤다. 르블레인은 저를 향해 날아온 마물을 신성 마법으로 뿌리쳤다.

'이럴 때가 아냐.'

지금은 교황을 상대하는 게 우선이다. 그녀는 교황을 향해 내달렸다.

[그러니까 너는 웃어 줘.]

등 뒤에서 더없이 다정한 목소리가 들리는 것을 모른 채로.

* * *

"마갑병들이 마물에게서 마법사를 보호하고, 마법사들은 진을 펼쳐라!"

"물러서지 마라! 공격해라!"

교황이 우리의 공격에 조금씩 밀려나고 있었다.

'글리, 교황의 뒤로 접근해서 붙잡아 놓을 수 있겠어?'

[그, 글리?! 감히 너 따위가 나를……!]

'할 수 있어, 없어?'

글라샬라볼라스가 고집스레 입을 다물자, 바알이 그를 힐끗 쳐다봤다. 움찔한 글라샬라볼라스는 칫, 혀를 차고 대답했다.

[대처가 빠른 놈이라 오래는 힘들다.]

'신호하면 뒤로 접근해.'

그리고 나는 부네와 푸르 쪽으로 고개를 돌렸다.

'부네는 유령 군사를 불러내고, 푸르는 기척을 기민하게 살필 수 없도록 교황 주변에 비를 퍼붓고, 낙뢰를 떨어뜨려.'

[그래.]

[좋아.]

'스토라스는 글리가 교황을 붙잡는 즉시, 다리를 공격해서 움직이지 못하도록 해 줘.'

악마들에게 명한 나는 사멸을 불러낼 준비를 했다. 사멸은 금세라도 사라질 것처럼 투명해지고 있었다. 남은 시간이 얼마 없다.

요한과 이샤크가 교황을 몰아붙이고 있었다. 이샤크가 무너진 건물의 잔해를 디디고 도약하여 검을 내지르자 교황이 몸을 비틀어 피했다. 교황의 자세가 무너지기 무섭게 요한이 뒤를 추격, 교황의 팔을 베어 냈다.

교황의 마물들이 요한에게 달려들었다. 요한이 밀려나자, 이번엔 앙리가 나섰다. 앙리의 손에서 뻗어나간 마력의 사슬이 그를 휘감았다.

긴장으로 얼굴이 뻣뻣하게 굳어진 교황이 부네의 이능을 가로채 쓰려는 듯, 주변으로 검은 안개가 모여들었다.

그 순간, 나는 신호했다.

'푸르, 부네. 지금이야.'

교황청 상공에 먹구름이 가득 밀려들고, 순식간에 억수 같은 비가 퍼부었다.

콰! 콰, 콰!

낙뢰가 교황의 주변에 내리치고, 부네의 유령 군사들이 교황이 불러낸 유령들을 제압했다. 비와 유령의 벽에 가로막힌 교황이 이도 저도 못하고 움직임을 멈췄을 때였다.

'글리, 지금이야!'

글라샬라볼라스는 바람에 스며들 듯 재빨리 투명화했다.

그리고 뒤에서 접근,

"크윽……!"

—교황을 붙들었다.

나는 소환한 사멸을 손에 쥐고 내달렸다.

"르블레인."

낯선 목소리가 머릿속에 울려 퍼졌다. 누군지 모를 다정한 목소리가 들려오자 손에 힘이 들어갔다. 교황을 감싸고 있던 비의 벽이 갈라지고, 유령 군사들을 통과했다.

교황과 눈이 마주쳤다.

그로 인해 얼마나 많은 것이 망가졌던가? 소중한 것들이 어떻게 무너져 왔던가? 제단에서 가슴에 검이 꽂힌 채로 처절하게 울부짖던 첫 번째 삶의 나는, 애정을 구걸하던 두 번째 삶의 나는, 또 굴다리 밑에서 죽어

가던 세 번째 삶의 나는 얼마나 비참했던가.

나는 자루마저 사라지기 시작한 사멸을 그의 가슴을 향해 내질렀다.

콰과과과곽—!

교황을 감싼 결계가 사멸의 촉과 부딪치자 격렬한 마찰음과 함께 스파크가 튀었다. 나는 한쪽 팔로 눈을 가린 채로 밀려났다.

누군가 내 등을 감쌌다. 단단한 가슴이 등에 닿고, 커다란 손이 내 손을 감쌌다.

"너는 내가 좋은 아버지가 되겠다고 생각하던 때를 떠올리게 해."

'아빠.'

내 손을 쥔 그가 또 한 번 강하게 사멸을 내질렀다.

쾅—!

기어이 결계가 깨지고 사멸의 날이 교황의 가슴을 베어 냈다.

"메리아……."

"르블레인이야."

파직.

어딘가에서 균열음이 들려왔다. 누가 가르쳐 주지 않아도 알 수 있었다. 에트왈이 된 그의 핵에 균열이 생겼음을.

부네의 이능을 가로채 만들어 낸 유령 군사들이 사라져 갔다. 푸르손의 마물 군대도 마찬가지였다. 푸르손의 마물을 이용해 만들었던 신전의 성수들 또한 쩌적, 쩍, 갈라지고 있었다.

*　　*　　*

듀블레드와 제국 연합군이 신전과 전투를 시작했을 무렵, 신전을 빠져나온 성수들이 제도를 쑥대밭으로 만들었다.

제국의 눈부신 발전을 위시하는 제도가 엉망이 되고, 황궁 또한 무너졌다. 르블레인이 결계를 펼쳐 놓은 호프 상단 인근의 거리를 제외하면 무사한 건물을 찾는 것이 어려웠다.

황족과 귀족들, 터를 잃은 백성들은 상점가 결계에 모여 황궁의 마법사들이 펼쳐 놓은 마경을 바라보고 있었다.

[메리아…….]

[르블레인이야.]

사람들은 손에 땀을 쥔 채로 마경을 바라봤다. 어떤 모자는 손을 모은 채 누군지 모를 신에게 기도했고, 어떤 노인은 신음했으며, 또 어떤 자는 목소리를 높여 응원했다.

황제가 주먹을 말아 쥐었다.

'조금만 더.'

'제발.'

'쓰러져라……!'

파직.

마경을 통해 명백한 파열음이 들려왔다. 듀블레드의 부녀가 내지른 검에 맞은 교황이 조금씩 석화되어 무너져 갔다.

마경 속의 르블레인이 외쳤다.

[교황은 악마의 힘을 잃었다! 두려워하지 마라! 공격해!]

황군의 자랑인 천마 부대가 상공에서 비를 퍼붓듯 활을 쏘고, 그리모아르 공작을 필두로 한 마탑의 마법사들이 공격에 가세했다. 귀족의 사병들은 무너지고 있는 성수들을 공격했다.

교황이 비틀비틀 르블레인을 향해 다가갔다. 레아와 자카리, 수리르를 선두로 듀블레드의 이리가 그를 막아 냈다.

'이겨 다오……!'

세실리아에게 기대 온몸에 바짝 힘을 준 황제가 눈을 부릅떴다.

*　　*　　*

교황은 한 걸음을 남겨 두고 더는 내게로 다가오지 못했다. 자카리의 창과 레아의 검, 수리르와 이리의 무기에 꿰뚫린 그가 천천히 무너져 내렸다.

울컥, 각혈한 그가 나를 올려다봤다.

"어째서 메리아…… 왜 당신은 언제나…… 제가 아닌 겁니까……."

"……."

"당신을 이토록 사랑하는 나를 두고…… 어째서……."

짝!

나는 교황의 뺨을 내리쳤다.

"이건 네가 베네딕트에게 명해서 죽인 우리 엄마 몫이야."

짝!

"이건 사랑하는 아내와 딸을 빼앗기고 평생 자책했던 아빠의 몫."

짝!

"이건 네가 만든 악당이라는 굴레에 갇혀 평생 외롭게 살아온 우리 오빠들 몫."

짝!

"네가 죽인 사람들 몫."

짝!

"너 때문에 수없이 죽고도 제발 다시는 눈 뜨지 못하게 해 달라 애원하던 어린 나의 몫—!!"

"메리아……."

"네가 끔찍해."

"……."

"소름이 끼치고, 화가 나서 참을 수 없어."

"……."

"사라져. 더는 눈앞에 머리카락 한 올 보이지 마. 제발 죽어 줘. 제발……!"

나는 옷깃을 꽉 말아쥔 채로 악을 내질렀다.

이 공허와 허탈감은 무엇일까. 나는 왜 너로 인해 소중한 무언가를 하나 더 잃어버린 기분이 드는 거지.

교황은 정신없이 나를 바라보며 손을 뻗었다.

"당신이 나를 죽여 주십시오. 당신 손에 죽을 수 있다면, 아아, 메리아……."

교황이 악을 내질렀다. 땅을 쥐어뜯고 소리쳤다.

"나는 결코 네 바람을 이뤄 주지 않을 거야."

"메, 메리아……."

"나는 너를 잊을 거야. 돌아선 즉시, 없던 사람인 양 기억에서 지울 거야."

"어찌 이리 잔혹하십니까. 메리—"

검날만이 남은 사멸을 쥔 요한이 그의 가슴을 꿰뚫었다.

"컥……!"

그에게 가족을 잃은 자, 연인을 잃은 자, 삶을 빼앗긴 자들이 몇 번이고, 몇 번이고 교황을 난도질했다.

"네가 한 모든 일은 허상이 되고, 너는 실낱같은 기억 하나도 내게 남기지 못할 거야."

"메……리아!"

교황의 눈에서 피눈물이 흘러내렸다. 발발 떨리는 손으로 내 발을 잡은 그를 매정하게 떼어 냈다. 꺽, 꺽, 숨을 몰아쉬며 벌레처럼 꿈틀거리던 그가 눈을 감은 순간이었다.

콰—!

우레가 하늘을 갈랐다. 세상이 어둠에 뒤덮인다.

파이몬이 흠칫, 푸르푸르를 쳐다봤다.

"네가 한 짓이냐."

"나, 난 아냐!"

푸르가 다급히 손을 내저었다.

바알이 굳어져 하늘을 둘러봤다. 하늘을 뒤덮은 어둠 사이로 희끄무레한 빛이 퍼지기 시작하더니, 종국엔 붉은 기둥이 되어 교황의 몸에 떨어졌다.

교황이 벌레처럼 꿈틀거렸다.

그리고…….

"아아악!"

병사 하나가 주저앉아 비명을 내지르기 시작했다. 다른 이들도 하나둘 주저앉거나, 머리를 감싸 쥐고 소리쳤다. 교황청뿐만이 아니었다. 멀리서도 인간의 비명이 난무했다.

바알이 소리쳤다.

"네리아드다!"

무너진 사람들 사이에서 우두커니 서 있던 나는 교황의 몸 위로 쏟아지는 빛을 바라보았다. 빛이 나타난 순간부터 본능적으로 예감하고 있었다.

네리아드의 강림을.

삐이이익—!

이명이 화살촉처럼 날카롭게 머릿속을 가로질렀다. 눈앞이 새빨개지고, 온몸이 경련했다. 나는 이 감각을 알고 있다.

신의 공간으로 갈 적의 감각……!

'세르가 님.'

[아가야.]

머릿속에서 그의 목소리가 울려 퍼졌다.

[매개를 잃은 네리아드의 힘이 붕괴하고 있다. 마지막 순간, 그는 인세를 무너뜨릴 것이야. 내가 벌어 줄 수 있는 시간은 얼마 없…… 너는…… 네리아……!]

세르가의 목소리가 간헐적으로 끊기더니, 곧 사라져 버렸다.

그제야 이명이 가셨다. 나는 흠칫, 사람들을 쳐다봤다.

"장거리 이동진! 어서 이동진을……!"

요한이 품에서 남은 이동진을 꺼냈고, 이샤크와 앙리가 내게 달려왔다.

"어떻게 하려고!"

"도망쳐야 돼. 이곳부터 무너지기 시작할 거야. 어서!"

쾅!

교황의 시체 주변으로 커다란 홀이 생겼다. 그 주변에 있던 자들이 흔적도 없이 사라졌다.

요한이 서둘러 이동진을 찢었다. 눈부신 빛이 연합군을 감쌌다.

다시 눈을 떴을 땐, 상점가였다.

"영애!"

"듀블레드 공!"

상점가 결계 안에 있던 사람들이 우리를 향해 달려왔다. 그중엔 황제도 있었는데, 나는 얼른 그에게 말했다.

"제도를 버리고 천도하십시오. 당장 백성들에게 이동령을 내리세요!"

"뭐라고?"

"네리아드가 세상을 집어삼킬 거예요."

귀족들이 발작하듯 소리쳤다.

"어찌 수도를 버리고 도망치란 말이오!"

이샤크 또한 고함을 내질렀다.

"그럼 붕괴에 휩쓸려 전부 죽자는 거야?!"

카밀라 대부인이 말했다.

"백성들이 짐을 꾸리려거든 시간이 걸릴 것이다."

"짐을 꾸릴 시간 없어요. 한시라도 빨리 도망쳐야 해요. 세르가 신이 네리아드를 언제까지 막아 낼 수 있을지 몰라요."

"제도를 벗어나면 살 수 있다는 것이냐?"

"……시간을 벌자는 거예요. 해결책을 만들 시간."

황제가 비틀거리며 이마를 쥐었다.

"방도조차 없다는 것이군."

"……."

와글와글 모인 귀족들이 물었다.

"세르가 신이 우리를 구할 수는 없는 거요?"

신의 힘은 인간들의 믿음으로 강해지는 것이다. 네리아드가 믿음을 잃어 약화되었다고 해서, 세르가가 믿음을 대신 흡수하여 강해진 것은 아니다. 물론 세르가를 믿는 소규모의 종교가 생겨 이전보다는 강해지긴 했지만.

백성들에게 당장 '세르가를 믿어라!'라고 해서 진심으로 믿는 사람이 얼마나 있겠는가.

그런데 그때였다.

툭.

함께 이동한 가짜 트리곤, 그러니까 웨일의 품에서 책 한 권이 떨어졌다.

"뭐, 뭐야. 이런 거 넣어 둔 적 없는데."

"……?"

"아닌가. 넣어 왔나. 아…… 그래, 넣어 왔던 것도 같군."

그가 갑자기 멍해지더니 중얼거렸다. 마치 기억 속에 새로운 장면이 삽입된 사람처럼.

나는 미간을 좁히며 책을 주워 들었다.

'이게 대체 뭐지?'

책에는 제비꽃을 말려서 만든 책갈피가 붙어 있었다. 책갈피가 붙은 페이지엔 줄이 그어져 있었다.

[제국의 개국황제 프리드는 네리아드 신에 대한 믿음을 증명하기 위해 각국에 사자를 보내 신전을 건설했다. 장소는 아래와 같다.

웨인스 왕국: 칼라인, 테람, 로티우드.

가홍: 완경, 서강고, 박랑.

.

.

신지(神地)라 일컫는 72지역에 신전을 건설하여…….]

믿음의 증명. 72지역.

위치를 헤아리던 나는 헛, 숨을 들이켰다.

'고대에 72선각자가 다스리던 집무지야.'

네리아드의 사도였던 프리드가 이곳에 신전을 지은 이유가 있을 것이다.

'만약 네리아드를 향한 믿음의 증명이라는 이곳을 무너뜨리면…….'

나는 교황청 상공에서 내려오는 빛을 쳐다봤다.

믿음을 잃은 신은 힘을 잃는다. 그러니까 믿음의 증명지인 이곳을 무너뜨리면 네리아드가 완벽하게 힘을 잃을 수도 있다는 말이었다.

그럼 인세를 붕괴시키지 못할 테고…….

'이거야!'

"폐하! 각국에 사절을 보내 주십시오. 72신지에 건설된 네리아드의 신전을 무너뜨려야 합니다."

"뭐라?"

"건국 황제 프리드 1세가 건설한 신전을 무너뜨린다면 네리아드의 힘을 완전히 없앨 수 있습니다."

"타국의 왕가에서 짐의 명을 쉬이 받아들이겠는가?"

"네리아드는 제국이 아니라 세상을 무너뜨리려 하고 있어요. 제국이 붕괴하면 다음은 타국의 차례입니다."

"타국의 왕가에선 그 말을 쉬이 믿지 않을 것이다. 제국이 붕괴하면 그네들에겐 외려 좋은 기회가 될 것이야. 공포는 욕망을 이기지 못해."

"어떻게든 설득해야 합니다. 그것밖엔 방법이 없어요."

황제가 골몰하자 몇몇 귀족들이 소리쳤다.

"세상이 붕괴한다는 것은 듀블레드 영애의 추측에 불과합니다. 한데 그녀의 말만을 믿고 타국에 무리한 요구를 했다간 추후 외교에 큰 위기가 올 것입니다, 폐하."

"신지의 신전을 무너뜨린 곳에서 무엇을 요구해 올지 모릅니다."

"제도 상황이 심각한 것은 사실이니 일단 천도하시고, 사신 파견은 추후 논의하여도 충분……."

"그만 ─ !!"

내가 버럭 소리치자, 한순간 말이 끊겼다. 잠시 당황했던 귀족들은 이내 얼굴이 새빨개지도록 흥분해서 소리쳤다.

"영애는 당장 사과하시오."

"전투의 중심이었다고 해서 제국의 꼭대기에라도 오른 듯싶은가!"

나는 딱딱하게 굳어진 얼굴로 목소리를 높이는 귀족들을 노려봤다.

"공들은 천문학적인 금액을 들여 이동진을 사들였기에 쉬이 도망치실 수 있겠지요. 하지만 백성들은 어디 그렇습니까?"

"……."

"가난한 자들은 짐을 모두 내버리고 도망친다고 해도 하루하루 버티기 어려울 겁니다. 이동진으로 짐을 바리바리 싸서 이동할 공들과는 달리요."

"……."

"도망치는 건 시간을 벌 수단일 뿐이에요! 원흉을 없애지 못한다면 도망친다고 해도 얼마 버틸 수 없다고요!"

나와 함께 신전과의 전투에 참전했던 자들은 속이 끓는 표정으로 귀족들을 노려봤다. 하지만 귀족들은 무례하다느니, 햇병아리 주제에 감히라느니 하며 시끄러웠다.

'소용없어. 머리가 다 굳은 자들이야.'

이렇게 되면 다 이겨 놓은 판이 뒤집힐 것이다. 그렇게 안간힘을 썼는데 네리아드와 함께 붕괴하는 엔딩이라니.

속이 터질 것만 같았다.

그런데 그때.

"그 입 닥치시오!"

허름한 셔츠를 입은 중년의 여성이 펄펄 뛰고 있는 귀족에게 쓰레기를 내던졌다.

"이, 이게 무슨 짓……!"

쓰레기를 맞은 귀족은 얼굴이 희멀게지도록 당황했다. 백성들이 하나둘 입을 모아 귀족들을 힐난했다.

"연합군이 교황과 전투할 적엔 벙어리인 양 입 다물고 있던 자들이 이제야 입을 여는군. 헛소리로!"

"뭐, 뭐?!"

허리가 굽은 노인, 깡마른 소년, 검버섯이 핀 중년 남성. 인근의 백성들은 목소리를 높였다.

"백성들이 살고자 전투지에 뛰어들었을 때, 이 제국을 지키기 위해 병사들이 죽어 갈 적에, 연합전에 참가한 귀족들이 군사력과 재물을 아쉬워하지 않고 용기를 낼 시점에 공들은 무엇을 하셨소!"

"뭐, 뭐?!"

"듀블레드에서 펼친 결계에 숨어 구경만 한 나리들이 이제 와 해결책이라고 내놓은 게 시간을 버리자는 말이라니!"

"어찌 저리 무례한……!"

"이제는 백성의 목숨을 볼모 삼아 헛소리나 지껄이고 있으니 속이 문드러져서 그렇습니다!"

"이, 이……!"

백성들이 면전에서 입을 모아 힐난하자 귀족들이 당황했다. 입만 뻐끔거리던 자들이 소리쳤다.

"감히 귀족을 조롱한 자들을 잡아들여라!"

"그만."

황제가 말했다.

귀족들이 흠칫했고, 나와 연합군, 백성들 모두가 황제를 쳐다봤다.

"각국에 사절을 파견하고, 제도와 제도 인근의 백성들은 모두 피난한다."

"폐하!"

황제는 귀족들의 말을 무시하고 나와 아빠를 쳐다봤다.

"사절을 파견한다고 해서 타국에서 우리의 말을 따를진 알 수 없다. 신전 파괴를 결정하기까지에도 시간이 소요될 터. 그때까지 버틸 수 있겠느냐?"

"방법을 마련하겠습니다."

"그래."

황제가 주변을 둘러보고 소리쳤다.

"들어라! 황궁의 이동진을 모조리 풀어 백성들을 국경으로 이동시킨다. 사흘 후 오후까지 제도의 백성들이 모두 이동할 수 있도록 정각마다 이동진을 발동해라!”

귀족들을 비롯한 행정 관리들이 황제 앞에 무릎을 굽혔다.

황제가 말을 이었다.

“병든 자, 노약자를 우선 이동시키고, 다음은 교황청 인근에 터를 둔 자들을, 가장 마지막으로 귀족들이 이동한다.”

“…….”

“짐이 결정한 순서를 위반하는 자들은 황령으로 다스릴 것이다. 서둘러라!”

백성들이 우르르 움직이기 시작했다. 황군이 백성들을 인도했다. 소란스러운 와중에 황제와 듀블레드, 그리고 신전과의 전투에 참전했던 귀족들이 모여 의견을 나누었다.

“사절로는 누구를 염두에 두고 계십니까?”

“신지를 소유한 나라는 몇이나 되는가?”

내가 말했다.

“총 스물하나입니다.”

서둘러 가짜 트리곤, 웨일의 품에서 떨어졌던 책을 꺼내서 보여 주자 황제가 신음했다.

“17국은 제국의 영향력 아래 있는 나라이므로 어렵지 않을 테지만, 문제는…….”

“예. 바다 건너의 ‘가홍’과 수인족의 나라인 ‘웨인스’, 그 어느 나라와도 동맹하지 않은 독자 세력의 ‘아타르 부족 연합’, 그리고 적국인 ‘모하스’가 문제입니다.”

“백작위 이상의 중앙 귀족을 17국에 우선 파견하고, 그 4국엔 각각 아미티에 공작, 듀블레드 공작, 그리모아르 공작이 가도록 하지.”

“한 곳이 남습니다.”

황제가 끙, 신음했다.

"마르슈 공작이 옥사에 갇혀 있으니……. 그와 비슷한 지위의 사람이 가야 할 터인데. 하면 황자를……."

중얼거리자, 슈헤일 후작이 말했다.

"안드레 황자 또한 옥사에 갇혔지 않습니까. 황자를 보내실 생각이십니까?"

"아니. 아니지……."

황제가 이마를 짚곤, 멍하니 "그럴 순 없는데…… 왜 황자를 보내겠다고 했지……." 중얼거렸다.

황제의 뒤에서 글라샬라볼라스의 힘으로 모습을 감추고 있던 그레모리의 표정이 흐려졌다. 황제는 머리가 지끈거린다는 듯 고개를 흔들었다.

"남은 한 곳엔 로카르 대공을 보내겠다."

"예."

사람들이 서둘러 움직였다. 나는 황제까지 자리를 떠난 후에도 멀거니 서 있었다.

"꼬맹아?"

"르블레인."

이샤크와 앙리가 부르고 나서야 난 "아." 하며 고개를 들었다.

"왜?"

요한이 물었다. 나는 고개를 저었다.

"아니, 자꾸만 이상한 느낌이 들어서."

"무슨 느낌?"

오빠들이 어리둥절한 표정으로 나를 쳐다봤다.

"……아냐."

나는 고개를 젓고 그들을 따라갔다.

* * *

백성들의 이동이 시작된 지 이틀째.

사절들이 이동진을 통해 각국으로 떠난 것도 이틀이 되었다. 듀블레드의 온실에 있던 나는 입술을 깨물었다.

'쉬운 일은 아니라고 생각했지만, 이렇게까지 아무도 신전을 파괴하지 않을 줄이야.'

나는 이마를 쥔 채로 끙……. 신음했다.

달리아와 린다, 유니가 걱정스러운 얼굴로 내게 컵 하나를 내밀었다.

"뭐라도 좀 드세요. 어제도 차 한 잔 입에 안 대셨잖아요……."

그렇게 말한 유니가 눈썹을 늘어뜨렸다.

나는 우유에 진하게 탄 초콜릿을 보고 조금 웃었다.

"처음 듀블레드에 왔을 때도 초콜릿을 먹었었어."

회귀해도 좋다고 생각하며 훌쩍훌쩍 울 뻔했다. 내가 컵을 매만지고 있자, 머릿속에서 철수가 외쳤다.

[그런 말 하지 마세요! 죽음의 플래그라고!]

[제발 좀 닥쳐, 넌.]

푸르가 타박했으나, 철수는 꽥꽥 소리쳤다.

[과거 회상하지 마! 과거 회상은 플래— 읍! 읍!]

누군가에게 입이 틀어막힌 듯이 철수의 목소리가 작아졌다. 나는 얼른 고개를 털어 냈다.

'감정적이 되어선 안 돼.'

다 됐다. 이제 이것만 처리하면 돼.

나와 함께 둘러앉아 있던 가족들이 어깨를 두드렸다.

"정 안 되면 이동진을 이용해서 우리가 직접 쳐들어가자고. 신지의 신전을 우리 힘으로 부수면 돼!"

이샤크가 애써 기운차게 말하자, 앙리가 책등으로 그의 정수리를 쿵, 때렸다.

"그럼 일이 모두 끝났을 때, 우리는 어떻게 되는 건데. 겨우 독립해서 처음 할 일이 타국과 전쟁이었으면 좋겠어?"

"정 안 되면 그런 방법도 있다 이거지."

"왕들도 바보는 아니야. 저희 영달 때문에 세상이 망하는 꼴을 두고 보진 않을 테니까 너무 염려하지 마, 르블레인."

요한도 "그래." 하고 말을 보탰다.

나는 고개를 끄덕였다.

"응."

아빠가 나를 바라봤다.

"쉬고 와라."

"아니에요."

"쉬고 와. 네리아드를 없애기도 전에 네가 먼저 쓰러지겠구나."

"……."

고모며 의장, 세리아까지 성화라 나는 어쩔 수 없이 몸을 일으켰다.

"그럼 잠시만."

가족들이 고개를 끄덕였다.

내 사람들을 뒤로하고 방으로 올라왔다. 잠깐 눈을 붙이기 위해 침대에 누웠다. 테라스가 눈에 들어왔다.

"……블레인."

나는 눈을 꽉 감고서 돌아누웠다. 협탁 위에 놓인 만년필이 눈에 들어왔다. 갈색과 푸른색이 섞인 만년필.

내게 이런 것이 있었던가?

나는 이불을 끌어안은 채로 일어나 만년필을 매만졌다.

"고마워."

"왜 이러는 거야."

나는 고개를 휘휘 저었다. 자꾸만 낯선 목소리가 떠오른다. 그럴 때마다 폐가 오그라들 듯 숨이 잘 쉬어지지 않았다. 입술을 꽉 깨물고 서랍에 만년필을 처박았다.

'잠이 오긴 틀렸나 보다.'

온실로 돌아가면 가족들이 걱정할 테니, 시간을 죽이다 돌아가야겠다.

나는 한숨을 내쉬고 침실을 나섰다. 침실과 연결된 작은 서재에 들어가자 전쟁 전에 그대로 두고 간 지도와 양피지가 보였다.

나는 의자에 앉아 양피지를 매만졌다. 이동 계획을 짜던 때의 기억이 선명했다. 그때도 불안했는데. 에트왈 없이 정말로 교황을 이길 수 있을까, 하고 생각했었다.

'하지만 이겼어. 그러니까 이번에도.'

그렇게 생각하며 양피지를 매만지는데 기묘한 글씨가 눈에 들어왔다. 분명 내 글씨인데…… 나는 쓴 적이 없는 문장.

[너를 구하러 갈게, 아드…….]

순간, 글씨가 빛나며 마지막 글자부터 사라지기 시작했다. 그리고 에트왈이 뜨겁게 빛났다. 머릿속에서 무언가 파직, 부서지는 소리가 들렸다.

나는 움찔하고 목에 걸린 에트왈을 쳐다봤다.

"뭐지."

세기의 군사의 통로가 박혀 있던 에트왈의 한 곳이 모르는 보석으로 채워져 있었다.

"내가 왜 이제까지 이걸 몰랐지?"

나는 에트왈을 가만히 들여다보았다.

'자수정?'

이런 것을 에트왈에 둔 적이 없다. 물론 본 적조차.

'이런 보석, 알아요?'

바알에게 묻자 그가 낮은 목소리로 대답했다.

[글쎄.]

부네와 푸르, 철수 또한 모르는 일이라는 듯 의아한 투였다. 심지어는 정보의 보고나, 지고의 도서관을 이능으로 가진 파이몬과 스토라스까지도 모르는 일이라고 했다.

파이몬이 물었다.

"아가레스의 사멸은 아니라고?"

"사멸은 네리아드의 파동이 시작되고 얼마 지나지 않아서 사라졌어."

"내가 내준 권속도 아니란 말이지."

"세기의 군사는, 아……?"

세기의 군사의 권속화를 어째서 해제했더라. 내 손으로 해제한 것은 기억이 나는데, 이유가 좀처럼 떠오르지 않았다. 머리가 지끈거렸다. 내가 이마를 쥔 채로 신음하자 스토라스가 말했다.

"떠올리려고 하지 마라. 새로운 악마의 이능일지도 모르니."

"새로운 악마라고?"

"아가레스가 죽었으니 필경 〈지혜〉를 개화한 자가 생겼을 터. 너는 어쩌면 새로운 악마의 이능을 이용했을지도 모른다."

"기억을 잃게 하는 이능이라고?"

파이몬이 고개를 가로저었다.

"네가 새로운 악마와 계약한 것이 맞다면, 그의 이능은 기억의 제거가 아닐 것이다. 새로운 악마의 이능이 세상과의 규약을 어겨 기억에서 소실되었을 가능성이 크지."

"세상과의 규약……."

중얼거리자 바알이 현신했다.

"우리의 기둥이 바로 '규약'이다."

바알과 파이몬이 기둥에 관해 자세히 설명해 주었다.

고대 전쟁 당시, 네리아드를 택한 선각자들은 이미 네리아드의 힘과 섞여 있었기 때문에 세르가 신만의 힘으론 완전히 봉인하는 것이 불가능했다. 그래서 규약을 만든 것이다. 함부로 인세를 휘두르지 못하도록.

파이몬이 말했다.

“고대에 전쟁이 터졌을 때 이미 네리아드의 힘은 사람들의 믿음을 잔뜩 흡수하여 세르가의 힘을 웃돌고 있었지. 네리아드는 마지막 순간, 규약에 끼어들었지.”

“…….”

“그래서 네리아드 휘하의 악마가 네게 알려 줄 수 있는 정보가 한정되었던 것이고.”

생각해 보면 그렇다. 세르가 신은 이전까지만 해도 거의 힘이 없었다. 그런데 규약을 유지할 수 있었던 이유가 무엇이겠는가.

‘네리아드의 힘으로 규약이 유지되었기 때문이겠지.’

네리아드가 규약을 유지해 온 건 아마도 바알 정도의 고위급 대적자를 가둬두기 위해서일 테고. 질서를 신념으로 하는 네리아드에게 악마라는 존재는 인세에 없어야 하기에 가둬 뒀을 수도 있지.

생각을 정리하던 나는 미간을 좁혔다.

“그런데 이상해요.”

“무엇이?”

바알이 물어서 나는 그를 쳐다봤다.

“나도 〈지혜〉를 개화시킨 선각자에요. 그런데 왜 저는 규약에 갇히지 않은 거죠?”

“규약을 만든 후, 지혜가 개화되었기 때문이지.”

“하지만 새로운 악마는 규약에 갇혔잖아요.”

파이몬과 바알, 스토라스가 서로 시선을 교환했다.

“그건 아마 아가레스를 죽인 것이 새로운 악마이기 때문이 아닐까.”

스토라스의 말이었다.

“뭐?”

“한낱 마물을 죽이고 저주를 받은 인간도 있어. 악마가 아닌 자가 악마를 죽였다면 저주를 받는 것이 당연하다. 만약 그 저주가 규약에 대신 갇히게 되는 것이라면 모든 일이 설명되지."

파이몬이 고개를 끄덕이며 덧붙였다.

"……뭐, 아직까지 인간의 손에 죽은 악마는 없으니 확실하진 않다만."

나는 에트왈 안의 자수정을 매만지며 고민에 잠겼다.

'당신은 대체 누구야?'

누가 나를 위해 그런 리스크를 모두 짊어진 것일까. 가슴이 답답할 정도로 다정한 당신은 대체 누구지?

시선이 짙어지자 스토라스가 입을 열었다.

"그리 궁금하다면 소환해 보는 건 어때?"

"처음 보았을 때부터 시도해 보고 있는데, 안 돼. 마치 무언가에 잠긴 것처럼 꺼내지질 않아."

나와 악마들은 각자 다른 표정으로 에트왈을 바라봤다. 한동안 말이 없던 파이몬이 어깨를 으쓱했다.

"아무래도 좋지 않으냐."

"네?"

"네리아드가 사라지면 규약 또한 사라지게 될 터. 그때가 되면 다시 보게 되겠지. 규약이 힘을 잃는다면 기억 또한 돌아올 테고."

"그런 거예요?"

"네가 이제 와 자수정을 인지하게 된 것이 어떤 이유에서겠느냐? 네리아드의 힘이 규약을 유지할 수 없을 지경으로 약화되었기에 조금씩 새로운 악마에 대한 기억을 찾는 것이다."

나는 고개를 끄덕였다.

'그럼 그때까지.'

아쉬움은 접어 두기로 했다. 지금 급한 것은 네리아드를 세상에서 완전히 없애는 일이었다.

*　　*　　*

이튿날, 신지의 신전을 소유한 두 곳에서 연락이 왔다.

나는 소식을 듣고 헐레벌떡 중정으로 뛰어나갔다. 황제, 그리고 중앙탑 귀족들과 만난 요한이 막 들어오는 중이었다.

"어떻게 됐어?"

"내일 오전 신지의 신전을 파괴하겠노라 확답해 주었어."

내가 비틀거리자 앙리와 이샤크가 서둘러 날 부축했다.

"꼬맹아!"

"르블레인."

나는 두 사람의 팔을 잡은 채로 후들후들 주저앉았다.

"괜찮아. 긴장이 풀려서."

이샤크가 씩 웃고서 내 앞에 무릎을 굽혔다.

"두 나라에서 물꼬를 텄으니 슬슬 반응이 오겠지?"

"응! 이제 문제는 가홍과 웨인스, 아타르 부족 연합, 모하스인데……. 그들은 어때?"

요한과 앙리의 표정이 흐려졌다.

'역시 반대하고 있구나.'

적국인 모하스는 제국이 망하는 일이라면 쌍수를 들고 환영할 것이다. 웨인스는 인간에게 박해받은 수인족의 나라인 만큼, 인간들의 일에 관여하고 싶지 않을 터. 가홍과 아타르 부족 연합은 신지의 힘으로 국경 결계를 유지하고 있다고 들었다. 그런 곳을 쉬이 파괴할 수 있을 리 없다.

'공작들이 직접 갔는데도 소용없다면, 그들을 설득할 수 있는 건 없다는 거야.'

나는 창밖을 내다봤다. 교황청에서 시작된 어둠이 조금씩 제도를 집어삼키고 있었다. 어둠에 집어 삼켜진 거리는 본래 존재하지 않았던 것처럼 완전한 무로 되돌아갔다.

이제 정말로 시간이 없었다. 어둠은 듀블레드저에까지 가까이 왔고, 우리도 내일이면 피난을 떠나야 했다.

'어둠에 잠식되는 속도가 점점 빨라지고 있어.'

이 상태로라면 영지에 어둠이 닿는 건 얼마 걸리지 않을 것이다.

요한이 나를 일으켜 주었다.

"공작들께서 애쓰고 계시니 너는 너무 염려하지 마."

"……네."

"쉬어라. 점점 혈색이 나빠지고 있어."

요한은 나를 안아 들어 방까지 옮겨 주었다. 그는 이불까지 곱게 덮어준 뒤, 내 머리를 쓰다듬었다.

"괜찮아, 르블레인. 괜찮을 거야."

그는 내가 눈 감을 때까지 몇 번이고 속삭임을 멈추지 않았다. 몇 번이고, 몇 번이고…….

나는 다정한 목소리를 들으며 조금씩 수마에 빠져들었다.

*　　*　　*

[……인.]

'누구?'

[르블레인.]

더없이 다정한 목소리가 끊임없이 들려왔다. 어둠에 감싸여 사위가 보이지 않지만, 목소리가 빛인 양 내게로 떨어졌다. 해저처럼 깊은 어둠 가운데 나 홀로 빛이 났다.

나는 아주 조그마해져 있었다. 단풍잎 같은 손, 소시지를 엮은 듯 통통하고 짤따란 팔. 육체만이 어려진 건 아닌 모양이었다. 머리가 몽롱해서 잘 돌아가지 않는다.

[여기다. 르블레인, 여기야.]

'……요한? 요한이에요?'

[르블레인.]

다정한 목소리. 더없이 상냥하고 강인한 저 목소리는 분명 익숙했다. 요한이 아니야. 이건 오라버니야. 나는 몽롱한 와중에도 허겁지겁 목소리를 좇았다.

[르블레인. 여기다. 나는 여기에 있어.]

'기다려. 멀어지지 마.'

내 다리는 이렇게 짧고, 오라버니의 목소리는 너무나 빠르게 멀어지고 있었다. 어둠 속은 너무나 불안해서 가슴이 거칠게 뛰었다. 나는 몇 번이나 넘어지면서도 정신없이 목소리를 따라 뛰었다.

저 멀리에서 문이 열렸다. 문 안에서 온기와 빛이 뒤섞여 퍼져 나왔다. 나는 기쁜 얼굴로 얼른 문 안으로 뛰어들려고 했다. 그런데 그때.

"아가야."

누군가가 나를 가로막았다. 고개를 들자 황금을 녹여 낸 듯한 금발을 가진 아름다운 사내가 나를 바라보고 있었다.

"이곳이 아냐."

"여기예요. 오라버니가 여기서 나를 부르고 있어요."

"네 오라버니들은 저 뒤에 있잖아."

사내가 내 등 뒤를 가리켰다. 온통 어둠뿐인 그곳으로.

나는 고개를 빠르게 저었다.

"저곳으론 갈 수 없어. 나는 이렇게 작고 연약하지만, 어둠은 더없이 강해요. 저 어둠이 나를 집어삼킬 거예요."

"갈 수 있어. 너는 그 어떤 험한 산세도 헤쳐 나갈 수 있는 아이이니까."

"하지만, 하지만……."

내가 어쩔 줄 모르자, 그는 내 어깨를 잡고 다시 길을 가리켰다. 등 뒤로 절박한 목소리가 들려왔다.

르블레인!

정신 차려, 꼬맹아!

제발……!!

'아, 나를 걱정하고 있어.'

사내는 다정하게 웃었다.

"자."

그는 말했고, 나는 치맛자락을 꾹 비틀어 쥐며 움찔움찔 뒤로 돌았다.

"곧장 달려가라."
난 어둠 속을 다시 달려가기 시작했다. 목소리가 끊임없이 나를 불렀다.

[돌아와. 돌아와. 돌아와. 돌아와. 돌아와. 돌아와. 돌아와. 돌아와. 돌아와.]

그럴 때면 사내의 목소리가 귓가에서 울렸다.
"목소리에 현혹되어선 안 돼."

[돌아와. 돌아와. 돌아와. 돌아와. 돌아와. 돌아와. 돌아와……!!]

찢어지는 듯한 고함에 폐가 꽉 옥죄어 올 때에도 사내는 말해 주었다.
"잘하고 있어. 괜찮아, 르블레인."
다정하고, 다정하게 속삭여 주었다.
괜찮다고. 괜찮아질 거라고. 나 없이도 너는 잘할 수 있을 거라고.
내가 마지막 한 걸음을 내디뎠을 때, 마지막으로 그가 말했다.
"잊어선…… 돼…… 네…… 을."

*　*　*

핫……!
나는 번쩍 눈을 떴다.
눈앞엔 사색이 된 오빠들이 보였다. 잔뜩 굳어져 있던 이샤크가 나를 끌어안았다. 숨이 끊어질 것처럼 헐떡거리는 것이 느껴졌다. 그의 등 뒤로 보이는 요한과 앙리의 표정은 금세라도 무너질 것 같았다.

"나……."

중얼거리니 이샤크가 울먹이며 말했다.

"네가 사라지는 줄 알았어. 계속 투명해져서, 그래서…… 무서워서 돌아 버리는 줄 알았어."

나는 눈을 꽉 감은 채로 이샤크의 등을 천천히 쓰다듬었다.

'네리아드였어. 네리아드가 날 부른 거야.'

그 사내가 아니었더라면 어떻게 되었을지 상상할 수 없었다.

"난 괜찮아. 사라지지 않아."

그렇게 말하자 이샤크가 내 머리를 쥐어박았다. 내가 "악!" 소리치며 머리를 감싸자 앙리가 이샤크의 멱살을 쥐고 던지듯 떠밀었다.

"죽고 싶어?"

"죽여 버려."

나를 끌어안은 요한이 이샤크를 싸늘하게 노려봤다. 이샤크는 앙리에게 얻어맞으면서도 꽥꽥 고함을 내질렀다.

"또 걱정시켜 봐라!"

주변에서 그제야 웃음이 터져 나왔다. 나는 상냥한 세계 속에서 마지막으로 들었던 금발의 사내의 외침을 떠올렸다.

"잊어선 안 돼. 네 편이 있다는 것을."

나는 요한에게 말했다.

"우리가 가요."

"뭐?"

"가홍과 웨인스, 아타르 부족 연합과 모하스에."

오빠들이 무슨 소리냐는 듯 나를 쳐다봐서 나는 침대에서 일어나며 말했다.

그곳에도 내 편이 있을 테니까.

*　　*　　*

이튿날.

나는 의자에 앉아 가만히 눈을 감았다. 신성력의 양은 어느 정도 회복되었다. 이 정도면 비상시에 운신하기엔 충분할 터. 다시 눈을 뜨고 고개를 끄덕이자 듀블레드의 사람들이 걱정스러운 표정으로 나를 쳐다봤다.

"정말로 혼자 갈 수 있겠어?"

"아빠까지 없는 상황에서 더 인원을 뺄 순 없어. 내가 없는 동안 문제가 생기면 오빠들이 나서야 하잖아."

나는 오빠들을 붙잡고 몇 번이나 당부했다.

어둠이 듀블레드까지 집어삼키기 전에 도망쳐라. 일단 서부의 국경에 있는 영지로 가서 영지민들과 함께 있다가 어둠이 제도를 넘는 즉시, 제국을 빠져나가야 한다.

"꼬맹이, 너나 위험하면 재빨리 도망쳐. 타국에서 널 보면 눈 돌아가서 어떻게든 붙잡으려 할 거라고."

"이 녀석의 말이 맞아."

"위험해지는 즉시 악마로든, 네 힘으로든 결계를 깨고 이동진을 발동시켜야 한다."

물가에 내놓은 애라도 되는 것처럼 걱정하는 사람들을 뒤로하고, 나는 로브를 입었다.

"다녀올게."

"……."

"……."

"……."

"무사히 올게."

꽉 주먹을 말아쥔 이샤크가 나를 끌어안았다.

"네가 내 동생이라 자랑스러워."

"나도 이샤크가 내 오빠라 좋아."

"……다치지 마."

"응."

나는 가족들과 듀블레드 사람들에게 인사했다. 그리고 내가 직접 꾸린 호위대 사이에서 이동진을 찢었다.

눈 부신 빛이 우리를 감싸고, 눈을 떴을 땐…….

* * *

가홍의 수도, 태렵.

가홍의 왕녀, 홍해는 무감한 표정으로 제단 아래에 무릎 꿇은 가홍 왕을 바라봤다.

가홍에 비가 내리지 않은 지 아홉 달이 지나고 있었다. 우물은 말라붙은 지 오래. 물 한 방울 구경 못 한 곡식은 추수하기도 전에 말라비틀어졌고, 가홍은 최악의 흉년을 겪는 중이었다. 물 한 바가지를 얻으려 백성들이 수령에게 날붙이를 드는 일이 빈번하고, 민란이 들끓었다.

가홍 왕은 벌써 사흘째 하늘에 제를 지내고 있었다. 중년이 훌쩍 넘은 연세에 뭐 하나 입에 넣지 못하고, 사흘 내리 제단에 절하는 그는 금세라도 쓰러질 듯했다.

재상은 말했다.

"정성이 부족하십니다."

마치 가홍 왕이 선정을 펼치지 못해 하늘이 벌이라도 내린 것처럼.

홍해는 왕과 가장 가까운 곳에서 매서운 눈초리로 가홍 왕을 지켜보는 재상 일파를 지그시 바라봤다.

'죄인이 누구인데.'

얼마 남지 않은 물을 독점하고 있는 것은 저 재상의 세력이었다. 흉년에도 저들 집안에선 잔치가 끊이지 않고, 재상의 저택으론 금은보화를 실은 수레가 줄지어 들어간다. 가홍 귀족들의 골치를 썩게 만드는 민란 대부분은 저들의 탓이다.

하기야, 부왕의 잘못이 없는 것은 아니었다. 아비는 정성이 부족하다는 재상의 앞에서 어깨를 움츠리고 발발 떨었다.

"구, 국사(國師:왕의 스승), 말해 주시오. 내가 무엇을 하면 되겠소이까."

재상 황견익은 왕가에 이름만 걸친 어부를 왕위에 올리고, 훌륭한 쥐새끼로 만들었다. 부왕은 재위한 지 스무 해가 지나고도 여전히 미물이었다.

그래, 부왕에게도 죄는 있다. 유약한 죄, 강인하지 못한 죄, 휘둘린 죄, 제 여인과 그 자식을 지킬 수조차 없는 주제에 사랑한 죄. 부왕의 죄는 고스란히 딸에게로 상속되었다.

홍해가 등을 돌리자 친모인 주월비가 헐레벌떡 그녀를 붙잡았다. 그러곤 재상의 눈치를 보며 기어들어 가는 목소리로 속삭였다.
“어딜 가려고.”
“제 궁으로 돌아가지 어딜 가겠어요.”
“너는 왕가에서 유일하게 신력을 타고난 아이가 아니니. 너라도 부왕의 뒤를 지켜 주어야—”
“어머니는 정말로 비가 내릴 거라고 생각하세요?”
“…….”
“이 중에 이런다고 비가 내릴 거라 믿는 사람이 있어요? 아니요. 이건 황견익이 부왕의 충심을 대신들 앞에 전시한 것과 마찬가지예요.”
“알아. 다 알아. 그러니까 가지 말란 게야.”
재상의 눈 밖에 나지 마라. 있는 것에 만족하고, 더 많은 것을 바라지 마라. 너는 날 때부터 재상에게 밉보였으니, 여기서 더 눈 밖에 나선 안 된다. 미천한 것이 감히 신력을 타고난 너를 낳은 죄다.
모두 내 죄다. 모두. 모두……. 홍해야.
홍해는 저를 붙드는 주월비의 손을 떼어 내고 빠르게 걸었다. 등 뒤로 주월비의 목소리가 달라붙었다. 홍해는 귀를 틀어막고서 걸음을 빨리했다.
‘지긋지긋해.’
지긋지긋해서 살 수가 없어.
입술을 꽉 깨물자, 곁으로 누군가 다가왔다. 궁녀라 생각한 홍해가 시선도 주지 않은 채 말했다.
“내 귀염둥이들을 준비해 놔. 아이들과 차라도 마셔야 속이—”
“그런다고 풀리시겠습니까?”
재상 황견익의 아들이자 왕비의 조카인 황현이었다. 홍해는 대번에 얼굴을 굳혔다.

"무슨 일이냐."

경계 어린 눈빛에 황현은 입꼬리를 바짝 끌어올렸다.

"혼사가 잡혔습니다."

"……뭐라고?"

"바다 건너 혜국(라올린)의 왕입니다."

"라올린 왕은 올해 여든으로 와병 중이라지 않았어?"

"혜국의 왕의 병증이 깊어 신력을 지닌 자와의 동침으로 하여금 치료코자 하니 가홍의 왕녀, 홍해를 혜국 왕의 후비로 내어 달라는 청이 있었습니다."

홍해가 치맛자락을 꽉 비틀었다.

황현이 사고를 쳤다는 이야기는 들었다. 라올린에 사신으로 갔다가 술에 거나하게 취해 라올린 대사에게 주먹을 휘둘렀다고.

나라 사정이 어려운 지금, 라올린의 도움은 필수다. 라올린과의 일이 어그러지면 모든 것이 그의 탓이 될 터. 저를 여든의 라올린 왕에게 바치고, 어떻게든 수습하려는 것이 훤했다.

"싫다. 나는 그런 혼사 따위—"

"왕녀. 비록 미천한 몸에서 태어났지만, 운 좋게 신력을 지닌 덕에 나라에 도움이 될 수 있으니 이 얼마나 기쁜 일입니까."

"폐하께서 그런 결정을 하실 리 없어!"

황현이 낄낄거렸다.

"어려서나 지금이나 여전히 무지하십니다."

"뭐?"

"결정을 하는 건 늘 제 아버님의 몫이지요. 폐하께선 따르는 존재고요."

홍해의 입술이 파르르 떨렸다.

"너……."

"혼사를 준비하십시오. 내달 혜국 행렬에 왕녀를…… 꽥!"

황현이 말하던 중간에 비명을 내질렀다. 홍해가 흠칫, 황현을 쳐다봤다. 쓰러지는 그의 뒤로 보이는 건, 가홍에서 볼 리 없는 사람이었다.

"듣자 듣자 하니까."

"……."

"이게, 말이면 단 줄 알고."

"……르블레인."

떨리는 눈으로 바라보자 궁녀의 의복을 입은 르블레인이 픽 웃었다. 심지어는 머리칼과 눈 색마저 가홍의 사람들과 다르지 않은 검정이었다.

"안녕, 노예?"

"너, 어떻게……."

"궁 정리 좀 해야겠어. 진주 하나에 홀랑 넘어가는 시종장이라니, 끔찍해. 아, 여기선 내관이라고 하던가."

중얼거리는 르블레인을 본 홍해는 입을 떡 벌렸다. 그녀는 황급히 주변을 둘러봤다. 다행히 본 사람은 없다.

목소리를 바짝 죽인 홍해가 말했다.

"이게 무슨 짓이야!"

"미친놈에겐 매가 약이다. 듀블레드의 가훈이야."

르블레인에게 수도로 얻어맞았던 황현이 꿈틀거리더니 고개를 들었다.

"너 이 계집, 감히……!"

르블레인은 그의 머리를 콱, 밟고는 말했다.

"어허, 고개가 높다."

"이, 이……! 게 아무도 없—"

한 번 더 콱, 밟은 르블레인이 곤란한 듯 뺨을 쥐고 말했다.

"목소리도 크잖아."

"병사……!"

"참고로 여긴 내 결계 속이라 아무리 소리쳐도 안 들려."

턱을 괴고 쪼그려 앉은 르블레인은 곧 황현의 머리채를 잡고 고개를 들었다.

"너는 머리가 없는 것 같으니까 친절하게 알려 줄게?"

"뭐, 뭐?"

"이게 무슨 소리냐면 말이야. 쥐도 새도 모르게 죽고 싶지 않으면 닥치는 게 신상에 이롭다는 뜻이야."

"감히 내게 이러고도 살아남을 성싶으냐!"

"네가 내게 소리치면 살아남지 못할걸?"

"이 미친!"

황현이 거칠게 버둥거리며 일어났다. 르블레인의 멱살을 잡으려던 찰나.

"그 손, 내려놓아라."

"죽고 싶지 않으면."

"그냥 죽이자!"

"아직 아기가 허락하지 않았단다."

바알과 스토라스, 푸르와 부네가 각각 황현의 팔과 다리, 목, 허리를 제압했다.

르블레인이 손뼉을 짝! 치고는 말했다.

"나한테 감사할 테니까 이번 일은 그냥 넘어갈 거지?"

황현이 발작하듯 말했다.

"내가 너 같은 계집에게 감사할 리가—"

"내가 지금 널 살려 주고 있잖아. 얼마나 감사하니!"

허리춤에 손을 올린 르블레인이 버럭 소리치자 황현은 기가 막혀 말도 하지 못했다. 우두커니 서서 그 광경을 지켜보던 홍해가 중얼거렸다.

"혹시 미친 거야?"

"자주 들어."

"……."

"미치기 일보 직전이기도 하고. 너희가 신지의 신전을 파괴하지 않아서. 그래서 말인데, 홍해."

"……어?"

"얼른 가서 신지 좀 파괴하고 올래?"

"혹시 기가 막히게 한다는 말도 자주 들어?"

"그런 편이긴 해."

빙그레 웃은 르블레인이 몸을 일으켰다.

"말장난은 이만하고."

"……장난이었다고?"

"듀블레드 왕가의 공주로서 가홍의 왕녀에게 제안합니다."

르블레인이 치마 끝을 잡고 무릎을 가볍게 굽히며 홍해를 쳐다봤다.

"왕녀께서 신지의 신전을 파괴해 주신다면 수원을 내어 드리겠습니다."

"……."

"덤으로 감히 왕권에 도전하는 쥐새끼 토벌까지."

"……."

홍해가 멍하니 르블레인을 바라봤다. 르블레인이 고개를 모로 꼬며 인상을 썼다.

"빨리 결정해 줄래? 내가 지금 바쁘거든. 아타르 부족 연합에 웨인스, 모하스도 가야 해서."

"……."

"배짱이 없다면 지금 돌아가도 좋아."

홍해가 주먹을 꽉 움켜쥐었다. 입술을 지그시 깨문 그녀가 르블레인을 정면으로 응시했다.

"류홍해한테 배짱을 빼면 뭐가 남아?"

르블레인이 씩 웃었다.

"그래, 배짱을 보여 줘, 노예."

* * *

사흘 후 동이 트기 전까지 신지의 신전을 파괴하기로 홍해와 약속했다. 황현은 그때까지 가홍의 사신으로 온 그리모아르 공작이 맡아 두기로 했다.

홍해의 말론 가홍은 하늘제로 정신이 없어서 황현을 추적할 틈이 없는 데다가, 황현이란 인간이 워낙에 망나니인지라 사라져도 또 어디 기방에서 술과 도박에 빠져 있겠거니 할 거란다.

스토라스가 물었다.

[믿을 수 있겠나.]

'믿어야지.'

믿는 것밖엔 방법이 없으니까.

내 손으로 파괴하게 된다면 선전포고나 다름없다. 네리아드의 힘을 거둬 낸 뒤 다시 전쟁을 치를 것이 아니라면 내부에서 해결하게 해야 한다.

'내 손으로 파괴하는 건 정말로 마지막 방법이야.'

그리고 나는 웨인스로 향했다. 웨인스엔 뇌물을 쥐여 주고 밀입국할 필요가 없었다. 쌍둥이 왕자 중 형인 이스트를 도왔던 일로 웨인스의 왕비가 내게 호감을 가지고 있었다. 덕분에 난 서신 한 통으로 쉽게 웨인스의 왕궁을 통과할 수 있었다.

"어서 오세요, 영애."

"환대에 감사드립니다, 왕비님."

왕비는 생각과는 다른 외양이었다.

수인족 나라의 왕비인 만큼 어느 한구석은 동물의 모양을 하고 있을 줄 알았는데, 귀도 사람의 것과 같고 꼬리도 없었다.

왕비는 수더분하게 웃었다.

"아이들과는 다르지요? 성숙한 개체는 수인의 흔적을 숨길 수 있답니다."

"예상보다 더 훌륭한 기품에 움츠러들었을 뿐입니다."

"어쩌면 말을 그리 예쁘게 할까. 이스트와 웨스트가 영애의 말주변을 배웠으면 좋겠어요."

우후후, 웃은 그녀가 따라오라는 듯 고개를 끄덕이곤 먼저 걷기 시작했다. 인적 드문 복도에 이른 후, 그녀가 말했다.

"외부엔 영애가 내 초청을 받아 입궁한 것으로 되어 있습니다."

"제 방문이 웨인스에 기꺼운 일이 아닌 모양이지요?"

잠깐 걸음을 멈춘 그녀가 날 돌아보곤 빙그레 웃었다.

"눈치가 빠른 분이시군요."

"제국이 신지의 신전을 파괴해 달라 청한 일 때문입니까?"

"아니요. 인간이기 때문입니다."

"……."

"우리는 영애의 생각보다 더 오랜 세월 동안 인간에게 박해당했습니다. 여전히 우리의 동포는 노예로 거래되고, 왕족인 나조차 웨인스 밖에선 그들을 지켜 줄 길이 없어요."

한 손으로 뺨을 가린 그녀가 대수롭지 않은 투로 말을 이었다.

"수인족 노예가 가장 많은 제국에서 이제 와 도와 달라니. 염치없는 청이 아닐는지요?"

"그렇습니다."

내가 당황한 내색 없이 대답하자 도리어 왕비가 눈을 동그랗게 떴다.

"생각보다 침착하군요. 제국에선 꽤 마음이 급한 거로 아는데."

"왕비님께서 제게 도움을 주실 수 있다는 것을 알기 때문입니다."

"나는 수인족 사냥꾼들에 의해 사촌을 둘이나 잃은 사람이에요. 그런 내가 인간인 영애를 돕는다고요?"

"제게 원하는 것이 있지 않으십니까? 그렇지 않다면 원수나 다름없는 인간인 저를 왕궁에 들이지 않으셨겠지요."

왕비가 나를 빤히 쳐다봤다. 얼마쯤 후, 그녀가 웃음을 터뜨렸다.

"정말이지 눈치가 빠르다니까. 사신으로 온 아미티에 공작보다 상대하기 까다로운 인사군요, 영애는."

"망극합니다."

"그래요. 나는 영애에게 청이 있어요."

왕비는 다시 걸음을 옮기며 말했다.

"영애의 덕에 웨인스의 분열을 막을 수 있었어요. 아시지요? 웨인스 왕의 장자는 이스트이나, 노사들이 백랑 왕자로 태어난 둘째 웨스트를 지지하는 것을."

형인 이스트는 웨스트에게 많은 것을 양보해야 했다. 사소하게는 술 한 잔까지도.

오디스 아카데미의 신입생 환영회에서 형의 설움이 터진 이스트가 수인화하여 학교가 쑥대밭이 되었고, 동생인 웨스트가 공격당했다. 그 일로 이스트는 퇴학당할 뻔했다.

오디스 최초의 수인족 입학생으로, 수인이 인간들과 섞일 수 있다는 증명과도 같았던 왕자가 퇴학당했더라면, 웨스트를 지지하는 파가 그 기회에 왕세자를 교체하려 들었을 것이다.

그래서 나는…….

'웨스트까지 같이 퇴학시켰지.'

[뭐라고?]

[아가야…….]

스트라스와 부네가 당황한 목소리로 말했다. 나는 그게 뭐가 문제냐는 듯 '응?' 했다.

'한쪽의 퇴학을 막을 수 없다면 둘 다 퇴학시켜야지.'

그래야 웨인스의 왕과 왕비가 제일 우려하던 왕국의 분열을 막을 수 있잖아. 결과적으로 내 선택이 맞았고. 봐라, 왕비가 내게 얼마나 고마워하는지. 덕분에 입궁도 허가되고, 그녀를 도울 기회도 얻었다!

어느 문 앞에 이르러 걸음을 멈춘 왕비가 가라앉은 눈빛으로 방문을 바라봤다.

"영애의 덕에 분열은 막았지만, 이스트의 입지는 점점 더 좁아지고 있습니다."

"왕비님께선 이스트 님이 왕위를 잇길 바라시나요?"

그녀는 방문에 새겨진 늑대 조각을 쓰다듬었다.

"이스트는 흑랑왕자로 태어나 어려서부터 백랑왕자인 웨스트와 차별받았습니다."

"……."

"웨스트를 지지하는 자들의 마음을 이해 못 할 것은 아니지요. 영애는 우리의 신화에 등장하는 백랑왕이 어떤 업적을 가졌는지 아시나요?"

"건국 왕이죠. 박해받는 수인족들을 모아 나라를 만들고, 나라 안에서나마 수인들이 서로를 지킬 수 있게 만든."

"나 또한 백랑왕이 재림하게 되면 인간에게 차별당하지 않을 것이라는 기대를 한 적이 있어요. 내 아이 중 한쪽이 백랑이기 전엔 말이에요."

"……."

"인간에게 차별당했던 우리가 왕자들을 차별합니다. 우습지 않나요."

"……."

"그래서 내 아이는 상처받았습니다. 그리고 어느새 이 방에 숨어 나오지 않게 되었어요."

"……."

"영애, 나는 왕비로서 그대를 왕궁에 들인 것이 아니에요. 여기 있는 나는 그저 어미랍니다."

그녀가 내게 허리를 굽혔다. 나는 흠칫, 어깨를 좁혔다.

"왕비님!"

"영애의 지혜에 기대고자 합니다. 이스트를 어엿한 왕으로 만들어 주세요. 차별당했으나, 굳건했노라는 기록을 실록에 남길 수 있도록."

"……."

"나는 그러한 두 번째 신화를 이 나라에 남기고 싶습니다."

어쩌면 이토록 강인한 왕비이자, 어머니일까. 그녀를 보고 있으면 엄마가 떠올랐다.

'엄마들은 왜 이렇게 강하담.'

가슴 시리게.

*　*　*

"왕자님……."

며칠째 이불 속에 숨어 있는 이스트를 앞에 둔 시종들은 어찌할 바를 몰랐다. 이스트가 꽥 소리쳤다.

"가! 안 나갈 거야!"

"그리 이불 속에만 계시면 몸이 상하십니다. 식사라도 하셔야지요."

"싫어! 가 버려!"

전부 꼴 보기 싫다.

'미워, 미워. 다 미워.'

닷새 전, 제국의 사신으로 아미티에 공작이 찾아왔다. 웨인스 왕은 사신을 위해 만찬을 펼쳤는데, 쌍둥이 왕자는 오랜만의 만찬에 신이 났더랬다.

동생인 웨스트는 노사들의 극진한 보살핌에 몸에 좋지 않은 음식은 입에 댈 수 없었다. 이스트는 동생보다 한발 먼저 〈성인식(수인이 성인의 개체로 진화하는 기간)〉을 겪느라 몸이 상했고, 왕비는 아들을 위해 식탁에 온통 건강식만 놓았다.

'소고기, 돼지고기, 양고기!'

'고기! 고기!'

이스트가 가장 큰 고기에 손을 뻗었는데, 웨스트와 손이 부딪쳤다.

또 빼앗길지도 몰라. 웨스트가 원하면 뭐든 내어 줘야 하니까.

이스트가 거칠게 웨스트를 떠밀었다. 웨스트의 의자가 뒤로 넘어가고, 동생은 크게 엉덩방아를 찧었다. 가장 놀란 건 동생을 떠민 이스트였다.

그렇게까지 하려던 건 아니었다. 성숙한 개체가 되면 이렇게 강해지는 줄 몰랐다. 당황해서 굳어 있는데, 노사들이 소리쳤다.

"동생에게 양보는 못 할망정, 만찬에서 소란이라니!"

늘 똑같은 말이었다.

동생에겐 양보해야 한다. 형이니까 참아야 해. 왕의 장자로서의 교양을. 동생보다 못해서야 되겠는가.

언제나, 언제나…….

'난 항상 참아야 하고, 잘해야 하고.'

나는 태어났을 뿐인데, 원해서 형이 된 게 아닌데.

"왕자님."

"싫다니까! 다 꺼져 버―"

외친 순간, 이불을 빼앗겼다. 깜짝 놀란 이스트가 고개를 돌렸다. 이불을 밑으로 끌어내린 채 눈을 가느다랗게 뜨고 있는 사람은,

"르블레인이다……."

이스트가 멍하니 중얼거리자 르블레인이 생긋 웃었다.

"……어떻게 왔어?"

"왕비님이 초청해 주셔서요― 라는 핑계로요."

이스트가 침대 밑으로 내려와 양손으로 르블레인을 잡았다. 머리가

저보다 한 뼘 반은 작아졌다.

"왜 이렇게 작아졌어?"

"이스트가 엄청 큰 거예요."

"맞아, 맞아! 나 컸어! 〈성인식〉도 지났다고."

"성인식도 지난 왕자님이 몇 마디 싫은 소리를 들었다고 이불 속에 숨어 있어서야 되겠어요?"

"……너도 잔소리하러 온 거야?"

이스트가 시무룩한 목소리로 중얼거리자 그녀가 그의 허리를 철썩! 때렸다. 소스라치게 놀란 시종들이 입을 떡 벌렸다.

"영애, 어찌 그리 무엄한……!"

"오늘부터 왕비님의 명으로 왕자님을 교육하게 되었습니다."

제1 왕자궁 시종장의 말허리를 뚝 자른 르블레인이 허리춤에 손을 올린 채로 이스트를 노려봤다.

"어엿한 왕자로 교육해 드리죠."

"어?"

"바쁘니까 하루만."

"……으응?"

"그전에 옷부터 입으세요."

다 자란 남자가 상반신을 탈의하고 있으면 눈 둘 데가 없다.

옷을 갈아입고 나온 이스트는 르블레인에게 이끌려 제1 왕자궁을 나섰다.

"우리 어디 가……?"

"오늘 사신단과 회합이 있다면서요. 웨스트 왕자님은 가셨는데, 1왕자인 이스트 님이 빠져서야 되겠어요?"

"하지만 다들 날 싫어해. 내가 말만 하면 왕의 장남이 꿈만 꾼다고 야단인걸."

르블레인은 회합장 앞에 이르러 이스트의 어깨를 잡았다.

"좋은 걸 알려 드릴게요. 의무가 있다는 건 말이에요. 권리도 있다는 거라고요."

"권리?"

"잘 들으세요. 제가 앞으로 가르쳐 드리는 건 어디 가서 돈 주고도 못 배우는 거예요."

"그게 뭔데?"

"지옥의 주둥이."

"지옥…… 뭐?"

'누가 널 공격하면 제대로 물어뜯어 주란 말이야. 늑대 수인답게.'

르블레인이 사악하게 웃었다.

*　*　*

회합장에 들어온 이스트를 본 한 노사가 인상을 찌푸렸다. 이스트는 무언가 불편한 사람처럼 귀를 매만지고 있었다. 노사는 언제나처럼 날카로운 어투로 말했다.

"서둘러 착석하십시오. 동생인 웨스트 왕자님께서도 일찌감치 오셨는데, 형이 되셔선—"

"동생이 형님보다 먼저 도착하는 것이 당연하지."

"……예?"

이럴 때면 언제나 입을 꾹 다무는 것으로 불만을 표현하는 이스트가 오늘은 왜인지 반격했다.

"무, 무슨! 왕자님을 위한 충언을 어찌 그런—"

"정말로 충심 어린 말이라면 회합 이후에 듣지. 자네들 충심이 타국 사신의 앞에서 제1 왕자를 망신 주려는 건 아닐 테니."

"……!"

노사들이 당황하여 입을 다물었다. 웨스트 또한 놀란 얼굴로 이스트를 쳐다봤다. 가장 놀란 건 이스트였다.

'르블레인이 하란 대로 하니까 아무런 말도 못 하잖아…….'

[뭘 이런 거에 놀라고 그래요. 표정 관리!]

통신석에서 흘러나오는 그녀의 목소리 뒤로 어머니의 웃음소리가 뒤섞였다.

'관리, 관리!'

* * *

회합이 파한 후, 웨인스에 사신으로 파견된 아미티에 공작은 회합장을 빠져나가는 이스트의 뒷모습을 지그시 쳐다봤다.

'1왕자의 말투…….'

닮았다, 그 애와.

처음 웨인스의 환영 만찬에서 봤을 때는 저런 느낌이 아니었다. 그때는 마냥 어수룩했는데, 오늘 회합에선 마치 언쟁에 이골이 난 사람 같았다.

게다가 상당히 노련해서 품어야 할 사람, 품지 않아야 할 사람을 구분해서 의견에 힘을 실어 주고, 분위기를 원하는 방향으로 이끌었다.

'어떻게…….'

우뚝 서서 이스트의 등을 바라보는 아미티에 공작에게 누군가 말을 걸었다. 웨인스의 재상인 물소 수인 러벤칼이었다.

"제국에선 아쉬우시겠습니다."
"무슨 의미입니까."
"듀블레드 영애는 뛰어난 인재로군요. 제국의 유일한 황자가 황제에게 반기를 들어 유폐되었으니, 이다음은 귀족들의 차기 황위 다툼일 터. 그녀가 곁에 있다면 황제 폐하께 큰 도움이 될 텐데요."
턱을 가볍게 쓰다듬은 그가 너털웃음을 터뜨렸다.
"그러한 인재가 제국에서 독립하여 새 나라를 꾸리게 되었으니, 제국엔 위협깨나 되겠습니다."
"그러니까 그게 무슨—"
"오늘 그녀가 왕비님께 초청되어 왕성에 들어오지 않았습니까."
"예?"
"모르셨습니까? 저는 우리 왕자님의 변화가 그녀의 덕인 줄로만 알았는데요."
하하, 웃은 러벤칼이 "그럼." 하며 고개를 숙이고 떠났다.
아미티에 공작의 표정이 미묘해졌다. 그가 서둘러 걸음을 옮겼다. 그리고 함께 웨인스에 파견된 제국의 행정관에게 물었다.
"르블레인이 웨인스에 있나."
"저희도 지금에서야 파악했습니다. 웨인스엔 따로 심어 둔 자가 없는 터라 소식이 늦었습니다."
"르블레인을 만나야겠다."
"그러실 필요 없습니다."
르블레인의 목소리가 들려왔다. 아미티에 공작이 홱, 고개를 돌렸다. 르블레인이 왕비와 함께 이쪽으로 걸어오는 중이었다.
왕비는 빙그레 미소 짓곤 아미티에 공작에게 말했다.
"폐하께서 공작과 영애를 만나시겠노라 하셨습니다."

아미티에 공작과 제국의 행정관들이 크게 놀랐다.

그들이 제국 황제의 명을 받고 웨인스에 온 것이 벌써 며칠째. 웨인스 왕은 회합이다, 경연이다 하며 제국 사신들을 내돌릴 뿐, 깊은 대화의 자리를 절대 만들어 주지 않았다.

"왕비님께서 저희를 도우신 겁니까?"

아미티에 공작이 묻자 왕비는 우후후, 웃으며 르블레인을 쳐다봤다.

"영애가 직접 기회를 만든 것이지요. 가시죠. 폐하께서 기다리십니다."

아미티에 공작과 르블레인은 함께 웨인스 왕의 집정궁으로 들었다.

머리칼이 갈기처럼 풍성하고 부스스한 웨인스 왕은 그들이 입실하자 "아아." 하며 집어먹던 과자를 내려놓았다. 왕의 책상엔 과자가 한가득했다. 르블레인이 널린 과자들을 보며 눈을 동그랗게 뜨자 왕은 껄껄 웃었다. 퍽 털털한 모습이었다.

"금연 중이라네. 왕비가 워낙 잔소리가 많아야지."

르블레인이 빙그레 웃었다.

"현명하십니다, 폐하. 웨인스의 백성들을 위해서라도 성군께서 오래 집권하셔야지요."

"왕비의 말대로로군. 지혜만큼 말씨도 고운 영애라는 말이 사실이었어."

하핫, 웃은 웨인스 왕이 아미티에 공작과 르블레인에게 자리를 내주었다.

마주 보고 앉은 웨인스 왕과 르블레인은 십 분이 넘도록 한가한 대화를 이어 갔다. 쌍둥이 왕자가 오디스에서 어떻게 지냈는지부터 사소하겐 최근 제국에서 어떤 차가 유행인지까지.

원하는 대화가 나오지 않자, 아미티에 공작이 르블레인의 말을 자르고 물었다.

"제국의 청에 관해 폐하께서 어떤 생각을 하시는지 알려 주십시오."

초콜릿을 막 집어 들던 웨인스 왕이 빙그레 웃으며 아미티에 공작을 쳐다봤다.

"어째서 제국의 황제는 이 웨인스에 공을 보낸 것인가?"

"그건……."

"아아, 알고 있네. 그대는 인간들의 영웅. 어느 곳에서나 환영받는 인사지. 다만, 적국인 모하스에는 위협이 되는 존재이니 보내지 못했을 것이고."

"……."

"모하스를 제외한 그 어떤 나라에 가든 환대받을 인사니, 가홍과 아타르, 웨인스 중에 가장 까다로운 웨인스에 그대를 보낸 것이야. 맞나?"

"면구스럽지만, ……그렇습니다."

"제국 황제는 오판을 하였네."

"……예?"

초콜릿을 입에 넣은 웨인스 왕이 "음, 음." 하며 고개를 끄덕였다. 진중한 대화 중이라곤 생각할 수 없는 가벼운 태도였다.

"역시 우리 파티셰는 솜씨가 좋아. 이런 걸 만든 자가 곰발이라곤 믿을 수 없다니까."

"……폐하."

"수인의 나라인 웨인스가 인간들의 영웅을 환영할 리 없지 않은가."

"……."

"지난달엔 웨인스 국경 마을 하나가 송두리째 불탔다네. 제국에 터를 둔 수인족 사냥꾼들에 의한 일이었지."

"……."

"올 초엔 수인족 아이 삼백이 경매장에서 팔렸고."

"……."

"더 말해 볼까? 제국은 이 세상에서 가장 많은 수인족 노예를 가진 나라야."

"……."

"작년엔 왕비의 어린 사촌 자매가 나들이를 나갔다가 사냥꾼들에게 잡혔다네. 언니 쪽이 어떻게든 동생을 도망치게 하려다가 처참하게 죽었지. 그 동생은 어떻게 되었는지 파악이 안 돼. 왜인 줄 아나? 각국에서 수인족을 거래한 귀족들의 명단을 내어 주지 않거든."

왕은 어깨를 으쓱하고 껄껄 웃었다.

"난 말이야. 아내의 친정 아이가 죽었는지 살았는지조차 알 노릇이 없다네."

"……."

"이제 묻지."

웨인스 왕의 표정이 순식간에 가라앉았다.

"제국은 무슨 염치로 웨인스에 청을 하는 것인가?"

"폐하, 이번 일은 제국의 위기만이 아닙니다. 어둠이 퍼지면 웨인스 또한—"

"인간의 세상 따위 차라리 멸망하는 것이 좋지 않겠나?"

"폐하!"

"하면—!!"

왕이 고함을 내질렀다. 아미티에 공작의 표정이 굳어졌고, 그를 본 왕은 빙그레 미소 지었다.

"하면 웨인스에 어둠이 찾아오기 전이나마 내 백성들이 발 뻗고 잘 터인데. 그렇지 않나?"

아미티에 공작이 무어라 말하려 입을 열었지만, 르블레인이 빨랐다.

"그것이 정녕 폐하의 뜻이라면 도리가 없겠군요."

"르블레인."

아미티에 공작의 얼굴이 굳어졌다. 그러나 르블레인은 생긋 웃곤 말을 이었다.

"폐하께 세상의 괴멸보다, 그중에 올 찰나의 평화가 중요하다면 저희가 어떤 청을 드리겠습니까."

왕의 표정이 미묘해졌다. 르블레인은 왕을 똑바로 바라보며 말했다.

"그럼 이젠 웨인스의 인정에 기대는 청이 아니라, 거래를 하시지요."

"거래……."

"제국의 수인족 사냥꾼을 뿌리 뽑겠습니다. 아미티에 공작이 직접 노예상을 토벌하는 것이 어떨는지요. 또 하나, 제국에선 웨인스와의 화합의 증명으로 매년 이동진 3천 장을 넘기겠습니다."

"영애의 독단으로 그러한 약조를 할 수 있겠나?"

"설마요."

르블레인이 어깨를 으쓱하곤 이어 말했다.

"저는 곧 독립할 가문의 영양. 현재로서도 결정권 없는 귀족 영애일 뿐이랍니다."

"하면 짐을 농락하는 것이냐."

"아미티에 공작님의 명예를 걸지요."

나는 말고, 이 아저씨 명예 말이야!

르블레인이 하하핫! 호탕하게 웃었다. 아미티에 공작과 웨인스 왕이 모두 어처구니없는 표정으로 르블레인을 쳐다봤다. 웨인스 왕이 허허……. 기가 막힌다는 듯 웃곤 아미티에 공작에게 물었다.

"공의 뜻도 영애와 같은가?"

"전……."

르블레인이 아미티에 공작을 쳐다봤다.

"저와 듀블레드는 목숨을 걸었는데, 공작께선 알량한 명예조차 걸지 못하시겠습니까?"

"르블레인."

"알량한 명예일지언정 걸어서 세상을 구원할 수 있다면, 그게 바로 아미티에 공작님의 신념에 부합하는 일이 아닙니까?"

"……."

웨인스 왕과 르블레인이 아미티에 공작을 지그시 쳐다봤다. 아미티에 공작은 팔걸이를 꽉 쥔 채로 호흡을 가다듬었다.

그리고.

"명예를 걸고 약조하겠습니다."

웨인스 왕이 하하하! 크게 웃었다.

"왕자들에게 오디스의 이야기를 들었을 때부터 눈치는 챘다만, 참으로 맹랑한 아이구나, 듀블레드 영애는."

"영광입니다."

"참으로 지혜롭고."

웨인스 왕이 날카로운 시선으로 르블레인을 주시했다.

"뱀 같은 지혜로 영애가 어디까지 갈 수 있을까."

자리에서 일어난 르블레인이 허리를 굽히곤 왕과 시선을 마주했다.

"갈 수 있는 곳은 어디라도."

* * *

르블레인과 아미티에 공작은 웨인스 왕의 집정궁을 나섰다.

행정관들이 부리나케 달려와 왕과의 대담이 어떻게 되었는지 물었다. 공작은 대답하기 전, 이스트에게 향하려는 르블레인을 붙잡았다.

"오늘 네 태도는 정말이지 실망이구나, 르블레인."

주변의 분위기가 얼어붙었다. 행정관들이 당황한 표정으로 두 사람을 번갈아 보았고, 르블레인은 공작에게로 힐끗 시선을 돌렸다.

"그래서요?"

"뭐?"

"공작님께서 제게 실망하셔서 뭘 어찌하시겠다고요?"

"너……."

"당신이 제 아버지였을 적엔 그런 말에 가슴이 난도질당한 듯했지만, 지금은 아니에요. 그러니까 쓸모없는 비난은 넣어 두세요."

"대체 넌……. 네가 나와 상의하고 내 명예를 거래에 올렸더라면 난 너를 칭찬했을 것이다."

"그럼 다 된 일을 그르치려는 공작님을 두고 봐야 했습니까?"

"뭐라고?"

허리를 잡은 르블레인이 크게 한숨을 내쉬었다.

"웨인스 왕은 우리와 만나기로 결심한 그 시점에 이미 신지의 신전을 파괴하기로 마음먹었습니다."

"……무슨 뜻이냐."

"그는 지혜로운 왕이에요. 단지 제가 왕자를 도왔다는 이유로 시간만 소모할 뿐인 만남을 가질 리 없잖아요."

"……."

"왕의 뜻을 진정 모르세요? 신지의 신전을 파괴하는 대가로 웨인스에 뭐 하나라도 이득을 가져가겠다는 그 마음을 정말 모르신다고 하실 수 있으세요?"

"……."

"아뇨. 공작님은 아셨어요. 아시니, 당신처럼 세상의 구원에 눈 벌건 분이 무릎부터 꿇지 않고, 왕과 침착하게 대화하실 수 있으셨겠죠."

"……."

"수인들을 걱정하고, 그들의 고통에 분노하는 왕의 마음을 이해하셨더라면 제국은 아주 작은 것을 내주고도 신지의 신전을 파괴했을 거예요."

"하지만 ―"

"예. 그러지 않으셨죠. 공작님이 세상을 위하는 마음은 너무 고결하니까, 그런 고결한 마음을 가진 자신이 너무 대단해서, 이 세상 모든 사람이 공작님께 빚이 있는 거잖아요. 그러니 얼마나 당당하셨겠어요."

"내 뜻을 곡해하지 마라."

한숨을 내쉰 아미티에 공작이 천천히 르블레인을 바라보았다. 그녀는 매우 피로한 표정이었다. 왕의 앞에선 어떻게 미소 속에 저만한 피로를 숨겼는지 모르겠다.

"독립할 이유가 있느냐."

"……뭐라고요?"

"신전이 사라지면, 너를 위협할 세력도 사라질 터인데 왜 제국에서 떠나가려는 것이야."

"……."

"나를…… 피하려는 게냐."

행정관들 또한 르블레인을 쳐다봤다. 그녀는 실소를 흘렸다.

"정말이지 대단하네."

"너는 어째서 내게만 그토록……."

"싫어서요."

"……싫다고?"
"공작님이 너무 싫어서요."
"……."
"여전히 나를 당신 틀에 가두려는 오만이, 내 결정이 모두 당신에게서 기인했다고 생각하는 자만이 너무 싫어서."
"……."
"공작님, 저는 제국에서 살고 싶지 않아요. 제국을 지켜야 할 이유를 모를 정도로요. 내가 이토록 노력하는 건 오직 내 가족과 영지민 때문이에요."
"……."
"웨인스가 그들을 박해했던 인간을 싫어하는 것처럼 듀블레드도 우리를 박해한 제국이 싫어요."
"……달라질 수 있어. 우리는 함께 길을 걸을 수 있다."
"달라진다고 해서 과거가 모두 사라지나요?"
"……."
"내가 당신에게 상처받은 일이, 내 어머니를 닮은 미나와 차별하던 그날이, 내가 당신의 관심 한 자락을 바라며 전전긍긍하던 일이 없던 게 되나요?"
그녀는 아미티에 공작을 똑바로 쳐다봤다.
"저는 당신이 싫어요."
그의 표정이 무너졌다. 상처받은 표정이 통쾌했다.

* * *

웨인스의 왕비가 내어 준 숙소로 돌아온 나는 의자에 주저앉았다.

'웨인스에서 목적을 이뤘으니, 이제 남은 건 아타르 부족 연합과 모하스인가.'

[아가야. 조금이라도 눈을 붙이려무나.]

부네의 걱정스러운 목소리가 들려왔다. 그러고 보니 제국을 나선 후로 제대로 잠을 이룬 적이 없었다.

제국에서 떠나온 지 사흘. 하루는 가홍에 있었고, 이틀은 웨인스에 있었다. 그동안 한두 시간 쪽잠만 잤을 뿐이다.

나는 시큰거리는 눈을 손바닥으로 누르며 고개를 저었다.

"아직 괜찮아요."

무엇보다 불안해서 제대로 쉬지 못할 듯했다.

네리아드의 어둠이 제도를 삼킨 뒤로 제국이 오랜 세월 심혈을 기울여 만든 통신선(통신이 가능하도록 매장된 매개물이 이어진 길)마저 사라졌다.

즉, 가족들과 연락이 닿지 않는다는 뜻이다. 그나마 하루 전까진 자주 끊어지더라도 목소리를 들을 수 있었는데, 지금은 완전히 불통이었다.

웨인스 왕비에게 듣자 하니 어둠이 기어이 마탑까지 삼켰다고 했다. 그 탓에 통신의 메인 장치인 '오데큘'이 사라진 것이다. 오데큘은 제국의 통신석뿐만이 아니라, 이 대륙 전체의 통신을 아우른다.

'그렇다는 건, 이제 그 어느 나라에서도 통신이 불가능하다는 건데…….'

머리가 지끈거렸다.

[그것 봐라. 그리 무리를 하니.]

스토라스가 혀를 차곤 헌신했다. 그가 내 턱을 잡아 홱, 끌어당기곤 눈꺼풀을 뒤집었다.

"뭐 하는……."

"이래 봬도 의학도였다."

그렇지 참. 그는 고대에서 메리아의 조수였다.

"그건 기억하나 보네."

"내가 네 멍청한 권속들처럼 인간을 마구잡이로 죽였을까 봐?"

[뭐야?!]

[말이 심하구나.]

[나는 제외한 것이겠지, 스토라스?]

푸르와 부네, 바알이 순서대로 말했다. 나는 킥킥 웃었다.

"저도 전부 잊고 있었으면서. 네 소원을 이뤄 줬을 때, 메리아의 기억을 담은 마도구를 줬는데도 몰랐잖아. 그리고 '메리아…….' 하면서 엉엉 울었고."

"시끄러워. 내가 또 뭘 그렇게 울었다고."

"언제 기억을 떠올렸는데?"

"떠올리긴 뭘 떠올려. 네 생각을 읽고, 상황을 살핀 결과, 깨달은 것이지."

난 흠, 신음하고서 고개를 끄덕였다.

"잃은 기억은 절대로 돌아오지 않는 거야?"

"네리아드가 사라지고, 우리가 〈규약〉에서 풀려나면 기억을 찾게 될 수도 있지."

"그랬으면 좋겠네."

스토라스의 손이 멈칫했다. 그가 나의 눈을 지그시 응시했다.

"내가…… 너를 기억하길 바라나."

"그건 별로 상관없는데? 단지 기억을 못 한다는 거 엄청 답답한 거더라고."

내가 하하 웃으며 산뜻하게 답하자 스토라스가 왈칵 표정을 구겼다. 그가 내 이마를 탁, 밀치며 말했다.

"내가 네게 뭘 바라겠어!"

"왜 성질이야!"

"넌 눈치를 기를 필요가 있어!"

"눈치? 내 눈치는 인생 4회차분이 축적되었다고!"

"그럼 내 말의 의미 정도는 눈치껏 생각해 보지 그래? 하, 역시 모르잖아!"

"왜 몰라! 난 알아! 방금 내게 작업 걸려던 거잖아—!!"

내가 꽥 소리치자 스토라스가 흠칫했다. 당황한 나를 바라보던 그가 순식간에 새빨개졌다. 그는 떨리는 손끝으로 나를 가리키며 "너, 너……!" 입을 벙긋거렸다.

"다 알고도 모른 척……!"

"그런 눈으로 보는데 어떻게 몰라? 내가 바보인 줄 알아? 틈만 나면 꼬시려 들고 말이야!"

"꼬, 꼬신다니. 꼬신다니!"

"상냥하게 모른 척해 준 거라고!"

"왜 모른 척해, 왜!"

"그럼 고백을 하든가! 고백도 안 했는데 먼저 차면 내 꼴만 우습잖아!"

"이 비겁한……!"

"난 원래 그래!"

나와 스토라스가 꽥꽥 싸워 대자 부네와 푸르, 바알이 현신해서 우리를 뜯어말렸다.

'누가 눈치가 없단 거야.'

그렇게 어릴 적에도 난 누가 날 좋아하는지 다 알고 있었다. 내가 아홉 살 적에, 상점가로 꽃다발을 들고 온 애들도 나를 좋아해서 왔다는 것을 알고 있었단 말이다.

님프 혼혈인 세토, 로카르 대공의 아들인 리오넬과 헤이턴 발루아, 그리고…… 그리고.

'그리고.'

누구더라.

두통이 일었다. 기억의 파편이 머릿속을 쿡쿡 찔러 오는 것만 같았다. 유채색 세상에서 그 소년만이 온통 검정이었다. 얼굴부터 손끝, 발끝까지 조금도 보이지 않았다.

다만 기억나는 건 그와 멀어지던 것과 애달픈 시선을 끝끝내 외면하고 저 멀리 달려가던 나였다.

"르블레인, 넌 남자의 순정을—"

나는 말하는 스토라스의 입을 한 손으로 틀어막고, 다른 손으로 머리를 붙잡았다.

"불만은 다음에 들을게."

"너……."

"네리아드의 마지막이 얼마 남지 않은 것 같아."

소년이 떠오르는 것을 보면 말이다. 그리고 그건 세계의 붕괴가 얼마 남지 않았다는 뜻이었다.

"모하스로 가자."

악마들이 조용히 왼 가슴에 손을 올렸다.

*　　*　　*

이스트는 두 시간 전부터 기둥 뒤에 숨어 르블레인의 방을 향해 고개를 삐죽 내밀고 있었다.

'언제 나오지?'

그는 인기척이 들릴 때마다 두 귀를 쫑긋 세웠다. 꼬리가 주인의 의지와 상관없이 흔들렸다.

금방 나올까? 이제 나오나? 지금은?

두 시간을 꼬박 기다리던 그가 귀와 꼬리를 축, 늘어뜨렸다.

'오늘은 안 나오려나 보다.'

시무룩한 표정으로 돌아가려는데, 등 뒤에서 목소리가 들렸다.

"이스트 님?"

귀와 꼬리가 바짝 올라갔다. 이스트가 홱, 등을 돌리자 짐가방을 든 르블레인이 고개를 반쯤 기울인 채로 그를 보고 있었다.

'가방?'

"가려고?!"

저도 모르게 목소리가 커졌다. 고함 수준이었다는 것을 깨달은 이스트가 움찔 뒤로 물러났다. 그는 마구 손을 내저었다.

"무서워하지 마! 나는 사람을 물지 않는 수인이야!"

"무서워하지 않아요."

"그, 그래?"

쑥스러운 표정으로 헤헤 웃은 그가 힐끔힐끔 르블레인을 쳐다봤다.

"수인을 무서워하는 인간도 있어서……. 왕가의 늑대들은 거대한 편이라 더더욱."

"괜찮아요. 그보다 무슨 일이세요?"

그가 우물쭈물 대답했다.

"있잖아. 여기에 있어도 돼."

"네?"

"제국의 영토가 괴멸하면, 그러면 넌 갈 데가 없잖아. 그러니까 그 방, 네가 계속 써도 돼."

"……."

이스트의 수줍은 표정을 한참 쳐다보던 르블레인은 이내 한 손을 허리에 얹은 채로 한숨을 푹 내쉬었다.

"이스트 님."

"응?"

"몇 번 도와줬다고 홀딱 넘어오면 어떻게 해요! 내가 아주 곤란하다고!"

"으, 으응?"

"제가 이스트 님을 도운 건 거래였어요. 거래. 응? 거래가 뭔지 아시죠?"

"……."

"왕비님이 이스트 님을 어엿한 왕이 될 수 있도록 도와달라고 하셔서 저는 물꼬를 트고, 대가를 받은 거라고요. 결코 호의가 아니에요. 이건 더러운 거래라고!"

르블레인은 이스트가 행여나 저를 진심으로 좋아하게 될까 봐 겁난다는 듯 눈을 부릅뜨며 '더러운 거래'를 강조했다.

"왜 더러운 거래를 해? 깨끗한 거래를 하면 안 돼?"

눈썹을 늘어뜨린 이스트가 르블레인을 바라봤다. 눈빛이 얼마나 순수한지 오랜만에 양심에 진동이 올 정도였다.

"저는 군림하는 대가로 깨끗한 사람이길 포기했거든요."

"군림하는 데에 꼭 대가가 필요해?"
"세상 모든 일엔 대가가 필요해요."
'수인은 사고의 성장이 느리니까 이스트는 지금 열두엇 정도의 이해도를 가졌을까.'
그녀는 쉽게 풀어 설명하기로 했다.
"회합장에서 제 말을 따라 하셨을 때 기분이 어떠셨어요?"
"신기했어. 매일 웨스트와 비교하던 자들이 아무런 말도 못 했으니까. 또, 웨스트가 형이 멋지다고 해서 기뻤어!"
"회합장에서 신기하고 기뻤던 대가로 이제 이스트 님은 결코 이불 속에 숨을 수 없게 되었어요."
"어?"
"당장 내일부터라도 이스트 님이 다시 이불 속에 숨는다면 어제보다 더한 비난을 들을 거예요. 역시 한심한 왕자야, 이런 놈이 바뀌었다고 생각했던 것이 우습군, 이스트 왕자에겐 다신 기대하지 말아야겠어. 그런 말들이요."
"그건…… 무서워."
"하지만 무서운 대가를 내어 주고 얻게 될 열매는 다디달겠지요. 좋은 왕이 되시면 과정은 고통스러울지언정 이스트 님께서 바라는 모든 것이 올 겁니다."
감히 누구도 그를 형제와 비교할 수 없는 삶. 타인의 존경.
뭐, 그런 것들 말이다.
"어쨌든 이스트 님을 도운 건 더러운 거래였으니, 마음은 접으세요."
르블레인은 생긋 웃고 "그럼." 하며 고개를 숙였다.
'일단 적국인 모하스보다 우호적인 아타르 부족 연합으로 가는 게 좋겠어.'

왕비에게 인사만 전하고 서둘러야겠다.

그런 생각 중인 르블레인은 몰랐다. 종종걸음으로 사라지는 르블레인의 등을 바라보는 이스트의 표정을.

'대가를 주면 다디단 열매가 온다고?'

내가 원하는 건 모두 오나? 그러면 저 애도 올까?

좋은 왕이 되면 대가가 온다 —〉 내가 원하는 건 무엇이든 —〉 좋은 왕이 되면 르블레인이 온다!

—까지 이어지자 이스트의 얼굴이 밝아졌다.

그는 재빨리 왕의 집정궁으로 달려갔다.

"아바마마! 아바마마!"

"녀석, 난데없이 들이닥쳐선 웬 고함이야. 왜? 또 웨스트와 싸운 게냐?"

"제왕학 수업 들을래요!"

"……선생이 매일 웨스트와 비교해서 절대로 싫다면서?"

"왕이 될 거예요. 좋은 왕이요! 그러면 르블레인이 온단 말예요!"

"뭐라고?"

웨인스 왕이 안경을 벗으며 눈을 빛내는 아들을 쳐다봤다.

'이거 아무래도 그 애 덕에 생각도 못 한 이득을 얻게 된 모양인데.'

그는 픽 웃었다.

왕비에게 인사를 마치고 아타르 부족 연합의 영토로 향한 르블레인은 모를 것이다. 이스트가 웨인스 역사에 손꼽히는 선왕이 되는 먼 훗날을.

가까운 미래에 닥칠 지옥의 프러포즈 릴레이 또한.

*　　*　　*

아타르 부족 연합의 영토에 도착한 나는 주변을 둘러보았다.

'막막하네…….'

통신석이 불통이라 어디와도 연락을 취하기 어렵다. 가홍과 웨인스는 통신석으로 미리 나라의 수뇌부와 연결하여 입성하였는데, 아타르에선 어떻게 해야 할지 감이 안 잡힌다.

'일단 아타르에 있는 로카르 대공에게 가자. 아타르에서 국경 부족 쪽에 자리를 마련해 주었다고 하니―'

그때였다.

쉬익―!

공기를 가르고 화살이 날아왔다. 기척이 느껴졌을 무렵부터 경계하던 악마 넷이 일시에 현신했다. 바알이 덩굴로 르블레인의 주변을 감쌌고, 푸르가 주변을 경계했으며, 부네와 스토라스가 동시에 화살을 잡았다.

"누구냐!"

푸르가 소리치기 무섭게 누군가의 채찍이 날아왔다. 르블레인을 단숨에 낚아채 제가 있는 곳까지 끌어낸 그자는,

"진?"

"잘 있었나, 공주?"

르블레인의 허리를 끌어안은 진이 그녀에게 바짝 얼굴을 붙이곤 싱긋 웃었다.

"어떻게 내가 여기에 있는 줄…… 아니, 그보다 어떻게 악마들을 뿌리치고 날―"

당황해 말을 쏟아 냈을 때였다. 등 뒤에서 검은 오라가 맹렬하게 일렁였다.

"그 손 놓지 못할까!"
"가만두지 않겠어."
"목을 내놓아야 할 것이다."
"내려놔라, 그 아이."
부네와 푸르, 스토라스, 바알이 진을 찢어 죽일 듯 노려보고 있었다.
'잠깐, 잠깐.'
죽이면 안 돼!

Chapter 29.

진이 가볍게 휘파람을 불었다.

"무섭기도 하네."

그런 주제에 입가엔 시종일관 싱글거리는 미소가 걸려 있었다. 나는 진을 흘겨보며 악마들에게 한 손을 들어 보였다. 공격하지 말라는 의미였다.

진이 가볍게 한 마디를 더 덧붙였다.

"말도 잘 듣고."

나는 진의 장딴지를 콱, 걷어찼다. 진이 다리를 붙들고 엄살을 부려서 난 그의 가슴을 떠밀고서 빠져나왔다.

"주인이 성격이 더럽거든요."

"어련하겠어."

어깨를 으쓱한 그가 뒤편에 고갯짓했다. 돌아보니 그의 군사들인 듯한 자들이 우리를 향해 활을 겨누고 있었다. 가장 선봉에서 투구를 쓰고 있는 자는 진이 내게 얻어맞은 게 몹시 분한지 기세가 매서웠다.

“단순히 성격이 더러울 뿐인 손님이다. 물러나라.”

진이 그렇게 말한 후에야 그들이 활을 내려놓았다.

“그럼 갈까.”

“어디로요.”

제 군사들을 등진 진이 빙그레 미소 지었다.

“미리 말하는 걸 잊었는데, 선택권은 없어.”

“…….”

“난 네가 귀엽지만, 부족장의 후계는 영토를 침범한 이방인을 귀여워할 순 없거든.”

그러자 머릿속에서 부네의 목소리가 들려왔다.

[아가야, 어찌하는 것이 좋겠느냐.]

나는 진을 빤히 쳐다보다가 천천히 그를 뒤따라 걸었다.

‘공격하지 말아요. 우리는 저 남자를 따라갈 겁니다.’

통신석이 불통이니 아타르 부족 연합에 미리 입국 허가를 받을 수 없었다. 저들 입장에선 난 진의 말마따나 ‘국경을 넘어온 이방인’이고, 저들이 내게 당장에 검을 날리지 않은 것만으로도 과한 환대를 받은 것이었다.

나는 진과 함께 걸었다. 진은 나를 인근에 있는 막사로 데려갔는데, 막사 주변엔 시장이 형성되어 있었다.

“들어와.”

난 막사 안의 의자에 앉아 밖을 내다봤다.

가홍이나 웨인스에 있을 때도 특색이 강한 나라라고 생각했는데, 아타르 부족 연합도 색이 강한 나라였다.

가홍, 웨인스, 아타르 부족 연합, 모하스. 이 4국 중엔 가장 제국과 가까운데, 복식이나 문화는 제국과 닮은 구석이 거의 없었다.

남성들이 입은 각이 져 올라온 스탠딩 카라의 상의는 무릎까지 내려오고, 가슴엔 대각선으로 화려한 문양의 천을 덧매고 있으며, 바지는 통이 넓어서 밴드 같은 것으로 밑단을 잡았다. 머리엔 모자 대신 천을 둘러매고, 외투는 재킷 대신 짐승의 가죽을 걸치고 있었다.

여성들은 풍성한 치마 대신 다리에 붙는 밋밋한 치마를 입고 속에 긴 바지를 입었으며, 남성들과 마찬가지로 대각선의 화려한 천을 덧매고 있었다.

짐승은 또 얼마나 많은지 곳곳에 낙타며 표범이 한 데 어울리고 있었다.

'항아리가 엄청 많네.'

내가 앉은 의자 가까이에도 커다란 항아리가 있었다. 호기심에 뚜껑을 열었는데, 진이 "이런." 하며 재빨리 나를 번쩍 들었다.

"뱀……!"

항아리에서 어마어마한 수의 뱀이 빠르게 기어 나왔다.

"조심하는 게 좋아. 그 애들은 낯선 자를 좋아하지 않거든."

"독뱀 아니에요?"

"그래."

"이런 걸 왜 사람 많은 곳에……."

그때, 누군가 내 앞에 쾅! 소리 나게 찻잔을 내려놓았다. 국경에 있던 진의 군사 중 선봉에 섰던 그 투구의 병사였다.

"손님, 카마탈, 너무, 가깝다. 손님! 카마탈, 대우한다!"

'여자 목소리? 그것도 꽤 어린데.'

내가 진을 쳐다보자 그가 빙그레 웃으며 나를 반대쪽 의자에 앉혀주었다. 그리고 진은 투구의 소녀에게 아타르어로 무어라 말했다.

칫, 혀를 찬 투구의 소녀가 품에서 작은 피리를 꺼내 불었다. 휘익, 소리가 들리자 뱀이 넘어진 항아리 안으로 다시 모여들었고, 소녀는 입구를 봉했다.

진이 소녀의 어깨에 팔을 걸치며 말했다.

"이 아이의 이름은 비파샤. 아타르 부족 연합의 〈라뎀〉이지."

"라뎀?"

"최고의 전사라는 의미야."

"그럼 카마탈은 뭔데요? 방금 그녀가 카마탈을 대우해야 한다고 했잖아요."

"제국어로 하면 '황태자'쯤 될까."

그가 씩 웃고서 내 앞에 앉아 턱을 괴었다.

"이래 봬도 제국으로 치면 난 황태자쯤 되니 대우해야 하거든."

"아하, 내가 카마탈을 대우하지 않아서 아타르의 라뎀이 매우 불쾌한가 봐요."

"그렇지."

"그런데 전해 주실래요? 그쪽 카마탈이 내게 먼저 무례했노라고."

그러자 비파샤가 씩씩거리며 투구를 벗었다.

"나, 대륙 공용어, 안다! 카마탈, 통역, 않는다!"

"카마탈이 통역하지 않길 바라면 제대로 된 통역사를 불러 달라고도 전해 주시고."

"제국, 성녀, 무례하다."

"ø ɫ Γ β κ þ ħ (발언을 허락하지 않았어.)"

비파샤와 진이 흠칫 나를 쳐다봤다. 진이 드물게 진지한 표정으로 물었다.

"그 언어를 알아?"

"그쪽이 제국어를 하는 건 당연하고, 내가 아타르 부족어를 하는 건 이상한가요?"

"정확히 말하면 아타르 부족어가 아니라 아타르 안의 나샬크 부족어 잖아?"

"네, 진의 부족인 나샬크 부족어예요. 그런데요?"

"문제가 있다는 건 아니지만, ……내 민족의 언어를 아는 외국인은 처음이라 신기해서 말이지. 아타르 내에서도 우리 부족 외엔 잘 쓰이지 않는 말이니까."

"나샬크 부족과 거래하러 온 자가 부족의 언어를 모르는 게 더 이상한 거 아네요?"

"……그렇지."

진이 픽 실소를 흘렸고, 비파샤는 눈을 동그랗게 뜨고 어물거렸다.

"어떻게, 나샬크 언어, 아는가?"

"공부했지."

"제국, 강대한 나라. 나샬크 언어, 배우지 않아도, 된다. 아타르 공용어를, 아는, 사신도, 없었다."

"나는 알아. 네 대륙 공용어보다 나은 수준이고. 그렇지?"

"……."

내가 빙그레 웃자 비파샤가 움찔했다.

나는 말했다.

"나샬크를 무시하지 않는다는 뜻이고, 너희가 나를 존중한다면 나 또한 예를 갖추겠다는 의미야."

"……."

“〈라뎀〉. 기억났어. 아타르의 12부족이 매년 무투회를 열어서 가장 강한 전사를 선발하지? 너는 그곳에서 이겨 〈라뎀〉이 된 걸 테고.”

“…….”

“훌륭한 전사는 나이가 어떻게 되든, 신분이 어떻게 되든 대우를 해야지.”

“…….”

“그대의 주인에게 내가 예의를 갖추지 않았다는 것을 인정하오. 제국에선 타인의 몸에 함부로 손대는 것은 큰 무례라오. 숙녀의 허리를 끌어안는 건 더더군다나.”

“…….”

“통신 시설이 파괴되어 연통하지 못했을 뿐, 난 제국 황제 폐하의 명을 받은 후발 대사요. 그대가 귀국의 명예를 위해 분노한 것처럼, 황제 폐하의 명을 받든 나 또한 자국의 명예를 상하게 한 그대 주인에게 불쾌했다오.”

“…….”

“아카데미에서의 인연이 있어 무례하게 대응했다는 것은 인정하지. 사과하겠소.”

진은 픽 웃었고, 내 말을 가만히 경청하고 있던 비파샤가 왼 다리를 뒤로 물리고 한쪽 팔로 허리를 감싼 후 고개를 수그렸다.

“예의를, 아는, 대사를, 뵙게 되어, 기쁩니다.”

“…….”

“나샬크 부족령에 오신 것을, 환영합니다.”

나는 자리에서 일어나 치마의 양 끝을 잡고 무릎을 가볍게 굽혔다.

“환대에 감사하오.”

그 후, 비파샤는 눈에 띄게 상냥해졌다. 그녀가 거칠게 내려놓느라 넘친 차를 새로 가져오겠다며 막사를 나섰다.

턱을 괸 채로 나를 쳐다보던 진이 말했다.

"고마워."

"뭐가요?"

"우리 부족은 과거에 아타르 연합에서 가장 막강한 위세를 자랑했지만, 지금은 그렇지 않거든. 덕분에 다른 부족에게 이리저리 치이는 처지라 부족민들이 아주 날카로워졌어. 비파샤도 그렇고."

"나샬크 부족의 입지가 약화되었다고요?"

"나샬크는 신의 피를 이은 부족이라고 하지. 우리는 아타르에서 유일하게 마력과 신성력을 타고나는 부족이야."

"……."

"과거에야 마법의 힘으로 부흥했지만, 대륙에 마법이 흔해진 지금은 어디 그럴까. 무엇보다 아이들이 쉬이 태어나지 않아서 인구수가 연합에서 가장 적어."

"그래서 연합장 가문의 부족이지만 약화되었다는 것이군요."

진이 무감한 표정으로 막사 밖에 있는 나샬크 부족 사람들을 쳐다봤다.

"아타르 부족 연합은 50년에 한 번 연합장을 선출해. 올해가 50년째이고."

"……."

"세력이 이토록 나약해진 지금, 조부님이 연합장에서 밀려나면 우리 부족이 어떻게 될까. 너라면 예상할 수 있겠지?"

"……."

"아타르엔 신지의 신전에서 점지한 아이는 마술사가 된다는 전설이 있어. 나샬크를 없앨 생각으로 만만한 다른 부족에게 우리를 대신할 '마술사'를 점지할 수 있는 신지의 신전은 절대로 손에서 놓을 수 없는 것이고."

"……."

"조부와 아버님께선 신지의 신전을 파괴하려 하지만, 두 분을 제외한 모든 카칸(부족장들)이 반대하고 있다."

"……."

"신지의 신전은 파괴할 수 없을 거야. 카칸들은 신전을 파괴하지 않으면 세상에 종말이 온다는 너희 황제의 말을 믿지 않거든."

마침 비파샤가 차를 가지고 들어왔다. 우리의 이야기를 들은 모양인지 그녀의 얼굴이 흐렸다. 나는 비파샤가 내려놓은 찻잔을 매만지며 생각에 잠겼다.

진은 나를 보며 희미하게 웃었다.

"그러니까 미안하게 됐어. 아타르는 신지의 신전을 파괴하지 않을 거야."

"그러니까 나샬크에서 연합장이 나오면 신지의 신전을 파괴할 수 있다는 말이죠?"

"……응?"

"어렵게 말할 필요 없이 그거잖아요. 이번 연합장 선거에서 나샬크가 이기면 신지의 신전을 파괴할 수 있다는 거."

"그……렇기야 하지."

호로록, 차를 마신 나는 말했다.

"그럼 쉽게 해결하죠."

"뭐라고?"

나는 찻잔을 내려다보며 씩 웃었다.

'빨리 해결하고, 제국으로 돌아가자.'

앞으로 이틀 안에 돌아가고야 말겠다.

내가 누구냐. 여론전 귀재의 동생이란 말이다.

"믿을 만한 사람들은 있어요?"

묻자 진이 "믿을 만한 사람들?"하고 되물었다. 나는 비열한 표정으로 웃었다.

*　　*　　*

로카르 대공은 눈을 감은 채로 지끈거리는 관자놀이를 눌렀다.

카칸(부족장들) 회의가 시작된 지 오 분이 지나자 어김없이 고성이 오갔다. 신지의 신전 파괴를 의제로 연일 회의가 이어지지만, 매번 십 분을 넘기지 못하고 개판이 되었다.

"신지의 신전 파괴는 아르마탈(연합장)의 독단, 우리 흰바위족, 동의할 수 없다!"

"아르마탈 선출은 어째서 미뤄지는가? 신지의 신전 파괴 건은 엄연히 타국의 일. 아타르 연합은 연합의 일을 한다!"

"신지의 신전은 자국만의 일이 아니오. 세계의 명운이 걸린 대사보다 권력 투쟁을 우선하겠다는 거요?"

"아르마탈, 바로 서야, 후일을 도모한다. 붉은 거미족은 그를 모르는가?!"

회의장은 언제나와 같이 아수라장이었다.

로카르 대공과 함께 대사로 파견된 그의 외아들 리오넬이 제 부친에게 속삭였다.

"오늘도 결론이 나지 않을 듯합니다, 아버지."

"제국에선 연락이 없느냐?"

"예……. 통신선이 복구할 수 없는 지경인가 봐요."

시간이 얼마 남지 않았건만, 아타르 부족 연합에선 도무지 답을 내어 주지 않았다.

차라리 신지의 신전을 파괴할 수 없다고 결론을 내리면 무력으로 밀어 버리기라도 할 터인데, 결론 자체가 나지 않으니 이쪽에선 다음을 생각할 수 없었다.

모친과의 마지막 통신에서 그녀는 말했다.

"제도는 외곽밖에 남지 않았고, 중앙 귀족들의 대부분이 피난을 떠났단다. 아들아, 서둘러야 한다."

로카르 대공의 손에 힘이 들어가자 리오넬이 걱정스러운 어조로 제 부친을 불렀다.

"아버지?"

"네 할머니와 어머니가 걱정이구나. 두 사람 모두 물러서는 법이 없는 성미인데, 과연 제도의 저택을 버리고 무사히 피신할는지."

"……."

로카르 부자의 표정이 흐려졌다.

오늘도 회의는 결론이 나지 않은 채 파했다.

흰바위족의 족장이 잔뜩 성이 나서 기어이 붉은 거미족의 족장에게 주먹을 내질렀다. 회의장 안으로 각 부족의 호위들이 뛰어 들어온 후로는 개싸움이었다.

각 부족의 호위와 후계들이 부리나케 달려와 데리고 나갔는데, 족장들은 끝까지 서로를 향해 고함을 내질렀다.

"아둔한 흰바위와 상종하지 않겠소!"

"우리 부족, 돌아가는 즉시, 붉은 거미, 토벌한다!"

다른 족장들도 편을 갈라 치고받는 것은 마찬가지였다.

그 꼴을 지켜본 제국의 사신 하나가 질린다는 듯 고개를 내저었다.

"누가 야만인 아니랄까 봐—"

"공."

로카르 대공이 낮은 목소리로 부르자 사신이 흠칫했다.

아직 회의장엔 아타르 부족 연합의 연합장이 남아 있었다. 노인이 제국인들을 힐끗 쳐다봤다.

온통 머리가 희게 셌으나, 원체 체격이 훌륭한 데다가 반백 년이 넘도록 12부족의 꼭대기에서 군림하던 자의 위세는 보통이 아니었다. 시선을 받은 것만으로도 소름이 일 정도로 맹렬한 위압감이다.

자리에서 일어난 연합장이 뒷짐을 지며 말했다.

"기억하시오, 외지인들. 이곳은 아타르. 대화보다 목덜미를 물어뜯는 것이 쉬운 야수들의 땅이라오."

로카르 대공이 사신을 대신해 고개를 숙였다. 연합장이 떠난 후, 대공이 입을 함부로 놀린 사신을 질책했다.

"아타르의 연합장 사하드는 야만족이라 무시할 수 있는 사내가 아니네."

"하지만 그래 봐야 이빨 빠진 노인네가 아닙니까."

"이빨이 빠졌다고 해도 그는 맹수일세. 아타르는 근 50년간 몸뚱이 하나로 타국의 놀라운 문명을 상대해 온 자들이야. 아타르 부족민들의 놀라운 신체 능력만으로 가능한 일이라 보나?"

"하면……."

"연합장의 지휘력이 그 어떤 맹장보다 훌륭했기 때문이네."

사신들과 리오넬이 한숨을 내쉬었다.

"현 연합장의 지위만 굳건히 할 수 있다면 신지의 신전을 파괴할 수도 있을 텐데요."

"하지만 세월엔 장사가 없지. 아타르가 이 지경이 되었으니, 연합장이 밀려나는 건 어쩔 수 없는 수순이다."

"우리가 할 수 있는 일은 정녕 천운을 비는 것밖엔 없는 겁니까?"

제국 사신단의 표정이 흐려졌다.

그런데 그날 밤, 정말로 천운이 찾아왔다.

* * *

깊은 밤. 로카르 대공이 다급히 계단을 내려왔다.

"붉은 거미 부족이 흰바위족에게 당했다는 게 사실이냐?"

리오넬이 잔뜩 흥분하여 대답했다.

"예! 전사 간의 전투는 아니지만, 부족민들끼리 꽤나 격렬히 맞붙었습니다. 붉은 거미 부족민들이 제법 크게 당한 모양이라 그쪽 족장이 분개했고요."

"잘만 되면 부족 간에 제대로 전쟁이 일어나겠습니다."

그리되면 아타르는 와해될 것이다. 그럼 부족들이 카칸 회의의 결정을 따를 필요가 없고, 나샬크 부족령에 있는 신지의 신전은 나샬크 족장의 재량으로 파괴할 수 있었다.

사신단이 환호했다.

"천운입니다, 대공!"

리오넬 또한 아주 기쁜 듯 제 아비를 붙들고 함성을 내질렀다. 로카르 대공은 미간을 좁히며 바깥을 쳐다봤다.

'연합장 선출을 앞둔 시기에 전투라고?'

아무리 흰바위족의 성정이 거칠다고 해도 이치에 맞지 않는 일이다.

'대체 어떻게 된 것이란 말인가?'

마치 누군가 판을 만든 것처럼 일이 제국이 원하는 방향으로 흐르고 있었다.

그 시각, 나샬크 부족령.

연합장 사하드가 사위의 이야기를 들으며 손안에서 호두를 굴리고 있었다.

"붉은 거미와 흰바위족이라……."

"잘된 일이 아닙니까. 족장들은 연합장 선발에 눈이 벌게 잊고 있었지만, 우리가 가장 두려워하는 것이 무엇입니까? 내분입니다."

"우리는 하나일 때 비로소 강한 자들이니."

"와해되면 타국에 집어 삼켜질 약자들이지요. 아니, 타국에서 군사를 끌고 오기 전에 숨이 막혀 살 수 없을 것입니다. 어제의 동지가 오늘은 내부를 잘 아는 두려운 적이 될 테니까요."

"……."

"이제 되었습니다. 살아날 길이 생겼어요! 이 나라가 와해된다면, 어느 부족에서든 우리의 손부터 잡으려 들 겁니다. 우리는 연합에서 유일한 마술사 집단이 아닙니까."

싱글벙글한 사위를 가만히 쳐다본 사하드가 물었다.

"당장 진, 그 녀석을 끌고 와라."

"예?"

"흰바위의 카칸은 어리석지만 육감이 빠른 자이고, 붉은 거미의 카칸은 지혜로우나 겁이 많은 자이다. 그들이 부족민들 간에 전투를 용납할

리 없어. 하면 이 일을 꾸며 낸 것이 누구이겠느냐."

"설마 진이……. 하지만 그렇다고 해도 칭찬할 일입니다, 아버님."

"칭찬? 너는 아직도 네 아들을 모르는구나."

"예?"

"비상한 그 애가 이 방법을 뒤늦게 떠올려 지금에서야 부족을 이간한 것 같으냐?"

"……."

"못한 것이야! 겉보기엔 수가 깊은 듯 보여도, 가장 이 나라를 사랑하는 녀석이라. 와해되는 것이 장기적으로 보면 우리에게 손해라는 것을 알기 때문에!"

"하면……."

"그 녀석에게 뱀이 붙은 게야. 이 나라가 와해되어도 상관없는, 지독하게 수가 빠른 뱀이."

사위의 표정이 굳어졌다. 사하드가 휘휘, 손을 내젓자 사위는 재빨리 달려 나가 "진을 데려와라!" 소리쳤다.

*　　*　　*

"아키라(연합장의 사위), 찾습니다."

비파샤의 말에 진은 올 게 왔다는 표정으로 눈썹을 들어 올렸다. 그가 날 쳐다봤다.

"그래서? 이제 어떻게 할 거지? 할아버님은 현명하신 분이야. 네 속셈을 모를 리 없어."

"제 속셈이요?"

진은 한숨을 내쉬었다. 그러곤 순식간에 표정을 바꾸었다. 느물거리는 표정 밑에 숨겨 둔 진짜 진의 차디찬 민낯이 이제야 드러난 것 같았다.

"신지의 신전 파괴만이 목적은 아니었잖아? 아타르 부족 연합은 듀블레드가 독립하게 되면 가장 귀찮은 적. 미리 와해시켜 처리해 두려는 것 아니었어?"

비파샤는 정말이냐는 듯 눈을 동그랗게 뜨고 날 쳐다봤다. 난 차를 호로록 마시고 아무렇지 않은 표정으로 진을 보았다.

"겸사겸사 그렇긴 했지만, 알면서도 제 방법을 따른 건 진이잖아요?"

"……너는 정말이지."

미간을 좁힌 채 머리칼을 쓸어올린 진이 말했다.

"세계의 붕괴를 막는 것이 우선이라 널 따랐다. 이 방법이 가장 빠르게 신지의 신전을 파괴할 수 있기에."

"그래요."

"하지만 이 일로 아타르에 문제가 생긴다면 우린 적이 될 거야. 알고 있어?"

나는 자리에서 일어나서 진을 보며 생긋 웃었다.

"안 가요? 부르신다잖아요."

"……."

"안 갈 거면 말고."

"간다, 가."

진이 어쩔 수 없다는 듯 방을 나섰고, 나는 그를 따라갔다. 연합장의 방에 이르러 노크하자, 진의 부친인 듯한 사내가 나왔다.

"너 이 녀석, 무슨 일을…… 듀블레드 영애?"

"처음 뵙겠습니다, 아키라. 듀블레드의 르블레인입니다."

"진에게 붙은 뱀이 당신이었소?"

여기저기서 뱀으로 불리네.

내가 생긋 웃자 아키라는 한숨을 내쉬곤 문을 열어 주었다. 안으로 들어가니 소파에 앉은 노인이 보였다. 조금도 등이 굽지 않은 체격이 좋은 사내에겐 묘한 기품이 흘렀다.

"예상한 얼굴이로군. 국경에서 영애를 잡았다는 연통은 들었다."

"뵙게 되어 영광입니다, 아르마탈(연합장)."

나를 지그시 쳐다본 연합장이 천천히 입을 열었다.

"미숙한 소녀야. 하나는 알고 둘은 모르는구나."

"제가 무엇을 모르는지 일러 주십시오."

"나의 손주를 휘둘러 원하는 바를 모두 이루었다고 생각하겠지만, 틀렸다."

"……."

"소녀야. '연합장'인 나는 신지의 신전 파괴에 협조할 생각이었으나, '나샬크 부족장'인 나는 신전을 결코 파괴하지 않을 것이다."

"이유는요?"

"첫째론 신지의 신전은 연합의 상징이므로 연합의 와해가 시작된 지금 파괴한다면 동맹의 파탄 선언이 될 것이기 때문이고, 둘째론 와해된 후 전투를 위해선 나샬크에 신지의 신전이 필요하기 때문이며, 셋째론……."

협탁에 호두를 탁, 내려놓은 노인이 매서운 시선으로 나를 쳐다봤다.

"네가 괘씸하구나."

"손주를 휘둘러 감히 동맹에 손을 댄 것이 말입니까?"

"정확하다."

노인이 검 손잡이를 잡자 진이 다급히 "할아버님!" 소리쳤다. 나는 여상한 투로 말했다.

"저는 정확하지만, 아르마탈께선 틀렸습니다."
"……뭐라?"
그러자 이번엔 진과 그의 부친이 당황한 표정으로 인상을 찌푸렸다.
"영애!"
"르블레인."
나는 말했다.
"부족은 와해되지 않을 것입니다."
"일을 이따위로 만들어 놓고 와해되지 않을 것이다?"
"예. 붉은 거미와 흰바위는 전투를 한 적이 없으니까요."
"……뭐? 나를 희롱하는 것이냐?"
"설마요. 사실입니다. 아타르 부족 연합국 내에선 부족 간에 전투가 일어난 적이 없습니다. 붉은 거미와 싸운 것은……."
순간, 발밑에 흑안개가 깔렸다. 안개 속에서 뿔이 달린 투구를 쓴 자들이 등장했다. 특이한 것은 그들이 모두 아타르의 행색이라는 것이었다.
"제 유령 군사들이거든요."
"……!!"
나는 가장 앞에 선 유령의 어깨를 잡고서 말했다.
"제 힘으로 올해 대가뭄으로 죽은 흰바위의 부족민 유령을 불러냈습니다. 사정 모르는 타부족이 보기엔 흰바위족으로 보였겠지요."
"……어째서."
"연합장의 필요를 아타르 곳곳에 보여야 했으니까요. 그토록 성향이 다른 부족이 지금까지 유지되었던 이유."
"……."
"그것의 중심에 당신이 있기 때문이란 것을 이제 연합의 모두가 알았을 겁니다."

세 남자가 정신없이 나를 바라보았다. 굳은 얼굴로 나를 보던 노인이 이내 웃음을 터뜨렸다.

"과연 제국의 보물이로구나! 아까워. 아깝구나. 손주 며느리로 들일 수 있었다면 나샬크가 세상을 품을 수 있을 터인데!"

* * *

그러니까 일은 이렇게 된 것이다.

나는 오늘 카칸 회의 시작 전 붉은 거미족의 족장과 거래했다.

"족장께선 연합장의 자리에 관심이 없는 줄로 압니다. 족장의 근심은 오직 병석에 누운 따님이시겠지요?"

"외지인이 내 부족의 소식을 잘도 아는군요."

"붉은 거미족의 현명한 파르파티의 이야기는 제국에서도 유명하답니다. 뛰어난 지혜로 열다섯의 나이에 부족의 식량난을 해결했다고요. 다만 날 때부터 몸이 몹시 약해서 재작년 이후론 침상에서 살다시피 한다고 들었습니다."

"……그렇습니다."

"제가 족장님을 도울 수 있습니다. 제게는 죽지 않은 자라면 그 어떤 병도 치료 가능한 악마가 있어요."

붉은 거미족의 족장은 교류의 힘을 아는 자였다. 본래부터 신지의 신전 파괴에 찬성했으니, 내 제안에 혹할 것임이 분명했다.

실제로 그는 나와 손을 잡았다. 그리고 나는 부네의 유령 군사로 흰바위족의 유령을 불러내, 아타르의 한복판에서 붉은 거미족과 전투를 벌였다. 물론 쇼에 불과한 전투였으니, 다친 사람은 없었다.

그러나 진의 사람들이 미친 듯이 아타르 곳곳에 소문을 물어다 날랐고, 그 결과 이 지경이 된 것이다.

진은 물었다.

"당장 다음 회의에서 흰바위족의 족장이 붉은 거미족과 싸운 건 흰바위족이 아니라고 할 테지. 그럼 다시 문제는 원점으로 돌아올 텐데, 대체 어떻게 하려는 거야?"

"원점으로 돌아오지 않아."

"뭐?"

나를 대신해 진의 조부인 사하드가 말했다.

"흰바위족의 말을 믿는 자가 없을 테니까. 내가 그리 만들 테니. 수습을 내게 떠넘기려 모든 일을 말해 준 것이 아니냐?"

나는 생긋 웃었다.

"그렇습니다."

"분열이 얼마나 두려운 것인지 깨달은 족장들은 아타르의 중심이 나일 때가 가장 조화로웠다는 것을 깨달을 테지."

"……이제 우리가 족장들을 잘만 휘어잡는다면, 할아버님의 재선이 어렵지 않다는 뜻이군요."

"하면 무얼 하고 있느냐?"

"예?"

"당장 가서 족장들을 만나야지!"

사하드가 소리치자 진이 움찔했다. 사하드는 쯧쯧, 혀를 차며 고개를 저었다.

"네가 영애를 반만이라도 닮았다면 이 노쇠한 몸으로 연합장 위를 끌어안고 있을 필요는 없었을 것이다."

"그것참…… 송구한 일입니다."

진은 어이가 없다는 듯 헛웃음을 터뜨렸다. 나와 진이 쿡쿡 웃으며 서로를 바라봤다. 우리는 함께 연합장의 방을 나왔다.

진은 말했다.

"너라면 이런 조잡한 일이 아니라, 뒤를 잡히지 않을 완벽한 계략을 꾸밀 거라고 생각했어."

"이번 계략이 허술했다는 건 나도 알아요."

"알면서 이러한 방법을 택한 이유가 뭐야?"

"첫째론 가장 빠르게 해결할 방법이 이것이었기 때문이고, 둘째론……."

나는 그를 지그시 바라봤다. 진이 제 뺨을 매만지며 "왜?" 물어서 나는 희미하게 웃었다.

"저 노회한 어른과…… 진의 가능성을 믿었어요."

"……뭐?"

"이런 허술한 계획으로라도 물꼬가 트인다면, 절대로 기회를 놓치지 않을 자라는 걸 알아서."

"……."

진은 멍하니 나를 바라봤다. 한참 바라만 보다가 어물거리던 그는 얼마쯤 후 허탈한 듯 웃었다.

"하필 욕심이 많은데, 의리까지 있어서 너를 끌어안을 수 없군."

"네?"

"조심해. 친구의 여인이 아니었더라면 당장에 널 끌어안고 입 맞췄을 거다."

"친구의 여인이라고요?"

"그래, 친…… 윽."

진이 이마를 잡은 채 신음했다. 두통이 밀려오는지 몇 차례나 관자놀이를 누른 후에야 중얼거렸다.

“친구라니…… 내가 무슨 소리를…….”

“……신경 쓰지 말아요. 짚이는 게 있으니까.”

“무슨 뜻이야?”

나는 대답하지 않고 에트왈을 쥐었다. 아마 나는 내 생각보다 기억에서 사라진 그와 얽힌 일이 더 많은 모양이었다.

“저는 이제 가 볼게요.”

“벌써? 쉬다 가지 그래. 제국의 사신단과는 아직 만나지도 않았잖아.”

“시간이 없어요. 통신석도 불통인데, 이대로라면 모하스에서 얼마나 시간을 지체해야 할지 몰라요.”

그러자 진이 품에서 무엇을 꺼내 내 손에 쥐여 주었다. 원형의 테두리 안을 기울어진 선이 가로지르는 형태의 금속이었다.

때마침 우리에게 오던 비파샤가 흠칫했다.

“그것, 나샬크의, 보물! 주다니, 카마탈, 머저리인가?”

흥분해 펄펄 뛰는 비파샤의 얼굴을 한 손으로 가볍게 민 진이 말했다.

“가져가.”

“이게 뭔데요?”

“우리의 선조가 옛 고원에서 찾았다는 신의 성물이야. 우리는 〈수로표〉라고 부르지. 특별한 힘이 있어서 유사시에 주인을 이끌어 준다고 해. 통신석을 쓸 수 없는 네게 도움이 될 거야.”

“이런 걸 내게 줘도 돼요?”

“돌려줘. 살아남아서 언젠가는.”

해가 밝아 오고 있었다.

이제 마지막 나라로 떠날 시간이다.

*　*　*

모하스.

신의 축복을 받은 나라라는 위명대로 모하스는 그 어떤 재해에도 피해를 입지 않는 기름진 나라였다.

대륙에 몇 년이나 이어진 대가뭄으로 타국이 농경을 포기할 때도 모하스의 땅에선 곡식이 자라나고, 호수며 샘은 마르지 않는다.

국경을 둘러싼 산맥에선 마력석이니, 스피넬이니 하는 것들이 끊임없이 채굴되는 나라. 위그젠트라 제국의 3할도 되지 않는 영토로, 경제 규모는 제국에 육박한다.

5년 전부터 모하스의 왕은 스스로를 황제라 칭하고, 호시탐탐 제국의 지위를 노리고 있었다. 그러한 모하스 제국에선 오늘도 만찬이 한창이었다.

황족의 원탁에선 웃음소리가 끊이지 않았다.

"천하의 듀블레드 공작이 이 나라 옥사에 있다니! 이만큼 우스운 일이 어디 있겠습니까, 부황!"

"제국의 국운이 다했다는 증명이 아니겠습니까."

원탁의 가장 끝에서 술잔을 쥐고 있던 줄리에트는 소리 없이 헛웃음을 흘렸다.

'신의 축복에 취해 아둔해진 자들.'

배곯지 않는다고 해서 완벽한 나라인 것은 아니다.

아타르가 무력에 의존한 나라라면, 모하스는 오직 마법에 의존했다. 엄청난 양의 마력석을 기반으로 우수한 마법 부대를 자랑했지만, 창검은 뒷전. 마법을 쓸 수 없는 전투에서는 거의 백 프로 패배였다.

'그런데 제국의 공작을 가둬?'

그것도 명분 하나 없이?

황족 중 유일하게 비천한 출신의 어머니를 둔 줄리에트에게 다정한 3황녀 샬러트가 물었다.

"마시지 않고, 왜?"

"제국이 이 일을 알면 눈을 뒤집고 쳐들어올 텐데 마법사인 내가 술에 취해 있어서야 되겠어?"

샬러트가 흠칫, 상석의 황제를 쳐다봤다.

"부황이나 다른 형제에게 들키면 어쩌려고 그래. 가뜩이나 너는……."

그녀가 바짝 목소리를 죽이고 말하던 찰나, 맞은편 위 로젤 황자가 입매를 비틀었다.

"줄리에트, 너는 오늘도 죽상이로구나. 어쩌면 그렇게 매번 술맛 떨어지게 하는지 몰라, 응?"

"아아, 실례. 네 얼굴만 보면 토기가 올라와서 말이야, 로젤."

"뭐야?!"

로젤이 언성을 높이자 사람들의 시선이 집중되었다. 낄낄거리던 황제조차 소란의 중심에 있는 줄리에트를 보고 대번에 인상을 찌푸렸다. 황제가 술잔을 거칠게 내려놓자, 회장이 고요해졌다. 샬러트는 불호령이 떨어지기 전에 애써 수습을 시작했다.

"즐거운 날에 어찌 역정이십니까, 폐하."

황제에겐 상냥하게 술을 권하고, 줄리에트에겐 눈짓했다. 황제가 소리치기 전에 서둘러 돌아가라는 의미였다. 줄리에트는 별말 없이 일어났다. 황제에게 고개를 숙인 후, 회장을 빠져나가려던 찰나.

황제가 소리쳤다.

"도무지 마음에 드는 구석이 없어. 계집애가 하는 꼴 하며……. 마력만 뛰어나지 않았더라면 진즉에 제 어미와 함께 묻어 버렸을 터인데."

날카로운 힐난에 황족들의 비웃음이 뒤섞여 들었다.

줄리에트는 표정 없이 문밖을 나섰다. 늘 그렇듯이.

따라오는 시종 하나가 없었다. 모하스에선 얼마나 황제의 애정을 받느냐가 황족의 지위를 정하는 척도였다. 황제의 눈 밖에 난 천덕꾸러기는 황궁에 기거하는 것만으로도 감사한 천민이나 마찬가지인 것이다.

그녀가 막 제 연구실로 향하려던 찰나였다.

"……!"

묘한 기운이 느껴진다. 솜털이 삐죽 설 만큼 맹렬한 파동. 그것도 모하스의 황궁까지 흘러들 정도로 강력한 힘이었다.

'신성력. 이건 신성력이다.'

그것도 매우 익숙한 힘.

줄리에트는 서둘러 뒤돌아 달렸다. 황궁의 입구에 이르러 이동진을 찢었다. 그리고 파동이 시작된 곳으로 향했을 땐, 흩날리는 굵은 곱슬머리, 투명한 청안을 가진 여자가 매우 노한 표정으로 그녀를 기다리고 있었다.

"……르블레인."

"모하스에 소문이 자자하던데. 모하스 왕이 듀블레드 공작을 가뒀다고."

"……."

흔들림 없는 눈을 본 순간, 느꼈다. 썩은 구덩이에 바람이 불어왔다.

그것도 태풍이.

* * *

나는 줄리에트의 도움을 받아 모하스의 상황을 파악했다.

아빠는 모하스 왕과의 두 번째 회의에서 붙잡혔단다.

'눈빛이 건방지다는 이유였다고?'

오만하기 그지없는 모하스 왕은 호시탐탐 제국의 지위를 노려왔다. 그러니까 이건 제국의 황제도 어찌하지 못하는 듀블레드의 공작을 가둬서 만천하에 제 영향력을 드러내고 싶었던 거겠지.

제국이 '어둠'에 멸망한 후, 대륙의 패권을 노리기 위해.

"신지의 신전은 절대로 파괴해 줄 수 없다는 선언이나 마찬가지로군요."

"……미안하게 됐어."

"왜요?"

"어?"

"줄리에트가 한 일이 아닌데 왜 미안하냐고요."

"……."

그녀가 멍하니 날 쳐다봤다. 그러더니 이내 자조 섞인 신음을 흘렸다.

"넌 정말이지 이상한 애야."

"그런 얘기 이제까지 많이 들었어요. 그 말 뒤엔 항상 고백이 따라오던데요."

"나도 하는 게 좋겠어?"

"그럴 리가요."

나는 팔짱을 낀 채로 팔꿈치를 툭, 툭, 두드렸다.

"일이 어떻게 된 건진 알겠어요. 그럼 가요."

"어딜?"

"신지의 신전이요."

모하스는 다른 나라와는 달리 거래할 생각이 없다. 그럼 어떻게 해야겠는가?

"내 손으로 파괴해야지."
"뭐?!"
줄리에트는 당장에 이동진을 꺼내려는 나를 보고 기겁했다.
"네 아버지가 인질로 잡혀 있잖아."
"그건 인질을 삼은 게 아니에요."
"그럼?"
"중심에 흉악한 야수를 품고 있는 거지."
"무슨 소리야, 대체."
"그러니까 아빠는 모하스 왕에게 시간을 준 거라고요. 신지의 신전을 파괴하고 목숨을 살릴 기회. 아빠 성정이면 한 사흘쯤 기다려 줬을 거예요."
"오늘이 갇힌 지 사흘째야."
그 순간이었다.
쾅!!
쾅, 쾅, 쾅!
어딘가에서 하늘이 무너지는 소리가 들려왔다. 모하스의 황궁 방향에서. 누가 소란을 피우는지는 뻔했다.
나는 당황한 표정으로 황궁 방향을 바라보는 줄리에트의 옷깃을 끌어당겼다.
"가요. 신지의 신전을 파괴하러."
이제 이판사판이야. 마지막 나라까지 클리어하고 나면, 나는 돌아갈 것이다.
제국으로.
르블레인은 줄리에트와 함께 신지의 신전으로 이동했다.
신전은 예상대로 경비가 삼엄했다. 모하스의 왕이 아무리 멍청하다고 해도, 듀블레드 공작을 옥사에 가둔 시점에서 전쟁을 대비하지 않았을 리 없었다. 네리아드교와의 전쟁으로 만신창이인 제국군이 저희를 이길 리 없다는 계산도 있었을 테고.

무엇보다 침공한다면 신지의 신전부터 밀고 들어올 게 뻔하니, 이만큼 군사를 깔아 놓은 것일 터다.

르블레인과 줄리에트는 수풀 속에서 신지의 신전을 지키는 군사들을 헤아리고 있었다. 르블레인이 발을 내딛자, 줄리에트가 황급히 그녀를 붙잡았다.

"어떻게 하려고……!"

"정면으로 뚫으려고요."

"미쳤어?"

줄리에트는 미친 사람 보듯이 그녀를 쳐다보다가 한숨을 푹 내쉬었다.

"네가 아무리 신의 힘을 가진 강자라고 해도, 저 수는 결코 이길 수 없어. 대륙 최고의 마법 부대란 말이야."

"그래서 이길 수 있는 거죠."

"……뭐?"

"마법만 사용하지 못하게 한다면, 오합지졸이란 뜻이잖아요."

씩, 웃은 르블레인이 군사들의 중앙으로 무언가를 던졌다.

퍽!

그것은 마법사 하나의 머리를 맞고 미끄러졌고, 군사들이 황급히 그것이 날아온 방향을 향해 검이나 창, 활, 지팡이 따위를 치켜들었다.

"바알."

순식간에 땅에서 자라난 넝쿨이 날붙이를 든 자들을 붙들었다. 마법사들이 넝쿨을 베어 내기 위해 마법을 시전했다.

그런데.

"안 되지?"

수풀 속에서 나타난 갈색 머리의 여자가 씩, 음험하게 웃었다.

"안 될 거야."

그건 수원이거든. 수원이 있는 곳에선 마법을 쓸 수 없고 말이야.

줄리에트가 입을 떡 벌리고 르블레인을 바라봤다.

같은 시간, 모하스의 궁.

"마법사ㅡ!!"

황제가 새파랗게 질린 얼굴로 소리쳤지만, 마법사들은 어찌할 바를 모르고 당황해 있었다.

듀블레드 공작이 옥사를 폭발시킨 후, 마법을 쓸 수 없었다.

아니 정확히 말하면, 듀블레드 공작이 저 기묘한 생명체에게 어떠한 광물을 던지게 한 뒤로.

"우, 우리 동포, 수원 던져라. 모, 모험자의 핏줄을 수호한다!"

허리가 굽은 님프가 소리치자, 듀블레드 공작 주변의 님프들이 마법사들을 향해 수원을 마구잡이로 던지기 시작했다. 님프들과 함께 사신단에 있던 님프 혼혈이자, 세리아의 동생 중 하나인 세토는 신이 나서 소리쳤다.

"영애님이 소중한 아버님을 적국의 사신으로 보내시면서 아무것도 준비하지 않았을 리가 없잖아!"

마법의 나라 모하스에 출발하기 전부터 듀블레드는 수원이 가득 든 마차를 몇 대나 준비했다. 행여나 저들이 듀블레드 공작을 공격하려 하더라도 마법을 쓸 수 없도록.

듀블레드 공작이 유유히 모하스 왕에게 다가갔다.

"가, 감히……!"

모하스의 왕은 새파랗게 질려 벌벌 떨면서도 잘도 입을 놀렸다. 듀블레드 공작은 검에 묻은 피를 느른히 닦아 내며 입을 열었다.

"멍청한 자는 싫어하는 편이야."

"뭐, 뭐?"

"생사가 걸린 자리에서마저 눈치가 없는 자는 더더욱."

"뭣들 하느냐. 이자를 당장 꿇…… 아아악!"

듀블레드 공작의 검이 모하스 왕의 어깨를 꿰뚫었다.

"눈치는 약에 쓸래도 없는 듯하니 친히 상황을 짚어 주겠소."

"마, 마법사, 마법……!"

"모하스가 자랑하는 마법사들은 이제 마법을 쓸 수 없고, 군사들은 오합지졸. 어떤 의미인지 아시겠소?"

"……."

"잘난 명줄이 내 손에 달렸다는 뜻이야."

공작이 무감한 표정으로 소리쳤다.

"꿇려라."

노스를 비롯한 듀블레드의 기사들이 모하스 왕을 개처럼 질질 끌어내 무릎을 꿇렸다. 모하스의 왕족들이 만찬장에서 모든 상황을 지켜보고 있었으나, 감히 나서는 자는 없었다.

상석에 앉은 듀블레드 공작이 다리를 꼬자, 노스가 모하스 왕의 머리채를 들었다.

듀블레드 공작이 말했다.

"착석하시오."

그의 시선을 받은 모하스의 왕족들과 귀족들이 벌벌 떨며 자리에 앉았다. 그 뒤를 듀블레드의 군사들이 감쌌고, 님프들이 제압된 마법사들을 지켰다.
"회합을 시작할까."
모하스의 귀족들이 속으로 절규했다.
세상에 왕을 꿇려 놓고 시작하는 회합이 어디에 있단 말인가!

* * *

나는 성냥개비처럼 널브러진 모하스의 군사들을 보며 "음." 하고 고개를 끄덕였다. 모하스 왕궁에선 폭발이 멈췄고, 이쪽 군사들이 지원을 요청했지만 왕궁에선 대답이 없다.
'아빠가 잘 정리하신 모양이다.'
"부네, 이제 군사들을 거둬요."
그러자 유령 군사들이 안개가 되어 흩어졌다.
나는 신전 외벽을 툭, 툭, 쳤다.
"뭔가 깔려 있는데. 결계……는 아닌 것 같고."
"수원으로 마법을 차단했는데 결계가 가동하고 있을 리가."
줄리에트가 한숨을 내쉬며 말했다. 나는 고개를 갸웃하며 물었다.
"그럼 뭔데요? 뭔데 이렇게 강력하게 외벽을 감싸고 있지?"
어지간한 공격으론 흠 하나 만들 수 없을 것 같다.
"신의 힘이다."
"다른 신지의 신전도 이만한 힘에 감싸여 있나요?"
그렇다면 가홍이 걱정되는데.
'홍해가 아무리 괴력을 가지고 있다고 해도, 그녀의 힘만으로는 부술 수 없을 것 아냐.'
줄리에트는 고개를 저었다.

"다른 신지의 신전도 강력한 힘에 감싸여 있겠지만, 이 정도는 아닐 거야. 이건 모하스에서 금술을 섞어 비약적으로 강화한 거니까."

"강화할 이유가 있어요?"

지금처럼 네리아드가 미쳐서 세상을 붕괴시키려 하지 않았다면, 신지의 신전은 공격당할 일이 없는 곳이다. 전쟁이 일어나도 타국에선 이곳을 건드리지 않을 것이다. 신의 힘이 담긴 곳을 잘못 건드렸다가 저주라도 받는다면 골치 아플 테니까.

내가 미간을 좁히자 줄리에트도 미간을 좁혔다.

"……넌 확실히 감이 빠른 녀석이야."

"무슨 뜻이에요?"

"들어가자."

이만한 신의 결계를 뚫고 들어갈 수 있다고?

줄리에트가 신전 앞을 지키는 사자 석상 앞으로 손을 휘젓자 석상이 사라지며 쿠구궁, 소리와 함께 문이 열렸다. 나는 고개를 갸웃하며 줄리에트를 따라갔다.

"어떻게 들어갈 수 있어요?"

"신의 결계를 금술로 강화할 때 나를 매개로 썼으니까."

"……뭐라고요?"

줄리에트가 나를 돌아보고서 어깨를 으쓱했다.

"부황이 날 혐오해도 결코 죽일 수 없는 이유이기도 하지."

[어떻게 딸을 실험체로……! 아가야, 모하스의 왕은 악마보다도 지독하구나!]

부네가 홍분하여 소리쳤다.

줄리에트는 말없이 걸었다. 신전의 중앙에 이르자, 기묘하게 생긴 거대한 원석이 몇 겹의 금속 링에 감싸여 있었다. 엄청난 고도의 술식이 원석 주변을 벽처럼 감싸고 있었다.

나는 허공에 새겨진 술식을 가만히 바라보다가 굳어지고 말았다.

"줄리에트, 이거……."

"……."

"미쳤어."

내가 흥분하여 감정을 다스리지 못하자, 동화된 푸르와 부네, 스토라스가 현신했다.

"무슨 일이냐, 아가야."

"왜, 응? 뭔데!"

스토라스는 나처럼 술식을 보았는데, 얼마쯤 후에 기가 막힌 듯 헛웃음을 흘렸다.

"너희가 신의 축복을 가로챘구나."

"……."

줄리에트는 말이 없었고, 푸르와 부네가 눈을 동그랗게 떴다.

"가로채?"

"축복이라니?"

스토라스는 팔짱을 낀 채로 묵묵히 고개를 숙이고 있는 줄리에트를 쳐다봤다.

"대륙의 비를 가로채 대가뭄을 만들고, 햇빛을 가로채 땅을 기름지게 했으며, 신의 숨결을 가로채 병마를 몰아냈다."

"……."

"온갖 재해는 타국에 밀어냈고, 너희들은 가로챈 축복을 끌어안고서 영화를 누린 거야. 그렇지?"

"……맞습니다."

나는 줄리에트의 소매를 거칠게 걷어 냈다.

"……!"

팔이 온통 썩어들었다. 팔뿐만이 아니었다. 피부란 피부는 모두 곪아서, 멀쩡한 건 옷 위로 드러난 부분뿐이다.

"그래서 홍해에게 잘해 준 거예요? 비를 가로챈 탓에 가장 피해를 본 게 그녀의 가홍이라서?!"

"……그래."

"어떻게 그럴 수 있어요. 홍해가 줄리에트를 얼마나ㅡ!"

"짐승의 자식이라 그런가 보지."

줄리에트가 무감한 표정으로 나를 바라봤다.

"쓰레기의 핏줄이라 양심 한 조각 없었는가 봐."

"……."

"……줄리에트 한 사람의 힘으로 이러한 술식을 유지했을 리 없어요."

"……."

"말해요! 어떻게 된 건지!"

줄리에트는 원석의 뒤편 벽으로 다가갔다. 벽을 가린 태피스트리를 걷어 내자, 무언가 와르르 쏟아졌다.

시체들이었다. 가장 위에 떨어진 시체를 본 나는 흠칫했다.

금발, 아래로 내려간 눈꼬리, 턱 아래의 점.

'엄마?'

아니, 아니야. 엄마는 아니다.

'하지만 엄마와 몹시 닮은 이 사람은…….'

줄리에트가 고개를 숙이고 말했다.

"네리아드 신전은 홍수로 가장하여 세이먼족을 죽였지. 우리가 그들을 도왔고, 대가로 셰이먼족의 시체를 받아왔다."

"……말도 안 돼. 썩지 않는 시체라고?"

"신의 핏줄인 그들을 이용해 술식을 완성했고, 신의 힘을 휘두를 수 있게 된 거야."

나는 기가 막힌 표정으로 이마를 짚었다.

'여기에도 신전의 손이 뻗쳐 있었구나.'

엄마는 셰이먼 부족의 핏줄이다. 셰이먼은 부족 간의 결혼이 성행하는 부족이니 엄마를 닮은 사람이 많을 터였다.

나는 시체 무더기 위에 있는 엄마를 닮은 시체에 손을 뻗었다. 내가 그녀의 눈을 감겨 주었던 찰나. 원석이 콰직! 비틀리며—

[……레인.]

—목소리가 들려왔다.

[르블레인.]

'익숙한 목소리.'

다정하디다정한 목소리가 들리며, 시체가 번쩍 눈을 떴다. 부네가 재빨리 나를 끌어안고 시체에서 물러났다. 시체는 비틀비틀 걸어 내게 다가왔다.

나는 이를 악물었다.

[나의 동생아.]

"네리아드!"

기어이 그가 이 땅에 현신했다.

기괴한 각도로 틀어진 시체의, 아니, 네리아드의 고개가 우두둑, 돌아가며 눈이 흰자위마저 새카매졌다.

"르블레인."

곁에서 끔찍한 신음이 들려왔다. 웅크린 줄리에트가 귀를 틀어막은 채로 비명을 내지른 것이다.

고통스러운 건 나 또한 마찬가지였다. 목소리를 들은 것만으로도 온몸의 핏줄이 불거지며 피가 역류하는 것만 같았다. 머리에 추를 매단 듯 고개가 절로 수그러든다. 눈이 터져나갈 듯 뜨거워졌다.

입만 벌린 채로 헐떡이는 나를 본 부네가 나와 줄리에트의 앞으로 뛰어나왔다.

"죽일 셈이냐, 네리아드!"

네리아드가 "아아." 하며 나를 쳐다봤다.

"그렇구나. 인간의 몸은 이 정도의 신성조차 견디지 못하는군."

말이 끝나기 무섭게 쉭, 공기를 가르는 소리가 들려왔다. 그리고 고개 숙인 내 눈앞으로 뒤틀린 얼굴이 비치었다.

"어떠냐. 이쯤이면 고통이 느껴지지 않느냐?"

"……!"

소름 끼친다거나, 끔찍하다는 혐오감보다도 본능적인 공포에 오싹했다. 그는 이제까지의 적과는 비교가 되지 않는다. 희게 질린 채로 얼어붙은 날 본 네리아드가 허리를 곧게 펴고 주변을 둘러보았다.

"용서해 다오. 인간이었던 적이 아득한 터라."

그 순간, 바알이 현신했다. 그는 재빨리 나를 끌어당겨 품 안에 감추고, 넝쿨로 네리아드의 앞을 가로막았다.

그러나 네리아드가 짧게 혀를 차자, 넝쿨이 파르르 떨리며 가라앉았다. 마치 더 강한 자를 억지로 따르듯이.

"남매의 해후를 방해하지 마라."

"오라비 손에 죽은 아이다. 반가워할 리 없으니 돌아가라, 네리아드."

쾅!

격렬한 폭음과 함께 바알이 순식간에 날아가 벽에 처박혔다. 바알의 넝쿨은 주인이 옴짝달싹할 수 없도록 온몸을 휘감았다. 또 한 번 공간을 접듯이 이동한 네리아드가 바알의 턱을 쥐었다.

"뚫린 입이라고 아무렇게나 떠들어선 안 되지."

"크흐……."

"누이를 죽인 건 세르가야."

"이놈……!"

"연약한 주제에 사랑하여서. 지키지 못할 주제에 피조물을 낳아서. 제대로 된 규율을 만들지 못한 주제에 인간들이 욕망케 하였기에."

"……."

"하여 가여운 내 누이가 쉽게 저물어 버렸지."

"크흑……!"

넝쿨이 바알을 조여 죽이기라도 할 것처럼 그의 몸을 꽉 비틀었다. 다른 악마들 또한 넝쿨에 발목이 휘감아져 움직이지 못했다.

이곳에서 움직일 수 있는 건 인간인 줄리에트와 나뿐이었다. 그러나 줄리에트는 금세라도 쓰러질 것처럼 벌벌 떨고 있었기에, 별 도움은 될 수 없었다.

결국, 남은 건 나 하나였으므로 나는 바알에게 황급히 달려갔다. 그리고 넝쿨을 어떻게든 풀기 위해 안간힘을 썼다.

신성 마법은 시전조차 되지 않았기에 손으로 넝쿨을 뜯는 수밖에 없었다. 넝쿨의 가시에 찔려 손이 엉망이 되고, 굵은 줄기를 마구 헤집느라 손톱이 너덜거렸지만 아픈 줄을 몰랐다.

'제발 풀려, 제발!'

네리아드는 한 발짝 물러나 내가 하는 일을 가만히 지켜보고 있었다.

"너는 변하지를 않는구나. 여전히 저보다는 남이 우선이야. 너 하나 보호하지 못하는 비루한 존재일지라도."

나는 홱, 고개를 돌리고 네리아드를 향해 소리쳤다.

"바알을 풀어 줘! 네가 볼일이 있는 상대는 나잖아!"

"……."

"네리아드 ─ !!"

네리아드는 절규하는 나를 가만히 바라보았다.

그러기를 수 초. 넝쿨이 스스륵 풀리며 바알이 툭, 바닥으로 떨어졌다. 나는 숨을 몰아쉬는 바알을 다급히 붙들었다.

"괜찮아요?"

묻자 그가 네리아드를 노려보며 "그래." 대답했다. 그제야 한숨이 터져 나왔다. 동시에 입술이 쓰리며 비릿한 맛이 느껴졌는데, 힘주어 물고 있던 바람에 엉망으로 터진 모양이었다. 그런 줄도 몰랐다는 것에서 내가 얼마나 긴장하고 있었는지를 알 수 있었다.

네리아드는 가볍게 나와 악마들의 사이를 걸으며 읊조렸다.

"사람은 쉬이 변하지 않지. 종족이 달라져서도."

읊조린 그가 부네를 쳐다봤다.

"무지하도록 순박한 것도."

푸르를,

"거칠어 보이나 속정이 깊은 것도."

바알을,

"신념도."
스토라스를,
"같은 여자에게 반하는 것도."
그리고 나를.
"저를 깎아낼지언정 버리지 못하는 이타심도 말이다."
내 몸이 붕 떠올랐다. 그리고 눈 깜짝할 사이에 떠밀리듯 날아가 네리아드에게 허리를 잡혔다.
"사람은 변하지 않기에 본인의 자리가 필요하다. 그렇지 않으냐, 누이야."
나는 이를 악물고 그를 떠밀었다.
"꿈꾸지 못하는 삶에 무슨 의미가 있어."
"그러나 평화롭겠지."
"가축처럼 등급이 찍혀 출하되길 기다리는 삶이 네겐 평화야?"
"욕망이 없는 세계에선 그 누구도 굶주리지 않는다. 물으마, 인간을 가장 많이 죽인 것이 무엇이냐?"
"……뭐?"
"가뭄? 홍수? 폭풍? 병마? 아니, 인간을 가장 많이 죽인 건 인간이야."
네리아드가 양손으로 내 어깨를 잡은 채로 눈을 부릅떴다.
"전쟁, 살인, 그런 것들이 무엇에서 기인하느냐? 탐욕이다. 더 많이 가지고 싶기에!"
"……."
"탐욕에 가장 먼저 스러지는 건 약자지. 스스로 지키지 못하는 어린 목숨, 연약한 여자, 움직이는 것조차 벅찬 노인."
"……."
"보아라, 르블레인. 이 나라는 재물이 탐이 나기에, 평화가 탐이 나기에 타국에서 신의 축복을 앗았다. 하여 타국은 가뭄에 굶주리고, 홍수로 사랑하는 이를 잃고, 남은 것이나마 지켜 보겠다고 서로를 견제하며 끊임없이 전쟁을 벌이지."

줄리에트는 새파란 얼굴로 네리아드를 쳐다보았다.

나를 잡은 네리아드의 손에 힘이 들어갔다. 그녀가 흔들리는 눈으로 네리아드를 바라볼 때마다 그의 몸 주변에서 일렁이는 기운이 강해진다.

'……!'

신은 인간의 믿음이 모일수록 강해지는 존재. 네리아드의 말에 감명을 받는 자가 네리아드의 힘이 되는 것이다.

줄리에트의 표정과, 네리아드의 기운이 강해지는 것의 상관관계를 눈치챈 나는 소리쳤다.

"줄리에트, 정신 차려!"

줄리에트가 핫, 숨을 들이켜며 머리를 털어 냈다.

확신 있는 어조. 목소리엔 기이할 정도로 믿음을 불러일으키는 무언가가 있다.

'그러니 고대에서 세르가를 밀어내고 사람들의 믿음을 그만큼 흡수할 수 있었겠지.'

지금은 천 년이 넘도록 신으로 세상을 떠돌기까지 했다. 웬만한 사람이라면 죄 그에게 넘어갈 것이다.

줄리에트의 마음에 틈이 있었다고 하지만, 그녀는 매우 현명한 데다가 강력한 마력을 지니고 있다. 그녀조차 홀릴 뻔했으니 평범한 사람이라면 눈을 마주치는 것만으로도 네리아드를 믿게 될 것이다.

'빌어먹을.'

언젠가 네리아드가 내 앞으로 올 줄은 알았다. 통신석을 사용할 수 없는 상황에서 군대를 불러오기 위한 수단으로 나는 '영상석'을 쓰려 했다.

'영상석은 안 돼.'

사람들이 네리아드의 말을 듣는다면 분명 넘어갈 테고, 그럼 이자는 더욱 강해질 것이다.

네리아드의 시선이 문가로 향했다.

"부네!"

내가 소리치자 부네가 재빨리 도약하여 문을 가로막았다.

"밖으로 내보내지 마. 사람을 마주치게 해선 안 돼."

악마들이 부네의 뒤로 합류했다.

네리아드가 실낱같은 웃음을 흘렸다.

"누이야, 어리석고도 사랑스러운 나의 르블레인. 내 비록 너에 의해 약화되었다고 해서 선각자 서넛 정도도 해치우지 못할 성싶으냐."

"그럼 나가 보든가."

"정녕 원하느냐."

"못할걸."

나는 고개를 치켜들며 오만한 눈으로 그를 바라보았다.

"내가 너라면 약해진 상태로 내 앞에 나타나지 않았을 거야. 넌 나를 회유하는 게 목표잖아. 사람들의 믿음을 얻어서 강해진 후 나타났다면 나를 쉽게 회유했을 텐데, 그러지 않았어. 이유가 뭘까?"

"……."

"세르가가 막고 있는 것 아냐? 세상 밖에선 네 힘이 닿지 않도록!"

네리아드의 표정이 달라졌다. 나는 입꼬리를 삐뚜름하게 올렸다.

"뭍잖아. 그러니까 내가 세르가의 힘이 닿지 않는 신지의 신전 안에 들어왔을 때를 노려 시체에 강림한 게 아니냐고!"

"……."

"그래서 우리가 널 막은 건 혹시 모를 사태에 대비한 것일 뿐이야."

네리아드의 얼굴에서 웃음이 완전히 사라지고, 그의 눈빛이 날카로워졌다.

"누이야. 나를 분노케 하지 마라."

"염X."

내 말에 악마들과 줄리에트가 눈이 떨어질 듯 커져선 날 쳐다봤다.

"아가야, 아무리 그래도 상스럽구나……."

부네가 울상을 지으며 말해서 나는 콧방귀를 뀌었다.

"네리아드는 나를 언제나 분노하게 하는데, 나는 이런 말도 못 해요?"

매일, 매 순간 그에게 분노했다.

엄마를 잃게 한 원흉인 네리아드, 내가 세 번이나 죽게 만든 원흉인 네리아드, 그로 인해 나와 내 가족이 겪어야 했던 온갖 불행까지.

"난 당신과 마주한 매분 매초 화가 나."

"대의를 위한 어쩔 수 없는 희생이다."

나는 웃었다. 기가 막히고, 어이가 없어서 웃음밖에 나오지 않았다.

"너는 고대의 네 동생이 죽을 뻔한 것에 그토록 분노했으면서, 나와 내 가족이 죽음보다 더한 고통 속을 헤맨 것은 희생이라고 하는구나."

"르블레인."

"어떻게 너는 네 동생 하나 때문에 네 신념을 바꾸고, 세상을 불구덩이에 처넣은 전쟁을 벌였으면서 남의 고통은 희생이라고 여길 수 있어?"

"……."

"아미를 데려올 걸 그랬어. 머리를 희게 세게 해서 고대의 르블레인이 되어 네 앞에서 죽어 줄까."

"르블레인 ─ !!"

그가 분노해 소리치자 신전이 거세게 흔들렸다. 떨어지는 건물의 파편을 바알이 막아 주지 않았더라면 나와 줄리에트는 크게 다쳤을 것이다.

"왜 ― !!"

나 또한 지지 않고 소리쳤다.

"지금이라도 죽어 줄까? 혀를 깨무는 것만으론 부족하지? 아아, 금술이라도 써 줄까? 혼이 부서져서 다시는 회복되지 않도록. 완전한 죽음을 맞는 거야. 네 앞에서!"

"어찌, 네가 어찌 내 앞에서 그따위 말을……!"

"내가 엄마를 두고 그 산에서 도망치던 그때, 나는 그보다 더 끔찍한 기분이었어!"

"……."

나는 네리아드의 멱살을 쥐고 충혈된 눈으로 그를 노려봤다.

"나를 위한 세계? 아이들을 위한 세계? 웃기지도 않아."

"……."

"네가 만든 세계를 내가, 아이들이 바랄 것 같아? 사랑하는 사람이 다 죽고 나서 누리게 될 평화가 어떻게 달가울 수 있어!"

"……이 시대의 네 어미가 그리 네게 소중한 존재이냐?"

"당연한 ― "

소리치던 난 멈칫했다. 그의 곁에 검은 동굴 같은 것이 생기더니 안에서 끔찍한 비명이 들려왔다.

끼이익, 끽!

혼을 저미는 것만 같은 비명. 저 목소리.

'엄마.'

나는 굳어져서 그를 쳐다봤다.

"하면 네 어미를 꺼내 주마. 온전치는 않겠지만, 망가진 혼령이나마 끌어안을 수 있다면 본래의 상냥한 누이로 돌아와 주겠지?"

"뭐 하는 거야?"

끼에에엑—!!

엄마가 고통스러워하고 있었다.

"어미로는 부족한가? 하면 다른 자도 함께 꺼내 주지."

이어서 들려오는 비명은 분명 레이나의 목소리였다. 나는 새파랗게 질려 입만 뻐끔거렸다.

"하지 마. 그러지 마……."

갸갸갸갸갹—!!

비명에 이어 뼈가 온통 뒤틀리는 것 같은 소리가 들려왔다. 나는 와들와들 떨며 네리아드를 붙잡았다.

"둘이 부족하면 셋을, 넷을, 그도 부족하면 더 많은 것들을 혼령으로 남겨 주마. 네 아비는 어떠하냐? 육체에서 혼을 뜯어내면 이지를 잃겠지만, 네 곁엔 남도록 조치하지."

"하지 마, 네리아드! 제발……!"

"누이야, 누이야. 어리석고 사랑스러운 나의 누이야."

무릎에 힘이 빠져 주저앉으니 그가 상냥하게 웃으며 내 머리칼을 귀 뒤로 넘겨 주었다.

"어찌 모르는 것이냐. 네 곁에 있는 모든 것은 허상이다. 오직 나만이 너의 현실이며, 미래란다."

"……."

"나를 원망하겠지. 알고 있어. 그러나 지옥 같은 고통의 끝엔 안식이 있단다. 기억을 지워 주마. 원한다면 다른 기억을 만들어 넣어 주겠다. 듀블레드보다 훌륭한 가족을 만들어 줄 수도 있—"

그때였다.

쉬익―!

허공을 가르고 날아온 화살이 네리아드의 몸에 박혔다. 화살은 곧 먹히듯 흡수되었다. 그러나 이내 다른 화살이, 또 다른 화살이, 셀 수 없이 많은 화살의 비가 그에게 쏟아졌다.

나는 홱, 고개를 돌려 화살이 날아온 방향을 바라보았다.

"……진?"

진과 비파샤가 나샬크 부족을 이끌고 신지의 신전으로 나타났다.

크르륵, 크륵―!

그의 뒤에서 거친 목울음이 들려왔다. 순식간에 날아온 그것이 거대한 앞발로 네리아드를 찍어 누르곤 내 옷깃을 물고 뒤로 물러났다.

"이스트."

그리고.

"비켜, 비켜!"

콰직! 소리와 함께 기둥이 부러졌다. 홍해가 거대한 돌기둥을 들어 네리아드에게 날렸다.

"듀블레드 전군, 르블레인을 탈환한다."

아빠, 그리고 오빠들과 함께 듀블레드의 군사들이 신전 안으로 쏟아져 들어왔다.

나는 멍하니 그들을 바라보았다.

"어떻게……."

중얼거리자 줄리에트를 들쳐 안고 달려온 홍해가 말했다.

"괜찮아? 응?"

"너희가 어떻게 여기에……?"

"있잖아, 신기한 일이 있었지 뭐야. 우리 모두 같은 꿈을 꿨어."

"꿈?"
"금발의 무지막지하게 잘생긴 남자가 나오는 꿈이었는데, 네가 위험하다잖아. 근데 말이야. 진은 꿈이라는데 나는 아무리 봐도 꿈이 아닌 것 같거든?"
"뭐?"
"나 분명히 맨정신이었는데 눈앞에 남자가 나타났었다고!"
바람이 불었다. 머리칼을 스치고 지나간 바람은 왜인지 사람의 목소리로 들렸다.

[내가 언제나 너를 지킬게.]
[그러니까 너는 웃어 줘.]

* * *

웨인스의 수인들이 네리아드에게 다가갔다. 나는 소리쳤다.
"물러서!"
그리고 앙리에게 소리치자, 그가 개량형 이동진을 찢었다.
그러나 찢는 것과 동시에 네리아드의 몸 주변에서 어둠이 일렁이며 수인을 덮쳤다. 천만다행으로 완전히 먹히기 전에 이동시켰는데, 이동한 후의 수인들은 팔다리가 잘려 있었다.
"키리스! 마헨!"
웨인스의 쌍둥이 왕자가 수인들을 보고 사색이 되었다.
나는 서둘러 소리쳤다.
"네리아드가 강림한 몸이다! 다가가지 마라!"
손바닥이 식은땀으로 흥건했다. 인간의 힘으로 신을 이길 수 있을 리 없다. 뭉치지 않으면 이길 수 없는데, 뭉칠수록 지켜야 할 사람이 많아진다.

'어떻게 해야…… 내가 대체 어떻게 해야 하는…….'

[아가야.]

별안간 귓가에 익숙한 목소리가 들려왔다. 그리고 꿈속에서 보았던 금발의 사내가 했던 말이 떠올랐다.

"잊어선 안 돼. 네 편이 있다는 것을."

또 다른 나의 편.

"세르가 님……."

중얼거리자 내 곁에 있던 홍해와 줄리에트가 "뭐?" 하며 나를 쳐다봤다. 나는 주먹을 꽉 말아 쥐었다.

'이렇게 되면 이판사판이야.'

"이샤크, 악마들과 함께 왔어?"

"그래. 신전 내에서 악마들까지 합세한 전투가 일어나면 피해가 상당할 테니 일단 신전 밖에 대기시켜 놨다."

나는 품에서 이동진을 꺼내며 말했다.

"자, 술래잡기다. 네리아드가 술래야. 우린 도망친다!"

"뭐?"

"뭐라고?"

"르블레인?"

"잠깐만, 꼬맹아……!"

사람들은 당황했지만, 나는 개량형 이동진을 이용해 아군을 이동시켰다.

신전 밖으로 이동한 나는 줄리에트와 웨인스의 쌍둥이 왕자들에게 말했다.

"군사들 외에 주변 사람들을 모두 이동시켜. 줄리에트가 감독하고, 이스트, 웨스트 님이 도와주세요."

이스트가 물었다.

"한 번에 모아서 이동진으로 이동시키는 게 훨씬 빠르지 않겠어?"

"사람들을 모아선 안 돼요."

"어째서?"

"네리아드의 힘은 인간의 믿음이에요. 사람들이 모인 자리에 네리아드가 향한다면 쉽게 세뇌될 테고, 그러면 지금보다 더 강해질 거라고요."

이스트와 웨스트가 고개를 끄덕였다. 줄리에트가 나를 붙잡았다.

"이해가 안 돼. 알면서 왜 네리아드를 바깥에 풀어놓는 거지? 나조차 네리아드의 말에 세뇌될 뻔했어. 웬만한 사람이라면 눈만 마주쳐도 그를 믿게 될 거야."

"알아. 알지만 방법이 없으니까……."

"뭐?"

"세르가 신은 네리아드의 신전 내부에선 힘을 발휘할 수 없어. 그래서 끌어내려는 거야. 세르가 신이 우리를 지켜 줄 수 있는 곳으로."

신전 내부에서 전부 죽느니, 세르가 신이 우리를 지켜 줄 수 있는 곳에서 제대로 붙어라도 보자.

어떤 전투도 쉬운 적이 없었다.

사람의 힘으론 죽일 수 없는 성수들을 상대하며 미나와 싸울 때. 에트왈 없이 악마의 힘을 자유롭게 사용하는 교황과 싸울 때. 보호자 하나 없는 어린애의 몸으로 삶의 구렁텅이를 헤쳐 나올 때. 그 어떤 싸움도 쉬운 적이 없었다.

그럴 때마다 나는 언제나 모든 것을 희망에 걸었다.

오늘처럼.

"글리, 스토라스!"

두 선각자가 나를 바라봤다.

"신전을 파괴해."

두 인영이 날아오르고, 순식간에 신전을 향해 격렬한 공격을 퍼부었다.

콰과과과곽!

신전의 주변으로 결계가 모습을 드러냈다. 모하스의 술식이 빼곡한 결계엔 이내 균열이 생겼고, 타국에서 신의 축복을 빼앗아 만개했던 모하스의 초록이 점점 빛을 잃어 간다.

요한과 시선이 마주쳤다. 내가 고개를 끄덕이자, 그가 도파를 말아 쥔 채 결계로 파고들었다.

검 끝과 결계가 맞부딪쳤을 때.

쨍 — !!

날카로운 파열음과 함께 결계가 무너졌다.

"푸르, 공격해!"

내가 소리치기 무섭게 거대한 뿔이 돋아난 수사슴으로 변한 푸르가 하늘을 향해 울부짖었다. 먹구름이 신전 위로 몰려들었다.

그리고, 쾅 — !!

낙뢰가 떨어졌다.

스토라스와 글라샬라볼라스의 공격까지 더해지자 건물은 더 이상 버티지 못하고 무너지기 시작했다. 첨탑이 떨어지고, 외벽이 무너진다.

나는 오디스의 동료들에게 물었다.

"가홍의 신전은?"

"어머니에게 맡겨 두고 왔어. 작업에 착수했을 거야."

"웨인스는?"

"어마마마께서 믿으라고 하셨어!"

"아타르 부족 연합은?"

"아버님께서 부족의 군사들을 데리고 신지로 향하셨다."

나는 옷깃을 꽉 말아 쥔 채로 모하스의 신전을 바라봤다. 모하스의 신전이 완전히 무너지고 그 안에서 소름 끼치는 어둠이 꿈틀거렸다.

무너진 신전의 제단에 서 있던 네리아드가 천천히 나를 바라봤다. 눈동자가 붉게 빛나자, 한쪽 구석에 있던 셰이먼의 시체들이 오물처럼 녹아들었다. 녹아든 시체가 네리아드의 발밑으로 밀려들었다. 진흙이 뭉쳐지듯 모여든 그것은 곧 인간의 형태가 되었다.

눈부신 백발, 투명하게 빛나는 푸른 눈동자. 고대의 네리아드가 기어이 이 땅에 도래했다. 심장 어딘가에 가시가 박힌 듯 아려 왔다. 내 안의 고대의 메리아가 숨죽여 우는 양.

* * *

모하스 왕궁.

테오도르 듀블레드는 창을 통해 신지 주변으로 몰려든 먹구름을 지켜보았다. 그의 뒤로 제국의 황제, 웨인스의 왕, 아타르 부족 연합의 연합장, 가홍의 왕이 굳은 얼굴로 원탁에 착석해 있었다.

가장 상석에 있던 제국의 황제 알렉상드르가 말했다.

"마경을 연결하라."

모하스의 마법사들이 오라에 제압당한 저들 왕의 눈치를 보다가 테이블에 손을 올렸다. 상공에 영상이 떠오르기 시작했다.

네리아드와 마주 본 르블레인을 본 제국의 황제가 테오도르를 향해 눈을 돌렸다.

"듀블레드 왕 또한 금관의 좌에 착석하시오."

테오도르가 원탁을 향해 시선을 돌리자, 원탁에 자리한 왕들이 고개를 끄덕였다. 그가 금관의 좌에 착석했다.

고여 있던 시대의 책장이 넘어가고, 신시대가 열렸다.

대륙에 듀블레드 왕조가 시작된 순간이었다.

* * *

수인족들이 날카롭게 울며 달려들었으나, 네리아드가 바라본 것만으로도 그들은 상공에 떠올라 서로 거세게 부딪쳤다.

줄리에트와 앙리의 마력도, 이샤크의 검도 전혀 상대되지 않는다. 스토라스의 전력구나 바알의 공격도 네리아드의 근경에만 향하면 존재하지 않았던 양 사라졌다.

'공격이 전혀 먹히지 않아.'

반면에 널브러진 군사는 부지기수. 우리가 할 수 있는 건 네리아드의 움직임을 막는 것뿐이었다.

허공에 떠 있던 파이몬이 쯧, 혀를 찼다.

"이거야 원. 당최 해결책이 보이지 않는군."

파이몬 또한 권속들의 대부분을 잃었다. 이제 그에게 남은 건 나팔을 쥔 흰 날개의 마물 둘뿐이었는데, 그나마도 금세라도 사라질 것처럼 위태로웠다.

다른 악마들 또한 처지가 다르지 않았다. 특히 가장 선봉에서 네리아드를 공격하던 바알은 심각한 상태였다. 얼굴의 한쪽이 죄 녹아들었다.

'바알, 괜찮아요?'

[염려하지 마라.]

말은 그렇게 해도 버티기 힘든 지경일 것이다.

'하지만 바알이 없어선 안 돼.'

바알은 아군의 수비의 8할을 담당하고 있다. 그가 없다면 네리아드의 힘을 막아 낼 수 없다.

교황을 상대할 때도 버거웠지만, 네리아드를 상대하는 건 절망적이었다. 절반이 훨씬 넘는 군사를 잃어 가면서도 저 몸에 생채기 하나를 내지 못했다.

'그나마 세르가 신이 지켜 주고 있어서인지 어둠에 삼켜지진 않고 있지만…….'

저자가 제도에서처럼 사람들을 어둠에 삼킨다면 우리는 단숨에 죽을 것이다.

네리아드의 세뇌가 우려되니 지원군을 부를 수 없는 상황. 하지만 이곳에 있는 군사로는 도무지 저자를 상대할 수 없다.

'어떻게 해야 하지.'

어떻게 해야 이길 수 있는 거야.

마치 절망 속에서 헤매는 기분 같았다. 도무지 해결 방안이 생각나지 않는다. 나는 에트왈을 꽉 말아 쥐었다.

'일단 바알에게 쉴 시간을 줘야 해.'

바알을 대신해서 쓸 수 있는 권속을 떠올렸지만, 마땅히 없었다.
그때.

[대장, 접니다! 제가 있습니다!]

철수의 목소리가 들렸다.
내 에트왈 속에 있는 나의 권속들이 이런 급박한 상황 속에서도 어처구니없는 눈으로 에트왈을 쳐다봤다. 푸르가 헛웃음을 터뜨렸다.
"미쳐 가지고. 네가 바알의 발끝이나 따라올 수 있을 것 같아?"
"그러한 용기는 만용이라고 부른단다……."
부네마저 고개를 절레절레 저었다. 나도 어이가 없는데, 저들은 오죽할까 싶었다. 나는 한숨을 내쉬며 에트왈의 한구석에 있는 자수정을 매만졌다.
'〈시간〉의 이능을 지닌 악마가 있다면 도움이 될 텐데.'
전투 중에 몇 번이나 소환하려 했으나, 불가능했다.
'에트왈에 남은 한 자리가 있어. 여기 없는 다른 악마를 소환해 볼까. 스토라스의 〈기록〉에 있던 악마 중 방어력이 높은 악마가 누가 있었…….'

[신에게는!]

철수가 버럭 소리쳤다.

[신에게는 아직 12개의 포털 사이트에서 본 지식이 남아 있사옵니다!]

……예?

포털 사이트가 뭔데.

나는 어이가 없는 표정으로 에트왈을 내려다보았다.

신에 비하면 인간의 신성력은 턱없이 적다. 네리아드의 발끝도 미치지 못하는 양이나마 잘 배분하여 사용하지 않는다면 이 싸움에 승산이 없다.

'철수에게 신성력을 낭비할 순 없어. 하지만…….'

고민하고 있자, 푸르가 소리쳤다.

"설마 정말로 바알을 대신해 그 녀석을 소환하려는 건 아니겠지!"

"아가야, 그건 좋은 생각이 아닌 듯하구나."

부네조차 걱정 어린 목소리로 만류했다.

나는 에트왈을 꽉 말아쥐었다.

'난 너한테 걸었어. 제대로 보답해야 할 거야.'

에트왈에 힘을 불어넣었다. 바알이 사라지고, 후드가 달린 도톰한 상의 차림의 철수가 전투지 한복판에 소환되었다. 철수는 바닥에 나뒹굴던 검을 집어 네리아드에게 겨누었는데, 장딴지며 손이 달달달 떨리고 있었다.

어느 모로 보나 훈련 한 번 받은 적 없는 초짜였다. 네리아드에게 달려들었던 군사들이 철수 쪽으로 튕겨졌는데, 그는 "헉!" 숨을 들이켜곤 사색이 되어 물러났다.

네리아드의 시선이 철수에게 향했다. 바알을 대신해 소환된 권속이 너무나 한심하니, 도리어 경계가 되는 모양이었다.

네리아드의 발밑에서 날카로운 넝쿨이 뻗어져 나왔다. 그리고 살갗을 꿰뚫을 기세로 늘어났는데, 철수는 얼어붙어서 움직이지 못했다.

"저 멍청이!"

칫, 혀를 찬 푸르가 재빠르게 내달려 철수의 옷깃을 문 채로 물러났다.

"아, 으으, 으그……."

나는 바닥에 주저앉아 신음하는 철수를 보고 한숨을 삼켰다. 부네가 안타까운 눈으로 날 쳐다봤다.

"이번 도박은 실패로구나, 아가야……."

"속 터지니까 짚어 줄 필요 없— 물러나!"

신경질적으로 중얼거리던 중에 네리아드의 파동이 거칠어졌다. 나는 빠르게 앞으로 달려 나가 결계를 펼쳤다. 줄리에트와 앙리가 나를 도왔으나, 얼마 막지 못하고 결계가 파괴되었다. 중앙에 있던 내가 네리아드에게 떠밀려 바닥을 나뒹굴자 악마들이 재빨리 네리아드의 앞을 가로막았다.

'바알이 없으니 방어선이…….'

철수를 도로 물리고, 바알을 재소환할 잠깐의 짬조차 없었다. 네리아드의 공격에 악마들도 맥을 못 추었다.

"지루하구나."

네리아드가 무감한 표정으로 중얼거렸다. 그의 주변으로 어둠이 일렁였다.

"끽, 끼이익—!"

파이몬의 마지막 권속이 날카롭게 울며 추락했다. 먼지가 되어 흩어진 권속을 본 파이몬의 입매가 우그러졌다.

"빌어먹을……."

파이몬은 교황전 때부터 상당한 수의 권속을 잃었다. 파이몬은 강한 공격력을 지녔다거나, 내재한 힘이 강력한 악마는 아니었다. 마지막 한 마리마저 사라졌으니 이제 그는 전투에서 낙오한 것이나 마찬가지였다.

푸르 또한 거대한 뿔이 점점 작아지고 있었다. 어느 시점부터는 이능인 〈우천〉을 쓰지 못했다. 가까스로 버티고만 있는 지경인 것이다.

부네도 유령 군사를 더 불러내기는커녕, 지금 있는 수를 유지하는 것만으로도 힘에 부치는 모양이고.

그레모리는 애초에 후방 지원형의 이능을 지닌 악마라 전투에 참여할 수 없다.

'스토라스나 글라샤라볼라스도 얼마 버티지 못할 텐데…….'

네리아드와 눈이 마주쳤다. 이윽고 그의 눈이 붉게 번뜩이고, 빛이 뿜어져 나왔다. 빛이 닿을 때마다 칼날에 베이듯 살갗에 깊은 흉이 생겼다.

틀렸나. 신에겐 이길 수 없는 것일까. 결국 질 싸움에 나는 모든 것을 걸었나.

빛에 감싸인 자들의 비명이 메아리쳤다.

'아아……. 끝이구나.'

눈을 감은 순간,

"르블레인 님!"

— 철수의 목소리가 들렸다.

번쩍!

눈을 뜨자, 철수가 네리아드의 허리에 매달려 있었다.

"……뭐야, 저게."

앙리가 기가 막힌 듯 중얼거렸다.

"허……."

"……."

"하?"

스토라스가 헛웃음을 뱉고, 요한이 굳어졌으며, 이샤크가 미간을 일그러뜨렸다.

이 세계에 존재하는 모든 것을 찢어발길 듯하던 네리아드의 빛이 철수에겐 효과가 없었다. 순간, 내 안에서 어떤 질문이 떠올랐다.

'네리아드는 어째서 이 세계의 인간이 아닌, 다른 세계의 미나를 운명의 아이로 만들었는가?'

철수는 희게 질린 채로 네리아드를 올려다봤다.

"너, 넌 이곳의 신이니까 다, 다른 차원의 존재에겐, 히, 힘을 발휘할 수 없는 거, 거지!"

"이……."

"미, 미나를 소환한 건, 미나가 다른 차원의 존재이니 세, 세르가 신도 어쩔 수 없다고 생각했기 때, 때문인 게 아니냔 말이야!"

"미물 따위가 감히……!"

"나도 사나이다! 으아아아!!"

빡!

철수가 네리아드에게 냅다 이마를 박았다.

"……!"

*　　*　　*

가홍.

"주월비!"

가홍의 재상 황견익이 신지의 신전 앞에서 횃불을 쥐고 있는 홍해의 모후, 주월비를 향해 고함을 내질렀다. 새파란 얼굴로 이를 악물고 있던 주월비가 흠칫, 뒤를 돌아보았다. 야차 같은 표정의 황견익을 보자마자, 두려움이 폐를 꽉 옥죄었다.

"군사를 물리시오!"
"……."
"내 말이 들리지 않소!"
주월비가 치맛자락을 말아 쥐었다.

"모후, 저는 모하스로 갑니다. 친구가 위험한 것 같아요. 모후께서 저를 대신해 신지의 신전을 파괴해 주세요."

"허튼소리! 그리되면 황견익이 우리 모녀를 가만둘 리 없다. 폐하마저 크게 곤란해지실 게야. 홍해야, 누누이 말하지 않았니. 그들 눈 밖에 나지 않아야 살 수 있노라—"

"그게 정말로 사는 거예요?"

"……뭐?"

"꿈도, 희망도 없이 연명하는 것이 정말로 삶인가요?"

딸은 곧은 시선으로 제 어미를 마주했다.

"어머니, 저요. 오디스에서 나쁜 짓을 했어요."

"……뭐?"

"약점을 팔아서 친구를 위험하게 만들었어요. 그러면 가홍에 도움이 되어서 황견익이 우리 모녀를, 폐하를 위협하지 않을 것 같았어요."

"……."

"친구는 용서해 주었지만, 저는 그날 이후로 하루도 맘 편히 잠을 이루지 못했어요. 스스로가 부끄러워서."

"……."

"이제 편하게 잠을 이루고 싶어요."

"……."

"그 애에게 배짱 하면 류홍해라고 자랑스럽게 말하고 싶어요."

황견익은 딱딱하게 굳어 횃불을 들고 있는 주월비를 노려보다가 군사들을 향해 소리쳤다.

"뭣들 하느냐. 당장 물러나라지 않느—"

"움직이지 마라!"

주월비가 고함을 내지르자 군사들은 물론이고 황견익과 그 일파의 신하들이 당황했다. 황견익이 기가 막힌 표정으로 주월비를 쳐다봤다. 황견익 곁에 서 있던 그의 아들 황현이 주월비를 위협했다.

"주월비, 감히!"

"감히 뉘가 황제의 비를 위협하느냐. 나는 가홍 31대 국왕의 비요, 원자(왕의 장자)의 모후이다."

"뭐라고?"

"황군은 들으라. 너희는 국왕의 군사인가, 황견익의 군사인가."

"이……!"

주월비가 눈을 부릅뜨며 말을 이었다.

"황군은 왕명을 수행하라! 신지의 신전을 파괴하고, 사악한 신의 숨결을 이 나라에서 걷어 내어라!"

"주월비—!!"

황견익이 악을 내질렀으나, 주월비는 입술을 꽉 깨문 채로 신지의 신전에 불을 놓았다. 황견익이 기가 막힌다는 듯 헛웃음을 흘렸다.

"무엇에 정신이 나가 감히 이따위 짓을 하는 거요."

아수라장이 된 신전 앞에서 그녀는 황견익을 노려보았다.

"어미라서."

"……뭐?"

"내 자식에게 단지 생을 이어갈 뿐인 삶을 주고 싶지 않기에."

"……."

"고개를 낮춰라, 황견익. 가홍의 태녀가 될 왕녀 홍해의 모후야."

홍해야. 홍해야, 아가.

너를 위해 처음으로 낸 나의 용기가, 네 삶의 수로 표가 되기를. 그리하여 네 인생이 다시는 수치에 물들지 않기를.

같은 시각, 웨인스.

웨인스의 왕비가 신지의 신전 앞에 서자 신하인 물소 수인이 걱정 어린 어조로 물었다.

"정말로 신전을 파괴해도 되겠습니까?"

"이스트와 웨스트의 결정입니다. 폐하와 나는 아이들의 결단을 따르기로 하였지요."

"제국에만 좋은 일일 수도 있습니다. 신전을 파괴한 뒤, 생각지도 못한 불행이 찾아올 수도 있어요."

"그 불행에서도 배울 것이 있겠지요."

"예?"

왕비가 고개를 끄덕이자, 웨인스의 강인한 뿔을 지닌 수인들이 기둥을 향해 내달렸다.

쾅!

쾅! 쾅! 쾅!

몇 번이나 둔탁한 마찰음이 이어지고 쿠르르, 건물이 무너지기 시작했다.

왕비는 미소 지었다.

"불행이 온다면 딛고 일어나는 법을 가르치겠습니다. 그렇게 배워 자란 아이들이 이 나라를 부흥시키리라 나는 믿어요."

"……."

"믿는 것이 부모가 할 수 있는 최고의 교육이고요."

아타르 부족 연합.

연합장의 사위이자 진의 부친이 신지의 신전을 바라보며 한숨을 내쉬었다. 그의 아내인 쿤타타(연합장의 딸)가 껄껄 웃으며 남편의 어깨를 두드렸다.

"두렵소?"

"왜 아니겠습니까. 다른 것도 아니고 신지의 신전이라고요. 타 부족과 의논하지도 않고 우리 멋대로 파괴해도 될는지……."

"하면 지금이라도 그만두지 그러시오."

쿤타타가 씩 웃으며 유약한 남편의 눈을 들여다봤다.

"늘 그렇듯 도망치시오. 하면 언제나처럼 아버지가 수습해 주실 게 아니오?"

"……내 아들에게 더는 도망치는 꼴을 보이고 싶지 않습니다."

쿤타타가 "호오?" 하자, 사내가 마른침을 삼키며 신전을 올려다보았다.

"쿤타타, 이제 저는 제 아들에게 도망치는 법이나 참는 법 따위를 가르치고 싶지 않습니다."

사내의 손에서 마력이 일렁였다. 응축원을 내던지자 쾅! 굉음과 함께 기둥에 균열이 생겼다. 무너지는 건물을 보며 부부는 미소 지었다.

*　　*　　*

꽝—!!

철수가 이마를 박자 네리아드가 "큿!" 신음하며 물러났다.

깨진 머리에서 뚝, 뚝, 피가 흘러내렸다.

'충격이 있다고?'

나는 핫, 숨을 들이켰다.

'신지의 신전이 모두 파괴된 거다!'

믿음의 상징이었던 신전이 사라져 신의 힘을 잃은 것이다.

이마를 쥔 네리아드가 벌벌 떨고 있는 철수를 매섭게 노려보았다. 그가 철수를 향해 손을 뻗자, 요한과 앙리, 이샤크가 재빨리 내달렸다. 앙리와 이샤크가 동시에 네리아드의 앞뒤를 공격했다. 그 틈에 요한이 철수의 뒷덜미를 잡고 네리아드와 거리를 벌렸다.

네리아드가 앙리가 치고 빠지기 전에 팔뚝을 붙들었다. 앙리의 팔이 소매째로 썩어들어가는 것이 보였다.

"그레모리!"

내가 소리치자 그레모리가 이동했다. 그녀는 네리아드가 내던진 앙리를 감쌌다. 주변으로 희뿌연 빛무리가 모여들며 썩어들던 앙리의 팔이 본래의 상태로 되돌아왔다.

'철수의 공격만 먹히는 건가?'

그렇게 생각할 무렵, 이샤크가 이를 악물며 또 한 번 달려들었다.

"우리 형에게 무슨 짓이야!"

이샤크의 검이 네리아드의 복부로 파고들었다.

네리아드가 결계로 이샤크의 검을 막아 냈다.

쩡—!

날카로운 파열음이 울려 퍼졌다.

'이샤크가 네리아드를 상대하고 있잖아?'

왜지? 왜 네리아드는 앙리 때처럼 이샤크를 공격하지 못하는 걸까.

줄리에트가 이샤크를 지원하기 위해 마법을 시전했다. 네리아드의 머리 위로 줄리에트의 시동진이 떠올랐다. 그 순간, 네리아드가 이샤크를 공격했다. 삐걱거리며 뻗어 나간 어둠이 덮치기 직전, 이샤크는 가까스로 몸을 비틀어 빠져나왔다.

'……!'

나는 숨을 크게 들이켰다.

"마법이다!"

고함을 내지르자 아군이 나를 바라봤다.

"네리아드는 아군의 마력을 이용해 공격한다!"

줄리에트와 앙리가 깨달은 듯 네리아드를 쳐다봤다.

요한이 소리쳤다.

"이샤크, 물러나라! 궁수대!"

이샤크가 재빨리 네리아드의 근처를 벗어났다. 후방에서 지원하던 궁수들이 활시위를 당겼다. 화살이 비인 양 쏟아졌다. 네리아드는 결계를 펼쳐 화살을 막았으나, 그의 결계는 이전처럼 강력하지 않았다. 화살이 부딪친 곳마다 균열이 일었다.

'좀 더. 조금 더!'

쨍—!

결계가 부서졌다.

나는 쓰러진 아군의 손에 들렸던 활을 주워 들고, 네리아드를 향해 겨누었다.

문득, 고대의 기억이 떠올랐다. 어린 고대의 르블레인에게 활을 가르치던 네리아드의 목소리가 귓전을 맴돌았다.

"자, 르블레인. 오늬를 붙이고 시위를 당기는 거야."

"난 활 같은 거 배우기 싫은데……. 사람을 죽이는 방법 같은 건 알고 싶지 않단 말이야……."

"사람을 죽이는 방법이 아냐. 너를 지키는 방법이지."

"하지만……."

"네가 배우는 건 단지 활이 아냐. 포기하지 않는 법이지. 르블레인, 난 네게 도망치지 않는 법을 가르쳐 주고 싶어."

그 기억 위로 이번 삶에서 내게 활을 가르쳐 주던 듀블레드 가족들의 모습이 덧그려졌다.

"이—렇게. 어? 바보야, 이렇게 당기는 거라고!"

"시끄러워, 이샤크. 르블레인이 너 같은 짐승인 줄 알아? 익숙해지는 데엔 시간이 걸리는 법이야. 자, 르블레인. 오금을 단단히 잡아야 해. 흔들리지 않도록."

"으악! 나를 향해 쏘면 어떻게 해!"

"미안, 이샤크……."

"활은 영 아닌데. 형, 그냥 잘하는 마법이나 하게 하자. 활을 배워서 뭐 해. 이 녀석이 적에게 활을 쏘기 전에 우리가 죄 도륙을 낼 텐데."

"이샤크, 바보. 나는 그냥 활을 배우는 게 아냐. 포기하지 않는 법을 배우고 있는 거지!"

나는 입술을 꽉 깨물었다. 네가 메리아에게 도망치지 않는 법을 가르쳐 줬다. 내 영혼에 새겨진 가르침을 나는 새로운 내가 되고도 잊지 않았다.
그 순간, 네리아드와 시선이 마주쳤고, 나는 시위를 당겼다.
쉬익—!
허공을 가르고 날아간 화살이 네리아드의 가슴에 명중했다.
"크으……!"
가슴을 붙잡은 채 비틀거리며 물러난 네리아드가 나를 향해 소리쳤다.
"어째서!"
"……."
"너는 어째서 매번 내 앞을 가로막는 것이냐, 르블레인!"
피 맺힌 고함이 천지를 울렸다. 홍해와 줄리에트, 진, 이스트와 웨스트, 그리고 우리 형제들을 비롯한 아군이 귀를 붙든 채로 신음했다. 처절하디처절한 목소리가 심장을 그러쥐고 흔드는 듯했다.
나는 물러서지 않고 등을 곧게 편 채로 네리아드를 쳐다봤다. 땅에 맞닿은 네리아드의 두 다리가 검은 눈물인 양 흘러내리고, 피부는 가뭄을 맞은 땅인 양 경직되어 비틀렸다.
"사랑하는 너를 위해 내일을 안배했다."
"……."
"너를 지키기 위해, 너와 같은 아이들이 고통받지 않는 세계를 꿈꾸었다. 보아라, 르블레인. 세르가가 만든 이 세계가 얼마나 곪았는지를."
"……."
"이 세계에서 너는 얼마나 고통받았느냐!"
상공에 떠오른 영상석이 무너지는 신을 비추었다.

*　　*　　*

각국에선 마경 앞에 사람들이 모여들었다.

신지의 신전이 무너지고, 네리아드의 축복이 사라진 세계는 처참하게 허물어져 갔다. 땅엔 지진이, 바다엔 해일이. 천지가 요동쳤다.

가장 심각한 건 네리아드의 어둠이 곳곳에 펼쳐져 있는 위그젠트라 제국이었다. 네리아드의 어둠은 제도를 넘었다. 제국의 절반이 허무로 돌아가고, 백성들은 정신없이 피난길에 올랐다.

쟈벨린 아리에쥬와 듀블레드 원로원의 의장인 누아노크 자작이 목 놓아 소리쳤다.

"광장으로 모여라! 배를 띄워 바다로 이동한다!"

"짐을 버려라! 끌어안을 수 있는 것은 오직 아이와 노인, 이웃뿐이다! 신분을 구분하지 않고, 노약자부터 이동진을 통해 승선한다!"

뒤보스 자작과 베로니카를 비롯한 듀블레드의 가신들이 달려왔다. 의장이 새파랗게 질린 베로니카에게 물었다.

"이동진은 확보되었습니까?"

"영지에 남은 것은 31장이 전부입니다."

"추가 제작은 어렵겠습니까?"

"더는 엘자 나무가 없습니다. 신지의 신전을 파괴한 후, 대부분의 엘자 나무가 힘을 잃었어요. 제도에도 남은 것이 없습니까?"

"예……."

"하면 최대한 이동 횟수를 줄이는 것으로 하고— 발루아령의 백성들은 어찌합니까. 그곳엔 주인이 없으니 우왕좌왕하고 있을 텐데요."

뒤보스 자작이 말했다.

"세리아 호프를 보냈습니다. 문제는 그들까지 옮길 수 있는 이동진이 없다는 것인데…….”

가신들이 굳은 얼굴로 의장과 쟈벨린을 바라봤다.

“발루아령이 듀블레드에 흡수되었다고 하나, 황궁의 관리를 받는 곳입니다. 무엇보다 독립한 우리에게 제국이 발루아령까지 넘겨주겠습니까? 우리의 땅이 아니라고요. 발루아령까지 챙길 여력이 없습니다.”

“하면 발루아령의 백성들이 다 죽도록 놔두자는 거요?”

“결단하셔야 합니다!”

쟈벨린이 이마를 쥐었다.

남은 이동진 수는 고작 31장. 듀블레드의 백성들을 옮기기에도 턱없이 부족하다.

그때, 광장의 마경이 번쩍였다. 어머니의 앞치마를 쥐고 있던 아이가 마경을 향해 소리쳤다.

“아가씨예요!”

사람들의 시선이 마경에 몰려들었다. 제국 각지나 타국 또한 마찬가지였다. 마경 앞에 모인 자들이 네리아드를 마주한 르블레인을 바라보았다. 네리아드는 끔찍한 몰골로 르블레인을 향해 소리쳤다.

[너와 같은 아이들이 고통받지 않는 세계를 꿈꾸었다. 보아라, 르블레인. 세르가가 만든 이 세계가 얼마나 곪았는지를.]

[…….]

[이 세계에서 너는 얼마나 고통받았느냐!]

슈헤일령의 슈헤일 백작 내외와 에드거 슈헤일, 브리뵈 백작령의 브리뵈 백작과 그 영지민들이, 르블레인을 만나 온 모든 사람이 묵묵히 네리아드를 바라보는 그녀를 바라봤다.

네리아드는 말했다.

[너를 운명의 아이로 만든 저자들이 네게 무엇을 해 주었느냐?]

[…….]

[내가 내린 운명의 아이라 이름 붙인 것은 저들이나, 너를 박해하고 가짜라 손가락질한 것도 저들이다.]

[…….]

[이 세계의 사람 중에 너를 안줏거리로 삼지 않은 자가 있느냐?]

[…….]

[그저 태어났을 뿐인 네게 의무를 부여하고, 저희 기대에 미치지 못하면 입에 칼을 물고 힐난하는 자들이야!]

사람들이 흠칫했다. 미나가 강림했을 적, 그녀를 가짜라 부르며 힐난하던 자들이 마른침을 삼켰다.

네리아드의 입매가 비틀렸다.

[타인을 손가락질하며 악의를 쏟아 내는 주제에 타인에겐 고결한 도덕성을 요구하지. 입에 문 칼로 타인을 넝마로 만드는 주제에 버티지 못하면 약하노라 비웃는다.]

[…….]

[저는 남을 돕지 않으면서, 남을 돕지 않는 타인은 쉽게 힐난해. 노력하여 거머쥔 자들은 저와 다른 태생이기에 그리할 수 있었노라 손가락질하고, 질투한다. 그런 주제에 저는 아무것도 하지 않지.]

[…….]

[세상에 욕망이 있기에, 이기가 존재하는 것이다.]

[…….]

[하여 욕망을 없애고, 저들에게 맞는 자리를 주는 거야. 애초에 과분한 것을 꿈꾸지 못하도록!]

[…….]

[한데 너는 어찌 저런 것들을 감싸는 것이냐?]

[…….]

[왜 너는, 저들에게 고통받은 네가 나를 막아서는 것이야!]

네리아드가 악을 내질렀다. 르블레인은 가만히 그를 쳐다봤다.

[알아. 나도 저들이 미워. 나도 사람인걸. 왜 밉지 않겠어. 내가 그만큼 고통스러웠는데.]

[…….]

[그런데 저 중에 내 손을 잡아 준 사람이 있어.]

[뭐라고?]

르블레인이 희미하게 웃었다.

[아무것도 없는 어린애에게 충성을 맹세하고, 믿어 준 장마르크 누아노크가 있어.]

의장의 눈이 흔들렸다.

[미욱한 나를 따라 준 세리아가 있어.]

세리아가 치맛자락을 꽉 그러쥐었다.

[나를 지켜 주는 자카리가, 웨일이 있어.]

자카리와 웨일이 멍하니 마경에 집중했다.

[신전이 죽도록 미워도, 아이에겐 죄가 없다고 말해 준 고모가 있단 말이야.]

쟈벨린이 입술을 꽉 깨물었다.

[나를 받아 준 오빠들이 있어. 나를 잊지 않아 준 아빠가 있어. 부족한 나를 주인이라 말하고, 아껴 주는 영지민들도 있어.]

[르블레인…….]

[나는 사람들이 미워 죽겠지만, 그래도 지키고 싶어. 그 속에 나를 사랑하는 사람들이 있으니까.]

*　　*　　*

나는 주저앉은 네리아드를 지그시 바라보았다.

"넌 사람이 싫은 거구나."

"……."

"그래서 네 신념에 '사람'이 없는 거였어. 그렇지?"

네리아드의 표정이 굳어졌다.

"미나를 선택한 이유가 그것인 거야. 너와 같은 신념을 가졌고, 실은 너처럼 사람에 절망했던 아이니까."

나는 미나와 자매로 산 적이 있기에, 이 세계로 오기 전 그 애가 어떻게 살았는지 어렴풋이 알고 있었다.

미나는 사람에 실망하고, 그런데도 믿고 싶어 발버둥 쳤다.

그 애가 버릇처럼 '사람을 위해서'라는 말을 반복한 것은, 어쩌면 스스로를 세뇌하기 위해서일 터다. 그쪽 세계의 사람에 절망했기에 제 옆을 지켜 줄 새로운 사람을 갈망하고, 제가 있을 자리를 만들기 위해 음습한 민낯 위에 선과 정의라는 가면을 쓴 것이었다.

신념이라는 겉가죽 밑에 인간을 향한 혐오가 일렁이던 네리아드처럼.

고개 숙인 네리아드가 중얼거렸다.

"……끄러워."

"……."

"시끄러워!"

나는 한 발, 한 발 조심스럽게 발을 내디뎠다.

가족의 시선이 등 뒤에 따라붙었다. 그들의 시선이 파편이 되어 그림자 속에 흩어졌다. 유난히 날카로운 파편의 이면엔 고대의 기억이 스며들었다.

"이 시간까지 어디에 있었어! 어떻게 이렇게 걱정하게 해!"

밤늦게 돌아온 고대의 르블레인을 호되게 혼내던 네리아드. 울며 잠든 그 애의 머리칼을 쓰다듬으며 소리 없이 울던 작은 소년.

"네게 무슨 일이 생기면 난 살 수 없어."

잔뜩 지친 목소리로 속삭이던 그 말.

"봐, 르블레인. 저 강 너머로 2만 평. 보육원이 생길 거야. 너와 같은 아이들이 굶주리는 일 없이, 세르가 님의 보호 아래 성장할 수 있어!"

어린 그 애의 손을 잡고 흥분하던 소년. 남의 땅에 열린 배를 서리해 와선 미련 없이 동생에게 내어 주던 그 남자애.

"오빠는?"
"난 배고프지 않아."
"하지만 오빠도 사흘이나 굶었는데……."
"난 괜찮아. 오빠인걸."

상점에서 빵을 훔친 것을 들켜 흠씬 얻어맞으면서도 기다릴 동생을 위해 끝끝내 빵을 놓지 않던 깡마른 소년. 잠든 동생의 뒤에서 강물을 잔뜩 퍼먹고, 주린 배를 끌어안던 그 아이.

"동생이 내내 아무것도 먹지 못했어요. 젖을 나눠 주세요. 동생을 살려 주세요. 살려 주세요……."

저도 한참 어린 주제에 모포에 싸인 갓난쟁이를 끌어안고 필사적으로 동냥하던, 그런…….

"네리아드."

"……."

네리아드가 제 앞에 무릎을 굽힌 나를 바라보았다.

잔뜩 지친 그는 나보다 한 뼘이 넘도록 컸음에도 아주 왜소해 보였다. 가슴 속에서 무언가 치밀어올랐다. 영혼에 새겨진 고대의 기억이, 그 시절의 내가 쉽게 울듯이.

나는 애써 눈물을 참으며 네리아드의 뺨을 감쌌다.

"고생했구나. 애 많이 썼어."

"……."

"네가 홀로 얼마나 애썼는지 나는 알아."

"……너는 누구지?"

네리아드가 멍하니 물었다.

눈빛이 흐려졌다. 나를 바라보는 시선이 이전처럼 동생을 바라보는 눈빛이 아니었다.

"나는 르블레인이야."

"……."

"네가 지키지 않아도 되는, 고통을 뛰어넘는 법을 아는 어른이야."

네리아드를 끌어안은 나는 작게 속삭였다.

이 시간의 나는 네 동생이 아니라, 네가 지켜야 할 작은 아이가 아니라, 그냥 르블레인이야.

"아아……."

네리아드가 덧없이 웃었다.

"그런가. 그 아이는 이곳에 없던 건가."

기어이 눈물이 뺨을 타고 흘러내렸다. 나는 떨리는 목소리로 힘주어 말했다.

"이제 쉬어도 돼."

귓가로 작은 균열음이 들려왔다. 어떤 날붙이로도 해할 수 없던 강대한 것이 단지 끌어안은 것만으로 무너져 간다.

나는 그의 머리에 이마를 기댄 채로 몇 번이고, 몇 번이고 속삭였다. 이제 괜찮다고. 나는 괜찮다고. 그러니까 너도 괜찮을 거라고.

하늘이 붉게 물들고, 땅거미가 질 때까지 속삭임은 멎지 않았다. 이윽고 완전히 해가 산마루로 넘어간 그 순간, 내 안의 적은 완전히 먼지가 되어 흩어졌다.

나는 무릎 위로 흩어져 버린 신의 잔재를 끌어안고 한참을 울었다. 숨죽여 우는 나의 어깨 위로 따뜻한 손이 올라왔다.

고개를 돌리자 보인 건,

"르블레인."

아빠였다. 그의 등 뒤로 걱정스러운 표정의 요한과 앙리, 이샤크가 보였다.

멀리서 빛이 반짝였다. 곳곳에서 나타난 사람들이 나를 향해 달려왔다. 고모, 의장, 세리아, 자카리와 웨일, 뒤보스 자작과 베로니카, 그리고 대부인, 에뮬린과 트리, 세실리아, 달리아와 린다, 유니, 또 레아. 나를 보는 모두의 시선에 염려가 담뿍 담겨 있었다.

"르블레인……."

아빠는 무슨 이야기를 어떻게 해야 할지 모르는 사람처럼 몇 번이나 어물거리다가 무릎을 굽히고 나와 시선을 맞추었다.

바람이 불었다.

입양된 후로 언제나 곱게 정리되었던 머리칼이 이들을 만나지 못했던 그 어린 날처럼 엉망으로 헝클어졌다.

무너진 신전 한쪽에 비스듬히 기대 있는, 찢어진 네리아드교의 깃발이 흔들리며 깃발 아래 금색의 술이 나부꼈다.

마치 엄마가 서 있는 것처럼. 그녀는 말하는 듯했다.

"그것 봐. 행복해졌지?"

—하고.

나는 아빠를 향해 손을 뻗었다.

"안아 주세요."

"……."

아빠가 나를 끌어안고, 나는 엉망이 된 얼굴로 웃으며 말했다.

"공작님, 좋아."

"공잔미, 조하."

그 어린 날처럼.

그러면 아빠는 말했다.

"……그래."

나는 안다.

좋아한다는 말을 결코 하지 못하는 이 무뚝뚝한 아버지가 내게 대답을 하기까지 얼마나 고민했는지. 그 속에 얼마나 뜨거운 애정이 담겼는지도.

이샤크가 킬킬거리며 말했다.

"'그래'가 뭐예요, '그래'가."

앙리가 팔짱을 낀 채로 고개를 끄덕였다.

"도무지 애정 표현이 쉽지 않은 분이시지."

요한이 아빠와 똑같은 얼굴로, 다정하게 웃었다.

헌 것이 사라지고도, 새로운 것이 남는다. 내겐 가족이 남았다. 마지막 남은 네리아드의 기운이 완전히 세상을 떠났다.

그런데.

쾅—!!

굉음과 함께 천지가 흔들렸다.

밤의 어둠 속에 빛이 스며들고, 문이 열렸다. 사람들이 놀란 표정으로 인세에 도래한 빛의 문을 바라보았다. 나 또한 잔뜩 굳어져 빛의 문을 바라봤다.

귓가로 목소리가 들려왔다.

[네겐 아직 소중한 것이 남았지 않니.]

엄마의 목소리였다.

무릎에 쌓여 있던 네리아드의 잔재가 빛의 문 속으로 흩날린 순간, 머릿속에 누군가의 얼굴이 떠올랐다.

"르블레인."

찬란한 금발을 가진, 강인하디강인한 등을 가진 그 남자가.
폐부가 잠시 얼어붙었다. 곧이어 에트왈이 뜨겁게 빛나며 받은 숨이 터져 나왔다.
"르블레인?"
아빠가 나를 쳐다봤다.
"아…… 아아."
나는 양손으로 입을 틀어막았다.
'어떻게 잊을 수 있었을까.'
그다지도 바보 같은 나의 너를.
"……**아드리안!**"
나는 벌떡 몸을 일으켰다. 내가 정신없이 빛의 문을 향해 다가가자, 아빠가 황급히 내 손을 잡았다.
"무슨 일이야."
"가야 해요. 그 애가 기다리고 있어요."
"뭐?"
"그 애는 바보 같아서, 찾아 주지 않으면 영영 웅크려 있을 거예요."
"무슨……."
"그러니까 내가 가야 해요!"
웨일과 베로니카가 황급히 나를 만류했다.
웨일이 말했다.
"바보 같은 소리! 저 문에서 흘러나오는 힘이 심상치 않습니다. 들어갔다간 무슨 일이 일어날지 몰라요!"
베로니카가 고개를 끄덕였다.
"아가씨, 저는 저 비슷한 힘을 느낀 적이 있어요. 제가 나이를 먹지 않게 된 그 사건에서 말이에요. 저처럼 평생을 망가진 몸으로 살게 될지도 모른다고요!"

"그래도 가야 해요."

"영애!"

에뮬린의 부친인 스테파노가 말했다.

"저는 저것을 압니다. 신관이라면 모를 수 없는 것이지요. 저건 '종말' 입니다."

"종말……?"

"세르가 신이 사라지고, 네리아드가 신을 대행하게 된 '새로운 시대'에 나타났던 이공간의 통로."

"……."

"무사하실 수 없을 겁니다. 알면서도 가시겠습니까?"

"……."

"저 통로의 끝에 무엇이 존재하는지 아무도 알지 못합니다. 미나 때처럼 이 세계가 될 수도 있고, 혹은 과거가 될 수도 있고, 미래가 될 수도 있지요."

"……."

"하지만 가장 큰 문제는 돌아오실 수 없다는 겁니다."

에뮬린이 흠칫, 스테파노를 쳐다봤다. 가족들도 잔뜩 굳어져 있었다.

스테파노가 내 어깨를 잡았다.

"저건 신이 만든 통로입니다. 세르가 신은 네리아드의 힘을 막아 낸 것만으로도 가진 힘을 죄 소모했고, 네리아드는 사라졌습니다. 누가 저 통로를 다시 열 수 있겠습니까?"

"……알아요."

본능적으로 느꼈다. 저 통로를 나서면 돌아오지 못할 수도 있다는 것을.

나는 말했다.

"하지만 마지막 기회인 것 같아요. 엄마가 나를 위해, 또 네리아드가 제 동생을 위해 준 마지막 기회요."

나는 가족들을 붙잡았다.

"저를 믿어 주세요. 돌아올게요."

"……."

"제가 언제 실망하게 한 적이 있나요?"

오빠들이 굳은 얼굴로 소리쳤다. 특히 이샤크가 잔뜩 흥분해 있었다.

"말도 안 돼! 절대 허락 못 해! 뭣들 하는 거야. 르블레인을 잡아! 저 문에 다가가지 못하도—"

"다녀와라."

"아버지!"

이샤크가 고함을 내질렀고, 앙리 또한 굳은 얼굴로 아빠를 쳐다봤다. 아빠는 이샤크가 붙잡은 손을 떼어 내고 나를 봤다.

"너를 믿어."

"……."

"믿는 것이 부모의 역할이지."

아빠가 나를 끌어안고서 말했다.

"약속해라. 무사히 돌아오겠다고."

"……그럴게요."

나는 아빠를 끌어안고서 맹세했다. 앙리와 이샤크는 여전히 반대하는 모양이었지만, 요한이 그들을 붙잡고 고개를 젓자 입술을 꾹 깨물었다.

나는 문 앞에 서서 모두를 돌아보았다. 그리고 말했다.

"다녀올게요."

무사히.

그렇게 나는 문 안으로 들어갔다.

*　*　*

다시 눈을 떴을 땐…….

단풍잎 같은 손, 소시지가 연결된 듯 짤따란 팔.

"이고 모야! (이게 뭐야!)"

어린애가 되어 있었다. 그리고 보인 것은,

"어머나, 우리 아가씨 일어나셨나 봐요."

……레이나?

레아의 언니인 레이나였다.

나는 황급히 주변을 둘러봤다.

'회귀할 때면 늘 황태후의 방에서 깨어났는데, 이곳은…….'

낯선 방에 난 창을 통해 익숙한 풍경이 보였다. 모르려야 모를 수 없는 정원. 내가 카네이션을 찾아 헤매던 듀블레드성의 정원이었다.

'하지만 성에 이런 방은 없어.'

성의 동관과 서관, 그 어느 곳에도 이런 방은 없었다.

레이나는 잔뜩 움츠려 있는 나를 안아서 일으켰다.

"우리 아가씨가 왜 이렇게 겁을 먹으셨을까. 악몽을 꾸셨나요?"

그녀가 내 머리에 이마를 툭 기대며 검지와 엄지 끝으로 내 손을 가볍게 흔들었다.

낯선 것은 방 외에도 또 하나 있었다.

듀블레드의 고용인들은 모두 손이 꼼꼼하고, 능력 있는 자들이었지만, 아이를 돌보는 것만큼은 잘하지 못했다.

그도 그럴 게 내게 늘 붙어 있던 레아, 달리아, 린다, 유니의 과거를 생각하면 아이를 쉽게 접할 수 있는 환경이 아니었던 것이다.

오빠들은 워낙에 성장이 빨랐던 데다가 선대 생전엔 그의 휘하 고용인들이 육아했는데, 아빠가 선대를 축출하며 그와 관련된 고용인들을 죄다 쳐 냈다. 그러니 육아에 익숙한 고용인들이 없었던 것이다.

그런데 레이나는 아이에 몹시 익숙했다. 안는 법, 어르는 법, 어느 하나 흠잡을 데가 없었다. 듀블레드 고용인 특유의 성미 거친 느낌도 전혀 나지 않아서 안긴 것만으로도 안심이 된다. 나는 절로 나오는 한숨을 히유유, 내쉬고 그녀의 품에 고개를 기댔다.

"유모님."

노크 소리가 들리며 하녀들이 들어왔다. 린다와 동관의 고용인들이었다.

'여긴 서관인데 동관의 고용인들이 있어?'

내가 어릴 때만 해도 동관과 서관이 완벽하게 분리되어 있었다.

동관은 사무처와 행정기구, 대회의장, 외부 손님 접대 등을 하는 곳이고, 서관은 오로지 듀블레드 혈족들을 위한 공간이다.

서관은 주인을 직접 모시기 때문에 가장 뛰어난 자들로 구성된다. 거기다가 혹시 모를 첩자에 대비하기 위해 '3대 전(증조부모) 때부터 듀블레드령에 살았어야 한다'라는 조건까지 붙었다. 귀족으로 따지면 뼈대 깊은 명문 귀족들만 모이는 곳이란 거다.

그래서 서관의 고용인들은 콧대가 높았고, 동관은 출세하지 못한 외부인들이나 오가는 곳으로 여겨졌다.

'그런데 서관엔 동관의 고용인들이 쉽게 드나들 수 없었는데 어째서?'

"식사가 준비되었습니다."

"가마."

레이나는 나를 보며 "갈까요?" 물었고, 나는 그녀 품 안에서 꼼질거렸다.

식사라니 잘됐다. 몸만 어려진 게 아닌 모양인지, 배가 고프자 사고도 어린애가 되고 있었다. 나는 레이나 품에 안겨 방을 떠나며 고심했다.

'정말 회귀한 거야, 뭐야.'

회귀했다면 어째서 이전과는 다르지? 레이나가 어떻게 살아 있는 거야? 듀블레드성은 왜 바뀌었고?

우리가 식당 문으로 다가가자, 경비병들이 문을 열어 주었다. 상아로 장식한 거대한 문이 열리고, 익숙한 테이블이 보였다. 그리고…….

"잘 잤니."

나는 딱딱하게 굳어져서 나를 향해 손을 뻗는 여성을 바라봤다.

"응?"

"악몽이라도 꾸신 모양이에요. 일어나셨을 때부터 기분이 좋지 않으시더라고요."

"그래? 르블레인이 어떤 무서운 꿈을 꾸었을까."

그녀와 레이나가 쿡쿡 웃었다. 테이블에 자리 잡고 있던 어린 오빠들이 나를 향해 뛰어왔다.

"아기, 무서운 꿈을 꿨어?"

"저리 가. 그렇게 잡아선 안 된다고 유모가 누누이 말했잖아."

"이리 와, 르블레인."

"아냐, 큰형 말고 나한테 와."

이샤크와 앙리, 요한이 나를 향해 손을 뻗었다.

여성은 "자자." 하며 아이들을 말리곤 나를 안아 들었다. 나는 그녀를 멍하니 바라보다가 중얼거렸다.

"옴마……. (엄마…….)"

그녀는 빙그레 미소 지었다.

“그래.”

꿈에서도 그리던 그녀가 있는 풍경.

열린 문을 통해 아빠가 들어왔다. 그는 엄마에게 안겨 있는 나를 보고 물었다.

“무슨 일이지, 리세트?”

나는 깨닫고 말았다.

헛된 신은 허무가 되었고, 신이 사라지고 남겨진 시간은 본래 가야 했던 곳으로 되돌아왔다는 것을.

내가 도착한 이곳은 네리아드가 존재하지 않는 과거였다.

* * *

“좋은 말 할 때 놔.”

“너나 놔!”

퍽!

앙리에게 장딴지를 걷어차인 이샤크가 으악! 비명을 내질렀다.

“작은형이 때린다요! 으아아악, 엄마!”

“시끄러워.”

이샤크와 앙리가 티격태격하자 나를 테이블 위에 앉혀 놓은 엄마가 소리쳤다.

“이놈의 새끼들, 또 싸우면 발가벗겨서 매단다고 했어, 안 했어!”

나는 흠칫 놀라 험악하게 소리치는 엄마를 쳐다봤다.

‘우와…….’

엄마는 원래 이런 성격이었구나. 하기야 스스로 콴테움의 미친개라고 소개했었지.

엄마의 야단에 앙리와 이샤크가 움찔했다. 두 사람이 입을 삐죽 내밀었다.

'엄마가 계실 때엔 오빠들이 평범한 아이 같구나.'

엄마가 부재했던 미래에선 자신을 스스로 지키기 위해 무서울 정도로 냉정해졌었는데.

이러한 일상이 익숙한지 레이나는 아무렇지 않게 내게 헤어 밴드를 씌워 주었다. 날 돌아본 엄마가 딱딱하게 굳어진 얼굴로 중얼거렸다.

"맙소사……."

레이나도 진지한 표정으로 고개를 끄덕였다.

"천사가 분명합니다."

"내가 천사를 낳았다니."

엄마는 매우 흥분한 얼굴로 내 뺨에 얼굴을 비비며 신음했다.

"아아아, 나의 르블레인은 어쩌면 이다지도 사랑스럽단 말인가."

"옴마, 부폰해……. (엄마, 불편해요…….)"

"아아! 나의 천사!"

엄마, 이런 성격이었구나…….

나는 미래의 레아와 아빠가 나를 볼 때마다 버릇처럼 "네 엄마가 보았다면 성이 뒤집혔을 것이다." 하고 말하던 까닭을 깨달았다. 내 양쪽 허리를 잡고 번쩍 든 엄마가 헤죽헤죽 웃었다.

"딸 키우기 즐거워!"

하녀들 또한 만세를 부르며 동조했다.

"아가씨 키우기 즐거워!"

오빠들 육아가 얼마나 힘들었는지 알 만한 부분이었다.

내 맞은편에 앉아 책을 읽고 있던 요한이 한숨을 흘렸다.

"어머니, 위험해요."

요한이 엄마에게서 나를 건네받아 의자에 앉혀 주었다. 엄마는 무척 아쉬워했지만, 마침 행정관들이 그녀를 찾으러 왔다.

"알현 시각입니다."

알현?

그게 뭐냐는 듯 쳐다보자, 어느새 내게 다가온 이샤크가 내 뺨을 쿡 찌르며 말했다.

"영지민들의 사정을 들어 주는 거야."

"녕지밍들이 얘기하구 시퍼해? (영지민들이 얘기하고 싶어 해?)"

"그럼. 어머니는 난폭하지만, 좋은 영주 부인이라고 했어."

엄마가 없을 땐 듀블레드 영지민들은 주인 일가를 두려워했다. 이따금 아빠가 영지 시찰 갈 적엔 땅에 납작 엎드려 고개를 드는 사람 하나가 없었다. 그러고 보니 성엔 이전보다 많은 사람이 오가고 있었다. 하나같이 밝은 표정으로.

앙리는 행정관을 따라 문을 나서려는 엄마를 붙들고 몇 번이나 당부했다.

"영지민들의 하소연을 듣고 흥분하지 마세요, 어머니."

"그래. 주의할게."

"제발 관할지로 쫓아가지 마시고요."

"그래."

"가신을 흠씬 두들겨 패는 일은 더 없어야 한다고요. 예?"

"알고 있다니까."

"말씀만 그렇게 하지 마시고요."

엄마는 앙리의 뺨을 살짝 꼬집으며 웃었다.

"우리 귀염둥이 말씀 명심할 테니 염려하지 마라. 지난번에 그렇게 두들겨 팼는데 또 구휼 자금을 착복하는 인간이 있으려고."

“있다고 해도 두들겨 패선 안 된다고요. 아버지가 그 일을 해결하기 위해 누아노크 의장에게 무얼 내주셨는지 아시잖아요.”

“누아노크 그 노랭이……. 언젠가는 머리털을 홀랑 벗겨 버릴 거야.”

의장의 머리털을?!

나는 흠칫했고, 앙리가 소리쳤다.

“말씀도 좀!”

엄마는 하하, 호쾌하게 웃으며 방을 떠났다. 오빠들도 교육을 받기 위해 하나둘 떠났는데, 데리러 온 교사가 테라모어였다. 앙리를 학대했던 그 노인 말이다. 앙리는 아무렇지 않은 얼굴로 테라모어 자작을 쫓아갔는데, 나는 엄청나게 놀라 앙리를 붙잡았다.

“나쁜 할부지야!”

그러자 앙리와 이샤크, 요한이 순식간에 무시무시한 표정으로 테라모어를 노려봤다. 앙리의 몸에서 붉은 오러가 일렁였다.

“자작, 내 동생에게 무슨 짓이라도 한 건가?”

“그, 그럴 리가요! 제가 어찌 감히 가주의 일가에게 허튼짓을 하겠습니까!”

“하면 온순하기로는 세상 제일인 막내가 어째서 이런 말을 한다는 거야.”

“억울합니다, 도련님!”

테라모어가 앙리 앞에 납작 엎드려 싹싹 빌다시피 했다.

나는 그 광경을 보고 생각했다.

‘아, 그렇구나.’

엄마가 제대로 감시하고 있기에 테라모어가 허튼짓을 하지 못하는 것이다. 앙리의 노인 트라우마도 엄마가 있으니 매우 완화된 듯하고.

앙리는 미심쩍은 표정으로 테라모어를 쳐다보다가 먼저 방을 나섰다.

"어디 가십니까, 도련님."
"아무래도 수상해. 아버지께 말씀드려야겠어."
"도, 도련님?!"
나는 어쩔 줄을 모르고 앙리를 쫓아가는 테라모어를 쳐다봤다.
네리아드가 존재하지 않는 세계는 이토록 평화로웠다. 가슴 벅차도록 다정한 풍경, 상처가 없는 사람들, 그리하여 만들어진 아름다운 세계. 이곳에 계속 있고 싶다고 생각할 만큼 완벽한 평화였다.
"……."
나는 치맛자락을 꾹 말아쥐고, 붕붕 고개를 저어 상념을 털어 냈다.
'아드리안을 찾자.'
미래의 엄마가 이곳으로 가라고 한 데엔 분명히 이유가 있을 거야. 아드리안이 여기에 있을지도 모른다.
나는 숨을 크게 들이켜고 문을 나섰다. 온실을 정리하고 있던 레이나가 "아가씨!" 소리쳤다.
"어디 가셔요?"
나는 아차 했다.
듀블레드령은 성이라 할지라도 아이에겐 위험했다. 나는 '운명의 아이'였던지라 더욱. 그래서 레아는 절대로 나를 혼자 두려 하지 않았다.
난 도르륵, 눈을 굴리며 어물거렸다.
"구게……. (그게…….)"
"산책하시려고요? 간식 시간까진 돌아오셔요?"
"웅?"
"겉옷을 드릴까요? 덥지 않으실까."
"아, 아냐."
레이나는 아무렇지 않게 나를 홀로 걷게 두었다.

'신전이 없는 세계는 대체 얼마나 안전한 거지?'

나는 홀로 복도를 걸으며 고개를 갸웃했다.

'음…… 일단 사람 많은 곳으로 가자.'

이곳 사정을 알아봐야 하니까.

나는 복도를 우다다다, 내달려 건물을 나섰다. 정원 공사에 한창이라 사람들이 많이 오가고 있었다.

'저들 중에 아이에게 사정을 얘기해 줄 만큼 입이 가볍게 보이는 사람이…… 으음.'

까치발을 들고 사람들을 헤아리는데, 누군가와 부딪쳤다.

"우악!"

나는 바닥에 엉덩방아를 찧고 말았다. 고개를 들자 팔각모를 눌러쓴 갈색 머리의 소년이 보였다.

"죄송합니다."

"아냐. 갠차나."

"……."

그보다 사람을 찾는 게 우선이다. 마침 입이 엄청나게 가벼워 보이는 나이 어린 정원사가 보여서 나는 소년에게 손을 흔들고 달려갔다.

그러느라 몰랐다.

넘어졌을 때의 아픔이 가셨다는 것을.

'그 애'와 처음 만났던 그날처럼.

나는 투덜거리며 넝쿨 담의 가지를 치는 어린 정원사에게 살금살금 다가갔다. 그리고 담 위로 얼굴을 삐죽 내밀었다.

"안넝."

"왁ㅡ!"

놀란 정원사가 펄쩍 뒷걸음질 쳤다. 나는 황급히 양팔을 허우적거렸다.

"나쁜 사람 아냐! 르부야!"

"아……. 안녕하세요, 아가씨."

소년이 머쓱한 듯 원에 가위를 내렸다. 나는 슬쩍 담을 건너 소년에게 다가갔다.

"힘드로?"

"아, 아뇨!"

고용주의 자식에게 일이 힘들다는 말은 하기 힘든 모양인지 소년이 허둥거렸다.

"그치만 욕해써. '한스 님, 겅강하게 오래오래 사시대 부랭하세요. 목숭에 이협 엄는 잔병 달구 사세요. 발까락에 티눈 나세요. 비염 걸리세요.' 해써. (그치만 욕했어. '한스 님, 건강하게 오래오래 사시되 불행하세요. 목숨에 위협 없는 잔병 달고 사세요. 발가락에 티눈 나세요. 비염 걸리세요.' 했어.)"

그가 구시렁거렸던 얘기를 늘어놓자, 새파래진 그가 얼른 멀리 있는 정원사 한스를 쳐다봤다. 그러곤 내게 양손을 싹싹 비비며 애원했다.

"비밀로 해 주세요. 네?"

"조아. 르부 차칸 애야. (좋아. 르블레인은 착한 애야.)"

"이야, 역시 듀블레드의 천사답군요."

소년은 으하하, 화통하게 웃곤 말을 이었다. 이 애는 정말이지 말이 많았다.

"일은 재밌어요. 너무 많이 갈아엎어서 그렇지. 한 달을 내내 고생해서 작업해 놓은 화단이 다음 달이면 바뀐다니까요. 아가씨, 전 말이죠. 온갖 귀족 성과 저택을 거쳤지만, 이곳처럼 작업이 많은 곳은 처음 봐요. 주인에 대한 충성심과 애정이 너무 깊다고요! 마님과 아가씨께서 지나가다 백합이 예쁘다고 하시면, 아마 한스 님이 내일 당장 정원을 갈아엎

으실 거라고요. 안 믿기신다고요? 믿으세요! 이번에도 저는 올여름 장미를 마음에 들어 하셨다는 공작 부인을 위해 장미 담을 만들고 있으니까요. 그리고 말이죠. 아무리 아가씨와 도련님께서 감성이 자극되어야 하는 나이라지만, 정원수 모양을 너무 다듬는 게 아니냔 말이에요. 보세요. 그 풍성하던 나무가 얼마나 쪼그라들었는지 말예요. 가엾기도 하지. 그렇다고 작업이 싫은 건 아니지만……. 뭐, 배울 것도 많긴 해요. 이렇게 실력 좋은 정원사들은 처음 봤다니까요. 인원이 적은 것도 아니고, 듀블레드는 고용인에게 박한 집안이 아니니 얼마나 다행인가요. 아아, 그렇지. 감사 인사드립니다. 지난달 특별 급료로 부모님에게 좋은 외투를 사드렸어요. 특별 급료라니. 상상도 못 한 일이라 받았을 때 얼마나 기분이 좋던지요. 역시 제국의 금맥, 듀블레드라니까요."

말의 홍수에 나는 눈이 팽글팽글 돌 지경이었다. 왼쪽 귀로 들어가 오른쪽 귀로 소년의 말이 촬촬촬 흘러나갔다.

"그래서…… 아가씨? 아가씨?"

"으응."

"아무튼 간에 말이죠. 듀블레드는 일하는 재미가 있는 곳이에요. 생전 처음 보는 꽃이나 나무를 볼 수도 있고. 워낙 땅이 넓어서 꾸미는 재미도 상당하고, 또 ― "

참다못한 내가 짝! 손뼉을 쳤다.

"구래서 두레두가 좋다는 고지? (그래서 듀블레드가 좋다는 거지?)"

"그렇죠!"

"다른 집안은 그러치 않아써?"

은근한 목소리로 물자 소년이 덥석 낚였다.

"전혀요. 하루하루가 고통스러웠죠. 로엠 백작가에 있을 땐, 얼마나 짜던지……. 세 사람이 할 일을 한 사람에게 몰아줬어요. 그러면서 신전에 헌금은 또 얼마나 많이 하는지 모를—"
"신전? 신전이 이써?"
내가 흠칫해서 묻자 소년이 고개를 끄덕였다.
"그럼요. 이 세계의 유일신, 아이들을 위한 세상을 꿈꾸시는—"
아이들을 위한 세상에서 불길한 기운이 느껴졌다. 나는 딱딱하게 굳어져서 말했다.
"설마 구고 네리아……."
"—르노샤 신!"
엥?
'르노샤라고?'
그런 신은 들어 본 적이 없다. 네리아드도, 세르가 신도, 심지어는 다른 선각자의 이름도 아니고 르노샤라니?
'악마 중엔 르노샤라는 이름은 없어.'
고대에서도 들어 본 적 없는 이름이다.
'〈르노샤〉라는 단어 자체는 알지만. 그건 빛의 아이라는 뜻의 고대어니까. 하지만 이름으로 쓰던 사람은 없었다고.'
나는 정원사를 붙들고 물었다.
"자세하게 말해 조!"
"예예, 아가씨도 신의 힘을 타고난 분이시니 궁금하시겠죠."
그는 본격적으로 르노샤 신에 대해 얘기해 주었다. 엄청나게 길고 상세하게. 30분에 달하는 내용을 정리하자면 이랬다.

*르노샤 신이 고대의 신에게서 세상을 물려받았다.
*르노샤 신의 도움으로 태황제 프리드가 위그젠트라 제국을 개국했다.

*르노샤 신은 인세에 자주 길을 제시해 준다. 신탁만 일 년에 몇 차례 내려오고, 신의 도움으로 대륙은 몇 번이나 위기를 넘겼다.

*듀블레드는 특히 르노샤 신에게 사랑받는 가문으로, 테오도르 듀블레드가 선대를 축출할 적에도 신의 힘을 타고난 리세트 그리모아르와 만나게 하여 도움을 주었다.

"리세트 그리모아르라구……."

내가 중얼거리자, 소년이 씩 웃으며 말했다.

"아가씨는 모르시겠죠. 주인님과 마님께서 결혼하실 적에 세상이 거의 뒤집혔다고요."

"……."

"마님이 그리모아르의 사생아이긴 하지만, 그리모아르 공작이 신탁에 의해 만난 셰이먼 부족의 여성과 낳은 고귀한 핏줄이잖아요?"

"……."

"듀블레드와 그리모아르의 결합이라니. 이처럼 완벽한 조합이 어디 있겠어요?"

"……."

"다들 부러워하잖아요. 완벽한 출생, 완벽한 금좌, 거기에 신의 힘까지. 하하, 호사가들이 세상이 아가씨를 위해 만들어졌다고 하는 이유가 있다니—"

거기까지 말했을 때, 정원사 한스의 고함이 들려왔다.

"이놈, 파스칼! 또 일은 않고, 수다를 떨고 있는 것이냐!"

화들짝 놀란 소년이 얼른 가위를 쥐고 말했다.

"다음에 뵈면 더 재미난 이야기를 해 드릴게요. 저는 이만!"

그러곤 얼른 자리를 떠났다.
나는 딱딱하게 굳어 있었다.
이 세상은 네리아드의 세계를 부수어서 고통과 어둠이라는 조각을 빼고, 남은 자리에 빛을 끼워 넣은 것 같았다.
르노샤 신이 누구인지 나는 이제 알 것 같았다. 모를 수 없었다. 이렇게 완벽하게 나를 위한 세상을 만들 수 있는 사람은…… 그건 오직…….
'아드리안, 이 바보야.'
너는 지금껏 얼마나 많은 시간을 헤매고, 얼마나 많이 부서지면서 이 세상을 만들었을까.
바알은 말했다. 신이라고 해도 시간에 손을 댈 순 없다고.
진짜 신을 뛰어넘었던 네리아드조차 회귀라는 나의 이능을 어찌하지 못했던 이유가 그것이었다. 신도 아닌 선각자에 불과한 아드리안이 이만큼 시간에 손을 댔다면, 그렇다면…….
'무사할까, 넌.'
나를 위해 모든 것을 포기한 너를, 나는 정말로 구해서 돌아갈 수 있을까.
'너는 내게 울지 말라고 했지만, 나는 너로 인해 가장 많이 울어.'
네가 안타까워서. 네 사랑에 비하면 내 사랑이 너무 보잘것없어서.
눈시울이 붉어졌다. 작은 손에 얼굴을 겨우 묻은 나는 숨을 몰아쉬었다.
그때.
"누구냐―!"
벼락같은 고함이 들려왔다. 깜짝 놀라서 흠칫, 고개를 들자 몹시 노한 표정의 노인과 사내가 보였다.
그리모아르의 선대와 공작이었다. 두 사람의 주변으로 검은 기운이 넘실거렸다.

"누가 감히 내 천사를 울렸느냐!"

"어떤 찢어 죽일 놈이 나의 요정을 울렸지?"

엄마야…….

* * *

외할아버지와 외삼촌은 눈꼬리가 하강할 듯 내려가고 입은 헤벌레한, 일명 '팔불출 바보' 표정으로 나를 바라보았다.

"오냐, 오냐. 나의 천사는 보고 싶어서 울었구나. 이 할애비가 말이지."

"아니, 외삼촌이."

변명하지 않으면 애꿎은 누군가가 불똥을 맞을 기세라 어쩔 수 없이 변명했지만, 나는 지금 맹렬하게 후회 중이다.

"할부지, 수염 따가오……."

엄마가 볼을 비비는 것을 누구에게 배웠나 했더니, 그리모아르의 선대였나!

외삼촌이 혀를 차곤 나를 빼앗으려 하자, 외할아버지가 그의 손을 철썩 내리쳤다.

"어디 족발을 내 천사에게."

음, 엄마의 말투도 외할아버지 유전이었군.

나는 외할아버지와 외삼촌 사이에서 줄처럼 이리저리 당겨졌다.

"다 곪은 손을 제 요정에게서 치우십시오."

"내 천사다."

"제 요정입니다."

"내 천사라지 않았어."

나는 정말이지 괴로웠다.

팔불출 부대에 무시무시한 사령관 둘이 포함된 삶이 이다지도 괴로웠단 말인가. 미래의 팔불출들이 차라리 귀여울 정도다.

'두 사람 이런 성격이었어?!'

철수의 말처럼 '현피 뜨기' 전의 그리모아르 공작은 다소 까칠하지만, 그래도 정상이었는데!

'괴, 괴로워.'

차마 말로는 못 하고 속으로 소리치고 있을 때, 누군가 소파 뒤에서 나를 쏙 안아 들었다.

"제 딸입니다."

아빠였다. 아빠는 네리아드가 있던 세계에서 내가 네 살일 때보다 훨씬 아이를 안는 법이 익숙했다.

나는 히유유, 한숨을 내쉬고 그의 목을 끌어안았다. 내가 안심한 것과 달리 그리모아르의 두 사람은 아빠를 죽일 듯이 노려봤지만.

외할아버지가 흥, 하며 다리를 꼬았다.

"어찌 장인을 보는 눈이 저다지도 예의가 없단 말이냐. 도무지 애교가 없는 놈이야."

"제 딸을 괴롭게 하지 않으신다면 좀 더 애교를 부려 보겠습니다."

"됐다. 징그러워."

"다행입니다."

아빠는 그러며 맞은편 소파에 자리를 잡았다. 내 자리는 아빠의 무릎 위였는데, 나는 행여나 또 그리모아르의 두 사람에게 끌려갈까 봐 아빠에게 찰싹 붙어 있었다.

마침 레이나가 차와 주스를 가져왔다. 아빠는 내게 오렌지 주스의 빨대를 물려 주고 물었다.

"한데 기별도 없이 무슨 일이십니까."

"……곧 '시작의 날'이 아닌가."

시작의 날?

그런 건 네리아드의 세계에 없었다. 내가 그게 뭐냐는 듯 눈을 동그랗게 뜨자, 외할아버지는 헤벌쭉 웃으며 말해 주었다.

"행복을 시작하는 날이라는 의미지. 4세가 된 아이들이 신전에 모여 앞으로의 생에 복을 기원한단다."

날짜를 들은 난 잔을 꼭 말아쥐었다. 그날은 네리아드의 세계에서 내가 아드리안을 만났던 날이다.

때마침 엄마와 고모, 그리고 오빠들이 응접실에 들어왔다. 엄마는 외할아버지와 외삼촌에게 인사한 뒤 물었다.

"무슨 이야기를 나누고 계셨어요?"

외삼촌이 대답했다.

"요정이 시작의 날을 궁금해하기에. 르블레인, 그날은 아이가 신의 목소리를 들을 수 있어. 우리의 기사인 앤디에게 자카리라는 새로운 이름을 주고 듀블레드로 보내 주기도 했고, 마탑주 후보라 일컬어지는 천재 웨일 앤더미도 시작의 날에 신으로부터 새로운 부모를 받았단다. 수석 궁정 마법사인 아라곤을 말이지."

배가 고파서 이제 슬슬 어린애가 되어 가고 있었기 때문에, 할아버지의 말에 공감이 잘되지 않았다. 나는 축 늘어져 빨대만 물고 있었고, 고모가 덧붙여 말했다.

"보통은 평생의 짝을 점지해 주죠. 리세트와 오라버니처럼 말이에요."

그러자 가족들이 움찔했다. 할아버지가 말했다.

"생각해 보니 군이 시작의 날을 챙길 이유가 있나 싶군."

아빠가 동의했다.

"그렇습니다."

오빠들도 격하게 고개를 끄덕였다.

"남들 하는 일이라고 해서 따라 할 필요가 있습니까?"

"없습니다. 형님."

"맞아!"

엄마와 하녀들은 아쉬운 표정이었다.

"하지만 짝을 점지받는 건 로맨틱한걸요. 그리고 점지받는 부부는 늘 행복하고요. 저와 이이처럼."

"예, 마님."

이샤크가 눈을 부릅뜨고 나를 잡았다.

"필요 없지, 꼬맹이!"

"우웅."

그러자 사내들의 표정이 밝아졌다.

"그것 봐라!"

"그래!"

"역시 갈 필요는……!"

"르부 조아하는 애 있는 골."

내가 무심코 말하자, 응접실이 얼어붙었다. 레이나와 엄마만이 "어머어머!" 하며 설레했다. 조용한 가운데, 꽝꽝 언 외할아버지가 물었다.

"누, 누, 누, 누구냐!"

그러자 내가 대답하기도 전에 아빠가 말했다.

"아빠와 결혼하고 싶다고 했잖아……."

— 엄청나게 서러운 목소리로.

*　*　*

"누군데? 응? 그 새…… 사람이 누구인데?"

"그러게. 르블레인이 좋아하는 사람이 누구인지 궁금한걸."

"그래."

오빠들의 시선이 따끔따끔할 정도로 맹렬했다. 난 눈을 데루룩 굴리며 숟가락 끝을 꽉 말아쥐었다.

'어떻게 하지.'

배가 고파서 이성이 사라진 나머지 솔직하게 말하고 말았다.

내가 좋아하는 사람이 있다고 말한 뒤로 성이 뒤집혔다. 오빠들과 외삼촌, 외할아버지는 끈질기게 상대가 누군지 물어왔고, 고용인들은 "어머어머, 우리 아가씨가 벌써 그럴 나이가……!" 하고 기뻐했으며, 아빠는…….

나는 슬그머니 가장 상석에 앉아 있는 아빠를 쳐다봤다. 아빠는 혼이 나간 사람처럼 멍하니 허공을 바라보고 있었다. 이따금 "내 딸이…… 나와 결혼하겠다고 하던 나의 르브가……." 하고 배신당한 사람처럼 중얼거리면서.

"자자."

엄마는 아빠의 손에서 미끄러지던 숟가락을 다시 손 사이로 잘 꽂아주곤, 날 쳐다봤다. 깍지 낀 손에 얼굴을 걸친 엄마는 싱글싱글 웃었다.

"성에 데려오렴, 응?"

"……."

"그 아이는 어떤 음식을 좋아하려나. 달콤한 디저트, 고기?"

"……."

"성격은 어때?"

"……."

"어디가 우리 딸 마음에 꼭 들었을까?"

엄마는 매우 신이 났다. 오빠들의 표정이 험악해졌다. 아빠마저 이글거리는 눈빛으로 엄마를 쳐다봤다.

"안 돼!"

엄마는 반대하는 아빠의 얼굴을 밀어 버렸다. 평소에도 종종 있는 일인지 무려 듀블레드 공작을 한 손으로 제압한 엄마를 보는 고용인들은 익숙한 표정이었다.

나는 아빠의 눈치를 보다가 웅얼거렸다.

"아빠도 조아해."

"그 녀석보다?"

"……."

차마 그렇다고 할 수가 없어서 슥, 시선을 돌리자 아빠는 또 서러워졌다.

식사가 끝난 후에도 지겹게 상대가 누구인지 물어 와서 나는 도망치듯 방으로 들어갔다. 방 안으로 헐레벌떡 달려가 문을 꼭 닫자, 방문 밖에서 이샤크가 쾅쾅! 문을 두드리며 물었다.

"별로 어떻게 하려는 건 아냐! 그냥 한 대만 때릴게! 아니, 두 대! 아니, 세 대……! 왠지 열 받아서 그래!"

왜 때려!

나는 히익, 숨을 들이켜며 문에 잠금쇠를 걸었다.

'어려서 그런가. 미래보다 더 심한 것 같아.'

나는 고개를 절레절레 흔들곤 침대에 풀썩 주저앉았다. 그리고 협탁 위에 있는 달력을 확인했다.

'그러니까 시작의 날은…… 응, 열흘 후네.'

신의 목소리를 들을 수 있는 날이라고 했으니, 어쩌면 그날 신전에서 아드리안과 대화할 수 있을지도 모른다.

"조아. 일단 방법은 생겨써. 그럼 이제…… 응?"

중얼거리는데, 목소리가 이상했다. 갈라진 듯도 하고, 쉰 것 같기도 하고…….

'피곤했나?'

하기야 그렇게 긴장하고 있었으니. 어쩌면 신의 통로를 넘어온 탓일지도 모르겠다.

'하지만 나는 이럴 때 어떻게 해야 하는지 알고 있지!'

4회차, 아니지, 네리아드가 없는 세계까지 합치면 다섯 번째의 '네 살'이다. 나는 어느새 조용해진 방문 밖으로 빼꼼 고개를 내밀었다. 그리고 복도를 지나가던 하인을 붙잡고 말했다.

"르부, 따뜻한 물이 이쓰면 조아요. (르블레인, 따뜻한 물이 있으면 좋겠어요.)"

"가져오겠습니다."

"꿀이랑."

"예."

하인이 다정하게 웃으며 말해서 난 "웅!" 하며 양팔을 번쩍 들었다. 하인은 곧 물과 꿀을 가져왔고, 나는 방 안에서 홀로 물에 꿀을 탄 후 잘 저어서 꿀꺽꿀꺽 마셨다.

그리고 이불 속에 쏙 들어가서 잠을 청했다.

* * *

정신이 몽롱했다. 목과 코안이 타듯이 뜨겁고, 온몸이 욱신거렸다.

'괴로워. 꿀물론 안 됐나 봐.'

주변은 시끄러웠다.

"의사를…… 불…… 어서!"

"으아앙, 아기 죽는…… 다!"

"시끄…… 누가 죽는다는 거야!"

"열이 심한…… 아이는 이유 없이…… 곤 하니……."

고용인과 의사, 가족들이 주변을 떠나지 않았다.

밤을 꼬박 열병으로 보내고, 새벽이 되어서야 정신이 들었다. 주변은 조용해져 있었다. 깜빡, 눈을 뜨고 몸을 일으키자 이마에서 미지근해진 물수건이 스르륵 떨어졌다.

이샤크와 앙리가 소파에 앉아 서로에게 기댄 채로 잠들어 있었다. 요한은 그 맞은편에서 팔짱을 낀 채로 고개를 숙이고 있었는데, 숨소리로 보아 그도 잠든 모양이었다. 아픈 나 때문에 가족들은 밤을 하얗게 지새웠다.

정신이 몽롱한 와중에도 얼마나 소란스러웠는지 느껴졌던지라 나는 미안해졌다. 침대에서 꾸물꾸물 내려와서 오빠들에게 담요를 덮어 주려고 하던 중에, 문이 열렸다.

"일어났니?"

엄마였다.

엄마는 약간 지쳐 있었다.

"의사는? 왜 아직도 오지 않는 거야!"

"신병은 아니겠지? 신성력 때문이면 약으로 치료가 되지 않잖아! 신관이라도 불러와! 당장!"

"아아, 르블레인……."

엄마의 목소리는 주변의 그 누구보다 초조했다. 한시도 곁을 떠나지 않고, 내내 울먹이던 것이 고스란히 느껴졌다. 엄마가 담요를 들고 있는 내게 다가와 무릎을 굽혔다. 나와 시선을 맞춘 그녀가 조심스럽게 내 이마에 손을 올렸다.

"열은 많이 내렸구나."

"……."

"어때? 괜찮니?"

"……."

"아가."

엄마는 대답 없이 우물쭈물하는 나를 지그시 쳐다보았다. 나는 담요를 꼬물꼬물 매만지며 웅얼거렸다.

"르부가 아파서 잘못해써요……."

엄마의 눈이 커졌다. 그대로 굳어졌던 그녀의 얼굴이 이윽고 천천히 일그러졌다.

"왜 그런 말을 하는 거니."

"아빠랑 오빠랑 엄마랑 걱정해써. 잘못해써요. 이제 안 아플 고야……."

몸이 안 좋아서 그런지 제대로 사고가 되지 않는다. 머릿속은 온통 공포가 점령했다.

귀찮은 애라고 여기면 어떡하지. 나는 엄마가 좋은데, 엄마가 나를 싫어하면 어떻게 하지.

고개를 푹 수그린 나를 가만히 쳐다보던 엄마가 팔을 벌렸다. 내가 눈치를 보자 그녀는 괜찮다는 듯 고개를 끄덕였다. 조심스럽게 다가가자 그녀는 나를 끌어안았다.

"아픈 건 잘못이 아냐."

"그치만 엄마 속상해써."

"르블레인을 사랑하니까."

"……."

엄마는 나를 안은 채로 일어나 창가로 다가갔다.

어슴푸레한 새벽. 창 너머로 푸른 빛이 스며들었다.

"매일같이 감사하단다. 너를 만나게 되어서. 네 엄마가 될 수 있어서."

"……."

"이토록 소중한 감정을 가르쳐 줘서 네게 너무나 감사해, 르블레인."

엄마가 내게 툭, 이마를 맞대곤 다정한 목소리로 속삭였다.

"널 얼마나 사랑하는지 알고 있니?"

"……으응."

내가 엄마를 사랑하듯이. 엄마도 나를. 절대로 나를 버리지 않을, 내가 가질 수 있는 가장 커다란 마음.

"그럼 이제 알려 줄래?"

그 말에 내가 쳐다보자 엄마는 빙그레 웃었다.

"왜 이곳에 왔니?"

"……!"

그걸 어떻게 알았지? 네리아드가 없는 세계의 르블레인을 어떻게 한 건지 묻는 걸까? 어디서부터 어디까지 아는 거지? 화가 났으려나? 딸을 어떻게 했느냐고 나를 다그칠까?

겁먹은 내가 뻣뻣해지자, 엄마는 얼른 나를 내려놓고 어깨를 잡았다.

"혼을 내려는 게 아냐. 밉지 않아, 르블레인."

"……."

"단지 엄만, 다 자란 네가 반가울 뿐이야."

"……어떠케 알았어요?"

"부모가 자식을 못 알아볼 리 없지. 그리고 내겐 특별한 힘이 있거든."

"미래를 보는 힘."

"그래. 신이 내 자식을 알아보라고 준 힘."

"언제부터 알았어요?"

"네가 하인에게 꿀물을 달라고 했을 때부터."

"녜?"

엄마는 빙그레 웃으며 내 코를 톡, 쳤다.

"홀로 자란 아이처럼 대견해서. 이곳의 아이들은 아직 홀로 자라는 법을 모르거든."

"……."

"그래서 생각했지. 이토록 사랑스러운 것을 보면 내 딸인데, 달라졌다? 그럼 혹시 시간의 신의 도움을 받아 시대를 건너온 우리 르블레인이 아닐까— 하고."

"시간의 신……."

"내가 시작의 날, 신과 대화를 나누었을 때 그분은 말씀하셨단다. '감사하다'라고. 나처럼 강한 사람이 그 아이의 어머니란 것이 감사하다고 말이야."

"……."

"그때는 무슨 의미인지 몰랐지만, 몇 년 전에 미래를 보고 알았지. 신이 내게 감사할 만큼 사랑스러운 아이가 내 딸이구나."

"……."

"다 자란 그 아이가 언젠가는 내 앞에 나타날 것이란 것도."

"……."

"너를 만나길 아주 오랫동안 기다렸단다."

"너를 만나길 아주 오랫동안 기다렸어."

네리아드의 세계에서 만난 엄마가 해 줬던 말이 떠올랐다.
다정하디다정한 나의 어머니. 어느 세계에서도 변하지 않는, 강인하디강인하며 나를 끝없이 사랑하는 나의 어머니.
나는 그녀의 목을 꽉 끌어안았다.
"아드리안을 구하기 위해 와써요."
"아드리안?"
"이 세계의 신이에요. 나를 위해 모든 것을 버리고, 나를 위해 모든 것을 끌어안은…… 내가 조아하는 사람이에요."
그때였다.
"그놈이야?"
"아드리안이란 말이지."
"아드리안……."
오빠들의 목소리가 들려왔다. 깜짝 놀라 돌아보니 세 아이가 몸을 일으켰다.
"듣구 이써써?!"
"응."
"근데 왜 안 놀라……?"
오빠들이 서로를 시선을 교환하곤 나를 쳐다봤다.
"내 동생이 자라서 잠깐 놀러 온 거잖아. 놀라야 해?"
"반가운 거지."
"그래."

그때 다시 아로새겼다.
나는 르블레인이라 행복해. 이런 가족들이 있어서 정말로 행복해.
"아드리안……."
문 뒤에서 모습을 드러낸 아빠가 이글거리는 눈으로 중얼거렸다.
'이것만 빼고 행복해.'

Chapter 30.

시작의 날을 하루 남겨 두고 나는 가족들과 나들이에 나섰다. 목적지는 귀족들이 뱃놀이를 자주 한다는 노지스강이었다. 듣자 하니 원래 이 일대는 화적패가 득시글했다는데, 아빠가 싹 정리했단다.

"아빠가요?"

내가 눈을 동그랗게 뜨자 엄마는 쿡쿡 웃으며 말했다.

"그래. 군사를 꾸려서 직접 토벌하셨지."

나는 "우와!" 하며 엄마의 곁에서 묵묵히 입을 다물고 있는 아빠를 쳐다봤다.

"구론데 미래의 아빠는 남의 일에 간심 엄써요. 요기 아빠는 남을 조아해요? (그런데 미래의 아빠는 남의 일에 관심이 없어요. 여기의 아빠는 남을 좋아하나요?)"

"이곳에서도 네 아빠는 남의 일엔 조금도 관심이 없지."

그런데 왜 화적패 토벌을 했냐는 듯이 쳐다보자 엄마가 씩 웃으며 아빠를 쳐다봤다.

"화적패가 아이들을 인신매매하곤 했거든. 너희 생각에 가만히 있을 수 없었다고 하더구나."

오빠들과 내가 아빠를 쳐다봤다. 아빠는 별말 없이 창밖으로 슥, 시선을 돌렸다.

'이곳의 아빠는 엄청 다정하네.'

그러고 보니 아빠와 오빠들의 사이가 좋았다.

'미래보다 더 좋을지도.'

이샤크는 스스럼없이 아빠에게 대련하자며 매달리고, 앙리도 무언가 궁금한 것이 있으면 아빠에게 물어보는 것 같았다. 또 아빠와 대화를 나눌 때의 요한은 엄청나게 편해 보였다.

처음엔 그런 광경이 놀라웠지만, 이제는 아주 익숙하게 느껴졌다.

'어쩌면 우리 가족이 타인에 의해 결핍되지 않았더라면 미래에서도 이곳처럼…….'

"꼬맹이, 무슨 생각해?"

이샤크가 물었다.

이곳에서의 이샤크는 나를 꼬맹이, 혹은 아기라고 불렀다. 꼬맹이란 말은 익숙했다. 미래의 이샤크도 나를 그렇게 불렀으니까. 땅딸보라고 놀리기 위해 쓰던 '꼬맹이'라는 단어가 계속 굳어져 애칭이 된 것이었다.

이곳의 이샤크는 나를 꼬맹이보다는 아기라고 더 많이 불렀다. 아무래도 엄마와 아빠가 '우리 아기'라고 부르는 것을 따라 하다가 입에 붙은 모양이다.

또…….

"이샤크."

엄마가 엄한 눈으로 이샤크를 쳐다봤다. 이샤크가 찔끔하자 그녀는 눈을 가느다랗게 좁히곤 말했다.

"애정이 담긴 말이라도 상대방이 싫어한다면 해선 안 되는 거야."

"칫……."

이샤크가 입술을 삐죽 내밀자 팔짱을 낀 채로 아이를 힐끔 쳐다보던 아빠가 입을 열었다.

"망아지."

이샤크가 펄펄 뛰었다.

"아니에요! 씨!"

아빠는 이샤크의 코를 쥐었다.

"봐라. 너도 싫은 이름으로 불리면 불쾌한 기분이지 않으냐."

"……."

요한과 앙리는 미소를 머금곤 이샤크를 보았다.

'이곳에서의 나는 꼬맹이라는 별명을 싫어했나 봐.'

이샤크는 시무룩한 표정으로 나를 쳐다봤다.

"다리 짧다고 놀려서 미안해. 나는 그냥 네가 귀여워서 그랬어. 그렇지만, 미안해. 날 싫어하지 마, 아기야……."

"나 이샤크 조아. 어린이 르부도 이샤크 조아해."

"정말? 이제 꼬맹이라고 안 할 거야!"

"응!"

이샤크의 표정이 금세 밝아졌다. 엄마와 아빠는 다시 쾌활해진 이샤크를 보고 쿡쿡 웃었다.

"꼬맹 — 아니, 아기야! 다 왔어! 저기가 노지스강이야!"

얼른 창밖을 바라본 나는 "우와……." 하고 탄성을 흘렸다.

미래의 난 노지스강에 딱 한 번 가 봤는데, 그땐 겨울이라 꽁꽁 얼어 있었다. 거기다 그때 이 근방은 나무에 병이 들어 나무나 잔디가 죄 벌채되었었다.

그때에도 그럭저럭 괜찮은 곳이었지만, 이 계절의 노지스강은 각별했다. 물결이 햇빛에 반사되어 반짝이고, 플라타너스 나무들 사이로 아름다운 종달새가 오가며, 공기에선 향긋한 들풀 내음이 풍긴다.

나는 신이 나서 창틀을 잡고 소리쳤다.

"내릴래! 빨리, 빨리!"

내가 몹시 흥분하자 가족들은 웃음을 터뜨렸다.

아빠와 엄마의 손을 잡고 강가에 내렸다. 하인들이 배를 띄울 준비를 하는 동안 나는 가족들과 함께 점심을 먹기로 했다. 점심 메뉴는 바비큐였는데, 성에서 가져온 손질된 고기를 아빠가 직접 불에 구워 줬다.

"압빠, 고기 굽는다."

내가 아빠의 팔에 턱을 괴고 말하자 아빠는 "위험해." 하며 나를 번쩍 안아 들었다. 요한이 다 구운 고기를 접시에 옮기며 말했다.

"전투에 나갈 때면 보급선이 끊기는 경우가 종종 있으니까. 그땐 주변의 짐승들을 잡아서 요기해야 하거든."

엄마와 아빠는 우리 남매에게 음식을 먹이느라 정신없었다. 굽는 족족 후후, 불어 새가 새끼에게 먹이를 옮기듯 입에 넣어 주었는데, 나는 그 어떤 고급 요리보다도 오늘의 음식이 제일 맛있게 느껴졌다. 아빠가 구워 준 고기를 먹고, 엄마가 챙겨 준 채소들을 와삭와삭 베어 물거나 하는 일은 정말이지 즐거웠다.

점심을 먹고 난 후엔 아빠의 목에 목말을 타고, 주변을 거닐었다. 오빠들은 부모님과 나를 심판으로 두고 달리기 시합을 했다.

1등이 요한, 2등이 이샤크, 3등이 앙리였다.

"요한이 일등이다!"

소리치는 나를 지그시 보고 있던 앙리가 요한에게 고개를 돌렸다.

"한 번 더 해요."

"별로. 결과는 똑같을 텐데 뭐 하러?"

요한이 오만한 표정으로 말하자 앙리의 얼굴이 구겨졌다.

"해 보지 않고선 모르잖아요!"

앙리에게 이런 쪽의 승부욕이 있었나?

오빠들은 결국 다시 달리기 시합을 했다. 무려 네 번이나 더. 1등은 요한과 이샤크가 번갈아 했지만, 앙리는 늘 꼴찌였다.

엄마는 드물게 감정을 드러내며 홍분한 앙리를 보며 한 손으로 뺨을 감쌌다.

"앙리는 타고나길 두뇌 타입이라. 재능을 골고루 나눠서 낳았으면 좋았을 텐데."

"리세트, 눈치가 없어."

아빠가 큼, 헛기침하며 앙리를 곁눈질하니, 엄마는 "아차." 하며 어색하게 웃었다. 앙리는 싸늘한 눈으로 제 발을 노려보고 있었다.

나는 오빠들이 달리기 시합을 하는 동안 하녀들과 함께 만들었던 화관을 들고 앙리에게 다가갔다.

"앙리 주께."

"……일등을 제일 많이 한 건 형님이야."

"하지만 앙리가 제일 열씨미 해써. 제일 열씨미한 사람이 제일 머시써. 르부 화간 제일 머싯는 사람이 받는 고야."

"……."

내가 까치발을 들고 앙리의 머리에 들꽃으로 만든 화관을 씌워 주자,

그의 표정이 달라졌다. 들꽃을 조심스럽게 매만진 앙리가 조그맣게 중얼거렸다.

"……달리기를 못 해도 멋있어?"

"응!"

"그렇구나……."

나는 희미하게 미소 짓는 앙리를 보며 히히 웃었는데, 등 뒤가 오싹했다.

"나는 멋지지 않아?"

"……."

이샤크와 요한이 무시무시한 표정으로 앙리의 화관을 노려보고 있었다. 난 흠칫했다.

"아, 아냐. 요함미랑 이자꾸도 머시써."

"제일은 작은 형이고?"

"……."

아뿔싸, 큰일 났다.

'제일 멋지단 소리는 하지 말걸.'

이후의 일이 걱정되었던 나는 도움을 요청하는 눈으로 부모님을 쳐다봤다.

'오빠들 좀 보래요!'

또 싸울 거야!

그런데.

"내 요정에게 내가 제일 멋진 사람이 아니야……?"

"나보다 앙리가 멋져?"

엄마와 아빠의 표정도 무시무시했다.

'살려 주세요, 정말.'

*　　*　　*

뱃놀이하고 돌아온 나는 몹시 지쳐 있었다.

"어서 서류를 가져와라."

"내탕금 내역서를 가져와."

"내 책은 어디 있지?"

"봐라, 아기야! 나 목검 두 개 들었다! 엄청 열심히 하지?!"

가족들이 어필하듯 열심인 모습을 보여 주었다. 앙리가 화관을 쓰고 승리자의 표정을 지은 채 다리를 꼬고 있어서 더 흥분한 모양이었다.

나는 초췌한 표정으로 소란인 가족들 사이에 서 있었다.

'어떻게 애보다 체력이 더 좋은 거지?'

무서운 듀블레드 일가 같으니…….

우울한 표정을 짓고 있으니, 성을 지키고 있던 레이나가 내게 물었다.

"어머나, 우리 아가씨께서 왜 이렇게 기운 없으실까."

"사는 고가 힘드로. (사는 게 힘들어.)"

"네?"

"례나가 어린이의 고생을 멀 알게써……."

"네?!"

레이나는 매우 당황했고, 고용인들은 웃음을 터뜨렸다.

그날 밤엔 일찍 잠자리에 들었다. 내일 아침 신전으로 출발해야 했기 때문이다. 나는 몹시 피곤해서 금세라도 잠이 올 것 같았는데, 방문이 살짝 열렸다.

고개를 돌리자 베개를 든 엄마가 보였다.

"같이 잘까."

"그래두 대요?"

"그럼."

그러자 엄마의 곁으로 잠옷을 입은 오빠들이 몰려들었다. 엄마가 내 옆자리에 자리를 잡자, 오빠들이 침대로 뛰어들었다.

내 침대는 아주아주 컸지만, 그렇다고 이 인원이 전부 편히 잘 수 있는 크기는 아니었다. 그런데 언제 왔는지 아빠까지 커흠, 헛기침하더니 그렇지 않아도 비좁은 침대에 억지로 끼어들었다.

"으악! 좁아!"

"아버지는 밑에서 주무시죠."

"예."

아빠는 오빠들의 원성에도 아무렇지 않게 침대를 차지했다.

나는 끙끙거리며 억지로 몸을 구겼다. 그러느라 엄마 품에 딱 붙게 되었다. 엄마는 나는 꽉 끌어안고서 우후후, 웃었다.

"부편해……. (불편해…….)"

엄마는 내 뺨에 얼굴을 비비곤 말했다.

"불편해도 행복한걸. 그렇지 않니?"

"……."

"웅?"

"……행보캐."

내가 웅얼거리자 가족들이 웃음을 터뜨렸다.

'그래, 난 행복해.'

돌아가는 것이 두려울 만큼. 돌아가야 한다는 걸 알지만, 내 속에 꽁꽁 감춰 놓은 누군가가 속삭이는 것만 같았다.

'굳이 돌아가야 해?'

나는 눈을 꽉 감는 것으로 억지로 목소리를 외면했다.

'네가 원했던 삶이잖아. 엄마가 있고, 아빠가 있고, 오빠들이 있고.'
'결핍되지 않은 가족. 행복이 당연한 삶.'
'이곳의 너는 안정되었고, 아드리안이 지키는 세계에선 더는 괴로울 일이 없을 거야.'
'보렴, 르블레인. 돌아가면 네리아드와 그의 교단에서 받은 피해를 복구하느라 정신이 없을 거야.'
'귀찮게 구는 귀족들이 잔뜩 있을 테고, 너는 또 상처받게 될지도 몰라. 그리고…….'

그만해. 말하지 마. 그만, 제발…….

'그곳엔 엄마가 없잖아.'

떠올리게 하지 마!
나는 귀를 틀어막았다. 표정이 고통스럽게 일그러지자 손에 온기가 닿았다.
"아가야."
"……."
"우리 딸이 왜 그럴까?"
나는 엄마를 꽉 끌어안았다.
"괜찮아요."

"……."

난 괜찮아. 괜찮을 거야. 괜찮아야 해.

세뇌하듯 속으로 중얼거리는 동안 엄마는 끊임없이 내 등을 쓸어 주었다. 너무나 다정해서, 이 온기를 놓치고 싶지 않아서 눈물이 났다.

'돌아가고 싶지 않아.'

결국, 인정할 수밖에 없도록.

*　*　*

눈을 떴을 땐 익숙한 어둠 속이었다. 이전처럼 빛에 감싸여 있지 않아도 나는 이곳을 알고 있다.

신의 공간. 세르가도, 네리아드도 없는 지금 내가 이곳으로 올 수 있는 이유는 한 가지밖에 없었다.

'아드리안.'

그는 생각보다 훨씬 많이 사람들의 믿음을 받는 모양이었다. 그리하여 결국은 신이 된 것이다. 선각자였던 네리아드가 인간의 믿음을 흡수하여 신이 된 것처럼.

하지만 네리아드처럼 강력한 신이 되지는 못한 모양인지, 공간이 어지러워졌다.

'하기야. 평화로우니까.'

사람들이 신을 필요로 하는 순간은 고통스러울 때다. 그래서 신전이 네리아드에게 사람들의 믿음이 모이도록 전쟁을 벌이거나, 재해를 만들어 내 인세를 피폐하게 하지 않았던가.

나는 아드리안을 찾기 위해 정신없이 어둠 속에서 헤맸다.

저 멀리 웅크린 빛이 보였다.

'아드리안? 아드리안이야?'
대답은 없었다.
'아드리안?!'
허겁지겁 빛에 달려가려는데, 어딘가에서 목소리가 들렸다.

[오지 않아도 돼.]

'뭐……?'

[가지 않아도 돼, 르블레인.]

'아드리안…….'

[너는 이곳에 있을 자격이 있어.]

'무슨 말을 하는 거야.'
네리아드와 신전이 없는 세상을 만들기 위해 나를 비롯한 모두가 얼마나 애썼던가. 비로소 네리아드를 물리쳤다. 그리고 가족들의 염려와 불안을 뒤로한 채 아드리안을 찾기 위해 이곳에 왔다. 그런데 나만 행복하자고, 모두를 뒤로하고 이곳에 남을 순 없지 않은가.
이곳의 나는 행복할 거야.
하지만 저곳의 가족들은? 친구들은? 동료들은?
'돌아가야 하잖아. 돌아가는 게 맞잖아.'
무심코 생각하기 무섭게 아드리안의 목소리가 다시 들려왔다.

[어째서 돌아갈 수 있다고 생각하지?]

'뭐라고?'

[너는 나의 힘과 네리아드의 마지막 힘 덕분에 겨우 이곳에 오게 된 거야. 네리아드는 이제 완전히 사라졌고, 내겐 너를 되돌려 보낼 만한 힘이 남지 않았어.]

'그렇다는 건…….'

[그래, 르블레인. 네가 또 한 번 신의 통로를 통해 가는 그곳은 어쩌면 미나의 세계일 수도 있고, 어쩌면 네 1회차 삶일 수도 있으며, 어쩌면 우리가 전혀 알지 못하는 다른 세계일 수도 있지.]

나는 멍하니 빛을 바라봤다.
뿌리 박힌 것처럼 우뚝 굳어 있는 내게 아드리안은 말했다.

[돌아가기 위해 위험을 무릅쓸 필요가 있어?]

"……."

[이곳은 네게 완벽한 세계야. 오직 너를 위한 세계.]

"……."

[그러니 르블레인, 너는 행복하기만 해도 좋아. ……이곳에서.]

웅크려 있던 빛이 기지개를 켜듯 공간 곳곳에 퍼져 나갔다. 나는 빛 속에서 부유했다. 발끝이 땅에서 완전히 떨어졌을 때였다.

"안녕."

서글프도록 작은 목소리가 귓가를 스쳐 지나갔다.

*　　　*　　　*

아드리안은 아가레스를 사멸하여 선각자가 된 후, 얼마나 세월이 지났는지 알지 못했다.

처음엔 세월을 헤아렸던 것도 같지만, 그 수가 백을 넘고 난 후로부턴 따로 기억하려 애쓰지 않았다. 어떤 때는 과거에 있었고, 또 어떤 때는 미래에 있었으므로 숫자는 애초에 의미가 없었다.

다만 분명한 건, 끔찍한 세월이었다는 것이었다. 아드리안은 수없이 르블레인의 죽음을 목도했다.

첫 번째 삶의 그 애를 지키기 위해 리세트를 지켰던 적도 있다. 하지만 신전은 듀블레드에 없는 죄를 뒤집어씌웠고, 가문이 패망하며 어리디 어린 르블레인은 신전이 만든 겁화에 불탔다.

'다시 할 수 있어. 이번엔 지킬 수 있어.'

리세트가 죽던 그 날로 되돌아와서 테오도르 듀블레드에게 딸이 있는 곳을 알려 주었다. 신전과 결탁한 선대 듀블레드 공작이 테오도르의 뒤에 따라붙었다. 선대는 테오도르가 딸을 찾기 전에 죽였고, 르블레인은 선대의 휘하에서 이전보다 더 비참한 삶을 살았다.

'다시.'

르블레인이 운명의 아이로 발탁되기 전날, 힘을 키운 듀블레드 공작에게 딸이 살아 있다는 것을 알려 주었다.

신전과 듀블레드가 그 애를 두고 전쟁을 벌였다. 제국은 쑥대밭이 되었고, 르블레인은 전쟁의 원흉이 되어 손가락질받았다.

르블레인이 성년을 앞두기 며칠 전 전쟁으로 자식을 잃은 누군가가 그 애를 살해했다.

첫 번째 삶의 르블레인은 제가 무슨 방법을 쓰든 간에 몇 번이고, 몇 번이고 죽었다.

'다시.'

어쩌면 르블레인이 회귀를 겪지 않았기에 세상을 버틸 수 있도록 단련되지 않았을지도 모른다.

그 애의 두 번째 삶으로 건너가 아미티에 공작을 밀어내고, 발루아를 멸문시켰다. 듀블레드를 선택하게 하기 위해. 그러자 이번엔 마르슈에 입양되었다. 르블레인은 우연히 마르슈가 악신의 권속인 이반과 얽혀 있다는 것을 알게 되어 마르슈 공작에 의해 죽었다.

'다시.'

그럼 세 번째 삶.

어느 정도 성장한 르블레인에게 친부의 존재를 알려 주었다. 테오도르 듀블레드에게도 마찬가지였다.

테오도르는 딸에게 집중하느라 영지를 살피지 못했고, 그즈음 제국을 휩쓴 전염병이 듀블레드령에까지 다다랐다. 듀블레드 공작은 전염병에 걸려 죽었고, 르블레인은 지킬 수 있음에도 숨어 있기 위해 지키지 못한 아버지를 떠올리며 평생을 괴로워해야 했다.

'다시!'

이번엔 네 번째 삶.

그가 기억하는 모든 것을 행했다. 어린 자신에게 가서 후작가를 넘겨주고, 어린 자신이 그 애를 지킬 수 있도록 모든 것을 준비했다. 하지만 결국, 네 번째 삶은 그대로였다. 변한 것이 없었다.

'다시, 다시……!'

첫 번째 삶도, 두 번째 삶도, 세 번째 삶도, 네 번째 삶도 안 된다면 고대로. 고대로 가서 네리아드가 세르가에게 승리할 수 없도록 만들자.

하지만 실패. 또 실패. 그리고 실패.

'어떻게 해야 널 지킬 수 있는 거지?'

차게 식은 그녀의 시체를 끌어안고 오열했다.

대체 어떻게 해야 네가 괴롭지 않을 수 있는 거야. 내가 뭘 어떻게 해야…….

몇백 년이 넘도록 시간의 흐름을 망가뜨린 죄로 몸이 부서지고, 힘을 잃어 갔다. 이제 시간을 여행할 힘도, 평행의 선을 넘을 힘도, 육체를 유지할 만한 힘조차 남지 않았다.

할 수 있는 건 그 애의 '처음'이던 고대에 묶여 그저 시간이 흐르는 대로 몸을 맡기는 것밖엔 없었다.

의지를 잃고, 망가져 버렸다. 자신을 원망하고, 또 원망하며 자라는 그 애를 바라볼 수밖에 없었다.

그런 그를 구원한 건…….

"안녕, 까마귀야."

……너였다.

까마귀가 되어 가지에서 쉬고 있는 자신을 향해 손을 뻗고,

"너도 혼자야? 나도 혼자인데."

"오빠는 세르가 님과 저기 강 건너에 갔어. 혼자서 착하게 기다려야 해. 하지만 슬프지 않아. 부네랑, 푸르랑, 또 바알이랑, 또 조금 못됐지만 파이몬이 있어."

"너는 내가 곁에 있을 테니까, 너도 슬프지 않을 거야."

조그만 손에 기대 쉬게 해 주고, 매일같이 그를 찾아와 주는 작은 그 애가 또다시 구원해 주었다.

빛과 같은 그 애가 제 곁에 있을 때면, 아이들이 몰려들었다. 온종일 까마귀를 쫓아 달리던 아이들은 해 질 녘 부모의 부름에 돌아가고, 홀로 남은 그 애는 고목에 기대 자리를 비운 오빠를 기다렸다.

어느 날은 외로움에 지쳐 까마귀를 끌어안고, 어느 날은 아주 오래도록 오지 않는 오빠를 그리느라 눈물짓고, 또 어느 날은 어머니의 손을 잡고 집으로 돌아가는 아이들을 부럽게 바라보면서.

"엄마……."

무심코 중얼거리던 그 애는 휘휘 고개를 저었다.

"아냐. 나는 엄마가 없어도 돼. 오빠가 있는걸."

홀로 외로워하는 것조차 죄스러워하는 아이를 위해 그는 남은 힘을 모두 쓰기로 했다. 미래에서 권속화한 아미의 힘으로 둔갑하여 리세트가 되어, 고목에서 그 애를 기다렸다.

"여긴 까마귀 친구와 내 비밀 장소인데 언니는 왜 여기에 있어요?"

고목 뒤에 숨어 속삭이던 아이에게 손을 뻗자, 아이가 우물쭈물 뒷걸음질 쳤다.

"오빠가 모르는 사람을 따라가면 안 된다고 했는데……."
"……."
"……언니는 누구예요? 이건 선각자의 기운인데, 언니도 선각자예요?"
"그래, 나는 선각자야. 그러니까 곁으로 와도 돼."
"그치만…… 그치만."
"괜찮아."
"……."
"괜찮아, 아가야."

쭈뼛쭈뼛 눈치만 보던 아이가 조심스럽게 다가와 그에게 안겼다.
'아, 너는 어째서…….'
네게 위로가 되고 싶었던 것인데, 왜 네가 내게 위로가 되는 것일까. 온기가 품에 스며들어 힘이 되었다. 이번에도 그 애로 인해 일어설 힘을 얻었다.
그가 지키지 못했던 수많은 그 애가 말하는 것만 같았다.
형편없어도, 이토록 유약해도 괜찮다고.
'결국은 너였다.'
괴로움도, 슬픔도, 기쁨도, 행복도, 다시 일어설 힘조차…… 그에겐 모두 그녀였다. 그녀는 그 어떤 역경 속에서도 빛을 잃지 않는 사람이었다. 그녀를 사랑하는 그가 역경에 넘어져 웅크릴 수야 없었다.

그로 인해 망가진 시간이 매 순간 칼날이 되어 살갗을 저미고, 폐부를 옥죄었지만, 상관없었다. 그녀에게 구원받은 기억이 부서진 피부를 이어붙이고, 그녀를 사랑한 기억이 쓰라린 숨구멍에 연고가 되어 주었다.

그렇게 시간을 지나던 어느 날.

세계가 흔들렸다. 수십, 수백 갈래로 나뉜 평행세계가 통합되거나 부서졌다. 이 세계의 신이었던 네리아드가 소멸했다는 신호였다.

누가 알려 주지 않아도 아드리안은 본능적으로 느꼈다.

'기회다.'

내 힘으로 너를 구하지 못한다면, 너를 위한 세계를 만들자.

네리아드가 소멸한 그 순간이 그 애를 위한 세계를 만들 수 있는 유일한 기회임을.

고대로 되돌아가 미래의 여파가 흘러들어 약해진 네리아드를 그의 손으로 죽였다. 세르가를 물러나게 하고 세계를 차지했다. 신이 되어 새로운 세계를 창조했다.

'부모가 있어야 네가 태어날 수 있어.'

듀블레드를 만들고.

'네가 올 때를 대비해 동료들도 있어야겠지.'

네 동료들에게 자리를 주고.

'네 부모가 그릇된 존재로 여겨지지 않도록 해야 해.'

리세트에게 그럴듯한 자리를 주어 태어나게 하고.

그리고.

'……너를 기다렸다.'

수백 년을 지나 다시 본 그 애는 여전히 사랑스러웠다. 달려가 끌어안고 싶을 만큼.

하지만 이 평행세계의 자신은 완벽하게 망가졌고, 그녀의 짝으로 망가진 신은 부족하다. 곁에 있을 수 없지만, 그 애를 위해 세계를 마련했다.

그것이면 되었다.

'너는 행복했겠지.'

원래의 세계로 돌아갈 확률은 수백분의 일밖에 되지 않는다. 똑똑한 그 애라면 위험을 무릅쓰지 않을 터.

그러니까 돌아가지 않을 것이다. 시작의 날에 그를 만나기 위해 올 리가 없다.

그럼 됐다. 이제 된 것이다.

'행복하기만 하면 돼, 너는.'

그렇게 시작의 날이 되었다. 동이 트기 무섭게 균열한 몸이 파스슥, 소리를 내며 무너지기 시작했다.

'마지막 순간, 너를 만나 다행이야.'

르블레인.

르블레인.

르블레인…….

'나는 너를. ……너를.'

미소 지으며 눈을 감은 순간이었다. 멀리서 누군가 달려왔다.

"아드리안!"

그를 부르며.

흐릿한 시야에 울먹이는 그 애의 얼굴이 보였다. 신의 공간에 위풍당당 쳐들어온 침입자는 그를 끌어안았다. 흩어지는 몸을 작은 손으로 허겹지겹 끌어모으는 그 애를 멍하니 바라봤다.

"왜……."

"왜긴! 널 데리러 왔지!"

"하지만 이 세계는……."

르블레인이 입술을 꽉 깨물며 아드리안을 노려봤다.

"아무리 행복해도 네가 없다면 됐어."

"……."

"너랑 갈래. 너와 있을 거야."

"……."

"바보야, 네가 사랑하는 나는 언제나 행복을 스스로 거머쥐어 온 사람이잖아. 타인이 만들어 준 행복 따위 내겐 가치가 없어."

"……."

르블레인은 웃었다.

"그러니까 돌아가자. 우리의 세계로."

그렇게 그를 또 한 번 구원하면서.

* * *

돌아가지 않는 것은 애초에 선택지에 없었다. 아드리안, 너를 이대로 놓아두고 나 홀로 행복할 생각 따윈 없었다. 비록 고통이 기반일지라도 나는 내가 애써 일궈 놓은 모든 것들을 버리지 않는다.

바싹 마른 흙덩이처럼 무너지기 일보 직전인 아드리안이 나를 가만히 바라보았다.

나는 울면서 웃었다.

"넌 내게 울지 말라고 했지만, 네가 나를 가장 많이 울려."

"……."

"네 사랑이 가슴 벅차서."

그가 반쯤 흩어져 버린 손으로 내 뺨을 잡았다. 정신없이 나를 바라보는 눈동자가 잘게 떨렸다.

"이렇게 망가진 나라도 괜찮아?"

묻는 목소리가 서글펐다. 나는 울지 않으려 노력하며 떨리는 입꼬리를 억지로 끌어당겼다.

"그래."

"난 오래 버티지 못할 거야. 어쩌면 지금이 마지막일지도 몰라."

"뭐가 됐든 상관없어."

"……."

"너라면 뭐든 괜찮아, 나는."

나는 돌덩이처럼 딱딱한 피부에 흉측한 균열이 생긴 그를 일으켜 세웠다. 아드리안은 말없이 나를 따라 주었다. 이제 망가져 울지 못하는 눈 대신 그의 손바닥이 축축했다. 긴장과 설움으로 젖은 손이 애처롭고도 사랑스러웠다.

"가자."

"……문이 열리지 않을 거야. 르블레인, 난 이제 〈신의 공간〉의 문을 열 수조차 없어."

"그럼 다른 길을 찾으면 돼. 출구는 어딘가에 분명히 있어. 우리는 막다른 길에서도 늘 통로를 찾아왔잖아."

나는 그를 끌고 신의 공간을 걸었다. 아드리안이 조심스럽게 나를 쫓아왔다.

신의 공간은 미래에서 보았던 곳과는 달랐다. 빛에 감싸여 있기는커녕, 아드리안에게서 새어 나오는 미약한 빛에 기대 어둠 속을 걸어야 했다. 우리는 어둠을 걸으며 많은 이야기를 나누었다.

그가 물었고, 내가 대답했다.

"왜 왔어?"

"네가 여기에 있으니까."

"시작의 날에 신전에 가는 것을 가족들이 허락해?"

"우리 가족들은 날 언제나 믿어 줘. 너처럼."

또는 내가 묻고, 그가 답하기도 했다.

"어떻게 지냈어?"

"너를 보면서."

"얼마나 홀로 시간을 헤맸던 거야?"

"너를 사랑하는 만큼."

"쑥스러운 얘기를 잘도 하게 되었네."

"함께 있는 시간은 알량한 자존심이나 쑥스러움으로 허비할 수 없이 소중하다는 걸 알았으니까."

우리는 아주아주 많은 이야기를 나누었다.

내가 얼마나 그를 보고 싶었는지, 기억을 잃고서도 얼마만큼 가슴 아팠는지. 그가 나를 얼마나 보고 싶어 했는지, 기억을 잃은 나를 알면서도 지나칠 수밖에 없는 시간이 얼마만큼 가슴 아팠는지.

대화를 나누는 시간이 더없이 소중했다.

그의 말마따나 알량한 자존심이나 쑥스러움으로 허비할 수 없어, 가슴 속에 감추어 놓은 진심만을 꺼내 가장 예쁜 단어로 포장하여 내놓을 수밖에 없었다.

알고 있었으니까. 그가 얼마 버티지 못할 것임을, 사실은 내가 제일 잘 알고 있었으니까.

어쩌면 함께 통로를 넘을 수 없을지도 모르고, 혹은 통로를 넘기도 전에 그의 몸이 완전히 부서질지도 모른다.

함께 걷는 동안 그는 부품이 하나둘 빠지듯 망가져 갔다. 촉각을 잃은 듯 나를 확인하려 몇 번이나 손을 쓰다듬고, 힘을 잃은 듯 맞잡아 온 손이 떨어지길 반복하고, 숨소리가 쇳소리처럼 거칠어지고……. 나는 그를 대신해 힘주어 손을 잡고, 걷기 벅차하는 그를 위해 보폭을 줄였다.

이윽고 눈앞에 문이 보였다.

마침내 시각마저 잃은 그는 내게 몇 번이고, 몇 번이고 물었다.

"가고 있어?"

"응."

"문이 있어?"

"저 앞에."

"돌아갈 수 있는 거야?"

저 문은 빛나지 않는다. 돌아갈 수 없을 것이다.

하지만 나는 대답했다.

"응."

돌아가지 못한다면 평생을 함께 걷자. 평생 어둠을 맴돌더라도 나는 얼마든지 풍경을 꾸며 낼 수 있다. 난 거짓말을 잘하는 애니까, 그러니까…….

'조금이라도 오래.'

오래 너를…… 부디.

"아드리안, 나 말이야. 사실은 네 살 때 신전에서 너를 봤을 때 가슴이 떨렸다?"

"그래."

"황태자가 될 남자라는 걸 알고 있었기 때문이라고 스스로 속였지만,

돌이켜 보면 네가 너무 잘생겨서 그랬던 것 같아."

"……래."

점점 목소리가 들리지 않는다. 나는 고집스레 앞을 바라보며 아드리안을 끌고 걸었다. 잡은 손이 조금씩 작아지고 있었다. 그의 파편이 내가 지나온 길에 흩어지고 있는 것이 보지 않아도 느껴졌다.

"나는 네가 나를 아주 오래전부터 좋아해 왔음을 알아."

"……."

"다른 남자애들보다 네가 마음에 걸렸던 건 사실은 나도 너를 조금씩 마음에 담고 있었기 때문일지도 몰라."

"……."

네가 시나브로 스며들었다. 결국 너를 끌어안을 수밖에 없도록.

나는 다다른 문 앞에 서서, 이제 더는 답하지 못하게 된 아드리안을 등 뒤에 세워 둔 채로 고백했다.

"그러니까 아드리안, 그래서 나는……."

"좋아해."

등 뒤에서 그가 나를 끌어안았다. 겁 많은 나를 대신해 언제나 한발 먼저 내디뎌 준 너는, 마지막의 마지막 순간에도 나보다 용감했다.

곧이어 파스슥, 소리와 함께 모래가 쏟아지는 소리가 들렸다.

나를 끌어안은 손이 사라지고, 홀로 남은 난 두 손에 얼굴을 붙인 채로 오열했다. 쓰러지듯 주저앉아서 어린애처럼 엉엉 울었다. 차마 뒤돌아볼 자신이 없었다.

평생을 나를 위해 살고, 나를 위해 부서지고, 그런데도 끝내 나를 사랑하고, 마지막의 마지막마저 날 위한 한 마디를 남긴 너를, 나는 차마 돌아볼 수 없었다.

그때, 공간이 뒤틀리기 시작했다. 나는 황급히 고개를 치켜들었다.

'붕괴하려는 거야?'

이 세계엔 신이 없다. 미래엔 세르가가 세계를 유지하고 있지만, 이 평행세계는 기둥이던 아드리안이 사라졌다. 시간에 의해 아드리안이 만든 '있어선 안 될 세계'가 붕괴하는 것이다.

콰직—!!

커다란 균열음이 날카롭게 귓속을 가로질렀다. 그 순간, 어둠뿐인 문 옆으로 희게 빛나는 새로운 문이 열렸다. 그곳에서 세르가가 걸어 나왔다.

나는 멍하니 세르가를 바라보았다. 그의 몸에서 뿜어져 나온 빛이 허공에 별처럼 떠올랐다.

'일흔하나의 별.'

그리고 등 뒤가 번쩍 빛나며 아드리안이 흘러내려 만들어진 모래에서마저 빛이 떠올랐다.

'일흔둘…… 설마.'

내 몸이 밝게 빛나기 시작했다. 그러자 세르가가 입을 열었다.

"마지막 선각자여."

그가 나를 선각자라 부른 것은 처음이었다.

세르가가 나를 바라봤다.

"너의 소원을 들어준다면 너는 내게 무엇을 내주겠느냐."

"내가 소원을 들어주면 넌 내게 뭘 해 줄 거야?"

내가 언제나 악마들에게 하던 말이었다.

가슴이 벅찼다. '어쩌면', '혹시' 따위의 말이 떠오르고 말았다. 72개의 별이 빛의 기둥이 되고, 나는 천천히 몸을 일으켰다.

"나의 이능을, 내 기회를, 내 힘을 전부."

세르가가 가만히 나를 바라봤다.
"그로 인해 지독한 대가를 치러야 한다고 해도?"
"……."
"지금껏 걸어온 길보다 더 비탄하며, 처절하고, 괴롭더라도."
"……."
"그래도 끝내 소원을 이루겠느냐."
"상관없어요. 나는 그 어떤 때에도 내 삶을 포기하지 않는 강한 애거든요."
눈물로 엉망이 된 얼굴로 웃어 버리자, 세르가의 무감해 보이던 입매가 다정한 호선을 그렸다.
"언제나 답을 찾는 나의 아이야."
"……."
"네가 나와 나의 아이들을 구원하였듯 이번엔 우리가 너를 구원하마."
72개의 기둥이 신의 공간 곳곳에 스며들었다. 빛나지 않는 문과 빛나는 문이 겹쳐져 하나의 문이 되었다.

[가라, 르블레인.]

나는 문을 넘어 달리기 시작했다.
작은 손이 조금씩 길어지고, 짧은 다리가 점점 자라났다. 달리는 동안 어린애에서 완연한 성인으로 변했다.
눈앞에 출구가 보였다. 나는 꽉 눈을 감은 채로 빛을 향해 뛰어들었다. 그리고 눈을 떴을 땐…….

숲의 한복판이었다.

*　　*　　*

익숙한 숲.

'듀블레드령이다.'

엄마와 레이나가 죽었던 그 산이 분명했다. 나는 얼른 절벽으로 다가가 산 아래를 내려다보았다.

'듀블레드령이 맞는데 저 국기는 뭐야?'

처음 보는 국기였다.

불안이 스멀스멀 올라오기 시작했다.

'설마 다른 평행세계로 온 건가?'

아뿔싸! 이렇게 되면 돌아갈 수 없는데!

나는 확인하기 위해 얼른 산에서 내려갔다. 듀블레드령에서 오래 살았던 만큼, 지리에 익숙해서 하산하는 데엔 오래 걸리지 않았다.

산 아래엔 웬 신전이 있었는데, 사람이 빼곡히 몰려 있었다.

'신전은 또 뭐야.'

나는 앞을 지나가던 노인을 잡고 물었다.

"여긴 듀블레드령이 아닌가요?"

"듀블레드령은 무슨…… 예끼, 이 사람! 독립한 지가 언제인데!"

"독립했다고요?"

"그래! 사라진 왕녀께서 악한 신을 사멸하시고, 이 나라가 독립한 지 벌써 3년이란 말이야!"

"3년……."

3년이 지났다고? 그럼 다른 평행세계가 아니라 본래 있었던 미래로 돌아온 건가?

노인은 쯧쯧 혀를 찼다.

"어디 산 구석에서 살다 왔나? 행색도 엉망이고……. 도움이 필요하면 저 짝에 가 보지 그러나? 마침 하늘제의 날이라 왕궁에서 사람들이 왔거든. 이 나라는 외지인을 거부하지 않아."

나는 노인이 가리킨 방향을 바라보았다.

시녀의 예복인 듯 근사한 복장을 한 여성들이 몰려 있었다. 가장 앞에 있는 사람을 본 나는 미간을 좁혔다.

"……레이나?"

뭐야. 듀블레드는 독립했는데, 왜 레이나가 있지?

"듀블레드가 독립하고, 레이나가 살아 있는 평행세계에 온 건가……? 그런 꿈같은 평행세계도 있었던 거야?"

"이 세계엔 이제 평행세계가 존재하지 않아."

"……!"

등 뒤에서 들린 목소리에 나는 흠칫, 몸을 굳혔다. 천천히 고개를 돌렸다. 그 사람이 빙그레 미소 지었다.

"정말이지 오래 기다렸단다."

"……."

"나의 아기야."

"엄마……."

엄마의 눈에서 툭, 눈물이 떨어졌다.

굳어 있는 나를 엄마가 끌어안았다. 그녀의 등 뒤에서 인기척 소리가 들렸다. 나무를 지나 우리에게 걸어온 사람은…….

"안녕, 이샤크."

"……르블레인이야."

[네 소원은 무엇이지?]

'이뤄졌어요, 세르가 님.'

선각자로 빈 처음이자 마지막 소원.

사랑하는 사람들을 잃지 않은 세계가.

아드리안이 엄마의 품에 안긴 내 손을 잡는 순간, 사람들의 시선이 내게 모였다.

거짓말처럼 세상의 소리가 온통 지워진 것 같은 느낌.

바람을 타고 흩날리는 꽃잎 사이로 내가 너무나 사랑하는 이들의 모습이 보였다. 양손으로 입을 틀어막은 레아라든지, 무뚝뚝한 평소와 달리 얼굴을 일그러뜨린 의장, 눈물을 터뜨린 나의 하녀들, 자카리와 웨일, 그리고—

"그것 봐요. 돌아온다니까. 돌아올 줄 알았다니까!"

이샤크,

"너무 늦었어, 르블레인."

앙리,

"……어서 와라."

그리고 요한, 미소 짓는 아빠까지.

인생 4회, 아니, 약간 더해서 5회차. 결국, 나는 평화를 거머쥐었다.

* * *

"이리로. 이리!"

양쪽에서 나를 붙잡은 달리아와 린다, 유니가 호들갑을 떨며 자리에

앉혔다. 저들은 마치 나를 죽다 살아난 사람처럼 대했다.

성으로 올 때부터 지금까지 앵무새처럼 괜찮다는 말만 반복하던 나는 소파 맞은편에 걸린 거울을 보고 입을 쩍 벌렸다.

"이게 뭐야, 이게 뭐야!"

머리는 불에 그슬리기라도 한 것처럼 온통 엉망이고, 얼굴에는 먼지가 잔뜩 묻어서 알아보기도 힘들 지경이다.

'하긴 네리아드와의 전투 후에 바로 통로를 넘었었지.'

씻은 건 다른 평행세계의 어린 르블레인이고, 본래 몸은 전투 후에 그대로 방치된 거나 마찬가지였다.

나는 울상을 지었고, 하녀들이 "걱정하지 마세요! 얼른! 얼른!" 소란을 떨며 세숫물을 가져왔다. 나는 양쪽에서 더운물에 적신 수건으로 내 얼굴을 닦아 주는 하녀들에게 몸을 맡겼다.

'굳이 여기서 해야 할까?'

구정물 부끄러워!

수건을 빨 때마다 물이 더러워진다. 속마음이 표정에 드러났는지 레이나가 후후 웃었다.

"아가씨와 한시도 떨어지기 싫어 하는 이들의 마음을 이해해 주세요."

"알지만, 나라도 그랬겠지만…… 참. 레이나, 어떻게 살아난 거야?"

내가 소원을 빌긴 했지만, 정확히 어떤 식으로 소원이 이뤄진 건지 궁금했다. 그러자 의장이 나섰다.

"제가 설명하지요."

"응."

그의 말을 요약하자면 이러했다.

내가 통로로 사라진 후, 대륙은 전쟁의 여파로 혼란했단다. 전쟁터가 된 모하스는 물론이고, 제국은 영토가 절반이 넘도록 네리아드의 어둠에 먹혔으며, 다른 나라는 신지의 신전을 파괴한 일로 어지러웠다.
"신지의 신전을 파괴해서 어지러웠다고?"
"병이 있거나 연약한 자들이 신지의 신전을 파괴한 뒤에 흘러나온 독기에 눌려 사망했다고 합니다."
"그런 일이 있었구나……."
"악몽이었죠. 각국에서 적어도 만 명, 모하스 같은 경우는 21만 명이나 되는 백성이 목숨을 잃었습니다."
"……."
"그 일을 계기로 나라마다 곪은 상처가 터졌지요. 민란으로 왕조가 바뀐 곳도 있고요. 정리하는 데엔 2년이나 걸렸습니다."
아드리안이 말을 보탰다.
"왕조가 바뀌거나 망국이 된 나라 대부분이 네리아드교의 힘으로 건국된 나라였어."
"으응."
피해는 컸지만, 덕분에 듀블레드는 타국의 방해 없이 건국 작업에 착수했다고 했다. 각국이 정리된 후, 아빠는 왕이 되어 첫 일정에 나섰는데, 그게 바로…….
"옛 고원 회합입니다. 각국의 왕들이 모여 대륙의 내일을 의논하는 회합이지요."
왕들은 네리아드의 어둠에 먹혀 죽은 자들이나, 신전에 의해 죽은 자들, 신지의 신전을 파괴한 일로 목숨을 잃은 영혼을 위로하기 위한 제를 지내기로 했다.
한날한시에 이뤄진, 유례없는 엄청난 하늘제였다.
"어느 신에게 영혼을 위로해 달라고 빈 건데? 네리아드는 아닐 것 아냐."

내가 묻자 사람들이 씩 웃었다.

"그야 당연히……."

픽, 실소를 흘린 앙리가 이샤크와 시선을 맞췄다.

"그래, 당연히!"

"세르가 신이지."

마지막 대답은 요한이었다.

'그럼 설마……!'

내가 아드리안을 쳐다보자 그가 고개를 끄덕였다.

"하늘제 덕분에 세르가 님이 통로를 넘어와 평행세계에 있던 너와 나를 만날 수 있었던 거야."

나는 두 손으로 입을 틀어막았다.

'그랬구나. 그래서 세르가 님이 그만한 힘을 행사할 수 있었던 거야.'

하늘제로 인해 사람들의 믿음이 세르가 신에게 모여서 힘을 회복했기 때문에.

아빠는 말했다.

"하늘제가 끝나갈 무렵, 일식이 있었다. 세상이 온통 어둠에 휩싸였을 때 빛무리가 몰려들었지. 그리고 사람들이 빛무리 속에서 나타나기 시작했어."

"사람들이요?"

"정확히 말하면 〈어떤 시점〉 이후로 네리아드의 어둠에 의해 죽은 자들, 혹은 신전이 마물과 섞어 만든 '마수'에 의해 죽은 자들."

"신수를 이제 마수라고 부르나요?"

"그래."

"신의 개입으로 인해 죽은 자들이 살아난 것이군요……. 그런데 대체 〈어떤 시점〉인가요?"

아드리안이 말했다.

"언제일 것 같아?"

그걸 왜 나한테 묻지? 내가 알고 있는 것도 아닌…… 설마.

"……내가 네 살일 때?"

"그래."

내 회귀가 시작되는 지점이 네 살이다.

'내 이능을 바쳐 이룬 소원이기 때문인 거야.'

"아! 그런데 엄마와 레이나는 마수에 의해 죽은 게 아니잖아요. 그런데 어떻게……?"

"신전의 신수화, 아니, 마수화 계획은 우리 생각보다 더 오래되었더구나. 추기경 바울과 성기사였던 베네딕트는 나와 레이나를 죽이기 이전부터 마물의 피와 살을 주입했던 모양이야."

나는 고개를 끄덕였다.

'아아, 그래서 베네딕트가 몬스터에 의해 그만한 상처를 입고도 움직일 수 있었던 거야.'

엄마는 빙그레 미소 지었다.

"정확히 말하면 나는 내가 만든 폭발에 의해 죽은 것이니, 레이나만이 살아났어야 했지만."

"그럼……."

"아마 세르가 신께서 내게 새 삶을 주신 건 누군가를 몹시 사랑하셨기 때문이 아닐까."

"……."

"당신을 구원하신 작은 아이를 말이야."

'나를.'

……세르가 님.

나는 입술을 꽉 깨물었다.

"세르가 님은 어떻게 되었어요? 그럼 이제 세르가교가 생기는 건가요? 듀블레드의 국교는 역시 세르가교고요?"

"……."

"……."

"……."

가족들은 말이 없었다. 의장과 세리아를 비롯한 나의 사람들마저 쉬이 대답하지 못하고, 침묵했다. 나는 불안한 표정으로 사람들을 쳐다봤다.

"어떻게 된 건데, 응? 아드리안!"

"영면에 드셨어."

"……뭐라고?"

"신이라고 해도, 악마들의 힘까지 쓰였다고 해도 그만한 〈소원〉을 쉬이 이뤄 주진 못하셨을 테니까. 아마도……."

나는 벌떡 몸을 일으켰다. 아드리안이 얼른 나를 붙잡았다.

"네 소원을 이뤄 주셨을 때의 세르가 님을 떠올려 봐."

"……."

"그분의 표정에 한 점 아쉬움이 있었어?"

"……아니."

"세상을 창조하신 분이야. 이러한 미래를 예견하지 못했을 리 없어."

"……."

"그러니까 르블레인, 영면에 드신 것까지가 그분께서 안배하신 미래라는 거야."

고대에서 어린 르블레인과 세르가 신이 나눈 대화가 떠올랐다.

내 손을 잡은 채 강 건너를 바라보며 그는 말했다.

[세르가 님의 꿈은 뭐예요?]

[꿈?]

[오빠는 아이들이 굶주리지 않는 세상을 꿈꾼대요. 저는 이렇게 큰 케이크를 혼자서 다 먹는 게 꿈이에요.]

쿡쿡 웃은 그가 내 뺨을 손끝으로 가볍게 문질렀다.

[신이 없는 세상.]

[신이 없는 세상?]

[신이 없어도 나의 피조물이 스스로 길을 개척할 수 있는 그러한 세상.]

[으으음…….]

[네게는 너무 어려운가.]

[네……. 그치만 세르가 님의 소원이 꼭 이뤄졌으면 좋겠어요. 세르가 님은 아주아주 좋은 신이니까!]

아아, 그랬구나.

"네가 나와 나의 아이들을 구원하였듯, 이번엔 우리가 너를 구원하마."

내가 그를 구원했다는 건 이런 의미였던 거야. 나는 그의 소원을 내 삶으로 말미암아 이뤄 주었으니까.

아드리안이 속삭였다.

"아주 먼 미래에, 네가 르블레인이 아니고, 내가 아드리안이 아닌 삶에서 어쩌면 다시 만나게 될지도 몰라. 진정한 신에겐 소멸이란 것이 없으니까."

"그래."

우리는 양손을 잡은 채로 마주 미소 지었다. 드디어 돌아왔다는 실감이 나서. 신의 소원마저 이뤄진 이 완벽한 세상에 말이다.

햇살이 가득 들어오는 오후, 창밖에서 다정한 바람이 불어왔다. 마치 세르가 신이 우리의 머리를 쓰다듬듯이.

"아, 그런데 악마들은 어떻게 됐……."

내가 문득 생각난 말을 모두 맺기도 전에 가족들이 소리쳤다.

"떨어져!"

"떨어지지 못해!"

"떨어져."

"떨어져라!"

엄마가 야단인 오빠들과 아빠의 사이로 파고들어선 양손으로 그들의 뺨을 밀었다.

"내 딸과 사위에게 소리치지 마라."

"사, 사위? 어머니, 사위라고요?!"

"사위라니요."

"사위……."

"난 허락한 적 없어, 리세트."

엄마와 내가 동시에 쏩, 소리를 내자 아빠와 오빠들이 입을 꾹 다물었다. 엄청나게 불만이 있는 표정이었지만.

엄마가 아드리안의 어깨를 두드리며 생긋 웃었다.

"걱정하지 말려무나. 철수의 나라엔 그런 말이 있다더구나. 사위 사랑은 장모라고. 난 아주 좋은 말이라고 생각해."
"영광입니다."
"물론 내 딸에게 잘하는 사위에 한해서."
"……예?"
짝, 손뼉을 친 엄마가 해맑게 웃었다.
"듀블레드에 온 걸 환영한다."
어쩐지 무시무시한 미소였다. 나는 아드리안에게 속삭였다.
"몰랐지? 듀블레드 최종 보스는 엄마야……."
"……역시 평행세계가 좋았을까?"
"참, 평행세계는 어떻게 된 거야?"
"통합되었지. 내가 이능을 잃었으니까."
나는 소리쳤다.
"그럼 너도 평범한 인간이 된 거야?"
"이런 나라도 괜찮겠어?"
나는 빙그레 웃는 아드리안을 보며 으으, 신음했다. 그리고 얼마 뒤 아드리안을 꽉 끌어안았다.
"평범한 삶, 평범한 애인 최고!"
드디어 손에 넣었다. 회귀하지 않는 평범한 삶을.
"떨어지라니까!"
"아직 결혼하지 않았잖아, 르블레인."
"막내야."
"떨어져."
엄마는 아빠와 오빠들에게 또 한 번 소리쳤다.
"시끄러워. 우리 딸이 돌아왔으니까 이제 계승식 준비를 해야지. 자자, 아이들은 재회의 기쁨을 나누도록 두고 움직입시다!"

우리는 몰랐다. 이 평화 뒤에 올 소란을.

그러니까 이후 시작될 지옥의 청혼 릴레이를 말이다.

*　*　*

내가 돌아왔다는 소식이 퍼진 후 각국에서 초청이 오고, 신하들의 연회 요청이 있었지만 나는 휴식에 돌입했다. 교황과의 전쟁이 끝난 후 통로까지 넘어온 탓에 피로가 상당히 축적되어 있었기 때문이었다.

따뜻한 물이 가득 든 욕조에 거품을 풀고 들어간 나는 해롱해롱한 표정으로 신음했다.

"으아아……."

잔뜩 긴장해 있던 근육이 따뜻한 물에 나른하게 풀리고, 욕조에 푼 가루비누와 주변에 있는 향초에선 좋은 향기가 나며, 하녀들이 물려 준 얼음이 가득 든 레모네이드는 새콤달콤하다.

'천국. 천국이다.'

입매가 완전히 풀려 버린 나를 보고 하녀들은 쿡쿡 웃었다.

"마사지를 시작할까요?"

"부탁해……."

린다와 달리아는 얼마나 손이 야무진지 그들의 손이 닿는 곳의 근육이 녹는 듯했다.

"시원해……."

내 머리카락에 향유를 발라 두피를 마사지하던 유니가 잠시 손을 멈추고 말했다.

"간식은 어떠신가요?"

"좋지……."

하녀들이 아름다운 크리스탈 그릇에 탱글탱글한 젤리를 담아 왔다. 안에 청포도와 복숭아, 설탕에 졸인 체리가 들어 있는 젤리는 입에 넣자마자 사르르 녹아들었다. 내가 달칵달칵 스푼을 움직이며 젤리를 먹는 동안, 소문 특화형 하녀인 로라가 각국의 재미난 이야기를 해 주었다.

"가홍의 재상인 황견익은 3년 전에 가홍 왕에 의해 권좌에서 밀려났는데요. 그 아들인 황현은 개 버릇 남 못 주는 쓰레…… 짐승 같은 남자예요."

"알아. 황현."

"예, 그 황현은 제 아비가 밀려난 뒤에도 호시탐탐 권력을 노렸거든요. 그 방법이 타국의 권력가 여인을 꼬드기는 것이었답니다. 온갖 기행으로 웰트란트의 백작 부인을 꼬드겼는데, 글쎄 알고 보니까 그 백작 부인이 결혼사기꾼이었던 것이에요!"

주변에서 "헉", "허억!" 숨 들이켜는 소리가 들려왔다.

"황현도 남몰래 첩을 끼고 있었는데 알고 보니까 그 첩이 백작 부인의 사람!"

헉.

"그 첩은 또 알고 보니까 남자였던 것이고……!"

헉.

"그 첩의 남색가 기둥서방이 사실 알고 보니까 제 시종이었고……!"

허억!

"황현은 알고 보니까 황견익의 애첩이 어느 무사의 자식을 황견익의 아들이라고 속였던 것이에요……!"

허어어억―!

남의 집 막장 이야기는 왜 이다지도 재미있단 말인가!

"그리고 말이에요. 위그젠트라 제국의 황태후가 사랑에 빠졌답니다. 그것도 짝사랑 말이에요."

"뭐라고?! 황제가 그걸 그냥 뒀단 말이야?"

"황태후는 지난 신과의 전쟁으로 데글리드 대녀와 카밀라 대부인에게 완전히 밀려서 뒷방 신세였거든요. 덕분에 숨길 수 있었던 거죠."

"황태후는 정말로 힘이 넘치는구나. 그냥 연애도 아니고 짝사랑이라니. 상대가 누군데?"

"그게 말이에요. 상대는 바로……!"

"바, 바로?"

나는 침을 꼴깍꼴깍 삼키며 유니의 이야기를 경청했다.

유니가 슥, 주변을 훑어보고는 목소리를 낮추었다.

"우리나라의 누아노크 후작."

"뭐어―?!!"

의장 말이야?

욕실이 뒤집혔다. 하녀들 모두가 손을 멈추고 입을 떡 벌렸다. 유니는 근엄한 표정으로 고개를 끄덕였다.

"3년 전, 네리아드의 어둠이 제도를 덮쳤을 때 황족들이 황궁에서 도망쳤거든요. 그 당시 누아노크 후작이 황태후를 구해 줬나 봐요."

"그, 그래서?"

"그 후로 3년. 매주 끊임없이 누아노크 후작저로 사랑의 시가 적힌 황태후의 편지가 온답니다."

'재, 재밌어……!'

호사스런 목욕 시중을 받으며 듣는 자극적인 이야기는 너무 재밌어!

목욕을 마치고 몸과 머리를 뽀송뽀송 말린 난 편한 옷을 입고 소파에 늘어지듯 앉았다. 하녀들은 양쪽에서 내 손을 붙잡고 샥샥 손톱을 갈아 주었는데, 한 명은 등 뒤에서 포도를 입에 쏙쏙 넣어 주었다.

'아아, 평화롭다. 행복해…….'

흐물흐물한 얼굴로 호사를 즐기던 찰나, 노크 소리가 들렸다.

"레이나입니다."

"들어와."

레이나가 하녀들과 함께 들어왔다. 그녀는 흰색 바탕에 푸른색과 금색이 섞인 드레스를 입고 있었는데, 어깨에 찬 띠엔 기묘한 문양이 새겨져 있었다. 내가 그녀들의 띠를 빤히 바라보자 레이나가 말했다.

"아스타꽃입니다. 줄기는 금사로 수놓았고, 꽃은 자색 염료에 물들인 실을 사용했지요. 왕비궁의 문양이랍니다."

"아아, 엄마의……. 그런데 왜 내 하녀들은 여전히 듀블레드의 하녀 복장을 하고 있어?"

묻자 달리아와 유니, 린다가 빙그레 웃으며 시선을 교환했다. 그리고 나를 바라보며 말했다.

"돌아오신 주인께서 저희에게 문양과 옷을 함께 내려 주시길 기다렸습니다."

나는 조금 뭉클해져서 하녀들을 바라보았다. 그러니까 저들은 내가 돌아오기를 바라며 기도를 하듯 매일 같이 낡은 하녀복을 입고 있었던 것이다.

"좋아. 그럼 문양부터 생각해야겠네."

레이나가 웃으며 말했다.

"색상도요. 궁마다 외부인들이 알아보기 쉽도록 색을 나누었거든요. 왕비궁의 색은 왕비님의 머리칼과 같은 금색과 왕자, 왕녀님들의 눈과 같은 푸른색을 사용했지요."
"아빠는 빠진 거야……?"
"그렇지 않아도 폐하께서 같은 말씀을 하셨답니다."
방 안에 까르륵, 맑은 웃음소리가 울려 퍼졌다.
나는 내친김에 문양을 생각하기 위해 테이블로 이동했다. 레이나의 용건도 문양이었는지, 미리 가져온 양피지를 테이블에 내려놓았다.
나는 만년필을 쥔 채로 레이나에게 물었다.
"저기, 내가 문양을 정하면 앞으로 듀블레드 왕실의 왕녀들은 모두 이 문양을 사용하는 거지?"
"그렇습니다."
"으아아, 책임이 너무 막중해."
나는 만년필의 끝을 문 채로 생각에 잠겼다.
'내 사람인 것을 알 수 있게 하는 문양이라…….'
고민하던 난 턱을 괸 채로 픽 웃어 버렸다.
'그럼 역시 이것뿐이잖아.'
— 생각하며.

* * *

저녁엔 만찬이 있었다.
내가 돌아왔음을 알리는 대규모의 연회는 아니고, 조촐하게 가족들과 몇몇을 초청한 만찬이었다.
엄마는 내가 보고 싶어 했을 사람들을 성에 초대했다. 호프 상단의 사람들과 나의 기사들, 그리고 친구인 에뮬린과 트리였다. 에뮬린과 트리는 나보다 한발 먼저 만찬장에 있었는데, 에뮬린이 날 보자마자 벌떡 일어났다.

"너, 너……!"

날 향해 삿대질하는 에뮬린을 보고 나는 흠칫, 어깨를 좁혔다.

"너, 이리 와! 이 망할 계집애—!"

에뮬린이 빽, 소리치자마자 트리가 엉엉 울며 그녀의 허리를 끌어안았다.

"허어엉, 안 돼. 이제 왕녀님이란 말이야. 엉엉!"

"이거 놔! 왕녀인지 뭔지, 아주 죽여 버릴 거야! 사람을 이렇게 걱정시켜! 삼 년 동안 제대로 잔 날이 없다고!"

"어허허헝!"

아빠와 오빠들, 그리고 엄마는 싫은 내색 없이 내게 달려드는 에뮬린과 그런 에뮬린을 뜯어말리는 트리를 웃으며 바라보았다. 깍지 낀 손으로 뒷머리를 받친 이샤크가 "음." 하며 말했다.

"한번 제대로 혼나야지. 가만히 두지 마, 남작."

에뮬린에게서 부리나케 도망치던 난 우뚝, 멈추었다.

"남작?"

트리가 훌쩍훌쩍 울며 말했다.

"모하스의 공주였던 줄리에트 님이 너희 나라로 망명했어. 그러면서 백작 위를 받았는데, 에뮬린이 줄리에트 님의 첫 번째 가신이야."

내가 멈춰 있던 바람에 달려들던 에뮬린이 내 등에 부딪혔다. 그녀가 코를 잡고는 "뭐, 뭐야!" 소리쳤다. 나는 와! 함성을 내지르며 양팔을 번쩍 들었다.

"귀족이야, 에뮬린! 네가 원하던 귀족 말이야!"

"……그래. 내 힘으로 귀족이 되었어. 아버지 자식이어서가 아니라."

"너무 멋지다!"

"왕녀인 데다가 결혼하면 공작님이 되실 분이 남작 따위인 내게 멋지다고 하는 건 빈정거리는 거지, 그치?"

나는 에뮬린이 날 노려보거나 말거나 그녀를 꽉 끌어안았다.

"스스로의 힘으로 꿈을 이뤘구나."

"내 꿈은 이제 귀족이 되는 게 아냐."

"그럼?"

"권력가의 앞잡이지. 백작님을 하늘을 나는 새도 떨어뜨릴 권력자로 만들어서 앞잡이가 될 거야."

"왜 네가 권력자가 안 되고?"

"책임은 지기 싫으니까. 난 권력만 휘두르고 싶어."

나는 손가락으로 딱, 소리를 내며 에뮬린을 가리켰다.

"듀블레드에 어울리는 비열함이야. 우리나라에 온 걸 환영해."

아빠는 헛웃음을 흘렸다.

"감히 내 앞에서 부정한 권력을 휘두르겠다고 선언이라. 간이 배 밖으로 나왔군."

"제 친구인걸요. 그리고 부정한 권력일지는 가 봐야 아는 거고요."

나는 킥킥 웃으며 에뮬린을 끌고 자리에 앉았다. 맞은 편에 누아노크 자작, 아니, 후작이 앉아 있었다.

"후작이 되었다면서?"

"예. 더불어 이번에도 왕녀님의 보좌단 대표 자리를 노리고 있습니다."

"일단 서류부터 넣어 봐. 난 이제 아기님이 아니라 왕녀님이라서 인맥 같은 거로 그냥 낙점시켜 주지 않는다고."

"이런. 아쉽습니다."

"그나저나 호호백발로도 사랑받는다던데? 무려 제국의 황태후에게."

그러자 만찬장에서 와하하! 웃음이 터졌다. 의자 옆에 앉아 있던 세리아가 입을 틀어막고 끅끅, 숨이 넘어갔다. 의장이 마뜩잖은 눈빛으로 세리아를 쳐다봤다.
"그만하지."
"하지만 아버님, 제국의 황태후가 제 시어머니가 될지도 모른다니. 너무 기대되고 흥분되어서 그만……."
나는 움찔했다.
"아버님? 시어머니?"
그러자 세리아가 수줍은 표정으로 왼손을 들었다. 그녀의 약지에 반지가 끼워져 있었다.
의장은 한숨을 푹 내쉬었다.
"세리아가 제 아들과 눈이 맞을 줄이야 누가 알았겠습니까."
"어?!"
그때, 만찬장의 문이 열리며 푸근한 인상의 사내가 들어왔다.
"마차 사고, 신전이 낸 것이었거든요. 제게서 스피넬의 매립지를 알아내기 위해서 말입니다."
어쩐지, 어쩐지! 난데없는 마차 사고가 이상하더라니.
"세상에……. 루이 누아노크야."
"덕분에 새 삶을 얻었습니다. 이 감사한 마음은 충심으로 보답하겠습니다, 왕녀님."
의장이 의자에서 일어나 내 앞에 무릎을 굽혔다.
"아들을 다시 보게 해 주신다는 약조, 결국 이뤄 주셨습니다."
"……꿈 같은 세상이다. 그치?"
나는 웃어 버렸고, 만찬장엔 온기가 감돌았다.
'그나저나 의장과 세리아가 시부, 며느리 관계가 되다니.'

고양이와 쥐처럼 아웅다웅하던 사람들인데, 저들의 가정 너무 재미있겠다!

나는 양손으로 입가를 가리고 히죽히죽 웃었다.

그런데…….

쾅―!!

밖에서 웬 굉음이 들려왔다. 나는 깜짝 놀라 창가를 바라봤다.

만찬장의 사람들은 골치 아프다는 듯 인상을 찌푸리고 있었다.

"뭐예요, 이 소리?"

"……악마다."

"네?"

아빠의 말에 나는 인상을 찌푸렸다.

앙리가 말했다.

"네리아드가 죽었고, 세르가 신이 네 소원을 이뤄 주기 위해 〈인과의 기둥〉을 거두는 것으로 부족한 힘을 충당했지. 그래서 악마들이 모두 풀려나게 된 거다."

"그럼 저건……."

"우리 영토에서 저 소란을 피우는 건 61번째인 자간이다."

"그럼 어떻게 하죠? 저는 더 이상 악마를 굴복시킬 힘이 없어요."

"걱정하지 마. 수호대가 있거든."

"수호대?"

묻는 순간, 창밖이 번쩍 빛나며 우렛소리가 들려왔다.

"귀찮게 굴고 있어, 이게!"

그리고 검은 안개가 주변을 삼키며 나타난 건.

"좀처럼 쉬지를 못하게 하는구나."

푸르와 부네였다.

"나를 가둬 둔 세르가의 권속을 소멸시켜 복수를 이루겠노 — 퀙!"
악마 자간이 소리치기 무섭게 푸르의 낙뢰가 떨어졌다.
"미친놈 아냐, 이거."
푸르가 헛웃음을 내뱉자 부네가 "음." 하며 고개를 끄덕였다.
자간이 씩씩거리며 말했다.
"너희는 나와 같은 악마가 아니냐. 어째서 인간의 편을 드는 것이야."
"인간과 악마의 다른 점이 뭔데?"
푸르가 어처구니없는 표정으로 묻자 자간이 움찔했다.
"그야 강대한 힘이라든지, 세월에 구애받지 않는 삶이라든지…… 우리는 영원을 살 수 있으니까 서로 도와서……!"
부네가 무감한 표정으로 자간을 바라보았다.
"우리를 영원히 살게 한 것은 기둥이다. 그러니 〈서약〉은 우리의 족쇄인 동시에 보호구였던 것이다. 떠올려라, 자간. 고대에 있을 적엔 아가레스에 의해 사멸되지 않아도 영면에 든 선각자들이 있지 않았더냐."
"뭐?"
"〈서약〉에서 벗어난 우리는 영생을 살 수 있으나, 특별한 조건이 갖춰지면 사멸 없이도 죽을 수 있지."
"뭐, 뭐, 뭐?!"
푸르가 듀블레드성의 탑에 걸린 무언가를 엄지 끝으로 가리켰다.
"너와 같은 이유로 듀블레드를 침략했던 놈들이 두고 간 것이다."
"그럼 저것들이……."
"그들이 '어디'로 갔는지는 굳이 말해 주지 않겠어. 그곳이 저승일지, 이승일지는 네놈 스스로 생각해 보라고."
"……!"
"부네!"

푸르가 소리치자 부네가 눈을 감았다. 검디검은 안개 속에서 어마어마한 숫자의 유령 군사들이 튀어나왔다.

자간이 마른침을 삼켰다. 불안한 표정으로 주변을 살피던 그가 "에잇!" 하고 소리쳤다.

"오늘은 때가 아닌 듯하니, 이만 돌아가마!"

그러더니 쉭, 사라져 버렸다.

나는 창가에 딱 달라붙어 눈을 깜빡였다. 푸르와 부네는 일이 일단락되었다는 듯 고개를 돌리다가 나를 발견하고 소리쳤다.

"너, 너어-!"

"아가야……."

그들이 단번에 이동하여 만찬장 안으로 들어왔다. 나를 새초롬히 노려보던 푸르가 말했다.

"이 나쁜 계집애. 통로 하나 넘어오는 데 3년이 걸리다니! 얼마나 기다렸는지 아냔 말이야!"

"보고 싶었단다."

나는 울먹이는 둘을 멍하니 바라보다가 중얼거렸다.

"방금……."

"뭐?"

"음?"

"방금…… 부네가 똑똑해 보였어!"

"아가야……."

부네가 시무룩해지고, 푸르가 픽 웃었다.

"똑똑하긴. 스토라스와 파이몬이 알아낸 내용을 똑같이 말한 것뿐인데."

나는 킥킥 웃고 두 사람을 끌어안았다.

"아, 그런데 다른 악마들은 어떻게 되었어?"

"바알은 저 자간처럼 서약에서 풀려나 천방지축이 되어 버린 악마들을 감시하기 위해 여행 중이고, 스토라스는 마계에 있지. 가끔 듀블레드를 보러 와. 파이몬은 웨인스에 있다. 선각자였던 시절에 그의 성이 웨인스에 있기도 하고, 지금은 웨인스 수인들의 음악이 마음에 드는 모양이야."

푸르의 말에 나는 고개를 끄덕였다.

"마계에 남은 악마들도 있어?"

"대부분이 마계에 남았단다. 영토를 지키기 위해."

푸르가 덧붙여 설명했다.

"우리가 〈서약〉에 갇혀 있는 동안, 누릴 수 있는 즐거움은 땅따먹기뿐이었거든. 악마 간의 전쟁은 스포츠 같은 것이라."

그러며 "우린 안 죽잖아." 하며 어깨를 으쓱였다.

"지금은 죽을 수도 있다며."

"조건이 갖춰졌을 때. 하지만 여전히 마계 안에선 완전한 죽음을 맞지 않지. 아마 저들이 마계에 남은 가장 큰 이유가 그것일 테고. 죽는 게 무서워서."

"악마들도 무서운 게 있구나……."

"당연하지. 우린 죽으면 인간처럼 환생하지 않는다고. 완전한 허무가 된단 말이야. 어쨌든!"

나를 노려보던 푸르가 내 목을 끌어안았다.

"다시 만나서 반가워. 흰머리 꼬맹이."

"흰머리 꼬맹이."

"푸르가 또 놀린다! 세르가 님!"

"쉿, 쉿!"

그건 고대에서의 별명이었다.

'그렇구나. 서약에서 풀려나서 기억을 되찾은 거야.'

나는 가늘게 떠는 푸르의 등을 쓰다듬었다. 등 뒤에서 엄마의 목소리가 들려왔다.

"만나서 다행이네. 푸르."

"……리세트."

"네가 그리도 그리워했던, 얼굴이 기억나지 않는 흰머리의 꼬맹이를 말이야."

"그리워하긴 무슨! 네 엄마 말은 다 거짓말이야. 알겠어?"

나는 "흐응." 신음하며 히죽 웃었다.

"고대에선 그렇게 괴롭히더니 사실은 내가 엄청 좋았던 거구나, 푸르."

"아, 아니야!"

그때였다.

"새침부끄―!"

철수의 목소리가 들려왔다.

'어?'

듀블레드의 행정관 복장을 한 철수가 푸르를 가리키며 소리치고 있었다.

'새침부끄는 뭐야? 철수가 왜 행정관 예복을 입은 거고?'

내가 어떻게 된 거냐는 듯 가족들을 돌아보니 부네가 말했다.

"철수는 이제 나의 권속이란다."

"참. 철수는 다른 악마들이 부네에게 떠민 영혼이었지."

"떠밀…… 주인님!"

철수는 자신 같은 인재에게 떠민다는 말은 어울리지 않는다며 법석을 떨었다.

"저는 말입니다. 주인님이 없는 동안에 엄청난 승진을 한 일류 행정관이라고요."

그러더니 감격에 겨운 듯 양 주먹을 불끈 쥐곤 바르르 떤다.

"방구석 폐인이던 내가 공무원……! 지옥 같은 공시 준비 없이 공짜로 공무원이……!"

뭐가 뭔진 몰라도 엄청나게 기쁜 모양이라 나는 떨떠름한 표정으로 말했다.

"뭐, 응, 잘됐네……."

철수는 문화과에서 일한다고 했다. 이름도 제가 지었다며 스스로를 대견하게 여겼다.

"문화과라는 건 말입니다. 제가 알고 있는 이계의 문화의 장점을 이 나라에 접목시키는 건데, 참, 저는 개발과에서도 일하고 있거든요. 제 첫 작품이 바로 버블티인데 이게 아주 불티나게 팔립니다. 버블티를 먹으러 관광객이 얼마나 오는지……!"

"왜 식품이야? 더 대단한 게 있지 않아?"

"그렇긴 합니다만……."

이샤크가 말했다.

"우리도 자리를 주면서 다른 걸 기대했지. 그런데, 못 만들어."

"응?"

"그런 기계가 있다는 얘기만 하고 어떻게 만드는지는 모른단 말이야. 저 입만 산 놈 때문에 베로니카와 웨일이 고생이라고."

만찬 테이블 한 편에서 와구 와구 음식을 흡입하고 있던 웨일이 손을 번쩍 들었다.

"제가 개발국의 부국장입니다."

"웨일도 망명했어?"

"이민이죠. 저는 박해받을 게 없으니까요. 착하게 살았다 이 말입니다."

"그래, 넌 이상한 데에서 도덕적이니까……."

"아버지와 트리곤도 함께 이주했습니다. 그들도 꼭 아가씨, 아니, 왕녀님을 만나고 싶다고―"

웨일과 대화를 나누는 동안, 철수는 명함도 만들어 봤다며 주머니에서 명함을 꺼내다가 또 감격해선 부르르 떨었다. 취업이 엄청나게 기쁜 모양이다.

나는 고개를 갸웃했다.

"나는 이제 신의 권속으로서의 힘을 잃었는데 악마들은 어디에서 힘을 받아서 쓰는 거야?"

부네가 말했다.

"우리 개인의 힘으로. 때론 인간의 힘을 빌리면서 말이지."

"인간의 힘?"

"신전 말이다. 우리가 인간을 위해 힘을 쓰면 인간들은 믿음으로 보답해 주지."

"아아, 그래서 신전이 있었구나."

푸르는 어흠, 하며 어깨를 쫙 폈다.

"이제 어떤 악마도 우리보다 강하진 못할걸. 아가레스가 살아 돌아와도 우릴 못 이긴다고. 믿음을 이만큼이나 받아서 강해진 우리를 제깟 게 어떻게 이기겠어."

"하지만 바알보단 못하지."

"바알은 이 나라뿐만이 아니라 세계를 돌아다니니 어쩔 수 없잖아!"

분해서 발을 구르는 푸르를 보고 사람들은 웃어 버렸다.

이들에게 여전히 내 곁에 있어 줘서 고맙다는 말은 하지 않았다. 우리는 아주 오랫동안 함께할 것이니, 저들에게 보답할 순간은 언제가 되었든 올 테니까.

'아, 행복하다.'

너무. 너무 너무요, 세르가 님.

* * *

그 후로도 며칠 한갓진 날이 이어졌다. 나는 가족들과 산책하거나, 동료들과 함께 밥을 먹고 차를 마시는 등 즐겁게 지냈다. 걱정 없이 잠들고, 걱정하지 않고 잠에서 깨는 삶은 얼마나 완벽한지. 어제도 에뮬린, 트리, 부네, 푸르와 놀다가 별생각 없이 밤늦게 잠이 들었다.

"……녀님."

"……."

"왕녀님!"

부르는 목소리에 나는 눈을 비비며 눈을 떴다.

"아침…… 안 먹어도 돼……."

"아침이 아니라 점심때가 다 되었어요. 아니, 그게 문제가 아니라 ─!"

유니와 달리아가 양옆에서 호들갑을 떨었다. 나는 끙, 신음하며 몸을 일으켰다.

"뭔데 그래……?"

"성에 목숨 아까운 줄 모르는 것들이, 아니, 적이, 아니아니, 손님이……!"

"손님?"

"네, 손님들이 잔뜩 왔어요!"

무슨 손님? 당분간 타국의 사람들을 초청하지 않겠다고 했는데?

나는 부스스 일어나 대충 씻고, 옷을 갈아입은 후 방을 나섰다.

우리나라의 왕궁은 듀블레드성을 개조한 것이다. 현재 주변 터를 비우고 궁을 건설 중이긴 하지만, 마무리가 끝나지 않아서 난 여전히 내 방에서 지내고 있었다. 그래서 계단을 내려가기만 하면 중정이 나오는데, 중정에선…….

"제국에서 허가는 받고 오셨습니까?"

"너야말로."

"너라니요. 저도 이제 가홍의 귀족입니다."

"그래, 오디스의 인맥으로 꿰찬 자리가 얼마나 가는지 지켜보지."

로카르 대공의 아들 리오넬과 헤이턴 발루아가 있었다.

"……너희 여기서 뭐 해?"

서로를 노려보던 남자들이 내 목소리를 듣고 황급히 고개를 돌렸다.

"르블레인."

"……르블레인."

나는 기가 막힌 얼굴로 두 사람을 쳐다봤다.

"손님을 초청하지 않겠다고 했을 텐데?"

헤이턴이 말했다.

"손님으로 온 게 아냐."

"손님이 아니면 뭔 ─"

그때, 리오넬이 엄청나게 커다란 꽃다발을 내밀며 소리쳤다.

"위그젠트라 제국 로카르 대공가의 1남 리오넬 카밀라 L 로카르가 듀블레드 왕국의 왕녀 르블레인 리세트 듀블레드에게 정식으로 청혼

합니다."

……예?

내가 잠깐 굳어 있는 틈에 헤이턴도 붉은 장미로 만든 꽃다발을 내밀었다.

"가홍국 신가의 당주 헤이턴 신입니다, 왕녀. 혼인해 주십시오."

헤이턴의 말이 끝나기 무섭게 중정 밖에서 부우우우―! 나팔이 울었다.

"르블레인, 르블레인!"

그리고 파이몬과 함께 들어온 이스트가 샛노란 튤립이 엮인 화관을 내게 내밀었다.

"웨인스의 왕세자 이스트 로겐 레스트람 웨인스야. 나랑 결혼해 줘."

그리고.

"내가 한발 늦은 모양이네."

아타르 부족 연합의 예복을 갖춰 입은 자들을 이끌고 온 진이 들꽃으로 만든 꽃다발을 내밀었다.

"위대한 아타르의 연합장의 장손 진이오, 왕녀."

"……아, 진짜 하지 마."

진이 싱긋, 웃으며 말을 이었다.

"나와 결혼하여 함께 대륙의 내일을 꿈꿔 주시오."

그 후에도 우당탕, 손님이 이어졌다. 얼굴도 모르는 사람, 이름만 겨우 아는 사람, '왜 이놈까지!' 생각할 만큼 기가 막힌 사람.

……거기에 악마까지.

스토라스가 인간들을 밀치고 맨 앞에 나와 밭은 숨을 몰아쉬었다.

"아무리 해도 포기가 안 돼."

"왜 이래!"

"네가 날 좋아하지 않는 걸 알아. 네 마음에 누가 있는지도 알아."
"그 입 닥치세요."
"그래도 나는 너야. 상처받을지언정 네 곁에서 받겠어."
"아, 제발!"
"내 손을 잡아, 르블레인."
그리고, 가장 나중에 나타난 건.
중정을 가득 채운 저들 뒤에서 홀로 들어와 나를 바라보고 있는 사람은…….
그는 말없이 나를 바라봤다. 저 사내들을 헤집고 내게 오지도, 인상을 찌푸리지도 않고.
도리어 내가 미간을 좁혔다.
"왜 아무런 말이 없어?"
"……."
"아드리안."
내 말에 사람들의 시선이 문가에 있는 아드리안에게 향했다. 불청객들은 나와 아드리안을 번갈아 바라보았고, 얼마 지나지 않아 그들 중 가장 눈치가 부족한 이스트가 말했다.
"아드리안은 반갑지만, 내 화환을 받아 주는 게 우선이잖아. 난 네가 좋아, 르블레인. 나의 아내가 되어 줘."
이스트가 말하자, 다른 사람들도 아우성이었다.
"내가 널 얼마나 오랫동안 지켜봐 왔는지 알잖아."
헤이턴도,
"이번만큼은 내게 기회를 줘."
스토라스도,
"너와 내가 손을 잡으면 이 대륙을 품을 수 있어."

"네가 원한다면 난 대공가의 후계자 대신 데릴사위라도 될 거라고!"

진과 리오넬도 모두 내게 꽃다발을 내밀었지만, 아드리안만은 그저 날 바라볼 뿐이었다.

나는 왜인지 심술이 났다.

'왜인지? 아니, 나는 내가 심술이 난 이유를 알고 있어.'

솔직해지자. 난 이제 아드리안이 그 어떤 이유로도 날 포기하는 것이 보기 싫다. 그게 설령 나를 위한다는 이유라도.

'저 머릿속에서 무슨 생각을 하는지야 뻔하지.'

그는 제국 황제의 유일무이한 자식. 후계 위에서 안드레가 완전히 제외된 지금이라면 황위 계승을 할 것이 당연해진 사람이다.

그리고 나는 황제와 제국민들에게 "제국에서 살고 싶지 않다."라고 한 사람이었다. 그와 결혼하게 되면 당연히 제국으로 건너가게 될 터.

내가 얼마나 듀블레드를 사랑하는지 아는 그로서는 선뜻 내 고향을 버리게 할 수 없었던 것이다.

나는 아드리안을 노려보았다.

"해삼보다 의지가 흐물흐물한 남자야, 너는!"

내가 빽 소리친 찰나, 신하들로부터 소식을 들은 모양인지 가족들이 잔뜩 성이 난 멧돼지처럼 달려오다가 멈칫했다.

"르블레인?"

"꼬, 꼬맹아."

가족들 앞에서 이렇게 화를 낸 건 손에 꼽을 정도라 모두가 당황했다.

나는 씩씩거리며 등을 돌렸다. 이제까지 나를 마냥 바라보고만 있던 아드리안의 목소리가 등 뒤로 따라붙었다.

"그럼 어떻게 해야 해?"

"……뭐?"

고개를 돌리니 아드리안의 눈빛이 흐려진 것이 보였다.

"넌 이곳에서 더 행복할 거야. 네게 청혼한 자들은 모두 스페어가 있는 사람들이고. 이곳에서 너와 함께 있을 수 있어."

"그래서? 넌 스페어가 없으니 내가 청혼을 받아들이면 듀블레드를 영영 떠나야 한다는 말이야?"

"……그래."

나는 매섭게 아드리안을 노려봤다.

"겁쟁이! 멍청이! 바보! 이 @#$@#한 @#%@!"

이어 쌍욕이 나오자 다들 흠칫했다. 엄마만이 한 손으로 뺨을 감싼 채로 "저런 면은 날 닮았구나." 하고 중얼거렸다.

나는 가시 돋친 목소리로 말했다.

"잘됐어. 너 같은 겁쟁이의 청혼 따위 받아들일 생각 없으니까."

"르블레－"

"난!"

나는 버럭 소리치며 아드리안을 지그시 노려봤다.

"우리에게 비록 장애물이 있더라도 함께라면 넘을 수 있다고 말해 주는 남자를 원해."

"……."

"날 아프게 하는 배려보다 나와 함께하고 싶은 마음이 더 큰 남자를 원한단 말이야."

다들 고요히 나를 바라보는 와중에 이스트와 리오넬이 눈치 없이 "그게 나야!" 소리쳤다.

나는 두 사람에게 눈길도 주지 않고 아드리안을 쳐다봤다.

"돌아가세요. 황태자가 되실 귀하신 분. 저는 이 듀블레드에 남아 용감한 반려를 기다릴－"

내가 딱딱한 어조로 쏘아붙이던 찰나, 아드리안이 성큼성큼 중정을 걸어왔다. 사내들을 지나쳐 나를 붙잡았다.

나는 '왜. 뭐.' 하는 표정으로 그를 노려봤는데—

"헉!"

"이, 이……!"

"당장 떨어지지 못해!!"

주변에서 고함이 터진 후에야 상황 파악이 됐다.

양손으로 내 얼굴을 붙잡은 그가 입을 맞춰온 것이다. 나는 눈을 동그랗게 뜬 채로 굳어 버렸고, 주변은 야단법석이었다.

엄마는 "어머어머." 하며 발그레한 뺨을 양손으로 감쌌지만, 오빠들은 성이 떠나가라 고함을 내질렀다.

"저, 저 미친……!"

"아드리안 루에르그!"

"떨어져. 르블레인은 나와 결혼한다고 했어."

마지막은 아빠였다.

"왕국군 전군, 전투 준비."

무시무시하게 분노한 아빠의 입을 엄마가 텁, 틀어막을 때까지도 아드리안은 내게 입 맞추고 있었다. 천천히 내게서 떨어진 그가 약간 쉰 듯한 목소리로 말했다.

"너는 날 잘 안다고 생각하겠지만, 착각이야."

"뭐, 뭐라고……?"

당황해서 말을 더듬어 버렸다.

'뭐, 뭐야. 이 박력은.'

시선이 나를 옭아매듯 날카롭고도 진득했다.

그가 속삭였다.

"내가 도망치는 게 아냐. 네게 도망칠 기회를 주는 거지."
마치 소동물에게 자비를 베푸는 포식자처럼.
'엄마야…….'
거울을 보지 않아도 알겠다. 내 뺨은 눈치 없이 붉어졌을 것이다. 나는 마른침을 삼키고 일렁이는 붉은 눈을 쳐다봤다. 나는 헛기침하고 말했다.
"난 도망치지 않아. 그러니까 네가 도망쳐."
아드리안이 나를 빤히 쳐다봤다. 그는 내 말의 의미를 파악하려는 듯 잠시 생각에 잠겼는데, 나는 그런 그를 보고 조금 웃었다.
그리고 주변을 둘러보다가 화병에 꽂혀 있는 제비꽃을 발견했다.
내가 돌아온 이후로 궁인들은 줄곧 제비꽃을 장식했다. 난 화병에서 제비꽃을 한 움큼 집어 들고서 아드리안에게 걸어왔다.
"나라를 버리고 내게 와. 그만큼 행복하게 해 줄게."
"……."
"나는 욕심이 아주 많아서 갖은 고행 끝에 얻은 내 나라와 가족을 두고는 못 떠나겠어. 이기적이어서 미안하지만, 넌 그런 나를 사랑하잖아. 그러니까, 아드리안."
"……."
"듀블레드의 왕녀 르블레인 리세트 듀블레드가 아드리안 루에르그에게 청혼하는 거예요."
아드리안의 눈이 가늘게 떨렸다. 주변이 고요해졌다. 나는 멍하니 제비꽃을 바라보는 아드리안을 향해 미소 지었다.
"이렇게 못된 나라도 괜찮다면, 그렇다면, 아드리안. ……날 받아 줄래?"
"……이지."

“뭐?”
그가 나를 꽉 끌어안았다.
“물론이지.”
조금 떨어져 나와 마주 본 아드리안은 처음 보는 미소를 짓고 있었다. 행복에 겨워 어쩔 줄을 모르는 아주아주 환한 미소를.
내가 선택한 것은 이 남자였다.
악마에 견줄 수 있는 지혜를 가진 용맹한 부족장의 후예도 아니고. 어쩌면 수인족의 역사를 다시 쓰게 될 왕세자도 아니고. 겨우 찾은 아버지와 가문을 두고 내게 오겠다는 용감한 대공의 아들도 아니고. 몇 번의 삶 동안 인연을 쌓은, 내가 변화시킨 야심가도 아니고. 천 년이 넘은 세월 동안 오직 나만을 바라본 대단한 악마도 아닌.
‘그저 이 남자.’
더없이 훌륭한 능력도, 영겁을 이어질 명예도, 이 대륙에서 가장 뛰어난 혈통도, 그 자신조차 나를 위해 버린 이 바보 같은 남자. 그 어떤 것보다 나를 우선해 주는 남자. 사랑한다는 말 한마디가 너무나도 무거워 쉬이 꺼내지 못하는 이 바보를 선택했다.
나는 빙그레 웃으며 말했다.
“걱정하지 마. 평생 재물 걱정, 남들에게 고개 숙일 걱정은 시키지 않을 테니까.”
“내가 일한다는 선택지는 없는 거야?”
“하고 싶어?”
“사교계 암투와 사업을 해 보고 싶긴 했어.”
“좋네. 꿈을 이뤄 봐. 내 곁에서.”
“응.”
그렇게 나는 악랄한 듀블레드의 왕녀님으로서의 시작을 ‘제국에서 황태자를 약탈해 오는 것'으로 했다.

*　*　*

제국을 차치하고서라도 반대가 없었던 건 아니다.
일단 가족들이 난리였다.

"꼬맹이 넌 미성년자야!"

—라는 주장으로 내 결혼을 결사반대했던 것이다.
그 말을 나는 가볍게 막아섰다.

"나 이제 미성년자 아닌데? 내가 떠나고 3년이나 지났잖아."

하지만 적들(결혼을 반대하는 아빠와 오빠들)은 쉬이 물러서지 않았다. 난 든든한 우군(엄마와 고모)의 도움을 받았다.

"여기서 르블레인을 지키기 위해 몇백 년, 혹은 천 년을 넘었을지도 모르는 세월 동안 외로이 홀로 견딘 자만 돌을 던지시오."

엄마의 공격에 다들 입을 딱 다물었다.
사실 가족들은 그 누구라도 내 짝으로 마음에 차지 않았을 것이다. 하지만 그런 희생까지 한 아드리안에겐 반대할 구실이 없었다. 데릴사위까지 되어서 듀블레드에 함께 남을 거라는데 그만큼 괜찮은 신랑감이 또 어디에 있겠는가?

심지어 아드리안은 "제국의 일은 내가 해결할게." 라며 골치 아픈 일까지 도맡았다.

결국 아빠와 오빠들(왜인지 모르겠지만, 외할아버지와 외삼촌까지)이 한데 모여 이틀을 연속으로 술을 퍼마시곤, 눈물을 줄줄 흘린 끝에 허락하고 말았다.

엄마와 고모, 그리고 의장은 술에 취해 머리를 맞대고 울부짖는 오빠들과 아빠, 외가댁 두 분을 보며 고개를 절레 저었다.

아빠는 술에 취해서도 날 보면 아련한 눈빛을 했다. 그때마다 난 슥, 시선을 피했지만.

어쨌거나 좋은 마무리였다.

그리고…….

"넌 정말 나빠. 못된 애야……."

"어떻게 청혼한 내 앞에서 다른 남자에게 청혼을……. 사내의 순정을 짓밟았어!"

내게 청혼했던 남자들은 훌쩍훌쩍 울며 성을 떠났다. 정확히 말하면 이스트와 리오넬이 그랬다.

나는 껄껄 웃으며 그들을 배웅했다.

"잘 가! 좋은 여자 찾아! 안녕!"

산뜻한 나를 보며 진은 허탈하게 웃었다.

"후회할지도 몰라."

"내가?"

"그래. 난 네 생각보다 괜찮은 남자거든. 우리 꽤 잘 맞았을 거고."

"이번 삶엔 후회도 아드리안의 품에서 하기로 했어."

픽 웃은 진이 내 손을 가볍게 쥐곤, 손등에 입을 맞췄다.

"행복하길 바라. 내가 본 이 중에 가장 강인한 슈탈라(전사)."

나는 빙그레 웃는 것으로 그에게 감사를 표했다.

헤이턴은 말없이 나를 바라보다가 걸음을 옮겼다. 뭐라고 한마디라도 할 줄 알았는데 묵묵히 걸어가던 그는 의외였다.

'상처가 깊은가?'

미안한 마음이 약간 들었는데, 헤이턴이 우뚝 걸음을 멈추더니 말했다.

"불륜이라도 난 괜찮아."

"당장 꺼지지 못해?"

내가 눈을 부릅뜨자 그가 중얼거렸다.

"네게 다음 삶이 있다면 내게 기회를 줘."

"……그래."

그가 나를 휙, 돌아보았다. 나는 덧붙여 말했다.

"열 번째 삶쯤에 기회를 주지."

"지독하네. 정말로."

"미련 버리라는 의미야. 절대로 네게 갈 리 없으니까."

"……하지 않아도 될 배려는."

그렇게 그는 떠났다.

'그리고 남은 건…….'

청혼한 남자들이 떠나고 마지막 하나가 남았을 때, 부네와 푸르는 말했다.

"스토라스한텐 너무했다고."

"그래, 아가야. 그가 고대부터 너를 얼마나 좋아했는지 우리는 안단다……."

그렇게 말하던 부네와 푸르는 스토라스가 나타나자 슬금슬금 자리를 피해 주었다. 스토라스와 나는 아무도 없는 정원에서 서로를 마주

보았다.
"이제 가려고?"
"그래."
"다시 올 거야?"
묻자 그가 나를 지그시 바라보았다.
"영영 오지 않을 거다. ……영영."
나는 대답했다.
"그래."
"……."
"……."
스토라스의 시선은 내게서 떨어질 줄을 몰랐다. 나는 매우 피로해 보이는 그의 곁에서 "메리아." 하고 다정한 목소리로 부르던 고대의 라스스토를 떠올렸다.
"네가 그 이름을 좋아하지 않는 건 알지만, 마지막으로 부르게 해 줘."
"……그래."
그가 머뭇거리며 입을 열었다.
부르겠다고 해 놓고서 아주 오래 주저하던 그는 숨을 토해 내듯 작은 목소리로 속삭였다.
"메리아……."
"……."
"메리아."
"……."
"메리아. ……메리아."
나는 그의 눈을 피하지 않았다. 그가 품은 절절한 애정에 대한 예의였다. 그는 설움을 토해 내듯 몇 번이고, 몇 번이고 메리아를 불렀다. 그리고 물었다.
“다음엔, 다음번엔 나를…….”
“의미 없는 가정이야.”
“괜찮아. 난 영겁을 사니까.”
“…….”
“다시 태어날 너를, 그때도 내가 아니라면 다음번의 너를, 그도 아니라면 그다음의 너를.”
“…….”
“메리아.”
“사랑해 줘서 고마워.”
그가 한 손으로 눈가를 가렸다. 손마디 사이로 흘러내리는 것을 나는 모른 척해 주었다.

* * *

두 달 뒤.
한 달 정도의 휴가를 보내자마자, 나는 대관식 준비로 바빴다.
건국 선포는 일찌감치 했지만, 대관식만은 내가 돌아올 때까지 미뤄 놓은 상태였다. 몇몇 신하들은 반대했지만, 대부분이 동의했단다. 나라 건국의 일등 공신이자, 영웅인 내가 참석하는 대관식이라면 평화의 상징이 될 거라나 뭐라나.
‘응, 내가 무려 3년 후에 돌아올 줄은 몰랐겠지.’
그런 이유로 아빠는 여전히 듀블레드 가주의 관을 쓰고 있었다.
철수는 잔뜩 들떴다.
“대관식이라니 처음 참석합니다.”

"너희 세계의 왕은 대관식을 하지 않아?"

"임명식이죠. 그리고 시간 내서 임명식에 직접 가는 사람은 아주 드물고요."

"그렇구나."

나는 대답하면서도 내내 서류를 확인했다.

우리 가족은 건국 왕의 대관식 준비로 정말이지 눈코 뜰 새 없이 바빴다. 건국에 기여한 자들에게 제대로 논공행상을 해야 했다. 건국 식에서 이미 작위를 받은 귀족들도 있지만, 영지와 직위는 아직 확정되지 않았었는데 이번에 정해진다. 임시로 붙은 직위도 확정될 테고.

나와 오빠들, 엄마와 아빠가 한시도 제대로 쉬지 못한 이유를 들은 철수가 고개를 주억거렸다.

"그래서 신하들이 문턱이 닳도록 왕궁에 드나드는 모양이군요."

"그래. 무엇보다……."

나는 턱에 서류를 붙이곤 중얼거렸다.

"나라의 외형을 다졌으니 이제 본격적인 내부 싸움이 시작되는 거야."

"무시무시하네요."

"그렇지."

나는 대답하며 레이나에게 손짓했다.

"레이나, 개발국의 마경 확인은 마쳤어?"

"물론입니다. 대관식이 중계될 마경들엔 티끌 하나도 문제가 없습니다. 그런데 왕녀님."

"응?"

레이나가 빙그레 웃자, 나의 네 명의 하녀들이 엄청나게 커다란 꽃다발을 들고 왔다. 그건 정말로, 정말로 큰 꽃다발이었다. 넷이서 들 만큼.

들꽃이 가득 든 꽃다발을 보고 나는 눈을 동그랗게 떴다.

"이게 뭐야?"

"안에 카드가 있습니다."

나는 얼른 카드를 확인했다.

[사랑을 담아. 너의 해삼이.]

'나 참. 아드리안이네.'

내가 먼저 청혼한 것이 영 마음에 걸리는 모양이었다. 나는 킥킥 웃으며 들꽃 꽃다발을 사랑스럽게 바라보았다. 레이나가 다정한 목소리로 말했다.

"꽃밭을 통째로 옮겨 온 것 같네요."

구절초, 은방울꽃, 제비꽃, 그 외에도 많은 들꽃을 가만히 보던 나는 "아……." 하고 탄성을 흘렸다.

하녀들이 물었다.

"왜요?"

"음, 비밀이야."

"네?"

"이 추억은 나만의 것으로 남겨 둘 거야."

저건 내가 아드리안을 처음 만난 그 산에 피어 있던 꽃들이었다.

'꽤 로맨틱하다니까.'

하녀들이 볼멘 목소리로 "너무해요!" 말했으나, 쿡쿡 웃던 레이나가 손뼉을 짝짝 치며 "자, 해산!" 하고 말하자 어쩔 수 없이 흩어지고 말았다.

대관식 하루 전.

여전히 내 일상은 평화로웠다.

*　　*　　*

대관식 당일.

"어, 어, 어떡하죠?"

세리아는 나보다 더 긴장해서 어쩔 줄을 몰랐다. 곁에서 루이 누아노크가 다정하게 등을 쓸어 주었지만, 사색이 되어선 손을 떨었다.

"간 크기로 유명한 호프 상단의 세세가 이런 일로 떨어서 되겠어?"

말하자, 세리아가 울상을 지었다.

"그렇지만 제가 귀족이라니요!"

"너는 청춘을 쏟아부은 상단을 모두 현금화해서 듀블레드의 위기에 함께 맞선 공신이잖아. 작위를 받는 게 당연하지."

"하지만 상단주는 아가씨, 아니, 왕녀님이셨고 저는 시킨 일만……."

"나보다 더 고생한 게 너니까. 네가 없으면 호프 상단도 없었어."

"왕녀님……."

그녀가 울먹이기 무섭게 상공에 영상석이 떠올랐다. 대관식의 시작을 알리는 신호였다.

대관식이 이뤄지는 홀은 특이한 구조였다. 중앙의 계단부터 X자 형태로 동, 서, 남, 북으로 길이 이어져 있었다. 우리 남매는 동, 서, 남, 북 길의 끝마다 자리를 잡았다.

동쪽엔 나, 서쪽엔 이샤크, 남쪽엔 앙리, 북쪽엔 요한.

부우우우ㅡ!

나팔이 울었다.

아빠와 엄마가 모습을 드러내자 거대한 사람들이 일시에 무릎을 굽혔다. 그리고 영상석이 빛나며, 듀블레드 각지에 설치된 중계가 시작되었다.

동서남북 길 끝에 있는 우리의 뒤로 각자의 궁인들이 나타났다.

요한과 그의 궁인들은 저울 문양이 새겨진 케이프를 등에 두르고 있었다. 원칙과 이치를 바로 세우겠다는 의미라고 했다.

앙리와 그의 궁인들은 달과 구름 문양의 케이프를 등에 둘렀다. 어둠 속에서조차 듀블레드를 지키겠다는 의미라고 들었다.

이샤크와 그의 궁인들은 교차된 형태의 쌍검을. 나라의 수호자가 되겠다는 이샤크의 포부에 걸맞다.

그리고 나와 나의 궁인들은…….

"에트왈?"

"에트왈의 문양이 아닌가."

'역시 나 하면 에트왈이잖아.'

상냥한 신이 내게 내려 준 축복을 나는 잊지 않았다. 신이 없는 세계에서 나와 나의 후손들이 상냥한 신을 대신해 이 나라를 지킬 것이다.

북이 한 번씩 울릴 때마다 아빠와 엄마는 계단을 한 칸씩 올라서 자리를 지키던 귀족들에게 질문을 받았다.

56계단.

듀블레드에 있는 장원의 숫자다. 그러니까 저 계단을 지키고 있는 56명이 장원을 지키게 될 귀족이란 소리다. 대부분이 뒤보스, 미생크, 누아노크 등의 가신 출신이었고, 몇몇은 이주한 건국 공신들로 개발국의 웨일, 마탑주가 되어 준 줄리에트 등이었다.

타국의 초청객들은 질문에 대답하는 아빠와 엄마를 지켜보았다.

모하스에선 새 국왕이 된 줄리에트의 언니가 직접 와 주었다. 감사한 일이다. 웨인스, 가홍, 아타르 부족 연합에선 오디스 아카데미의 친구들이 와 주었고, 제국에선…….

"……."

"……."

나와 아드리안의 시선이 마주쳤다. 아드리안은 빙그레 웃었고 나는 마주 미소 지었다. 아드리안의 뒤에서 세실리아와 트리가 살짝 손을 흔들었다.

세실리아는 황후가 되었다. 그녀의 조카인 트리는 제국에 남았다. 가족과 떨어지고 싶지 않고, 남아서 거지 패의 아이들을 지켜 주겠단다.

가장 마지막으로 왕과 왕비에게 질문하는 사람은 의장이었다.

"외압에 흔들리지 않는 강인한 군주가 되어 이 나라를 수호하실 수 있겠습니까."

아빠와 엄마가 서로를 바라보았다. 엄마가 웃자, 약간 싸늘해 보이던 아빠가 픽 실소를 흘렸다. 사실 긴장하고 있던 모양이다.

아빠가 대답했다.

"내 생을 다 바쳐."

엄마 또한 말했다.

"내 생 또한 모두 바쳐서."

누아노크가 물러나고 엄마와 아빠가 마지막 계단을 오르자, 우레와 같은 박수가 터져 나왔다. 저 멀리 마경이 설치된 광장에서마저 와아ㅡ! 함성이 들려왔다.

엄마와 아빠에게 금관을 씌워 주는 것은 아주 평범한 아이였다. 거리에서 사는 삐쩍 곯은, 네 살배기의 작은 여자아이.

신하들은 가장 강력한 악마인 바알에게서 왕관을 받거나, 스스로 관을 머리에 쓰라는 이야기를 들었지만, 아빠는 단호히 고개를 저었다. 괜한 고집이라고 혀를 차는 사람도 있지만, 아빠가 고집을 피운 이유를 나는 어렴풋이 알고 있었다.

저 아이는 이전 삶들의 나를 떠올리게 했다.

그러니까 아마도 아빠가 평범한 아이를 고집한 건, 듀블레드의 백성 그 누구도 배가 고파 쓰레기통을 뒤지게 하지 않겠다는 의미였다. 동시에 백성이 왕 위에 있다는 의미였고.

그리고…….

'내 삶에 존경을 표한다는 의미야.'

가슴이 벅차올랐다. 그간 나의 고난이, 내일은 괜찮을 거라고 스스로에게 속삭이던 날들이 오늘을 이루었다.

아이는 성에서 며칠 배운 대로 떠듬떠듬 말했다.

"폐하, 좋은 왕이 되어 주세요."

백성들의 마음을 모아서.

"그래."

바람이 불자 외부 홀의 주변을 가득 감싼 엘자 나무에서 떨어진 꽃잎과 나뭇잎이 흩날렸다. 나무 끝에서부터 시작된 반짝임이 빛이 되어 나무를 감쌌다.

나는 눈이 동그래져서 아드리안을 쳐다봤다.

'그레모리의 선물인가 봐.'

아드리안이 희미하게 웃으며 고개를 끄덕였다.

그리고 길 끝을 차지한 우리 남매 앞에 기사들이 나타났다. 이제 왕족이 된 우리가 질문을 받는 차례였는데, 내 앞에 나타난 건 레아였다.

레이나를 다시 만난 레아는 그녀를 대신해 살던 삶을 접어 두고, 자신의 길로 다시 들어섰다. 최근 몇 달은 듀블레드성 인근 산에서 이리들과 함께 몬스터를 토벌하여 백성들을 지켰다.

몬스터를 상대하느라 그녀의 몸엔 생채기가 가득했는데, 엘자 나무의 빛이 닿는 곳마다 새살이 돋는 것처럼 상처가 사라져 갔다.

"국왕을 보필하여 나라의 기틀이 될 자. 숨 쉬는 동안, 그 어떤 것보다 나라를 우선하겠는가."

"예."

북쪽의 검이 거둬졌다.

"궂은일을 마다치 않고, 스스로의 이익보다 나라의 부흥을 꿈꾸겠는가."

"예."

남쪽의 검이 거둬졌다.

"구국의 안녕을 위해 목숨을 아까워하지 않고, 외적에 맞서 나라를 수호하겠는가."

"예!"

서쪽의 검이 거두어졌다.

그리고 내 차례.

내가 이 삶에서 최초로 사랑한 백성이 물었다.

"이 나라를 사랑하시나요?"

오빠들과는 다른 질문이었다.

나는 눈을 동그랗게 뜨고 레아를 올려다보았다. 레아는 내가 가장 사랑하는 미소를 지으며 다시 물었다.

"이 나라를 얼마나 사랑하시나요?"

"……."

"……."

가슴이 벅차 숨이 떨렸다.

나는 어린애로 되돌아간 기분이었다. 하녀복을 입은 상처투성이 손을 가진 커다란 레아가 내 앞에 있고, 나는 네 살배기의 모습으로 그녀의 아래에 있는 것만 같은 기분.

"많이."

"……."

"많이요. 아주 많이!"

어린애처럼 대답하고 만 나를 본 사람들이 웃음을 터뜨렸다. 광장에서도 웃음소리가 들려왔다. 몇몇은 감동한 것처럼 울먹이고, 또 몇몇은 대견한 표정으로 나를 바라봤다.

쿵, 쿵, 쿵, 쿵—!

북이 울고 금관을 쓴 아빠가 한 발 앞으로 나서 소리쳤다.

웨일과 베로니카, 줄리에트가 계단 위로 손을 뻗자 그의 목소리가 커다랗게 울려 퍼졌다.

"들어라."

백성들이 고개를 숙였다.

"짐이 국호를 듀블레드로 정한 것은, 마침내 이뤄 낸 가문의 영광을 위시하기 위한 것이 아니다."

아빠가 사람들을 둘러보며 말을 이었다.

"내 백성 모두에게 나의 성(Family name)을 주어, 사는 한 그 어떤 외압과 역경에도 굴하지 않는 긍지를 나눈 것이다. 듀블레드의 백성들은 들어라. 짐은 내 백성 어느 하나 타국에 고개를 숙이지 않는 삶을 약속하겠다. 너희를 내 자식으로 여기고, 신념과 이상보다 우선하겠노라."

아빠가 다정하게 미소 지었다.

'이제 그 누가 저분을 악당으로 보겠는가.'

나는 사방의 길 끝에 자리한 오빠들을 바라보았다.

'이제 누가 저 사람들을 악당으로 보겠어.'

나는 내가 키운 악당들을 바라보며 티끌 한 점 없이 맑게 웃었다.

우리는 수많은 역경을 넘어왔다. 아마 앞으로도 역경은 많이 있겠지. 하지만 절대 기죽지 않고 나아갈 것이다.

때론 무의미한 도전이라 손가락질받고, 넘어지고, 아플지언정 포기하지 않을 것이다. 사람에겐 누구나 기회가 있고, 나는 필사적으로 발버둥 치면 기회를 잡을 수 있다는 걸 아니까.

훗날 역사는 말해 줄 것이다.

그렇게 그들은 오래오래 행복하게 살았습니다.

—하고.

* * *

먼 미래의 어느 햇살 좋은 날.

곱슬머리의 여자아이가 침울한 표정으로 뽀짝뽀짝 복도를 걸었다. 어깨를 잔뜩 웅크린 아이는 겁이 나 보이기도 했는데, 등 뒤에서 인기척 소리가 들려오자 흠칫! 고개를 돌렸다.

"르노샤."

아이의 등 뒤에서 걸어온 갈색의 곱슬머리를 가진 여성은 가느다랗게 뜬 눈으로 아이를 쏘아보았다.

"오, 오, 옴마……!"

"침대에 오줌을 누었던데?"

"다, 달못했더요! 달못했더요!"

아이가 납작 엎어지자 복도 끝에서 금발의 잘생긴 미중년이 걸어왔다.

"너무 그렇게 혼내지 마."

"이번 주만 세 번인걸. 아이를 마냥 예뻐하기만 해선 교육이 안 돼, 아드리안."

"그렇지만……."

"그래서 무서운 얘기를 들려준 후에 재우지 말랬잖아."

아빠가 엄마에게 혼이 나자 눈치를 보던 아이가 말했다.

"루노사가 해 달라고 해써요. 그치만 신과 전잼 얘기 재밌눈걸……. 아빠 혼내지 마."

아이가 울상을 짓기 무섭게 아래층에서 커다란 목소리가 들려왔다.

"꼬맹이! 가장 잘생긴 삼촌 왔다!"

"잘생긴 건 나지."

"르노샤. 선물을 가져왔어."

누군가 그들을 밀쳤는지 "왁!" 소리가 들렸다. 그리고 가장 커다란 고함이 이어졌는데…….

"내 강아지! 할애비가 왔단다!"

"부왕, 또 도망치신 거죠! 이번엔 모후께 얼마나 혼이 나시려고!"

"내 강아지! 장난감 가게를 사 왔단다!"

여성이 기가 막힌다는 듯 헛웃음을 터뜨리자, 아이가 그녀의 바지춤을 말아쥐었다.

"루노사 미어……?"

가느다란 눈으로 아이를 바라보던 여성은 이내 어쩔 수 없다는 듯 웃어 버렸다. 그리고 아이를 안아 들고선 말했다.

"아니. 너무 사랑하지."

"루노사도, 루노사도 조아해."

아이의 표정이 단숨에 밝아졌다. 팔을 번쩍 든 아이가 소리쳤다.

"공잔미 조하!"
금발의 사내가 픽 웃으며 "아빠는?" 묻자 아이가 까르륵 웃었다.
행복한 날은 여전히 이어지고 있었다.

[아기는 악당을 키운다. 完結]